Sergej Lukianenko

TRIX SOLIER
Zauberlehrling voller Fehl und Adel

SERGEJ LUKIANENKO

TRIX SOLIER

ZAUBERLEHRLING VOLLER FEHL UND ADEL

Aus dem Russischen
von Christiane Pöhlmann

BELTZ & Gelberg

Sergej Lukianenko, geboren 1968 in Kasachstan, war lange Zeit als Psychiater tätig. Heute lebt er als freier Schriftsteller und Drehbuchautor in Moskau. Mit seinen *Wächter*-Romanen gelang ihm der internationale Durchbruch. Er ist der populärste russische Fantasy- und Science-Fiction-Autor der Gegenwart. Bei Beltz & Gelberg sind bereits seine Romane *Das Schlangenschwert* (erhielt 2007 den internationalen Buchpreis CORINE für das beste Jugendbuch) und *Der Herr der Finsternis* erschienen.

FSC
Mixed Sources
Product group from well-managed
forests and other controlled sources
Cert no. GFA-COC-001788
www.fsc.org
© 1996 Forest Stewardship Council

www.beltz.de
© 2010 Beltz & Gelberg
in der Verlagsgruppe Beltz · Weinheim und Basel
Alle Rechte der deutschsprachigen Ausgabe vorbehalten
Die Originalausgabe erschien 2009
unter dem Titel Недотепа
bei AST, Moskau
© 2009 Sergej Lukianenko
Aus dem Russischen von Christiane Pöhlmann
Lektorat: Julia Röhlig
Neue Rechtschreibung
Umschlaggestaltung: HildenDesign, München
Illustrationen: © HildenDesign, Max Meinzold
Satz und Bindung: Druckhaus »Thomas Müntzer«, Bad Langensalza
Druck: Beltz Druckpartner, Hemsbach
ISBN: 978-3-407-81074-8
2 3 4 5   14 13 12 11 10

ERSTER TEIL

TRIX SUCHT WAHRHEIT

1. Kapitel

Warum nur bekümmerte Trix, den einzigen und rechtmäßigen Erben des Co-Herzogs Rett Solier, sein Äußeres so sehr? Er stand vor einem alten, trüben Spiegel, der schon seit drei Generationen im Schlafgemach der männlichen Erben hing, und betrachtete skeptisch sein Spiegelbild. Daran war der Spiegel gewöhnt. Er kannte die entsetzten Gesichter beim Anblick eines sprießenden Pickels oder jener Kratzer, die eine ungeschickte und noch vor dem ersten Bartwuchs gewagte Rasur hinterlassen hatte, schließlich achteten alle jungen Co-Herzöge im Hause Solier auf ihr Äußeres. Zumindest auf die wichtigen Details: ob die Hosen zugeknöpft waren, ob sich die Taschen nicht zu sehr beulten, weil sie mal wieder eine Menge interessanter Dinge enthielten (die natürlich kein Erwachsener billigte), ob die Haare nicht nach allen Seiten abstanden und ob der frische blaue Fleck gut gepudert war (Puder war für die Angehörigen beiderlei Geschlechts unersetzlich).

Trotzdem schlug Trix irgendwie aus der Art. Die traditionellen Beschäftigungen für Kinder wie Jagd und Fechten hatte er nie gemocht, stattdessen las er und verbrachte viel Zeit mit den Hofzauberern und Chronisten. Was ihn am Jagen und Fechten jedoch am meisten störte, war, dass es *Beschäftigungen für Kinder* waren. Zu seinem Leidwesen hatte auch noch seine Mutter, die Herzogin Solier, gewisse Probleme mit seinem Alter (und auch mit ihrem eigenen, denn sie war nun schon fünfzehn Jahre lang fünfundzwanzig). So hatte sie ihm zum letzten Geburtstag ein prächtiges Pferd geschenkt, einen Apfelschimmel. An dem hätte Trix nicht das Geringste auszusetzen gehabt – wäre er nicht aus Holz und mit Rädern gewesen. Morgen, zu seinem vierzehnten Geburtstag, sollte er »sehr hübsche Büchlein« bekommen. Zwar teilte Trix unbedingt die Ansicht, Bücher seien die schönsten Geschenke, seine Freude zügelte er aber trotzdem. Er vermutete nämlich, es würde sich um Bücher mit Bildern handeln – und gewiss nicht mit solchen, wie er sie aus dem Folianten *Eichenzweig und Lotusblume* kannte, den er sich heimlich aus der herzoglichen Bibliothek besorgt hatte.

Doch zurück zu Trix' Spiegelbild. Fangen wir oben an. Oben waren die Haare. Schwarze Haare. Trix hätte blonde bevorzugt, zur Not auch rote, denn das wäre immerhin ungewöhnlich gewesen.

Alles in allem fand er sein Haar aber akzeptabel.

Dann folgte das Gesicht, das Trix besonders aufmerksam musterte. An den Einzelheiten war eigentlich nichts auszusetzen. Stirn und Nase hatte er vom Vater, die Ohren von der Mutter, normale Ohren übrigens, keine Segel-, Spitz- oder Riesenohren. Auch über den Mund beschwerte sich Trix nicht, schließlich erfüllte er seine Funktion tadellos. Das Kinn war nicht besser und nicht schlechter als jedes andere Kinn auch – sah er mal vom fehlenden Bartwuchs ab.

Was Trix aber überhaupt nicht gefiel, war die Art und Weise, wie sich diese Teile zusammensetzten. Was dabei herauskam, ließ sich nämlich nur mit dem hässlichen Wort

»Jüngling«, ja sogar mit dem noch schrecklicheren Wort »Junge« bezeichnen, auf keinen Fall aber mit »junger Mann«. Zu allem Überfluss wirkte das Ergebnis auch noch absolut harmlos. Ob daran die vollen Lippen schuld waren? Trix presste sie aufeinander – und der Jüngling im Spiegel verwandelte sich in einen widerwärtigen Kerl. Diesen Trix brauchte man bloß anzusehen und schon wollte man das Herzogtum stürzen; den Mut und die Tapferkeit eines alten Geschlechts verkörperte er jedenfalls nicht.

»Ei pottstausend!«, fuhr Trix den Spiegel an. »Du blödes Ding!«

Der Spiegel tat so, als habe er mit der Sache nichts zu tun.

Trix wandte sich um und stapfte zur Tür. Ihm stand ein weiterer öder Tag bevor, vollgestopft mit den Pflichten eines Thronfolgers. Noch dazu ein Empfangstag. Da hieß es, zunächst den väterlichen Unterhandlungen mit Kaufleuten, Pächtern und Gildemeistern beizuwohnen. Sie alle wollten weniger zahlen und mehr verdienen. Da genau das auch der Co-Herzog Rett Solier wollte, zogen sich diese langweiligen Gespräche immer ewig hin.

Anschließend musste Trix selbst empfangen. Natürlich durfte er noch keine Fragen von Bedeutung klären, sondern hatte Kinderprobleme zu lösen. Zum Beispiel, wenn die Lehrlinge der Schmiedegilde eine Schlägerei mit den Lehrlingen der Bäckergilde angefangen hatten. Wer übrigens glaubt, dabei hätten die unschuldigen Nudelholzschwinger von den muskulösen Hammerschmieden eins auf die Nase gekriegt, befindet sich auf dem Holzweg. Die Gehilfen der Schmiede stehen ja die meiste Zeit am Amboss, pressen glühendes Metall mit einer Zange zusammen oder treten den Blasebalg. Diese Beschäftigungen kommen einzelnen Muskeln zugute, nicht aber dem Körper insgesamt. Ganz anders dagegen die Bäckerjungen, die schwere Mehlsäcke oder Bleche mit Backwaren schleppen müssen. Obendrein kriegen Schmiedelehrlinge nie genug zu essen, während Bäckerjungen gar nicht wissen, was Hunger ist.

Oder wenn sich Kinder kleiner Diebstähle und Gesetzesverstöße schuldig gemacht hatten, die es nicht wert waren, von der städtischen Wache untersucht zu werden. Waisen und Söhne, die zu Unrecht von ihren Eltern ausgepeitscht wurden, baten Trix um Hilfe. Kurz und gut, es galt als heilige Pflicht eines jeden jungen Erben, am Beispiel seiner Altersgenossen die Bedürfnisse seines Volkes kennenzulernen.

So ging Trix denn schnurstracks in den Thronsaal. Die Tür stand halb offen, die andere, zum Palastvorhof führende Tür war noch verschlossen. Sein Vater saß bereits auf dem Halben Thron, einer Metallkonstruktion, die zwar durchaus bequem war, aber aussah, als handle es sich nur um die Hälfte eines riesigen Throns. Hier und da lugten die Spitzen oder Griffe von Schwertern hervor.

»Trix«, begrüßte sein Vater ihn mit einem verschämt warmherzigen Blick.

»Eure Hoheit.« Trix verbeugte sich und ging zu der kleinen Bank links des Halben Throns, die ebenfalls aus Metall und ebenfalls aus feindlichen Klingen geschmiedet worden war. Er nahm Platz. Wie schon so oft ging ihm der Gedanke durch den Kopf, dass er seinen Feinden weit mehr Sympathie entgegenbrächte, wenn sie mit Kissen und Strohkeulen kämpfen würden.

Nun öffneten zwei Palastwachen die Tür zum Palastvorhof, damit die Untertanen zur Audienz in den Thronsaal strömen konnten.

Der Tag begann.

Entgegen allen Erwartungen waren die Ersten in der Reihe keine Untertanen Soliers, sondern Ritter vom Co-Herzog Sator Gris. Sie trugen Uniform, gemäß der Hofetikette aber keine Panzer und Waffen.

Trix äugte zu seinem Vater hoch. Der betrachtete die Ritter mit unverhohlener Neugier.

»Eure Hoheit!« Der älteste Ritter ließ sich auf die Knie nieder, die anderen folgten seinem Beispiel.

»Steht auf, edler Herr«, sagte der Co-Herzog Rett Solier.

»Wir sind gekommen, um unsere Entschuldigung für die Ereignisse des gestrigen Abends vorzubringen.« Der Ritter machte keine Anstalten, sich zu erheben. »Wir vertrauen auf die Güte Eurer Hoheit …«

Trix fing an, sich zu langweilen. Er hatte schon gehört, dass es gestern in einer Bierstube eine Schlägerei zwischen den Rittern des Co-Herzogs Solier und denen des Co-Herzogs Gris gegeben hatte. Zum Glück war kein Blut geflossen. Dann sind unsere Ritter wohl gerade bei Co-Herzog Gris, dachte Trix. Routine. Wenn sich zwei Herrscher wie die Co-Herzöge Solier und Gris die Macht teilten, waren solche Vorkommnisse keine Seltenheit.

»Ich nehme Eure Entschuldigung an«, sagte der Co-Herzog Solier. »Steht auf, edle Herren. Ich will hoffen, der Co-Herzog Gris lässt gegenüber meinen Rittern ähnliche Milde walten.«

Der Ritter erhob sich. Er fuhr mit der Hand über den Metallgürtel, der sein Wams hielt, worauf dieser klackte, sich versteifte und in eine schmale, aber äußerst scharf aussehende Klinge verwandelte. »Davon würde ich nicht ausgehen«, entgegnete er.

Das Türschloss war schon vor hundert Jahren eingerostet, der Schlüssel nicht viel später verloren gegangen. Soweit Trix wusste, waren die Gefängniszellen immer leer gewesen. Niemand hielt Wache, die Tür zum Gefängnistrakt stand stets sperrangelweit offen, die Gittertüren der Zellen waren zwar zu, aber nicht abgeschlossen. In seiner Kindheit war er ein paarmal hier unten gewesen, aber nie lange, dazu war der Keller einfach zu öde. Er war nicht einmal gruselig. Es gab wirklich nur verrostete Eisenstufen, rostzerfressene Fackelhalter, durchgerostete Türen und angerostete Gitter. Bestimmt wären in der feuchten Luft auch noch die Wände verrostet – wenn Stein hätte rosten können.

Vor drei Generationen waren die Soliers zu dem klugen Schluss gelangt, dass es weit vorteilhafter war, Verbrecher den städtischen Machthabern zu übergeben, statt sie in den eigenen Verliesen einzusperren. Es sparte nicht nur Geld, da die Notwendigkeit wegfiel, Gefängniswächter und einen Henker zu bezahlen, sondern ließ sie auch gut dastehen, da die Soliers dann ja nicht für die Entscheidungen des Gerichts verantwortlich waren. Als Zugabe traf es auch noch die Verbrecher härter, denn ein Gericht mit neun anonymen Schöffen fällt strengere Urteile als ein einzelner Co-Herzog, warum auch immer.

Man hatte auch gar nicht erst versucht, die Tür hinter Trix abzuschließen, sondern einfach eine Zelle mit halbwegs stabiler Gittertür ausgesucht. Dann hatte ein wortkarger Schmied in einem tragbaren Schmelzofen einen Eisenstab zum Glühen gebracht und die Tür damit zugelötet.

Das sicherste Schloss auf der Welt ist nun mal eines ohne Schlüssel.

Trix saß in einer Ecke der Zelle auf seiner Jacke. Die Kleidung hatten sie ihm gelassen, nur die Knöpfe abgeschnitten und den Gürtel aus den Hosen sowie die Schnürsenkel aus den Stiefeln gezogen. Damit er sich nicht umbrachte? Eine Zeit lang stellte sich Trix schadenfroh vor, wie er die Ärmel der Jacke abriss, einen Strick daraus knüpfte und sich an der Gittertür erhängte. Hatte sich nicht einer seiner Vorfahren, Kelen Solier, bloß mit dem Taschentuch aufgehängt, mit dem seine zahlreichen Wunden verbunden gewesen waren?

Doch schon in früher Kindheit hatte Trix die Sache mit dem einen Taschentuch, mit dem zahlreiche Wunden verbunden gewesen sein sollten, kaum glauben können. Außerdem wären seine Feinde vermutlich gar nicht traurig, wenn sie den jungen Co-Herzog mit heruntergerutschten Hosen und heraushängender Zunge am Gitter baumeln sähen. Im Gegenteil, er würde ihnen damit nur auf den Thron verhelfen. Nein, besser, er ließ sich zum Tode verurteilen, mit allem, was dazugehörte: ein korruptes Gericht und die Anwesenheit seines treulosen Volkes. Da würde er seinen großen Auftritt haben. Genau wie sein Vorfahr Diego Solier, dessen Rede auf dem Schafott sogar den Henker zu Tränen gerührt hatte. Oder wie Renada Solier, die Räubern in die Hände gefallen war, sie aber mit einer flammenden Rede überzeugen konnte, ihr verbrecherisches Handwerk aufzugeben und der Palastwache beizutreten.

Trix schnaubte. Sicher, er war erst vierzehn und schwärmte für alte Chroniken – aber so naiv war er nun auch wieder nicht! Diego Solier war geköpft worden, selbst wenn der Henker geheult hatte, als er das Beil schwang. Und Renada Solier musste den Chef der Räuberbande drei Tage und drei Nächte überreden, wobei Trix den unklaren Eindruck hatte, die Nächte seien dabei wesentlich wichtiger gewesen als die Tage.

Es ist leicht, von Heldentum zu träumen, während man die zarten, vergilbten Seiten der alten Chroniken umblättert. Weitaus schwieriger ist es, wenn die Werkzeuge des Folterknechts deine eigenen zarten Finger zerquetschen.

Natürlich war Folter im Herzogtum streng verboten, mit Ausnahme jener Fälle, die klar und eindeutig geregelt waren. Foltern, um den Thronverzicht herbeizuführen, das tauchte allerdings nirgends auf. Überhaupt war die Folter eines Kindes – und nach den Gesetzen des Herzogtums galt Trix immer noch als minderjährig – nur in Anwesenheit eines Arztes, eines Priesters oder einer »guten Frau aus dem Volk« erlaubt, welche die Prozedur jederzeit unterbrechen konnten.

Leider gab es etliche Formen der Folter, die keine Spuren hinterließen. Nachdem Trix einmal mit stockendem Atem knapp die Hälfte des *Handbuchs für den ehrlichen Inquisitor* gelesen hatte, machte er sich da keine falschen Hoffnungen. Die würden mit ihm machen, was sie wollten. Schließlich war es auch strikt verboten, einen Co-Herzog zu stürzen.

Trix stand auf, tigerte durch die Zelle und versuchte, die Beine zu lockern. Dabei musste er die Hosen festhalten, die ständig herunterrutschten. Drei mal drei Schritt, was für ein Albtraum! Konnten Menschen wirklich jahrelang in solchen Verliesen sitzen? Bestimmt nicht! Doch eine gemeine Stimme in seinem Innern flüsterte: »Du wirst es schon noch rauskriegen!«

Trix schüttelte den Kopf. Undenkbar! Entweder würden sie mit ihm darüber verhandeln, dass er auf den Thron verzichtete – oder ihn ermorden. Wenn sie ihn hier unten vermodern ließen, würden sie sich ihr eigenes Grab schaufeln. Das bewiesen alle Schauspiele und Balladen. In denen fand sich stets ein treuer Diener, der seinen Herrn befreite. Oder der Held grub heimlich einen Gang aus dem Verlies. Und dann scharte er eine Armee um sich und ließ seinen Zorn an den Halunken aus.

Genau! Auch er würde seinen Zorn an ihnen auslassen!

Trix griff nach dem Gitter, spannte die Muskeln an und versuchte, die Stäbe auseinanderzubiegen. Klein und mager, wie er war, würde er einfach durch die Stäbe hindurchschlüpfen …

Richtig, er war klein. Und schwach. Die Stäbe gaben nicht nach, mochte der Zahn der Zeit auch noch so an ihnen genagt haben. Trix beschmierte sich bloß mit feuchtem Rost und hätte sich beinahe den Kopf zwischen den Stäben eingequetscht – wahrscheinlich sehr zur Freude der Gefängniswärter!

Er trat ein paarmal gegen das Gitter, doch dieses bemerkte die Tritte nicht einmal.

Trix hockte sich wieder auf den Boden. Er hatte keine Angst. Nicht, weil er von Natur aus mutig war, sondern einfach, weil alles zu überraschend gewesen war … und zu banal. Niemand war handgreiflich geworden. Dabei hatte er sogar versucht, mit dem Schwert auf einen Ritter einzustechen.

Doch der hatte ihm schon beim ersten Ausfall das Schwert aus der Hand geschlagen. Seinen Dolch konnte Trix dann gar nicht erst ziehen. Der kräftige Ritter bog ihm – behutsam! – die Arme auf den Rücken und brummte, er, Trix, solle besser keinen Widerstand leisten, sonst müsse er, der Ritter, ihm wehtun. Dann waren noch zwei Schurken hinzugeeilt. Zu dritt hatten sie Trix aus dem Thronsaal gebracht, sein Vater, der sich ganz allein gegen den Rest der Angreifer zur Wehr setzte, wurde da gerade in eine Ecke abgedrängt.

Sie hatten Trix schnell und sorgfältig durchsucht, ihm den Gürtel und die Schnürsenkel abgenommen, die Knöpfe abgeschnitten und das Futter der Jacke abgetastet. Anschließend wurde er ins Verlies gebracht. Nicht ein grobes Wort hatten sie zu ihm gesagt! Im Keller hatte bereits der Schmied gewartet. Der Hofschmied des Co-Herzogs Solier! Ein mürrischer Mann, den aber niemand unter Druck setzte. Mit seinem Hammer – daran hegte Trix nicht den geringsten Zweifel – hätte er die drei Ritter mühelos erledigen können, die neben ihm längst nicht mehr so kräftig wirkten.

Doch der Schmied brachte nur den Stab zum Glühen und verlötete damit die Tür. Dann war er weggegangen – ohne sein Werkzeug mitzunehmen, ohne sich noch einmal nach dem jungen Co-Herzog umzudrehen, ohne auf dessen wilde Schreie zu achten. Und auch die Ritter waren gegangen, nachdem sie die fast niedergebrannte Fackel in einen Halter gegenüber der Zelle gesteckt hatten.

Trix rieb sich verlegen die Stirn. Er hätte besser nicht geschrien. Schon gar nicht diese Worte. Dabei nahmen sie sich in den Chroniken so gut aus: »Dreihundert Jahre dienten deine Vorfahren den meinen treu und ergeben« und »Verrat lässt dein Herz verdorren« und »Es ist die Wahrheit, die immer siegt«.

In seinem feuchten Verlies klangen diese Worte jedoch reichlich komisch. Oben, inmitten von farbenprächtigen Gobelins und bunten Mosaikfenstern, hätten sie sich besser angehört. Glaubte er jedenfalls.

Die Fackel begann zu rußen. Trix legte den Kopf auf die

Knie und machte sich ganz klein. Früher oder später würden sie kommen. Jetzt ließen sie ihn mit Absicht schmoren. Um ihn zu brechen. Das gehörte nun mal dazu.

Irgendwo wurde eine Tür aufgerissen, dann noch eine. Trix hob den Kopf und spähte voller Hoffnung in den Gang, durch den das helle Licht einer Lampe fiel. Ob das die Palastwache des Co-Herzogs Solier war? Ob sie die Rebellen überrascht und erschlagen hatte?

Ein kräftiger Mann im Kettenhemd kam zur Zelle. Sid Kang. Der Hauptmann der Wache des Co-Herzogs Sator Gris. Oder musste es schon heißen: der Hauptmann der Wache des *Herzogs* Sator Gris?

Trix schwieg.

Auch der Hauptmann schwieg. Ein guter Soldat, das hatte Trix' Vater über ihn gesagt. Er war öfter am Hof des Co-Herzogs Solier gewesen, einmal hatte er sogar einen ganzen Tag drangegeben, um Trix den Umgang mit der Armbrust beizubringen. Der Versuch war gescheitert, aber Sid hatte nur die Schultern gezuckt und gesagt: »Ist nicht deine Waffe, üb dich mit dem Schwert!«

»Weinst du?«, fragte Sid. »Nein? Gut!«

Trix grinste verächtlich. Wenn dieser Verräter – obwohl: seinem Herrn Sator Gris diente er ja treu! –, wenn dieser mistige Soldat glaubte, der junge Co-Herzog würde losheulen wie ein Küchenjunge, der in eine Kammer gesperrt wird, weil er Marmelade geklaut hat, dann hatte er sich gewaltig geirrt.

Sid drehte sich nach dem Kasten mit den Schmiedewerkzeugen um. Als er sich darüberbeugte, rasselten die feinen Stahlringe seines Kettenhemdes leise. Mit einer riesigen Zange in der Hand richtete er sich wieder auf. Er nahm an dem Eisenstab Maß, schüttelte dann aber den Kopf. Behutsam und voller Respekt legte er die Zange zurück – um den Stab mit bloßen Händen zu packen.

Trix prustete. Was immer Sid vorhatte, ohne Werkzeug würde er das Eisen nicht losbekommen.

Sid Kang runzelte die Stirn, als müsse er sich an etwas erinnern. »Die Kraft kam zu mir wie die Windbö vor dem Sturm«, sagte er.

Seine Handflächen umspielte ein blasses, kaum sichtbares blaues Licht.

Ein Zauber!

Trix sprang hoch.

Ein schwacher Zauber, als hätte ihn ein unerfahrener Magier gewirkt oder als sei er schon zu oft benutzt worden. Sid musste sich nämlich trotzdem noch anstrengen, seine Armmuskeln traten hervor, sein Gesicht lief puterrot an, aber ganz langsam löste sich der Stab. Schließlich bekam er ihn frei und warf ihn weg. Die Steinplatten des Fußbodens waren mit einer derart dicken Dreckschicht überzogen, dass er beim Aufprall nicht klirrte, sondern nur leise klatschte. Das Licht um Sids Hände erlosch.

Sid Kang öffnete die Gittertür. Er sah Trix an. »Keine Angst, junger Co-Herzog«, sagte er.

Diese Worte bedeuteten ja wohl, dass sein Vater tot war.

Trix schluckte den Kloß in seiner Kehle hinunter. Er hatte seinen Vater nicht öfter gesehen als den Koch oder den Stallburschen. Trotzdem war es sein Vater gewesen.

»Dein Vater ist tot«, erklärte Sid. »Er ist im Kampf gefallen. Wie es sich ziemt. Du sollst auch umgebracht werden, Co-Herzog Trix Solier.«

»Nur zu«, flüsterte Trix. Widerstand zu leisten wäre töricht gewesen. Sid Kang war ein guter Soldat – und er ein schlechter Thronerbe.

Sid schüttelte den Kopf. »Das ist nicht nötig, Herr Trix. Sator ist jetzt an der Macht. Er hätte dich geschont, aber sein Sohn ist dagegen.«

»Wundert mich gar nicht bei meinem herzallerliebsten Cousin Derrick«, sagte Trix. Die nächsten Worte kamen ihm von selbst über die Lippen und diesmal kamen sie ihm nicht so lächerlich vor wie die über Verrat und Treue. »Tu, was du tun musst, Soldat!«

Der Hauptmann nahm schweigend einen leichten Umhang von der Schulter und warf ihn Trix zu. »Zieh das an, Herr Trix. Warum sollten wir sinnlos Blut vergießen? Ich bringe dich jetzt aus dem Palast.«

Trix starrte den Umhang an, der auf seinen Beinen gelandet war. »Was ist mit meiner Mutter?«, fragte er.

»Sie hat ehrenvoll gehandelt. Sie hat Gift genommen und ist aus dem Fenster gesprungen.« Sid neigte andächtig den Kopf. »Es sind schon fünf Menschen gestorben, Co-Herzog. Werde nicht der sechste.«

Trix erwiderte kein Wort. Das Verhalten seiner Mutter verwunderte ihn nicht, denn genauso wurde es in allen Balladen und Chroniken beschrieben. Wahrscheinlich war sie durch das Fenster gesprungen, das zum Stadtplatz hinausging, damit möglichst viele Untertanen ihre Tat mitbekamen.

»Heul jetzt nicht, Trix!« Sids starke Hand legte sich ihm fest auf die Schulter. »Dafür ist keine Zeit.«

Die Scheide mit dem Dolch an Sids Gürtel war zum Greifen nah. Er bräuchte bloß die Hand auszustrecken …

»Und mach keine Dummheiten«, warnte ihn Sid.

Trix nahm den Umhang an sich.

»Komm jetzt!«, befahl der Hauptmann.

»Ich brauche einen Strick«, sagte Trix zaghafter als beabsichtigt.

»Wozu?«

»Meine Hosen rutschen.«

Kurzerhand schnitt Sid von dem Kasten mit den Schmiedewerkzeugen einen derben Lederriemen ab und gab ihn Trix.

Unter dem Umhang wurde Trix warm. Er zog sich die Kapuze tief ins Gesicht, genau wie Sid es befohlen hatte, und hielt den Kopf gesenkt. Sie stiegen wieder nach oben, schmale und dreckige Gänge entlang – Trix erkannte sie nicht einmal wieder –, und erreichten den Innenhof. Alles war friedlich. Viel zu friedlich. Im Stall wieherten leise die Pferde, aus den offenen Fenstern der Küche hörte er Geschirr klappern, am Turm schlug die Uhr das erste Viertel nach Mitternacht. Trix hob den Kopf. In einigen Fenstern brannte Licht. Sogar die Palastwache stand da, wo sie stehen sollte – nur waren es jetzt andere Soldaten.

»Nur drei Diener haben bis zum Letzten Widerstand geleistet?«, fragte er.

»Zwei«, antwortete Sid. »Der dritte ist auf der Flucht die Treppe runtergefallen und hat sich das Genick gebrochen. Schweig jetzt! Und verbirg dein Gesicht!«

Sie gingen zum Tor. Sid legte Trix den Arm um die Schulter und zog ihn eng an sich. »Alles ruhig?«, fragte er laut.

»Absolut, Hauptmann«, antwortete jemand mit dem Akzent der Menschen aus dem Süden. »In der Stadt auch. Und Ihr …«

Jetzt würde der Hauptmann seinen eigenen Mann töten. So war das immer.

»Meine Freundin und ich machen noch einen kleinen Spaziergang«, sagte Sid jedoch, bevor sie beide durch das Tor hinausgingen.

Trix nahm ihm das nicht übel. Schließlich war ein Fürst aus dem Geschlecht der Dillonen seinen Feinden sogar einmal in Frauenkleidern entkommen. Seiner Gattin hatte er damals Männerkleidung angezogen, seinem Sohn ein Mädchenkleid und seiner Tochter eine Livree. Warum auch nicht? Wenn die Feinde überall einen großen hageren Mann, eine dicke kleine Frau, ein Mädchen im heiratsfähigen Alter und einen Jungen von drei, vier Jahren suchten, musste man sich halt in eine große hagere Frau, einen kugelrunden Mann, ein kleines Mädchen und einen jungen Diener verwandeln. Und das Fürstentum Dillon war weitaus größer und älter als die Co-Herzogtümer Solier und Gris, das erkannte Trix unumwunden an.

Mit einem Mal spürte Trix den Dolch von Sid Kang an seiner Kehle. Er bekam es mit der Angst zu tun. »Mach ja keine Dummheiten!«, ermahnte ihn der Hauptmann noch einmal. »Wir gehen jetzt runter zum Fluss.«

Über einen schmalen Pfad an der Festungsmauer stiegen sie den Hang hinunter, auf dem der Palast stand, und gelangten an den Fluss. Hier gab es nichts außer einem hölzernen Pier, an dem einmal am Tag die Fischer ihren Fang verkauften, und langen Holzstegen, um die Wäsche zu waschen.

Ein Ort, bestens geeignet, sich das Leben zu nehmen.

»Gib mir den Umhang!«, befahl Sid.

Trix nahm den Umhang ab. Sollte er vielleicht doch ins Wasser gehen? Aber das Ufer war ja viel zu flach! Bevor er untergehen würde, hätte er Sids Dolch im Rücken. Die Nacht schien auch noch mit dem Hauptmann im Bunde zu stehen: Am wolkenlosen Himmel prangte ein voller Mond!

»Hier sind drei Goldstücke«, sagte Sid und hielt dem Jungen einen kleinen Beutel hin. »Die reichen für zwei Monate.« Er schwieg kurz, um dann hinzuzufügen: »Oder für einen Monat in Saus und Braus.« Hauptmann Sid Kang war ein guter Soldat und achtete stets auf Genauigkeit.

Trix sah ihn an und wartete ab. Unter dem Blick des Jungen wurde Sid plötzlich verlegen. »Am Pier ist ein Boot«, knurrte er. »Ruder und ein Proviantsack sind auch da. Fahr mit dem Strom, dann bist du morgen Abend in Dillon.«

»Wirst du mich umbringen?«, fragte Trix. »Oder einer von deinen Leuten?« Er deutete mit dem Kopf zu einem Hain. Im Schatten der Bäume könnte sich durchaus ein Dutzend Soldaten mit Armbrüsten verstecken.

»Wie kommst du denn darauf, Co-Herzog?«, fragte Sid mürrisch.

Trix schielte zum Pier hinüber. Da lag wirklich ein Boot.

»Sator Gris wird wissen, dass mir jemand bei der Flucht geholfen hat«, sagte er. »Man hat dich gesehen, als du den Palast verlassen hast … mit jemandem, der sein Gesicht verbarg. Wenn du den Wachposten getötet hättest, hätte ich dir geglaubt. Aber du hast ihn am Leben gelassen. Also steckt ihr alle unter einer Decke. Ihr werdet mich töten und behaupten, ich hätte versucht zu fliehen.«

»Du kleiner Nichtsnutz!«, sagte Sid, ohne eigentlich böse zu sein. »Ich habe dich gerettet! Und jetzt lauf!«

»So dumm bin ich nicht!«, flüsterte Trix. Er wollte wegrennen. Nur zu gern. Aber er wusste, dass er Sid nur den Rücken zuzukehren brauchte, und schon …

»Lass uns allein, Sid«, verlangte da eine Stimme. Ein Mann trat zwischen den Bäumen hervor. »Es ist alles in Ordnung.«

Sid nickte wortlos und zog sich zurück.

Der Co-Herzog Sator Gris kam auf Trix zu.

Schlank und dunkelhäutig, wirkte er überhaupt nicht wie ein Mann von fünfzig Jahren und war das genaue Gegenteil von Trix' Vater. Als kleiner Junge hatte Trix oft bei sich gedacht, der Co-Herzog Gris sähe viel besser aus als sein Vater. Edler. Majestätischer. Ja sogar mutiger, was für einen Nachfahren von Kaufleuten höchst erstaunlich war.

»Ich weiß, dass du mich hasst, mein Junge«, sagte Sator. »Aber ich will dein Leben wirklich schonen.«

Trix sagte kein Wort.

»Wenn du mir sagen willst, dass du mich hasst«, fuhr Sator fort, »ist das jetzt die Gelegenheit. Auch, um mir deine Rache anzukündigen. Ich nehme es dir nicht übel.«

»Ich hasse dich«, sagte Trix. »Und ich werde mich rächen. An dir und an deinem Geschlecht. Das wird wieder mein Land und mein Herzogtum sein.«

»Damit wäre das erledigt«, sagte Sator. »Und jetzt erkläre ich dir, warum ich dich entkommen lasse. Natürlich nur, wenn du es hören möchtest. Wenn nicht, dann steig ins Boot und fahr los. Es wird dich niemand daran hindern.«

Trix zuckte die Schultern. Dabei brachte er eher ein Zittern zustande, denn die Nacht war kalt und durch den nahen Fluss war es fast so feucht wie vorhin in der Zelle.

»Gib dem Jungen den Umhang zurück, Sid! Er ist ja völlig durchgefroren!«, rief Sator den Hauptmann noch einmal herbei. »Also, Trix, ich kann auf sinnloses Blutvergießen verzichten. Wenn deine Eltern sich zu einem Thronverzicht bereitgefunden hätten, wären sie noch am

Leben. Aber das wollten sie nicht. Und ich respektiere ihre Entscheidung.«

Trix nahm den Umhang wortlos an sich und hüllte sich in ihn ein.

»Wenn du eine reale Gefahr darstellen würdest, junger Solier, müsstest auch du sterben«, fuhr Sator fort. »Aber du bist für mich wertvoller, wenn du am Leben bist. Weißt du auch, warum?« Er legte eine Pause ein. »Gerade weil du ein kluger und stolzer Junge bist, der sich rächen will. Du wirst durch die Nachbarländer ziehen, allen erzählen, dass du von Adel bist, und sie auffordern, sich deinem Rachezug anzuschließen. Ich hoffe sehr, dass du zu einem stattlichen Mann heranwächst ... und, so die Götter wollen, eigenes Gefolge um dich scharst oder über einen kleinen Staat herrschst. Vielleicht stellst du auch eine Bande von Abenteurern zusammen. Oder unsere ehrgeizigen Nachbarn unterstützen dich. All das wäre hervorragend, mein Junge, ich würde es vorbehaltlos begrüßen.«

»Derrick!«, platzte es aus Trix heraus.

»Richtig.« Sator lächelte. »Mein lieber Sohn, dein teurer Cousin, ist ein wenig ... wie soll ich sagen ... undiszipliniert. Er ist klug und begabt, aber leichtsinnig. Wenn er ein Herzogtum erhält, das keine Feinde hat, verdirbt mir das den Jungen. Er braucht einen Feind. Einen guten, ehrlichen und persönlichen Feind. Du bist wie geschaffen dafür. Wenn er weiß, dass du lebst und nach Rache dürstest, wird er nicht über die Stränge schlagen.«

Trix leckte sich über die Lippen. Sein Hals war ganz trocken, sein Bauch hatte sich in einen Eisklumpen verwandelt. »Und wenn ...«, setzte er an. »Und wenn ich bis zur Mitte des Flusses rudere und mich dann ins Wasser stürze?«

»Das wäre nicht schlimm«, antwortete der Co-Herzog lächelnd. »Derrick müsste das nicht erfahren. Ein eingebildeter Feind ist genauso viel wert. Aber ich würde dir raten, dein Leben nicht wegzuschmeißen. Es ist nämlich ein großes Geschenk, auf das du nicht in einer Minute der Schwäche verzichten solltest. Glaube mir, du wirst noch genügend Gründe finden, um weiterzuleben.«

Der Co-Herzog zog einen kleinen Beutel aus seiner Tasche und hielt ihn Trix hin. »Nimm das. Das ist … weil du meinen Plan durchschaut hast. Hier sind zehn Goldstücke drin und ein paar Sachen mit dem Wappen deines Geschlechts. Sie dürften dir helfen, deine Rechte geltend zu machen.«

Ohne zu zögern, nahm Trix den Beutel an sich.

»Du bist ein guter Junge«, sagte Sator. »Schade, dass du ein Solier bist. Aber nun fahr! Und mach dir keine Gedanken wegen der Beerdigung deiner Eltern! Die Feierlichkeiten werden morgen stattfinden. Sie werden in eurer Familiengruft beigesetzt.«

»Ich gelobe«, sagte Trix, »dass ich auch deinen Körper in eurer Familiengruft beisetzen lassen werde. Danach wird die Tür zugemauert, denn nach dir wird es niemanden mehr geben, der dort bestattet werden könnte.«

Der Co-Herzog Gris presste die Lippen kurz aufeinander. Dann nickte er. »Hervorragend. Ein Satz, der würdig ist, in die Chroniken aufgenommen zu werden. Und jetzt verschwinde aus dem Herzogtum Gris!«

Trix ruderte, bis er das Boot in die Strömung gebracht hatte. Im Frühjahr, wenn es viel Regen gab, oder in sehr heißen Sommern, wenn die Eisberge schmolzen, trat der Fluss manchmal über die Ufer und war sehr stürmisch. Aber dieser Sommer war feucht und kalt. Das Boot schaukelte sanft auf dem Wasser, das Ufer zog gemächlich vorbei.

Trix legte die Ruder beiseite und nahm sich die beiden Beutel vor. Der von Sid Kang enthielt kein Gold, sondern nur drei Silberlinge – schließlich brauchte selbst der beste Soldat stets Geld. In dem Beutel von Sator Gris fand er aber tatsächlich zehn Goldstücke. Der Herzog stammte nicht umsonst von Kaufleuten ab: Er betrog einen nie, jedenfalls nicht, wenn es um Kleinigkeiten ging.

Außerdem entnahm Trix dem Beutel noch einen Hemdknopf mit dem Wappen der Soliers, einen nicht allzu wertvollen Goldring mit zwei kleinen Rubinen, der vermutlich einer der Hofdamen gehört hatte, und einen winzigen Silberlöffel.

Er betrachtete nachdenklich, was ihm von den Familienschätzen geblieben war. Nein, er hatte weder auf den Ring seines Vaters noch auf das Großsiegel gehofft. Aber das! Jeder kleine Dieb stahl mit etwas Glück an einem halben Tag mehr »Beweise« zusammen!

Trix stopfte den Kram zurück in den Beutel und legte sich auf den Boden des Boots. Wenigstens leckte es nicht. Er lebte und war frei. Er würde sich ins Fürstentum Dillon durchschlagen und sich an den dortigen Herrscher wenden. Wer regierte da zurzeit eigentlich? Jar Dillon war vor zwei Jahren gestorben, also hatte seine Tochter jetzt die Macht. Oder ein Regent? Weil die Tochter noch zu jung war?

Genau, ein Regent. Trix erinnerte sich sogar an ihn, ein hochgewachsener, hagerer Mann, gallig und immer unzufrieden. Kurz nach dem Tod von Jar hatte er dem Co-Herzogtum einen Besuch abgestattet und irgendeinen Vertrag ausgehandelt. Sein Vater hatte noch gesagt, der Regent habe in dem alten Streit um die Grenzgebiete eingelenkt …

Wenn sich Trix an den Regenten erinnerte – warum sollte das dann nicht auch umgekehrt der Fall sein? Trix würde anbieten, ihm die Grenzgebiete zurückzugeben, ja ihm sogar noch ein paar der ehemaligen Gebiete des Co-Herzogs Gris abtreten. Trix brauchte eine Armee, und sei sie noch so klein. Wenn er erst einmal ins Land der Soliers zurückgekehrt war, würde er die Steuern senken, Verbrecher begnadigen und den Soldaten hohen Sold zahlen. Dann würde seine Armee rasch anwachsen. So musste man die Sache anpacken!

Sator Gris würde es noch leidtun, dass …

Da schlief Trix ein.

In sämtlichen Chroniken und Balladen hätte er nun von seinen Eltern geträumt, die gesund und munter waren und mit ihm auf einer grünen Wiese spielten. Oder von seinen gramgebeugten, verratenen und toten Eltern, die ihn zur Rache aufforderten. Oder wenigstens von kommenden Schlachten und Kämpfen, vom brennenden Palast des Co-Herzogs Gris und von den jubelnden Massen, die Trix' Thronbesteigung feierten.

Trix jedoch schlief fest und traumlos, wie jeder gesunde, aber hundemüde Junge.

In historischen Chroniken und stimmungsvollen Balladen fährt ein den Wellen überlassenes Boot stets glücklich die Nacht hindurch. Bei Sonnenaufgang treibt es in eine Bucht, wo sich Trauerweiden über das mit Seerosen gesprenkelte Wasser neigen. Genau in dem Moment nähert sich eine junge und hübsche Prinzessin dem Boot. Sogleich fällt ihr

Blick auf den in Seidentücher gewickelten Säugling männlichen Geschlechts (hat irgendwer einmal versucht, ein Baby in Seide zu windeln?) mit einem geheimnisvollen Amulett in dem kleinen Händchen oder den verletzten Ritter mit einem vom edlen Blut durchtränkten Seidenverband (Seide ist ein traditionelles und quasi obligatorisches Attribut). Und nur wenn im Boot friedlich ein Säugling weiblichen Geschlechts oder eine in (genau, richtig geraten) Seide gewandete Prinzessin schläft, darf es ein Mann von edlem Stand finden.

In Wirklichkeit passiert mit einem den nächtlichen Wellen überlassenen Boot mitten auf einem breiten Fluss allerdings Folgendes: Es kippt um, bleibt an einem untergegangenen Baumstamm hängen, zerschnellt an einem Felsen oder läuft auf eine Sandbank auf. Außerdem kann es einem anderen Boot begegnen, mit Menschen von gar nicht edler Gesinnung, die sich allein für die Seide interessieren, nicht aber für den darin eingewickelten Säugling – denn Mäuler haben sie selbst genug zu stopfen.

Von alldem ahnte Trix nicht das Geringste. Und so wunderte er sich auch nicht, als er, von den ersten Sonnenstrahlen geweckt, feststellte, dass das Boot friedlich dahintrieb.

(In der Nacht war es übrigens zweimal gegen einen Baumstumpf geprallt und hatte einmal eine halbe Stunde auf einer Sandbank gestanden, von der es durch die Wellen eines Fischkutters hinuntergespült wurde, dessen Insassen den Inhalt des Boots derart dringend untersuchen wollten, dass der Kutter an einem Fels kenterte und unterging.)

Trix stand auf und nahm den völlig durchnässten Umhang ab.

Seide ist wirklich ein verdammt unpraktisches Material.

An beiden Ufern erstreckte sich eine idyllische Landschaft. Links lagen Felder mit niedrigem Weizen, der gerade gelb wurde, rechts saftige grüne Wiesen. Sogar feinen weißen Rauch machte Trix aus, der ihm verriet, dass die Gegend bewohnt war. Menschen sah er jedoch keine.

Nachdem Trix das Wasser misstrauisch betrachtet hatte, wusch er sich. Anschließend beäugte er das Wasser noch genauer, formte die Hände zu einer Schale und trank. In der Stadt hätte er das nie gewagt, aber hier wirkte das Wasser sauberer. Klarer.

Der gestrige Tag schien weit weg, wie immer nach völlig überraschenden und schrecklichen Ereignissen. Da Trix Überraschungen jedoch nicht gewohnt war, freute er sich über den beruhigenden Eindruck, alles sei schon in grauer Vorzeit geschehen.

Trix kippte den Leinenbeutel mit dem Essen aus und inspizierte seine Vorräte. Ein paar gekochte Kartoffeln, etwas Dörrfisch, ein Stück Käse, ein halber Laib Brot und eine Flasche billigen Weins. Vorbehalte gegen diese Art Essen hatte er keine, eine besondere Vorliebe dafür allerdings auch nicht.

Trix öffnete die Flasche und trank einen Schluck von dem sauren Wein – sein Instinkt sagte ihm, dass es nach dem Genuss des Flusswassers gut wäre, das zu tun.

»He!«, erklang es da vom Ufer.

Eine kleine Figur fuchtelte wild mit den Armen. Trix erhob sich, worauf das Boot gefährlich zu schaukeln anfing, und spähte zum Ufer. Anscheinend ein Junge. Genauer gesagt ein Jüngling, nicht älter als er selbst.

Nachdem der Jüngling sich sicher war, dass Trix ihn entdeckt hatte, sprang er ins Wasser und kam, gegen die Strömung ankämpfend, zum Boot geschwommen. Vorsichtshalber bewaffnete sich Trix mit einem Ruder.

Der Grund für die Eile des Jünglings wurde rasch klar. Hinter ihm tauchten am Ufer einige Männer auf, der Kleidung und auch den Gegenständen, die sie in der Hand hielten, nach zu urteilen, Dörfler. Die Verfolger stürmten allerdings nicht mit voller Kraft durchs Korn, sondern versuchten, das Getreide zu schonen. Das verschaffte dem Jungen einen Vorsprung.

Mitleid mit allen Verfolgten und Gehetzten ließ Trix das Ruder wieder einlegen und dem Schwimmer entgegenrudern. Kurz darauf schoben sich auch schon zwei Hände über die Bordwand, denen ein roter Schopf folgte. Der Junge japste laut: »Folgen die mir?«

»Die haben kein Boot«, antwortete Trix.

Der Junge nickte. Er sah Trix ängstlich an. »Nimmst du mich an Bord?«, fragte er. »Ich kann nämlich nicht schwimmen!«

»Du bist doch auch hierhergeschwommen!«

»Das habe ich nur aus Angst geschafft!«

Trix hielt ihm die Hand hin, beugte sich weit zurück und zog den Jungen ins Boot. Bei genauerem Hinsehen war klar, dass er von dem Flüchtling nichts zu befürchten hatte. Es war ein Junge, mehr nicht, groß, aber jünger als Trix und so dünn, als sei er die Folge von einem Experiment, mit dem eine neue Rasse wenig essender Kinder herangezüchtet werden sollte.

»Warum sind die hinter dir her?« Trix nickte Richtung Ufer.

»Wegen der Wahrheit!«, antwortete der Junge stolz. Er setzte sich, zog sein Hemd über den Kopf und wrang es aus.

Verwundert bemerkte Trix, dass ihm die Kleidung des Jungen schmerzlich vertraut vorkam, auch wenn sie überhaupt keine Knöpfe oder Wappen aufwies.

»Wer bist du denn?« Trix versuchte, das Problem von einer anderen Seite anzugehen.

Der Junge zog sich das Hemd wieder an und nahm eine aufrechte Haltung ein. »Wisse, ruhmreicher Jüngling, dass du eine edle ... äh ...«

»Tat?«, half ihm Trix.

»Tat vollbracht hast«, beendete der Junge erleichtert den Satz. »Vor unabwendbarer Züchtigung und beschämender Gefangenschaft rettetest du ...«

»Die *Chronik von Baron Hugh dem Glücklosen*«, murmelte Trix.

»... den Thronerben des Co-Herzogs Solier, Trix Solier.«

Trix starrte den Jungen an. Der schluckte und fuhr etwas unsicherer fort: »Das wird dir vergolten. Du sollst meine Dankbarkeit erfahren, sobald ich mir die Krone, das Land, die Truppen und den Reichtum zurückgeholt habe ...«

»Du sagst, du kannst nicht schwimmen?«, fragte Trix und langte wieder nach dem Ruder.

»Das ist nicht nötig!«, lenkte der Junge rasch ein.

»Wer bist du?«

»Tri...« Der Junge verstummte. »Ian.«

»Was für ein Ian?«

»Nur Edelleute haben einen Familiennamen.« Der Junge zuckte die Schultern. »Ich bin einfach Ian. Mein Vater war Gärtner. Meine Mutter hat ihm geholfen. Sie sind am Fieber gestorben. Vor zwei Jahren.«

»Warum hast du gesagt, du bist Trix?«, fragte Trix. »Und ... woher hast du dieses Hemd? Das ist ... sehr teuer!«

»Na sicher«, brummte der Junge, während er über den Stoff strich. »Das ist Seide, oder?«

»Das ist Samt, du Esel! Woher hast du es?«

»Das habe ich im Waisenheim der ruhmreichen Co-Herzöge Solier und Gris erhalten«, antwortete Ian selbstbewusst. »Zur ewigen Erinnerung an den Co-Herzog Solier, mögen die Götter seine Seele schützen, seinen irdischen und himmlischen …«

Trix legte die Hand erneut drohend ans Ruder.

»Gestern Abend, als die Ritter des Co-Herzogs Solier den Co-Herzog Gris überfallen haben, dann aber gefangen wurden, worauf der Co-Herzog sich aus Kummer umgebracht hat«, ratterte der Junge herunter, »gab es in unserem Heim ein Feuer. Drei Seiten gingen in Flammen auf, wir konnten uns kaum retten. Bestimmt haben irgendwelche Schurken das Haus angezündet. Dann ist ein Ritter des Co-Herzogs Gris gekommen und hat gesagt, das Heim ist aufgelöst. Er hat uns großzügig die Kleidung des Thronerben Trix gegeben, der braucht sie sowieso nicht mehr. Wir Jungen haben über alles gesprochen und entschieden, dass wir den Sommer über, solange es warm ist, herumvagabundieren. Und wo wir schon diese edlen Sachen haben, warum sollen wir da nicht sagen, dass wir der Thronerbe Trix sind, dem die Schurken seinen Thron geklaut haben und der deswegen fliehen musste?«

»Und du meinst, man glaubt dir?«, entrüstete sich Trix. »Dann sag mir doch mal, wie die … Großtante des Co-Herzogs Rett Solier hieß?«

Der Junge runzelte die Stirn und legte dann los: »Lunida Solier. Sie starb vor einem Jahr hochbetagt an der Meeresküste. In der Jugend war die Dame sehr schön, was ihr viel

Kummer bereitete … Wir haben ein ganzes Jahr lang die Genelogie gebüffelt.«

»Genealogie«, verbesserte ihn Trix automatisch.

»Die Genealogie. Von den Soliers und von den Gris. Und von allen Herrschern der Nachbarländer. Richtig wie bei Adligen.«

»Trotzdem … bist du ungebildet«, knurrte Trix. »Damit kannst du bloß Bauern was vormachen. Du weißt ja nicht mal, wie man mit einer Gabel umgeht.«

»Pah!« Ian reckte stolz den Kopf. »Und ob ich das weiß! Darf ich meine Hosen auswringen?«

»Ja«, gestattete Trix mit einem Blick auf die Lache, die sich am Boden des Boots gebildet hatte.

»Ich kann mit der kleinen Fischgabel umgehen, mit der großen für Fleisch und mit der speziellen für Obst«, erklärte Ian, während er seine Hosen (sie kamen Trix ebenfalls höchst vertraut vor) über dem Wasser auswrang. »Du kannst dir nicht vorstellen, was wir alles lernen mussten!«

»Wart ihr viele in dem Heim?«, wollte Trix wissen.

»Dreiundsechzehn … äh … dreiundsechzig. Plus zwei Köchinnen, am Tag der Aufpasser …«

»Wart mal! Und alle dreiundsechzig Waisen haben die Kleider von … von Trix bekommen?«

»Ja«, sagte Ian, als er seine Hosen wieder anzog. »Der hat wahnsinnig viel Sachen! Allein schon fünfzig Hosen!«

»Sogar noch mehr«, bemerkte Trix. »Das sind gute Hosen … er hat sie noch von seinem Vater, von seinem Großvater, ja sogar von seinem Urgroßvater …«

»Ich habe von meinem Vater gar nichts. Alles ist verbrannt worden. Weil er doch Fieber hatte.« Ian seufzte. »Wie heißt du?«

»Trix«, antwortete Trix mürrisch.

»Hätt ich mir denken können!«, grinste Ian. »Also, von mir aus bist du auch Trix Solier! Aber wir müssen aus dem Herzogtum raus, die Leute hier sind … die würden uns noch an den Herzog Gris ausliefern. Hier würden wir eingesperrt, obwohl wir nichts angestellt haben.« Er kicherte. »Aber in den Nachbarländern wären wir in Sicherheit. Wo wir schon auf dem Fluss sind, sollten wir nach Dillon fahren. Zum Regenten Hass.«

»Genau, zu Hass«, erwiderte Trix. »Ich weiß, dass er …«

»Er regiert für die Tochter von Dillon«, erklärte Ian. »Für die Fürstentochter Tiana.«

»Fürstin«, verbesserte Trix ihn automatisch. »Fürstentochter hieß sie, als ihr Vater, der Fürst, noch lebte. Aber jetzt ist er tot, deshalb ist sie Fürstin … auch wenn sie nicht regiert.«

Trix erinnerte sich noch, wie ihm sein Vater vor zwei Jahren erstaunt von der großmütigen Entscheidung des Co-Herzogs Gris erzählt hatte, in der Stadt ein Waisenheim zu bauen, um Kindern im Alter von Trix und Derrick eine anständige Erziehung angedeihen zu lassen, damit sie in Zukunft an den Höfen der Co-Herzöge dienen konnten.

Seine Mutter hatte etwas über den Nutzen von Wohltätigkeit gesagt und versprochen, dass die Waisen einmal im Jahr eine selbst gebackene Sahnetorte erhalten sollten. Ob sie ihr Versprechen gehalten hatte, wusste Trix nicht, doch in Anbetracht von Ians extremer Magerkeit hatte er so seine Zweifel.

Nun erklärte sich also diese Großzügigkeit von Gris. Das Heim war genauso wenig ein Zufall wie die gestrige Schlägerei in der Bierstube.

Wenn in den Nachbarländern sechzig Jungen auftauchten, die alle behaupteten, der Thronerbe Trix zu sein – wie sollte der echte Trix dann seine Identität beweisen? Schon nach einem Monat würde selbst der brummigste Baron über die Worte »Ich bin der Thronerbe des Co-Herzogs Solier« lachen. Auch früher waren nach einem Putsch bei Hofe überall Grafen und Herzöge aufgetaucht, die aus den Kerkern geflohen waren, oder Erben und Erbinnen, die sich wie durch ein Wunder hatten retten können, und schließlich zahllose Bastarde. Von den ach so treuen Dienern, die um ein Almosen baten, ganz zu schweigen.

Auch diesmal wäre es nicht anders gewesen, es hätte von Co-Herzögen und Co-Herzoginnen Solier, von Trixen, Rittern und Dienern gewimmelt. Sator Gris hatte lediglich auf Nummer sicher gehen wollen, indem er die Situation ins Absurde gesteigert hatte.

Wenn ihn der Regent Hass bloß erkannte!

»Wir müssen als Erste in Dillon sein«, sagte Trix. »Der Regent muss sich an mich erinnern.«

»An wen?«, fragte Ian.

»An mich. An Trix Solier.«

Ian schnaubte.

»Aber ich bin Trix Solier!«, polterte Trix.

»Schon gut. Du bist Trix. Du hast ein Boot, also bist du Trix«, lenkte Ian ein. »Aber warum willst du zu diesem Regenten?«

»Sollen wir etwa in den Dörfern um Almosen betteln?«

»Also in Dörfern … Wer weiß, was die da mit uns machen«, sagte Ian nachdenklich. »Vielleicht sollten wir uns einen armen, aber edlen Ritter suchen? Oder einen Baron: Das Fürstentum Dillon mit seinen zwölf Baronen kennt als ersten einen aus dem Geschlecht der Dillonen. Der zweite ist Vit Kapelan, ihm schließt sich Liander als dritter an. Als vierter ist Galan zu nennen ...«

Ian ratterte die Namen verdächtig schnell herunter, und Trix, der sich bei den Baronen immer vertat, fragte: »Was ist das? Ein Merkreim?«

»Genau«, bestätigte Ian. »Im Fürstentum gibt es zwei Herzogtümer und ein Co-Herzogtum, drei Marquisate, zwölf Lehnsbarone und vier freie, die königlichen Gebiete mit den Rittern ... Wie willst du dir das alles merken? Aber wenn du die Namen nicht runterratterst, setzt's was!«

»Und wie merkst du dir die königlichen Ritter?«, fragte Trix.

»Pass auf, das ist mein Lieblingsreim.« Ian hustete und hob an: »Ritter Dogoro lebt im Osten, wo nur Felsen stehen Posten ...«

»Verstehe«, sagte Trix. »Trotzdem wirst du kein Trix.«

»Warum nicht?«

»Weil du rothaarig bist.«

»Ist das so schlimm?«, wunderte sich Ian aufrichtig.

»Glaubst du, jemand erinnert sich an Trix' Haarfarbe?«

Trix sann traurig darüber nach, dass alle Helden in den Chroniken ein besonderes Merkmal hatten: einer ein Muttermal in Form eines Schwerts, ein Herzog sogar eines in Form einer Krone, und der Marquis Daki hatte am linken Fuß sechs Zehen. Zur Not hätte sogar ein Zauberdolch gereicht, ein Siegelring oder ein Pokal mit Wappen.

»Willst du was essen?«, fragte Trix.

Ian nickte heftig.

»Dann merk dir eins: Ich bin der echte Trix Solier. Und du ...« Trix stockte.

»Dein Bruder, der in früher Kindheit verloren gegangen ist?«, fragte Ian hoffnungsvoll.

»Nein!«

»Dann vielleicht dein treuer Knappe?«

»Ein Knappe muss vierzehn Jahre alt sein«, gab Trix zu bedenken.

»Und genau das bin ich«, hielt Ian schlau dagegen. »Heute habe ich Geburtstag und werde vierzehn. Wie der echte Trix. Knappe! Mit weniger gebe ich mich nicht zufrieden!«

»Geh auf die Knie!«, befahl Trix.

Ian kniete sich gehorsam auf den Boden des Bootes.

Trix nahm eines der Ruder in beide Hände und ließ es vorsichtig auf Ians Schulter nieder. »Ich, der Co-Herzog Trix Solier«, sagte er, »erkläre dich, Ian, hiermit kraft meines Geburtsrechts zu meinem Knappen, statte dich mit einem Wappen aus und erhebe dich in den Adelsstand. Von heute an bist du Ian … Ian, der Chevalier des Ruders. Dein Wappen ist ein silbernes Ruder auf blauem Grund.«

»Ginge auch ein goldenes?«, hakte Ian nach.

»Ein goldenes Ruder ginge nur für Menschen mit blauem Blut.«

»Ein silbernes tut's auch«, gab sich Ian zufrieden.

»Ich, der Co-Herzog Trix Solier«, fuhr Trix fort, »verpflichte mich, dich auszubilden und zu beschützen, dir Obdach und Nahrung zu geben … soweit es mir möglich ist.«

»Kriege ich nicht auch noch ein einmaliges Recht?«

»Ich gewähre dir das Recht, mit dem Rücken zu mir zu sitzen«, erklärte Trix großherzig. »Sonst wäre das Rudern für dich zu unbequem.«

»Danke. Könnten wir dann die Sache mit der Nahrung vielleicht gleich erledigen?«

2. Kapitel

Während das alte, aber noch intakte Boot den Fluss hinunterfuhr, beratschlagten die beiden Jungen.

»Wenn wir einen Haken und eine Sehne hätten, könnten wir einen Fisch fangen«, überlegte Ian laut. »Einen großen.«

»Und was sollten wir mit dem machen?«, fragte Trix.

»Wie *was*? Der kriegt eins mit dem Ruder über, wir nehmen ihn aus und essen ihn. Mit Salz kannst du Fisch auch roh essen.«

»Hast du ein Messer?«

»Nein. Und Salz auch nicht.«

»Und einen Haken und eine Sehne auch nicht. Wir werden in Dillon ... – wo kann man in der Stadt eigentlich etwas essen?«

»Weißt du denn gar nichts?«, fragte Ian verwundert. »In Garküchen, Schenken oder Tavernen. Dann gibt es noch die Gasthäuser, aber die sind nur für Adlige.«

»Ich bin von Adel!«

»Oh, verzeiht, das hatte ich völlig vergessen«, höhnte Ian. »Dann werden wir selbstverständlich in einen Wirtshof gehen!«

»Wie viel Geld hast du?«, fragte Trix.

Da Ian sich mit der Antwort Zeit ließ, gab Trix ihm einen sanften Tritt. »Drei Silberlinge«, antwortete Ian. »Die reichen eine Weile.«

»Genau wie ich. Ich hab auch drei Silberlinge«, sagte Trix. Den Beutel von Gris verschwieg er lieber. »Habt ihr das Geld zusammen mit den Kleidern bekommen?«

»Das war in den Hosentaschen! Stell dir mal vor, die haben nicht mal die Taschen kontrolliert, die Blödmänner!«

Trix seufzte. Herzog Gris hatte wirklich nicht gegeizt.

»Lass mal was über die Ahnen der Co-Herzöge Solier und Gris hören«, sagte er.

»Weshalb sollte ich!«, sagte Ian verschlagen. »Wo du doch selbst ein Solier bist!«

»Und du solltest etwas von den Ahnen wissen – wenn du schon Knappe eines Soliers sein willst!«

»Im Jahr siebenhundertundfünf kam eine Karawane aus dem Fürstentum Dillon an den Oberlauf des Flusses Fern in den Grauen Bergen. Sie wurde von dem reichen Kaufmann Kron Gris angeführt, Hauptmann der Wache war Sel Solier. Und obwohl es in den Grauen Bergen kein Gold gab, gefiel ihnen das Land und sie gründeten das Co-Herzogtum Solier und Gris.«

Die Gründung erfolgte in Wahrheit, wie Trix wusste, erst knapp ein halbes Jahrhundert später und ging auf den Sohn von Sel Solier und die Tochter von Kron Gris zurück. Der König verlieh schließlich nicht jedem dahergelaufenen Abenteurer einen Titel! Aber nachdem beide Familien ihm lange genug Steuern gezahlt hatten und seinen Truppen zweimal zu Hilfe gekommen waren …

»Weiter«, befahl Trix. Etwas über seine Verwandten zu wissen (und alle Adligen sind miteinander verwandt) ist nicht nur ein Gebot der Höflichkeit, sondern auch ausgesprochen nützlich. Wen kann man richtig kränken, indem man ihm bei einer Feier nur Fisch vorsetzt? Wem schmeichelt man am besten, indem man an das einzige Turnier erinnert, das er je gewonnen hat? Trix kannte sich da bestens aus, denn er hatte nicht nur dem Chronisten gelauscht, sondern auch viele alte Chroniken gelesen. Und sein Knappe sollte ihm keine allzu große Schande machen.« Und was weißt du über den Dritten Großen Krieg?«

Gegen fünf Uhr Nachmittag sahen sie das Schloss. Trix stellte sich an den Bug und schirmte die Augen mit der Hand gegen die grelle Sonne ab. Das Schloss war recht klein, die Mauern nur auf der Landseite hoch, am Ufer aber niedrig. Immerhin wiesen sie etliche Schießscharten auf. Über dem Hauptturm flatterte eine Fahne: zwei goldene Fische auf blauem Grund.

»Und, wem gehört das Schloss?«, fragte Ian.

»Thor Galan, dem Fischerbaron«, antwortete Trix. »Auf besonderen Befehl von Fürst Dillon dem Belehrenden wurden die Mauern des Schlosses auf der Flussseite um drei Viertel abgetragen. Damit sie nicht höher sind als die Masten der fürstlichen Schiffe …«

Ian schnaubte abfällig.

»Gehen wir an Land!«, entschied Trix. »Der Fischerbaron ist ein guter Mann, das sagen alle. Ruder zum Ufer!«

»Was glaubst du, was ich hier mache?!«, brummte Ian. »Meine Hände sind schon ganz wund!«

»Ein Ritter hat seinem Souverän nicht zu widersprechen! Ja, er darf nicht einmal durch einen schmerzlichen Gesichtsausdruck verraten, wie sehr er sich abmüht.« Trix inspizierte seine Kleidung: Eine Jacke ohne Knöpfe, zerrissene Hosen … »Zieh deine Hosen aus!«

»Was?«

»Ich muss würdevoll aussehen. Und deine Hosen sind sauberer.«

»Soll ich etwa mit nacktem Hintern zum Schloss?«

»Zieh sie aus, du kannst meine haben!«

Als die beiden die Hosen tauschten, wäre das Boot beinahe am Schloss vorbeigefahren. Notgedrungen musste Trix selbst zum Ruder greifen. Zu zweit schafften sie es dann aber zu dem langen, hölzernen Steg.

An Land war es fürchterlich heiß, denn der Fluss sorgte nicht für Abkühlung, sondern brachte nur schwüle Luft. Unter einem Reetdach saßen ein paar Wachposten und beobachteten gelangweilt die Jungen. Niemand rührte sich, weder um sie zu begrüßen noch um sie fortzujagen.

Trix und Ian kletterten auf die dunkel-nassen Holzplanken. Ian machte sich daran, das Boot zu vertäuen.

»He!«, rief einer der Männer, ein junger Kerl, der sich nun erhob und angetrottet kam. »Was fällt euch ein! Das kostet zwei Kupferlinge!«

Ian hielt in der Bewegung inne und linste zu Trix hinüber.

»Wofür das?«, empörte sich Trix. »Laut Befehl Seiner Majestät des Königs Marcel ist das Land zwei Schritt hinterm Ufer königliches Eigentum! Und jeder ehrliche Bewohner darf anlegen, wo er will!«

»Bist ja ein echter Professor!«, lachte der Mann. »Seht euch doch mal das gelehrte Pack von heute an, Leute!«

»Der Knüppel ist für die noch zu wenig!«, brummte ein anderer.

»Anlegen«, sagte der erste Mann nun in ernstem Ton, »ist erlaubt. Da hast du recht, Junge. Aber der Steg ist das persönliche Eigentum von Baron Galan. Wenn du dein Boot daran festbindest, kostet das zwei Kupferlinge pro Tag.«

»Aber ihr könnt das Boot natürlich umsonst auf dem Wasser treiben lassen!«, fügte sein Kamerad hämisch hinzu.

Trix kramte in der Tasche und holte einen Silberling heraus.

Die Männer sagten kein Wort.

»Das Wechselgeld«, verlangte Trix.

»Das …«, stammelte der Mann. »Hast du es nicht anders?«

Trix holte ein Goldstück heraus.

Drei weitere Wachposten kamen zum Boot herunter. In ihren Augen funkelte Gier, aber auch Angst. Was waren das für Jungen, die ein Goldstück in der Tasche trugen? Ob man denen besser keine Schwierigkeiten machte?

»Vertäu das Boot! Aber ordentlich!«, verlangte Trix, während er dem Mann die Münze vor die Füße schnippte.

»Und du«, er wandte sich dem nächstbesten Posten zu, »du bringst uns jetzt zum edlen Thor Galan.«

Jetzt musterten die Männer die beiden Jungen mit furchtsamem Blick. Ihnen war endlich aufgefallen, dass Trix wie ein Adliger sprach und seine Kleidung wenn auch schmutzig, so doch aus kostbarem Stoff war.

»Wir bitten um Vergebung«, sagte der Mann, als er die Münze aufhob und Trix zurückgab. »Die Gäste des Barons müssen selbstverständlich nicht bezahlen. Wen soll ich melden?«

»Trix Solier, Erbe des Co-Herzogs Solier«, antwortete Trix. »Mit seinem treuen Knappen Ian, Chevalier des Ruders.«

Der Soldat machte große Augen. Anscheinend waren die Gerüchte bereits bis hierher vorgedrungen.

»Wir bitten um Vergebung, Eure Co-Erlaucht«, sagte er.

»Ihr werdet unverzüglich gemeldet. He, Hamster, mach dem Herrn Baron Meldung! Rasch!«

Ein rundlicher Mann erhob sich und trabte, mit den bronzenen Brustplatten seines Sommerpanzers klappernd, zum Schloss. Die anderen nahmen Haltung an.

»Wollt Ihr vielleicht …«, setzte der Anführer an, »eine Erfrischung? Ein Bier?«

Na, schoss es Trix durch den Kopf, der wird bestimmt nicht lange bei der Wache bleiben. Der wird gar nicht so schnell gucken können, wie er Karriere als Lakai macht. Nach einem kurzen Blick auf den ungebrannten Tonkrug, der im Schatten unter dem Reetdach lockte, antwortete Trix würdevoll: »Solange die Trauer über meine edlen Eltern noch frisch ist, vermag ich mich nicht den Freuden des Lebens zu überlassen.«

An den Gesichtern der Soldaten konnte er ablesen, dass seine Worte den nötigen Eindruck machten. Ließ sich das noch steigern? Vielleicht, indem er von seiner heroischen Flucht aus der Gefangenschaft erzählte? Aber Flucht ist kein sonderlich heldenhaftes Verhalten, außerdem war er nicht geflohen. Überhaupt wäre es einfachen Soldaten gegenüber zu viel der Ehre gewesen.

Zum Glück war Galans Schloss wirklich nicht sehr groß. Der rundliche Soldat kehrte bereits zurück, wobei er wild mit den Armen fuchtelte. Etwa zehn Schritt von ihnen entfernt wurde er langsamer, atmete durch und verkündete feierlich: »Auf Befehl Seiner Durchlaucht, dem hochwohlgeborenen Baron Galan …«

Ian hielt sich, wie es sich für einen anständigen Knappen gehört, hinter Trix – der aber dennoch spürte, dass sein neuer Freund am liebsten zurück ins Boot gesprungen wäre.

»... sind Seiner Co-Durchlaucht Trix sowie dem Knappen Ian Gastfreundschaft und Erholung innerhalb der Schlossmauern anzubieten!« Nachdem er Luft geholt hatte, ergänzte er: »Ich habe Befehl, Euch mit aller Höflichkeit in das große Gästezimmer zu eskortieren und Euch ein Bad zu richten. Der Baron erwartet Euch zum Abendessen.«

Bis auf das Wort »eskortieren« gefiel Trix, was er gehört hatte. In Chroniken wurde man nämlich allzu oft ins Gefängnis oder aufs Schafott eskortiert.

Mit aller Höflichkeit, versteht sich.

Ian stapfte von der Wand mit dem Fenster zur Wand mit der Tür. »Pah!«, rief er. »Acht Schritt! Wie sieht denn bei denen das kleine Gästezimmer aus, wenn das hier das große ist?«

»Das ist noch kleiner«, versicherte Trix. »Das hier ist das große, ganz bestimmt. Vor drei Jahren, als der alte Baron Dillon noch lebte, waren wir einmal zu einem abendlichen Gelage hier. Oder war es vor vier Jahren?«

»Und da musstet ihr euch alle in dieses Zimmer quetschen?«, fragte Ian ungläubig.

»So viele waren wir ja nicht. Meine Eltern haben in dem Bett geschlafen, ich auf der Bank vorm Fenster.«

Ian warf einen zweifelnden Blick auf die Bank.

»Damals war ich doch noch kleiner, du Holzkopf. Der Hauptmann der Wache hat an der Tür geschlafen, die Dienerschaft im kleinen Gästezimmer. Das Gesinde im Hof und im Stall ...«

Jemand klopfte an die Tür, wartete mit dem Öffnen aber nicht, bis er dazu aufgefordert wurde. Zwei kräftige Lakaien in ausgeblichenen Livreen – erhabenes Gelb auf edlem Blau, die Farben des Barons – kamen herein. Sie schleppten einen gewaltigen Holzzuber mit heißem Wasser. Ihnen folgte eine strenge, nicht mehr junge Frau, die zwei Leinentücher und eine Schale mit Kräuterseife brachte.

Dass man ihnen die gebührende Ehre erwies, ließ Trix Mut fassen.

Sobald die Diener das Zimmer wieder verlassen hatten, zog er sich aus und stieg in den Zuber.

»Und ich?«, fragte Ian beleidigt.

»Du hast doch heute schon gebadet. Oder hast du das vergessen? Und überhaupt wäscht sich ein Knappe immer erst nach seinem Herrn.«

Ian nuschelte etwas davon, dass er sich, gerade weil er heute schon gebadet habe, als Erster waschen müsse, setzte sich ans Fenster und schaute in den Schlosshof hinaus.

Trix wusch sich und seifte sich mit besonderer Freude den Kopf ein. Obwohl er es für die Aufgabe des Knappen hielt, dem Herrn den Schaum abzuspülen, verzichtete er darauf, Ian einen entsprechenden Befehl zu erteilen, und griff selbst nach der Kanne. Letztlich war Ian ein unerfahrener Knappe, niederer Herkunft und deshalb von Natur aus aufsässig.

Schließlich trocknete er sich mit dem groben, aber sauberen Tuch ab und zog sich an. »Du kannst dich jetzt waschen, mein treuer Knappe«, sagte er.

Misstrauisch betrachtete Ian das mit schmutzigem Seifenschaum bedeckte Wasser. Er tauchte einen Finger in den Zuber, musterte ihn gründlich und wischte ihn an den Hosen ab. »Werd mich wohl doch nicht waschen«, erklärte er. »Hab ich ja heute schon hinter mir. Und sich zweimal am Tag zu waschen, das bringt Unglück.«

»Wie du meinst.« Trix legte es nicht auf einen Streit an, ihm konnte es nur recht sein, wenn der Knappe schmutziger war als sein Herr. »Bei dem feierlichen Abendessen zu meinen Ehren stehst du hinter mir. Wenn ich die rechte Hand hebe, legst du mir die Serviette hinein. Wenn ich dir den Teller hinhalte, darfst du die Reste aufessen, bevor du ihn an den Diener weiterreichst. Und vergiss ja nicht, mir Wein einzuschenken. Der Becher muss immer voll sein.«

»Verstanden«, sagte Ian traurig.

»Keine Angst«, beruhigte ihn Trix. »Ich esse nur die Hälfte und gebe dir dann den Teller. Und bevor du Wein nachschenkst, darfst du den Rest aus dem Becher austrinken. Ich werde sagen, das sei ein Zeichen meiner besonderen Güte.«

Das hörte sich schon besser an, fand Ian.

Der Fischerbaron hatte sich nicht verändert, seit Trix mit seinen Eltern im Schloss zu Besuch gewesen war. Nur sein Bauch war noch runder, sein Gesicht röter, und die Nase überzog ein rotes Netz aus kleinen Adern. Galan saß auf einem vergoldeten Holzthron. Die kleine Baronenkrone, ein goldener Reif mit einem einzigen roten Stein, hatte er gerade abgenommen, um sich den Schweiß von der Stirn zu wischen.

Der Blick des Barons war noch immer fest, klug und wach. Als er kurz zu den Jungen, die vor dem Thron standen, hinsah, wusste Trix, dass er ihn erkannt hatte.

Er hatte ihn erkannt – aber nicht angesprochen.

Der Baron und seine (ebenfalls schweigende) Familie hatten an einem bescheidenen Tisch Platz genommen, der schon für das Abendessen gedeckt war. Die Baronin war eine magere Frau mit langer Nase, die das schwarze Haar zu einem glatten Knoten aufgesteckt hatte. Die beiden mittleren Kinder, ein Sohn und eine Tochter, waren zehn und sieben Jahre alt. Die älteren Kinder dienten als Knappen oder Pagen bei Nachbarbaronen, die jüngeren wurden von den Kinderfrauen gefüttert und durften nicht mit am Tisch sitzen. Schließlich waren noch die beiden jüngeren Brüder des Barons anwesend, ebenfalls dicke Herren, die gern tranken, allerdings aus Mangel an Land und Geld stets finster dreinblickten. Der Hauptmann der Wache, ein tapferer Soldat voller Narben, trug eine schlichte Rüstung und zuckte in einem fort nervös mit dem rechten Lid.

Einen Zauberer hatte der Fischerbaron nicht. Zauberer lebten nicht gern in den armen Schlössern kleiner Barone. Und das Schloss war arm. Die eingestaubten Mosaikfenster ließen kaum Licht durch, vom Thron blätterte das feine Blattgold ab, die Teppiche am Boden waren zerschlissen, in den Kerzenhaltern brannte nur je eine Kerze, noch dazu eine aus Talg, nicht aus Wachs.

Thor Galan ließ sich Zeit. Er befeuchtete sich die Lippen und schielte zu seiner Frau hinüber. Er hob den Blick an die verrußte Decke, anschließend starrte er auf die Spitzen seiner Schuhe.

Trix wartete. Entweder würde Galan ihn anerkennen oder als Usurpator anklagen. Oder nein: Wenn er ihn nicht anerkannte, würde er, Trix, die Peitsche zu spüren kriegen.

Plötzlich lächelte der Fischerbaron, sein Gesicht erstrahlte – und es wurde sofort klar, warum er der »gute Baron« hieß.

»Trix! Trix Solier, mein Junge! Du lebst!«

Trix seufzte erleichtert und bemerkte erst jetzt, dass seine Hände feucht von Schweiß waren.

Der Baron erhob sich. »Und wer ist das?«

»Der getreue Knappe Ian«, antwortete Trix.

»Was für ein würdiger Knappe!«, sagte der Baron. »Er lässt seinen Herrn nicht im Stich. Das ist ein ruhmreiches Verhalten, das auch einem erwachsenen Manne von adligem Blut gut zu Gesicht stünde ... Kommt her, meine Kinder!«

Trix und Ian traten vor den Baron. Dieser schloss sie in die Arme und gab jedem von ihnen einen Kuss. Der Baron roch nach Wein, Knoblauch und Hundezwinger.

»Wir wollen die Rettung des edlen Trix feiern!«, verkündete der Baron. »Kerzen! Wein! Noch ein Huhn und einen Teller!«

Trix sah Ian triumphierend an und zwinkerte ihm zu.

»Wir werden sehen, wie wir dir helfen können«, sagte Galan und kniff Ian in die Wange. »Wie du gewachsen bist, du Lauselümmel! Aber ich erkenne das edle Blut der Solier!«

»Eure Durchlaucht!«, sagte Trix empört. »Baron ...«

Die kräftigen Finger des Barons legten sich ihm sanft in den Nacken.

»Danke mir nicht, treuer Knappe«, sagte der Baron lächelnd. »Ich werde alles tun, um deinem Herrn zu helfen.«

Ian warf Trix einen verzweifelten Blick zu.

»Dir hat's wohl die Sprache verschlagen, was, Trix«, wandte sich der Baron an Ian, wobei er die Finger nicht vom Nacken des echten Trix nahm. »Nur nicht so schüchtern!«

»Ich bin Eurer Durchlaucht für die versprochene Hilfe dankbar«, murmelte Ian. Er linste zu Trix hinüber. »Aber ...«

»Wein für den edlen Trix!«, brüllte der Baron und knuffte Ian.

Der brachte schon wieder kein Wort heraus. Trix war ohnehin sprachlos. Der Baron konnte sie doch nicht verwechseln! Nicht, nachdem er ihn so angesehen hatte!

»Nachher«, flüsterte ihm der Baron ins Ohr. »Nach dem Essen reden wir über alles!«

Er schickte die Jungen ans Ende des Tischs. Wie im Traum stellte sich Trix hinter Ian. Der Diener drückte Ian einen Becher mit Wein in die Hand und stellte einen Holzteller mit Brathähnchen vor ihn. Ian drehte sich zu Trix um. »Das wollte ich nicht!«, flüsterte er mit panischer Stimme. »Das ist nicht meine Schuld!«

Trix hatte die Sache inzwischen jedoch durchschaut. Der vorsichtige Galan traute nicht mal seinen eigenen Leuten über den Weg und wollte ihn, Trix, vor einem Meuchelmörder schützen! Deshalb musste Ian sich für seinen Herrn ausgeben, deshalb musste Trix ihn bei Tisch bedienen. Genau wie in der Geschichte mit Granis, dem Ritter von Strick und Stock, dem die Ehre zuteilgeworden war, Dekaran dem Weisen als Knappe zu dienen und an seiner Stelle den qualvollen Tod durch vier Pferde zu erdulden: einen Rotschimmel, einen Rappen, einen Schecken und einen Goldfuchs. Danach hatte Dekaran, der derweil den Knappen gespielt hatte, die Gebeine von Granis in sein Stammschloss bringen lassen, seinen Vasallen von gar wundersamer Rettung erzählt, eine neue Armee um sich geschart und sich sofort für den Tod des tapferen Knappen rächen wollen, wenn nicht leider gerade eine Choleraepidemie ausgebrochen wäre.

»Hier!«, flüsterte Ian und reichte Trix einen halb leeren Becher. »Willst du auch Huhn?«

Aus seinen Überlegungen gerissen, trank Trix gierig den leichten Wein. Verstohlen blickte er sich um. Niemand achtete auf sie, offenbar weil Galan selbst das nicht tat, denn er war voll und ganz damit beschäftigt, das Maul eines jungen Windhundes, der aus dem Hundezwinger gebracht worden war, zu inspizieren. Mit dem Gebiss zufrieden, strahlte er übers ganze Gesicht. Einen zweiten Welpen würdigte Galan keines Blickes, sondern befahl gleich, ihn den Förstern zu überlassen – der Baron war nicht ohne Grund für seine Güte bekannt: Jeder andere hätte befohlen, den Rassehund zu ertränken, anstatt das Tier den Dienern zu schenken.

»Gib mir die Keule!«, verlangte Trix. »Und Brot! Weißes!«

Falls jemandem auffiel, dass der wie durch ein Wunder gerettete Co-Herzog seinen Knappen mit allzu guten Happen bedachte, verlor er kein Wort darüber, sodass Trix seinen Hunger stillen konnte.

Einmal brachte der Baron einen Toast aus, aber nicht auf Trix oder seine toten Eltern, sondern »auf die Gerechtigkeit!«. Trix redete sich zwar ein, der Toast gelte auch seiner Rettung, wurde mit einem Mal aber ganz traurig. Das Essen zog sich hin, obwohl nach dem Huhn kein weiterer Gang folgte. Die Kinder wurden irgendwann hinausgebracht, die Erwachsenen tranken Wein. Trix und Ian schienen zwischen Kinder und Erwachsene geraten: Niemand jagte sie fort, es schenkte ihnen aber auch niemand Wein nach. Erst als Ian laut gähnte, nahm ihn der Baron wieder zur Kenntnis.

»Unsere jungen Gäste sind müde«, erklärte er feierlich. »Ligar, bring sie ins große Gästezimmer!«

Der Hauptmann der Wache nickte seinem Herrn zu (anscheinend ging es beim abendlichen Gelage ziemlich locker zu) und drehte sich zu den Jungen um. Ian sprang erleichtert auf und Trix konnte sich endlich die Beine vertreten. Stocksteif auf der Stelle zu stehen strengt nämlich viel mehr an als ein langer Fußmarsch.

»Ich danke Euch, Eure Durchlaucht!« Wein und Essen

hatten Ian kühn gemacht, er spielte die Rolle des Co-Herzogs jetzt schon viel überzeugender. »Vor dem Einschlafen werde ich zum Herrn beten, damit er Euch für Eure Gastfreundschaft belohnt!«

Trix guckte immer finsterer drein, verlor jedoch kein Wort.

Ligar, der hinter den Jungen zur Tür ging, murmelte aber: »Gut gesprochen – für eine Waise von niederem Stand.«

Daraufhin sah Trix Ligar verstohlen an. Sie hatten den Bankettsaal bereits verlassen und gingen einen dunklen Gang hinunter. Das Mondlicht, das durch die schmalen Fenster und Schießscharten fiel, sorgte dafür, dass sie nirgends anstießen. Um richtig gut sehen zu können, hätten sie eine Kerze gebraucht, aber die Diener des Barons waren offenbar daran gewöhnt, ohne diesen Luxus auszukommen.

Das feuchte Schilfrohr, mit dem der Fußboden ausgelegt war, gab schmatzende Geräusche von sich. Nach Trix' Dafürhalten hätte es längst ausgetauscht werden müssen. Was ja wohl auch kein Problem sein dürfte, bei einem Schloss direkt am Fluss! Aber entweder sparte der Baron sogar am Ried, oder es war ihm völlig egal, was unter seinen Füßen lag: frisches grünes Schilf oder ein Brei aus Dreck und faulem Holz.

»Ihr habt mich also erkannt, Hauptmann?«, fragte Trix.

»Als der Co-Herzog Solier mit seiner Familie unser Schloss beehrte, war ich die rechte Hand des damaligen Hauptmanns«, antwortete Ligar ausweichend.

»Hat der Baron ... mich Knappe genannt, um mich zu schützen?«

»Kann sein.« Ligar runzelte das narbenreiche Gesicht. »Der Baron ist klug. Viel klüger, als seine Nachbarn glauben.« Er verstummte, offenbar wollte er sich nicht verplappern. Als sie das Gästezimmer erreicht hatten, fügte er allerdings hinzu:»Und viel ärmer. Fünf Jahre schon haben wir nichts als Pech. Räuber kommen aus den Bergen und rauben die Karawanen aus, denen der Baron Schutz versprochen hat. Zwei Magier haben bei einem Streit eine Silbermine verschüttet und einen wertvollen Sandelholzwald abgefackelt. Dann noch Dürre, Überschwemmung und die königlichen Steuereintreiber! Aber der Baron ist klug.«

Er schubste die Jungen leicht gegen die Tür und wartete, bis sie im Zimmer waren und die Riegel von innen vorgelegt hatten. Erst dann ging er wieder.

Als Erstes tastete Trix auf dem Tisch nach dem Kerzenhalter und einer geschnitzten Schale mit Schwefelhölzern. So weit ging die Sparsamkeit des Barons doch nicht, dass seine Gäste im Dunkeln hocken mussten. Beim dritten Anlauf – die neumodischen Hölzer brachen ständig, zischten, verglommen und verbreiteten stinkenden Schwefelrauch, wollten aber auf keinen Fall brennen – schaffte er es, die Kerzen anzuzünden.

Verärgert blickte er Ian an.»Darf ich mich in Anwesenheit Seiner Durchlaucht setzen?«

»Was kann ich denn dafür?«, fragte Ian aufgebracht. »Habe ich mich etwa um die Rolle gerissen?! Das haben wir alles dem Baron zu verdanken!«

Dagegen ließ sich schwerlich etwas sagen.

»Der Erbe des Co-Herzogs bin ich«, erinnerte ihn Trix. »Weißt du, warum der Baron dich Trix genannt hat? Damit die Meuchelmörder, falls es solche unter der Dienerschaft gibt, dich töten und ich davonkomme.«

»Aber ich will nicht ermordet werden!«, jammerte Ian.
»Selbst wenn du dann davonkommst!«

»Hohlkopf! Für seinen Herrn zu sterben ist eine Ehre!«

»Aber Ehre interessiert mich nicht!« Ian ging vorsichtshalber von der Tür weg.

»Jetzt lässt sich das nicht mehr ändern.« Trix zuckte die Achseln. Er sah aufs Bett. »Wahrscheinlich sollte ich lieber auf der Bank schlafen. Und du im Bett. Falls es in der Wand eine geheime Öffnung gibt, durch die eine Giftnatter ins Bett kriechen kann. Oder in der Decke ein Loch, durch das man dem Gast geschmolzenes Pech auf den Kopf gießt. Warum bist du denn so bleich?«

Da klopfte jemand an die Tür, und Ian wechselte prompt die Farbe, von Weiß zu Rot. »Mach nicht auf!«, flüsterte er. »Trix, bitte!«

Trix schlich auf Zehenspitzen zur Tür. Er lauschte. »Wer ist da?«, fragte er leise.

»Thor Galan«, antwortete eine harte Stimme. »Öffne, Trix!«

Trix sah seinen Knappen an, breitete die Arme aus und schob den Riegel zurück.

Es war wirklich der Baron. In der einen Hand hielt er einen Kerzenhalter mit fünf Kerzen, in der anderen eine Flasche. Der Wein, den er beim Essen getrunken hatte, hatte sein Gesicht gerötet, trotzdem war Galan erstaunlich munter. Kaum war er im Zimmer, schloss er die Tür hinter sich, gab Ian den Kerzenhalter und die Flasche und schloss Trix fest in die Arme. Der keuchte auf. Gleich darauf hielt der Baron den Jungen ein Stück von sich und sah ihm ins Gesicht. »Ich erkenne dich«, sagte er. »Ich erkenne den Adel. Ich bin froh, dass du am Leben bist, mein Junge.«

Trix seufzte erleichtert. Er warf Ian einen stolzen Blick zu und sagte: »Meine Eltern sind tot. Der gemeine Co-Herzog Gris ...«

»Ich weiß.« Der Baron setzte sich schnaufend an den Tisch. Er schielte zu Ian hinüber und brummte: »Was stehst du rum, Knappe? Gieß den Herren Wein ein!«

Ian machte sich hektisch auf die Suche nach Bechern.

»Dein Vater war immer viel zu romantisch, Trix«, fuhr der Baron fort. »Die Romantik wäre eine wunderbare Eigenschaft, wenn man es dabei nicht an Wachsamkeit mangeln ließe. Aber deine Mutter hat mich überrascht. Gift zu trinken, sich einen Dolch in den Leib zu rammen und aus dem Fenster zu springen! Das nenne ich edles Blut!«

»Erdolcht hat sie sich auch noch?«, fragte Trix. Ian hatte endlich zwei Zinnbecher gefunden und goss den beiden Wein ein.

»Also mit dem Dolch, da hat sie sich nur gekratzt.« Galan runzelte die Stirn. »Aber alle Formalitäten eines Hohen Todes hat sie beachtet. Drei edle Arten, sich das Leben zu nehmen, durchgeführt in der richtigen Reihenfolge. Sie hat meinen Respekt. Ich hätte mich nicht aus dem Fenster gestürzt, ich habe Höhenangst ... Also, Trix, auf deine Gesundheit!«

Sie tranken vom Wein, und selbst Trix mit seiner geringen Erfahrung fiel auf, dass der Inhalt dieser Flasche wesentlich besser war als der Wein beim Essen.

»Was gedenkst du jetzt zu tun, junger Mann?« Der Baron wischte sich über den Bart und sah Trix neugierig an.

»Ich will den Regenten Hass um Hilfe bitten«, sagte Trix. »In meiner unendlichen Dankbarkeit würde ich Dillon die Grenzgebiete schenken, um die es so lange Streit gab ...«

»Meinst du vielleicht die Gebiete, die der hochverehrte

Herzog Gris heute Morgen Dillon übereignet hat?«, fragte der Baron. »Bei der Gelegenheit hat er übrigens verlautbaren lassen, allein die Sturheit des toten Mitherrschers habe ihn daran gehindert, den Streit schon früher beizulegen.«

Trix' Miene verfinsterte sich. Trotzig reckte er den Kopf in die Höhe. »Ich werde schon etwas finden, was ich Dillon anbieten kann! Es sind edle Menschen, die sich der Willkür widersetzenwerden.«

»Der Regent Hass ist nicht sonderlich edel. Er ist gierig und klug, aber nicht edel.« Galan nahm einen weiteren Schluck Wein. »Und die Prinzessin Tiana hat noch nichts zu sagen. Und wenn die Heiratspläne, die der Regent für sie schmiedet, in Erfüllung gehen, wird das auch so bleiben.«

Der Baron holte aus der Tasche seines Wamses einen großen grünen Apfel, rieb ihn am Ärmel ab und teilte ihn demonstrativ in zwei Teile. Die eine Hälfte gab er Trix, in die andere biss er selbst hinein.

»Aber was soll ich dann tun?«, fragte Trix.

»Nichts«, antwortete der Baron. »Kein Baron wird es wagen, dir zu helfen. Dafür ist Hass zu bedeutend. An König Marcel kommst du nicht ran, abgesehen davon wird er sich nicht über Hass hinwegsetzen und in kleine Streitereien einmischen.«

»Aber Ihr habt mich doch auch anerkannt!«, sagte Trix. »Baron, alle wissen, dass Ihr ein kluger Mann seid, man wird Eurem Beispiel folgen.«

»Ich bin kein Dummkopf, das stimmt«, erwiderte der Baron. »Iss deinen Apfel, Trix. Du bist es nicht gewöhnt, Wein zu trinken – und meiner ist stark. Aber ich habe nicht dich anerkannt, sondern deinen Gefährten. Du bist aus dem Waisenhaus, mein Junge?«

»Ja«, sagte Ian, der leise an den Tisch herangetreten war. »Ich bin der Knappe, ich wollte mich nicht für Trix ausgeben.«

»Das wirst du müssen.« Der Baron warf den Apfelrest weg. »Es würde mich teuer zu stehen kommen, wenn ich dir helfen würde, Trix. Wenn Gris erfährt, dass ich den echten Erben bei mir aufgenommen habe, muss ich mich auf einiges gefasst machen. Gegen seine Armee bin ich machtlos. Vergiss auch die Meuchelmörder nicht oder die Zauberer, die Unheil wirken. Angeblich steht Gris sogar mit dem Teufel im Bunde. Deshalb bin ich gut beraten, deinen Gefährten aufzunehmen und so zu tun, als hielte ich ihn für den echten Trix.«

»Wieso das?«, fragte Trix.

»Wozu hast du eigentlich einen Kopf!« Der Baron schien etwas ungehalten über Trix' Begriffsstutzigkeit. »Ein falscher Trix bedeutet für Gris keine echte Gefahr, ich aber kann ihn mit etwas Geschick als Trumpf ausspielen, sodass Gris sich auf ein paar kleine Kompromisse einlassen muss. Wir streiten uns da um einige Auen ...« Der Baron winkte kurz mit der Hand. »Aber das tut nichts zur Sache. Irgendetwas werde ich schon für mich rausschlagen. Dein Knappe kann gern ein halbes Jahr bei uns bleiben, von mir aus auch ein ganzes.«

»Und dann?«, fragte Ian verängstigt.

»Keine Angst!« Der Baron lächelte. »Sobald Gris auf meinen Vorschlag eingeht, werde ich verkünden, dass du bloß ein lausiger Herumtreiber bist. Der Form halber wird man dich auspeitschen, aber ich werde den Folterknecht bitten, es nicht zu übertreiben. Wenn du danach wiederhergestellt bist, gebe ich dich bei einem guten Meister in die Lehre.

Oder du kommst in meinem Hundezwinger unter. Magst du Hunde?«

»Sehr.« Ian strahlte.

»Wunderbar«, sagte der Baron. »Dann hätten wir das geklärt.«

»Und ich?«, jammerte Trix.

»Richtig, was machen wir mit dir«, sagte der Baron. »Glaube mir, Trix, wenn ich die Möglichkeit hätte, dir zu helfen, würde ich das tun. Aber die habe ich nicht. Deshalb ...«

Trix wartete ängstlich, was nun kommen würde. Ian, der hinter Galan stand, zuckte ratlos mit den Schultern.

»Deshalb werde ich dir Proviant geben, damit steigst du in dein Boot und fährst weiter. Am besten nach Dillon. Das ist eine große und reiche Stadt, wo ein kluger Waisenjunge immer Arbeit findet. Abgesehen davon werde ich dir einen Empfehlungsbrief mitgeben. Darin heißt es, du seist der uneheliche Sohn eines Verwandten von mir. Wer will, kann es sogar so verstehen, dass du mein Neffe bist. Du kannst lesen und schreiben und noch ein paar andere nützliche Dinge. Der Brief ist schon in Arbeit. Damit kommst du bei jedem Kaufmann unter, glaub mir. Der Rest hängt von dir ab. Du verdienst Geld, steigst als Kompagnon in ein Geschäft ein, fährst zur See, baust ein Haus, heiratest die Tochter deines Seniorpartners ... Am besten suchst du dir einen verwitweten Kaufmann ohne Söhne, dafür aber mit hübschen Töchtern. Ich empfehle dir, die jüngste zu wählen, die werden in der Regel am meisten geliebt und verwöhnt. In zwanzig, dreißig Jahren bist du so reich, dass du bei mir, dann einem Greis, jederzeit unaufgefordert hereinplatzen kannst.«

Die selbstsichere Stimme des Barons hatte auf Trix eine

einlullende Wirkung, fast als verstünde der Mann etwas von Zauberei. Mit offenem Mund starrte Trix den Baron an. Durch seinen Kopf zogen wirre Bilder: die Lehre in einem Laden für Kräuter; ein blendend blauer Himmel in wilden, heißen Ländern; erfolgreiche Geschäfte; ein einstöckiges Steinhaus mit Garten und einem Wasserbecken; eine hübsche junge Frau und eine eigene Kutsche ...

»Aber was wird dann aus meiner Rache?«, fragte Trix. »Ich will den Thron meines Vaters zurück! Ich bin kein Kaufmann, ich bin der Nachfahre kühner Ritter!«

»Ein Ritter, ein Kaufmann – was spielt das für eine Rolle?«, rief Galan. »Mit einem Sack Gold kannst du mehr Menschen töten als mit Lanze und Schwert. Gris stammt von Kaufleuten ab und er hat deinen Vater nach Strich und Faden reingelegt.«

»Aber ich habe geschworen, mich zu rächen!«, knurrte Trix.

»Und ich habe in meiner Jugend geschworen, Lunida Solier zu heiraten«, hielt Galan grinsend dagegen. »Ja und? Gleich bringt dich jemand zum Steg hinunter, setzt dich ins Boot und drückt dir den Empfehlungsbrief in die Hand. Mir bleibt nichts, als dir eine gute Reise zu wünschen!«

Trix schwieg.

»Du hältst mich für ungerecht?«, fragte der Baron sanft. »Du naiver Junge! Ich bin klug, gut und taktvoll. Ein anderer an meiner Stelle hätte dich im Fluss ertränkt. Oder, wenn er sehr dumm ist, an Gris ausgeliefert.«

»Warum muss man dafür sehr dumm sein?«, fragte Trix.

»Ich glaube nicht, dass du geflohen bist. Gris hat dich wahrscheinlich laufen lassen. Bestimmt führt er irgendwas im Schilde.« Der Baron kniff die Augen zusammen. »Hör mal, du wirst doch jetzt nicht weinen! Du bist fast erwachsen, du solltest deine Gefühle beherrschen. Glaubst du, für mich ist das einfach? Aber heule ich? Eben!«

Jemand klopfte an die Tür. Auf eine Geste des Barons hin öffnete Ian. Es war die Baronin, die eine versiegelte Schriftrolle in der Hand hielt. »Ich bin fertig«, sagte sie kalt, ohne die Jungen eines Blickes zu würdigen. »Für wen sollte ich das schreiben?«

»Für Trix«, sagte der Baron fröhlich. »Für den echten. Der, der den Knappen mimt.«

»Das Äußere habe ich ohnehin nicht beschrieben«, erklärte die Frau gleichgültig. Sie reichte dem Baron die Rolle. Mit einem Blick auf die Flasche murmelte sie: »Trink nicht wie ein Schwein, sonst musst du bei den Dienern schlafen!«

»Ach ja, die Diener …«, sagte der Baron, sobald die Tür hinter der Baronin ins Schloss fiel. »Ich bring dich besser selbst zum Boot, Trix.«

»Nicht einmal über Nacht darf ich bleiben?«, fragte Trix empört. »Nennt Ihr das vielleicht Gastfreundschaft?«

Seufzend schüttelte der Baron den Kopf. Er gab Trix einen leichten Klaps in den Nacken. »Er ist ein undankbarer Junge, oder?«, wandte er sich an Ian. »Trix! Stell meine Geduld nicht auf die Probe! Komm!«

»Darf ich Trix … ich meine, Ian, mit zum Boot bringen?«, fragte Ian plötzlich.

Der Baron sah ihn aufmerksam an. »Du bist nicht dumm«, bemerkte er, während er den Kerzenhalter vom Tisch nahm. »Auf deine Art sogar ehrlich. Natürlich kannst du mitkommen.«

Der Baron und Trix' – ehemaliger! – Knappe gingen durch den leeren, dunklen Gang voraus, er selbst stapfte ihnen nach. Ihm war zum Heulen zumute. Der Baron dagegen schien bester Laune, summte ein Lied vor sich hin, wobei er immer wieder Wörter ausließ, die er durch »pam«, »pampam« und »pampampam« ersetzte:

»Retaler, der ruhmreiche Baron, möcht einsammeln die Kronen/Vasallen und pampampam, diesmal gedenkt er keinen zu schonen/Die pampam forsch gekratzt, macht er sogleich sich auf die Reise/Träumt davon, pam oder Lanze zu gebrauchen in zünft'ger Weise.«

Der Baron ist wirklich taktvoll, dachte Trix. Wenn sein Vater sich mit seinen Freunden betrank, sparte er beim Lied über den Baron Retaler kein Wort aus.

Am Pier taten neue Wachposten Dienst, die sich beim Erscheinen des Barons unverzüglich ins Schloss zurückzogen. Anscheinend war das vorab besprochen worden. Der Baron ging mit den beiden Jungen zum Boot, das noch an seinem alten Platz lag. Er wies mit dem Finger auf den Sack darin.

»Proviant«, sagte er.

»Danke, Eure Durchlaucht«, presste Trix heraus.

»Sei mir nicht böse. Wenn du größer bist, wirst du meine Güte zu schätzen wissen.« Den Baron schien nichts aus der Ruhe zu bringen. »Nimm diese Schriftrolle und fahre nach Dillon!«

Trix nahm die Rolle an sich und steckte sie unters Hemd. Er maß Ian mit giftigem Blick, sagte jedoch kein Wort und kletterte ins Boot. Es war eine Mondnacht, hell und wolkenlos. Wenigstens das Wetter blieb ihm treu.

»Ich mach das Boot los«, sagte Ian. »Das ist schließlich meine Pflicht als Knappe.«

In seiner Wut wusste Trix nicht mal, was er seinem ehrlosen Gefährten darauf antworten sollte. Der Baron lachte aus vollem Hals und klopfte sich auf die dicken Schenkel. Ian band ungerührt die Leine los, warf sie ins Boot, holte tief Luft und stieß das Boot vom Pier ab.

»Du ...« Trix wollte ihm zum Abschied noch etwas Gemeines zuschreien, doch da sprang Ian plötzlich ins Boot, wobei er es fast zum Kentern gebracht hätte. Trix hielt sich an der Bootswand fest und schrie: »Was soll das, du Idiot!«

»Ruder!«, flüsterte Ian, der bereits nach den Rudern gegriffen hatte. »Mit den Händen!«

Als Trix begriff, was Ian vorhatte, legte er los. Jetzt war die Reihe am Baron, vom Ufer aus zu brüllen: »Ian! Du Taugenichts! Komm zurück!«

»Das geht nicht, Eure Durchlaucht!«, rief Ian, ohne sich umzudrehen und mit aller Kraft weiterrudernd. »Ich habe einen Eid geschworen! Ich bin Knappe!«

Der Baron schnappte nach Luft. Sein Gesicht war gefährlich rot. Dann brüllte er: »Ist denn die ganze Welt verrückt geworden? Ihr Kinder seid die Schande eurer Eltern!«

»Ihr werdet einen anderen Trix finden, Eure Durchlaucht«, erwiderte Ian. »Es sind genug von uns unterwegs, da wird schon einer bei Euch aufkreuzen.«

Dann achtete er nicht länger auf die Flüche, die Galan ausstieß. Zum Glück war es am Hofe des Barons wirklich schlecht um Magie bestellt, denn alle Flüche waren alt, abgenutzt und damit unschädlich.

»Den sind wir los«, sagte Ian überzeugt, als ihr Boot die Strömung erreichte. »Nachts ist es zu schwierig, uns zu verfolgen.«

Trix sah seinen Knappen an. »Warum bist du ins Boot gesprungen?«, fragte er schließlich.

»Wenn ich mich darauf verlassen könnte, dass der Baron mich in einem Jahr tatsächlich zu einem Meister in die Lehre gibt, wäre ich geblieben«, erklärte Ian. »Aber was, wenn er mich dann ertränkt? Spaßvögel wie ihn kenne ich zur Genüge. Wenn er will, ist er gut, aber wenn er nicht will, ist er verdammt böse. Überhaupt … bin ich dein Knappe.«

»Ian!« Trix vergaß prompt, was ihm angetan worden war. »Du … du bist jetzt mehr als ein Knappe für mich! Du bist mein Freund! Nein! Mein Blutsbruder! Genau wie der junge Knappe Wolly für den ruhmreichen Ritter Lam!«

»Wie?«, fragte Ian neugierig.

»Kennst du etwa die *Ballade vom jungen Wolly und dem ruhmreichen Lam* nicht?«

»Nein«, antwortete Ian verlegen.

»Das ist eine sehr schöne Ballade, die zu Herzen geht. Ich wollte über die beiden in den Chroniken nachlesen, aber mein Vater hat gesagt, das sei zu früh.«

»Gut, lass uns Blutsbrüder werden«, willigte Ian ein. »Aber ich habe kein Messer. Wir hätten eins vom Tisch des Barons mitnehmen sollen!«

»Dann erledigen wir das morgen. Auf alle Fälle vielen Dank! Das wird ihm eine Lehre sein … dem alten Intriganten! Bist du sicher, dass in dir kein edles Blut fließt?«

»Ja«, antwortete Ian. »Wie gesagt, mein Vater war Gärtner. Meine Mutter hat ihm geholfen.«

»Aber …«, setzte Trix an, »aber manchmal stellt ein Mensch überraschend fest, dass er der illegitime Sohn eines Herzogs ist.«

»Aber ich sehe meinem Vater ähnlich. Also vergiss es! Lass uns lieber mal nachsehen, was uns der Baron mitgegeben hat!«

»Ich sehe nach und du ruderst!«, entschied Trix. Noch war Ian schließlich sein Knappe, nicht sein Blutsbruder, also war er für körperliche Arbeit zuständig.

In dem Sack fand sich wirklich Essen, wenn auch recht einfaches: zwei gebratene Hühnchen, zwei Laibe Brot, gekochtes Gemüse und eine Flasche Wein.

»Wunderbar«, sagte Ian. »Und dann haben wir noch den Brief. Zeigst du ihn mir mal?«

Trix zog das Pergament heraus, die beiden entrollten es und fingen an zu lesen, obwohl die Buchstaben in der Dunkelheit kaum zu erkennen waren.

Der Baron hatte nicht gelogen. Man konnte tatsächlich glauben, der Überbringer sei ein vierzehnjähriger Adliger (obwohl nichts Konkretes gesagt wurde, hatte man sogar den Eindruck, es sei der Neffe des Barons). Der Junge könne lesen, schreiben und dergleichen mehr. Das Siegel war echt und leuchtete ganz zart. Der König, genauer gesagt seine Zauberer, hatten an alle Vasallen magische Siegel verteilt. Ein solches Siegel zu fälschen war nicht nur schwierig, sondern obendrein lebensgefährlich.

»Wunderbar«, wiederholte Ian. »Damit können wir bei jedem Kaufmann unterkommen. Sogar ein Meister der Goldschmiedekunst würde uns damit nehmen.«

»Nur dass ich nicht zu einem Kaufmann gehe!« Trix rollte das Papier zusammen und steckte es wieder in den Sack. »Ich will den Regenten Hass auf meine Seite ziehen.«

»Aber der Baron hat recht, Trix!«, widersprach Ian erschrocken. »Wir sollten besser nicht zum Regenten! Damit würden wir alles nur noch schlimmer machen! Lass uns zu einem Kaufmann gehen, ja? Du findest eine Stelle und dann empfiehlst du mich. Wir lernen, verdienen Geld …«

»Hast du eigentlich eine Ahnung, was Ehre bedeutet?!«
Trix schüttelte den Kopf. »Nein, Ian, morgen früh sind wir in Dillon. Dann gehen wir sofort in den Palast.«

Obwohl Ian das nicht passte, fing er keinen Streit an. »Du musst es ja wissen«, brummte er bloß. »Aber jetzt pass auf das Boot auf! Mir fallen nämlich schon die Augen zu. Um Mitternacht weckst du mich! Dann haust du dich hin, damit du ausgeschlafen zum Regenten gehst, und ich werde bis nach Dillon aufs Boot aufpassen.«

Trix dachte nicht lange über den Vorschlag nach. Er wollte zwar schlafen, aber Ian hatte dem Baron so edel und mutig einen Strich durch die Rechnung gemacht ... Außerdem hatte er recht. Besser, er schlief später und trat würdevoll vor den Regenten.

»Einverstanden«, sagte Trix.

Ian streckte sich auf dem Boden des Boots aus, schob sich den Proviantsack unter den Kopf und schlief auf der Stelle ein. Trix korrigierte nur hin und wieder mit einem Ruderschlag den Kurs. Immer wieder drehte er sich um, aber niemand verfolgte sie. Entweder hatte der Baron ihnen ihre Flucht verziehen oder er wollte die Wachposten nicht wecken und ihnen von seiner Schlappe erzählen.

Wie gut, wenn man einen Freund hat! Selbst wenn er aus einfachen Verhältnissen stammt. Wie oft war doch echter Edelmut ... äh ... wie hieß es in den *Chroniken des Ordens Mannigfaltiger Genüsse*? Wie oft war doch echter Edelmut in einer unansehnlichen Hütte zu Hause, ganz wie sich alter Wein in einer verstaubten Flasche findet.

Die Ritter des Ordens Mannigfaltiger Genüsse verglichen fast alles mit Wein. Na gut, manchmal auch mit Bier. In Kämpfen hatten sie sich kaum ausgezeichnet, dafür aber eine Unmenge erbaulicher Balladen und Chroniken hinterlassen.

Ian zitterte im Schlaf. Seufzend nahm Trix den Umhang ab und deckte seinen Knappen damit zu. Eine Zeit lang wärmte die edle Tat ihn besser als jeder Umhang, am Ende war er jedoch steif vor Kälte. Ein Mensch von weniger edler Erziehung hätte nun vielleicht zu den Rudern gegriffen, um warm zu werden. Aber Trix sah auf jede Form körperlicher Arbeit herab, ganz wie es sich für den Erben eines Co-Herzogs ziemt. Deshalb zitterte er lieber, bis der Horizont langsam aufklarte, nahm Ian dann den Umhang wieder ab und weckte seinen Knappen.

»Ist es schon so weit?«, fragte Ian verschlafen und reckte sich. »Warum zitterst du denn so? Ist dir kalt?«

Trix schwieg stolz, legte sich hin und stellte fest, dass es bequemere Plätze zum Schlafen gab. Gestern Nacht war er einfach so müde, so von seinem Kummer überwältigt gewesen ... Aber heute würde er bestimmt nicht einschlafen. Das war unmöglich auf diesen kalten Brettern, die sich ihm derart schmerzhaft in die Rippen bohrten!

Als Trix erwachte, war es schon Tag. Glockenschläge hatten ihn geweckt. Er setzte sich auf die Bank und sah sich um. Das Boot war ein Stück aufs Ufer gezogen und lag verborgen in hohem Schilf. In der Ferne erhoben sich steinerne Türme.

Dillon! Die große Stadt, in der, wie man hörte, einhunderttausend Menschen lebten!

Wo steckte eigentlich Ian?

»Ian!« Trix stand auf und massierte sich die tauben Beine. »Ian!«

Keine Antwort.

Wohin war sein Knappe verschwunden?

Nachdem Trix aus dem Boot gesprungen war, entdeckte er am Boden eine lehmige Fläche, in die jemand Buchstaben geritzt hatte. Damit die Botschaft nicht zertrampelt wurde, war sie mit Schilfhalmen umzäunt worden.

Mit wachsendem Staunen fing Trix an zu lesen:
TUHT MIR LEIT! ZU HAS ZU GEHEN IST DUM! MACH WAS DU WILST ABER ICH GEH ZU DEN KAUFLÄUTEN! TSCHÜS!

»Als ob dich jemand nehmen würde!«, brummte Trix. Da ihm die Botschaft nicht antwortete, verrieb er sie mit dem Fuß. Dann fiel sein Blick auf den Sack. Der war deutlich kleiner geworden. »Wir wollten uns doch verbrüdern!«, rief Trix, während er ihn öffnete.

Ein Huhn und ein Brot waren verschwunden.

Und natürlich der Brief mit dem Siegel des Barons.

Trix kramte in seinen Taschen. Nein, das Geld hatte Ian nicht angerührt.

Er konnte seinem Knappen nicht einmal einen Vorwurf machen – schließlich hatte er, Trix, ja selbst gesagt, dass er das Empfehlungsschreiben nicht bräuchte.

»Dieser Hohlkopf! Hat eben kein edles Blut!«, murmelte Trix traurig. Wenn er nur daran dachte, dass dieser durchtriebene und überhaupt nicht edle Ian innerhalb eines Tages sein ... na gut, *fast* sein Freund geworden war. Oder er war es geworden – und hatte die Freundschaft wieder verspielt.

»Wenn ich wieder auf dem Thron bin, werde ich dich einfangen und auspeitschen lassen!«, drohte Trix dem im Wind raschelnden Schilf. Mit großer Mühe schob er das Boot aus dem Schlamm zurück ins Wasser und ruderte los.

Voller Hoffnung betrachtete er das mit Schilf und Wollgras bestandene Ufer.

Doch kein Ian weit und breit, der reuevoll um Verzeihung für seine Flucht bat.

Schweren Herzens brachte Trix das Boot in die Strömung. Die große Stadt Dillon wartete eine Meile flussabwärts auf ihn.

3. Kapitel

In seiner Kindheit war Trix schon zweimal in Dillon gewesen, das erste Mal vor zehn Jahren (von diesem Besuch erinnerte er sich nur an den Geschmack der bunten Zuckerwatte und den dunkelhäutigen Feuerschlucker, der das Volk auf irgendeinem Platz unterhielt), das zweite Mal vor vier Jahren (seltsamerweise erinnerte er sich auch hier fast nur an die vielen Süßigkeiten – und an die verwöhnte Tiana, die von jedem adligen Jungen, der zu Besuch kam, unterhalten werden wollte).

Jetzt war Trix jedoch ein erwachsener und ernsthafter Mann, ein Co-Herzog in der Verbannung, der über die Hauptstadt des Fürstentums viel gehört und gelesen hatte! Er überließ es der Strömung, das Boot langsam am Ufer entlangzutragen, dessen Promenade mit schokoladenfarbenen Steinplatten gepflastert war. Trix betrachtete die auf beiden Uferseiten liegende Stadt mit der seinem Stand angemessenen Neugier.

Der Fluss zog sich zwischen braunen Hügeln dahin, die an Karamellbonbons erinnerten. Das rechte Ufer wirkte höchst elegant. Die Kuppeln der Kirchen überragten wie weiße Zuckerhüte die bunten Drops der anderen Hausdächer. Hier und da bohrten sich die Türme der Magier in den Himmel, die mit bizarren Flachreliefs geschmückt waren und als Dach ein Sahnehäubchen trugen. Nichts konnte sich jedoch mit dem Schloss des Fürsten messen, das oben auf einem Berg thronte. Die mächtigen Mauern und die runden Verteidigungstürme hatten die Farbe von geschmolzenem Zucker und der riesige, bedrohliche Wehrturm aus grüngrauem Stein erinnerte an Pistazienhalva.

Auf der linken Seite wohnten dagegen die armen Leute, hier blieb der Blick fast nirgends hängen. Es gab nur kleine braune Häuser, das Ganze sah aus, als habe ein Riese karamellisierte Walnüsse zerbröckelt und über den Hang verteilt.

Das Erstaunlichste waren jedoch die kleinen Brücken, unter denen das Boot hindurchfuhr, die schwerelos und durchsichtig schienen, genau wie Marmelade. Große Zauberer hatten sie vor Jahrhunderten aus biegsamem bunten Glas geschaffen. Sobald die aufgehende Sonne auf die Brücken fällt, tanzen riesige farbige Lichtflecke – rote, blaue, grüne und zitronengelbe – auf dem Wasser.

Trix meinte, seinen Magen knurren zu hören, obwohl er doch vor dem Ablegen fast ein halbes Huhn verschlungen hatte. Er wollte etwas Süßes. Aber warum? Ob das daran lag, dass der Großfürst Dillon, der Gründer der Stadt und obendrein ein mächtiger Zauberer, ein, wie man es überlieferte, ausgesprochener Süßschnabel gewesen war? Angeblich hatte er im Sterben seine Seele in die von ihm erbaute Stadt gelegt.

Als Trix unter der zwölften und letzten Brücke hindurchfuhr, bemerkte er, dass er beinahe an der Hauptstadt vorbeigefahren wäre. Es hätte nicht viel gefehlt und der Fluss hätte ihn aufs offene Meer getragen – und dann hätte er es bestimmt nicht allein gegen die Strömung zurück geschafft.

Er griff nach den Rudern, und nachdem er sich eine Viertelstunde auf diese ungewohnte Weise körperlich betätigt hatte – zum ersten Mal in seinem Leben fing er sich Blasen ein (die edlen Aufschürfungen, die vom Schwertgriff herrührten, sowie die ordinären Scheuerwunden von zu engen Schuhen dürften ja wohl kaum zählen!) –, stieß das Boot mit der Spitze gegen einen mit Schilfmatten gepolsterten Lastkahn, der schon seit vielen Jahren als Anlegestelle diente und von Fischern zum Ausladen genutzt wurde. In den abbruchreifen Aufbauten verkauften die Fischer den Händlern ihren Fang.

»Was bringst du?«, rief ein Junge von sieben, acht Jahren, der zu Trix' Boot herübergerannt kam. Er hatte so viel Energie, dass er unermüdlich auf der Stelle hüpfte. Die nackten Füße erzeugten dabei einen verrückten Rhythmus. »Was bringst du? Klaro? Was bringst du?«

»Mich«, brummte Trix, als er auf den Anleger kletterte und das Boot an dem Poller vertäute, der noch am solidesten aussah. Nach dieser Antwort verlor der Junge jedes Interesse an Trix und sprang zurück zu den Händlern. »He!« Trix fiel etwas ein. »Warte mal, Junge!«

»Klaro?« Der Junge machte auf der Stelle kehrt. Er war dunkelhaarig und braun gebrannt, an den Schultern schälte sich die Haut. Er trug bloß zerrissene, grellorangefarbene Shorts. Dillon war dafür bekannt, dass sich hier jeder Farben leisten konnte. »Was?«

»Ich will mein Boot verkaufen«, sagte Trix.

»Klaro.« Der Junge warf rasch einen Blick auf das Boot, um dann schreiend über den Lastkahn zu flitzen: »Jolle zu verkaufen! Intakt, vor zwei Jahren im Co-Herzogtum vom Stapel gegangen! Bergkiefer! Gut geteert! Mit Rudern! Ein Goldstück und zwei Silberlinge!«

In seiner Verblüffung konnte sich Trix nur den Nacken kratzen. Schließlich hievte er den Sack aus dem Boot und wartete. Es stank nach Fisch. An Stangen wurde ein Holzkäfig an ihm vorbeigeschleppt, in dem ein feuchtes Ding mit dicken stacheligen Fangarmen und Borsten lag und zappelte. Aus den Hautfalten des Wesens guckte Trix ein wildes, fliederfarbenes Auge an.

Keine fünf Minuten später trat ein bärtiger, stämmiger Fischer in grobem Leinenoverall und mit einem hellen, breitkrempigen Hut an Trix heran. Er sah sich die Jolle an, ging in die Hocke und prüfte das Holz. Schließlich sprang er ins Boot und trat kräftig auf den Boden, um zu sehen, wie stabil er war. »Wo hast du es geklaut?«, fragte er.

»Sein Besitzer wird sich nicht melden«, antwortete Trix nach kurzer Überlegung.

Der Fischer spuckte ins Wasser und sagte: »Ein Goldstück!«

Trix glaubte jedoch inzwischen fest an den Wert, auf den der Bengel das Boot taxiert hatte, und schüttelte nur den Kopf. »Ein Goldstück und zwei Silberlinge! Das ist ein guter Preis.«

Der Fischer kletterte wieder auf den Kahn. Zweifelnd sah er Trix an, kramte dann in der Tasche seines Overalls und holte eine Handvoll Münzen heraus. »Abgemacht. Nimmst du alles in Silber?«

»Ja«, stimmte Trix zu.

»Musst schon entschuldigen, Kupfer hab ich nicht«, murmelte der Fischer, als er ihm zwölf Münzen abzählte. »Aber ein Bengel sollte nicht mit Silber um sich werfen ...«

Trix schaffte es weder, sich darüber zu wundern, dass ein einfacher Fischer zwölf Silberlinge aus der Tasche zog, noch begriff er, dass er selbst es war, der gerade als Bengel bezeichnet worden war. Er warf sich den Sack mit dem restlichen Proviant über die Schulter, nahm, ohne nachzuzählen, das Geld und ging an Land.

»Klaro!« Der Junge in den orangefarbenen Shorts kam angerannt und zog ihn energisch am Ärmel. »Und ich?« Wortlos gab ihm Trix einen Silberling.

»Klaro!«, rief der Junge begeistert. »Danke!«

»Sieh zu, dass du damit nicht um dich wirfst! *Klaro?*«, warnte ihn Trix. »Sonst bist du ihn bald wieder los!«

»Klaro«, versicherte der Junge und steckte das Geld sofort weg. »Werd ich nicht. Klaro, du willst in die Stadt?«

»Klaro, klaro«, antwortete Trix, während er die Uferpromenade hinunterlief. Sie war nicht so spektakulär wie die im Stadtzentrum, aber immerhin gepflastert – wenn auch die gesprungenen Platten, die teilweise im Dreck versanken, den guten Eindruck etwas zunichtemachten.

»Kann ich ein Stückchen mit dir mitkommen?«, fragte der Junge plötzlich.

Trix sah sich um. Und da bemerkte er – schließlich zählt Wachsamkeit zu den Rittertugenden und war ihm von klein auf beigebracht worden –, dass seinen jungen Freund ein paar ältere Burschen vom Kahn aus im Auge behielten, ohne Frage Handlanger der Fischhändler. Am Ufer drückten sich ebenfalls ein paar von ihnen herum, jünger als Trix, aber mit Sicherheit in der Lage, dem Kleinen den Silberling abzuknöpfen.

»Ja«, antwortete Trix.

Schweigend liefen sie weiter. Rechts erstreckte sich ein vernachlässigter Teil des Ufers, links lagen schäbige Hütten, aus denen es nach Fisch stank.

»Die verfolgen uns«, bemerkte der Junge. Er beschleunigte den Schritt und versuchte, Trix zu überholen. »Klaro ...«
Trix schaute zurück. In der Tat, die Bande kam ihnen nach. Er zählte sechs Jungen. »Geh langsam«, befahl er. »Da vorn kommt jemand, da werden sie sich nichts trauen.«
»Klaro, da kommt jemand«, erwiderte der Junge traurig. »Und deswegen werden sie uns jetzt erst recht ausrauben.«
Vor ihnen waren zwei weitere Jungen aufgetaucht, beide in Trix' Alter. Allem Anschein nach handelte es sich bei ihnen um die Anführer der Bande.

Trix hielt nach jemandem Ausschau, der ihnen zu Hilfe kommen könnte. Aber die Fischer und Händler waren zu weit weg.

Immerhin entdeckte er am Boden einen langen, kräftigen Stock. Mit einem ähnlichen Ding hatte er unter Anleitung des Hauptmanns der Wache Schwertkampf geübt, bevor man ihm die erste Klinge gegeben hatte. Trix hob den Stock auf, wischte den Dreck an seinen Hosen ab, damit er sicher zupacken konnte, und fasste ihn mit jenem Griff, der in den Lehrbüchern der Kampfkunst klangvoll als »Jungenspaß« bezeichnet wurde: mit beiden Händen und vertikal vor sich.

Einer der Burschen, ein stämmiger Junge, bei dem auf den ersten Blick klar war, dass er nicht sehr groß werden, dafür aber gewaltige Schultern bekommen würde, spuckte aus und trat vor. »Wen haben wir denn da?«, fragte er. »Einen Meister im Stockkampf?«

»Richtig«, antwortete Trix möglichst forsch. Natürlich war er alles andere als ein Meister, überhaupt hatte er zuletzt vor drei Jahren einen Stock in der Hand gehabt. Wenn er doch bloß ein Schwert hätte! Oder besser noch: ein Schwert und ein Kettenhemd!

»Gracq, gib mir meinen Stock!«, befahl der Bursche und strich sich das strubbelige Haar glatt. Sein Gefährte flitzte zu den Speichern. Trix drehte sich nach den anderen Jungen um. Die waren stehen geblieben und warteten ab. Also brauchte er nur gegen den Anführer anzutreten. Wer hätte gedacht, dass selbst diese Schufte ritterlichen Edelmut zeigen können!

»Das ist der beste Lattenkämpfer vom ganzen Pier. Klaro«, flüsterte Trix' kleiner Gefährte. »Was ist mit dir?«

Trix beobachtete finster, wie Gracq seinem Freund den Stock brachte, ein Ding von mindestens anderthalb Metern Länge. Es war aus solidem Holz, von Hand poliert und an den Enden abgegriffen, was auf häufigen Gebrauch deutete. Dem hatte Trix nur einen einfachen Knüppel aus Buchenholz entgegenzusetzen.

»Ich verstehe durchaus etwas von der Sache«, behauptete Trix, um sich selbst Mut zu machen. »Soll ich's dir beweisen?« Sein Lehrer hatte den Stock verachtet. Doch wenn nun einmal nichts anderes zur Verfügung stand. »Der Kampfstock ist eine einfache und schlichte Waffe, genau wie das Wort des Ritters«, sagte Trix. »Seine Schläge sind gerade und ehrlich, kennen weder die Niedertracht der Armbrustbolzen noch die Hinterhältigkeit der Stahlklinge. Der Baum wächst vom Boden zum Himmel, deshalb schlägt der Stock dem Feind auch den Boden unter den Füßen weg und schickt ihn gen Himmel! Nicht das Holz ist stark, sondern der unbeugsame Wille! Der Stock ist nur eine Verlängerung der Hand des Ritters, der Schlag eine Verlängerung seines Blickes und der Sieg nur eine Verlängerung seines Weges. Die Bewegungen im Kampf sind mir vertraut wie dem Vogel sein Flügelschlag und dem Fisch die Flosse!«

»Jawoll!«, feuerte der Junge ihn an. »Klaro! Zeig's ihm! Ständig knöpft der allen das Geld ab! Klaro!«

Schade, dachte Trix, dass diese flammende Rede, die es wert ist, in Chroniken und Lehrbücher aufgenommen zu werden, unbemerkt verhallt. Wenn er doch bloß lauter gesprochen hätte, viel lauter, vielleicht hätte ja dann sein Gegner Angst gekriegt! So hatte er nur einen kleinen Rotzbengel begeistert!

Nun ließ sich das aber nicht mehr ändern. Der strubbelige Anführer dieser Stadtrandbande kam ihm bereits mit dem Stock entgegen. Er hielt ihn übrigens parallel zum Boden und die Hände recht weit auseinander. Es erinnerte Trix an das »offene Herz«, eine Technik, deren sich ausschließlich erfahrene Kämpfer bedienten.

Strubbelkopf vollführte eine Bewegung, als drehe er ein Schiffsruder. Sein Stock beschrieb einen Kreis – und richtete die Spitze entschlossen gegen Trix.

Daraufhin schienen sich Trix' Hände zu verselbstständigen. Sein Stock wehrte den feindlichen ab, schlug die nach zahllosen Einsätzen blank gewordene und jetzt auf Trix' Gesicht zielende Spitze ab und teilte kurze, wütende Schläge nach rechts und links, nach oben und unten aus.

In Strubbelkopfs Augen schlich sich Angst. Er wich zurück, wehrte nur noch Trix' Angriffe ab und verzichtete auf eigene. Aber jetzt hatte Trix Feuer gefangen. Der Stock in seinen Händen kannte kein Erbarmen mehr, sogar die abgewehrten Schläge ließen den Feind vor Schmerz aufschreien. Mit einem Schlag gegen das Knie, einem in den Bauch und einem dritten gegen den Hals durchbrach Trix seine Verteidigung. Er hätte seinem Gegner mühelos auch noch das Genick gebrochen oder den Kiefer zertrümmert, wäre er nicht im letzten Moment über sich selbst erschrocken und hätte innegehalten.

»Ich ergebe mich!«, jaulte der Strubbelkopf, der mit dem Hintern im Dreck gelandet war und seinen Stock weggeworfen hatte. »Ich ergebe mich! Hörst du? Man darf jemanden, der sich ergeben hat, nicht weiter verdreschen!«

Und Trix gab sich zufrieden. Als echter Ritter war er verpflichtet, selbst einem Feind niederer Geburt gegenüber Gnade zu zeigen.

»Komm mir nie wieder unter die Augen!«, drohte Trix.

»Verstanden? Und wenn ihr euch an«, er zeigte auf den Jungen, der begeistert den Stock des vernichtend geschlagenen Gegners aufhob, »an diesem unschuldigen Kind vergreift, dann komme ich zurück und breche dir beide Arme und Beine.«

»Von wegen unschuldiges Kind!«, maulte der Strubbelkopf, der sich mit einer Hand das Knie rieb und mit der anderen den Bauch hielt. »Der treibt sich immer am Pier rum, obwohl er nicht von hier ist. Und die Fischer verteidigen ihn auch noch, sie sagen, er ist ja noch so klein! Dann soll er doch bitte schön zu den Kirchen gehen und da um Almosen betteln!«

Trix drohte mit seinem Stock.

»Schon gut, wir krümmen ihm kein Härchen mehr!«, versicherte der Strubbelkopf, der schnell wegkroch und versuchte aufzustehen. »Hättest mich ruhig warnen können, dass du auf Leben und Tod kämpfst!«

Trix warf voller Stolz einen Blick auf seinen Stock, bevor er ihn sich locker über die Schulter legte. »Das haben mir die besten Meister aus den Bergklöstern im Norden beigebracht«, entgegnete er von oben herab. »Klar so weit?«

»Hab ich mir gedacht.« Der Strubbelkopf sah finster zu seinem Gefolge hinüber. »Aber warum … vor allen anderen … Jetzt muss ich jeden Einzelnen von ihnen vermöbeln, um meine Stellung zu behalten …«

Doch Trix war nicht länger gewillt, sich zu einem Gespräch herabzulassen. Er und sein freudestrahlender Gefährte stolzierten an den glücklosen Räubern vorbei, die ihrerseits Trix mit dem gebührenden Respekt, aber auch mit Angst nachsahen. Offenbar galt der geschlagene Anführer wirklich als herausragender Stockkämpfer.

»Warum kommst du hierher, wenn sie das nicht wollen?«, fragte Trix.

Der Junge hatte nur ein Prusten als Antwort parat. Allerdings begriff selbst Trix, der bisher nicht viel von den Problemen des Lebens mitbekommen hatte, dass Orte wie ein Fischumschlagplatz, an denen ein Junge mit scharfen Augen und ebensolcher Zunge sich ein hübsches Sümmchen verdienen konnte, nicht einmal in Dillon an jeder Ecke zu finden waren.

»Wie heißt du?«

Der Junge schwieg.

Trix wiederholte seine Frage mit leicht erhobener Stimme.

»Hallenberry«, antwortete der Junge seufzend.

»Zu Ehren jenes Helden, der einst den Drachen in den Grauen Bergen getötet hat?«, wollte Trix wissen. »Bist du denn von Adel?«

»Klaro!« Der Junge schniefte. »Mein Vater war Barde, der hat mir im Suff diesen blöden Namen gegeben!«

»Wieso ist der blöd? Das ist ein ruhmreicher Name! Wie heißt es noch?« Trix legte die Stirn in Falten. »Und Hallenberry zückte beherzt sein Schwert, in den Höhlen ward das Gebrüll wilder Tiere gehört, ein lauter Schrei durch die Lüfte gellt, einer Frau der Kopf von den weißen Schultern fällt ... Ein alter Name, aber ein echter Held!«

»Klaro! Hast du eine Ahnung, was ich mir deswegen anhören muss?«, sagte der Junge, um dann mit angewiderter Stimme fortzufahren: »Hast du schon den Drachen besiegt, Hallenberry? Oder bisher nur seine dreizehn Töchter?«

»Verstehe«, murmelte Trix, dem zum ersten Mal bewusst wurde, wie schwer Menschen an einem Heldennamen zu tragen haben konnten. »Wie soll ich dich dann nennen?«

»Klaro.«

»Hätt ich auch selbst draufkommen können!« Trix zuckte die Schultern. Er traf zum ersten Mal einen Menschen, der lieber mit einem komischen Spitznamen als mit seinem richtigen Namen angesprochen werden wollte, nicht weil dieser schlecht klang, sondern weil er zu heldenhaft war. »Aber wenn du erst einmal Ritter bist, kannst du stolz auf deinen Namen sein!«

»Aber wenn ich es nicht werde, werden alle über mich lachen«, sagte der Junge seufzend. »Danke, dass du nicht gelacht hast! Und, Mannomann, wie du den vermöbelt hast! Du würdest bestimmt einen guten Ritter abgeben!«

Trix sah den Jungen zweifelnd an. Sicher, er hatte sich wirklich gut geschlagen, dagegen war nichts zu sagen. Selbst der Hauptmann hätte ihn gelobt. Aber wahrscheinlich hatte er das nur wegen seiner enormen Angst fertiggebracht.

Inzwischen waren sie an den Fischern und den Speichern vorbei. Es folgte das Viertel der Alchimisten, das bereits aus der Ferne an dem Gestank nach verbrannten und ätzenden Elixieren zu erkennen war. Ihre Häuser waren alle nach dem gleichen, offenbar vom Magistrat gebilligten Plan gebaut: Auf dem runden Haus saß ein kegelförmiges Dach aus dicken, schweren Balken, das in schreiendem Rot bemalt war und über die Mauern hinausragte, sodass die Häuser wie gigantische Giftpilze aussahen. Sie schienen schon mit ihrem Äußeren jeden zu warnen: Kommt uns nicht zu nahe! Wir sind gefährlich! Der Eindruck wurde von dichtem Gebüsch verstärkt, das zwischen den Häusern wuchs und nur schmale Durchgänge ließ. Richtige Zäune akzeptierten die Alchimisten nämlich nicht.

»Was sollen diese Dächer?«, fragte Trix. »Gefällt den Alchimisten das etwa?«

»Klaro, das gefällt denen«, antwortete der Junge süffisant. »Mannomann, soll etwa bei den Experimenten die ganze Stadt vergiftet werden?! Wenn den Alchimisten mal wieder etwas explodiert, hält das Dach den Deckel drauf! Deshalb ist es so schwer. Es lässt nichts raus. Klappt aber nicht immer. Im letzten Jahr ist ein Dach einfach weggeflogen – und mitten im Fluss gelandet. Die Fische sind mit dem Bauch nach oben aufs Meer hinausgetrieben worden. In der Stadt haben sich alle aufgeregt und gedroht, die Alchimisten wegzujagen. Klaro! Darauf haben die aber nur gesagt, dann hören wir eben auf, Farben, Schwefelhölzer, Gift und das ganze Zeugs zu machen. Am Ende hat man ihnen eine Strafe abgeknöpft und sie wieder in Ruhe gelassen.«

Trix blickte ängstlich auf die Pilzhäuser und legte einen Zahn zu. Das Viertel der Alchimisten war nur ein schmaler Streifen, der Fischer und Speicher vom Rest der Stadt trennte. Die Fischhändler hatten also auf dem rechten, dem aristokratischen Ufer Fuß fassen können, aber in der Nähe wollten die Städter sie und ihre Gerüche nicht haben. Da zogen sie die Alchimisten mit ihrem gefährlichen Tun vor.

Hinter dem Viertel der Alchimisten lag übrigens noch eine schmale, aber tiefe Schlucht voller Grün, einst ein Flussbett, heute aber ein natürlicher Grenzstreifen zwischen den sauberen und den weniger sauberen Bewohnern auf der rechten Uferseite. Über die Schlucht führte eine steinerne Brücke, unmittelbar dahinter fingen die Wohnhäuser an. Das Ufer war nun dicht besiedelt, überall eilten Menschen hin und her. Kutschen bahnten sich ihren Weg, ein Reiter sprengte durch die Menge, der er jedoch großzügig das Recht zugestand, sich vor den Hufen in Sicherheit zu bringen.

Trix erahnte bereits das Schema, nach dem Dillon, genauer gesagt das rechte Ufer, aufgeteilt war: Der schmale Streifen der Hügel am Mündungstrichter war den Fischern, den Speichern und den Alchimisten vorbehalten, also all denen, die die Stadt brauchte und die ihr gutes Geld einbrachten, die man aber nicht permanent vor Augen und Nase haben wollte. Dann kamen die Viertel, welche diese beiden Sinnesorgane nicht beleidigten und allmählich in Gärten, Parks und erste Villen übergingen. Die Stadt wuchs langsam entlang des Flusses. Und noch war das Ende dieses Wachstums einer der größten und reichsten Städte des Königreiches nicht abzusehen …

Die Straßen der Stadt, genauer gesagt des rechten Ufers, zeigten ebenfalls ein für das Auge ungewöhnliches Muster. Sie waren breit, zwei Kutschen konnten problemlos aneinander vorbeifahren, und führten von den Hügeln hinunter zum Fluss; sie wurden von engeren Straßen geschnitten, die parallel zum Fluss verliefen. An den Kreuzungen lagen häufig kleinere Plätze, manchmal mit einem Springbrunnen oder einem Denkmal in der Mitte. Trix war daran gewöhnt, dass man zunächst die Häuser baute und sich erst dann überlegte, wie die Straßen verlaufen sollten. Deshalb hatte er für diese geometrische Pracht nur Skepsis übrig: Wie streng und unbestechlich musste ein Magistrat sein, um einer Stadt diese Ordnung zu geben! Sicher, es hatte gewisse Vorteile gegenüber den Straßen, die zwei oder drei Mal um die Ecke bogen, um dann zum Ausgangspunkt zurückzuführen. Nur stank das förmlich nach herzloser Tyrannei!

Das linke Ufer sah dagegen schon vertrauter aus. Selbst über den Fluss hinweg vermochte Trix zu erkennen, dass die Straßen nur vor den Brücken so etwas wie eine Ordnung zeigten.

»Also dann, tschüs!« Der kleine Träger des viel zu großen Namens zog Trix am Ärmel. »Tschüs, sage ich! Klaro?«

Trix sah den Jungen irritiert an. In allen Balladen und Chroniken rettet der Held, der in eine fremde Stadt kommt, erst mal einen hilflosen Menschen aus dem Unglück: einen hungrigen Jungen, eine Diebin, die gesteinigt wird, einen verrückten Wahrsager, einen alten weisen Ritter oder einen Fremden mit Verständigungsproblemen und in seltsamer Kleidung. Diese Tat ist zwangläufig der Beginn einer wunderbaren Freundschaft. Der dankbare Junge macht den Helden mit der Stadt bekannt; die Diebin stellt sich nach dem Waschen als unbeschreibliche Schönheit heraus und verliebt sich in ihren Retter; der Wahrsager gibt ihm ein paar wertvolle Tipps und bleibt dem Helden stets auf den Fersen, um ihn mit Ratschlägen zu überschütten; der Ritter bringt ihm geheime Kampftechniken bei; der Fremde entpuppt sich als Prinz in der Verbannung und Meister des Kampfs mit Gegenständen, die niemand sonst je als Waffe benutzt hätte, zum Beispiel mit ausgestopften Katzen oder nassen Besen.

Irgendwie lief hier also mal wieder etwas schief.

»Und wohin willst du?«, fragte Trix.

»Hä?« Der Junge begriff nicht gleich. »Nach Hause. Ich wohne da drüben!« Er zeigte mit der Hand nach oben. Eine steinerne Straße schlängelte sich zwischen der Schlucht und den Häusern der Alchimisten den Berg hinauf, wo zwischen grünen Gärten die weißen und azurblauen Dächer der Villen aufblitzten.

»Ei pottstausend!«, stieß Trix aus. »Da oben? Und ich habe gedacht, du würdest auf der anderen Flussseite …«

»Nein, ich wohne da oben.« Der barfüßige Junge trippelte auf der Stelle. »Klaro. Mein Papa ist Gärtner beim Gildemeister der Radmacher.«

»Aber du hast doch gesagt, er ist Barde«, rief Trix ihm in Erinnerung.

»Klaro, war er auch, bis er sich die Stimme weggesoffen hat«, sagte der Junge. »Also, tschüs! Du kämpfst wie ein echter Ritter. Bei einem Turnier werde ich mit dir mitfiebern!« Damit verschwand er rasch den Berg hinauf, die Arme schwingend und ohne sich noch einmal nach Trix umzusehen.

Trix seufzte. Dass er wie ein Ritter kämpfte, war eine angenehme Überraschung. Darauf ließe sich in der Tat aufbauen …

Aber dass er nach seinem Knappen auch noch diesen kleinen Herumtreiber verloren hatte, das betrübte ihn. Niemand schien sich sonderlich für Trix zu interessieren.

Entsetzt schoss ihm durch den Kopf, dass der gemeine Co-Herzog Sator Gris in gewisser Weise recht hatte.

Große Städte lieben kleine Jungs aus der Provinz. Sie bieten ihnen jede Menge Abwechslung: Kartenspiel und Würfeln;

fingerfertige, gutmütige Taschendiebe; Läden mit alten Landkarten, Liebeselixieren und seltenen Amuletten; vollbusige, stark gepuderte Frauen mit müdem Blick; Pferde- und Kakerlakenrennen; Kämpfe zwischen allerlei Kreaturen, angefangen vom dressierten Krokodil bis hin zu abgerichteten Basilisken; urige Schenken, in denen niemand einen Jungen nach dem Alter fragt, wenn er Branntwein oder Klaren bestellt.

Selbst wenn einem Jungen das Geld ausgeht (bei einer Begegnung mit einem Taschendieb ist das sehr schnell der Fall, ansonsten kann es schon einige Stunden dauern), kehrt er in der Regel nicht nach Hause zurück. Er will in der großen Stadt bleiben, um sich für die glücklose Bekanntschaft zu rächen.

Und die Stadt bietet ihm jede Möglichkeit dazu. Er kann: das Kartenspiel und das Würfeln anfangen; die Finger trainieren, um sie in fremde Taschen zu schicken; alte Landkarten malen und Liebeselixiere kochen; sich von hässlichen alten, aber reichen Frauen aushalten lassen; Pferde zureiten und in den Abfallgruben die schnellsten Kakerlaken einfangen; den Mist der Basilisken und die Essensreste von den Krokodilen wegmachen oder die Fußböden in den Schenken fegen.

Trix, der keinen Schimmer hatte, was das Schicksal für ihn bereithielt, ging die Uferpromenade hinunter. Als der Hofastrologe vor vierzehn Jahren Rett Solier die übliche Lüge von dem Glücksstern aufgetischt hatte, unter dem der Erbe des Co-Herzogs geboren worden sei, hatte er nicht einmal geahnt, wie nahe er diesmal der Wahrheit kam. Gerade schaffte Trix es nämlich, sich wie durch ein Wunder vor einem in vollem Galopp heranpreschenden Reiter in Sicherheit zu bringen und gleichzeitig die Hand eines freundlichen jungen Mannes – er war vor drei Monaten in die Stadt gekommen, hatte auf der Stelle beim Pferderennen sein ganzes Geld durchgebracht und sich daraufhin einen neuen Beruf zugelegt – an die Steinbrüstung zu pressen, als sie bereits auf dem Weg in seine Tasche war. Der junge Mann, dem jene ungeschickte Bewegung von Trix' den kleinen Finger brach, riss die Augen auf, erbleichte, hielt sich den schmerzenden Finger und flüchtete rasch. Er hatte nicht den geringsten Zweifel, dass dieser äußerlich so harmlose Junge ihn bewusst und in voller Berechnung verletzt hatte.

Dabei war es pures Glück gewesen! Was natürlich nicht das Geringste mit irgendwelchen Glückssternen zu tun hat. Ihnen, den Sternen, sind die Menschen nämlich absolut egal. Noch dazu, wo alle Menschen bei der Geburt gleich viel Glück zugeteilt bekommen – nur dass es sich eben nicht bei allen gleich zeigt.

Man denke nur an den armen Händler, der jeden Tag sein Schicksal verflucht – und einer der bedeutendsten Bildhauer der Welt hätte werden können. Oder an den Würfelspieler, der ständig verliert, aber einen erfolgreichen Tulpenzüchter abgegeben hätte. An den Bauern, dessen Saat einer Dürre zum Opfer fällt, vom Hagel vernichtet oder von Käfern gefressen wird, der jedoch ohne Weiteres in einer regnerischen, windigen und völlig mondlosen Winternacht einen Kampf im Bogenschießen in der ruhmreichen Stadt Angurina gewinnen könnte.

Der Grund, warum ein Mensch mehr, ein anderer weniger Glück hat, ist übrigens ausgesprochen verblüffend. Und wenn dieses Rätsels Lösung erst einmal allgemein bekannt wäre, wäre das Leben der Menschen fraglos besser!

Doch Abuirre, ein Gelehrter aus dem heißen Samarschan, der sich zwanzig Jahre lang mit dieser Frage beschäftigte, war leider ein phänomenaler Pechvogel. Als er das Rätsel nämlich beinahe geknackt hatte, kippte der zerstreute Gelehrte eine Öllampe um, worauf ein Feuer sein Laboratorium samt den Forschungsergebnissen fraß. Der enttäuschte Abuirre kehrte der Wissenschaft daraufhin für immer den Rücken, ging in die Berge, schloss sich dort einem recht kecken Völkchen an und zog bereits zwei Jahre später als der verwegenste, erfolgreichste und erbarmungsloseste Räuber durchs Land.

Und deshalb weiß Trix bis heute nicht, was der Glücksstern für ihn bereithält und wann er verblassen wird. Wie traurig das auch sein mag – aber auch wir werden es nicht in Erfahrung bringen.

Während Trix weiter die Promenade hinunterging, betrachtete er die eleganten Anwesen. Je weiter er sich von den Fischern und Alchimisten entfernte, desto schöner wurde alles um ihn herum. Vor den Häusern gab es nun hübsche Zäune und grünen Rasen, die Bauten selbst hatten Balkone und Terrassen, Säulen und bunt glasierte Fliesen sowie beschnitzte Holzverkleidungen. In allen Fenstern saßen Scheiben, noch dazu solche aus klarem, sauberem Glas, ohne Blasen und Risse. In kleinen Parks, die zum Fluss hinuntergingen, spielten Kinder, auf die strenge Gouvernanten in bodenlangen Kleidern und mit Sonnenschirmen aus Papier aufpassten. Überall wuselten Händler mit Bauchläden voller Süßigkeiten, Obst und Kannen mit Zitronenwasser herum. Trix, auch ohne jede Zauberei ein Süßschnabel, kaufte sich ein großes Stück Halva mit Erdnüssen und eine Kanne mit Wasser und setzte sich damit auf die Brüstung. Während er an der klebrigen Süßigkeit nagte, blickte er nachdenklich zum Schloss des Fürsten hoch.

Sollte er umgehend beim Regenten vorsprechen?

Oder sollte er erst in eine Herberge einkehren, ein Dampfbad aufsuchen und sich saubere Kleidung kaufen, damit er als Co-Herzog in Verbannung auch würdevoll aussah?

Eine schwierige Frage! Die Chroniken boten beide Lösungen an: Manch Edler in seiner, Trix', Lage legte keinen Wert auf ein makelloses Äußeres und war dreckig, abgerissen und blutverschmiert umhergezogen, um den Ernst der Lage zu unterstreichen. Manch anderer zog ein gepflegtes Auftreten vor, um zu zeigen, dass sein Geist nicht gebrochen war und wahrer Adel sich nicht unterkriegen ließ.

Da riss das Auftauchen von zwei Jünglingen, die einander wie zwei Brüder glichen, Trix aus seinen Grübeleien. Die beiden mochten sechzehn oder siebzehn Jahre alt sein und trugen Hosen aus grünem Cord, spitzenbesetzte Batisthemden und kurze Jacken aus braunem Samt. Unter den jeweils mit drei Federn – einer roten, einer blauen und einer grünen – besetzten Hüten lugten blonde Locken hervor. Beide hatten Mappen mit Blättern dabei, aus den Brusttaschen ragten gleich einem Kamm Buntstifte auf. Kurz und gut, selbst Trix konnte in ihnen mühelos Gesellen aus der ruhmreichen Gilde der Künstler erkennen.

Die beiden hatten für Trix nur einen flüchtigen Blick übrig, als sie sich in seiner Nähe auf die Brüstung setzten und ihre Krüge entkorkten, die Wasser oder einen leichten Wein enthalten mochten.

»Schade, dass wir so wenig Zeit hatten«, sagte einer der beiden enttäuscht. »Ich hatte gerade erst den Folterknecht skizziert ...«

»Halb so wild. Ich habe den Usurpator gemalt«, brüstete sich der andere und nahm einen großen Schluck. »Du kannst ihn von mir abzeichnen.«

Nachdem sie ihren Durst gestillt hatten, öffneten sie die Mappen und verglichen ihre Zeichnungen. Trix machte einen langen Hals und lugte auf die Blätter. Das blieb nicht unbemerkt. Die Gesellen erwiesen sich jedoch als großherzig, denn sie fuhren ihn deswegen nicht an. Im Gegenteil, sie drehten die Zeichnungen in seine Richtung und lauerten auf seine Reaktion.

»Fabelhaft!«, sagte Trix, dem klar war, dass er in die Rolle des gönnerhaften Betrachters zu schlüpfen hatte, während er sich die von der Süßigkeit klebrigen Finger ableckte.

Die Skizzen waren übrigens wirklich nicht schlecht. Auf einem Blatt war mit einem dicken Kohlestift in schnellen Strichen die Figur des Folterknechts hingeworfen, ein breitschultriger Mann mit nacktem Oberkörper, das Gesicht von der Haube verborgen, die wie eine Schlange eingerollte Peitsche in der Hand. Die Haube und das Peitschenende waren mit roten Strichen herausgehoben. Wen der Mann schlug, blieb unklar.

Die andere Zeichnung zeigte einen Jungen, der auf dem Bauch lag, den Rücken voller Striemen. Der Junge schrie, jammerte und verzog das Gesicht, alles gleichzeitig. Er war schlechter als der Folterer geraten, fast wie eine Karikatur, dafür aber eindrucksvoller und lebendiger.

»Gefällt mir selbst«, sagte der Künstler bescheiden. »Schade, dass er nur so kurz ausgepeitscht wurde, aber der Regent war heute in guter Laune.«

»Wie viel hat er denn gekriegt?«, fragte Trix, der unwillkürlich Mitleid mit dem Jungen empfand.

»Zehn Peitschenschläge. Dazu noch drei Jahre Arbeit. Entweder auf den Reisfeldern oder als Hirte im fernen Weideland. Wie gesagt, der Regent war in guter Laune.«

»Und wofür war die Strafe?«

»Das ist ein Usurpator«, erklärte der Geselle, der den Folterknecht gemalt hatte, und spuckte über die Brüstung. »Der ist heute Morgen am Hof aufgetaucht und hat behauptet, dass er der Co-Herzog Trix Solier ist. Er hat den Regenten um Schutz und Hilfe gebeten.«

»Dann hat er es nicht besser verdient, dieser falsche Co-Herzog!«, polterte Trix. »Bestimmt hat ihn der Regent auf den ersten Blick enttarnt, oder?«

»Der Regent hat ihn gar nicht gesehen«, antwortete der Geselle lachend. »Alle wissen, dass der minderjährige Trix getötet wurde, als er versucht hat, Derrick Gris zu erschlagen. Derrick selbst hat das erledigt. Deshalb hat der Regent gleich erklärt, dass er jeden, der kommt und behauptet, er sei Trix Solier, auspeitschen lässt und zur Besserungsarbeit schickt. Angeblich treiben sich die falschen Trixe im ganzen Königreich herum ...«

Das verschlug Trix die Sprache. Seine Ohren glühten. Der Geselle bemerkte seine Reaktion jedoch nicht und fuhr schwärmerisch fort: »Schade, dass ich nicht dabei war! Angeblich hat die Co-Herzogin, die Dame Remy Solier, alle Gesetze des Hohen Todes befolgt und sogar noch eins draufgesetzt! Sie hat Schlangengift getrunken, sich ihren Dolch ins Herz gerammt und ist aus dem Fenster des Turms gesprungen! Vorher hat sie sich aber auch noch mit Lampenöl übergossen und angezündet! Was für ein Bild! Das hätte ich zu gern gemalt! Die Herzogin stürzt in Flammen gehüllt und von scharfem Stahl durchbohrt mit schmerzverzerrtem

Gesicht aus dem Fenster! Ich hätte es *Die Flammende Aristokratin* genannt! Oder nein, besser noch *Der Tod der Co-Herzogin Solier oder Wer fällt aus dem Fenster?*.«

Wumm!

Trix' Faust traf mit voller Wucht auf den Kiefer des Gesellen. Der flog von der Brüstung und knallte mit dem Rücken aufs Pflaster. Der Krug fiel ihm aus der Hand, der mit Wasser verdünnte rosafarbene Wein spritzte nach allen Seiten.

»Spinnst du?«, schrie der andere Geselle und wich ein paar Schritt zurück. »Hast du den Verstand verloren?«

Normalerweise freuten sich Gesellen über jede Prügelei. Diese beiden waren jedoch allzu künstlerische Naturen, die sich für das Auspeitschen kleiner Usurpatoren oder den Fenstersturz einer erdolchten und brennenden Herzogin begeisterten, sich aber nie selbst zu einer Keilerei herabließen.

»Das hättest du gern gesehen, ja?«, brüllte Trix, der furchtlos auf die beiden Gesellen zuhielt, obwohl sie älter und stärker waren als er. »Ja?«

»Du bist ja total verrückt!«, murmelte der erste und hielt sich das Kinn. »Ich hol jetzt die Wache!«

»Und ich fordere dich zum Duell!«, schrie Trix. Seine Hand schnellte zum Gürtel. Mist! Er trug ja weder ein Schwert noch einen Dolch, sodass seine Bewegung aussah, als zöge er die Hosen hoch.

Die fahrige Geste flößte den beiden Gesellen Mut ein. Der eine half dem anderen hoch. Letzterer spuckte rot gefärbten Speichel aus, fuhr mit einem Finger über die Zähne, krempelte die spitzenbesetzten Ärmel auf und stellte sich Trix tapfer entgegen. Der andere tat es ihm nach.

Trotzdem fiel die Prügelei aus.

Aus der Menge, die sich schon sammelte, trat ein grauhaariger, stämmiger Mann in Seemannsjacke heraus und stellte sich zwischen die beiden Gesellen und Trix. Sein eines Auge war unter einer schwarzen Binde verborgen, was ihn wie einen alten Piraten aus einem Kinderbuch aussehen ließ. Obendrein humpelte er, sein Gesicht zierten einige längst vernarbte Schnitte, und an seinem Gürtel hing ein Entersäbel, wie ihn an Land nur Seeleute des Offiziersrangs tragen dürfen.

»Holt mal hübsch die Leinen ein, ihr Heinis!« Der Mann maß die beiden Gesellen mit strengem Blick, Trix drohte er mit dem Finger. »Was geht hier vor?«

Der Mann sah dermaßen außergewöhnlich aus, dass alle drei vor Ehrfurcht erstarrten.

»Diese ... diese Sau!« Einer der Gesellen zeigte auf Trix. »Diese Sau hat mir einen Kinnhaken verpasst!«

»Wenn schon Schwein, dann Eber!«, brummte der Einäugige. »Was hast du dazu zu sagen, du Streitkarpfen?«

»Er hat meine M...« Trix verstummte. »Er hat die Co-Herzogin Remy Solier beleidigt!«

»Hab ich nicht!«, empörte sich der Geselle. »Das ist ein tapferes Weibsbild, ich hätte sie gern gemalt!«

Trix stürmte schon wieder vor, wurde jedoch von dem Einäugigen mit festem Griff geschnappt. »Gut!«, sagte er streng. »Ich habe euch angehört und verstanden. Jetzt vernehmt mein Urteil!«

Gebieterisch, wie seine Stimme war, hakte keiner der drei nach, wie er sich aus diesen schwammigen Erklärungen ein klares Bild machen konnte und woher er überhaupt das Recht nahm, irgendein Urteil zu fällen.

»Du!« Der Seemann zog seinen Entersäbel und zeigte damit auf den geschlagenen Künstler. »Du hast dich respektlos über eine Aristokratin geäußert. Dafür hast du deine gerechte Strafe erhalten!«

Der junge Künstler schniefte.

»Du!« Jetzt zeigte er mit dem Entersäbel auf Trix. »Der Versuch, für eine Dame einzutreten, ehrt dich, aber auf eine Keilerei auf offener Straße steht in unserer ruhmreichen Stadt die Peitsche! Um die Gerichte nicht zu bemühen, werde ich persönlich dich auspeitschen, an Deck meines ruhmreichen Schiffes, der *Asiopa*! Du kriegst zehn Schläge mit der neunschwänzigen Katze!«

Als darauf ein Raunen durch die Menge ging, begriff Trix, dass es eine harte Strafe war. Er wollte sich davonstehlen, doch die Menge versperrte ihm flugs den Weg, sodass der einäugige Seemann ihn fest beim Kragen packen und mit sich fortschleifen konnte.

»Herr … äh … Herr Seemann!«, rief der geschlagene Geselle. »Zehn Peitschenhiebe, das ist doch nicht nötig! So gemein bin ich nicht! Fünf oder sechs reichen völlig!«

Damit legte der junge Mann fraglos einen gewissen Edelmut an den Tag. Aber Trix stand jetzt nicht der Sinn danach, über die Großherzigkeit nachzudenken, die sich sogar in Künstlerseelen einnistet. Er hing hilflos in den Armen des einäugigen Seemanns. Der zog ihn die Straße den Berg hinauf, immer weiter weg vom Fluss. Die Gaffer blieben zwar etwas zurück, als der Seemann sie mit seinem einen Auge wütend anfunkelte, gaben die Verfolgung aber nicht auf.

»Herr …« Es kostete Trix einige Überwindung, diese Anrede über die Lippen zu bringen, denn wie ein Ritter sah der Seemann wahrlich nicht aus. »Herr! Könnte ich die Strafe abzahlen?«

»Schieb dir den Anker in die Kehle und den Besanmast in den Arsch!«, polterte der Seemann. »Du wagst es, Kapitän Bambura zu bestechen? Den Schrecken der Kristallenen Inseln? Dafür kriegst du zwei Peitschenhiebe extra!«

Mit einem Mal kamen Trix Zweifel. Der strenge Seemann brachte ihn den Berg hoch, wo es höchst schwirig sein dürfte, an Bord der ruhmreichen *Asiopa* zu gehen, um dort die neunschwänzige Katze zu schwingen. Außerdem redete er irgendwie *zu* seemännisch.

»Ich rufe die Wache!«, brachte Trix leise, aber drohend hervor.

»Schweig, du Karpfen!«, antwortete Kapitän Bambura mit gesenkter Stimme. »Wir sind gleich da.«

Er zog Trix in eine Gasse, die so eng war, dass zwei Menschen nicht aneinander vorbeigehen konnten. Hohe, zwei- und dreistöckige Häuser ließen nur einen schmalen Streifen Himmel erkennen, der den Hintergrund für Leinen voller nasser Unterwäsche bildete. Im Fenster des ersten Stocks saß ein schwarzer Kater und schrie mit schrecklicher Stimme, dass man ihn gefälligst durchlassen sollte.

»Glotz nicht so!« Kapitän Bambura ließ Trix los, sah sich misstrauisch nach links und rechts um und öffnete eine kleine Tür. Er trat ins Haus und befahl: »Komm schon!«

Trix zögerte.

»Auf dem Bugspriet sollst du zappeln!«, brüllte der Seemann. »Rasch, Trix!«

Als Trix seinen Namen hörte, fuhr er zusammen. Kurz zauderte er noch, dann folgte er dem Seemann.

Es dauerte ein paar Sekunden, bis Trix' Augen sich an die Dunkelheit gewöhnt hatten. Er und Kapitän Bambura standen in einem winzigen Vorraum, in dem sich staubüberzogene Stoffballen türmten. Durch die ins Innere des Hauses führende Tür fiel kaum Licht. Von dort strömten ihnen auch der Geruch nach gebratenem Fleisch und das gedämpfte Murmeln einer Menge entgegen. In diesen Geräuschen ließen sich übrigens auch Kinderstimmen ausmachen. In seiner Fantasie malte sich Trix sofort einen Sklavenmarkt aus, zu dem die in der Stadt gelandeten Piraten die Jungen und Mädchen lockten, um sie zu brandmarken und zu verkaufen.

Trix sah Bambura abermals misstrauisch an.

»Rasch, junger Mann!« Der Seemann eilte zur Tür. »Ich bin fast überfällig!«

Irgendwo knallte ein Schuss, eine Frau schrie. Trix erschauderte.

»Co-Herzog! Mir bleiben nur drei Minuten, dann muss ich raus!« Bambura packte Trix beim Oberarm und zog ihn durch den Vorraum in einen Gang. Hier waren sie nicht mehr allein (Trix musste mehrfach blinzeln): Auf sie schossen drei nackte schwarze Wilde in Lendenschurzen und mit Lanzen zu, ein junger Mann, der einen Bratspieß mit einem Stück Fleisch hielt, eine wunderschöne junge Frau in schneeweißem Kleid, deren Brust aus irgendeinem Grund mit roter Farbe beschmiert war, und ein Ritter in einem Ganzkörperpanzer, der schon längst aus der Mode war. Für einen Mann, der vierzig Kilo Eisen mit sich herumschleppte, bewegte er sich übrigens verdächtig schnell und leise.

»Wo bin ich?«, fragte Trix ängstlich. Aber Kapitän Bambura schob Trix bereits in einen winzigen Raum, der immerhin beleuchtet war. Er wurde fast ganz von einem großen, wenn auch alten Spiegel eingenommen. Davor stand ein kleiner Tisch, auf dem etliche Kerzen brannten. Außerdem lagen auf ihm Puderquaste, Schachteln mit Puder und Rouge, Lidschatten, Wimperntusche und andere Dinge, die Trix schon im Boudoir seiner Mutter gesehen hatte – jedoch noch nie bei einem Mann.

Kapitän Bambura ließ sich sofort auf den durchgesessenen Sessel vor dem Tisch niederplumpsen. An der Wand stand eine schmale Liege, auf der, schrecklich verrenkt, ein großer magerer Mann lag und schnarchte.

»Ich verlange eine Erklärung!«, sagte Trix. »Wer seid Ihr?«

Kapitän Bambura fuhr sich hastig mit einem Quast übers Gesicht, um darauf ziegelroten Puder zu verteilen, zog die schwarze Binde ab und sah Trix mit beiden Augen an – von denen eins so gut war wie das andere. Dann nahm der Kapitän noch den grauen Schopf ab, unter dem schwarzes Haar zum Vorschein kam. Nun war klar, dass Bambura dreißig, höchstens fünfunddreißig Jahre alt war.

»Du bist Trix Solier, oder?«

Trix seufzte und nickte.

»Erinnerst du dich an die Festlichkeiten im Winter vor zwei Jahren, als fahrende Schauspieler im Schloss des Co-Herzogs ein Stück aufführten? *Irrungen der Weisheit oder Viel Kummer um einen kleinen Elf?*«

Trix nickte verlegen. Einem fast erwachsenen Mann hatte es natürlich nicht gut zu Gesicht gestanden, ein Kinderstück über Elfen und Kobolde anzusehen. Sein Vater hatte ihn deswegen sogar ausgelacht. Aber Trix hatte der kühne Elfenprinz gefallen, der seine entführte ältere Schwester aus den Klauen des Koboldkönigs befreite, und auch die ältere Schwester und sogar der gemeine König der Ko... – »Ihr!«, rief Trix. »Ihr seid der Koboldkönig!«

Der Seemann Bambura hustete. Er wirkte geschmeichelt. »Zuweilen ja, junger Mann. Deshalb habe ich mich Euch verpflichtet gefühlt. Unser Theater war damals in einer erbärmlichen Lage, um es ganz offen zu sagen. Die Großzügigkeit Eurer Hoheit ... und natürlich auch die der verstorbenen Herzogin ... hat uns gerettet.«

Trix lief rot an. Es stimmte, er hatte seine Mutter damals überredet, die fahrenden Schauspieler gut zu entlohnen.

»Es hat mir sehr gefall...«, setzte Trix an.

In dem Moment klopfte jemand an die Tür. Anscheinend mit den Stiefeln. »Bambura!«, brüllte jemand. »Warum bist du nicht auf der Bühne? Albi sucht dich bereits eine geschlagene Minute! Die Zuschauer fangen schon an zu lachen!«

Bambura schoss wie der Blitz durch die Tür. Trix erhaschte nur einen flüchtigen Blick auf einen kleinen dicken Mann im Koboldkostüm – das viel zu närrisch war, als dass ein echter Narr es getragen hätte.

Dann war die Tür schon wieder zu. Nachdenklich blickte Trix in den Spiegel. War ihm das Schicksal am Ende also doch hold gewesen. Gut, er hatte keinen Schutzherrn gefunden, wie es sich für einen Helden eigentlich gehört, aber auf den Brettern, die die Welt bedeuten, würde er Atem schöpfen und sich überlegen können, was er mit seinem Leben anfangen sollte.

Draußen klatschte man Beifall. Trix seufzte: Er hätte zu gern gewusst, was auf der Bühne geschah.

Der Mann auf der Liege rührte sich und sagte, ohne Trix anzusehen: »Unter dem Bild an der Wand ist ein kleines Loch. Da kannst du durchgucken!«

Erschrocken wanderte Trix' Blick zu dem hellseherischen Unbekannten, dann trat er vor das recht kleine Bild. Da Trix sich ein wenig für Malerei interessierte, betrachtete er es genauer, kam jedoch zu dem Schluss, es sei die Leinwand nicht wert, auf die es gemalt war. Der unbekannte Künstler hatte eine geheimnisvoll lächelnde Frau vor einer tristen Landschaft dargestellt. Das Lächeln der Frau war derart gequält, dass man den Eindruck hatte, der Künstler habe ihr über mehrere Stunden verboten, sich wegen eines natürlichen Bedürfnisses zu entfernen. Außerdem hatte er kein Gefühl für Proportionen. Und diese öden braunen, gelben und grünen Töne gaben dem Bild den Rest.

Dafür bot sich durch das Loch dahinter ein umso prachtvollerer Anblick, denn es lag über den Köpfen der Zuschauer, der Bühne direkt gegenüber, zwar etwas weit weg, aber mit freier Sicht. Und tadelloser Akustik.

»Dir soll doch der Kiel durchbrechen!«, schrie Kapitän Bambura auf der Bühne. »Albi! Wie konntest du glauben, ich würde zulassen, dass die Eingeborenen dich fressen?«

»Wau! Wau! Wau!«, bellte ein kleiner weißer Hund, während er um Bambura herumsprang.

»Nein, Albi!«, rief Bambura. »Wir werden nicht gegen die Eingeborenen kämpfen, wir werden sie mit Schläue besiegen! Sagt, Freunde, wohin sind die Wilden gegangen?«

»Dahin!«, erklang es mit piepsigen Stimmen im Saal. Daraufhin sah sich Trix die Zuschauer an, bevor er das Bild an seinen Platz zurückschob. »Sagt, spielt Ihr nur für Kinder?«, fragte er den Mann auf der Liege.

»Wir spielen nicht, wir geben eine Vorstellung«, antwortete dieser patzig. »Nein, nicht nur. Auch für ihre Eltern und Gouvernanten.«

»Als ich die Schreie gehört habe, habe ich gedacht, hier werden minderjährige Sklaven verkauft«, gab Trix zu.

»Das Gegenteil ist der Fall. Die minderjährigen Sklavenhalter verkaufen die armen alten Schauspieler«, antwortete der Mann auf der Liege bitter. »Wenn du nichts dagegen hast, junger Mann, schlafe ich noch ein Viertelstündchen. Mein Auftritt ist erst am Schluss und da werde ich als Toter auf die Bühne getragen.«

Trix seufzte und setzte sich in den Sessel vor dem Spiegel. Er schielte zum Bild hinüber.

Irgendwie hatte diese Frau doch etwas.

4. Kapitel

»Was für eine ausgekochte Idee!«, sagte Bambura begeistert. »Den Erben des gestürzten Herrschers laufen zu lassen, damit der eigene Sohn dessen Rache fürchtet und nicht fünfe gerade sein lässt!«

Trix seufzte. Offen gesagt begeisterte ihn die Durchtriebenheit von Sator Gris nicht gerade.

»Diese Intrige ist der Feder eines Gil Gilian würdig!«, fuhr Bambura fort. »Was für eine Tragödie hätte er daraus gemacht! Etwas wie *Hannes und Greta*! Oder eine Tragikomödie wie *Julius und Julia*. Oder eine Komödie wie *Kleo und Petra*!«

»Und die hätte er dann *Trix und Gris* genannt«, höhnte der Schauspieler, der am Ende des Stücks die Leiche des Eingeborenenkönigs gespielt hatte. »Komm mal wieder auf den Teppich, Bambu. Gil Gilian hat sich seine Stücke ausgedacht oder von Kollegen geklaut, seine Stoffe aber nie aus dem Leben gegriffen. Dazu hatte er viel zu große Angst, irgendein edler Herr könne wütend werden und ihn auspeitschen lassen.«

Trix interessierte sich zwar im Grunde nicht für diesen Streit unter Schauspielern, nickte aber trotzdem.

Die Aufführung war vor einer Stunde zu Ende gegangen. Jetzt saß Trix zusammen mit Bambura (inzwischen wusste Trix, dass die Schauspieler der Einfachheit halber auf der

Bühne ihre richtigen Namen trugen) und dem mageren, dunkelhäutigen Mann, der den König der Eingeborenen gespielt hatte, in der Garderobe. Er hieß Kakritur oder Krikatur, das hatte Trix nicht richtig verstanden, weshalb er jedes Mal, wenn er sich an ihn wandte, durch die Nase sprach und flüsterte, als sei er überraschend einem Schnupfen zum Opfer gefallen.

Bambura war direkt nach der feierlichen Beerdigung von Kakritur-Krikatur, die Trix neugierig durch das Loch in der Wand beobachtet hatte, zurückgekommen, den weißen Hund Albi unterm Arm. Beide hatten müde ausgesehen. Der Hund hatte Trix' Beine beschnuppert, gekläfft und war in die Ecke gerannt, wo seine Wasserschale stand. Er hatte gierig wie ein edler Ritter am Morgen nach einer Feier getrunken, unzufrieden geschnaubt und hätte wohl beinahe in Hundesprache losgeschimpft. Bambura wiederum hatte fröhlich ein Lied der schwarzen Sklaven gesungen: »In die Freiheit, in die Freiheit … wir wollen in die Freiheit«, und begonnen sich auszuziehen. Nachdem er sich von seiner Seemannsjacke, dem Säbel, den Stiefeln und der Augenbinde befreit, die Polster aus Lumpen von Schultern und Oberarmen gelöst und den Gürtel aufgeschnürt hatte, war sein dicker Bauch nach unten gesackt. Er hatte sich an den Tisch gesetzt und Trix freundlich zugezwinkert. Mit ihm war nur noch der gerade beerdigte Kakritur-Krikatur in den Raum gekommen, der ein großes Stück gebratenen Fleischs in der Hand hielt, dessen Duft einem das Wasser im Mund zusammenlaufen ließ.

»Das ist ausgesprochen praktisch«, bemerkte Bambura. »In der Mitte des zweiten Akts braten die Eingeborenen etwas über einem Lagerfeuer. Alle glauben, es wäre mein

Erster Offizier, ein derartiger Schuft, dass er nicht einmal den Kindern leidtut. Dann vertreiben der Ritter Kristan und die unschuldige Jungfrau Gliona die Eingeborenen, er mit dem Schwert, sie mit Geschrei. Sie schnappen sich das Fleisch und fliehen. Nach der Aufführung teilen wir es uns.«

»Und ... das ist kein ...« Trix beäugte misstrauisch das Fleisch.

»Wo denkst du hin!« Bambura fuchtelte mit den Armen. »Wo sollten wir denn jeden Tag einen mistigen Schurken für die Rolle des Ersten Offiziers hernehmen? Das ist normales Rindfleisch vom Markt. Gut, es hat etwas merkwürdig gerochen. Aber wir haben es mit Essig eingerieben und scharf gebraten!«

Das beruhigte Trix und er aß zusammen mit den Schauspielern. Albi brachte sich mit forderndem Gebell in Erinnerung. Anschließend erzählte Trix seine Geschichte, von dem Morgen an, da er zu seinem Vater in den Thronsaal gegangen war.

»Du hast unrecht, KraKriKaKitur!«, rief Bambura hitzig aus. Trix gelang es auch diesmal nicht, hinter die Aussprache des Namens zu kommen. »Wenn wir ein Stück geben würden, in dem wir die Geschichte eines armen Jungen erzählen, dann würden sich die Zuschauer über die Ungerechtigkeit empören! Das Gemurre des Volkes würde erst dem Fürsten, dann dem König zu Ohren kommen!«

»Schon wahr«, antwortete Kakritur-Krikatur. »Nur dass als Allererster Sator Gris das Gemurre hört. Und der schickt dann einen Mörder los, der Trix nachts die Kehle durchschneidet – und vorsichtshalber uns allen auch noch.«

»Dann muss man es halt durch die Blume sagen!«, hielt Bambura dagegen. »So, dass der Usurpator nichts versteht!«

»Dann versteht es aber auch niemand sonst!«, konterte Kakritur-Krikatur. »Ganz zu schweigen davon, dass man nicht eben ein Stück schreibt. Davon muss man was verstehen! Weißt du noch, wie du mal eine Tragödie schreiben wolltest? Über ein Mädchen, das seine kranke Großmutter besuchen wollte, unterwegs einen Räuber getroffen hat und ...« Als Kakritur-Krikatur Trix ansah, hustete er plötzlich, als hätte er sich verschluckt, und kam sehr schnell zum Ende: »Dabei ist nur Mist herausgekommen. Und jetzt willst du dir einen Staatsstreich vornehmen und obendrein sollen sich die Zuschauer auf Trix' Seite stellen!«

Bambura nickte unwillig. »Trotzdem werde ich zu Herrn Maichel gehen«, kündigte er an. »Ich werde ihm sagen, dass ich zufällig meinen Großneffen auf der Straße getroffen habe und ihn in der Truppe unterbringen möchte. Das wird er mir nicht abschlagen! Wir brauchen schon lange einen Jungen für die Kinderrollen!«

»Und will der Junge das auch?«, fragte Kakritur-Krikatur.

Trix gefiel die Idee immer weniger, aber Bambura war Feuer und Flamme und akzeptierte keine Einwände. »Pass auf«, sagte er zu Trix und klopfte ihm aufmunternd auf die Schulter. »Das erledigen wir gleich!«

Er wischte sich die fettigen Hände an einer schmutzigen Stoffserviette ab, zog sich die Hosen hoch, die ihm heruntergerutscht waren, und ging raus. (Übrigens: Wenn ein Mensch von Natur aus dünn ist, muss er nach dem Essen den Gürtel öffnen, aber wenn er von Natur aus dick ist, muss er die Hosen an die Stelle hochziehen, wo sich normalerweise die Taille befindet.)

»Bambura ist ein guter Mann«, sagte Kakritur-Krikatur nachdenklich. »Einmal hat er einen Hund aufgelesen. Seitdem ist Albi sein Bühnenpartner. Obwohl der Kapitän in unserem Stück eigentlich einen Papagei hat.«

»Herr ... Krikratur ...«, setzte Trix unsicher an.

»Du brummelst schon wie unser guter Bambura. Ich heiße Kra-kri-tur«, betonte der Komödiant jede Silbe. »Ein ruhmreicher Name aus den Bergen. Er bedeutet Liebling der Eltern. Also, was ist: Möchtest du bei uns bleiben und mit Stücken durch das Königreich ziehen?«

Trix ließ sich mit der Antwort Zeit, denn wohl war ihm nicht dabei.

»Na, raus mit der Sprache«, ermunterte ihn Krakritur.

»Ich weiß es nicht, Herr Krakritur. Wenn es wirklich ein Stück gäbe, das die Schurken entlarvt und in dem die Gerechtigkeit siegt ...«

»Halt!« Krakritur schüttelte den Kopf. »Verwechsle die Kunst des Schauspiels nicht mit dem Leben, junger Mann. Sicher, manchmal weinen selbst schlichte Gemüter, unerbittliche Folterknechte und leichte Mädchen. Ja, sogar edle Herren vergießen ab und an ein paar Tränen, vor allem wenn sie sich unsere Aufführung in Begleitung einer Flasche alten Weins ansehen. Aber Theater ist eine Sache, Leben eine andere. Die Welt ist kein Theater, die Menschen sind keine Schauspieler. Wenn du bei uns bleibst, wirst du nicht verhungern, garantiert viel Spaß haben und etwas von der Welt sehen. Doch ich glaube, das ist nicht das, was du suchst.«

»Ich muss zurück auf den Thron meines Vaters. Das habe ich geschworen.« Trix stockte und sah den unerschütterlichen Krakritur an. »Und das Wort eines Barden oder das anmutige Spiel der Mimen wird gegen die Schurken bestimmt nichts ausrichten?«, fragte er.

»Bestimmt nicht«, antwortete Krakritur. »Ich könnte dir

die Geschichte von einem Jungen aus den Bergen erzählen, der aus seinem verwüsteten Dorf weggelaufen ist und davon geträumt hat, sich an den Feinden zu rächen. Der kleine Wildfang hat sich einer fahrenden Truppe angeschlossen, und ein Schauspieler, der nur wenig älter war als er, hat den Jungen unter seine Fittiche genommen, ihm beigebracht, auf der Bühne aufzutreten und ohne Akzent zu sprechen. Der Schauspieler wollte immer Stücke schreiben, eins hat er sogar zustande gebracht, über einen Jungen aus den Bergen, der durchs Gebirge irrt. Wie er einem Bären entkommt, einem Rudel Wölfe und einer tollwütigen Füchsin … wie er mit einer schweren Keule einen ausgewachsenen Irbis getötet hat …« Als Krakritur gedankenversunken auf seine Hände schaute, fielen Trix zum ersten Mal die alten Narben auf, die sie überzogen. »Es war ein schreckliches Stück. Niemand kann sich in das Schicksal eines Bergbewohners hineinversetzen.«

»Verstehe«, brummte Trix. »Was ratet Ihr mir dann? Um mich zu rächen, meine ich.«

»Der Fürst wird dich nicht anhören.« Kopfschüttelnd und voller Zweifel sah er Trix an. »Kannst du kämpfen?«

»Ja!«, sagte Trix stolz in Erinnerung an das Duell, das er kürzlich gewonnen hatte.

»Dann kann ich dir einen Rat geben, mein Junge.« Krakritur stockte. »Aber er bedeutet harte Arbeit und lange Jahre des Wartens. Fünf, zehn, zwanzig Jahre … mindestens.«

Trix verzog das Gesicht. Wie jeder junge Mann machte er nicht gern langfristige Pläne. Wie kann man zwanzig Jahre im Voraus planen, wenn man erst vierzehn ist?

»Was ist, willst du meinen Rat hören?«, fragte Krakritur.

»Wenn es keine Alternative gibt.«

»Versuch nicht zu beweisen, dass du ein Recht auf den Thron hast. Denn das hat immer derjenige, der gerade auf ihm sitzt, vergiss das nie! Im besten Fall wirst du geschlagen und ausgelacht, im schlechtesten landest du im Kerker oder kriegst ein Messer in den Rücken.«

»Aber was kann ich dann tun?«

»Versuche, Knappe zu werden und zum Ritter aufzusteigen. Dann kommst du wieder in den Adelsstand, diesmal jedoch nicht aufgrund deiner Geburt, sondern aufgrund deiner eigenen Taten und Siege. Als hervorragender Ritter darfst du deinen Feind zum Duell fordern, selbst wenn er ein Herzog ist. Das Schwert löst die Probleme nicht schlechter als das Wort des Königs.«

Trix schwieg. Der Gedanke, den hinterhältigen Sator zum Duell zu fordern, ihm mit der Lanze eins überzuziehen und ihn mit dem Schwert in zwei Teile zu spalten, gefiel ihm. Danach würde er noch Derrick in einem Turnier gegenüberstehen, ihn an den begeisterten Zuschauern auf den Tribünen vorbeitreiben und ihm die edle Ritterfaust zu kosten geben ...

»Das ist kein leichter Weg«, schloss Krakritur. »Denn du musst zu einem Ritter werden. Zu einem echten Ritter, über den es Balladen gibt.«

»Balladen ...«, wiederholte Trix. »Sagt, Krakritur ... wie habt Ihr es geschafft, einen wilden Irbis zu besiegen?«

»Wie schon?«, erwiderte Krakritur seufzend. »Ich komme aus den Bergen! Erst habe ich ihm mit einem schweren, spitzen Stock zugesetzt, den ich ihm dann in den Schlund gejagt und zweimal herumgedreht habe. Das Blut spritzte wie auf einem Schlachthof! Du machst dir keine Vorstellung, wie seine Schreie in der nächtlichen Stille geklungen haben!«

Trix schluckte. Er wollte lieber nicht so genau wissen,

woraus Wurst gemacht wurde und wie ein Sieg über ein wildes Tier aussah. Natürlich war er, der Sohn und Erbe des Co-Herzogs, mit seinem Vater auf die Jagd gegangen. Aber da tötete man kleine Tiere mit Pfeil und Bogen, Diener sammelten sie ein (mit etwas Glück war auch ein größeres Tier darunter) und nach einer gewissen Zeit servierten sie ein schmackhaftes Essen.

»Ihr seid ein Held«, versicherte Trix. »Vielen Dank. Ich werde versuchen, ein echter Ritter zu werden.«

Krakritur blickte noch auf die Tür, als Trix sie schon lange hinter sich geschlossen hatte. Irgendwann holte er mit einem traurigen Lächeln eine bauchige Flasche kräftigen Weins unter seinem Bett hervor und goss zwei Becher voll.

In diesem Moment kam Bambura zurück, etwas bedrückt, aber nicht hoffnungslos. Er hob Albi hoch, der ihm fröhlich die Nase ableckte.

»Maichel ist heute eine Laus über die Leber gelaufen«, verkündete Bambura noch auf der Schwelle. »Egal! Er wird schon einsehen, dass an dir ein Künstler verloren gegangen ist, und froh sein, dich in der Truppe zu haben. Trix …?«

»Der Junge ist fort«, sagte Krakritur. »Wir haben uns unterhalten, und ich habe ihm erklärt, dass er mit der Kunst die Welt nicht ändern wird.«

»Ach ja?«, giftete Bambura und setzte den Hund auf dem Boden ab. »Und wo ist er hin?«

»Ich glaube, er will Ritter werden.« Krakritur hielt seinem Freund den Becher mit dem Wein hin. »Eine zweifelhafte Wahl, denn er hat weder den nötigen Körperbau noch die geistige Schlichtheit, die man braucht, um einem lebenden Menschen eine Klinge über den Schädel zu ziehen. Ehrlich gesagt verstehe ich ganz gut, warum du versuchst hast, ihn bei uns unterzubringen, mein Freund. Einer wie er taugt zu einem guten Herrscher in einem friedlichen und reichen Herzogtum. Aber nicht dazu, Intrigen zu spinnen, um auf den Thron zurückzukehren! Oder durch Geschäfte stinkreich zu werden, seinen Feind an den Bettelstab zu bringen und seinen einstigen Besitz zurückzukaufen! Kannst du ihn dir als in Eisen gepackten Muskelprotz vorstellen, der sich den Weg zum Thron mit dem Schwert bahnt? Als Assassinen, der sich lautlos wie ein Schatten ins Schlafgemach von Sator Gris schleicht und den Usurpator mit dem Nachttopf erschlägt? Nein, das passt alles nicht zu ihm!«

»Aber du selbst hast ihm geraten, Ritter zu werden!«, brauste Bambura auf.

»Das habe ich«, sagte Krakritur. »Denn ich habe mich an den Jungen aus den Bergen erinnert, der sich rächen wollte – und es nie getan hat. Und an seinen Freund, den hochwohlgeborenen Baron Liander, dem man in seiner Jugend den Thron geraubt hatte und der sich daraufhin Schauspielern angeschlossen hat ...«

Bambura setzte sich seufzend an den Tisch, nahm den Becher mit dem Wein und nippte daran. »Ja und?«, brummte er. »Viol ist ein guter Herrscher, viel besser, als ich es je gewesen wäre. Sich mit sieben Jahren eine solche Intrige auszudenken! Den zehnjährigen Bruder für die Schauspielkunst zu begeistern und ihm so den Kopf zu verdrehen, dass er aus freien Stücken mit einer fahrenden Truppe davongeht. Dann noch dafür zu sorgen, dass man die Kleidung des älteren Bruders findet und drei Zeugen offiziell erklären, sie hätten gesehen, wie der Thronfolger ertrunken ist! All das mit sieben Jahren! Der Junge ist ein Naturtalent!«

»Sicher«, pflichtete Krakritur ihm bei. »Wahrscheinlich

muss ein Herrscher so sein, schon in der Kindheit. Aber dieser Junge, Trix, der wird keine Ruhe geben. Lassen wir es ihn versuchen.«

»Aber wie?«, hakte Bambura nach.

»Er hat nur eine Chance.« Krakritur grinste. »Wenn ich nicht völlig den Verstand verloren habe … Aber davon habe ich Trix nichts gesagt. Und auch wir sollten das Thema wechseln!«

Schweigend prosteten die beiden Freunde einander zu und tranken den Wein.

Natürlich hätte jeder andere versucht herauszukriegen, welche Möglichkeit Krakritur sah und warum er Trix nichts davon gesagt hatte. Aber Bambura, der seit seinem zehnten Lebensjahr mit der Schauspieltruppe herumzog, glaubte fest in seinem Herzen an die Gesetze der Bühne. Und das wichtigste dieser Gesetze lautete, nie vorzugreifen, um den Zuschauer ja nicht um das Vergnügen des Schauspiels zu bringen.

Aus Respekt gegenüber dem in der Theaterwelt legendären Kapitän Bambura wollen deshalb auch wir auf eine Erklärung verzichten – und sogar so tun, als wüssten wir nicht, woran Krakritur dachte.

Trix verlief sich im Theater und fand sich im Zuschauerraum wieder. Auf den ersten Blick war klar, dass der Raum ausschließlich für Theatervorstellungen genutzt wurde: Die Bänke bestanden nicht schlicht aus groben Brettern, die auf irgendwelche Böcke gelegt waren, sondern aus geschliffenem Holz, außerdem hatten sie Lehnen. In die Bretter waren Nummern eingebrannt, damit jeder wusste, wo er saß – und das war ja nun wirklich chic.

Es gab auch ein abgetrenntes Podest, auf dem weiche Sessel standen, natürlich für die adligen Herrschaften, die bereit waren, den doppelten Preis zu zahlen. Vor den Sesseln waren sogar Tische aufgebaut, damit die Herrschaften während der Vorstellung ein heißes oder kühles Getränk zu sich nehmen konnten.

Niedergeschlagen stapfte Trix zum Ausgang. Er mochte Bambura und Krakritur. Wahrscheinlich hätte er früher oder später auf der Bühne stehen dürfen und wäre von allen akzeptiert worden. Aber Krakritur hatte recht: Zu seiner Rache würde er auf diese Weise nicht kommen. Dann hätte er auch gleich mit dem Empfehlungsbrief von Thor Galan ins Geschäftsleben einsteigen können.

Die Tür war nicht abgeschlossen und Trix schlüpfte ungehindert auf die Straße. Ein streng wirkender Wachposten in der Kleidung eines nördlichen Barbaren mit einem Streithammer im Gehänge bedachte Trix mit einem mürrischen Blick. Trix hatte den Verdacht, dass der Mann ein ebenso waschechter Barbar war wie Bambura ein Piratenkapitän, verzichtete jedoch darauf, die Sache zu überprüfen. Vor allem da es dafür nur eine zuverlässige Methode gegeben hätte: Er hätte dem Mann sagen müssen, er habe weder Brüder noch Schwestern. Das galt bei den Nordländern nämlich als die schlimmste Beleidigung. Ein echter Barbar hätte ihn daraufhin töten müssen.

Deshalb beschloss Trix, dass ihn die wahre Herkunft des Wachpostens gar nicht sonderlich interessierte.

Nachdem er die Straße ein kleines Stück hinaufgelaufen war, gelangte er zu einem kleinen Platz mit einem Springbrunnen. Eine moosbewachsene Steinfigur in seiner Mitte stellte eine junge Frau mit einem Krug dar, aus dem das

Wasser floss. Die Frau hatte nichts anderes am Körper als besagtes Moos. Trix setzte sich auf die Steineinfassung und sah die Figur leicht verlegen an.

Sollte er also Ritter werden?

Das war ein edles Ansinnen, dessen sich selbst ein hochgeborener Herrscher in der Verbannung nicht zu schämen brauchte. Zahllose Balladen und Chroniken wussten von entmachteten und vertriebenen Herrschern zu berichten, die einen neuen Namen annahmen, Ritter wurden – und schließlich triumphierend auf den Thron zurückkehrten. Daher hatte Trix nichts gegen Krakriturs Rat einzuwenden.

Wenn es bloß nicht so lange dauern würde!

Trix seufzte und starrte skeptisch auf seine schmalen Hände. Er hatte ja schon Mühe, ein Schwert zu halten. Die nächsten zwei, drei Jahre würde er in Rüstung bestimmt ständig schwanken und selbst der Anderthalbhänder dürfte ihm Probleme bereiten. Nur in Kinderbüchern wie *Die kleinen roten Dämonen* wird ein Junge mit dem Schwert in der Hand mühelos mit einem erwachsenen Ritter fertig.

Trix seufzte erneut.

Verstehen wir das als Zeichen dafür, dass er sich zu dem Schritt durchgerungen hat. Selbstverständlich war es beschämend, den Weg als Knappe zu beginnen, da er kraft Gesetz bereits Ritter war und selbst jemanden zum Ritter schlagen durfte. Obendrein hatte er sogar schon einen Knappen! Als er an Ian dachte, diesen Verräter, ballte Trix die Faust. Doch dann verbot er sich die Grübeleien. Er würde Knappe werden! So schwer dürfte das ja wohl nicht sein, schließlich konnte er lesen und schreiben, kannte die Ritterbräuche und die Turnierregeln. Einen solchen Knappen würde jeder Ritter mit Kusshand nehmen!

Nur musste er erst einmal einen Ritter ohne Knappen finden.

Trix dachte nach. Im Co-Herzogtum gab es nur wenig echte Ritter, meist ältere, sesshafte, die formal der Garde einer der beiden Herrscher angehörten, eigentlich jedoch die meiste Zeit damit zubrachten, sich von ihren einstigen Kriegestaten zu erholen. Entsprechend waren ihre Knappen: in die Jahre gekommene Ehemänner und Väter, die mit Herz und Seele in ihrem Dasein aufgingen und voll Begeisterung von den herrlichen Turnieren erzählten, bei denen sie dabei gewesen waren. »Da wurde dem Baron sein drittes Pferd unterm Hintern erschlagen, aber ich bewahrte die Ruhe …«

Natürlich gab es auch Ritter, die durchs Land zogen, um sich vorübergehend den Grenzgarnisonen anzuschließen, einzelnen Baronen oder Vogten im Kampf gegen Räuberbanden oder aus ihren Höhlen herauskriechenden Monstern zu helfen (wobei die meisten Monster leider nicht herauskrochen, sondern herausjagten oder -flogen). Unter diesen fahrenden Rittern gab es auch ruhmreiche, deren Titel mehrere Minuten in Anspruch nahm: Aldegor tan Sart, Veteran der Schlacht bei Medloch, der im Kampf bei Hugrid ein Auge verlor, Sieger über den ruhmvollen Sir Mortis aus Aguada, Vernichter der grauen Riesenraupe von Parama, Teilnehmer am Zweiten Magischen Krieg … Und so weiter und so fort. Irgendwann bedeutet der Ritter mit einem huldvollen Winken, es reiche, wer schere sich um Titel, wo man unter seinesgleichen sei!

Sicher, es gab auch stinknormale Ritter, die in der Schlacht bei Hugrid beide Augen, Ohren, Arme und Beine behalten hatten, die der Riesenraupe nie gegenübergestanden hatten, weil diese bereits im Sumpf verschwunden war, nachdem sie ein ganzes Dorf verschlungen hatte, die einer Begegnung mit Sir Mortis (ebenso einer mit tan Sart) stets glücklich entgangen waren und im Zweiten Magischen Krieg vom Schicksal dazu auserkoren worden waren, den Wagen mit dem Proviant und den leichten Mädchen zu bewachen. Das Volk verehrte sie übrigens nicht minder.

Bei einem Ritter als Knappe aufgenommen zu werden galt also in jedem Fall als großes Glück. Viele Jungen von niederem Stand übten sich von klein auf mit Stöcken, lernten fechten, studierten die Wappen und die komplizierten Regeln der adligen Etikette. Sobald in einer Stadt oder in einem Dorf ein Ritter ohne Knappe auftauchte, umschwirrte ihn eine Schar Jungen, und jeder hoffte, ausgerechnet er werde auserwählt. Und Ritter ohne Knappen waren durchaus keine Seltenheit. Mal verließ sie ein übermäßig stolzer Junge, nachdem er für seine Tölpelhaftigkeit eins mit der schweren Ritterfaust auf die Nase gekriegt hatte, mal schlich sich, während der kühne Ritter gerade gegen ein Untier kämpfte und der Knappe das Gepäck bewachte und mit vor Begeisterung offenem Mund dastand, von hinten ein frisch aus dem Ei geschlüpfter Sprössling des Monsters an, ein kleines Ding nur – das aber hungrig war und scharfe Zähne hatte. Zuweilen passierte es auch, dass der Ritter kein Geld hatte, um seine Teilnahme am Turnier zu bezahlen, und deshalb, wenn auch schweren Herzens, den Knappen einem Handwerker verkaufte. Selbstverständlich mit dem festen Versprechen, ihn vom Preisgeld zurückzukaufen. Nur dass es eben viele Ritter, aber bloß einen Preis gab.

Als Trix sich an die Geschichten erinnerte, die er über Ritter ohne Knappen gehört hatte, wurde ihm ein wenig bang. Sicher, im heimatlichen Schloss, in Gesellschaft seines Vaters und in der Gewissheit, dass ihm ein Schicksal als Ritter – keinesfalls als Knappe! – winkte, hatte er all das völlig anders gesehen. Tja, da hat der Knappe also eins mit der Schwertscheide übergezogen bekommen. Selbst schuld. Warum hat er sich auch nicht um die Suppe gekümmert, damit sein Herr etwas zu essen kriegt? Tja, da ist der Bengel Räubern in die Hände gefallen, als er auf Befehl des Ritters dichtes Gebüsch überprüft hat. Aber dafür ist er nun einmal Knappe! Oder sollte etwa der Ritter in den Kampf ziehen, nachdem er zuvor eins über die Rübe gekriegt hat?

Und jetzt sollte Trix selbst Knappe werden. Mit allem, was dazugehörte. Keine sonderlich reizvolle Aussicht. Zweifelnd blickte er zum Theater hinüber, auf das große bunte Schild über dem Eingang, auf dem in etwas eigenwilliger Schreibung stand:

Nur häute und den gantzen Monnat! Morgens: Albee und Bambura auf den Krisstallenen Inseln! Abends: Die fäurige Leidenschaft der Barbarenköhnigin!

Bestimmt könnte Bambura ihn im Theater unterbringen. Vielleicht würde ja irgendwann einmal auch sein Name auf dem Schild stehen. Aber Krakritur hatte recht: Dann müsste er seine Eltern vergessen, den Thron, seine Rache ...

Trix stand auf. Er schob den Beutel über seiner Schulter zurecht und machte sich zum Schloss des Fürsten auf, allerdings nicht, um Gerechtigkeit zu fordern – und Peitschenhiebe zu erhalten. Allmählich begriff Trix nämlich, dass für manchen Herrscher Gerechtigkeit und Peitschenhiebe zum Verwechseln ähnlich waren. Nein, es war einfach so, dass sich alle fahrenden Ritter, selbst die, die bei Hofe nicht gerade willkommen waren, in den Schenken um den Palast herum trafen, dort Fleisch aßen, Wein tranken und über die

Tölpelhaftigkeit ihrer Knappen jammerten. Dort musste er sich einen Herrn suchen.

Der Gedanke, demnächst jemandem zu dienen, schmeckte Trix überhaupt nicht. Trotzdem ging er schnurstracks weiter.

Die ruhmreiche Stadt Dillon bot Bewohnern wie Gästen eine beachtliche Auswahl an gastronomischen Einrichtungen. Garküchen für einfachere und ärmere Menschen, Kneipen für alle, die eher trinken als essen wollten, Schenken für die Liebhaber der fremdländischen Küche und Gasthäuser für das adlige, reiche und übersatte Publikum.

Nach kurzer Überlegung verwarf Trix die Garküchen und Kneipen, denn ein Ritter würde sich nicht unters einfache Volk mischen oder betrinken, aber auch die Gasthäuser, denn dort würde er nur die allerberühmtesten Ritter treffen, die kaum einen dahergelaufenen Jungen zum Knappen wählen würden. Nein, Trix suchte einen stolzen, aber nicht sehr reichen Ritter, und den fand er am ehesten in einer anständigen, aber keineswegs pompösen Einrichtung. In einer exotischen, aber keineswegs protzigen. Kurz und gut, in einem relativ seltenen Typ.

Je weiter er sich dem Fürstenschloss näherte, desto belebter wurde es. Es gab immer mehr Geschäfte und Lokale aller Art. Auf der Straße bot man Süßigkeiten feil. Rosinen erfreuten sich der größten Beliebtheit und wurden »faustweise« verkauft: Der Kunde steckte seine Hand in den Beutel und fasste möglichst viele der schwarzen, gelben oder orangefarbenen Dinger; das war seine Ausbeute. Das begünstigte natürlich Kunden mit großer Faust, aber da die meisten Käufer Kinder und junge Frauen waren, kamen die

Händler durchaus auf ihre Kosten. In den Geschäften bot man Stoffe an, nicht nur Leinen, Wollstoff und Hanf, für die die Gegend bekannt war, sondern auch teure Waren wie Seide, Baumwolle oder Steinsatin. Auch Goldschmiede gab es mehr als genug. Sie stellten nichts in den Schaufenstern aus, sondern lockten ihre Kundschaft allein mit dem stolzen Emblem der Gilde an, zwei ineinander verschlungene Ringe. Und natürlich fanden sich wie an jedem Handelsplatz zahllose Wechselstuben. Ein oder zwei Wachposten hatten ein scharfes Auge darauf, dass niemand den Geldhändler übervorteilte, der, wie es sein Berufsstand verlangte, nackte Unterarme zeigte und an einer Schnur drei Münzen trug, eine goldene, eine silberne und eine kupferne, das Zeichen seiner Gilde.

Neugierig ließ Trix den Blick über das bunte Treiben schweifen und hielt nach einer Schenke Ausschau, in die ein Ritter einkehren würde. Mit der Schenke *Schild und Schwert* meinte er schon gefunden zu haben, was er suchte, doch Ritter hielten sich trotz des vielversprechenden Namens in ihr nicht auf, da saßen nur seltsame und schweigsame Männer in unauffälliger Kleidung einsam an den Tischen, stierten vor sich hin und schlürften langsam ihr Bier. Trix drückte sich eine Zeit lang am Eingang herum, ehe er die Schenke wieder verließ.

Als Nächstes zog das Schild der Bierstube *Alles ruhig* seinen Blick an, wo etliche der Gäste Rüstung trugen. Die Panzer stellten sich bei näherer Betrachtung jedoch als leichte Kettenhemden heraus und statt Schwertern steckten in den Gehängen schwere Knüppel aus Gummiholz. Da Trix nicht die Absicht hatte, bei der Stadtwache anzuheuern, verließ er auch diese Einrichtung wieder.

Erst als er den Berg fast erklommen hatte, entdeckte er am Fuße des Schlosses eine Schenke mit dem bescheidenen Namen *Schuppe und Kralle*, vor deren Eingang zwei Ritter schwerfällig von ihren Pferden stiegen.

Vom rotznasigen Hirtenjungen bis zum weisen Astrologen (der schließlich auch einst ein Junge war) wussten alle, dass es verschiedene Rüstungen gab. Ein Ritter würde keinen funkelnden Panzer, gefertigt aus soliden Metallplatten, tragen, um gegen einen Drachen zu Felde zu ziehen oder durch die Stadt zu flanieren. Denn erstens war sein Pferd im Unterschied zur Rüstung nicht aus Eisen. Und zweitens würde der Ritter selbst bei mäßigem Sonnenschein innerhalb von einer halben Stunde geröstet sein und einen Hitzschlag kriegen. Ein schwerer Vollpanzer war nur etwas für Turniere. In ihn ließ sich der Ritter hineinstecken und aufs Pferd hieven, er ritt los, stach zu, wurde wieder herausgeschält und durfte abkühlen.

Diese beiden Ritter trugen leichtere Rüstungen, die aber trotzdem etwas hermachten: Helme mit Federbusch, Kürasse, Beinschienen aus Stahl, Kettenärmel und Handschuhe. In ihnen bewegten sie sich langsam, aber nicht unbeholfen. Ihre Knappen, Jungen von siebzehn, achtzehn Jahren, führten die Pferde an das Holzgeländer vor der Schenke und banden sie dort fest. Die Pferde nickten einander wissend zu, als wollten sie sich ihr Leid klagen.

Trix sah den Rittern, die in der Schenke verschwanden, zweifelnd nach. Kurz zögerte er noch, dann trat er an die Knappen heran, die die Pferde mit sauberen Lappen abrieben. Der scharfe Geruch des Pferdeschweißes schlug ihm entgegen. Die Knappen linsten zu ihm herüber.

Wie sollte er sie ansprechen? Schließlich war er kein

Co-Herzog mehr – sondern ein Niemand, der versuchte, Knappe zu werden.

»Jünglinge!«, sagte Trix unsicher.

»Zieh ab, heute gibt's nichts«, antwortete sofort einer der Knappen.

Der zweite zeigte sich gutmütiger. Er kramte in seiner Tasche, fand einen Kupferling und gab ihn Trix. »Hier«, sagte er. »Kauf dir etwas Brot!«

»Der und hungrig! Sieh dir mal die Hamsterbacken an!«, murmelte der erste Knappe, während er die Kruppe seines Pferds abrieb. »Du bist zu gut für diese Welt.«

»Heute bin ich auf den verdammten Tag genau drei Jahre bei Sir Hoyer in Diensten«, sagte der Knappe und spuckte aus. »Leg ein gutes Wort bei den Göttern für mich ein, Kleiner!«

»Ist der Dienst als Knappe wirklich so schlimm?«, fragte Trix erschrocken.

»Kommt darauf an, bei wem«, brummte der Knappe. »Wenn die Sterne dir gewogen sind, nicht. Aber wenn dein Herr ein aufgeblasener Schwätzer ist«, er spähte ängstlich zur Tür hinüber, »dann verfluchst du bald alles und jeden auf der Welt.«

»Der will selbst Knappe werden«, schnaubte der unfreundlichere der beiden. »Guck dir doch mal an, wie aufgeregt er ist!«

Nun musterten die beiden Trix mit offener Neugier.

»Würdet ihr mir abraten?«, wollte er wissen.

Anscheinend nahmen die beiden Trix seine Sorge ab. Ihre Gesichter wurden freundlicher.

»Also, wenn du von einer Ritterkarriere träumst ...«, fing der Erste an, »wenn du Ruhm ernten und den Umgang mit der Klinge lernen willst, wenn du die Liebe der schönen Damen gewinnen möchtest, dann würde ich dir abraten!«

»Weil ich das sowieso nicht schaffen würde?«

»Nein«, gab er zögernd zu. »Weil du hauptsächlich Pferde striegeln musst, die Schwerter schärfen, die Rüstungen polieren …«

»Den Bauern Hühner klauen«, ergänzte der Knappe des Sir Hoyer verlegen. »Schmiere stehen, wenn sich dein Ritter mit einer fremden Frau vergnügt. Als Erster den Kopf in alle verdächtigen Felslöcher stecken. Dem Ritter helfen zu kotzen, wenn gemeine Feinde ihn mit zu viel Wein vergiften wollen.«

»Kommt das etwa oft vor?«, fragte Trix fassungslos.

»Bei meinem zwei, drei Mal die Woche«, antwortete der Knappe von Sir Hoyer finster. »Aber selbst bei dem kannst du dich natürlich auszeichnen und Ritter werden!«

Beide Knappen sahen Trix nun schweigend und voller Neugier an.

»Gibt es hier einen ehrenhaften Ritter, den seine Feinde nicht so oft betrunken machen und der noch einen Knappen braucht?«, fragte Trix.

Die beiden anderen sahen sich an und blickten dann wie auf Befehl zu den anderen Pferden hin.

»Sir Glamor hat keinen Knappen«, sagte der unfreundliche Knappe. »Der ist ihm bei einer Überfahrt aus dem Boot gefallen.«

»Konnte der denn nicht schwimmen?«, wunderte sich Trix. »Schwimmen zu können gehört zu den Tugenden eines edlen Mannes!«

»Na, du bist ja ein Schlauberger!«, grinste der Knappe. »Er konnte es. Aber nicht in Rüstung. Und sie fuhren gerade zu einer Insel, wo sie gemeine Wilddiebe mit einem Regen vergifteter Pfeile empfingen.«

»Dann noch Sir Paclus«, ergänzte der Knappe von Sir Hoyer. »Gestern habe ich gehört, dass ihm schon wieder ein Knappe abhandengekommen ist. Wie hieß der letzte noch gleich?«

»Wer erinnert sich denn noch an die Knappen von Sir Paclus?«, sagte der erste gleichgültig. »Das war so ein Bengel, der immer bunte Sachen trug. Hat Paclus mal wieder seinen Magier zum Duell gefordert?«

»Genau«, antwortete der andere grinsend. »Bin gespannt, ob er selbst auch mal abhandenkommt.«

»Seine Rüstung ist mit Zaubern belegt und er hat ein starkes Amulett …«

»Warum kämpft er denn gegen einen Magier?«, fragte Trix. »Und was ist das für ein Magier?«

»Ein Held, einer von den alten!« Der Knappe von Sir Hoyer kam jetzt in Fahrt. »Er hat an der Schwarzen Anfurt mitgekämpft! Und vor dreißig Jahren am Zweiten Magischen Krieg teilgenommen und ihn überlebt. Und Sir Paclus ist ein Hohlkopf!«

»Ist er nicht!«, widersprach der andere. »Er ist ein Mann von höchster Ehre!«

»Das läuft gewöhnlich aufs Gleiche raus! Jedenfalls hat sich Sir Paclus mit diesem Magier überworfen. Und er hat geschworen, er werde ihn in einem ehrlichen Duell besiegen. Keine leichte Aufgabe, wie du dir denken kannst.«

»Und es trifft hauptsächlich die Knappen?«, hakte Trix nach.

»Völlig richtig!« Der Knappe schlug ihm auf die Schulter. »Langsam begreifst du, wie der Hase läuft!«

»Wie kann ich sie erkennen?«, fragte Trix nach kurzer Überlegung. »Glamor und Paclus, meine ich. Vor allem Paclus! Damit ich den nicht zufällig anspreche!«

»Er wird von Sekunde zu Sekunde schlauer!«, begeisterte sich der Knappe von Sir Hoyer. »Glamor hat knallrotes Haar, ist lustig und lacht die ganze Zeit.«

»Und Paclus, das ist so ein Kleiner, Stämmiger, mit Bart, aber Glatze«, sagte der erste Knappe. »Sieht ein bisschen aus wie ein Zwerg ... was du aber besser nicht in seiner Anwesenheit sagst, weil er dich dann auf der Stelle einen Kopf kürzer macht!«

»Vielen Dank«, meinte Trix. »Dann werde ich mein Glück versuchen.«

Die Knappen beobachteten, wie Trix entschlossen die Schenke betrat.

»Ich wette, dass sie ihn nicht nehmen«, sagte der Knappe von Sir Hoyer.

»Glaubst du etwa, ich würde dagegenhalten?«

»Wäre ja nur zu seinem Besten«, schloss der Knappe von Sir Hoyer.

Mit diesen Wünschen verabschiedeten sich die beiden aus Trix' Schicksal und machten sich wieder daran, die Pferde zu striegeln.

Im *Schuppe und Kralle* ging es im Unterschied zum *Schild und Schwert* laut und lustig her. Die Kettenhemden klirrten, die Rüstungen rasselten, die Ritter schrien. Trix zählte ihrer zwei Dutzend, sowohl junge wie auch alte; Veteranen voller Wunden und vor Kraft und Gesundheit strotzende Jungspunde. Es roch nach Metallpolitur, Sattelwachs und natürlich nach Pferden. Einige Ritter hatten ihre Knappen dabei, andere nicht. Die meisten saßen in Gruppen zusammen und palaverten über Ritterprobleme. Trix fing einzelne Gesprächsfetzen auf: »Und da sag ich zu ihm: Lass uns wie Edelleute miteinander kämpfen!«, »Was kann ein Schwert schon gegen eine Streitaxt ausrichten? Gut, vielleicht wenn es ein Beidhänder ist!«, »... und hat den ruhmreichen Sir Shobald mit einem Schlag zu Boden ...«

Trix fiel auf, dass es in dieser Schenke keine rechteckigen, sondern nur runde Tische gab. Wahrscheinlich, damit sich die edlen Ritter nicht stritten, wer den Vorsitz bei Tisch hatte.

Außerdem gab es keine Tischdecken, Teller oder Besteck. Man aß von Holzbrettern, die von Klingen zerkratzt waren, und zwar einfaches Essen – gekochtes oder gebratenes Fleisch mit Gemüse und Brot –, und benutzte dabei Dolche, sowohl die breiten Kriegsdolche mit gezahnten Klingen wie auch die feinen langen Stilette. Anscheinend galt das als der letzte Ritterchic, denn die wenigen Knappen, denen die Ehre zuteilwurde, neben ihren Herren am Tisch zu sitzen, aßen mit normalen Gabeln, die sie nach dem Essen in ihre Stiefelschäfte steckten. Ein dicker Ritter mit Schnurrbart, der gerade in eine gebackene Wildschweinhaxe biss, die er mit viel dunklem Bier runterspülte, wandte sich seinen Kameraden zu: »Was hab ich euch gesagt? Wildschweinhaxe – das nenn ich Essen!«

Trix schluckte seine Spucke hinunter. Sein junger, im Wachstum begriffener Organismus hatte nichts dagegen, zwei, drei Mal pro Tag zu essen, Frühstück und Abendbrot nicht einberechnet.

Da niemand auf ihn achtete, konnte er in aller Ruhe nach Sir Glamor Ausschau halten. Er brauchte nicht lange zu suchen. Glamor war der rothaarigste, lauteste und lustigste Ritter unter den Anwesenden. Der polierte Helm – Modell »Wolfsmaul«, sehr in Mode – stand vor ihm auf dem Tisch, die langen roten Locken fielen ihm anmutig über den Metallkragen des Kettenhemdes. In diesem Moment erzählte er, mit einem fast leeren Bierkrug fuchtelnd, drei Tischgenossen einen Witz: »Ein Magier, ein Ritter und ein Dieb landen auf einer einsamen Insel voller Menschenfresser …«

»Halt«, unterbrach ihn einer der drei. »Wie kommt es, dass ein Magier, ein Ritter und ein Dieb zusammen eine Reise machen?«

»Das spielt doch gar keine Rolle!«, kanzelte ihn Glamor ab. »Nehmen wir an, sie wollten zusammen einen Schatz suchen. Der Ritter würde sich mit den Feinden schlagen, der Magier Hilfe mit einem Zauber leisten, der Dieb die Schlösser knacken und die Fallen unschädlich machen. Sie brechen also auf, das Schiff geht leck …«

»In dem Fall«, meinte der Skeptiker, »hätte ich allerdings auch noch einen Kleriker in die Mannschaft aufgenommen. Damit er sich um die Wunden kümmert oder so.«

»Und noch einen Ritter sowie einen zweiten Magier!«, bemerkte der Zweite der drei. »Zu einer guten Truppe gehören sechs Mann!«

»Besser keinen Magier, sondern einen ordentlichen Barden!«, mischte sich auch der Dritte ein. »Ein erfahrener Barde ist mehr wert als jeder Magier!«

»Ein Barde ist gut«, pflichtete ihm der Skeptiker bei. »Wenn er richtig loslegt, fällt den Feinden der Himmel auf den Kopf!«

»Freunde!« Sir Glamor erhob die Stimme. »Meine Freunde! Wir betrachten hier eine hypathet… eine hypithet... eine hypothetische Situation! Eigentlich ist das doch gar nicht passiert!«

»Trotzdem wären sechs Mann besser!«, beharrte einer. »Selbst hy... hypothetisch!«

»Also von mir aus«, lenkte Sir Glamor ein. »Dann eben sechs Mann. Aber ein Magier, ein Ritter und ein Kleriker gehen in der stürmischen See unter, als das Schiff kentert!«

Stille trat ein. Dann erhoben sich die drei Zuhörer rasselnd.

»Aber wir dürfen nicht anstoßen!«, warnte der Skeptiker. »Wie hieß unser ehrenvoller Bruder?«

Sir Glamor grunzte und schickte seinen Blick erst an die Decke, dann zu Trix. »Er hieß Sir Egalwer«, sagte er und zwinkerte Trix zu.

»Lasst uns des edlen Sir Egalwer gedenken!« Der Skeptiker leerte seinen Bierkrug in einem Zug. »Anscheinend kam dieser Ritter aus den fernen östlichen Gegenden?«

»Von ebenjenen«, bestätigte Sir Glamor. »Also, ein Ritter, ein Magier und ein Dieb landen auf einer einsame Insel voller Menschenfresser. Die schnappen sie ...«

»Was heißt das – die schnappen sie?«, empörte sich einer der drei. »Gab es denn keinen Kampf?«

»... nach langem und blutreichem Kampf!«, flocht Glamor schnell ein. »Sie schnappen sie und sagen: ›Wir essen euch! Wir verschonen nur denjenigen, der drei Heldentaten vollbringt: Er muss einen Eimer gegorene Kokosmilch trinken, einen Zyklopen aufs Auge küssen und eine von unseren unersättlichen Frauen im Bett zufriedenstellen.‹«

»Seltsame Bräuche«, bemerkte der Skeptiker nachdenklich. »Die Frau, das verstehe ich. Viele Wilde nehmen Gefangene, damit die Kinder zeugen, denn das schützt vor

Inzucht. Aber warum sollten sie den Zyklopen aufs Auge küssen? Ist das irgendein barbarischer Kult?«

»Und dann der Eimer gegorene Kokosmilch! Das ist auch merkwürdig!«, ließ sich der Dritte vernehmen. »Die Eingeborenen gieren doch selbst nach Alkohol. Die werfen doch nicht mit dem wertvollen Gut um sich.«

Glamor winkte nur ab und machte sich über sein Essen her. Er trank sein Bier aus und sagte: »Gehen wir davon aus, dass ich meine Erzählung beendet habe. Wirklich, manch einer hat so gar keinen Grund, sich ein dickes Filzpolster in den Helm zu legen! He, Junge, willst du was von mir?«

Trix trat schüchtern an den Tisch heran. Sir Glamor gefiel ihm sehr. Sicher, auch bei ihm musste ein Knappe wohl mit einer Ohrfeige rechnen – aber bestimmt würde er ihn nie losschicken, um einem Bauern ein Huhn zu stehlen. Eher würde er das noch selbst übernehmen und sich dabei ins Fäustchen lachen.

»Habe ich die große Ehre, vor dem edlen Sir Glamor zu stehen?«, fragte Trix.

»Eine würdige Anrede verlangt eine würdige Antwort«, entgegnete der Ritter grinsend. »Ja, Jüngling. Ich bin Sir Glamor.«

Es kostete Trix Überwindung, sich aufs Knie niederzulassen und zu sagen: »Edler Sir! Ich bitte Euch inständig, mir die große Ehre zu erweisen und mich als Knappe in Euren Dienst zu nehmen. Ich schwöre, Eurem ruhmvollen Namen keine Schande zu bereiten und alle Beschwernisse des Dienstes mit Würde und ohne Widerspruch zu ertragen.«

»Gut gesprochen«, bemerkte Glamor.

»Er drückt sich elegant aus«, bestätigte der Skeptiker. »Wie lange habe ich schon keinen gescheiten Knappen getroffen! Schade, dass meiner sein Fieber überlebt hat, den hier hätte ich gern genommen.«

Trix wartete geduldig.

Sir Glamor seufzte, streckte die Hand aus und zerzauste Trix das Haar. »Ich habe deine Worte gehört, Jüngling«, sagte er feierlich. »Und ich halte sie für schön in der Form und erhaben im Inhalt. Hätte ich die Möglichkeit, würde ich dich als Knappe aufnehmen und dir helfen, ein echter Ritter zu werden. Aber ...«

»Aber?«, fragte Trix verzweifelt.

»Du bist nicht rothaarig.«

Trix riss verblüfft die Augen auf. Sir Glamor seufzte erneut und fuhr fort: »Ruhmreicher Jüngling, du musst wissen, dass ich, als ich Ritter wurde, geschworen habe, mir nur Knappen zu nehmen, welche die Natur mit rotem Haar gesegnet hat. In meiner Kindheit musste ich wegen der unadeligen Färbung meines Schopfes den Spott meiner Gefährten erdulden. Die dummen, abergläubischen Vorstellungen des einfachen Volkes, dass sich Rothaarige vor der Arbeit drücken, dazu neigen, am Leim festzukleben, und ähnlicher Humbug trugen mir reichlich Kummer ein. Deshalb nehme ich nur rothaarige Jungen und helfe ihnen nach Kräften, ihren Platz in dieser rauen Welt zu finden.«

Trix erhob sich. »Sir Glamor«, bat er. »Könnt Ihr denn nicht eine Ausnahme machen?«

»Nein«, antwortete Glamor. »Es schmerzt mich selbst. Aber ein Ritter darf seinen Schwur nicht brechen.«

Er tätschelte Trix mit der schweren Ritterpranke die Schulter. »Viel Glück, Jüngling. Ich hoffe, du findest einen würdigen Herrn und wir werden eines Tages die Lanzen beim Turnier kreuzen!«

Damit war die Sache entschieden. Glamor gehörte nicht zu den Rittern, die einen Eid brechen.

»Und Euch große Heldentaten, Sir Glamor«, sagte Trix traurig.

Er hätte nie gedacht, dass das edle Schwarz seines Haars ihm eines Tages zum Verhängnis werden würde. (»Das Haar hat er von der Mutter, sie hat auch dieses Schwarz von einem Rabenflügel«, hatte sein Kindermädchen gesagt, als er noch sehr klein war.) Als ihm Tränen in die Augen traten, wandte er sich rasch ab, damit Sir Glamor seine unwürdige Schwäche nicht sah. Halb blind stolperte Trix sogleich gegen eine kühle Metallrüstung.

»Setz dich!«, befahl jemand mit strenger Stimme.

Die eine Hand dieses Jemand drückte ihn auf einen soliden Holzstuhl, die andere schob ihm einen Krug Bier hin.

»Trink das!«, flüsterte der Unbekannte. »Wenn sie merken, dass du heulst, lachen sie dich aus. Ritter sind wie Kinder. Sogar noch schlimmer. Wenn es um die Schwächen anderer geht, lachen sie sich kaputt, aber wenn es um sie selbst geht, können sie gar nicht laut genug jammern.«

Trix trank von dem süßlichen und starken Bier. Verstohlen wischte er die Tränen weg, ehe er sein teilnahmsvolles Gegenüber ansah.

Ein stämmiger, gedrungener Ritter – er war kaum größer als Trix – von vierzig, fünfundvierzig Jahren. Sein Glatzkopf funkelte nicht schlechter als ein polierter Helm. Über einem gewaltigen Bart leuchteten tief liegende Äuglein. Ihr Blick war erstaunlich klug und voller Mitgefühl.

»Sir Paclus«, stieß Trix aus.

»Du hast dich gut vorbereitet, mein Sohn«, sagte Sir Paclus. »Du willst wohl unbedingt Knappe werden?«

»Äh …« Trix lief rot an. »Ich …«

»Aber nicht bei mir«, sagte Paclus barsch. »Tut mir leid, Junge, aber der Dienst bei mir bringt nur Unglück. Vorgestern Abend habe ich schon den dritten Knappen verloren.«

»Das tut mir sehr leid, Sir …«, flüsterte Trix.

»Den dritten innerhalb eines Monats«, stellte Paclus klar. »Mir reicht's!«

»Und warum verliert Ihr sie?«, fragte Trix.

»Weil ich gegen den Magier kämpfe.« Paclus runzelte die Stirn. »Ich habe bisher immer Glück gehabt … im Unterschied zu den Jungen. Damit ist jetzt Schluss! Es ist zu peinlich, nach Dillon zurückzukommen und ihren Müttern unter die Augen zu treten.«

»Meine Mutter ist tot«, sagte Trix da zu seiner eigenen Überraschung. »Wenn mir etwas zustoßen sollte, müsstet Ihr ihr nicht in die Augen sehen. Aber ich muss unbedingt Ritter werden, damit ich mich rächen kann. Helft mir, Sir Paclus! Nehmt mich zum Knappen!«

Der zwergartige Ritter betrachtete Trix mit forschendem Blick. »Du bist offenbar aus einer vornehmen Familie«, bemerkte er schließlich.

Trix schwieg.

»Bitte mich nicht!« Paclus schüttelte den Kopf. »Ich warte auf einen Händler, der mir ein mächtiges Artefakt bringt. Danach ziehe ich wieder zum Turm des Magiers. Dahin will ich keinen unausgebildeten Jungen mitnehmen!«

»Aber jemand muss doch Euer Pferd halten!«, entgegnete Trix. »Oder nachsehen, ob sich in den Büschen Räuber verstecken.«

»Ich schicke keine Kinder an meiner Stelle in den Kampf!« Paclus lief puterrot an. »Nein, nein und nochmals nein!«

Trix biss sich auf die Lippe. Da fiel ihm das Gespräch mit den beiden Knappen vor der Schenke ein. »Sir Paclus«, brachte er leise hervor. »Ihr wisst, was das ist: Ehre. Helft mir, die Ehre meines Geschlechts zu verteidigen! Ich bin Trix Solier, der Erbe des Co-Herzogs Rett Solier, der vom Co-Herzog Sator Gris auf gemeine Weise verraten und umgebracht wurde!«

Sir Paclus rammte die Zähne aufeinander und starrte Trix in stummer Verwunderung an. Schließlich erhob er sich (womit er nur wenig an Größe gewann) und zog einen Zweihänder aus der Scheide.

Trix schluckte und ließ sich vor Sir Paclus auf die Knie nieder.

Was, wenn Sir Paclus selbst noch eine Rechnung mit dem Geschlecht der Soliers offen hatte? Er könnte ihn als Knappen in Dienst nehmen, aber ebenso gut könnte er ihm auch den Kopf abschlagen. Sicher, so was kam selten vor …

Sir Paclus streckte die Hand mit dem Schwert aus.

Stille breitete sich in der Schenke aus.

Trix schloss vorsichtshalber die Augen.

5. Kapitel

Ritter teilen sich nicht nur in kluge und dumme, aufbrausende und besonnene, gute und weniger gute, sondern auch noch in zwei andere Gruppen. Die erste hält es für eine ruhmreiche Tat, in strömendem Regen in wilden Dornbüschen zu schlafen und sich zum Frühstück mit einem Stück durchgeweichten Brots zu begnügen. Die zweite vertritt die Auffassung, es zöge durchaus kein Unheil nach sich, wenn ein Ritter in einem Gasthof in einem Bett übernachtet und Rührei mit Schinken zum Frühstück isst. Beide Gruppen sind sehr einfach voneinander zu unterscheiden: Die zweite Gruppe stinkt nicht ganz so stark und hat eine gesündere Gesichtsfarbe.

Sir Paclus war zu Trix' Glück nicht nur besonnen und gut, sondern auch der Bequemlichkeit zugeneigt. Deshalb übernachtete der Ritter mit seinem neuen Knappen in einer Schenke. Sie war sauber und erst kürzlich durch Magie von Ungeziefer befreit worden.

»Du wirst es schätzen lernen, mein Junge, wenn du im Bierkrug keine Kakerlaken findest und dich nachts keine Wanzen beißen«, sagte Paclus und machte es sich auf dem einzigen Bett gemütlich. »Es gibt nämlich nichts Schlimmeres, als wenn dir das Ungeziefer unters Kettenhemd kriecht und du dich nicht kratzen kannst. Auch wenn es, zugegeben, den Kampfeseifer enorm schürt.«

»Und wie ist man die Viecher losgeworden?«, fragte Trix, während er seinen Strohsack aufschüttelte, der an der Tür lag (damit der gemeine Feind zunächst über den Knappen stolperte und wertvolle Zeit damit verlor, ihm die Kehle aufzuschlitzen).

»Na, wie wohl?« Sir Paclus kratzte sich den behaarten Bauch. (Als Trix Paclus aus dem Kettenhemd geholfen hatte, sodass der Ritter nur noch in Unterhosen dastand, hatte er eine wahre Haarpracht freigelegt.) »Mit Magie natürlich. Die Magie, mein Junge, ist eine große Kraft!«

»Aber ich habe geglaubt, Ihr würdet die Magie hassen«, sagte Trix nachdenklich. »Wo Ihr doch gegen den Magier kämpft.«

»Ich? Die Magie hassen?« Paclus verdrehte die Augen. »Ja, bist du wirklich so dumm?! Wieso sollte ich die Magie hassen? Nichts hilft einem Ritter im Kampf so sehr wie sie! Und im täglichen Leben sind eh alle auf sie angewiesen! Wer sagt denn den Bauern das Wetter voraus? Die Magier! Wer schickt einen Feuerregen gegen Monster oder sperrt sie in einen Eisklumpen ein? Die Magier! Wer heilt Wunden, schickt Botschaften durchs ganze Land und spioniert durch eine Kristallkugel die Lage aus? Die Magier und niemand sonst! Magie kann alles!«

»Warum habt Ihr dann etwas gegen Magier?«, wollte Trix wissen, obwohl ihm schon fast die Augen zufielen. Aber auch Paclus schien zum Plaudern aufgelegt. »Oder geht es nur um den einen Magier? Den, gegen den wir morgen antreten.«

»Ich soll etwas gegen Magier haben?« Paclus schnaubte. »Wenn wir keine Magier hätten, hätte uns Samarschan längst geschluckt. Oder die Barbaren aus dem Norden. Oder die

Vitamanten, die seit dem Zweiten Magischen Krieg auf den Kristallenen Inseln lauern.«

»Also geht es nur um diesen einen Magier?«, hakte Trix nach.

»Radion Sauerampfer? Ich soll etwas gegen Radion Sauerampfer haben?« Jetzt platzte Paclus der Kragen. »Schreib dir gefälligst eins hinter die Ohren, du aufmüpfiger Knabe! Radion und ich haben im Zweiten Magischen Krieg an der Schwarzen Anfurt Seite an Seite gekämpft! Ich hielt die Vitamanten und die Zombies so lange mit dem Schwert auf, bis Radion einen Zauber gewirkt hatte. Danach hat uns das Schicksal noch viele gemeinsame Siege beschert!«

»Dann verstehe ich überhaupt nichts mehr«, gab Trix zu. »Warum kämpft Ihr dann gegen ihn?«

»Weil wir vor anderthalb Jahren bei einem Becher guten Weins aneinandergeraten sind.« Mit einem Seufzer bettete Paclus den Kopf auf den glatt gehobelten Holzklotz, der in Gasthöfen das Kopfkissen ersetzte. »Radion hat behauptet, dass ein Magier stärker sei als ein Ritter. Kein Ritter könne einen Magier im ehrlichen Kampf besiegen. Ich schon, habe ich gesagt. Seitdem versuche ich, seinen Turm im Sturm zu nehmen. Aber ... bisher ist es mir nicht geglückt.«

Schweigend verarbeitete Trix, was er gehört hatte.

»Dieser Becher war ziemlich groß«, fuhr Paclus fort. »Es ist wohl auch nicht bei dem einen geblieben. Aber ich habe einen Eid geschworen, davon sind wir beide überzeugt! Und Eid bleibt Eid!«

Trix dachte an die verschwundenen Knappen, sagte jedoch kein Wort. In den letzten drei Tagen war er entschieden reifer geworden.

»Die Knappen tun mir leid«, seufzte Paclus, als hätte er

Trix' Gedanken gelesen. »Ich bin besser ausgerüstet und Magie kann mir nichts anhaben ...« Er verstummte jäh, als habe er sich verplappert. Trix war das aber sowieso entgangen, der sagte weiterhin kein Wort.

»Also freiheraus!«, polterte Paclus. »Ich bin zu einem Viertel ein Zwerg. Und Zwerge sind von Geburt an immun gegen Magie. Hast du was gegen Zwerge?«

»Ich?«, fragte Trix erschrocken. »Nicht das Geringste. Ich habe in den Chroniken gelesen, dass es Zeiten gab, in denen Zwerge und Menschen nicht nur nicht gegeneinander kämpften, sondern sogar Seite an Seite in die Schlacht zogen. Gegen die Elfen. Oder um größere Beute zu machen.«

»Richtig«, lobte Paclus. »Die Zwerge halten mich übrigens gar nicht für ihresgleichen. Meine Großmama war Zwergin. Das ist ein besonderer Fall. Denn das Zwergsein vererbt sich über die männliche Linie. Über die weibliche, das gibt es nur bei den Elfen.«

»Wahrscheinlich steckt eine sehr romantische Geschichte dahinter«, sagte Trix. »Wenn Eure Großmutter eine Zwergin war. Oder?«

Paclus setzte sich ruckartig im Bett auf. Er griff nach einer Kerze, ging zu dem Strohsack hinüber, beugte sich über Trix, führte die Kerze vor sein Gesicht und musterte ihn argwöhnisch. Als er sich sicher war, dass Trix ihn nicht verspottete, zerzauste er dem Jungen lächelnd das Haar, löschte mit seinen dicken Fingern die Flamme und flüsterte: »Zeit zu schlafen, wir brechen morgen früh auf!«

»Gute Nacht, Herr«, brachte Trix die ungewohnte Anrede mit Mühe über die Lippen.

»Gute Nacht, Knappe.« Paclus' Stimme verriet immer noch eine gewisse Verlegenheit. Er ließ sich schwer aufs Bett plumpsen und wälzte sich eine Weile hin und her, bis er die richtige Position fand. »Sie war schon romantisch, die Geschichte«, sagte er schließlich. »Meine Großmama und mein Großpapa wurden bei einem Schiffbruch auf eine einsame Insel gespült.«

»Gab es da Wilde?«, fragte Trix.

»Was? Was für Wilde?! Ich hab doch gesagt, die Insel war einsam! Da war niemand! Nicht mal Ziegen! Fünf Jahre hat mein Großvater sich beherrscht, aber im sechsten hat er meiner Großmutter einen Heiratsantrag gemacht. Er war ja schließlich nicht aus Eisen. Ein Jahr später, als meine Mutter gerade auf die Welt gekommen war, lief ein Piratenschiff die Insel an, um seine Wasservorräte zu ergänzen. Meine Großeltern bewegten die Halsaufschneider dazu, sie mit zurückzunehmen. Zu den Zwergen konnte meine Großmama nicht mehr, die sind da sehr streng. Aber mein Großpapa war ein Mann von Ehre. Er stand zu seiner Ehe. Außerdem liebte er seine Tochter. Bis ins hohe Alter hat er ihr eigenhändig den Kopf geschoren.«

Wie gebannt lauschte Trix der Geschichte.

»Mein Großpapa fehlt mir«, fuhr Paclus fort. »Er ist vor Kurzem gestorben.«

»Und Eure Großmutter?«, fragte Trix.

»Meine Großmutter? Sie ist Zwergin, das sagt doch alles! Nach wie vor steht sie in der Schmiede und schwingt von morgens früh bis abends spät den Hammer. Meine Rüstung stammt von ihr! In der steckt übrigens auch jene Kraft, die mich gegen Magie feit. Meine Großmama ist eine wahre Meisterin! Sie macht sich Bierkrüge selbst, die Bartnadeln ...«

»Meine Großmama hat auch gern ... gestickt«, bemerkte Trix kühn.

»Das ist nur zu begrüßen!«, lobte Paclus. »Wie adlig du auch sein magst, du musst auch was mit deinen Händen anzufangen wissen! Doch genug! Schlaf jetzt!«

Trix fielen jetzt in der Tat die Augen zu – und auch die Lippen. Er schlief schnell und fest ein.

Paclus dagegen wälzte sich lange hin und her und stand sogar noch einmal auf, da er ein Geschäft zu erledigen hatte. Als er vom Hof zurückkam, betrachtete er Trix, der zusammengerollt auf seinem Strohsack lag, voll ungestümer Zuneigung und deckte ihn fürsorglich mit seiner, Paclus', Decke zu. Die Nacht war frisch, vom Meer wehte ein kalter Wind heran. Doch wie jedem Menschen mit einem Schuss Zwergenblut machte Paclus die Kälte nicht viel aus.

Will man wissen, wie es um einen Staat bestellt ist, braucht man sich nur seine Straßen anzusehen, das weiß jeder. Ein ehrgeiziger und strenger Herrscher, der die Bauern an den Bettelstab bringt und seine Bürger mit Steuern erdrückt, mag sich eine Hauptstadt von unsagbarer Schönheit leisten. Unter einem trägen und willenlosen Herrscher, der dem einfachen Volk alles durchgehen lässt, wachsen und gedeihen womöglich die Dörfer und Städte, während der Staat selbst im Sterben liegt. Doch im einen wie im anderen Fall wird es kaum Straßen geben, denn nur ein Herrscher, der in sich Strenge und Nachgiebigkeit, Wille und Geduld vereint, spannt in seinem Land ein Netz von Wegen, das es fester zusammenhält als die Hellebarden der Soldaten, die gemeinsame Sprache oder der gemeinsame Glaube.

Im Königreich gab es Straßen. Und zwar überall. Doch im Fürstentum Dillon – und das hätte niemand abzustreiten gewagt – waren sie in Ordnung. Mal handelte es sich nur um festgestampfte Erde, mal waren sie mit Stein oder Steinholz gepflastert, wenn es sein musste, gab es Brücken und Fährstellen, Schenken, Pferdeställe und Häuser für die Wachposten entlang des Weges. Sicher, in einigen wilden Gegenden traf man auf Räuber und unwegsames Gelände (niemand wusste, was schlimmer war und was die Staatskasse mehr belastete), aber im Großen und Ganzen war es ein Vergnügen, durch Dillon zu reisen.

Trix genoss den Ritt auf dem friedlichen rotscheckigen Hengst mit dem weißen Schwanz. Der Hengst war nicht mehr jung und deshalb gelassen, aber auch noch nicht alt, weshalb er den Jungen nach all den in Eisen verpackten Rittern mühelos wie eine Feder auf seinem Rücken trug. Wenn Trix ihm die Schenkel in die Seite presste, drehte er verwundert den Kopf, als hätte er inzwischen vergessen, dass jemand auf ihm ritt. Paclus' Pferd, ein junger Goldfuchs, schritt stolz voran, Trix' Hengst folgte ihm ohne Eile. Der Ritter und sein Knappe ließen Dillon hinter sich und ritten zwischen endlosen Weizenfeldern dahin.

»Wie wollt Ihr Radion Sauerampfer eigentlich besiegen, Sir Paclus?«, fragte Trix, sobald er der Landschaft nichts mehr abgewinnen konnte.

»Mit einem Amulett«, antwortete der Ritter. Den Helm hatte er abgenommen und hielt ihn in der Armbeuge, den Kopf schützte er mit einem weißen Tuch gegen die Sonne. »Mit dem, das mir gestern der bucklige Zwerg gebracht hat. Wenn er mich nicht angelogen hat, dann wird es mich eine Viertelstunde gegen jeden magischen Angriff von Radion schützen.«

»Und was ist mit mir?«, erkundigte sich Trix. Das Duell erschien ihm ein wenig fragwürdig, wenn der Ritter ein magisches Amulett benutzte, aber über dieses Thema ging er großzügig hinweg.

»Du wirst dich abseitshalten.« Paclus schirmte die Augen mit der Hand ab und spähte in die Ferne. »Da ist er ja. Also hat er uns auch schon gesehen ...«

»Radion?«

»Wer sonst!«

Als Trix genauer hinsah, machte er am Horizont die Spitze eines Turms aus. Wie es sich für einen Magier gehört, der etwas auf sich hält und bei niemandem in Diensten steht, lebte Radion in einem eigenen Turm, wo er sich ganz der Zauberei hingab.

Nun gab es kein Zurück mehr.

»Kommt der Herr Sauerampfer eigentlich auch mal nach Dillon?«, fragte Trix.

»Sowohl nach Dillon wie auch nach Bossgard, das ist das kleine Städtchen in der Nähe seines Turms. Er verdient sich da wohl etwas Geld mit seiner Zauberei. Je nach Bedarf, denn er steht nicht fest beim Magistrat in Diensten.«

»Vielleicht solltet Ihr dann lieber in der Stadt gegen ihn antreten?«, schlug Trix vor. »Im Turm wird er sich immer gut zu verteidigen wissen.«

»Junger Mann!«, explodierte Paclus. »Wie oft soll ich dir noch sagen, dass ich ein ehrliches Duell will! Keinen Überfall aus dem Hinterhalt! Keine Tricks! Sondern einen ehrlichen Kampf! Ich komme, fordere ihn heraus und ziehe wieder ab.«

Trix fielen die Knappen ein, die nicht mehr hatten abziehen können, und er seufzte bitter.

»Du hältst dich abseits«, schärfte ihm Paclus ein. »Dir passiert nichts. Du weißt, was es mit Magie auf sich hat?«

»Selbstverständlich. Mein Vater hatte einen Zauberer an seinem Hof. Keinen sehr starken«, räumte Trix ein, »aber einiges hat er zustande gebracht.«

»Ach ja. Ich vergaß, dass du von edlem Blut bist«, sagte Paclus. »Weißt du auch, worin das Wesen der Magie besteht?«

»Natürlich. Magie bedeutet Macht über die Welt, die sich in Worten ausdrückt. Mit Zauberkraft aufgeladene Worte können die reale Welt verändern, eine Sache in eine andere und diese wiederum in nichts verwandeln. Kurz und gut, die Wörter machen, was der Zauberer will!«, erklärte Trix eifrig. Als ihm jedoch aufging, was er eben gesagt hatte, sank ihm sogleich der Mut.

»Richtig«, erwiderte Paclus. »Genau so ist es. Aber mach dir keine Sorgen, das ist alles nur Theorie. In der Praxis sind Magier längst nicht allmächtig!«

Eine Zeit lang ritten sie schweigend weiter.

»Obwohl ... Sauerampfer ist schon ziemlich dicht dran an der Allmacht«, schob Paclus plötzlich mit überraschendem Stolz nach. »Siehst du seinen Turm? Der ist aus Elfenbein! Wie es sich ziemt!«

Zwar waren es bis zum Turm noch mindestens zwei Meilen, doch er war in der Tat bereits klar zu erkennen. Trix starrte ihn fassungslos an: Der milchweiße Turm musste rund hundert Ellen hoch sein. Unten stützten ihn gewaltige Pfeiler aus schwarzem Stein. Er war über und über mit aparten Schnitzereien verziert. Steinlaub, auch Krabbe genannt, kroch die Giebel hoch. Atlasstatuen trugen die Balkone, zahllose Rosetten und Blendarkaden schmückten die Fassade. Die Fenster waren mit prachtvollen Kreuzen versehen, ihre nicht minder prachtvollen Läden standen offen. Aus den Mauern schossen Wasserspeier. Neben Elfenbein wurde für die Verzierung auch Kristall genutzt, das in den Fenstern funkelte, und schwarzer Stein, mit dem einzelne Elemente der Statuen herausgehoben wurden, die der Magier offenbar für besonders wichtig hielt.

Oben erweiterte sich der Elfenbeinturm zu einem Wohngebäude, das so groß war wie eine prächtige, zweistöckige Villa. Auch dieser Teil war reich verziert, mit Türmen und Wimpergen an den Ecken, einer durchbrochenen Brüstung am Dachrand und – warum auch immer – Flügeln wie bei einer Windmühle.

Trix konnte sich gut vorstellen, dass auf dem Dach regelmäßig Transportdrachen landeten.

»Woher hat er so viel Elfenbein?«, fragte er überwältigt. »Dafür hätte er ja alle Elefanten der Welt erlegen müssen!«

»Was *woher*? Das hat er sich herbeigezaubert! Außerdem ist es nur außen Elfenbein, weil das besser aussieht, innen ist der Turm aus Stein.«

»Und das geht? Unser Magier hat immer gesagt, die herbeigezauberten Sachen hätten nicht die Stabilität der echten und würden im Handumdrehen zu Staub zerfallen.«

»Dann hattet ihr einen miserablen Magier«, befand Paclus. »Ein echter Zauberer kann Dinge herbeizaubern, die sogar besser sind als die echten.«

»Wo soll ich auf Euch warten?«, fragte Trix.

»Siehst du diesen Hain dort?« Paclus streckte den eisengeschützten Arm aus. »In dem wirst du auf mich warten. Sauerampfer liebt die Natur, er wird die Bäume nicht mit seinen Feuerbällen niederbrennen. Sieh dir nur die Blumen um den Turm an! Der reinste Rosengarten!«

Nach Trix' Dafürhalten lag der Hain viel zu dicht am

Turm. Der war ja höchstens eine Meile weg! Aber gut, es war ein Unterschlupf! Und wenn der Magier die Natur liebte ...

»In Ordnung«, sagte Trix. »Das mache ich.«

Schweigend ritten sie bis zum Hain, wo sie haltmachten. Paclus spähte argwöhnisch zum Turm hinüber und holte aus seiner Satteltasche das Amulett, einen recht großen fünfzackigen Stern aus rubinrotem Stein, den er geschickt am Helm anbrachte. Auf ein Nicken hin half Trix ihm, den Helm an der Rüstung zu befestigen.

»Das ist ein altes und sehr starkes magisches Symbol«, erklärte Paclus. »Es heißt, einst habe der Stern ein ganzes Volk beschützt. Stärker als er ist vielleicht nur noch der gelbe sechszackige Stern, aber für den braucht man die Erlaubnis vom Magierkapitel.«

»Und wie wollt Ihr in den Turm gelangen?«

»Durch die Tür. Das Problem ist, zu ihr zu gelangen.« Paclus murmelte etwas, das sich verdächtig nach einer Anrufung Muradins, des Gottes der Zwerge, anhörte. Er zog das Schwert aus der Scheide und trieb sein Pferd an, eine Respektlosigkeit, die dieses ungemein ärgerte. Um den Turm herum gab es keinen Wald und keine Felder, sondern nur eine grüne Wiese, die üppig mit Blumen, vor allem purpurroten Rosen, bewachsen war. Das Pferd sprang so leicht über sie dahin wie über einen ebenen Weg.

Trix warf die Zügel rasch über einen herunterhängenden Ast, hielt die Luft an und beobachtete Paclus. Sein Pferd fraß von dem Gras, fand es jedoch wenig schmackhaft und fing daraufhin an, Trix' Ohr zu beschnuppern. Der trat lieber einen Schritt zurück. Eingeschnappt machte sich das Pferd nun doch übers Gras her.

Sir Paclus hielt mit hoch erhobenem Schwert auf den Turm zu. Gut, wir wollen ehrlich sein, mit nicht allzu hoch erhobenem Schwert. Paclus' hatte muskulöse, aber kurze Arme. Trix ertappte sich bei dem Gedanken, dass ein Streithammer oder Wurfbeil sich in Paclus' Pranken passender ausnähme.

Aber Ritter pflegten nun einmal nicht mit Hämmern zu kämpfen. Das war Sache der Zwerge.

Da eine Zeit lang rein gar nichts geschah, hoffte Trix schon, der Zauberer Sauerampfer sei nicht zu Hause. Vielleicht zauberte er ja gerade für den Magistrat in Bossgard? Oder er suchte Gräser für magische Tränke, Sauerampfer für die Suppe …

Doch er hatte sich zu früh gefreut. Plötzlich leuchtete die Spitze des Turms in einem gespenstischen roten Licht auf. In der Luft über dem Turm bildete sich ein riesiges Gesicht aus Rauch. Anscheinend das von Radion Sauerampfer.

Bei dem Zauberer handelte es sich um einen rundgesichtigen, kurzhaarigen Mann in mittleren Jahren. Vermutlich hätte er völlig harmlos gewirkt, wenn nicht die finster zusammengezogenen Brauen gewesen wären, die von Feuerexplosionen lodernden Augen und die Größe. Das Gesicht neigte sich langsam. Mit stockendem Herzen begriff Trix, dass es tatsächlich nur ein Gesicht war, das da in der Luft hing, eine Art leerer Maske. Es sah zu Sir Paclus hinüber.

Der Ritter jagte zum Turm.

Der Magier zog die Brauen noch stärker zusammen. Er blähte die Wangen auf – und pustete Paclus von der Höhe seines Turms aus an.

Ein Sturm brach los. Das Gras auf der Wiese schmiegte sich dicht an den Boden. Die Bäume schwankten. Das Pferd von Sir Paclus bäumte sich auf und drehte sich im Kreis. Der Ritter versuchte sich auf ihm zu halten, schaffte es aber nicht, daran hinderte ihn der zum Himmel hochgereckte Schwertarm. Mit einem gewaltigen Poltern landete Sir Paclus bäuchlings im Gras. Der Goldfuchs scherte sich nicht weiter um den in Balladen besungenen Heldenmut ritterlicher Pferde und sprang davon.

»Das Amulett funktioniert nicht ...«, presste Trix heraus.

Das traf die Sache aber nicht ganz. Der seines Pferdes beraubte Paclus stand nämlich auf, schüttelte den Kopf und stapfte auf den Turm zu. Ihn hielt der Hurrikan nicht auf. Anscheinend schützte das Amulett nur den Reiter, nicht auch das Tier.

Das Gesicht des Magiers wurde immer finsterer. Er hörte auf zu pusten. Er zwinkerte – und aus seinen Augen schossen weiße Blitze, die auf die Wiese prasselten. Als einer von ihnen in Paclus' Helm einschlug, stoben bunte Funken auf.

Trotzdem ging der Ritter stur weiter. Trix vernahm, wenn auch durch die Entfernung gedämpft, Flüche und Drohungen, den arroganten Magier ordentlich zu vermöbeln.

Darauf riss der Magier nach kurzer Überlegung den Mund sperrangelweit auf und schrie los. Der Schrei war derart laut und beängstigend, dass man ihn wahrscheinlich sogar in Dillon hörte. Trix hielt sich die Ohren zu und schrie zurück, denn will man sich bei lautem Geschrei gegen Ertaubung schützen, gibt es ja bekanntlich nichts Besseres, als selbst zu schreien.

Dabei war der Schrei noch nicht mal das Schlimmste. Kleine Klumpen schossen kreiselnd und sich überschlagend aus dem Mund des Magiers, platzten auf und verwandelten sich in widerliche Monster: in flinke Kreaturen, die an Affen erinnerten, in stämmige Minotauren, in riesige gehörnte Dämonen und in hüpfende, mit Augen ausgestattete Kugeln, die wie rohes Fleisch aussahen. Sämtliche Monster stürzten sich fröhlich auf Sir Paclus.

Anscheinend freute sich aber auch der Ritter über ihr Auftauchen. Den ersten Minotaurus spaltete er mit dem Schwert in zwei Teile, die von einem Affen geschleuderte Feuerkugel wehrte er mit der Klinge ab, obendrein so geschickt, dass die Kugel dem Dämon, der ihm am nächsten war, das Horn samt Kopf verbrannte. Wild mit dem Schwert fuchtelnd, ließ Paclus kein Monster an sich heran und setzte seinen Weg zum Turm fort, wobei er zerhackte Kadaver und Pfützen bunten Blutes hinter sich ließ.

»Ei pottstausend!«, schrie Trix und sprang mehrmals in die Luft. »Hoch lebe der ruhmreiche Sir Paclus!« Er schämte sich nun nicht länger seiner Stellung als Knappe, im Gegenteil, er entdeckte gewisse Vorteile in ihr. Den Sieg hatte Paclus errungen, aber er, Trix, durfte mit Fug und Recht sagen: »Als wir, Sir Paclus und ich, den großen Magier Radion Sauerampfer bezwungen haben …«

Mit seinem Gejohle hatte Trix jedoch einen Fehler begangen. Das begriff er, als sich einer der Minotauren, der relativ weit weg von Paclus gelandet war, nach ihm umdrehte und munter Richtung Hain lostrabte.

Als Erster zog das Pferd, das nicht umsonst ein langes Leben unter ritterlichem Sattel verbracht hatte, seine Schlüsse. Mit einem Ruck hatte es die Zügel vom Zweig gerissen und sprang durch die Bäume zu seinem goldfuchsigen Artgenossen, der sich in sicherem Abstand am Wegesrand hielt. Trix konnte ihm nur noch einen Blick hinterherschicken – dann musste er sich wieder dem Minotaurus zuwenden.

Das Monster bleckte das grauenvolle Stiermaul. Dieses war der Natur zum Trotz (doch was wollte man beim Anblick eines Minotaurus überhaupt noch von der Natur halten?) mit scharfen Raubtierfängen ausgestattet. Den mit zottigem, rotem Fell bewachsenen Körper des Minotaurus schützte ein Panzer. In den Händen hielt er eine lange Hellebarde – als vertraue er nicht auf Fänge und Muskelkraft.

Trix stieß einen derart lauten Schrei aus, dass sogar Paclus ihn hörte, obwohl er den Turm fast erreicht hatte. Der Ritter drehte sich um, zögerte den Bruchteil einer Sekunde, stürzte dann aber, die schlimmsten Flüche ausstoßend, seinem Knappen zu Hilfe. Er bewegte sich erstaunlich schnell auf seinen kurzen Beinen. Trotzdem konnte es keinen Zweifel am Ausgang dieses Wettrennens geben. Dem Minotaurus würde genug Zeit bleiben, um die Filetstückchen aus Trix herauszubeißen und sie zu vertilgen. Vielleicht würde er es sogar schaffen, sie vorher über einem Feuer zu grillen.

So wie der Minotaurus aussah, dürfte er allerdings auch nichts dagegen haben, den Jungen roh zu fressen.

Der erste Gedanke, der Trix in den Sinn kam, war recht vernünftig. Minotauren können ja wohl nicht auf Bäume klettern, oder?

Doch ein rascher Blick auf die Bäume ließ Trix verzweifeln: Der höchste war gerade doppelt mannshoch. Mit seiner Hellebarde würde der Minotaurus ihn, Trix, aus der Krone fischen, ohne sich auch nur auf die Zehenspitzen stellen zu müssen.

Der zweite Gedanke war, wie oft in kritischen Lagen, dumm. Ein Minotaurus ist ja halb Mensch, halb Tier. Und wie jedes Monster fürchtet er loderndes Feuer, fließendes Wasser und den festen Blick eines Menschen.

Hätte Trix etwas weniger Angst gehabt, wäre ihm vielleicht aufgefallen, dass der Minotaurus über einen qualmenden Trichter hinwegsprang, den einer der magischen Blitze in die Erde getrieben hatte, ohne auch nur die geringste Furcht zu zeigen, dass er mit nackten Füßen über das brennende Gras lief und leichtfüßig einen rauschenden Bach durchquerte.

In seiner Panik nahm Trix jedoch nichts außer den blutunterlaufenen Augen, den spitzen Hörnern, den gefletschten Fängen und dem zottigen roten Fell wahr. Deshalb richtete er sich auf und versuchte, eine stolze Haltung einzunehmen (wäre er etwas größer gewesen, wäre ihm das auch gelungen), bohrte seinen Blick in die Augen des Minotaurus und schrie mit aller Kraft (wobei sich seine Stimme überschlug): »Bleib ja stehen! Du hast einen Menschen vor dir!«

Das klang stolz, aber der Minotaurus blieb natürlich nicht stehen. Im Gegenteil, dass da vor ihm ein kleiner Junge stand und ihm in die Augen sah, schien ihn noch anzuspornen. Er warf den Kopf in den Nacken, stieß ein lautes Brüllen aus und hämmerte sich im Laufen mit der linken Hand gegen die Brust, was dem Eisenpanzer tiefe Dellen eintrug. In der rechten Hand hielt der Minotaurus nach wie vor die Hellebarde.

Aber all das kriegte Trix gar nicht richtig mit. Es war zu spät, um wegzulaufen, auf einen Baum zu klettern wäre dumm und sich in den Kampf zu stürzen geradezu lächerlich. So ließ er sich einfach von seiner Idee mitreißen: »Auf die Knie!«, schrie er. »Dein Zorn zerschellt an meiner Kühnheit! Noch einen Schritt – und du gehst unter höllischen Qualen zugrunde! Dein Herz bleibt stehen, die Luft bleibt dir weg!«

Der Minotaurus machte halt und starrte Trix verblüfft an. Den Jungen und das Biest trennten noch höchstens zehn Schritt voneinander. Trix meinte, schon den stinkenden Atem des Monsters zu riechen. Das Untier suchte mit seinen bösen Augen den Boden ab, als erwarte es, eine Falle zu entdecken.

»Noch ein Schritt, und du stirbst wie ein hirnloser Stier auf der Schlachtbank!«, drohte Trix. »Fleh um Gnade, du widerliche Kreatur! Du Ausgeburt des Dunkels und des Chaos!«

Es lässt sich nicht sagen, was genau das Monster nun so aufbrachte: der Vergleich mit dem Stier oder die Formulierung mit dem Dunkel und dem Chaos, aus dem er ja tatsächlich kam. Jedenfalls fletschte der Minotaurus erneut die Zähne und machte einen entschlossenen Schritt auf Trix zu.

Worauf er sofort erstarrte.

In die Fratze des Monsters malte sich nach und nach ein verwunderter Ausdruck. Er ließ die Hellebarde fallen und zerrte mit beiden Händen am Harnisch. Die robusten Lederriemen, mit denen die Brust- und Rückenpanzer verbunden waren, hielten nicht und rissen, die Platten landeten vor den Füßen des Minotaurus. Das Monster kratzte sich erst die Brust und schlug dann mehrmals mit der Faust aufs Herz, worauf es laut und erleichtert seufzte. Es trat einen Schritt zurück und sah Trix angstvoll an.

Trix schaute noch angstvoller zurück.

Der Minotaurus drehte sich zum Elfenbeinturm und zu dem Gesicht des Magiers um, das in der Luft schwebte und offenbar in ihre Richtung blickte.

»Wag es ja nicht!«, drohte Trix. Sein Blick fiel auf einen Stein am Boden, einen glatten, von Wasser und Wind abgeschliffenen faustgroßen Kiesel. »Hast du je vom großen Ritter Margon Grünzahn gehört, der einen Zyklopen mit einem gut gezielten Steinwurf zur Strecke gebracht hat?«

Trix zog flink den Gürtel aus seinen Hosen, bückte sich, hob den Kiesel auf und legte ihn in den Riemen. Eine anständige Schleuder war das zwar nicht, außerdem schenkte Trix der Ballade von Margon nicht wirklich Glauben. Trotzdem …

»Es bedarf nur eines Steins, um deinen Schädel zu zertrümmern und dein stinkendes Hirn in der Gegend zu verspritzen!«, erklärte Trix. »Meine Taten erschrecken mich selbst manchmal! Niemand ist in meiner Nähe sicher, wenn ich eine Waffe in die Hand nehme! Mehr als eine Kreatur ist bereits durch meine Hände umgekommen!«

Wollte man präzise sein, dann waren es zwei Kreaturen, die bereits durch Trix' Hand umgekommen waren: ein alter, fast blinder Hirsch, der während einer Jagd genau in Trix' Lanze gelaufen war (der Junge hatte danach eine halbe Stunde in einem Holunderstrauch geweint), und ein junges, dummes Kaninchen, das Trix mit einer Schleuder erlegt hatte. Das Eichhörnchen, auf das er eigentlich gezielt hatte, war unverletzt weitergesprungen.

Der Minotaurus sah abermals zum Turm hinüber. Der Magier behielt sie jetzt fraglos im Auge. Und er machte ein sehr finsteres Gesicht. Obendrein kam Paclus, dessen Verfolgung die überlebenden Monster inzwischen aufgegeben hatten, immer näher.

Auf dem Gesicht des Minotaurus spiegelten sich zugleich Wut und Verzweiflung. Er hob seine Hellebarde auf und machte einen Schritt auf Trix zu.

Der Junge ließ die Schleuder kreisen und schickte den

Stein auf seine Reise, die sogar fast in Richtung des Monsters ging.

Der Stein beschrieb eine derart bizarre Bahn, als habe Trix aus der Schleuder einen verrückten Vogel aufsteigen lassen, und das durchdringende Heulen, das dabei entstand, legte den Gedanken nahe, der Vogel sei äußerst unzufrieden mit Trix' Tun. Am Ende traf der Stein den Minotaurus aber mitten auf der Stirn, zwischen den Augen und genau über den wütend geblähten Nüstern.

Der Kopf des Monsters ging in Knochensplitter und feinen grauen Nieselregen auf. Ohne einen Ton von sich zu geben – denn es gab nichts mehr, womit er irgendetwas hätte von sich geben können –, sackte der Minotaurus ins Gras, Trix vor die Füße. Um Trix herum war alles mit klebrigem grauen Glibber bedeckt – der sagenhaft stank.

Der heranstürmende Paclus versuchte ebenso verzweifelt wie vergeblich zu bremsen. Mit vollem Schwung landete er auf dem kopflosen Minotaurus, wobei er den Arm mit dem Schwert vorstreckte, sodass er den zottigen Körper aufspießte und auf der Erde festnagelte.

»Bravo!«, erklang es hinter Trix. »Aber völlig überflüssig, mein Freund.«

Nachdem Trix seinen Würgereiz bezwungen hatte, drehte er sich um – und sah einen Mann vor sich. Der lange graue Umhang und der kleine, runde schwarze Hut, der mit geheimnisvollen Runen bemalt war, räumten jeden Zweifel aus: Vor ihm stand ein Magier.

»Radion!«, schrie Paclus, der sich kurz zu dem Zauberer umgesehen hatte. »Diesmal entkommst du mir nicht!« Dann machte er sich daran, das Schwert aus dem Körper des Monsters zu ziehen. »Na los doch!« Mit einem Mal schnupperte er und verzog angewidert das Gesicht. »Was ist das für ein Gestank? Wenn du vorhast, mich zu vergiften ...«

»Oh, der Gestank – der ist auf einen allzu wortreichen Zauber zurückzuführen.« Radion winkte ab. »Da können wir Abhilfe schaffen.« Er runzelte die Stirn und sprach: »Süß und rein ist die Luft, geschwängert vom Duft ferner Blumenwiesen und schneebedeckter Berggipfel. Sie überspült das blutgetränkte Feld, trägt üblen Gestank und Aasgeruch davon.«

Sofort war der Gestank wie weggeweht, die Luft roch frisch.

»Ich fordere dich zum Duell!« Paclus hatte es endlich geschafft, sein Schwert aus dem Monster zu ziehen. »Verteidige dich, du selbstgefälliger Snob!«

»Sir Paclus«, sagte Sauerampfer in gewichtigem Ton. Sein Gesicht war längst nicht so streng wie die gespenstische Maske, die nach wie vor über dem Turm hing. »Sir Paclus, meinst du nicht auch, wir sollten angesichts der neuen Umstände unseren alten Streit vergessen?«

»Du gibst auf?«, frohlockte Paclus.

Als der Magier daraufhin seufzte, wusste Trix, dass das große Schlachten noch bevorstand. »Halt, Herr!«, schrie er deshalb panisch. »Halt! Worüber habt Ihr gestritten? Dass Ihr stärker seid als ein Magier? Und Herr Sauerampfer hat behauptet, er sei stärker als ein Ritter? Oder habt Ihr gesagt, ein Magier könne einen Ritter nicht besiegen, und Herr Sauerampfer hat gesagt, ein Ritter könne einen Magier nicht besiegen?«

»Also«, brachte Paclus heraus, der immer noch mit dem Schwert herumfuhrwerkte, »daran erinnere ich mich nicht mehr genau. Aber was spielt das schon für eine Rolle?«

»Vielleicht habt Ihr ja beide recht«, antwortete Trix, von Beredsamkeit geküsst. »Herr Sauerampfer konnte Euch nicht besiegen, also habt Ihr recht! Und Ihr konntet Herrn Sauerampfer nicht besiegen, also hat er recht! Ihr wart doch Freunde! Warum solltet Ihr da Todfeinde werden?«

Der Ritter sah den Magier nachdenklich an.

Der Magier grinste breit.

»Du bist ein Schuft, denn du hast sechzehn meiner Knappen getötet!«, polterte Paclus. »Wie könnte ich mich mit dir aussöhnen?«

»Wer sagt dir, dass sie tot sind?«, entgegnete Sauerampfer. »Wenigstens du solltest wissen, dass ich stets für Humanität in der Kampfmagie eintrete!«

Paclus grunzte. Er schielte zu den Monstern hinüber, die noch immer gesund und munter waren, sich in sicherer Entfernung hielten und aus lauter Langeweile anfingen, sich gegenseitig zu vermöbeln. Er schob sein Schwert in die Scheide. »Wenn du mir beweist, dass sie noch leben ...«, sagte er finster, »dann ... dann ... Aber du bleibst ein verachtenswerter Lump!«

»Sei mir willkommen, mein Kampfgefährte!«, sagte Sauerampfer leise.

»Sei mir willkommen, Radion!« Tränen traten Paclus in die Augen. »Sei mir willkommen, Zauberer!«

Die alten Freunde umarmten sich unter lauten Freudesbekundungen. Der Magier musste sich ebenfalls die Augen mit dem breiten Ärmel des Umhangs abwischen.

»Danke, dass du deinen Minotaurus geköpft hast«, sagte Paclus. »Das ist Trix, mein neuer Knappe. Ein tapferer Junge. Er hat es nicht verdient, durch die Klauen eines solchen Monsters zu sterben.«

»*Ich* habe den Minotaurus nicht getötet«, erwiderte Sauerampfer grinsend. »Das war er selbst.«

»Er?«, fragte Paclus fassungslos. »Er hat sich selbst den Kopf abgerissen?«

»Nein. Dein Knappe hat den Minotaurus selbst getötet. Mit einem Stein aus der Schleuder.«

Sir Paclus trat einen Schritt von Sauerampfer weg, blickte erst auf den Minotaurus, dann auf Trix und auf den Gürtel in seiner Hand. »Was?«, fragte er lachend. »Mit einem Stein? Und einer Schleuder?«

»Der große Margon Grünzahn hat den Zyklopen auch mit einem Stein erledigt!«, erklärte Trix, der erst jetzt richtig begriff, was er da vollbracht hatte.

»Ich weiß«, sagte Sauerampfer lächelnd. »Da bin ich nämlich dabei gewesen. Mit einem einzigen Stein! Völlig richtig! Und einem Katapult! Und er hat ihn genau ins Auge getroffen!«

»Man kann einen Minotaurus nicht mit einer Schleuder töten!«, behauptete Paclus steif und fest. »Wunder gibt es nicht!«

»Warum nicht?« Radion Sauerampfer schüttelte den Kopf. »Da wird dir jeder Magier widersprechen! Und dein Knappe ist ein Magier!« Er trat an Trix heran und klopfte ihm auf die Schulter. »Und ich muss sagen, für einen Anfänger war das kein schlechter Zauber!«

Trix hockte in dem kleinen Garten, der auf dem Dach des magischen Turms angelegt war. Hier konnten tatsächlich Drachen landen, da hatte er sich nicht geirrt, denn zwischen zwei kleinen Türmen ragte eine gewaltige Hühnerstange aus dicken Eisenholzbalken auf. Dieses Holz wurde von Drachenzüchtern wegen seiner Feuerfestigkeit sehr geschätzt. Die Stange ließ jedoch noch genug Platz für den kleinen Garten. In ihm wuchsen hauptsächlich Blumen – Vergissmeinnicht, Glockenblumen, Kamillen –, es gab aber auch Gurken, Tomaten und allerlei Kräuter. Ein großes und besonders schönes Stück war wie ein Frühbeet mit Glas überdeckt. Unter dem Glas floss ein kleiner Bach in einem fröhlichen Kreis – was garantiert auf Magie beruhte. Am Ufer stand ein hübsches, kleines Häuschen und darum herum wuselten winzige, höchstens daumengroße Menschlein. Einige sammelten Pilze und Nüsse, andere badeten im Bach, die meisten machten jedoch allerlei Unfug. Sie genossen ihr Leben und bemerkten den Beobachter gar nicht.

»Ich wusste nicht, was ich mit ihnen machen sollte«, erzählte Radion Sauerampfer. Der Magier und der Ritter, nun ausgesöhnt, standen mit Bechern voll Wein an der Drachenstange. »Freilassen? Dann wärest du mir vielleicht böse gewesen und hättest behauptet, ich würde unser Duell nicht ernst nehmen. Sie ausbilden? Aber sie haben nicht die geringste magische Veranlagung! Töten? Das wäre unschön, so ohne jeden Grund. Sie in Gefangenschaft nehmen? Damit sie mir die ganzen Kräuter zertreten und die magischen Bücher mit Zeichnungen vollschmieren? Und das hätten sie getan, es sind nun mal Kinder, was will man da von ihnen erwarten. Also habe ich mir gedacht, ich verkleinere sie auf die Größe meines Handtellers und setze sie in meinen Garten. Sollen sie friedlich in einer Gemeinschaft leben. Später sehen wir dann weiter.«

»Das war hässlich!«, tadelte ihn Paclus. »Die Kinder haben von Heldentaten geträumt und du hast sie in Winzlinge verwandelt!«

»Ich bin ein Magier, es gehört zu meinem Beruf, gemein zu meiner Umwelt zu sein«, erwiderte Sauerampfer gelassen. »Und Heldentaten erleben sie mehr als genug, glaub mir! Wenn sie eine Spitzmaus angreift oder eine Hummel angeflogen kommt … Ihre Abenteuer reichen aus, sämtliche Chroniken zu füllen. Weißt du was? Nimm du sie wieder mit! Ich gebe ihnen ihre frühere Größe zurück. Sie werden sich an das, was mit ihnen geschehen ist, kaum erinnern und glauben, sie hätten alles nur geträumt. Ihre Köpfe sind ja noch klein, da passen nicht viele Erinnerungen rein. Bring sie zurück nach Dillon und erzähle, du habest sie aus der Gefangenschaft des gemeinen Sauerampfer befreit!«

»Ich brauche keine Almosen«, entgegnete Paclus stolz.

»Was heißt hier Almosen?«, fragte Sauerampfer verwundert. »Du hast sie doch wirklich befreit! Also, was stört dich?«

»Ich hätte es im Kampf machen müssen«, hielt der Ritter unsicher dagegen.

»Aber wir haben doch gekämpft! Wenn du willst, kannst du mich ja noch mal schubsen! Nur bitte nicht mit voller Kraft!«

»Also … ich weiß nicht …« Der Ritter zögerte.

»Nimm sie! Schließlich brauchst du einen Knappen!«

»Aber ich habe doch einen!«, beharrte Paclus.

»Trix? Seit wann dient ein Magier als Knappe?«

Trix beobachtete die beiden verstohlen, wandte sich dann aber wieder den Menschlein zu. Dieser auffällig gekleidete war bestimmt sein Vorgänger …

»Trix ist kein Magier! Er ist von edlem Stand und will Ritter werden!«

»Soweit ich es verstanden habe, will er sich für das rächen, was ihm angetan worden ist«, stellte Sauerampfer klar. »Und dann gibt es kein besseres Mittel als Magie, glaub mir!«

»Nun mach mal halblang!«

»Neben der Profession des Ritters«, ergänzte Sauerampfer rasch, der es offenkundig nicht auf einen neuerlichen Streit ankommen lassen wollte. »Paclus, mein Freund, du weißt, wie wichtig Magier im Krieg sind. Und du weißt, wie selten man dieses Talent bei einem Menschen trifft. Nur bei den Elfen können alle ein bisschen zaubern ...«

»Gefällt mir nicht«, entgegnete Paclus barsch.

Trix fand an dem erbitterten Gefeilsche um seine Person allmählich Geschmack.

»Du musst dieses Opfer um des ganzen Königreichs willen bringen, Paclus!«

»Wozu braucht das Königreich noch einen Magier? Wir leben in friedlichen Zeiten!«

»Noch. Aber«, Sauerampfer senkte die Stimme, »seit einiger Zeit weht ein schärferer Wind. Die Vitamanten auf den Kristallenen Inseln haben sich von der Niederlage erholt. Angeblich haben sie es durch grausame Experimente geschafft, aus normalen Menschen Magier zu machen. Natürlich nur schwache Magier, die nicht viel ausrichten können! Aber es sind ihrer Tausende, Paclus! Zehntausende!«

»Das ist doch gelogen!«, sagte Paclus fast wie ein kleiner Junge. »Tausende?«

»Ja!«

Stille senkte sich herab. Trix klopfte leise mit dem Finger gegen das Glas, um die Aufmerksamkeit seiner unglückseligen Vorgänger auf sich zu lenken. Doch die Menschlein flohen rasch ins Haus. Anscheinend befürchteten sie, ein Gewitter ziehe herauf.

»Trix!«, rief ihn Paclus.

Trix sprang auf und rannte zu dem Ritter.

»Hast du gehört, worüber wir gesprochen haben?«, fragte Paclus.

»Ja«, gestand Trix.

»Dann triff eine Entscheidung! Was ist dir lieber: bei mir zu bleiben oder bei Radion Sauerampfer in die Lehre zu gehen?«

Trix schwankte. Dem Ritter schmeckte die Aussicht, seinen Knappen zu verlieren, offenbar nicht. Außerdem war er ihm zu Hilfe geeilt, obwohl er den Turm schon fast erreicht hatte …

»Kann ich denn nicht beides gleichzeitig sein? Ritter und Magier?«, suchte Trix nach einem Ausweg.

»Ja!«, antworteten Paclus und Sauerampfer einstimmig. Sie sahen sich an. Radion sprach aus, was beide dachten: »Nur wärst du dann ein schlechter Ritter und ein schlechter Magier.«

»Habe ich wirklich magische Fähigkeiten?«, fragte Trix.

»Du weißt, was Magie ist?«, sagte Sauerampfer.

»Die Kunst, mit Worten die Welt zu ändern.«

»Richtig. Und warum können Worte die Welt ändern?«

»Ich weiß nicht.« Trix zuckte die Achseln. »Das ist ein Geheimnis, oder? Vielleicht sind besondere Worte nötig?«

»Genau«, sagte Sauerampfer. »Du musst wissen, mein Junge, die Welt – das ist nur die Vorstellung, die wir Menschen von ihr haben. Vor langer Zeit haben sich die Menschen darauf geeinigt, dass der Himmel blau, die Sonne gelb, das Gras rot …«

»Radion, das Gras ist grün«, sagte Paclus leise. »Wie oft soll ich dir das noch sagen?«

»Grün, natürlich«, murmelte der Magier verlegen. »Ich habe mich absichtlich versprochen – damit das Beispiel markanter ist.«

»Welche Farbe hat der Wein in unseren Bechern?«, fragte Paclus unbarmherzig.

»Ist ja schon gut! Du brauchst mir das nicht ewig unter die Nase zu reiben! Mein Vater konnte Farben nicht unterscheiden und ich komme da nach ihm. Blut und Wein sind rot, Gras und Frösche grün. Rot ist, was dir durch die Kehle rinnt, grün, was sich unter deinem Fuß befind'.«

»Das habe ich mir ausgedacht, damit er es sich besser merkt«, brüstete sich Paclus. »Aber fahr fort!«

»Also …« Der Magier hüstelte. »Irgendwann haben sich die Menschen darüber geeinigt, wie die Welt, in der sie leben, beschaffen ist. Und selbstverständlich geschah das mithilfe von Worten. Aber Worte können unterschiedlich sein. Und sie haben Kraft! Wenn du die richtigen Worte findest und überzeugend aussprichst, wird die Welt dir glauben. Und sich ändern.«

»Deshalb braucht der Magier immer einen Zuhörer«, ergänzte Paclus. »Und sei es ein dämlicher Minotaurus. Deshalb haben kluge Magier immer einen Gefährten bei sich. Einen Lehrling zum Beispiel.«

»Gute Magier«, sagte Sauerampfer in einem Ton, der keinen Zweifel daran ließ, dass er sich zu den sehr guten zählte, »bringen es sogar fertig, sich selbst zu überzeugen. Aber mit einem Partner ist es natürlich leichter. Und je schlichter und vertrauensvoller der Partner ist, desto besser zaubert der Magier.« Er schielte verstohlen zu Paclus und nippte rasch am Wein, als sei ihm aufgefallen, dass er sich verplappert habe. Aber der Ritter argwöhnte nichts.

»Welche Worte sind in der Zauberei denn die richtigen und welche nicht?«, fragte Trix.

»Das ist eine gute Frage«, sagte Radion. »Und wie jede gute Frage enthält sie auch die Antwort. Die richtigen Worte sind die, die etwas *ausrichten*! Die dir den Atem nehmen und das Herz leicht machen!«

»Und warum verlieren die ausgedachten Worte dann ihre Kraft?«, wollte Trix wissen.

»Ah!« Nun kam Sauerampfer in Fahrt. »In dir steckt wirklich ein großer Magier! Eben, einen Zauberspruch kann man mehrfach verwenden. Aber durch wiederholten Gebrauch nutzt er sich ab. Die Welt glaubt immer weniger an deine Worte, der Zauber funktioniert nicht mehr richtig. Schreibst du ihn auf, um ihn jemandem zu überlassen, ist in ein paar Monaten selbst der beste Spruch dahin! Deshalb horten Magier ihre Zaubersprüche und sprechen sie nie ohne Not aus, improvisieren häufig und verzichten bei den kleinen Aufgaben des täglichen Lebens grundsätzlich auf Magie.«

»Triff deine Entscheidung, mein Junge!«, sagte Paclus. »Du bist ein tapferer Knappe, ich würde aus dir einen Ritter machen. Aber wenn du lieber Magier werden willst ...« Er verstummte, um dann traurig fortzufahren: »Wer weiß, vielleicht kämpfen wir dann ja irgendwann auf dem Schlachtfeld Seite an Seite. Und während du deine schönen Worte formulierst, schütze ich dich mit meinem treuen Schwert gegen Monster.«

Trix nickte. Er dachte nach. Dann trat er an den Ritter heran und umarmte ihn fest.

»Heißt das, du willst Ritter werden, mein Junge?«, fragte Paclus gerührt.

Radion Sauerampfer lächelte.

»Nein, Sir Paclus. Mit Eurer Erlaubnis würde ich gern Zauberlehrling bei Eurem Freund werden«, antwortete Trix. »Vielen Dank für alles. Ich hätte versucht, ein würdiger Knappe und Ritter zu werden. Aber ich glaube, die Magie, das ist wirklich meins.«

Paclus nickte. »Du hast wohl recht, Trix«, sagte er niedergeschlagen. »Viel Glück!«

Trix wandte sich dem Magier zu: »Welche Aufgabe habt Ihr für mich, Lehrer?«

»Geh zwei Etagen tiefer, Schüler. Dort findest du eine große und dreckige Küche. Sieh zu, dass du sie im Laufe des Abends etwas sauberer kriegst. Und vergiss nicht, dass wir Magier bei niederen Alltagsarbeiten auf Magie verzichten.«

»Zu Befehl«, antwortete Trix unerschüttert.

Bevor er sich entfernte, warf er einen letzten Blick auf das Spielzeughaus. »Es ist ein sehr tapferer Junge«, hörte er Paclus Radion zuflüstern. »Aber lass dir eins gesagt sein: Manchmal steht er auf der Leitung.«

»Oh ja, das ist mir auch schon aufgefallen«, antwortete der Magier zufrieden. »Aus denen werden die besten Magier.«

Und mit einem breiten Lächeln auf den Lippen ging Trix in die Küche hinunter, ganz wie ein Mann, der seinen Platz im Leben endlich gefunden hat.

ZWEITER TEIL

TRIX SUCHT WISSEN

1. Kapitel

Das Leben eines jungen Mannes, der bei einem Zauberer in die Lehre geht, zerfällt in zwei völlig verschiedene Teile.

Im ersten, von dem die Welt nie etwas erfährt, muss er Essen kochen, Geschirr abwaschen, den Fußboden fegen und die ebenso ausschweifenden wie prahlerischen Schilderungen seines Lehrers über dessen Heldentaten anhören. Zur Belohnung wird er nach endloser Schinderei kurzen Anfällen pädagogischen Eifers des Zauberers teilhaftig.

Dafür ist der zweite Teil, von dem die Welt erfährt, höchst angenehm.

Deshalb wollen wir unsere Erzählung mit ihm beginnen.

Eines warmen Sommermorgens wandelte der Zauberlehrling Trix Solier in einem schwarzen Umhang mit türkisfarbenem Futter in aller Früh fröhlichen und entspannten Schrittes durch die Markthalle der Stadt Bossgard. In der linken Hand hielt er einen großen Weidenkorb, in der rechten einen Stab aus poliertem Holz, der so vortrefflich aussah, als sei es ein Zauberstab.

Sein Erscheinen löste sowohl bei den Händlern wie auch bei der um diese Zeit noch kläglichen Kundschaft lebhaftes Interesse aus. Alle in der Stadt wussten, dass der Zauberer Radion Sauerampfer vor drei Tagen unter geheimnisvollen Umständen (hinter vorgehaltener Hand erzählte man sich von einer schrecklichen Schlacht, bei der eine Einheit von Rittern, unterstützt von zahlreichen Dämonen und ganzen Zwergenbataillonen, den Turm belagert hatte) zu einem Lehrling gekommen war. Diesen hatte bislang allerdings noch niemand zu Gesicht bekommen. Da die landläufige Meinung jedoch die war, dass es sich bei dem neuen Lehrling um einen Dämon in Menschengestalt handelte, beäugte man Trix nicht nur neugierig und respektvoll, sondern auch mit einer gewissen Scheu.

Trix, der von alldem nichts wusste, trat schüchtern an den Fleischer heran, den Sauerampfer ihm am Vorabend genau beschrieben hatte. Der glatzköpfige, pausbackige Kraftprotz, der das riesige Beil nervös in Händen hielt, verlor bei Trix' Anblick vollends die Fassung und senkte den Blick.

»Guten Morgen, Herr Hackerle«, begrüßte Trix ihn höflich. »Herr Sauerampfer lässt ausrichten, *wie immer*.«

Der Fleischer nickte, rammte das Beil in den Holzklotz, auf dem er das Fleisch zerhackte, und wickelte mit einer für seine Pranken überraschenden Geschicklichkeit ein paar saftige Rinderfilets, Schweinerippchen, Kalbsleber und zwei runde Pferdewürste in dickes braunes Papier. Diese Pakete wurden verschnürt und wanderten auf den Boden von Trix' Korb.

»Äh ... wie heißt denn der junge Herr?«, fragte Hackerle.

»Trix.«

»Äh ... darf ich dann um die Bezahlung für das Fleisch bitten, Herr Trix?«

»Herr Sauerampfer lässt ausrichten, *wie immer*«, antwortete Trix, der den schwer gewordenen Korb mit beiden Händen umfasste. Den Stab musste er sich nun unter die Achsel klemmen, was den Eindruck etwas verdarb.

»Verstehe«, sagte der Fleischer. »Richtet Eurem verehrten Herrn Magier aus, dass ich ihn über die Maßen respektiere, aber die Rechnung des Herrn Magier beläuft sich inzwischen auf fünfzehn Goldstücke, und ich kann aus der Luft kein Fleisch machen und auch kein Gold.«

»Ich werde es ausrichten«, versprach Trix. Er war natürlich fest davon überzeugt, dass Radion Sauerampfer keine Not an Geld litt. In einem der Zimmer hatte Trix mit eigenen Augen drei riesige Truhen gesehen, die voll von Münzen waren, wenn auch nur kupfernen. Doch auch Kupferlinge sind Geld. »Ich werde es ausrichten. Herr Sauerampfer braucht sich um Geld keine Sorgen zu machen! Er ist ein großer Magier!«

»Dafür muss ich das aber, schließlich bin ich nur ein Fleischer«, erwiderte Hackerle. »Sagt ihm auch das, Herr Trix! Sonst kann es sein, dass mir die Motivation zum Schlachten fehlt. Dann müsste der verehrte Sauerampfer auf sein frisches Fleisch verzichten. Auf seine Würstchen …«

Während Trix noch über die unerhörte Drohung nachdachte, wanderte er weiter zum nächsten Stand, um Käse zu kaufen und sich eine bauchige Flasche mit Milch aus einer großen Kanne abfüllen zu lassen. In der Kanne saß eine kleine traurige Kröte, die verhindern sollte, dass die Milch in der Hitze sauer wurde. Trix verzog das Gesicht und schwor sich, die Milch nicht zu trinken. Oder höchstens gekocht. Die Milchfrau bezahlte er mit einem kleinen Silberling, den Sauerampfer ihm gegeben hatte. Statt Wechselgeld reichte sie Trix mit derart entschlossenem Gesichtsausdruck eine in Leinen eingewickelte Portion Quark, dass er gar nicht daran dachte, sich zu beschweren.

Sein letztes Ziel war der Kräuterstand eines alten Mannes aus den Bergen, der Trix recht unbeteiligt ansah. Ohne ein Wort zu sagen, nahm er Trix einen weiteren Silberling ab und gab ihm Salatköpfe, Zwiebeln und Kräuter, die Trix nicht kannte. Noch ehe Trix sich darüber wundern konnte, dass das Grünzeug so teuer war, sagte der Alte: »Das ist eine Zugabe. Für dich. Junge Menschen müssen viel Gemüse essen, das gibt Kraft.«

Trix hatte zwar immer geglaubt, die Kraft liege im Fleisch, widersprach aber nicht. Höflich bedankte er sich bei dem Alten. Dieser nickte und legte oben auf den Korb noch ein Bund Radieschen und ein paar Gurken.

»Und das ist für den Herrn Magier.« Auf dem Ladentisch stand ein ausgedienter Nachttopf voller Erde. In ihm wuchs ein Strauch eines Trix unbekannten Gewächses mit großen grünen Beeren. Der Alte pflückte behutsam einige davon ab. »Heute gibt es nur zehn für einen Silberling. Die Ernte war schlecht«, erklärte er.

Die Beeren wechselten plötzlich die Farbe, wurden erst braun, dann limonengelb. Der Kräuterhändler packte die erstaunlichen Dinger in ein ausgewaschenes Tuch. »Leg sie noch vor dem Mittag auf Eis«, sagte er. »Sonst verfaulen sie und das würde deinem Lehrer gar nicht gefallen.«

»Mach ich«, versprach Trix. »Warum zieht Ihr den Strauch im Nachttopf auf?«

»In meinem Volk pflanzt ein Mensch einen Strauch in einen Nachttopf, wenn er alt wird«, erklärte der Kräuterhändler gelassen. »Das bedeutet, er wartet nicht mehr auf Nachkommen. Vergiss nicht, Herrn Sauerampfer zu sagen, dass die Beeren des Bergkaffees noch teurer werden, mein Junge. Die Sippen liegen im Krieg, überall entlang der Wege lauern Gefahren, die Karawanen brechen nicht auf.«

Der schwer beladene Trix, der sich wie ein Lasttier aus einer Bergkarawane vorkam, verließ die Markthalle. Inzwischen war die Sonne ganz aufgegangen, sodass er sich beeilen musste, um wieder im Turm zu sein, bevor es richtig heiß wurde.

Zum Glück verschmähte der große Magier Radion Sauerampfer die althergebrachten Formen der Fortbewegung nicht. Vor der Halle wartete ein leichter Zweiradwagen auf Trix, vor den ein altes, friedliches Pferd gespannt war. Als er auftauchte, hob es hoffnungsvoll den Kopf.

Trix hievte den Korb in den Wagen, holte einen saftigen Salatkopf heraus, versicherte sich, dass der Kräuterhändler nicht in Sichtweite war, und hielt ihn dem Pferd hin. In den großen traurigen Augen zeigte sich Erstaunen. Das Pferd nahm den Salat behutsam mit seinen weichen, warmen Lippen aus Trix' Hand, kaute und wieherte dankbar. Wer je ein hungriges Pferd gefüttert hat, weiß, was für eine Freude das ist!

Vielleicht lag es daran, dass sich das Pferd dankbar für das Futter zeigen wollte, vielleicht daran, dass es nach Hause ging – jedenfalls lief das Tier viel schneller als auf dem Hinweg. Trix saß auf dem Bock und ließ den Blick stolz durch die aufwachende Stadt schweifen. Von überall her drangen Geräusche heran. Kinder, die quengelten und sofort ihr Essen haben wollten, Frauen, die ihren Männern eine Standpauke hielten, weil diese gestern Abend spät nach Hause gekommen waren und jetzt behaupteten, einmal in der Woche hätten sie das Recht, mit Freunden ein, zwei, drei Krüge Bier zu trinken. Die Menschen öffneten die Fenster und schütteten die Nachttöpfe in die Latrinen. Schlaftrunkene Kinder liefen mit Kupferlingen in den Fäusten zu den

Bäckern. Hühner gackerten traurig, während sie in einem großen, auf einem Karren stehenden Holzkäfig darauf warteten, geschlachtet zu werden. Ein schnauzbärtiger Bauer rief laut: »Hühner! Frische Hühner! Aus dem Dorf Telepino! Lebend oder frisch erschlagen! Gerupft!« Aus den reicheren Häusern eilten Dienerinnen und Hausfrauen herbei, um das Federvieh eingehend zu prüfen und zu feilschen.

In seinen Umhang gehüllt und den Stab auf den Knien, beobachtete Trix voller Neugier die Städter. Er war sich sicher, dass in seinem Blick jene Sorge und Nachsicht lagen, die ein zukünftiger Magier gegenüber einfachen Sterblichen an den Tag legen musste. Die Städter ihrerseits fanden allerdings, der Zauberlehrling starre sie an, obendrein seien sie ihm absolut gleichgültig – denn was man sieht, hängt nun einmal davon ab, was man sehen möchte. Leider.

Trix las in den Augen der Städter übrigens nichts als Sympathie und Respekt ihm gegenüber.

Alle großen Magier sind sehr faul. Sicher, sobald ein Schwarzer Herrscher oder Dunkler Gebieter auftaucht, muss selbst der faulste Zauberer seinen Hintern aus dem gemütlichen Sessel heben und, auf seinen Zauberstab wie auf einen normalen Stock gestützt, seinen kraftlosen, kugelrunden Leib ins nächste Gebirge des Todes, in den Wald des Entsetzens oder die Sümpfe der Verzweiflung schleppen. Diese finsteren Herren leben ja traditionell an den entlegensten Orten, sodass der Held erst einmal eine lange, hässliche und anstrengende Reise hinter sich bringen muss. An deren Ende sind die Zauberer (falls sie die Begegnungen mit der Bleigrauen Betonschweren Schimäre oder dem Feuerspeienden Aaligmadigen Quälgeist überlebt haben) schlank, stark und sehr, sehr sauer. Bei einigen geht die Wut sogar so weit, dass sie den Schwarzen Herrscher nur vernichten, um selbst seinen Platz einzunehmen – und sich den Rückweg zu sparen.

Zum Glück gibt es längst nicht so viele Dunkle Gebieter, wie in den Volkslegenden behauptet wird, sodass die meisten Zauberer sich ihre Faulheit leisten dürfen. Radion Sauerampfer nun gehörte zu jenen Zauberern, die zwar faul waren, es aber nicht gänzlich an Arbeitseifer missen ließen.

Das war ein großes Glück für Trix.

Die Eingangstür in Sauerampfers Turm versteckte sich zwischen zwei schwarzen Steinpfeilern. Es war eine große, solide Tür aus elfenbeinfarbenem Holz, mit Metallstreifen beschlagen und mit mehreren Schlössern ausgestattet. Doch Radion vertraute nicht allein auf Schlösser und Riegel, sondern hatte obendrein auch an einen Wachposten gedacht. Vor der Tür stand, sich mit der Spitze der Hellebarde in den Zähnen polkend, ein nur etwa mannsgroßer Minotaurus mit glanzlosem grauen Fell.

»Sei gegrüßt, Xeno!«, sprach Trix den Minotaurus an.

»Sei grü...«, nuschelte Xeno. Die Sprache der Menschen brachte er nur mit Mühe heraus. Abgesehen davon stand Trix bei den Minotauren, die den Turm des Zauberers bewachten, in dem zweifelhaften Ruf, beim geringsten Anlass jeden Stierkopf zu zerschmettern. »Grü... Tirx.«

Auch Trix brannte nicht gerade darauf, mit dem Minotaurus zu plaudern. Er zwängte sich rasch durch die offene Tür, wobei er den Korb mit den Einkäufen an sich gepresst hielt. Das Monster ging derweil zum Pferd, nahm ihm die Zügel ab und führte es auf die Wiese. Radions Magie sorgte dafür, dass die Pferde von sich aus zur Weide, zur Tränke und sogar zum Schmied gingen, wenn sie ein Hufeisen verloren hatten. Sich selbst die Zügel abnehmen, das konnten aber auch sie nicht.

Von der Sorge als Stallknecht befreit, öffnete Trix eine weitere Tür, diesmal eine aus Holzlatten. Sie führte zu einem Gitterschacht, der durch den Turm des Magiers hinauf zur Spitze führte. Am Boden des Schachts lag eine hölzerne Plattform, an deren Ecken dünne Hanfseile befestigt waren, die sich ebenfalls zur Spitze hinaufzogen.

Trix betrat die Plattform, stellte den Korb ab und zog an einem Hebel. Unter ihm setzte sich ein Mechanismus in Gang. Weiter oben rumorte etwas.

Trix wartete.

Die Seile strafften sich. Da sie nicht gleichmäßig anzogen, hob sich zunächst nur eine Ecke der Plattform leicht in die Luft. Das kam jedoch so häufig vor, dass Trix schon keine Angst mehr bekam. Außerdem waren auf der Plattform stabile Leisten befestigt, gegen die man die Füße stemmen konnte. Zusätzlich gab es noch ein paar Schlaufen, wie Trix vermutete, für den Fall, dass die Neigung allzu stark war. Dann wurde man eben an den Händen baumelnd zum Turm hochbefördert.

Er wollte aber lieber nicht wissen, ob seine Vermutung stimmte.

Die Plattform ächzte, die Seile knarzten, unter der Turmspitze, die näher und näher kam, rumpelte der Mechanismus immer lauter. Trix trat von einem Bein aufs andere und starrte stur auf seine Füße.

Ein talentloser Magier hätte bestimmt eine Treppe benutzt, ein überheblicher einen Zauber gewirkt, der mit jedem Tag schwächer würde. Ein fauler jedoch gab Geld für einen Fachmann aus, der ihm jenes in der feinen Gesellschaft so beliebte Monstrum einbaute: einen Aufzug mit Windantrieb. (Das Monstrum in Sauerampfers Turm bestand nicht aus Stein oder Metall, es hatten also nicht Zwerge, die anerkannten Meister auf diesem Gebiet, geschaffen, sondern Menschen oder Elfen.)

Schließlich endete der lange Weg hinauf. Die Plattform blieb ruckartig vor einer weiteren Tür stehen. Trix schnappte sich den Korb und trat schnell in den sicheren Steingang. Wie jeder adlige Junge glaubte er felsenfest, Steinbauten seien unzerstörbar. Und glücklicherweise hatte er sich bisher noch nicht vom Gegenteil überzeugen lassen müssen.

Durch eine schmale Galerie mit hoher Gewölbedecke gelangte Trix in die Küche. Sowohl die Galerie wie auch die Küche gingen nach Osten und die Sonne flutete herein. Er packte den Korbinhalt in eine Truhe und die Beeren auf Eis, öffnete beide Flügel des Fensters, hielt sich zur Sicherheit an der Mittelstrebe fest und beugte sich ein wenig hinaus. Glücklich blickte er in den strahlenden Sonnenschein.

Es hätte ihm nicht besser gehen können!

Der Turm schien sich über die grüne Wiese mit den roten Rosentupfern zu bewegen. Der Wind schlug Trix ins Gesicht und jagte weit unten in Wellen übers Gras. Über ihm quietschten die Windmühlenflügel. Wenn er die Augen halb schloss, konnte er sich mühelos vorstellen, dass unter ihm das tosende Meer lag, die Taue im Wind knarrten und er selbst sich am Bug eines durch die kalten, grünen Wellen pflügenden Schiffs befand. Und vor ihm stand ein schönes Mädchen mit ausgebreiteten Armen, so als wolle sie einen fliegenden Vogel nachahmen, und Trix hielt sie sanft an der Taille gefasst. Er meinte sogar, in den Windböen ein wundersames Lied in einer fremden Sprache zu hören.

Das Geräusch der kleinen Glocke riss Trix aus seinen Träumereien. Erschrocken trat er vom Fenster weg. Alle Fantasien waren sofort wie weggeblasen.

(Man darf einen träumenden Menschen nie abrupt ansprechen, und zwar nicht, weil die Seele dann nicht zurück in den Körper findet. Das ist Aberglaube. Nein, wenn ein Traum lebendig genug gewesen ist, löst er sich nicht auf, sondern treibt durchs Universum, bis er in einem anderen Kopf landet, in einer anderen Welt, in einer anderen Zeit. Und man kann von Glück sagen, wenn der fremde Traum nichts Schlimmes anrichtet. Man stelle sich doch bloß mal vor, was ein Wilder durchmacht, der plötzlich ganz genau weiß, wie man eine Dampfmaschine oder eine Armbrust baut! Oder wie ein schüchterner Höhlenvampir leidet, der sich den Traum eines Büroangestellten von einem Sommerurlaub unter strahlender Tropensonne einfängt!

Aber Radion Sauerampfer hatte keine Ahnung, dass sein Schüler in dieser Minute gerade träumte. Deshalb wollen wir dem Magier keinen Vorwurf machen. Schließlich hat ein Zauberlehrling nun mal die Pflicht, allzeit bereit zu sein.)

Zur Musik des fordernden Glöckchens eilte Trix an die Sprechröhre, die neben der Tür aus der Wand ragte. Er zog den Pfropfen heraus und sagte laut in die Röhre: »Ja, Herr Magier?«

Die Glocke verstummte. Trix presste das Ohr gegen die Röhre und hörte die entfernte Stimme: »Kaffee, Schüler! Und ... und ein Brötchen mit Apfelmarmelade.«

»Jawoll!«, antwortete Trix. In den vergangenen drei Tagen hatte er sowohl den Tagesablauf Sauerampfers wie auch seinen Geschmack kennengelernt.

Als Erstes setzte Trix den Kessel auf den Herd. Dann

nahm er drei gelbe Beeren vom Eis und zerstampfte sie in einem Kupfermörser. Die Beeren verwandelten sich in feines, schimmerndes Pulver. Er wartete, bis das Wasser kochte, dann goss er es in die Lieblingstasse von Radion, ein weißes, glasiertes Stück mit bunter Bemalung: Ein Eichhörnchen pflückte Nüsse von einem Gebüsch. Das Tier trug Hosen und einen Korb. Nach Trix' Dafürhalten gehörte es sich für einen in die Jahre gekommenen Magier zwar nicht, aus einer Kindertasse zu trinken, doch verlor er darüber kein Wort.

Nachdem er das Wasser eingegossen hatte, zählte er leise bis zwanzig. Bei der Zubereitung von Bergkaffee durfte das Wasser nicht zu heiß, aber auch nicht zu kalt sein. Sobald Trix »zwanzig« gesagt hatte, streute er das Pulver in die Tasse und verrührte es rasch mit einem Löffel.

Die Flüssigkeit wurde erst grau, dann braun, dann himbeerfarben und schließlich, als habe sie sich mit dem Unvermeidlichen abgefunden, weiß wie Milch – ein sicheres Zeichen dafür, dass die Temperatur richtig gewesen und der Kaffee gelungen war.

Mit dem Brötchen war es noch einfacher: Trix holte eins aus dem Brotkorb, schnitt es auf, hielt die beiden Hälften über den dampfenden Kessel, damit die knochenharten Dinger wenigstens etwas weicher wurden. Warum hatte der Magier eigentlich nicht befohlen, Brot zu kaufen? Warum sparte Sauerampfer so, wenn er drei Truhen voll Münzen hatte?!

Die Marmelade verteilte Trix ohne viel Federlesens mit dem Finger auf dem Brötchen. Den Finger leckte er danach säuberlich ab. Natürlich glaubte er nicht, das sei besonders appetitlich. Nein, es war einfach nur noch sehr wenig Marmelade übrig und die klebte an den Wänden des Topfes. Mit dem Finger kam er da leichter ran.

Trix stellte Kaffee und Brötchen auf ein Tablett und ging in Sauerampfers Studierzimmer, das eine Etage höher lag. Zum Glück konnte er eine gewöhnliche Wendeltreppe benutzen – und auf den Aufzug verzichten.

Als Erbe eines – wenn auch halben – Herzogs empfand Trix keinerlei Scheu vor Schriftgelehrten oder Bibliothekaren, ja nicht einmal vor Magiern. In seiner Kindheit hatte er viele Stunden im Studierzimmer ihres Hofmagiers Kemur zugebracht, eines guten und scharfsinnigen, in seinem Beruf jedoch nicht allzu erfolgreichen Mannes.

Und auch im Arbeitszimmer seines Vaters gab es neben dem dicken, in Leder gebundenen Band mit den königlichen Gesetzen und dem Regal mit den einmal im Jahr erscheinenden *Neuesten Nachrichten* einen speziellen Tisch mit Schreibutensilien. Nein, nicht mit den üblichen, mit denen sein Vater Erlasse und Anordnungen unterschrieb, sondern mit eleganten Schreibwerkzeugen (der Griff aus Ulmenholz, die Feder vom Phönix), die nach landläufiger Meinung allein dazu geeignet waren, Zaubersprüche zu notieren.

Das Studierzimmer des großen Magiers Sauerampfer fiel jedoch völlig aus dem Rahmen. Statt soliden Schränken mit in Leder und Maroquin gebundenen Büchern gab es hier nur die nackten, mit cremefarbenem Stoff bespannten Wände. Hinterm Schreibtisch ragte kein gemütlicher Sessel auf, sondern ein harter Stuhl mit hoher Lehne. Der Tisch selbst war aus dem Holz des weißen Baums und der Bergbirke gefertigt, einfach, ohne Fächer und Verzierungen. Auf dem Tisch brannte trotz des strahlenden Sonnentages eine helle Öllampe, stand ein Glas mit scharf gespitzten Silberstiften, lag ein Stapel guten weißen Papiers.

Nur ein Detail störte die asketische Ordnung: ein Aquarell an der Wand. Das Bild zeigte ein junges Mädchen in durchscheinenden Gewändern, das aus einem nebelumwölkten Wald heraustrat. An einer feinen Schnur führte es ein weißes Einhorn mit traurigen Augen. Das Tier gefiel Trix, mehr noch gefiel ihm allerdings die junge Frau. Trotzdem hätte er ein solches Bild eher in einem weiblichen Boudoir als im Studierzimmer eines mächtigen Magiers erwartet.

»Der Kaffee, Herr Sauerampfer«, sagte Trix.

Sauerampfer stand am Fenster. Mit gerunzelter Stirn starrte er auf ein dicht beschriebenes Blatt Papier.

»Der Kaffee!«, sagte Trix etwas lauter.

»Der Kaffee ...«, wiederholte der Magier nachdenklich, ohne sich jedoch umzudrehen.

»Ein guter, aromatischer Kaffee!«, pries Trix ihn an. »Es gab aber nur zehn Beeren für einen Silberling. Und sie sollen noch teurer werden!«

»Ein guter, aromatischer ...« Sauerampfer nahm völlig abwesend den Becher an sich, nippte daran und wies mit energischem Nicken auf den Stuhl. »Setz dich! Setz dich und hör zu!«

Begeistert davon, am Arbeitsplatz eines echten Magiers zu sitzen, aber auch von der Aussicht, etwas zu lernen, nahm Trix rasch Platz.

»Das hier ...«, Sauerampfer räusperte sich. »Also, es ist noch nicht ausgefeilt ... ich muss noch einiges korrigieren ... Kurz und gut, es ist ein Zauber, um einen fliegenden Feuerdämon in einen geschlossenen Raum zu rufen. Hör zu!«

Trix fing an zu zappeln und lauschte aufmerksam.

»Zunächst ließ sich ein Fiepen vernehmen, ein zartes, kaum zu hörendes Fiepen, gleich dem Gesang der Mücken in der Nacht«, begann Sauerampfer. »Dann wogten heiße Wellen durch den Raum, trieben den Schweiß auf die entsetzten Gesichter. Und die Sorge trieb sich in die Gesichter ...«

Er verstummte. Zweifelnd blickte er aufs Blatt.

»Stimmt etwas nicht, Herr Sauerampfer?«, fragte Trix. Ihm selbst war es so vorgekommen, als habe er gerade dieses zarte Fiepen gehört und als sei die Temperatur im Zimmer gestiegen.

»Aber ja!« Sauerampfer beugte sich über den Tisch, fuhr mit dem Silberstift über das Papier, strich hier etwas aus, verbesserte dort etwas. »Das ist doch widerlich! Sie ›trieben den Schweiß‹ und ›die Sorge trieb sich‹. Direkt hintereinander! Ein unverzeihlicher Anfängerfehler! Was für einen Dämon soll ein solcher Text denn herbeilocken? Pass auf! Noch mal von vorn!«

Trix nickte und machte sich bereit, erneut zuzuhören.

»Zunächst ließ sich ein Fiepen vernehmen, ein zartes, kaum zu hörendes Fiepen, gleich dem Gesang der Mücken in der Nacht«, schmetterte Sauerampfer. »Dann wogten heiße Wellen durch den Raum, trieben den Schweiß auf die entsetzten Gesichter. Und die Sorge meißelte sich in die Gesichter. Schon huschten über die Wände finstere Schatten ...«

Fasziniert und zugleich voller Angst begriff Trix, dass es in seinen Ohren summte, auf seine brennende Stirn Schweiß trat und über die Wände vage Lichtreflexe zuckten.

»... als wollten sie Bericht erstatten.« Sauerampfer hielt inne. Er schüttelte den Kopf. »Wo waren bloß meine Augen? ›Schatten‹, ›erstatten‹. Ein billiger Reim. Schrecklich! Verachtenswert! Nicht wahr, mein Junge?«

»Genau«, sagte Trix. »Richtig ekelhaft.«

»Der Text muss sich von selbst sprechen, der Zuhörer darf über nichts stolpern. Nur dann haben die Wörter magische Kraft ... Noch mal von vorn! – Zunächst ließ sich ein Fiepen vernehmen, ein zartes, kaum zu hörendes Fiepen, gleich dem Gesang der Mücken in der Nacht.« Die erste Zeile gefiel Sauerampfer ohne jeden Zweifel. »Dann wogten heiße Wellen durch den Raum, trieben den Schweiß auf die entsetzten Gesichter. Und die Sorge meißelte sich in die Gesichter. Schon huschten über die Wände finstere Schatten, als kündigten sie das Erscheinen desjenigen an, den der große Magier herbeirief. ›Zeige dich, Gelbrond, Dämon des Feuers und der Blitze! Diene mir bis zu dem Tag, da der Tod selbst entweder dich oder mich mit sich nimmt! Ich lege dir drei Regeln auf: Unternimm oder unterlass nie etwas, das mir Schaden bringt, folge jedem meiner Befehle, sofern dies nicht gegen die erste Regel verstößt, und schütze dich gut, jedoch nur in einer Weise, dass es nicht gegen die ersten beiden Regeln verstößt!‹ Und schon platzte der Raum mit einem steinerweichenden Stöhnen, um den Dämon Gelbrond freizugeben, einen Feuerball mit kohlschwarzen Augen und Fängen aus Flammenzungen.«

Radion verstummte und wartete.

Trix hielt den Atem an.

Nichts passierte.

»Etwas stimmt hier nicht«, seufzte Sauerampfer. Er legte das Blatt Papier auf den Tisch, griff erneut nach dem Kaffeebecher und trank einen Schluck. »Drei Wochen brüte ich nun schon über einem Zauber, mit dem ich einen Familiar herbeirufen kann!«, erklärte er verärgert. »Du weißt, was ein Familiar ist?«

Trix zuckte die Achseln. Er wusste es, aber der Magier wollte es ihm wohl selbst erläutern.

»Ein Familiar ist ein magisches Wesen, das aus einer anderen Sphäre des Seins herbeigerufen wird. Er gehorcht dem Magier nicht bloß, nein, er wird sein bester Freund und Gefährte. Er kann sogar magische Fähigkeiten haben. Ein Magier darf es sich als Erfolg und Ehre anrechnen, wenn er einen Familiar hat, sei dieser auch noch so schäbig. Also, warum hat der Spruch nicht funktioniert? Warum ist der Familiar nicht aufgetaucht?«

»Vielleicht war der Name falsch.«

»Woher soll ein magisches Wesen überhaupt einen Namen haben? Hauptsache ist ja wohl, er klingt gut. Und Gelbrond klingt sehr gut!«

»Vielleicht sind die Worte schon abgenutzt«, schlug Trix vor. »Vielleicht hat schon mal jemand auf diese Weise einen Familiar herbeigerufen. Oder sich diese drei Regeln ausgedacht, die der Familiar befolgen muss.«

»Damit Worte sich abnutzen, müssen sie Hunderte von Menschen vorlesen. Tausende!« Sauerampfer fuchtelte theatralisch mit der Hand. »Kein Magier würde derart kluge und wohlformulierte Worte hinausposaunen!«

Trix dachte fieberhaft nach. Er wollte helfen, wusste aber nicht, wie. Außerdem wollte er selbst ja noch etwas über Magie lernen.

Zum Glück beschloss der enttäuschte Sauerampfer, seine Forschungen vorerst einzustellen und sich stattdessen seinem Lehrling zuzuwenden. »Lass uns doch mal sehen, was du für Fortschritte gemacht hast! Gestern habe ich dir die Aufgabe gestellt, auf magische Weise einen Nagel zu schaffen. Einen ganz normalen Eisennagel. Ist dir das gelungen?«

Trix senkte den Kopf.

»Verstehe.« Seltsamerweise hob sich Sauerampfers Laune daraufhin wieder. »Dann versuch es jetzt noch einmal!«

Trix holte tief Luft und setzte an: »Was ist ein Nagel? Ein kleines Ding! Das einfachste Erzeugnis eines Schmieds. Aber ohne ihn kann man kein Haus bauen und kein Handtuch aufhängen. Ohne Nagel hält kein Hufeisen, das Pferd strauchelt, der Ritter verliert den Kampf. Selbst den Abort zu schließen ist schwierig, wenn man nicht mit einem Nagel ein Holz an der Tür zum Versperren anbringen kann. Ein solcher Nagel zeigt sich jetzt auch in meiner Hand, mit einer Länge von achteinhalb Zentimetern, ein Drittel Zentimeter dick, aus funkelndem neuen Eisen …« Traurig blickte er auf seinen Handteller. Da lag kein Nagel. Natürlich nicht.

Sauerampfer lachte, was sehr beschämend war. Dann zerzauste er Trix das Haar. »Macht nichts, Kleiner. Der Anfang war gar nicht schlecht, wenn auch ein wenig schlicht, mit all diesen Beispielen und Überlegungen. Aber dann hast du einen Fehler gemacht. Weißt du, welchen? Hast du womöglich einen Nagel aus deinem Klosett gezogen, ihn ausgemessen und als Muster genommen?«

»Wieso?«, fragte Trix verwundert. »Geht das nicht?«

»Doch. Wenn die Fantasie nicht reicht, muss man das sogar. Aber merk dir eins: Verwende nie diese neumodischen Meter und Zentimeter! Verwende nie Bruchzahlen! Oder kannst du dir etwa genau achteinhalb Zentimeter vorstellen?«

»Nein.«

»Siehst du! Sprich lieber in Bildern! Du gibst nicht einem Schmied einen Auftrag. Du wirkst einen Zauber! Und Magie basiert auf reiner Schönheit, auf einer zauberischen Harmonie der Worte!«

»Dann versuche ich es gleich noch mal«, sagte Trix eifrig. »Hört! Was ist ein Nagel? Ein kleines Ding! Das einfachste Erzeugnis eines Schmieds. Aber ohne ihn kann man kein Haus bauen und kein Handtuch aufhängen. Ohne Nagel hält kein Hufeisen, das Pferd strauchelt, der Ritter verliert den Kampf. Selbst den Abort zu schließen ist schwierig, wenn man nicht mit einem Nagel ein Holz an der Tür zum Versperren anbringen kann. Ein solcher Nagel zeigt sich jetzt auch in meiner Hand, so lang wie mein Daumen, so dick wie ... wie mein kleiner Finger, aus funkelndem neuen Eisen ...«

Da lag immer noch kein Nagel.

»Ist dir schon oft ein Nagel untergekommen, der nicht verrostet war?«, fragte Sauerampfer.

»Ah!«, rief Trix aus.

»Sicher, man muss die Wirklichkeit ausschmücken. Genau das macht die Magie aus. Aber man muss sie mit Verstand ausschmücken und darf dabei nicht über die bittern Wahrheiten des Lebens hinweggehen.«

»Was ist ein Nagel? Ein kleines Ding!«, ratterte Trix wieder los. »Das einfachste Erzeugnis eines Schmieds. Aber ohne ihn kann man kein Haus bauen und kein Handtuch aufhängen. Ohne Nagel hält kein Hufeisen, das Pferd strauchelt, der Ritter verliert den Kampf. Selbst den Abort zu schließen ist schwierig, wenn man nicht mit einem Nagel ein Holz an der Tür zum Versperren anbringen kann. Ein solcher Nagel zeigt sich jetzt auch in meiner Hand, so lang wie mein Daumen, so dick wie mein kleiner Finger, alt und angerostet, aber immer noch stabil! Ei pottstausend!«

Mit stockendem Herzen und über beide Backen strahlend, zeigte Trix den auf seinem Handteller liegenden Nagel her. Er war verrostet, zu dick, um ihn einzuschlagen, aber stabil und echt.

»Das hast du schnell begriffen«, lobte ihn Sauerampfer. »Nur achte das nächste Mal besser auf die Größenangaben.«

Mit Siegermiene drehte Trix den Nagel hin und her. Wenn er auch nie Verwendung für ihn haben würde – dafür war er wirklich zu dick –, es war ein echter rostiger Nagel! Die Magie hatte aus dem Nichts Eisen geschaffen!

»Herr Sauerampfer«, sagte Trix nachdenklich, »könnten wir nicht ein paar Münzen zaubern? Der Fleischer hat gedroht, beim nächsten Mal ...«

»Trix!« Sauerampfer seufzte. »Du weißt, was unser weiser Herzog uns Magiern verboten hat? Und was auch alle anderen klugen Könige, Barone und Marquise verbieten?«

»Nein.«

»Geld aus dem Nichts zu zaubern!«, polterte Sauerampfer. »Wegen einer Sache, die sich Devalvation der Geldmenge nennt!«

»Was ist das denn?«, fragte Trix. »Ein böser Dämon?«

»Schlimmer noch. Meinst du nicht auch, jeder Regent würde gern mehr von den klingenden Münzen prägen und damit zum Beispiel die Nachbarländer aufkaufen? Aber das tut er nicht. Warum nicht? Weil der Wert des Geldes sinkt, wenn es zu viel davon gibt!«

»Der Wert des Geldes sinkt?«

»Sicher! Gehen wir einmal davon aus, dass in der Stadt Bossgard zurzeit hundert Goldstücke, tausend Silberlinge und zehntausend Kupferlinge in Umlauf sind. Ein Huhn kostet einen Silberling ...«

»Wenn man feilscht, kriegt man für einen Silberling auch zwei!«, warf Trix ein.

»Das ist nur ein Beispiel.« Sauerampfer verzog das Gesicht. »Das fehlte noch, dass ich, ein großer Magier, meinen Kopf mit derart nichtigen Dingen wie dem Preis für ein Huhn belaste. Weiter: Alle wissen, dass ein Goldstück zehn Silberlinge wert ist, ein Silberling zehn Kupferlinge.«
»Elf.«
»Das ist die Inflation«, gebrauchte Sauerampfer schon wieder ein unverständliches Wort. »Wenn ein Regent nun beschließt, mehr Gold oder Silber zu prägen, hätte im Grunde niemand etwas dagegen. Denn Gold und Silber sind seltene Metalle, die von den Zwergen in den tiefsten Minen abgebaut und von Händlern in jedem Land gern genommen werden. Bei uns sind ja auch Münzen aus anderen Ländern in Umlauf: Dinare, Reales oder Ecus – und das stört niemanden. Hauptsache, die Münzen sind aus Gold. An Kupfer dagegen kommt man leichter heran. Man könnte hundert Mal so viele Münzen prägen wie jetzt! Dein Huhn würde dann nach wie vor einen Silberling kosten, nur wären das nicht mehr zehn Kupferlinge, sondern hundert! Nein, nicht hundert. Tausend!«
Entsetzt von der Vorstellung, mit einem Riesensack statt mit einem kleinen Beutel loszuziehen, fragte Trix kleinlaut: »Und wenn wir Silberlinge zaubern würden? Oder Goldstücke?«
»An dieser Stelle verlangen die strengen Gesetze der Magie ihr Recht«, antwortete Sauerampfer seufzend. »Glaubst du etwa, dein Nagel ist aus dem Nichts entstanden? Nein, mein Junge. Er ist aus dem Eisen entstanden, das um dich herum ist. Aus den winzigen Körnchen in einem Stein, im Staub und in der Luft. Oder, nicht zu vergessen, in dir selbst, denn auch im Blut eines Menschen gibt es Eisen. Leider

liegt das Gold aber nicht auf der Straße. Und das Eisen auch nicht. Wenn du den nächsten Nagel machst, zapft die Magie das Eisen bereits aus deinem Blut ab. Du könntest dabei sogar sterben.«

»Und wenn man einen Eisennagel in Gold verwandeln würde?«

»Das geht leider nicht. Man kann eine Sache nur in etwas Leichteres verwandeln. Einen goldenen Nagel in einen eisernen, das ist überhaupt kein Problem! Aber Eisen in Gold – niemals! Das ist ein Gesetz der Magie. Wenn du dir Mühe gibst, kriegst du aus deinem Eisennagel einen Holznagel hin. Aber mit Silber oder Gold wird es nicht klappen. Nicht einmal mit Kupfer!«

»Aber Kupfer ist billig!«, rief Trix aus. »Wenn Ihr wollt, könnte ich in die Stadt gehen und Kupferbruch kaufen!«

»Trix!«, sagte Sauerampfer. »Glaub mir, auf dem Thron sitzt kein Dummkopf. Es ist Magiern strikt verboten, mit Kupfer zu bezahlen.«

Trix klappte der Unterkiefer runter. Mit einem Mal begriff er, warum ihm auf dem Markt niemand Wechselgeld herausgegeben hatte.

»Ja«, sagte Sauerampfer, »ich habe drei Truhen voller Kupferlinge. Ich bin mal an einer alten Kupfermine vorbeigekommen, da habe ich gezaubert … Aber wir dürfen damit nicht bezahlen.« Er verstummte kurz, um dann hinzuzufügen: »Und Gold und Silber habe ich keins mehr.«

»Wir könnten doch aus den Münzen Haushaltsgeräte machen, oder?«, schlug Trix vor. »Waschschüsseln, Teekessel oder Eimer. Die könnten wir auf dem Markt zu einem guten Preis verkaufen!«

»Bin ich dafür ein mächtiger Magier, um Schüsseln für

irgendwelche Einfaltspinsel herzustellen?«, entgegnete Sauerampfer angewidert. »Führ dir doch mal vor Augen, wie viel Kraft und Zeit allein für einen schlichten Teekessel nötig sind! Sollen das die Schmiede verkaufen, sollen die schmelzen und hämmern. Ja, du hast recht, das dürften wir. Aber es wäre erniedrigend! Magier, die durch die Halden streifen und Metallreste sammeln, um sie zu verkaufen, werden von allen verächtlich Erzmagier genannt!«

»Mein Vater hätte jetzt gesagt, dass das, was für uns schlecht ist, für Seeleute allemal gut genug ist«, hielt Trix dagegen. »Wir haben mal Schmuggler mit drei Fuhren Rauschkraut geschnappt. Eigentlich hätten wir das verbrennen müssen, aber es war wirklich von guter Qualität. Deshalb haben wir es verkauft. An Piraten. Und die haben es, glaube ich, an die Vitamanten auf den Kristallenen Inseln weiterverkauft. Die schätzen das Rauschkraut nämlich sehr.«

»Willst du mir vorschlagen, die Münzen über Mittelsmänner zu verkaufen? Das käme fast Falschmünzerei gleich!«, kanzelte ihn Sauerampfer ab. Allerdings sah er dabei nicht sonderlich verärgert aus.

»Aber nur in unserem Königreich. Wenn wir es jedoch den Feinden verkaufen, wäre es Sabotage zum Ruhme des Regenten und des Königs, also genau das Gegenteil. Wir könnten die Münzen aber auch bei den Wilden gegen Perlen eintauschen. Ihnen ist es egal, woraus sie ihre Ketten machen.«

»Immer sachte«, brummte Sauerampfer lächelnd. »Was habe ich mir da nur für einen begabten Schüler eingehandelt? Geh jetzt besser ...« Er dachte nach, offenbar über eine Aufgabe für Trix. »Geh jetzt besser auf die Wiese und pflücke zwei Blumensträuße. Keine Rosen, die hängen mir schon zum Hals raus! Mach einen aus Mohnblumen und Kamillen, den anderen aus Kornblumen und Tulpen. Und dass mir beide ja schön werden! Du musst dein ästhetisches Empfinden entwickeln! Und ... und üb dich in Magie! Nimm dir ein paar verrostete Hufeisen aus der Rumpelkammer und mach daraus zwei Dutzend gute Nägel – der Aufzugskorb klappert und muss ausgebessert werden. Du hast Zeit bis Sonnenuntergang.«

Mit den Sträußen war Trix schnell fertig. Er schämte sich dessen zwar – aber die Stunden in Blumenzucht und Straußologie gefielen ihm sehr. Gut, es mochte keine sehr männliche Tätigkeit sein, andererseits wäre es peinlich für einen Ritter, einer schönen Dame einen Strauß aus gelben Alpenveilchen zu schenken, denn die symbolisieren den Wunsch nach Trennung.
Die zwei Sträuße zur Entwicklung des ästhetischen Empfindens hatte Trix also trotz der argwöhnischen Blicke des Minotaurus, der den Turm bewachte, rasch zusammengestellt. Der aus Mohn und Kamille war ihm besonders gut gelungen. Er drückte den tiefen und aufrichtigen Respekt gegenüber seinem Lehrer aus. Der zweite aus Kornblumen und Tulpen sah etwas zusammengestückelt aus. Trix kam zu dem Schluss, dies sei ein Zeichen seiner eigenen Unwissenheit, die er überwinden wollte.
Sein Magen knurrte, denn er hatte bisher nur ein Käsebrötchen gegessen. Von einer solchen Kleinigkeit ließ er sich jedoch nicht beirren. Zügig zauberte er die zehn Nägel, die ihm spitz und recht dünn gelangen. Dadurch ermuntert, wagte er sich an ein Stück frisches, lockeres und mit Kümmel bestreutes Brot.

Das gelang und es war von echtem durch nichts zu unterscheiden. Trix drehte es hin und her, schnupperte und biss ab. Es schmeckte. Nachdenklich knabberte er das Brot. Leider sättigte es nicht wie echtes. Von den magisch geschaffenen Lebensmitteln taugte nur Wasser etwas, alles andere brachte dem Organismus keinen Gewinn. Aber auch keinen Schaden, weshalb man durchaus hin und wieder versuchen konnte, seinen Hunger auf diese Weise zu überlisten.

Er wollte zu gern noch etwas Großes schaffen. Etwas Richtiges. Sodass Meister Sauerampfer der Unterkiefer herunterklappte und er sagte: »Alle Achtung, Trix! Du wirst einmal ein großer Zauberer werden!«

Sollte er vielleicht …

Er lag im Gras, kaute auf einem Grashalm und dachte über die erfolglosen Versuche von Radion nach, einen Familiar herbeizurufen. Warum hatte das nicht geklappt? Die Worte hatten doch so klug und vernünftig geklungen. Vermutlich lag es also nicht am Dämon, sondern an den Regeln, die den Magier vor dem Familiar schützen sollten. Aber auch die Regeln waren gut, allumfassend. Hatte sie womöglich schon einmal ein anderer Magier benutzt? Waren die Worte abgenutzt?

Wie sollte man sich dann aber schützen? Sollte man etwa ein hilfloses Wesen herbeirufen, das überhaupt nicht imstande war, Unheil anzurichten? Aber wer bräuchte denn so was?

Nein! Er musste die Sache anders angehen! Gesetze und Regeln – das war wie eine Kette, die man einem Räuber anlegte. Aber nicht nur die Angst vor Strafe hält einen Menschen davon ab, einem anderen Leid zuzufügen. Das Gleiche bewirken auch Gefühle füreinander: Liebe oder

Freundschaft zum Beispiel. Gut, Osramos, der Dämon des Feuers und der Flammen, mochte den Magier, der ihn herbeigerufen hatte, vermutlich nicht. Aber es konnte doch auch nette Familiare geben.

Trix betrachtete verträumt eine Tulpe, die im Wind wogte. »Inmitten eines riesigen Blumenfeldes lebt in den Tulpenblüten Annette, die schöne Fee der Blumen«, sagte er dann. »Die Blütenblätter von Kornblumen und Kamillen sind ihr Gewand, zum Frühstück trinkt sie Tau und Nektar, zum Mittag isst sie den Staub kleiner gelber Blumen. Sie ist so groß wie mein Zeigefinger und sieht hinreißend aus, zart, mit blauen Augen und hellblondem Haar. Jeder, der sie sieht, ruft: ›Was für ein hübsches Mädchen!‹ Aber Annette zeigt sich den Menschen nur selten. Tagsüber schläft sie in einer Tulpenkrone, nachts tanzt sie im Mondlicht über die Wiesen und singt lustige Liedchen. So war es jedenfalls bis zu jenem Tag, da sie eine wohltönende Stimme hörte und aus der Tulpe lugte, einen schönen Jüngling erblickte und sich so tief und fest in ihn verliebte, wie es nur Feen können, bis zu dem Tag, da der Tod die beiden scheidet … Ah!«

Ein freundliches kleines Gesicht, gerahmt von blonden Locken, tauchte aus der Tulpe auf und warf Trix einen verzückten Blick zu. Es folgten zwei kleine Hände, die nach den Blütenblättern fassten, und dann zeigte sich das ganze winzige Mädchen, das ein Kleid aus Kornblumenblüten trug. Es setzte sich auf die Blume, baumelte mit den nackten Beinen und stützte den Kopf in die Hand. »Wie schön du gesprochen hast!«, sagte die Fee mit leiser, aber klarer Stimme. »Wie hübsch du bist! Wenn du wüsstest, wie sehr ich dich liebe! Ich könnte den ganzen Tag deiner Stimme lauschen. Und im Mondlicht werde ich für dich tanzen.«

»Ich ... ich ... ich muss jetzt gehen«, stotterte Trix und kroch von der Tulpe weg.

»Dann lass uns gehen, mein Liebling«, sagte die Fee. Als sie sich erhob, sah Trix auf ihrem Rücken kleine durchscheinende Flügel. Sie flog hoch in die Luft. »Wo du bist, da will auch ich sein. Nur muss ich zuvor noch etwas essen.«

Wie eine Libelle surrend, sauste sie auf einen Halm mit fünffingrigen Blättern und fahlen gelbgrünen Blüten zu.

Trix sprang auf. Er wischte sich den Schweiß ab, der ihm auf die Stirn getreten war. Alles war still, eine Fee konnte er nirgends entdecken. »Ich muss einen Sonnenstich haben«, sagte er zu sich selbst. Er klopfte gegen die Tasche – die herbeigezauberten Nägel waren noch da – und nahm die beiden Sträuße an sich.

Da stieg aus einer Blume in der Nähe die Fee auf. Ihr Flug war irgendwie torkelnd. Sie plumpste in einen der beiden Sträuße und streckte sich kichernd zwischen den Blumen aus.

»Was hast du denn?«, fragte Trix.

»Nix!« Die Fee kicherte und strampelte mit den winzigen Beinchen. »Du bist echt toll! Wie heißt du denn?«

»Trix.«

»Ich bin Annette. Hihi!«

»Warum lachst du ständig?«

»Nach dem Essen muss ich immer kichern.« Annette rekelte sich zufrieden. »Ich schlaf jetzt, ja? Ich habe die ganze Nacht im Mondlicht getanzt ...«

Meister Radion Sauerampfer musterte die auf Trix' Hand schlafende Fee lange und eingehend. »Was, sagtest du, hat sie zu Mittag gegessen?«, fragte er schließlich.

»Diese krautige Pflanze, die da wächst, sie ist ganz unscheinbar und hat solche Blätter.« Trix spreizte die Finger. »Und die Blüten sind klein und gelbgrün.«

»Warum hast du ihr nicht gleich den Saft der Mohnblume gegeben?! Gratulation, mein Junge, ganz großartig! Du bist der erste Magier der Geschichte, der eine rauschkrautsüchtige Fee als Familiar hat.«

»Und was ... was soll ich jetzt machen?«

»Wie *was*? Du hast doch selbst gesagt: bis dass der Tod euch scheide. Wenn du willst, stürze dich also vom Turm! Erschlage sie mit einem Pantoffel oder ertränke sie im Nachttopf!«

»Nein!« Trix schüttelte den Kopf. »Das geht doch nicht! Sie ist so gut und so schutzlos. Außerdem liebt sie mich.«

»Dann finde dich mit ihrer Gesellschaft ab«, sagte Radion erbarmungslos. Als er Trix' unglückliche Miene sah, fügte er etwas sanfter hinzu: »Normalerweise leben Blumenfeen nicht lange. Einen Sommer. Das Dumme ist nur, dass die Blumen um meinen Turm herum auch magisch sind, sie wachsen und blühen jedes Jahr. Was das heißt, wage ich mir nicht mal vorzustellen. Vielleicht stirbt sie im Herbst, vielleicht lebt sie aber sogar länger als du.«

»Ist sie denn nützlich?« Trix schaffte es nicht, einen Seufzer zu unterdrücken. »Kann sie irgendwas?«

Meister Sauerampfer dachte nach. »Eigentlich dürfte unsere kleine Kräuterfee Blumen bestäuben. Vielleicht haben ihre magischen Fähigkeiten Einfluss auf das Wachstum der Blumen. Frag sie mal danach, wenn sie aufwacht. Mir wird sie nicht antworten, denn das ist dein Familiar. Wenn sie nur etwas größer wäre ... dann könnte sie sich in der Küche nützlich machen. Das würde ihr natürlich nicht schmecken, aber aus Liebe zu dir würde sie kein Wort sagen ... Was hast du da nur angestellt, mein Junge? Lass dir das für die Zukunft eine Lehre sein!«

Dagegen gab es nichts zu sagen.

»Gib mir mal die Nägel«, verlangte Sauerampfer. »Ich repariere den Aufzug selbst. Eine innere Stimme sagt mir, ich sollte dir eine derart komplizierte Aufgabe wie die, zwei Bretter mithilfe eines Nagels zu verbinden, besser nicht anvertrauen. Die Blumen stell in die Klosetts. Den Tulpenstrauß in meins, den anderen in deins. Und vergiss nicht, sie alle zwei Tage zu wechseln.« Er sah noch einmal auf die Fee. »Und du hast wirklich nicht gewollt, dass sie ... äh ... größer ist?«

»Wirklich nicht.«

»Ich trau mich gar nicht, meinen Kollegen davon zu erzählen«, sagte Sauerampfer bedrückt. »Sie werden nicht über dich lachen, sondern über mich. Und morgen erwarte ich Gäste ... ein kleines Symposium ...« Er dachte nach. Schließlich streckte er die Hand aus und kitzelte der Fee vorsichtig den Bauch.

»Mein Lieber«, sagte die Fee zärtlich und reckte sich. Als sie die Augen öffnete, setzte sie jedoch eine finstere Miene auf und sprang hoch. »Was soll das? Ich bin eine anständige Fee!«

»Ich wollte dich nur wecken«, sagte Sauerampfer. »Sag mal, was kannst du?«

Die Fee schwieg beleidigt.

»Trix, frag du sie!«

»Annette, was kannst du?«

»Im Mondlicht tanzen, mein Liebster«, säuselte die Fee.

»Und sonst? Züchtest du Blumen?«

»Ich bin eine Blumenfee, keine Gärtnerin! Sollen sie doch selbst wachsen!«

»Verstehe«, sagte Radion. »Du bist ein absolut nutzloser Familiar.«

»Sie ist schön!«, rief Trix, was ihm einen verzückten Blick von Annette einbrachte.

»Ich werde dir eine starke Lupe schenken«, stichelte Radion. »Gut, lassen wir das. Immerhin hast du damit bewiesen, dass deine Fähigkeiten wachsen. Einen Familiar herbeizurufen ... egal was für einen ... das ist ein starker Zauber. Schade, dass wir nicht auch unsere finanziellen Schwierigkeiten mit Magie beheben können.«

Er sah Trix mit einem Blick an, der bedeutete: Und-jetzt-sieh-zu-dass-du-verschwindest. Trix kannte diesen Blick. So hatte ihn seine Mutter angesehen, wenn er in ihr Zimmer geplatzt war, während sie sich mit ihren Freundinnen unterhielt. So hatte ihn sein Vater angesehen, wenn er während eines hitzigen Gesprächs unter Freunden – übers Angeln, die Jagd oder »dem Herrscher verzeihliche Fehltritte« – im Thronsaal aufgetaucht war; seine Mutter nannte diese Fehltritte übrigens unverzeihlich, doch beide weihten Trix nicht in Details ein.

»Ich habe ein kleines Haus in Dillon«, sagte der Magier. »In drei Tagen will ich dorthin aufbrechen. Aber jetzt kommt mir eine fabelhafte Idee. Wo du schon so selbstständig bist und jetzt sogar einen Familiar hast, schicke ich dich vor. Damit du dich um alles kümmerst, die Böden schrubbst, das Geschirr abwäschst und einkaufst. Nimm dir Kupferlinge aus den Truhen!«

»Mach ich«, antwortete Trix. »Schließlich weiß ja niemand, dass ich ein Magier bin, oder?«

»Offiziell bist du auch kein Magier«, erinnerte ihn Radion. »Und das Geld … Im Zweifelsfall ist es deins. Das verstehst du doch?«

Trix nickte.

»Lass niemanden die Fee sehen!«, befahl Sauerampfer. »Sie soll in deiner Tasche bleiben! Oder unterm Hemd!«

»Unterm Hemd! Unterm Hemd!«, rief die Fee begeistert. »Näher bei dir, mein Liebster.«

Trix wurde rot und lüpfte die Brusttasche seines Umhangs. Die Fee verstand ihn ohne Worte. Seufzend flog sie in die Tasche. »Du kannst dir ein Loch bohren, dann ist es nicht so langweilig«, sagte Trix. »He! In welche Richtung bohrst du denn?«

»In deine, mein Liebster! Ich seh dich so gern an!«

»Bohr nach außen! Kommt gar nicht infrage, dass du mich die ganze Zeit angaffst!«

»Also ich muss schon sagen, in gewisser Weise seid ihr beide wie füreinander geschaffen!« Radion Sauerampfer sandte einen Blick zur Decke. »Trix!«

Trix brachte mit jeder Faser seines Körpers seine Aufnahmebereitschaft zum Ausdruck.

»Mach mir keine Schande, ja?«, bat Sauerampfer. »Konzentrier dich! Denk erst, bevor du handelst! Bei Tagesanbruch machst du dich auf den Weg, dann bist du abends in Dillon.«

»Ich werde Euch keine Schande machen, Lehrer!«, versicherte Trix eifrig.

2. Kapitel

Es gibt nichts Angenehmeres, als an einem heißen Sommertag unter einem verzweigten Baum zu sitzen, aus einem Tonkrug kalten Apfelwein zu trinken und die Reisenden zu beobachten. Vor allem, wenn sich der Tag dem Ende zuneigt und jemand einen erschöpften, voll beladenen Grauschimmel am Zügel vorbeiführt, der eindeutig von weit her kommt – zum Beispiel aus Arsong oder aus Bossgard.

»Der Junge ist müde«, sagte einer der Beobachter, ein durch und durch respektabler Zimmermann. »Vielleicht der Gehilfe eines Kaufmanns.«

»Glaub ich nicht. Dafür ist sein Blick zu ehrlich und unverstellt«, widersprach sein Freund, der wegen des Mangels an fester Arbeit und damit an Geld auf Kaufleute nicht gut zu sprechen war. »Krieg ich noch was?«

Über dem Einschenken des Apfelweins entging ihnen, wie der Junge das Pferd auf eine Straße hinauf zum Berg lenkte. Oberhalb des Flusses lagen die reicheren Häuser, dort lebten zwar noch keine Adligen, aber eben auch keine Handwerker mehr. Statt ein paar spärlicher Bäume vor dem Haus gab es hier zur Straße hin Zäune und nach hinten raus grüne Gärten. Je nach Reichtum und Ehrgeiz der Besitzer waren die Gärten mal mit den in jeder Hinsicht nützlichen Apfel- und Pflaumenbäumen bepflanzt, mal mit schönen Zierhölzern, die sich jedoch nur verfeuern ließen.

Nach einem Blick auf ein Blatt Papier, auf das Meister Sauerampfer den Weg akkurat eingezeichnet hatte, steuerte Trix einen vor Altersschwäche gebeugten Zaun an, dessen weiße Farbe schon vor langer Zeit grau geworden war und nun abblätterte. Die Pforte war bloß mit einem Kantholz verschlossen und ließ sich problemlos von außen öffnen. Büsche und Bäume verbargen das tief im Garten stehende kleine Haus weitgehend. Obwohl es für jeden ersichtlich leer gestanden hatte, waren die Scheiben nicht eingeschmissen, hatten die Blumenbeete noch nie mit der Schere eines Diebs Bekanntschaft geschlossen. Das war nicht weiter verwunderlich, denn durch den Garten flog ein auch bei Tage gut zu erkennendes Wachlicht. Kaum hatte Trix die Pforte geöffnet und war eingetreten, sauste es auf ihn zu. Trix blieb stehen.

Wachlichter sind keine Seltenheit, jeder schwache Magier bringt sie zustande. Und jeder reichere Bürger kann sie sich zulegen. Mit etwas Geschick und Kraft kann ein Dieb es sogar täuschen und löschen – mal mit einem Hemdsärmel aus Salamanderleder, mal mit einem Eimer Wasser. Aber gegen Jungen, die Blumen klauen, oder gegen kleine Diebe, die von jedem verlassenen Haus angezogen werden, schützt so ein Licht recht gut.

Das Licht war so groß wie eine Apfelsine, ebenso orange, nur nicht fest, sondern durchscheinend, als bestünde es aus brennender Luft. Mit etwas Fantasie konnte man in ihm ein Gesicht ausmachen.

»Mich schickt dein Herr«, sagte Trix. »Hier ist sein Zeichen, hier ist sein Ring, hier ist ein Papier mit seiner Unterschrift.«

Das Feuer drehte sich über Trix' ausgestreckter Hand.

Der Daumen des Jungen war hochgereckt – das war das Zeichen. Auf dem Daumen saß ein etwas zu großer, schlichter Silberring. Und die vom Meister erstellte Karte trug den eleganten Schriftzug seiner Unterschrift. Zufrieden berührte das Licht das Papier, worauf dieses auflodernde und unverzüglich in Trix' Hand zu Asche zerfiel. Das Licht leuchtete heller auf und flog davon, um weiter durch den Garten zu patrouillieren. Einige Magier hatten ihren Lichtern noch weitere Aufgaben zugedacht: den Weg weisen oder in der Dunkelheit Licht spenden zum Beispiel. Aber Sauerampfer war der Meinung, dass ein Wachposten, der sich noch mit anderen Dingen beschäftigte, nichts taugte.

Trix führte das Pferd über einen Sandweg zum Stall. Mit einem Seufzer machte er sich ans Abladen der Taschen. Wie gesagt, die Arbeit eines Zauberlehrlings besteht zu neunzig Prozent aus Auspacken, Abwaschen und Aufräumen.

Eine Stunde später war das Pferd gestriegelt und gefüttert und das Gepäck ins Haus gebracht. Trix schüttete das abgestandene Regenwasser aus einer Schüssel an der Vortreppe aus, schöpfte dann – welch Luxus! – frisches aus dem Brunnen im Garten, brachte es ins Haus, zog sich, nachdem er ein »Guck weg!« Richtung Jackentasche gezischt hatte, aus und wusch sich. Radion hatte dafür gesorgt, dass er noch ein sauberes Hemd und saubere Hosen dabeihatte. Als er sich in dem kleinen Spiegel in der Diele anschaute, war er mit dem Resultat durchaus zufrieden.

Natürlich war Trix in der Woche, die seit seiner Flucht und Verbannung vergangen war, nicht sonderlich gewachsen. Offen gesagt war er überhaupt nicht gewachsen. Doch sein Blick war ernster, sein Mund entschlossener. Er war immer noch ein Junge – aber kein weltfremder Höfling mehr.

Bei seiner Ankunft in Dillon war Trix absolut sicher gewesen, dass er im Haus von Sauerampfer sofort ins Bett fallen und einschlafen würde. Oder höchstens noch ein paar Äpfel und etwas Brot essen würde. Nachdem er sich gewaschen und umgezogen hatte, war er jedoch voller Tatendrang und überhaupt nicht müde. Er wollte sich unbedingt die Stadt ansehen. Aus seiner Jacke strömte ihm beleidigtes Schweigen entgegen. Seufzend zog er sie an. In der Tasche rührte sich etwas.

»Pass auf!«, befahl Trix dem Wachlicht, als er die Pforte hinter sich schloss. »Ich bin bald wieder da.«

Das Licht brauchte natürlich keinerlei Ermahnungen, und ob Trix zurückkehrte oder nicht, war ihm völlig egal. In dem alten, verwilderten Garten hatte Trix jedoch unbedingt etwas sagen wollen.

Trix hatte den Eindruck, in den Häusern am Hang des Hügels lebten Menschen, die genug vom Gewusel in der Stadt hatten oder nur für kurze Besuche hier Quartier bezogen. Deswegen waren die Häuser klein und häufig unbewohnt (nur hier und da patrouillierte ein Wachlicht) und keine Menschenseele zeigte sich.

Er könnte hinunter zum Fluss gehen, wo das Volk bis weit in die Nacht am Ufer entlangflanierte, Händler Essen und Trinken anboten und Illusionisten oder Akrobaten versuchten, etwas Geld zu verdienen. Oder er könnte die dunkle Straße – nur an wenigen Kreuzungen brannten Laternen – hinaufgehen. Dann würde er zu den reichsten Häusern der Stadt kommen, möglicherweise sogar zum Fürstenpalast.

Natürlich könnte er auch kehrtmachen und doch schon ins Bett gehen. Im Haus hatte Trix ein paar Kerzenstumpen und zwei Bücher entdeckt: *Enzyklopädie der Irrungen eines Zauberlehrlings* und *Chronik des Fürstentums Dillon*.

Trix ließ sich die Sache kurz durch den Kopf gehen. »Annette?«, sagte er.

»Liebling?« Das Gesicht der Fee tauchte sofort aus der Tasche auf. »Soll ich für dich tanzen? Der Mond ist zwar noch nicht aufgegangen …« Falls sie Trix noch grollte, weil sie die ganze Reise über hatte in der Tasche zubringen müssen, ließ sie sich das nicht anmerken.

»Ich überlege gerade, wohin wir gehen. Runter zum Fluss? Oder den Berg hoch? Oder sollen wir zu Hause bleiben?«

»Mit dir, Trix, ist es überall schön!«

»Toller Rat!«

Die Fee runzelte die Stirn und sah die Straße hinunter. »Da ist es lustig«, sagte sie. »Du kannst heiße Küchlein mit Marmelade kaufen oder Pfannkuchen mit Sirup. Du musst gut essen, Trix, du bist noch im Wachstum!«

Angesichts dieser Fürsorge verzog Trix zwar das Gesicht, die Erwähnung der Backwaren stellte aber ein gewichtiges Argument dar. In Dillon wurden alle zu Süßschnäbeln, vermutlich aufgrund der Zauber, die beim Bau der Stadt gewirkt worden waren.

»Gut, dann nach unten«, entschied Trix. »Aber bleib in der Tasche! Noch braucht niemand zu wissen, dass ich ein Zauberer bin!«

Wenn Trix älter und erfahrener gewesen wäre, hätte er sich an die Bauernweisheit erinnert: Hör auf das, was eine Fee sagt – und mach genau das Gegenteil! Denn was für Abenteuer hätten auf ihn gewartet, wenn er den Berg hinaufgewandert wäre! Sagenhafte Abenteuer, die der Feder der großen alten Erzähler wert gewesen wären!

Aber er ging hinunter, und so werden wir nie erfahren, warum der Wesir von Samarschan befohlen hat, seine liebste Konkubine zu köpfen, wer Baghira der Großherzige war und weshalb der Diamant der Konzentration so berühmt ist. Vielleicht erzählt jemand anders irgendwann diese Geschichten, denn ich muss mich für die Beschreibung von Backwaren bereithalten.

Je näher Trix zum Fluss kam, desto mehr Menschen begegneten ihm. Rechtschaffene Bürger trafen sich bei einem abendlichen Krug Bier oder Apfelwein auf den Wiesen, ihre Sprösslinge fuhrwerkten mit kleinen Schwertern, Bällen, Kugeln, Steinen und Stöcken, spielten *Dillon sucht den Schnellschaufler* oder *Entfesseln im Sturm*. Trix ging an den Kindern vorbei, wie es sich für einen erwachsenen und ernsten Mann ziemt: mit einem herablassenden Lächeln. Nur einmal konnte er der Versuchung nicht widerstehen und kickte einen plumpen Ball weg, der ihm vor die Füße gerollt war.

Die Promenade begann an einem kleinen Platz, in dessen Mitte ein bronzenes Denkmal stand, eine nackte Maid mit widerspenstigem Haar, die auf einem stattlichen Pferd saß. Sie hatte die Arme vorgestreckt, auf ihren Lippen lag ein Lächeln, das vermuten ließ, nicht nur das Haar, sondern auch seine Besitzerin sei ziemlich widerspenstig.

Trix, der bereits ahnte, was für ein Denkmal das war, trat ans Postament heran und las: Der edlen und großherzigen Fürstin Codiva von ihren dankbaren Bürgern.

Die Fürstin Codiva war die Großmutter der minderjährigen und deshalb noch nicht regierenden Tiana. Sie war vor fünfzig Jahren zu Berühmtheit gelangt, und zwar als ihr Mann, der regierende Fürst, beschlossen hatte, die Steuern auf Salz, Streuzucker und Schwefelhölzer zu erhöhen. Obwohl das Volk in seiner Empörung mit einem Aufstand drohte, blieb der Fürst stur. Und als ihn die Fürstin bat, dem Volk nachzugeben, sagte er, der ein ausgesprochener Spaßvogel war: »Wenn du nackt auf der Promenade erscheinst, verzichte ich auf die Erhöhung!«

Viele glaubten, der Fürst habe darauf gehofft, Codiva würde sich eine der zahllosen Lücken zunutze machen, die seine Forderung ließ. Zum Beispiel hätte sie nackt am Fluss erscheinen können – aber in einer Kutsche oder Sänfte. Oder sie hätte ihr prachtvolles Haar öffnen und sich damit bedecken können. Oder in tiefster Nacht kommen und vorab der Wache den Befehl erteilen können, alle Gaffer zu vertreiben. Kurz gesagt, Codiva hatte jede Menge Möglichkeiten. Sie nutzte keine davon. Die Herzogin sattelte eine schneeweiße Stute, jagte zum Ufer und ritt die Promenade hinauf und hinunter. Absolut nackt. (Vorsichtshalber hatte sie sogar die Haare zu einem dicken Knoten aufgesteckt.)

Daraufhin hob der schockierte Fürst die Steuern für Salz, Streuzucker und Schwefelhölzer gänzlich auf und gab sich die nächsten anderthalb Wochen dem Suff hin. Als er wieder nüchtern war und sich mit seiner Gattin aussöhnen wollte – sie war nach dieser Heldentat zum Liebling des Volkes geworden –, verlangte diese, er solle auch die Steuern für Seife aufheben, damit »unsere Untertanen sauber sind und Krankheit vermeiden«. Der Fürst stellte sich erneut stur wie ein Troll, den man unter einer Brücke weg- und ans offene Tageslicht jagen wollte. Die Fürstin zog sich prompt wieder aus, begab sich nackt auf einen Spaziergang durch die Stadt und erklärte, sie kehre nicht eher zurück, bis ihre Forderung erfüllt sei.

Da der Fürst seine Frau aufrichtig liebte, hob er die Steuern für Seife auf, worauf es in der Tat weniger Epidemien gab. Die Männer verlangten von ihren Frauen jetzt nämlich, eine ebensolche Reinlichkeit an den Tag zu legen wie die edle Fürstin, und fingen auch selbst an, sich fast regelmäßig einmal die Woche zu waschen.

Die Geschichte weiß noch von zwei ähnlichen Heldentaten Codivas zu berichten. Einmal ging es um die Errichtung einer Volksschule für Kinder aus den armen Vierteln, einmal um den freien Zugang zu einem Stück Strand. In allen anderen Fällen schaffte es die Wache des Fürsten, die Fürstin am Palasttor aufzuhalten.

Das weitere Schicksal von Codiva ist recht nebulös. Angeblich erkrankte sie schwer, danach sei ihr herrlicher Körper durch die Heiltätowierungen der Zauberer entstellt gewesen. Vielleicht stimmte das sogar. Auf alle Fälle genoss die Gilde für magische Zeichnungen nach der Genesung Codivas die Gunst des Fürsten. Codiva dagegen trug bis ans Ende ihrer Tage nur noch bodenlange Gewänder und gestattete es sich nur selten, den Rock zu raffen, um einem Pagen ihren linken Fuß zu zeigen, der, wie es hieß, einzige Teil ihres Körpers, auf dem durch einen Fehler der Zauberer weder eine Spinne noch ein Skorpion oder ein anderes Scheusal prangte. Drei Jahre später entschlief sie sanft, nachdem sie dem Fürsten einen Erben geboren hatte. Sie soll auf eigenen Wunsch nackt und in einem Kristallsarg bestattet worden sein. Aber solche Sachen werden berühmten Leuten ja immer nachgesagt, oder? Seine nächste Frau suchte sich der Fürst in einem fern gelegenen Bergdorf. Die Frauen dort waren für ihre Bescheidenheit und Sittsamkeit berühmt und trugen einen Schleier aus dunklem Mull vor dem Gesicht.

Doch so oder so, der Magistrat der Stadt erklärte jedenfalls kurz nach Codivas Tod, er wolle Mittel für ein Denkmal sammeln. Diesmal beugte sich der Fürst dem Willen des Volkes. Dieses kam ihm allerdings so weit entgegen, dass der Körper der Fürstin durch ihr offenes Haar verdeckt wurde – womit (und durchaus nicht zum ersten Mal) die Moral über die Wahrheit triumphiert hatte.

Trix wiederum sei zugutegehalten, dass er sich weniger für die schlanke Figur der Fürstin interessierte als vielmehr Gefallen an ihrem Gesicht fand. Die Frau auf dem Pferd sah sehr lieb aus, auch wenn sie, zugegeben, schon ziemlich alt war, bestimmt schon über zwanzig.

Er umrundete das Denkmal und strich über den Schweif des Pferdes. Von vielen Händen ganz blank, sollte er der Legende nach jedem, der ihn anfasste, Glück in der Liebe bringen. Noch größeres Glück brachte allerdings eine nächtliche Begegnung mit dem Gespenst der Fürstin, das, glaubte man den Gerüchten, in jeder Nacht vor einer Steuererhebung über die Uferpromenade reitet und den Herrscher lauthals zu Barmherzigkeit auffordert.

Allzu lange durfte Trix den Anblick der Fürstin freilich nicht genießen. Irgendwann zwickte ihn jemand durch das Loch in seiner Jacke und aus der Brusttasche flüsterte es: »Genug geglotzt! Für einen anständigen Jungen gehört es sich nicht, eine solche Schweinerei zu begaffen!«

»Ich glotze nicht!«, zischelte Trix. »Und überhaupt! Was geht dich das an?«

»Ich bin dein Familiar! Ich bin verpflichtet … verpflichtet …« Die Fee stockte. »Ich bin verpflichtet, mir Sorgen um dich zu machen!« Dann fügte sie noch völlig zusammenhangslos hinzu: »Außerdem habe ich noch nichts gegessen!«

Trix wurde verlegen. Er hatte tagsüber wirklich nicht einmal an Annette gedacht. »Na komm, ich besorg dir was«, versprach er.

In der Nähe des Denkmals hatten sich im Lichtkreis einer großen Öllampe die Händler aufgebaut, deren Angebot Trix eingehend studierte: Einer verkaufte Honigküchlein, ein anderer Rosinen und Nüsse, ein dritter cremegefüllte Waffelrollen. Trix kaufte alle Süßigkeiten – seine Taschen quollen ja über von unerlaubten Kupferlingen – und setzte sich auf eine kleine Bank unter den Bäumen, wo es dunkler war. Vorsichtig krümelte er ein Stückchen Honigkuchen, eine Rosine und eine Nuss, ja sogar etwas von der Waffelrolle in die Brusttasche.

»Oh«, sagte die Fee. »Meine Flügel …«

»Was ist mit ihnen?«

»Du hast sie mit Creme beschmiert!«

»Tut mir leid!«

Eine Zeit lang herrschte Stille. Trix knabberte an seiner Waffelrolle.

»Verzeih, mein Liebster, aber sind in der Nähe nicht vielleicht ein paar Blumen?«, fragte die Fee.

»Nein«, antwortete Trix. »Ich sehe keine. Und ich glaube auch nicht, dass hier in der Stadt Rauschkraut wächst!«

»Bestimmt nicht!«, sagte die Fee traurig. »Das erlaubt man nämlich nicht.« Sie streckte den Kopf aus der Tasche und sah sich um.

Bis auf die Süßigkeitenverkäufer und vereinzelte Pärchen – der Platz mit dem Denkmal für Codiva war einer der beliebtesten Treffpunkte von Verliebten – gab es nur noch einen gelangweilten, mageren Jungen, der gegen einen gewaltigen Ahornbaum gelehnt dastand und eine unbekannte

Melodie pfiff. Ob er auf seine Freundin wartete? Mehrmals hatten ihn Leute angesprochen, die kaum älter waren als er selbst. Sie waren immer wieder schnell abgezogen, wobei sie sich etwas in die Tasche stopften. Deshalb hielt Trix den Jungen auch für einen Händler, wenn auch einen sehr zaghaften und faulen.

»Liebster, ich fliege ein wenig spazieren«, verkündete Annette.

»Du tust was?«

»Keine Angst, ich lenke alle Blicke von mir ab – alle bis auf deinen natürlich.«

»Das kannst du?«

»Wenn ich essen will, bringe ich einiges zustande«, brummte die Fee und kletterte aus der Tasche.

Mit stockendem Herzen beobachtete Trix, wie die Fee über den Platz zu dem Jungen hinflog. Der kleine Körper leuchtete sanft, ihn zu übersehen war im Grunde unmöglich.

Trotzdem achtete niemand auf Annette!

Nachdem die Fee einige Runden um den Ahorn gedreht hatte, schlüpfte sie dem Händler in die Tasche. Es verging eine quälende Minute. Trix knabberte nervös an seinem Honigkuchen.

Die Fee flatterte wieder aus der Tasche und kam zu ihm zurückgeflogen – nicht mehr in gerader Flugbahn, sondern als tanze sie in der Luft. Ab und an erklang ihr Gelächter, dieses feine und melodische Kichern.

Die Süßigkeitenhändler sahen sich verwirrt nach allen Seiten um und lächelten vorsichtshalber in Erwartung von Kundschaft.

»Was soll das!«, rief Trix, als Annette auf dem Rand der

Tasche landete, die er ihr aufhielt. »Hör auf zu lachen! Es hören dich ja alle!«

»Wenn aber doch alles so lustig ist!«, sagte die Fee, hörte dann aber auf zu lachen. »Du ... du ... sei nicht böse! Willst du einen Kuss?«

»Was hast du gegessen?«

»Allerlei. Samarschaner Auslese, den doppelten Matrosen ...«

»Willst du etwa behaupten, der Junge handelt mit Rauschkraut?«, fragte Trix entsetzt.

»Nein, mit Sägemehl!« Die Fee richtete sich zu voller Größe auf, schlug mit den kleinen Flügeln und versetzte Trix mit ihrer kleinen Faust einen Kinnhaken. »Wag es ja nicht, mir Vorschriften zu machen! Das ist halt ... hihi ... meine Natur!« Plötzlich verlor sie das Gleichgewicht und purzelte auf Trix' Knie, was einen weiteren Lachanfall ihrerseits auslöste. »Das ist die Creme! Die hat mir die Flügel verklebt!«, rief sie. »Gibst du mir was von dem Honigkuchen, Trix? Ich möchte jetzt unbedingt was Süßes!«

Trix schnappte sich Annette und setzte sie zurück in die Tasche, wo sie sich sofort über die Waffelkrümel hermachte. Er selbst stapfte entschlossen zu dem Jungen hinüber.

Natürlich hätte sich eigentlich die Stadtwache um den Rauschkrauthändler kümmern müssen. Aber diese Bohnenstange war kaum größer als Trix und wirkte völlig harmlos. Nach einem ordentlichen Schwinger würde er wissen, was es heißt, eine Fee vom rechten Weg abzubringen!

In seiner Wut vergaß Trix völlig, dass der Junge die Fee ja gar nicht gesehen hatte und von ihr (selbst wenn er ein schändliches Gewerbe betrieb) schlicht und ergreifend bestohlen worden war.

»Der junge Herr wünscht …«, brachte der Händler mit dünner Stimme hervor, als Trix auf ihn zukam. Dann verstummte er.

Trix erstarrte ebenfalls.

Vor ihm stand, in dunklem Hemd und dunklen Hosen, mit einer dunklen Mütze auf dem Kopf, die das rote Haar verbarg, Ian! Sein geflohener Knappe!

»Himmel, hilf!«, sagte Ian leise.

»Da kannst du lange drauf warten«, polterte Trix. Am Ende behielten die Chroniken eben doch recht: Das Schicksal bestraft Verräter hart. »Du hast deinen Herrn verraten!«

»Was denn?«, mischte sich die Fee neugierig ein. »Was hat dieser Hänfling dir verraten?«

Aber Trix achtete nicht weiter auf sie. Er packte Ian am Kragen und verpasste ihm eine Ohrfeige. »Wie konntest du es wagen!«, schrie er.

»Dieser gemeine Feigling!«, empörte sich Annette. »Schläge machen dem nichts! Trix, mein Liebling, lass mich ihn in die Nase beißen!«

»Du hast mir einen Eid geleistet!«

»Was hat er sich geleistet?!«, sagte die Fee. »Ist ja unerhört!«

»Du musst mir Tag und Nacht dienen, ohne zu murren und zu stöhnen, ohne innezuhalten und nachzulassen!«

»Also hör mal, Trix, unter den Bedingungen gibt er garantiert bald den Löffel ab!«, bemerkte die Fee. »Du weißt, ich steh immer auf deiner Seite, aber …«

»Halt den Mund!«, brüllte Trix und Annette schwieg beleidigt.

»Ich sag doch gar nichts!«, maulte Ian mit gesenktem Kopf.

In dem Moment begriff Trix, dass Ian Annette immer noch nicht sehen oder hören konnte.

»Und das ist ja wohl das Mindeste«, sagte er schon friedlicher. »Du bist weggerannt. Und du hast mir den Empfehlungsbrief gestohlen! Das allein würde schon reichen, dich zu köpfen! Nein, das wäre zu viel der Ehre. Dich zu hängen! Oder im Fluss zu ertränken!«

Ian erschauderte.

»Aber das Wichtigste«, fuhr Trix fort. »Du hast angefangen, diesen Mist zu verkaufen! Du hast mir Schande gemacht! Das Verhalten eines Knappen fällt schließlich auf seinen Herrn zurück!«

»Das wollte ich nicht«, jammerte Ian. »Trix … das wollte ich nicht. Ich hatte Angst davor, mit dir nach Dillon zu gehen. Ich bin nicht adlig, ich bin nicht daran gewöhnt, für Ruhm und Ehre zu sterben. Und den Empfehlungsbrief hast du sowieso nicht gebraucht! Dir kommt es auf Wahrheit an, nicht auf Reichtum!«

»Und? Hast du deinen Reichtum gefunden?«, höhnte Trix.

Mit seinem Schweigen gestand Ian seine Niederlage ein.

»Warum hast du dich auf diese Banditen eingelassen?«

»Woher sollte ich wissen, dass es Banditen sind? Ein Händler wie jeder andere auch, aus Samarschan … der Kräuter verkauft. Ich habe ihm zwei Tage lang geholfen, die Kräuter zu mischen. Dann hat er mir kleine Päckchen gegeben und gesagt, ich soll mich hier hinstellen und sie verkaufen. Erst am dritten Tag bin ich dahintergekommen, was da drin ist … Ehrenwort!«

»Dein Ehrenwort! Pah!«

»Bringst du mich jetzt um?«, fragte Ian ängstlich. »Oder

rufst du die Wache? Dann bring mich lieber um, ja! Es heißt, die, die Rauschkraut verkaufen, landen in den Stollen ... und da ...«

»Sag mal, Trix«, meldete sich die Fee zu Wort, »willst du etwa behaupten, es sei verwerflich, mit Kräutern zu handeln?«

»Was soll ich bloß mit dir machen?« Endlich ließ Trix Ian los. Der stand wie angewurzelt da und machte keine Anstalten zu fliehen.

»Was steht denn in den Chroniken?«

Trix dachte nach. »Allerlei«, räumte er schließlich ein. »Hipphu der Gütige zum Beispiel hat seinen treulosen Knappen an den Schwanz einer Stute gebunden.«

»Und die ist dann losgerast?«, fragte Ian erschrocken.

»Schlimmer. Er hatte das Pferd vorher zwei Wochen lang gemästet und nicht einmal aus dem Stall gelassen. Danach haben alle den Knappen für einen Latrinenreiniger gehalten. Den Gestank ist er nie wieder losgeworden! Es gab aber auch Guideon den Strengen, der hat seinen Knappen einfach ausgepeitscht und ihm dann verziehen!«

»Strenge hat mir schon immer besser gefallen als Güte«, versicherte Ian eifrig.

»Trix«, mischte sich Annette erneut ein, »Trix, sei gut! Liebe muss die Welt regieren! Nicht Krieg, sondern Liebe!«

»Du schweig lieber!«, sagte Trix – und das galt sowohl für Ian wie auch für Annette. »Gut. Ich ... ich verzeihe dir. Ich bestrafe dich, aber ich verzeihe dir.«

»Und wie sieht die Strafe aus?«, fragte Ian misstrauisch.

»Sie wird streng ausfallen«, sagte Trix grinsend, dem der verwilderte Garten und der dreckige Fußboden in Sauerampfers Haus einfielen. »Und jetzt lass uns gehen!«

»Aber ich darf mich doch nicht von meinem Arbeitsplatz entfernen!«

»Wie bitte?«

»Außerdem«, Ian spähte mit ängstlichem Blick über Trix' Schulter, »behält man mich im Auge.«

Obwohl Trix wusste, dass er gerade riskierte, auf den ältesten Trick der Welt hereinzufallen, drehte er sich um.

Ian hatte nicht gelogen.

Hinter Trix standen zwei Männer. Ein dunkelhäutiger, langhaariger Kerl, unter dessen Vorfahren sich fraglos einige Samarschaner fanden, und ein magerer Kahlkopf mit blassen, farblosen Augen. Beide waren jung, wirkten aber irgendwie verlebt. Nebeneinander sahen sie derart komisch aus, dass einem sofort angst und bange wurde.

»Was belästigst du diesen jungen Mann?«, fragte der Kahlkopf. »He? Du Knirps!«

»Der kann nicht reden«, vermutete der Langhaarige und ließ seine Finger knacken. »Der hat keine Zunge.«

»Hat er wohl! Der hat doch irgendwas gesäuselt.« In den Händen des Kahlkopfs funkelte plötzlich ein schmales Messer. Damit fing er an, sich den Dreck unter den Fingernägeln herauszupopeln. »Aber das kann man ja ändern!«

Trix schluckte. »Dieser Jüngling«, sagte er so selbstsicher wie möglich, »ist mein Kna... mein Diener. Mein flüchtiger Diener. Ich werde ihn jetzt mit nach Hause nehmen.«

»Wie spaßig«, bemerkte der Langhaarige.

»Urkomisch«, stimmte der Kahle zu.

Entsetzt begriff Trix, dass ihm keine Magie mehr helfen würde, selbst wenn er die richtigen Worte für einen Zauber fände. Einen Zauber muss man aussprechen. Und je wirksamer er sein soll, desto länger muss man sprechen (weshalb

Magie nie die Welt beherrschen wird). Mit einer abgeschnittenen Zunge oder mit einem Messer in der Brust wäre das aber sehr schwer. Weil alle Magier das wissen, nehmen sie ja auch gern zwei, drei Ritter mit auf ihre Abenteuer. Die verfügen zwar nicht über die Gabe der Beredsamkeit, verstehen es dafür aber, geschickt mit ihren Klingen umzugehen.

»Meine Herren!« Annette flatterte aus Trix' Tasche. Die weit aufgerissenen Augen des komischen Pärchens waren der beste Beweis dafür, dass die Fee nun wieder sichtbar war. »Ich sage nur: Gebt dem Frieden eine Chance! Wir wollen Liebe machen, nicht Krieg!«

»Ei-eine F-fee!«, stammelte der Langhaarige.

Wie jeder weiß, ist von einer Fee nichts Gutes zu erwarten. Vor allem dann nicht, wenn sie Gutes wünscht. Ihr Gutes endet normalerweise mit einem langen Schlaf in einem verzauberten Schloss, unangenehmen Verwandlungen in quakende oder piepsende Tiere und in den allerschlimmsten Fällen sogar mit dem aufregenden Leben als Gegenstand des täglichen Bedarfs.

»Ein bisschen Frieden! Ein bisschen Liebe! Tänze im Mondschein!«, rief Annette und gestikulierte wild mit den Armen. Bei jeder Bewegung stieg von den kleinen Fingern silbriger Staub auf, bis eine glitzernde Wolke das bedrohliche Pärchen einhüllte.

Daraufhin wuchsen dem Kahlen Haare. Sie waren zartgrün, fast wie junges Gras. Und der Langhaarige kriegte unzählige feine Zöpfe. Das Messer in der Hand des Dünnen und nun überhaupt nicht mehr Kahlen verwandelte sich in eine Tabakspfeife. Die dunkle Kleidung, bestens geeignet für zweifelhafte nächtliche Geschäfte, wich bunten, weiten Gewändern. Über den Köpfen der beiden Banditen schimmerten winzige bunte Regenbogen, und eine angenehme, wenn auch etwas eintönige Musik erklang.

»Reichen wir uns die kleinen Hände!«, rief die Fee. »Wir wollen einander lieben!«

Diese Aufforderung schien die Banditen besonders heftig zu erschrecken. Schreiend stürzten sie davon. Die Verliebten auf den Bänken schmiegten sich dagegen fest aneinander. Aus der Ferne erklang schneidend und scharf der Pfiff der Wache.

»Weg hier!«, rief Trix.

Diesmal zögerte Ian keine Sekunde und rannte ihm hinterher. Annette flog über Trix' Kopf hinweg und lachte schallend.

»Und du hast gesagt, du kannst nichts!«, empörte sich Trix.

»Wenn ich gut gegessen habe, bring ich das eine oder andere zustande«, antwortete die Fee ohne die geringste Spur von Verlegenheit.

Natürlich verfolgte sie niemand. Die Wachposten in Dillon zählten ein Querfeldeinrennen über die Hügel der Stadt wahrlich nicht zu ihren Pflichten. Abgesehen davon war die Ordnung wiederhergestellt, die Ruhestörer in alle Winde zerstreut, weder Opfer noch Zerstörung zu beklagen. Was wollte man mehr?

Eine Stunde später, inzwischen war es tiefe Nacht und selbst die Uferpromenade wie ausgestorben, saßen Trix und Ian in der kleinen Küche im Hause des Zauberers und tranken Tee. Dank Ians Anstrengungen sah die Küche einigermaßen manierlich aus (der Gerechtigkeit halber wollen wir festhalten, dass Trix seinem Knappen ein wenig geholfen hatte, indem er zum Beispiel den Tee aufsetzte). Die keimenden Kartoffeln waren ebenso wie die verfaulten Mohrrüben aussortiert und weggeworfen worden, Pfannen und Töpfe blitzten, der Boden war gefegt. Die Mäuse, die in den letzten Monaten überall herumgesprungen waren, hatten sich in ihre Löcher geflüchtet. Kurz und gut, die beiden konnten in Ruhe essen.

»Wenn ich nur wüsste, was ich mit dir machen soll«, sagte Trix verzweifelt, nachdem er ein Glas mit gezuckerter Kirschmarmelade, das er im Schrank gefunden hatte, vertilgt hatte. »Aber mir will einfach nichts einfallen.«

»Trix, das kommt nie wieder vor!«, versprach Ian feierlich. »Ich weiß selbst nicht, was ich mir dabei gedacht habe …«

»Das meine ich doch gar nicht«, entgegnete Trix. »Wenn ich sage, dass ich dir verziehen habe, habe ich das auch. Nein, ich bin doch jetzt Magier und Zauberer!«

»Ja.« Ian schielte zu Annette hinüber, die auf der Tischkante saß und die Beinchen baumeln ließ. Sie leuchtete sanft, um sie herum schwirrten Mücken. »Ist nicht zu übersehen.«

»Wie kann ich dich jetzt in Dienst nehmen? Wenn ich ein richtiger Zauberer wäre, könntest du mein Schüler sein. Aber ein Zauberlehrling kann keine Schüler haben. Und auch keine Knappen.«

»Und Diener?«

»Das wird Sauerampfer nicht gefallen«, antwortete Trix. »Er sagt immer, dass ein Zauberer zurückgezogen leben muss, um arbeiten zu können. Deshalb hat er auch keine Diener.«

»Also wenn du mich fragst, lügt er«, sagte Ian, der aus einem fast leeren Glas Orangenmarmelade die letzten Reste herauskratzte. »Wahrscheinlich ist er bloß zu geizig.«

»Bestimmt nicht«, trat Trix für seinen Lehrer ein. »Nur arm.«

»Ein Zauberer? Arm? Der kann sich doch jederzeit Gold zaubern!«

»Eben nicht«, sagte Trix seufzend. »Warten wir ab, was er dazu sagt. Er ist gut ... für einen Zauberer. Vielleicht darfst du hierbleiben, um auf das Haus aufzupassen.«

»Würd ich sofort machen!«, versicherte Ian, der seinen Blick durch die Küche schweifen ließ. »Das Dach ist solide, da regnet's nicht durch. Und im Winter ist es hier wahrscheinlich recht warm.«

»Jungen!«, seufzte die Fee. »Worüber ihr euch so den Kopf zerbrecht! Wo doch der Mond aufgegangen ist!«

»Willst du tanzen?«, fragte Trix.

»Genau!« Die Fee strahlte. »Werdet ihr mir zugucken?«

Trix wurde verlegen. Ehrlich gesagt hatte er sich doch eine größere Fee vorgestellt, die im Mondlicht tanzt. Eine Frau wie die Fürstin Codiva. Abgesehen davon wollte er schlafen. Er ahnte noch nicht, dass er diese Nacht ohnehin kein Auge würde zutun können.

»Versteh schon«, sagte die Fee traurig. »Kaum esse ich etwas, werde ich ausgeschimpft, meine Tänze mögt ihr auch nicht ... Bis morgen, Trix.«

Sie erhob sich in die Luft und flog wie ein leuchtender Schmetterling durchs offene Fenster. Dabei brummte sie derart wütend, dass sich sogar das Wachlicht in Sicherheit brachte.

»Ganz schön energisch, die kleine Dame«, sagte Ian. »Was hatte das mit dem Essen zu bedeuten?«

»Sie isst Rauschkraut«, antwortete Trix finster. »Hast du das etwa noch nicht begriffen? Wenn sie Hunger hat, ist sie wütend und bringt nichts zustande. Und sobald sie was gegessen hat, fängt sie an zu kichern und macht lauter Dummheiten. Aber jetzt lass uns schlafen gehen. Ich nehme Sauerampfers Bett, du kannst im großen Zimmer schlafen, auf dem Sofa. Oder in der Kammer für die Dienstboten, da gibt es ein Bett.«

»Kann ich nicht im Studierzimmer schlafen?«

»Nein!«, fuhr Trix ihn an. »Wo denkst du hin! Sauerampfer hat mir strikt verboten, da auch nur einen Fuß reinzusetzen. Er hat gesagt, es gebe da drin jede Menge Restemanationen von Magie. Du schläfst als Mensch ein und wachst als Elf oder Minotaurus wieder auf.«

»Quatsch!«, sagte Ian. »Der will dir nur Angst machen. Gut, dann nehm ich die Kammer, das bin ich gewöhnt.«

Trix schnappte sich eine Kerze, Ian die andere. Die beiden tapsten durch den dunklen Flur, wünschten sich eine gute Nacht und trennten sich – Ian verschwand in der Kammer neben der Eingangstür, Trix im Schlafzimmer des Magiers, einem düsteren Raum, dafür aber mit einem breiten und weichen Bett. Nachdem er sich ausgezogen und die Kerze gelöscht hatte, stand er noch ein Weilchen am Fenster und atmete die kalte, frische Luft ein. Trotz des heißen Tages war die Nacht kühl. Durch die Bäume hindurch machte er Villen und sogar die Kuppel des Fürstenpalasts aus. Der Palast und die Straßen waren hell erleuchtet, winzige Punkte von Laternen bewegten sich hin und her, das rote Licht von Fackeln flackerte und ein magisches weißes Licht leuchtete um die Kuppel des Palasts herum. Ob das jede Nacht so war? Oder hatte der Regent Hass heute einen wichtigen Empfang, von dem die Gäste gerade erst nach Hause aufbrachen?

Seufzend legte sich Trix hin und zog die Decke bis an

die Ohren. Die Bettwäsche war einigermaßen sauber, wenn jemand darin geschlafen hatte, nur höchstens für ein, zwei Wochen. Auf Sauerampfers Nachthemd verzichtete Trix aber lieber. Morgen würde er Ian befehlen, Nachthemd wie Bettwäsche zu waschen. Er selbst würde zum Markt gehen und alles einkaufen, was Sauerampfer ihm aufgetragen hatte: Essen, Handtücher, Papier und Tinte, Duftkerzen, weißen und roten Wein, Seife für Hände und Haar, aromatische Salze fürs Bad …

Er war schon fast eingeschlafen, als er leise Schritte im Flur hörte. Trix hielt den Atem an. Die Schlafzimmertür quietschte.

Ian!

Wollte der schuftige Knappe ihn etwa ausrauben und wieder abhauen?

»Trix!«, rief Ian leise. »Trix, ich habe Angst! Da … da ist jemand!«

»Wo?«

»Im Stud… Studierzimmer.«

Trix' Müdigkeit war wie weggeblasen. Er sprang aus dem Bett und zog rasch seine Hosen an. Dann tastete er die Wand ab. Bei der Ankunft hatte er entdeckt, dass der große Magier Sauerampfer in seinem Schlafzimmer nicht bloß auf Magie vertraute, sondern obendrein einen ordentlichen Knüppel bereithielt, fast so einen, wie ihn auch die Wachposten hatten. Trix packte das elastische warme Gummiholz und schob sich die Lederschlaufe übers Handgelenk. Damit fühlte er sich schon sicherer. Diesen Schurken am Pier hatte er doch auch im Stockkampf besiegt! Indem er unwissentlich einen Zauber gewirkt hatte, der ihn zu einem guten Kämpfer gemacht hatte. Soweit er wusste, hielt so ein Zauber lange vor.

»Komm!«, befahl Trix. Seine Augen hatten sich bereits an die Dunkelheit gewöhnt, das Licht aus dem Fenster reichte ihm jetzt völlig, um sich zu orientieren. Wie er sah, war Ian nur im Hemd und barfuß.

»Erst habe ich gehört, dass jemand an der Pforte hantiert«, flüsterte Ian. »Ein Betrunkener, habe ich mir gesagt, halb so wild. Aber dann habe ich gehört, dass jemand im Studierzimmer ist … da waren leise Stimmen … Das ist die Magie, Ehrenwort! Das sind die Restimm…emonationen.«

»Das sind bestimmt nur Diebe«, sagte Trix unsicher. Sie schlichen ängstlich zur Tür des Studierzimmers. Es schien alles ruhig.

»Was ist mit dem Wachlicht?«, fragte Ian.

»Das … das haben sie gelöscht.«

»Nein, ich habe gesehen, wie es an meinem Fenster vorbeigeflogen ist, während es im Studierzimmer diese Geräusche gegeben hat …«

»Vielleicht hast du nur geträumt?«

Die Jungen blieben dicht nebeneinander stehen und lauschten in die nächtliche Stille. Natürlich ist es nachts in einem Haus nie ganz still. Draußen rascheln die Blätter an den Bäumen, durch die Ritzen pfeift der Wind, im Ofen knistern die erkalteten Kohlen, die vom Tag müden Dielen knarren leise, die Türangeln quietschen, in einer Ecke huscht eine Maus. Aber jetzt war es totenstill, wie auf einem Friedhof oder in einer Höhle.

»Da ist niemand!«, flüsterte Trix.

»Warum flüsterst du dann?«

»Dann ist es nicht so gruselig.«

»Vielleicht habe ich wirklich nur geträumt«, räumte Ian kleinlaut ein. »Komisch ist nur …«

Was genau nun komisch war, konnte er nicht mehr sagen. Im Studierzimmer klirrte und knisterte etwas. Plötzlich fiel grelles Licht unter der Tür hervor.

»Aah!«, schrie Ian aus vollem Hals.

»Aah!«, stimmte Trix ein, der genau wusste, dass es besser war, den Feind zu erschrecken, als selbst Angst zu zeigen, weshalb er auch noch mit dem Knüppel gegen die Tür schlug.

»Aah!«, antwortete es ihnen zweistimmig aus dem Studierzimmer.

Ermutigt von der Angst der ungebetenen Gäste, stieß Trix mit aller Kraft die Tür auf.

Auf Sauerampfers Schreibtisch brannte hell eine Öllampe. Daneben stand ein blonder Junge mit Schwefelhölzern, der etwas jünger war als Trix und fürstliche Kleidung in weißen und blauen Farben trug: Kniebundhosen, ein Spitzenhemd, einen runden Hut. Seinem Aussehen nach zu urteilen, war der Junge ein Page oder ein Hilfsdiener bei Hofe. Hinter ihm versteckte sich ein kleiner Junge mit schwarzem Haar, der verdreckt war und weit schlichter gekleidet – und obendrein ein guter Bekannter von Trix!

»Klaro!«, rief Trix. »Du?«

Der Junge mit dem allzu stolzen Namen Hallenberry, der den Spitznamen Klaro bevorzugte, machte den Mund zu.

»Klaro. Ich«, sagte er kleinlaut. »Was machst du denn hier?«

»Ich wohne hier«, brüllte Trix so selbstbewusst wie möglich. »Das ist das Haus meines … meines Lehrers. Ich kümmere mich darum. Und was machst du hier?«

Klaro sah seinen Gefährten flehend an. Der hielt noch immer das brennende Schwefelholz in der Hand, gerade erreichte das Feuer seine Finger. Der Junge quiekte, warf das Zündholz weg, trat es aus und lutschte gleichzeitig an seinem verbrannten Finger.

»Warum quiekst du wie ein Mädchen? War doch bloß der Finger!«, knurrte Ian verächtlich hinter Trix' Rücken. »Aber echt, ein Fürstendiener und steigt in fremde Häuser ein! Schämen solltest du dich! Wir rufen jetzt die Wache, dann lässt dich Hass im Pferdestall auspeitschen!«

Trix fing einen aufmerksamen Blick des blonden Jungen auf und geriet irgendwie in Verlegenheit. Er hatte den Eindruck, der Junge habe sich absichtlich verbrannt, um ein paar Sekunden herauszuschlagen und sich eine Antwort einfallen zu lassen.

»Sprich!«, befahl Trix. »Und du, Klaro, schweig! Offenbar habe ich einen Fehler gemacht, als ich dir am Pier geholfen habe! Die hätten dich ruhig vermöbeln sollen!«

»Er war es, klaro, der das Boot verkauft hat und dann den Jungen vom Markt besiegt hat«, sagte der Junge schnell, bevor er endgültig verstummte.

Der fürstliche Diener zog nun doch den Finger aus dem Mund und klopfte seinem Gefährten auf die Schulter. »Sei jetzt ruhig, Hallenberry«, sagte er. »Jungen, ich bitte euch um Verzeihung für mich und meinen Freund. Wir wussten nicht, dass in diesem Haus jemand lebt. Wir brauchten eine Unterkunft für die Nacht, morgen wären wir fortgegangen, ohne irgendeinen Schaden angerichtet zu haben.«

Trix schnaubte. Der Junge hatte eine sehr schöne Stimme, selbst wenn sie noch kindlich und zart klang. Und er sprach so manierlich, dass sofort klar war: Er war bei Hofe aufgewachsen.

»Wie kannst du es wagen, uns *Jungen* zu nennen!«, sagte er absichtlich grob. »Wer bist du überhaupt?«

»Ich bin Tien. Ich bin der Lehrling des Barden.« Der Junge nahm den Hut vom Kopf, um sich feierlich und mit abgespreizten Armen zu verbeugen.

Trix neigte daraufhin ebenfalls den Kopf. Wenn du vierzehn Jahre lang Etikette gebüffelt hast, reagierst du auf bestimmte Handlungen und Gesten automatisch.

»Es tut mir leid … edler Herr. Dürfte ich Euren Namen erfahren?«

»Trix.«

»Trix!« In Tiens Augen blitzte etwas auf. »Trix Solier, der Erbe des Co-Herzogs Rett Solier?«

»Ja«, gab Trix nach kurzem Zögern zu.

»Ich habe Euch erkannt, Eure Durchlaucht, Co-Herzog Trix Solier.« Tien verbeugte sich noch einmal, diesmal besonders tief. Aber auf die Knie ging er immer noch nicht. »Ich habe Euch während des Besuchs Eures ruhmreichen Vaters beim Regenten Hass gesehen.«

»Was bin ich schon für ein Co-Herzog?«, fragte Trix bitter. »Sator Gris hat mir den Thron genommen. Ich bin nur ein Waisenkind auf der Flucht … und ein Zauberlehrling … An dich kann ich mich übrigens nicht erinnern.«

»Wie sollte der edle Trix Solier sich auch an jeden Diener im Fürstentum Dillon erinnern?«, entgegnete Tien respektvoll. »Ich erinnere mich jedenfalls an Euch. Ihr wart sehr gut zu den Dienern und habt die Fürstentochter aufgeheitert, als sie traurig war.«

»Ach das«, winkte Trix ab. »Sie hat sich gelangweilt und war deshalb traurig. Jetzt sollte sie sich mal einmischen, wo Sator die Macht an sich gerissen hat!«

»Aber es regiert doch Hass«, sagte Tien finster. »Und der Regent Hass … sorgt sich nicht um Gerechtigkeit.«

»Um die sorgt sich niemand«, brummte Trix. »Gut, was machst du in meinem Haus, Barde? Versuch mich zu überzeugen, dass ich nicht die Wache rufe! Du hast zwei Minuten!«

Klaro fasste Tien an der Hand. »Vielleicht sollten wir …«, setzte er an.

»Schweig!«, unterbrach Tien ihn. »Edler Trix, verzeiht uns unser Eindringen. Die Sache ist die, dass ich den Regenten Hass gegen mich aufgebracht habe. Heute hat er eine Delegation der Vitamanten von den Kristallenen Inseln empfangen und während der Gespräche war ich zufällig in der Nähe … Ich verstehe die Sprache der Vitamanten, in der sie sich unterhalten haben …«

»Und?«

»Ich habe erfahren, dass der Regent Hass einen Verrat plant. Er will die Fürstentochter Tiana, deren Vormund er ist, dem Oberhaupt der Vitamanten geben, dem Zauberer Evykait. Dann wird das Fürstentum Hass zufallen und Evykait zur Herrscherfamilie gehören. Der König ist nicht mehr jung, und es heißt, dass er keine Kinder haben kann. Die Erben Evykaits und Tianas würden dann den Thron für sich beanspruchen.«

»Tiana? Sie ist doch selbst noch ein Kind, das mit Puppen spielt!«, rief Trix aus. »Obwohl … nein, sie ist natürlich gewachsen. Trotzdem … wenn die Vitamanten einen neuen Krieg anfangen … und sich den Thron nehmen … wird Hass auch untergehen. Begreift er das denn nicht?«

»Er ist alt«, sagte Tien traurig. »Tief in seinem Herzen ist er vermutlich nicht böse. Aber er will auf keinen Fall sterben. Und wenn die Vitamanten an der Macht sind und er ihnen treu dient, kann er noch wer weiß wie lange leben.

Hundert Jahre oder tausend. Evykait ist angeblich über siebenhundert Jahre alt!«

»Aber das ist Hochverrat!«, presste Trix heraus. »Das ist der übelste Verrat, den es je gab! Wie kann er nur? Hass ist doch ein Edelmann!«

»Alle wollen leben«, fiepte Klaro. »Papa sagt oft: Blut ist rot, sei es das des Aristokraten, sei es das des Bauern.«

Trix wandte sich Ian zu, der bisher kein Wort gesagt hatte. Sein Knappe starrte ihn mit weit aufgerissenen Augen an. »Was hast du?«

»Dann … dann stimmt es? Du bist der echte Trix?«

»Bist du wirklich so blöd, Ian? Baron Galan hat mich doch auch erkannt!«

»Gut … aber der Baron ist schlau. Er hat dich Trix genannt und mich …« Ian wurde rot. »Ich … Eure Durchlaucht! Wenn ich gewusst hätte, dass du der echte Trix bist, wäre ich nicht weggerannt!«

Trix machte eine wütende Handbewegung und wandte sich wieder Tien zu. Der wartete geduldig. »Da sitzt du wirklich in der Tinte, Barde«, sagte er. »Ein einfacher Mann darf sich nicht in eine Verschwörung einmischen. Warum hat der Regent dir nicht auf der Stelle die Kehle aufgeschlitzt?«

»Weil ich da schon weggerannt war. Ich habe dem Regenten erst einen Becher mit Honigwein über den Kopf gezogen, dann die Porzellanurne mit der Asche des großen Ritters Andronas und ihn am Ende noch mit vier Tellern beschmissen. Die waren aber aus Gold und sind nicht kaputtgegangen, die haben ihm nur ein paar blaue Flecke beschert. Der Regent ist in ein Zimmer geflohen und hat die Tür hinter sich verriegelt. Da, wo ich war, gab es einen geheimen Gang … in den Garten. Von dem weiß der Regent nichts.«

»Verstehe.« Trix nickte. »Deshalb sind auf dem Berg so viele Menschen mit Fackeln … Du hast Glück gehabt.«

»Stimmt«, sagte der Lehrling des Barden. »Hallenberry hat mir geholfen. Du brauchst ihn nicht anzugucken, als ob er noch ein Baby ist. Er ist ein guter Freund.«

Hallenberry, der sich inzwischen offenbar mit seinem heldenhaften Namen angefreundet hatte, lächelte, wurde aber gleich wieder ernst. Nun sahen beide, Tien und Hallenberry, Trix erwartungsvoll an.

Zu wissen, dass von deiner Entscheidung wirklich etwas abhängt, ist immer ein schönes Gefühl. Selbst in jenen glücklichen Zeiten, als Trix der rechtmäßige Erbe des Co-Herzogs Rett Solier war, hing von seinen Entscheidungen nämlich kaum etwas ab. Sicher, für die Kinder, die sich geprügelt oder einen Streich verzapft hatten und sich »zum Urteil« bei Trix einfinden mussten, war das alles sehr ernst. Da Trix einsah, dass ein Herrscher sowohl streng wie auch milde sein musste, gab er sich stets Mühe, alle Einzelheiten eines Falls zu erfassen, bevor er sein Urteil fällte. Aber selbst bei einem Fehlurteil war das Schlimmste, was hätte passieren können, dass ein Kind, das (diesmal) nicht ganz schuldig war, eine Tracht Prügel bezog.

Aber ein Pakt mit den Vitamanten? Hochverrat? Ein unglückliches Mädchen, das einem siebenhundert Jahre alten Greis zur Frau gegeben werden sollte? Trix runzelte die Stirn, als er an Tiana dachte. Etwas beunruhigte ihn … etwas Vages, Unverständliches …

»Wir müssen die Fürstin retten«, entschied er.

»Sie ist ein Mädchen, das ist nun mal ihr Schicksal!«, giftete Tien. Wahrscheinlich, dachte Trix, hat er sich in die Fürstin verguckt. Armer Kerl!

»Ja und?«, hielt Trix dagegen. »Sie ist ein Mädchen und sie ist in Not. Außerdem sind unsere Länder benachbart und Nachbarn müssen sich gegenseitig helfen. Wir müssen den König davon unterrichten. Und Tiana aus dem Schloss befreien.«

»Das ist nicht nötig«, sagte Tien.

»Warum nicht?«

»Also ... solange ich auf der Flucht bin, wird Hass nichts gegen sie unternehmen. Hilf mir nur, mich zu verstecken. Ich will mich zum König durchschlagen und ihm alles erzählen.«

»Feigling!« Wie konnte dieser nette Junge, der dem wütenden Hass so tapfer entflohen war und ihm sogar ein paar Veilchen verpasst hatte, sich bloß weigern, die Fürstin zu retten? »Abgesehen davon würde dich der König sowieso nicht anhören! Selbst mich, den Co-Herzog, würde er nicht ohne Weiteres anhören! Aber dich? Den Lehrling eines Barden. Alle Barden sind Lügner!«

»Das stimmt nicht«, sagte Hallenberry. »Mein Papa ist auch Barde! Und er ist kein Lügner! Klaro!«

»Alle Barden sind Lügner, außer deinem Papa.« Trix verzichtete großmütig auf einen Streit mit dem kleinen Tunichtgut. »Nein, Tien, so geht das nicht. Ich gewähre dir ... äh ... Obdach und Schutz. Und dann warten wir auf die Ankunft von meinem Lehrer, Magister Sauerampfer, und bitten ihn ...« Mit finsterem Blick verstummte er.

»Was ist?«, fragte Tien.

»Die Zauberer!«, brummte Trix. »Der Regent hat einen Haufen Zauberer. Die finden dich im Nu!«

Daraufhin zog Tien lächelnd ein Amulett unterm Hemd hervor, eine goldene Scheibe an einer feinen Kette. Die

Scheibe war gewebt, anders konnte man es nicht nennen, und zwar aus allerfeinstem Golddraht, der zu einem aparten Muster verschlungen war, vielleicht auch zu stilisierten Buchstaben.

»Ich habe ein Schutzamulett. Mich und diejenigen, die bei mir sind«, Tien zog Hallenberry an sich, und der Junge schaute wie eine Katze, die gestreichelt wird, »kann man auf magische Weise nicht finden. Wie hätten wir es sonst überhaupt aus dem Palast schaffen sollen?«

»Oder an dem Wachlicht vorbeikommen? Klaro!«, sagte Hallenberry. »Wir haben mit Absicht ein Haus ausgesucht, vor dem ein Wachlicht war.«

»Woher hast du das ... dieses ...?« Trix konnte den Blick nicht von dem Amulett lösen. »Das ist ein teures Stück!«

»Ich habe es ihr gestohlen. Der Fürstin.« Tien zuckte mit den Achseln. »Was hatte ich schon zu verlieren?«

»Du schreckst wirklich vor nichts zurück! Aber was, wenn in dem Amulett ein Wachzauber eingebaut gewesen wäre? Der dafür gesorgt hätte, dass einem Dieb die Hände zu Staub zerfallen? Lässt du es mich mal ansehen?«

»Nein.« Tien steckte das Amulett rasch unters Hemd zurück.

»Soll ich es ihm abnehmen?«, fragte Ian. »Erst bittet er um Hilfe und dann spielt er sich so auf!«

Der kleine Hallenberry trat mit geballten Fäusten vor, als wolle er seinen Freund verteidigen, auch wenn er keine Chance hatte.

»Wenn ich es Euch gebe, finden mich die Magier sofort!«, sagte Tien. »Verlangt es also bitte nicht!«

Trix wusste, dass Tien die Wahrheit sagte. »Wenn ihr keine Angst habt«, sagte er, »dann könnt ihr hier schlafen, im Studierzimmer. Aber ihr dürft morgen früh nirgendwo hingehen. Ihr werdet in der ganzen Stadt gesucht.«

»Klaro. Aber weshalb werde ich gesucht?«, fragte Hallenberry verwundert. »Von mir weiß niemand was. Klaro, wer braucht mich denn schon?«

»Das lässt sich ändern«, sagte Trix. »Der Pferdestall muss nämlich ausgemistet werden. Also, sind wir uns einig?«

»Was geht denn hier vor?«, erklang es da empört an Trix' Ohr. »Hat man Töne!«

Trix drehte sich um und blickte Annette finster an. »Hör auf zu schimpfen! Das sind ... unsere Gäste. Sie stehen unter meinem Schutz.«

»Gäste?«, fragte die Fee giftig. »Schöne Gäste! Deine treue Fee braucht sich nur einmal eine Minute zu entfernen, ein wenig mit ihren Freundinnen im Mondlicht zu tanzen, und schon holst du dir ein Mädchen ins Haus und springst halb nackt vor ihr herum! Schämen solltest du dich!«

»Was für ein Mädchen?«, fragte Trix verwirrt.

»Mach mal deine Augen auf! Ha, ha, ha!« Die Fee stieß ein dämonisches Lachen aus. Leider war ihre Stimme zu schwach, als dass es den gewünschten Effekt gehabt hätte. »Willst du etwa behaupten, du kannst ein Mädchen, das Hosen und ein Hemd trägt, nicht von einem Jungen unterscheiden?«

»Das liegt an den magischen Emonatien«, stöhnte Ian und formte mit dem Daumen und dem Zeigefinger der linken Hand rasch einen Ring, um sich gegen den bösen Blick zu schützen. »Was für ein Unglück! Erst war er ein Junge, jetzt ist er ein Mädchen!«

Trix sah die Fee an.

Dann Tien.

Dann stieß er Ian in die Seite, ließ sich auf ein Knie nieder, wie es sich für einen Ritter gehört, und sagte: »Eure Hoheit, Fürstin Tiana, verzeiht Eurem unwürdigen Diener die respektlosen Worte und sein Verhalten. Verfügt über mein Leben!«

Der Lehrling des Barden beobachtete ihn neugierig und seufzte. »Steht auf, Eure Durchlaucht, edler Co-Herzog Trix«, sagte Fürstin Tiana schließlich. »Ich und mein illegitimer Bruder Hallenberry überlassen uns Eurem edlen Schutz.«

Die Fee schwieg und schlug mit den Flügeln. Ian schluckte geräuschvoll und versuchte, sein Hemd bis zu den Knien hinunterzuziehen.

Trix biss sich auf die Lippe. Wo waren nur seine Augen gewesen? Jungenkleidung und kurze Haare (jetzt sah Trix auch, dass die Haare von einer unerfahrenen Hand hastig und ungleichmäßig geschnitten waren) – und schon erkannte er die Fürstin nicht mehr!

»Ich habe große Angst, Trix«, sagte die Fürstin und ihre Stimme klang mit einem Mal kläglich und erschreckt. »Sehr große. Alles, was ich dir von Hass und den Vitamanten erzählt habe, ist wahr. Du wirst mich doch beschützen, oder?«

3. Kapitel

Wenn du noch jung bist, aber beim Anblick dummer Mädchen schon nicht mehr das Gesicht verziehst, wenn du von klein auf weißt, dass du ein edler Ritter wirst, wenn du voller Begeisterung in den alten Chroniken über die Heldentaten gelesen hast, die um schöner Damen willen vollbracht wurden, dann weißt du, was Trix empfand, als er früh am Morgen Radion Sauerampfers Haus verließ.

Fürstin Tiana schlief noch süß und selig (Trix hatte ihr das Bett des Zauberers überlassen und die Nacht auf dem Sofa im Studierzimmer verbracht, die Gefahren der magischen Emanationen tapfer ignorierend), als Trix und Ian zum Markt aufbrachen. Hallenberry stand gähnend und mit gerunzelter Stirn in der Tür, auf seiner Schulter saß die Fee Annette. Trix erteilte ihm die letzten Befehle: »Geht nirgendwo hin! Ihr habt Wasser, der Eimer im Abort ist sauber. Macht niemandem auf! Nur mir!« Nach einem Blick auf seinen Knappen fügte er noch hinzu: »Und Ian. Schiebt alle Riegel vor!«

»Hör mal, ich bin kein kleiner Junge mehr«, sagte Hallenberry eingeschnappt. »Ich habe Tiana geholfen, aus dem Palast zu entkommen!«

Trix ging gar nicht auf ihn ein. »Wir sind bald wieder da. Wir kaufen alles, was wir brauchen, und kommen sofort zurück. Schlaft einfach noch eine Weile!«

»Klaro, wir schlafen! Was, wenn dein Magier kommt?«

»Der kommt nicht. Der hatte gestern mit Freunden ein Symposium. Vermutlich ging es die ganze Nacht durch. Er wird bis Mittag schlafen, vielleicht sogar bis zum Abend. Der kommt erst morgen.«

»Was ist ein Symposium?«

»Ein Essen mit Freunden. Sie trinken Wein, essen und reden.«

»Klaro. Dann hat mein Vater jeden Abend ein Symposium«, sagte Hallenberry.

»Dein Vater? Tiana hat doch gesagt, du bist ihr Bruder … na ja, ihr Stiefbruder.«

»Das stimmt auch«, sagte Hallenberry. »Meine Mama war beim alten Fürsten Zimmermädchen. Aber das zählt doch nicht, oder? Ich habe den Fürsten nur ein einziges Mal gesehen. Man wollte mich auspeitschen, weil ich im Garten ein paar Erdbeeren gegessen hatte, aber als der Fürst das gesehen hat, hat er gesagt, dass man mich nicht schlagen darf. Das war's.«

Trix nickte und zerzauste Hallenberry ungeschickt das Haar. Ihm fiel plötzlich ein, wie einige Dienerinnen, die einen dicken Bauch bekamen, vom Schloss in irgendein Provinzstädtchen gebracht wurden. Einmal hatte sogar sein Vater höchstpersönlich einer solchen Dienerin einen prallen Beutel gegeben und ihr gewünscht, sie möge neben dem dicken Bauch auch einen guten Mann bekommen.

Wahrscheinlich zählte das wirklich nicht.

Trotzdem wurde er mit einem Mal traurig und empfand Verlegenheit gegenüber Hallenberry. »Geh wieder ins Bett!«, sagte er barsch. »Und vergiss nicht abzuschließen!«

»Mein Liebster, nimm mich mit!«, verlangte die Fee,

wobei sie Trix einen verliebten Blick zuwarf. »Sonst vergehe ich vor Sehnsucht.«

»Nein«, antwortete Trix energisch. »Feen gehen nicht auf den Markt. Das wär ja dann der reinste Zirkus!«

Annette schnappte ein, sagte aber kein Wort.

Ian und Trix spannten das Pferd an, das sich offenbar auf Bewegung freute, und machten sich durch die morgendliche Kälte auf zum Markt.

»Der hat's gut!«, bemerkte Ian. »Stell dir das mal vor, der Sohn von einem alten Barden – und in Wahrheit ist er von edlem Stand!«

»Was soll daran gut sein?«, fragte Trix. »Dass er für ein paar Erdbeeren nicht ausgepeitscht wird?«

»Unter anderem«, antwortete Ian im Ton eines Mannes, der weiß, wovon er spricht. »Das ist nicht zu unterschätzen! Außerdem bricht sich edles Blut am Ende immer Bahn!«

»Klar! Durch das Loch, das dir ein Dolch in den Bauch gebohrt hat! Es wäre viel besser, er würde jetzt in einem Garten sitzen, Erdbeeren essen und sich nicht vor den Wachposten verstecken müssen.«

»Die Erdbeerzeit ist schon vorbei«, sagte Ian seufzend. »Schade, ich mag Erdbeeren.«

»Du verstehst überhaupt nichts«, entgegnete Trix. »Ich habe mir gerade vorgestellt, dass ich vielleicht auch … Das Ganze ist doch ungerecht.«

»Dass du jede Menge Stiefgeschwister hast?«, riet Ian. »Wahrscheinlich hast du die sogar. Aber denen hat man den Thron nicht weggenommen und die wurden auch nicht eingekerkert. Wenig Ehr, wenig Beschwer.« Er schob eine Hand unters Hemd und kratzte sich genüsslich. »Ich glaube, dein Zauberer hat Wanzen. Wir müssen Samarschaner Pulver kaufen. Niemand macht besseres Wanzenpulver als die Leute im Süden.«

Während sie sich unterhielten, verging die Zeit wie im Flug. Schon bald hatten sie den Marktplatz erreicht, wo es trotz der frühen Stunde bereits von Menschen wimmelte. Trix ließ Ian auf den Wagen aufpassen und machte sich, bewaffnet mit der Einkaufsliste, an die Einkäufe. Die Kupferlinge verließen seine Taschen und auf dem Wagen entstand nach und nach ein ganzer Berg: Schweine- und Kalbfleisch; Weizen- und Roggenbrot; Wurst und Käse; einfaches und aromatisiertes Olivenöl; Gurken und Tomaten in Salzlauge; schwarzer, grüner und roter Tee; normaler und Bergkaffee, der gut für die magische Konzentration ist; roter Würfelzucker und brauner Kristallzucker; süßer Weißwein, trockener Rotwein, scharfer Anisschnaps und Branntwein; schwarze Seife für die Wäsche, wohlriechende Seife für Hände und Gesicht und flüssige Seife für Kopf und Bart; Duftstäbchen, Duftpyramiden, Duftpuder für die Achseln und Duftcreme für den Wagen, damit er nicht so stark nach Pferdeschweiß stank; Handtücher und Leinenlaken; Schreibpapier, bunte Tinte in kleinen Fläschchen, Silberstifte und Gänse- und Flamingofedern; Porzellan- und Tonteller …

Die Einkaufsliste ließ darauf schließen, dass der weise Radion Sauerampfer entweder für lange Zeit nach Dillon kommen wollte oder hier eine Einrichtung für den Turm zusammenkaufte. Trix fing Feuer. Er hatte noch nie so viele unterschiedliche Dinge allein eingekauft. Und auch so prall gefüllte Taschen hatte er noch nie gehabt. Doch die Kupferlinge zweifelhaften Ursprungs schwanden rasch und wanderten zu den Händlern, um sich von dort auf ihre Reise als Wechselgeld durch die ganze Stadt zu machen. Tief in seiner

Seele wusste Trix, dass sein Verhalten nicht anständig war – aber das Einkaufen berauschte ihn regelrecht. Aus eigener Initiative besorgte er noch süße Früchte und Limonenwasser für Tiana (wer wusste denn, was sie zu Frühstück und Mittag gewöhnt war?). Am Ende erwarb er, von der eigenen Kühnheit hingerissen, bei einer Blumenhändlerin einen Strauß kleiner schneeweißer Rosen, welche die Reinheit seiner Absichten und tiefe Ergebenheit symbolisierten. Die Händlerin, eine ältere dicke Frau, zwinkerte Trix verschwörerisch zu und kniff ihn in die Wange, worauf ihm die Röte in selbige schoss.

Mit den Blumen in der Hand kehrte Trix zum Wagen zurück, wobei er darüber nachgrübelte, wie er auf die spöttischen Bemerkungen reagieren sollte, mit denen er bei Ian rechnen musste. Plötzlich sah er neben dem Wagen drei Wachposten und einen Ritter. Er blieb wie angewurzelt zwischen den wohlriechenden Ständen stehen. Ian, nur noch ein Häufchen Unglück, erklärte etwas, indem er hilflos mit den Armen gestikulierte.

Wahrscheinlich war das eine reine Routinekontrolle, der die Wachleute betrunkene Händler, Unbekannte mit verdächtigem Äußeren oder einen Jungen mit einem allzu reich beladenen Wagen unterzogen. Das brauchte überhaupt nichts zu besagen, außer vielleicht, dass er, Trix, sich von ein, zwei Münzen trennen musste. Und von denen hatte er ja noch immer genug. Sogar mehr als genug …

Wie froh wäre Trix jetzt über einen kleinen Dieb gewesen, der ihn mit einer geschickten Bewegung um die für einen Zauberlehrling verbotenen Münzen erleichterte! Aber die eine Tasche war immer noch so rund, dass kein Dieb auf die Idee kommen würde, es könne sich dabei um Geld handeln.

Nein, sicher waren das Steine zum Spielen, eine Vogelpfeife, ein Taschenmesser, ein toter Vogel an einer Schnur und ein entsetzlich schmutziges Taschentuch!

Kurz spielte Trix mit dem Gedanken, das Geld auf den Boden fallen zu lassen, aber das wäre natürlich das Dümmste, was er hätte tun können. Das Klimpern würde nicht unbemerkt bleiben, und jemand, der auf diese Weise mit Geld um sich warf, war garantiert ein Dieb, der befürchtete aufzufliegen!

In dem Moment fing Trix den Blick eines Händlers auf, eines hageren, von heißen Südwinden gegerbten Mannes. Einer von denen, die ihre Duftwaren selbst hierhergebracht hatten, um sie eigenhändig zu verkaufen, sei es aus Sparsamkeit, sei es aus Neugier. Vor einer halben Stunde hatte Trix bei ihm Duftkerzen gekauft. Dabei war dem Mann bestimmt aufgefallen, wie sorglos er, Trix, sich von seinem Geld getrennt hatte …

Jetzt starrte der Händler auf die Blumen. Dann zwinkerte er Trix zu und winkte ihn heran. Mit zitternden Knien ging Trix zu ihm.

»Eine Herzensfreundin?«, fragte der Händler. »Opferst du deine Ersparnisse und willst die Dame zu dir einladen?«

Vorsichtshalber nickte Trix.

Der Händler sah sich um. »Ich habe da ein Elixier von den Grauen Bergen, junger Mann«, raunte er Trix zu. »Es ist ein bisschen verboten … aber du bist ja kein Angsthase, oder? Nur ein Flakon auf eine Flasche Wein …« Er stockte, sah Trix prüfend an und fuhr dann fort: »… oder auf einen Krug Limonade. Und diejenige, der du dieses Getränk gibst, wird für immer die Deine sein.«

»Für immer?«, fragte Trix und vergaß sogar die Wache.

»Also … zwei, drei Monate mindestens. Mehr ist auch nicht nötig, das kannst du einem erfahrenen Mann glauben«, sagte der Händler und kicherte. »Du solltest dir nicht allzu früh Fesseln anlegen, junger Mann.«

»Stimmt, das würde ich nicht wollen«, gab Trix zu. »Wie viel?«

»Viel«, antwortete der Händler. »Drei Goldstücke.«

Trix drückte ihm schweigend alle Kupferlinge in die Hand. »Ich habe meinen Spartopf zerschlagen«, sagte er. »Das reicht doch, oder?«

»Nicht ganz, aber das macht nichts«, erwiderte der Händler rasch und gab ihm eine kleine Flasche aus blauem Glas. Für das Geld hätte Trix durchaus mehr als eine Flasche zugestanden – aber wann wäre einem Händler je dergleichen über die Lippen gekommen? »Einen erfolgreichen Abend, mein Junge! Du kannst auch etwas davon auf die Blumen träufeln, um zusammen mit der Dame den Duft einzuatmen!«

Nachdem Trix das kompromittierende Kupfer losgeworden war, steuerte er schon selbstbewusster auf den Wagen zu. Bei seinem Anblick hellte sich Ians Miene auf. »Da kommt er ja!«, rief er erleichtert.

Die Wachposten und der Ritter drehten sich Trix zu. Selbst das Pferd des Ritters zeigte ein gewisses Interesse.

»Was ist passiert, verehrte Wache?«, fragte Trix, denn Angriff war nun mal die beste Verteidigung – von Flucht abgesehen natürlich.

»Deiner?«, fragte ein Wachposten, der das Zeichen des Anführers am Ärmel trug, und deutete auf den Wagen.

»Von meinem Herrn.«

»Und wer ist das?«

Zu lügen wäre gefährlich. Ein erfahrener Wachposten spürt eine Lüge sofort.

»Der Magister der Magie Radion Sauerampfer aus Bossgard. Heute«, nun entschied sich Trix doch für einen leichten Verstoß gegen die Wahrheit, »beabsichtigt mein Lehrer, Dillon mit einem Besuch zu beehren, um auf einem Symposium die jüngsten Forschungen im Bereich der Magie zu erörtern. Ich bin vorausgeschickt worden, um des Magisters Haus in der Kirschstraße für seine Ankunft vorzubereiten.«

Der Wachposten, der daran gewöhnt war, dass man den Leuten jedes einzelne Wort mit der Kneifzange aus der Nase ziehen musste, ließ sich das Gesagte durch den Kopf gehen. »Dann bist du ein Zauberlehrling?«, wollte er wissen.

»Mein Name ist Trix. Ich stehe noch am Anfang des endlosen Weges der Erkenntnis«, antwortete Trix bescheiden, wie es sich für einen Schüler ziemt.

Darauf wurden die Wachposten sofort höflicher. Ein Zauberer, selbst ein Anfänger, war nun mal nicht irgendein Geselle oder Kleinhändler. Dass er dich nur *aus Versehen* in eine Kröte verwandelte oder dich nur mit einer *nicht glühend heißen* Feuerkugel verbrannte, machte die Sache nämlich keineswegs angenehmer.

»Du bist also der Lehrling. Und er?« Der Wachposten wies mit dem Finger auf Ian.

»Er ist unser Diener. Es ist nicht Sache eines Zauberlehrlings, das Pferd zu striegeln und das Spülwasser hinauszutragen«, sagte Trix.

»Halt die Augen offen, Herr Zauberlehrling.« Der Ton des Wachpostens war nun die Höflichkeit selbst. »Die Hauptstadt ist nicht euer Krähwinkel, hier wimmelt es von Taschendieben, Verbrechern und Gaunern.«

»Um die wir uns natürlich kümmern!«, mischte sich ein anderer Wachposten ein.

Trix nickte höflich. Der Kelch war an ihm vorübergegangen.

»Und womit bezahlt der verehrte Zauberlehrling?«, wollte der Ritter plötzlich wissen.

»Mit Silber«, antwortete Trix mit fester Stimme.

Obwohl der Ritter das Visier seines Helms heruntergelassen hatte, spürte Trix, wie der Mann ihn aufmerksam und misstrauisch musterte.

»Glauben wir dir das mal. Sag mal, Trix, dir ist nicht zufällig auf dem Markt oder an einem anderen Ort ein junges Mädchen begegnet, das in etwa dein Alter hat? Schlank, blond und mit blauen Augen?«

»Hier sind viele Mädchen«, antwortete Trix. »Auch blonde. Vielleicht ist mir eins begegnet, nur habe ich keine Zeit, mich nach Mädchen umzusehen.«

»Ein schöner Strauß«, sagte der Ritter da. »Ist der etwa für deinen Lehrer?« Die Wachposten lachten schallend.

»Der Magister Sauerampfer achtet strikt auf Reinlichkeit«, entgegnete Trix. »Er verlangt, dass am Abort immer Blumen stehen, die einen angenehmen Geruch verströmen.«

»Ein lobenswerter Zug bei einem Zauberer!«, sagte der Ritter ironisch. »Und ein lobenswerter Eifer bei einem Lehrling. Nun denn, junger Zauberer, viel Glück. Und wenn du ein Mädchen triffst, auf das meine Beschreibung zutrifft, melde es sofort der Wache! Es ist die Tochter eines angesehenen Aristokraten, die jedoch an Gedächtnislücken und krankhafter Fantasie leidet. Sie ist ihren Kinderfrauen entwischt. Die Wache setzt alles daran, das arme Ding wieder nach Hause zu bringen.«

»Sie kann einem wirklich leidtun«, erwiderte Trix, »so gefährlich, wie es heute für eine junge Dame auf den Straßen ist ... ungeachtet aller Bemühungen der Wache. Ich werde die Augen ganz gewiss offen halten!«

Der Ritter nickte, was in Rüstung nicht ganz einfach war. Dann kramte er in seiner Gürteltasche und warf Trix einen Silberling hin. »Ich möchte dich um etwas bitten, junger Zauberer. Ich kenne Radion Sauerampfer und hätte ihn gern getroffen, aber Geschäfte rufen mich weiter. Sei so gut und kaufe ihm den Samarschaner Bittersud, der aus den Wurzeln der Kalis und den Blättern der Selsiba gewonnen wird. Den wusste er immer zu schätzen. Sag ihm, es sei von einem alten Freund von der Schwarzen Anfurt.«

»Danke«, sagte Trix. »Das mache ich sofort.«

Der Ritter drehte sich um und stürmte auf seinem Pferd durch die Menge davon. Die Wache folgte ihm.

»Der gefällt mir nicht«, flüsterte Ian Trix zu. »Mich hat er auch nach dem Mädchen gefragt. Damit meint er doch ...«

»Pst!«, zischte Trix.

»Der Silberling ist echt?«

Trix sah die Münze aufmerksam an. »Wenn er falsch ist, ist er nicht schlechter als ein echter. Ich laufe gleich mal zu den Samarschaner Kaufleuten ...«

Es war nicht einfach, den Sud aus Kaliswurzeln und Selsibablättern zu finden. Einige Händler schüttelten bloß den Kopf, andere lachten und schickten den Jungen weiter. Trix lief die ganze Reihe ab, bis er endlich einen Händler fand, der aus einer Truhe einen kleinen Tonkrug holte. »Denk dran«, ermahnte er ihn, »nicht mehr als drei Löffel auf einmal.«

Leicht verwirrt durch diese Warnung, trennte sich Trix von dem Silberling (der Händler schnaufte mehrmals, reckte die Hände zum Himmel und forderte mehr – bis er sich überzeugt hatte, dass der Junge wirklich kein Geld mehr hatte). Als Trix wieder bei Ian war, half er ihm, die Einkäufe sicher zu verstauen, dann schlängelten sie sich durch die Menge. Die Sonne brannte bereits.

»Also, ich bin gern Diener eines Zauberers«, erklärte Ian. »Was wir alles eingekauft haben! Und dieses Abenteuer mit ...«

»Pst!«

»Mit dem Lehrling des Barden«, raunte Ian geheimniskrämerisch. »Hältst du mich für so dumm? Also, wenn du mich fragst, ich liebe Abenteuer. Nur gut müssen sie ausgehen.«

»Nur dann sind es überhaupt Abenteuer. Wenn es schlecht ausgeht, spricht man von Desaster.«

Erst eine Stunde später (die Straßen waren inzwischen voll von Menschen) erreichten Trix und Ian Sauerampfers Haus. Schon von Weitem witterte Trix Unheil: Die Pforte stand offen und schwankte im Wind, vor dem Zaun hatte sich eine kleine Menge versammelt, zwei, drei Dienerinnen, die vom Markt zurückgekehrt waren, einige Rotzbengel und ein kräftiger, dunkelhäutiger Mann (offenbar mit einem Schuss Samarschaner Blut in den Adern), der gut gekleidet war und eine Pfeife rauchte.

Er trat vor, sobald sich der Wagen näherte, und sah die Jungen durchdringend an. »Du wohnst hier?«, wandte er sich an Trix.

»Ja.« Trix wollte lieber nicht lügen.

»Wessen Haus ist das?«

»Das vom Zauberer Radion Sauerampfer.«

»Und du bist?«

»Trix, der Schüler Radion Sauerampfers. Ich bin gestern

Abend gekommen, um das Haus für die Ankunft von Herrn Sauerampfer vorzubereiten.«

»Ich will hoffen, dass du nicht lügst ... Trix«, sagte er schon freundlicher. »Ich bin Adhan, der Viertelvorsteher.«

Was das war, wusste Trix nicht, denn im Co-Herzogtum gab es ein solches Amt nicht. Trotzdem nickte er höflich.

»Und wen hast du da dabei?« Adhan sah Ian an.

»Einen Diener.«

»Wenn du das nächste Mal weggehst, lass deinen Diener zu Haus. Bei euch wurde nämlich eingebrochen.«

»Was?«, fragte Trix erschrocken. »Aber ...«

»Ihr habt Glück gehabt, dass die Wache gerade in der Nähe war«, fuhr Adhan fort. »Sie haben den Dieb bemerkt, ihn geschnappt und abgeführt.«

»Aber wir haben doch ein Wachlicht!«, rief Trix.

»Und der Dieb hatte ein Amulett dagegen. Heutzutage geht ja nichts mehr ohne Magie!« Adhan spuckte aus. »Der Ritter musste dein Licht mit seinem Schwert zerschlagen, dabei ist ihm seine ganze Rüstung verrußt.«

»Bei der Wache war ein Ritter?«, mischte sich Ian ein.

»Weiß dein Diener nicht, was sich gehört?«, empörte sich Adhan. Da er im Grunde aber gern antworten wollte, machte er das auch, schaute dabei jedoch nur Trix an. »Ja, die Wache hatte einen Ritter dabei, sonst wären sie nämlich nicht mit dem Feuer fertig geworden. Wenn dein Lehrer kommt, bitte ihn, bei Adhan vorzusprechen. Große Taten und gelehrte Forschungen halten den Magister Sauerampfer nun schon seit über zwei Jahren davon ab, die Grundsteuer zu bezahlen und seinen Beitrag für den Unterhalt der Wache zu entrichten. Wie du aber selbst siehst, leben wir in unruhigen Zeiten ...«

»Wohin wurden die Diebe denn gebracht?«, erkundigte sich Trix.

»Der Dieb, er war allein. Sah eigentlich ganz manierlich aus, der junge Mann. In den Palast. Wahrscheinlich ist er der Sohnemann von einem Adligen. Der braucht dann nur Papas Namen zu nennen und schon entgeht er dem Arrest. Mit ein paar Dutzend Peitschenschlägen wird er davonkommen. Während ein einfacher Dieb in den Minen gelandet wäre!«, polterte Adhan.

»Komm!« Trix zog Ian hinter sich her. »Vielen Dank, Herr Viertelvorsteher.«

Als sie den Wagen in den Garten brachten, kamen sie an einem schwarzen Fleck vorbei – das war alles, was von dem Wachlicht übrig geblieben war. Trix warf Ian die Zügel zu.

»Spann das Pferd aus und bring es in den Stall! Anschließend trägst du unsere Einkäufe ins Haus! Aber nur bis in die Diele!«

»Aber …«, wunderte sich Ian. »Was …«

»Wenn etwas fehlt«, Trix schielte auf die Gaffer, »peitscht Sauerampfer mich aus. Und ich dich.«

Damit verschwand er im Haus – dessen Tür sperrangelweit offen stand.

Im Innern war alles still. Nichts zeugte von dem Besuch der Wache, weder schmutzige Stiefelspuren auf dem Fußboden noch mit einem gezielten Tritt umgestoßene Stühle, zerschlagene Vasen oder Kraftausdrücke und unanständige Zeichnungen an den Wänden. Auf den ersten Blick schien noch nicht einmal etwas gestohlen, selbst die zwei teuren Kerzenhalter standen wie gehabt auf dem Kamin im Wohnzimmer, die edle Statuette aus weißem Marmor, eine Kopie des berühmten Denkmals der Lady Codiva, nur etwas freier ausgeführt, fand sich an ihrem Platz. Anscheinend musste die Wache gegenüber dem Zauberer einen für sie ganz und gar unüblichen Respekt hegen.

Trix sah sich aufmerksam um. Er schluckte den Kloß in seiner Kehle hinunter und zwang sich, energisch, tapfer und unsentimental zu sein.

Er hatte Ian mit gutem Grund befohlen, nicht ins Haus zu kommen, schließlich konnten ihn hier die grauenvollsten Szenen erwarten. Trix hatte da einen gewissen Verdacht.

Die Wachleute hatten nur einen »Dieb« abgeführt, nur die Fürstin Tiana. Hallenberry musste also noch hier sein. Und da war es ja wohl nicht schwer zu erraten, was aus dem kühnen Jungen geworden war, der für seine Fürstin und Stiefschwester eingetreten war.

»Hauptsache, nicht mit dem Schwert!«, murmelte Trix. Wenn nämlich das Blut eines unschuldigen Kindes vergossen wird, stöhnt sein Geist noch lange des Nachts im Haus. Das würde Sauerampfer gar nicht gefallen!

Doch im Wohnzimmer gab es keine Spur von Hallenberry. Auch in der Kammer für die Dienstboten fand sich kein zerhackter oder totgeprügelter Körper, ebenso wenig im Schlafzimmer des Magiers, im Studierzimmer, in der Küche oder in dem windschiefen Anbau, in dem die Blechwanne zum Baden stand. Dort entdeckte Trix allerdings eine weitere Tür, hinter der ein Abort lag, den er gestern übersehen hatte. In der Hauptstadt war es sehr in Mode, ans Haus eine Toilette anzubauen, damit man im Winter nicht durch den Frost laufen musste. Er hielt den Atem an und verzog angeekelt das Gesicht, als er in das Loch spähte – von diesen Mistkerlen war ja alles zu erwarten! –, aber die stinkende Grube erwies sich als leer.

Nachdenklich kehrte Trix ins Wohnzimmer zurück. Im Flur schnaufte Ian beleidigt beim Abladen der Einkäufe, kam aber nicht ins Zimmer.

»Hallenberry!«, rief Trix.

Stille.

»Annette!«

Kein Ton.

Noch einmal durchstreifte Trix das Haus, öffnete systematisch alle Schränke und spähte in jede Ritze, in die der magere, siebenjährige Junge gekrochen sein könnte.

In der Küche hatte Trix endlich Glück. Er öffnete den unteren Teil des Küchenschranks (obwohl sich darin eigentlich nur ein dicker Kater verstecken konnte) und vernahm ein erschrockenes Fiepen. Er ging in die Hocke – und fand sich Auge in Auge mit Hallenberry wieder, der im Schrank saß, an die Rückwand gepresst und die Arme um die Knie geschlungen. Auf seiner Schulter hockte die Fee Annette, die sich mit ihren kleinen Händen die Augen zuhielt. Der Junge sah Trix ängstlich an und kaute etwas.

»Was isst du?«, fragte Trix.

»Gummibonbons«, murmelte Hallenberry mit vollem Mund. Er schluckte und sagte: »Hier lagen welche. Apfelgeschmack.«

»Na, da hat sich dein Aufenthalt hier ja gelohnt!«

»Ich habe die nur gegessen, um mehr Platz zu haben!« Hallenberry versuchte, aus dem Schrank zu krabbeln. »Hilfst du mir mal, klaro?«

Annette nahm nun auch eine Hand von den Augen und lugte zu Trix hoch, um dann mit einem freudigen Piepser aus dem Büfett zu fliegen und eine Pirouette in der Luft zu drehen. Trix packte Hallenberry an den bonbonverklebten

Händen und zog ihn aus dem Schrank wie einen Korken aus der Flasche. »Wer hat dich bloß da reingequetscht?«

»Ich selbst!«, antwortete Hallenberry beleidigt. »Ich hatte so große Angst.«

»Wo ist Tiana?«, rief Trix. »Wo ist die Fürstin?«

Entweder klang Trix' Ton sehr bedrohlich oder Hallenberry fiel alles wieder ein – jedenfalls liefen plötzlich Tränen über sein von Bonbons und Spinnenweben verschmiertes Gesicht. »Sie haben sie mitgenommen!«, jammerte er. »Der Magier der Vitamanten hat sie mitgenommen!«

»Was für ein Magier?«, fragte Trix. »Heul nicht! Antworte!«

Stattdessen stieß Hallenberry einen markerschütternden Schrei aus und stierte angsterfüllt hinter Trix.

»So, ist alles im Haus!« Ian, der es vor Neugier nicht mehr ausgehalten hatte, schaute zur Küche herein. Mit einem Blick erfasste er die Situation, sprang zu Hallenberry und zog ihn zur Schüssel mit dem Abwaschwasser. Mit einigen geschickten Bewegungen wusch er ihm das Gesicht und trocknete es mit einem gebrauchten Küchenhandtuch ab. Das Geschrei und der Tränenfluss hörten wie durch Zauberei auf.

»Woher kannst du das?«, fragte Trix erstaunt.

»Im Kinderheim musste ich mich dauernd um die Kleinen kümmern«, sagte Ian. »Putz dir die Nase!«

Hallenberry putzte sich die Nase mit dem Handtuch. »Ich weiß nicht, was für ein Magier«, sagte er dann. »Tiana hat aus dem Fenster gesehen und gesagt, dass der Magier mit der Wache kommt. Sie hat mir befohlen, mich zu verstecken. Ich hatte furchtbare Angst. Er hat das Licht zertrümmert und die Tür eingetreten und ist hereingestürmt. Da habe ich mich in der Küche versteckt …«

»Mein Liebling, darf ich das vielleicht erzählen?« Annette schwirrte auf der Höhe von Trix' Gesicht in der Luft. »Der Junge hatte wirklich Panik.«

»Und du?«

»Ich? Ich wäre beinahe vor Angst gestorben! Das war ein Kampfmagier der Vitamanten! Ein sehr starker, der trug sogar eine Rüstung! Zauberer mögen sonst keine Panzer! Aber der bringt eine Fee um, ohne mit der Wimper zu zucken!«

»Ist er wegen Tiana gekommen?«

»Sicher«, sagte Annette nicht allzu betroffen. »Kaum hatte er die Tür eingeschlagen, stand er auch schon im Raum. Die Fürstin hat sich gar nicht erst versteckt. Vielleicht weil es sinnlos gewesen wäre, vielleicht weil sie den Jungen retten wollte. Der Vitamant sagt: ›Guten Tag, Fürstin. Von zu Hause wegzulaufen ist zwar verlockend, aber Ihr solltet Eurem guten Vormund nicht solchen Kummer bereiten. Ich bringe Euch jetzt zurück zum Palast.‹ Daraufhin sagt die Fürstin: ›Wie liebenswürdig und hartnäckig Ihr seid. Aus Treue gegenüber dem Regenten Hass oder gegenüber Eurem Herrn?‹ Da lacht er und antwortet: ›Sowohl aus Treue zu dem gastfreundlichen Regenten wie auch zum großherzigen Evykait. Kommt mit, Fürstin.‹ Und dann … ist sie weggegangen. Wir sind vorsichtshalber lieber hiergeblieben.«

»Wie konntet ihr nur!« Trix schlug die Hände überm Kopf zusammen. »In einer solchen Situation müssen treue Freunde ein hilfloses Mädchen bis auf den letzten Blutstropfen verteidigen! Vor allem, da ihr vermutlich nicht einmal totgeschlagen worden wärt!«

»Das gilt für treue Freunde«, antwortete die Fee schnippisch. »Ich bin aber nicht ihre Freundin!«

Leider hatte Annette damit recht. Wie konnte er von der Blumenfee verlangen, sich selbst zu opfern? Ja, wenn er zu Hause gewesen wäre, dann wäre er diesem Herrn Ritter und Magier kühn entgegengetreten und hätte verlangt: »Mach, dass du fortkommst! Du befindest dich im Hause des großen Zauberers Sauerampfer, ich bin sein Schüler!« (Im Übrigen wusste der Vitamant natürlich nur zu gut, wo er sich befand.) Doch vor seinem inneren Auge sah Trix leider auch in aller Deutlichkeit, wie sich der in Eisen gepackte Ritter seine Tirade geduldig anhörte, die gewaltige Faust hob und ihm mit dem gepanzerten Finger gegen die Stirn schnippte. Zum Beispiel. Und wie er, Trix, dann zu Boden gehen würde – kühn, versteht sich.

»Stimmt. Ihr wart in keiner günstigen Position«, gab Trix zu. »Aber jetzt müssen wir was unternehmen!«

»Nur dass wir genau das nicht können!«, widersprach die Fee und schlug mit den Flügeln. »Dazu haben sie das viel zu schlau eingefädelt! Ist die Fürstin etwa in Gefangenschaft? Oder eingekerkert? Nein, man hat sie einfach nach Hause gebracht. In den Palast!«

»Aber sie soll gegen ihren Willen verheiratet werden!«

»Das ist das übliche Schicksal von Adligen«, konterte die Fee. »Wenn du Co-Herzog geblieben wärst, hättest du dann bei der Wahl deiner Frau dein Herz entscheiden lassen dürfen? Pah! Dein Vater hätte dir zwei, drei Mädchen vorgestellt, die infrage kämen. Eine Dicke, eine Pockennarbige und eine Dumme. Dann hätte er dir befohlen, dir eine auszusuchen. Und du, als braver Sohn, hättest genau das getan. Denn die Ehe ist eine politische Angelegenheit.«

»Aber was sollen wir dann machen?«, fragte Trix.

»Also ich geh nach Hause«, sagte Hallenberry, nachdem

er sich noch einmal die Nase geputzt hatte. »Klaro? Niemand weiß, dass ich Tiana geholfen habe. Glaube ich jedenfalls. Gut, ich kriege eins hinter die Löffel, weil ich nicht zu Hause geschlafen habe ... aber das ist nicht so schlimm.«

»Dann werde ich mal die Einkäufe wegpacken«, erklärte Ian. »Grüße Tiana von uns, wenn du sie siehst, ja? Es tut mir sehr leid, was ihr passiert ist.«

»So ist es richtig!«, triumphierte die Fee. »Alle widmen sich wieder ihren Aufgaben ...«

Da verstand Trix, dass von seinen Freunden keine Hilfe zu erwarten war. Keiner von ihnen hatte vor, in den Palast einzudringen und die Fürstin zu retten. »Aber so geht das doch nicht!«, rief er. »Wir haben versprochen, ihr zu helfen! Ich habe ihr mein Wort gegeben!«

Hallenberry zog den Rotz hoch, sagte aber nichts. Ian verdrehte die Augen und brachte damit zum Ausdruck, was er von den Macken der Adligen hielt.

Genau in diesem Moment tauchte der große Magier Radion Sauerampfer in der Küche auf.

Jeder Zauberer, der die schwierige Wissenschaft der Teleportation beherrscht, weiß: Es reicht längst nicht, sich von einer Stadt in eine andere zu bringen, im Bruchteil einer Sekunde auf die Spitze eines Berges oder an die Küste eines Meeres zu gelangen. Nein, er muss es obendrein auch noch schaffen, dass alle Zeugen seiner Ortsverschiebung sich völlig klar darüber sind, wie schwierig dieser Prozess und wie stark folglich der Zauberer ist, der so etwas fertigbringt.

Trix hatte schon öfter Zauberer bei der Teleportation erlebt, beispielsweise die königlichen Hofkuriere, aber auch einfache Liebhaber des Reisens. Und jeder von ihnen hatte seine eigenen Angewohnheiten.

Ein Magier, ein ziemlich junger Zauberer, verschob sich zum Beispiel in Einzelteilen. Erst tauchten aus dem Nichts die Füße auf, dann die Unter- und Oberschenkel, der Bauch, die Brust, der Hals und erst ganz am Schluss der Kopf.

Ein anderer Zauberer, ein älterer und gesetzterer, tauchte zwar gleich in einem Stück auf, zunächst jedoch durchsichtig und farblos, dann wurde er schwarz-weiß, und erst danach nahm er ganz langsam Farbe an. Die berühmte Zauberin Cecilia Nonforju, die auch das Co-Herzogtum ein paarmal besucht hatte, entstieg einem Silberspiegel, der sich in der Luft materialisiert hatte und den winzige bunte Vögel hielten. Aus den Haaren der Zauberin segelten duftende Maiglöckchen, aus ihren Händen stieg glitzernder Staub auf. Der ruhmreiche Zauberer Gren Getüm, ein alter und strenger Mann, war von Flammenzungen umgeben, wenn er mit zerfetzter Kleidung aus der Luft trat. In der einen Hand hielt Getüm einen Zauberstab, der ein purpurrotes Licht abgab, in der anderen einen blutigen Dolch – kurzum, es war auf den ersten Blick klar, dass der Zauberer nur dem Anschein nach eine bequeme und schnelle Reise hinter sich gebracht hatte, in Wirklichkeit aber über geheime Höllenpfade gewandert war und gegen zahllose Monster gekämpft hatte.

Man wird sich unschwer vorstellen können, wie enttäuscht Trix war, als er Radion nach der Teleportation gefragt und eine ehrliche Antwort erhalten hatte: All diese raffinierten Beigaben hätten nicht die geringste Bedeutung, sie seien einzig Illusion, um die Zeugen des Zaubers zu begeistern und zu erschrecken.

Als Radion Sauerampfer per Teleportation von seinem Turm aus zu seinem Haus in Dillon aufgebrochen war, hatte er natürlich nicht mit Außenstehenden gerechnet. Deshalb war sein Auftritt wenig spektakulär, er erschien einfach lautlos in der Luft, mit einem großen Pokal Weißwein in der Hand.

Der Zauberer sah müde und übernächtigt aus. Er trug einen grünen, mit purpurnen Rosen bestickten Samtbademantel und Filzschuhe aus Samarschan an den nackten Füßen. Wahrscheinlich hatte das Symposium länger gedauert, als Sauerampfer erwartet hatte, und ihn geistig wie körperlich enorme Kräfte gekostet.

Als er vor sich nicht nur Trix und die Fee erblickte, sondern auch noch Ian und Hallenberry, verschüttete er vor Schreck prompt den Wein.

Annette setzte sich rasch auf Trix' Schulter. Ian und Hallenberry versuchten beide, sich hinter Trix zu verstecken, gerieten dabei ins Stolpern und fielen hin.

»Was … was hast du hier für ein Kinderheim aufgebaut?«, schrie Sauerampfer. Sofort verzog er schmerzgepeinigt das Gesicht und legte sich die Hand auf die Stirn. »Oh nein! Nicht schon wieder!«

Ian zog, patent, wie er war, einen Stuhl heran, auf den sich Sauerampfer dankbar plumpsen ließ. Dann stürzte der Junge in die Diele und kehrte mit einem großen Topf gesalzener Gurken und einer Flasche Aniswein zurück.

»Aus meinen Augen damit!«, stöhnte Sauerampfer. »Du lausiger Bengel! Trix, wo kommt der her? Hä?«

Ian hörte jedoch nicht auf Sauerampfer, sondern goss ihm einen großen Pokal mit der Salzlake der Gurken ein und gab dann den Aniswein in ein kleines Gläschen.

»Ah …« Radion begriff allmählich. »Ah!«

»Trinkt das, Herr Zauberer!«, sagte Ian. »Zuerst den

Aniswein, dann … nein, nein! Erst den Aniswein! Dann kriegt Ihr die Salzlake! Und Euren Wein gebt mir, den solltet Ihr jetzt nicht trinken, davon kriegt Ihr bloß einen schweren Kopf und schwache Beine!«

Sauerampfer schnitt eine Grimasse, trank aber klaglos den scharfen Aniswein, um sich anschließend über den Pokal mit der trüben Lake herzumachen. Er gab Ian die leeren Gefäße zurück und schwieg einige Sekunden. »Kluger Junge«, stellte er schließlich mit bereits kräftigerer Stimme fest. »Bist du Schüler von einem Heiler?«

»Nein, Herr Zauberer. Ich bin Waise. Aber Herr Hagus, der Aufseher in unserem Heim, hat in einem solchen Fall sehr gern Aniswein und Salzlake getrunken. Und er darf in dieser Angelegenheit als Fachmann gelten.«

»Verstehe«, sagte Sauerampfer. »Trix! Die Frage ist noch nicht beantwortet: Was ist das für eine Versammlung hier in meinem Haus?«

»Also … das ist die Fee Annette!«, setzte Trix an.

»Die Fee kenne ich«, blaffte Sauerampfer.

»Das ist Ian aus einem Waisenheim im Co-Herzogtum. Wir haben uns nach dem Umsturz kennengelernt. Er war mein Knappe … und dann … dann sind wir uns vorübergehend verloren gegangen.«

»Und jetzt habt ihr euch vorübergehend wiedergefunden«, höhnte Radion. »Verstehe. Mein Schüler hat einen eigenen Knappen. Einfach wunderbar!«

»Also …«, stammelte Trix.

»Wollt Ihr noch Salzlake?«, fragte Ian.

»Fixer Kerl«, bemerkte Radion. »Gut, lassen wir das mal so stehen. Der Knappe eines Zauberlehrlings, ein interessanter Präzedenzfall.«

»Pränzendenzfall?« Ian schnappte das unbekannte Wort begeistert auf. »Ist das das Gleiche wie Prätendent?«

»Und wer ist das?«, fragte Sauerampfer, ohne auf Ians Bemerkung einzugehen. Er zeigte auf Hallenberry, der sich immer noch hinter Trix versteckt hielt.

»Das ist Klaro ... Hallenberry.«

»Klaro Hallenberry? Seltsamer Name. Auch eine Waise?«

»Nein, nicht wirklich.«

»Was heißt das? Eine unwirkliche Waise?«

»Also ... sein leiblicher Vater war der Fürst Jar Dillon«, erklärte Trix. »Und seine Mutter ist ein Zimmermädchen des Fürsten. Das heißt, sie war es, denn sie hat geheiratet und ist gestorben. Deshalb ist sein Vater jetzt der ehemalige Hofbarde und heutige Gärtner. Aber das ist nicht sein leiblicher Vater. Deshalb ist er ein bisschen eine Waise.«

»Bei allen Göttern, das ist zu kompliziert für mich! Jedenfalls heute Morgen!«, stöhnte Radion. »Haben wir vielleicht auch noch den Regenten selbst oder die Fürstin zu Besuch?«

»Die Fürstin war da«, antwortete Trix. »Aber ein Magier der Vitamanten hat sie mitgenommen und zum Hof gebracht.«

Stille trat ein. Radion Sauerampfer lief nach und nach rot an, und Trix fielen plötzlich siedend heiß jene Lehrlinge ein, die ihren Magiern zu viele Probleme bereitet und daraufhin ihre Ausbildung als Bügel, Sessel oder gutmütiger Hund abgeschlossen hatten.

»Herr Sauerampfer, erlaubt mir, alles der Reihe nach zu erklären!«, rief er. »Als ich gestern Abend in Dillon angekommen bin, da ...«

Was genau Sauerampfer eigentlich beruhigte – die schlüssige Erzählweise von Trix oder der zweite von Ian gebrachte

Pokal mit Salzlake –, lässt sich nicht sagen. Vielleicht hatte auch Annette ihre Finger im Spiel, Trix kam es jedenfalls so vor, als zaubere die Fee auf seiner Schulter ein wenig, denn Wellen der Friedfertigkeit und ein zarter Veilchenduft gingen von ihr aus.

Wie auch immer, Radion Sauerampfer hörte die nächste Viertelstunde schweigend zu. »Du hast eine außergewöhnliche Begabung, die es verdient, untersucht zu werden, Trix«, sagte er, nachdem er die ganze Geschichte kannte. »Du ziehst das Unglück förmlich an. Dabei passiert dir selbst aber nie etwas! Wir haben es hier mit den interessanten Schlussfolgerungen aus dem Theorem Abuirres zu den Carrotte-Fenchel-Gesetzen zu tun …«

»All das gibt es in der Magie?«, fragte Trix erstaunt. »Schlussfolgerungen, Gesetze und Theoreme?«

»Für alles auf der Welt gibt es Gesetze und Theoreme«, schnaubte Sauerampfer. »Darüber brauchst du dir aber noch nicht den Kopf zu zerbrechen. Lerne erst einmal, die ungestüme wilde Energie, die in dir brodelt, anzuwenden! Das ist eine merkwürdige Geschichte. Der Regent Hass ist ein giftiger alter Kerl ohne jedes Gewissen, von Güte und Großherzigkeit ganz zu schweigen. Aber Hass ist kein Dummkopf, da bin ich mir sicher. Um jedoch hinter dem Rücken von König Marcel dem Lustigen zu intrigieren, noch dazu in einer Frage wie der Beziehung zu den Vitamanten, muss man ein Dummkopf sein! Nein, Hass ist dem König treu ergeben!«

»Er ist alt«, widersprach Trix. »Und die Vitamanten können ewig leben. Vielleicht hat er sich deshalb auf einen Handel eingelassen?«

»Vielleicht. Nichts ist unmöglich«, murmelte Sauerampfer. »Selbst uns einfache und ehrliche Zauberer packt, wenn wir das zweite oder dritte Jahrhundert überschritten haben, zuweilen der niedere Wunsch, mit den Vitamanten zu paktieren.«

Er verstummte, stand auf und nuschelte etwas, worauf sein Gesicht auf wundersame Weise einen rosafarbenen Ton annahm, während die Augäpfel klar und weiß wurden. Jetzt sah er nicht mehr wie ein müder Magier aus, der ein anstrengendes, zweitägiges Symposium hinter sich hatte, sondern wie ein rechtschaffener Mann. »Ich danke dir für den kleinen Zauber vorhin, Annette«, sagte Sauerampfer beiläufig. »Hast du nicht behauptet, du würdest nichts können?«

Annette schlug verlegen mit den Flügeln.

Radion ging leise pfeifend durchs Zimmer, machte einen Abstecher in die Diele und kehrte mit dem Strauß weißer Rosen zurück. »Sehr lobenswert, Trix«, sagte er. »Ein angenehmer Geruch. Bring sie ins Klosett.«

Trix verschwieg lieber, dass er die Rosen eigentlich für die Fürstin gekauft hatte, und brachte den Strauß ans genannte Örtchen, wo er ihn an der Wand neben dem Kerzenhalter befestigte. Eine Knospe riss er jedoch ab und steckte sie in seine Brusttasche, damit er sie nahe am Herzen trug.

Als Trix zurückkam, waren bereits alle beschäftigt. Annette flog durch die Küche und gab Hallenberry, der das Geschirr abwusch, Befehle. Ian schleppte die Einkäufe aus der Diele herein und verstaute sie in den Küchenschränken. Sauerampfer hatte sich im Schlafzimmer umgezogen und trug nun einen strengen schwarzen Umhang mit weißem Spitzenkragen, Stiefel aus Krokoleder und einen hohen schwarzen Hut, auf dem kleine bunte Steine funkelten. In einer Hand hielt er einen langen Zauberstab aus Ebenholz, in der anderen ein in Leder gebundenes Buch mit Zaubersprüchen. Ab und an stieß das Buch einen schweren Seufzer aus. Kurz und gut, Sauerampfer sah prachtvoll aus, ganz wie es sich für einen berühmten Zauberer gehört.

»Du und ich, wir gehen jetzt zum Regenten«, sagte Sauerampfer zu Trix. »Nimm deinen Ausgehumhang, zieh die paillettenbesetzten Stiefel an und setz den schwarzen Hut mit den Runen auf! Vergiss deinen Stab nicht! Und auch … das hier! Es ist für dich.« Er hielt Trix ein Buch hin, das in festes graues Leinen gebunden war. Es war so klein, dass es in eine Hand passte. In einer Ecke prangte ein angebissener, mit einem grünen Faden gestickter Apfel.

»Was ist denn das?«, fragte Trix begeistert.

»Das ist dein erstes In-einer-Hand-Buch«, verkündete Sauerampfer feierlich. »Ein kleines Buch mit Zaubersprüchen. Für den Anfang habe ich dir schon einige notiert. Zauber, um mit mir in Verbindung zu treten, um dich räumlich zu orientieren, Musikzauber, damit du ein Publikum ungezwungen unterhalten kannst …«

»Gibt es auch Kampfzauber?«

»Also … eher Verteidigungszauber. Eine Feuerwand.«

»Nicht schlecht!« Trix strich über den Einband. »Und was hat der Apfel zu bedeuten?«

»Vorsicht!«, rief Sauerampfer. »Das ist kein Apfel, das ist der Einpräger …«

Etwas piekte Trix in den Finger und der Apfel färbte sich rot. »Ei pottstausend!«, jaulte er. »Da steckt ja noch die Nadel drin!«

»Keine Nadel, sondern Magie. Das In-einer-Hand-Buch erkennt dich jetzt wieder und niemand anders kann es benutzen.« Sauerampfer schüttelte den Kopf. »Ich wollte dich gerade warnen, dass du dir einen schönen Namen dafür ausdenken sollst. Aber jetzt ist es zu spät. Das In-einer-Hand-Buch hat sich schon gemerkt, was du gesagt hast.«

»Was heißt das?«

»Du musst genau diese Worte wiederholen, um das Buch zu öffnen.«

»Ei pottstausend! Da steckt ja noch die Nadel drin?!«, fragte Trix. »Aber das ist doch dumm! Da werden mich alle auslachen!«

»Vielleicht gibt sich das Buch mit den ersten Buchstaben zufrieden«, munterte Sauerampfer ihn auf.

»E!«, versuchte es Trix und strich über den Einband. Nichts passierte. »Ei!« Nichts. »Ei p!« Nichts. »Ei po!« Trix war kurz davor aufzugeben. »Ei pott!«

Das Buch öffnete sich.

»Eipott, das geht«, befand Sauerampfer, während Trix die auf cremefarbenes Papier geschriebenen Zauber ansah. »Eipott! Das ist kein ungewöhnlicher Name für ein In-einer-Hand-Buch. Ich kenne Magier, die haben ihr Buch Wasfür oder Mistverfluchter oder Wegmitdemding genannt.«

»Und wann kriege ich ein richtiges Buch? Ein großes?«

»Das Buch mit Zaubersprüchen wächst mit dem Magier«, erklärte Sauerampfer. »Es ernährt sich von den Zaubern, die du in ihm aufschreibst. Je besser der Zauber, desto schneller wächst das Buch, desto mehr Seiten wird es haben, desto schöner wird der Einband … Aber jetzt geh dich umziehen.«

Fünf Minuten später war Trix wieder da. Sauerampfer betrachtete gerade mit finsterer Miene den kleinen Tonkrug. »Woher kommt der Sud aus Kaliswurzeln und Selsibablättern?«

»Das ist ... Dieser Ritter, der auch ein Zauberer ist, der auch ein Vitamant ist ...« Erst jetzt fiel Trix ein, dass er dieses Detail in seiner Erzählung vergessen hatte. »Er hat mir aufgetragen, ihn zu kaufen und Euch zu überreichen. Einen Silberling hat er mir dafür gegeben! Er hat gesagt, es sei ein Geschenk von einem alten Freund von der Schwarzen Anfurt ...« Als ihm klar wurde, dass Radion Sauerampfer ganz bestimmt keinen Magier der Vitamanten zum Freund hatte, verstummte er.

»Gavar Villaroy«, sagte Sauerampfer nachdenklich. »Er trägt einen stählernen Panzer ... dieser Magier ... Die Schwarze Anfurt ... Gavar ist einer der stärksten Vitamanten, ein treuer Hund von Evykait. Obwohl: Wir wollen die Hunde doch nicht beleidigen! Nur er kann mir ein solches ... ein solches Geschenk machen! Gehen wir!«

Trix eilte Radion erschrocken nach. Kaum hatten sie das Haus verlassen, steuerte Sauerampfer auf den schwarzen Fleck zu, der von dem Wachlicht übrig geblieben war. Er streckte die Hand aus und flüsterte etwas, von dem Trix nur wenige Worte verstand. »Eine mächtige Flamme entsteht aus dem winzigen Funken. Und die Kugel entsteht aus diesen Flammen ...«

Sicherheitshalber trat Trix ein paar Schritt zurück.

Unter Sauerampfers Hand flammte es auf. Ein kleines Wachlicht erschien. Es schwoll an, bis es so groß war wie sein Vorgänger, berührte leicht die Hand des Magiers und machte sich auf, im Garten Patrouille zu fliegen.

»Ich habe geglaubt, Ihr würdet das alte wiederbeleben«, murmelte Trix.

»Etwas wiederzubeleben, das ist die Magie der Vitamanten«, entgegnete Sauerampfer verächtlich. »Gehen wir.«

Der Zauberer ging federnden Schrittes die Straße entlang, die den Berg hinaufführte, und stieß seinen Stab immer wieder fest in die Erde (wobei manchmal kleine weiße Blumen oder Funken aufstiegen). Anscheinend bereitete sich Sauerampfer auf ein ernstes Gespräch vor.

Trix, der ihm folgte, hielt es nicht aus und sagte: »Herr Sauerampfer ... erlaubt mir zu fragen, warum der Ritter Gavar ...«

»Wenn du ungewaschene grüne Äpfel isst oder gesalzene Gurken naschst und anschließend frisch gemolkene Milch trinkst«, unterbrach ihn Sauerampfer mürrisch, »dann trink den Bittersud aus Kalis und Selsiba – und in zwei Tagen bist du deinen Kummer los. Aber nicht mehr als drei Löffel!«

»Äh ...«, stammelte Trix.

»An der Schwarzen Anfurt habe ich schreckliche Tage durchlebt, Schüler«, fuhr er fort. »Sehr schreckliche. Die sterbliche Hülle bereitet mitunter selbst dem stärksten Geist Ungemach. Dessen braucht man sich nicht zu schämen, verstanden?«

»Ver-verstanden«, antwortete Trix.

»Aber die Chroniken schweigen sich über diese Dinge natürlich aus«, ergänzte Sauerampfer. »Und wenn du jemandem etwas von dem Malheur erzählst, verwandel ich dich in einen Nachttopf!«

»Ich kann nur in ein Material verwandelt werden, das leichter ist!«, rief Trix vorlaut.

»Es gibt auch Nachttöpfe aus Holz«, fuhr ihn Sauerampfer an. Daraufhin wollte Trix das Schicksal besser nicht herausfordern.

4. Kapitel

Wer meint, Zauberer mischten sich nicht in Staatsangelegenheiten ein, irrt. Wenn ein kampferprobter Ritter seinem Souverän Ratschläge erteilt, wenn eine Delegation von Kaufleuten oder Handwerkern um Hilfe für eine Gilde oder um den Bau von Brücken und Straßen bittet, wenn einfache Bauern und Bürger bisweilen die Herrscherpaläste niederbrennen und sich einen neuen Adel aus den eigenen Kreisen vor die Nase setzen, warum sollte ein Zauberer dann nicht auch das Recht dazu haben? Einen Staat kann schließlich jeder lenken, das ist allgemein bekannt, jeder – bis auf diejenigen, die gerade an der Macht sind.

Trix eilte Sauerampfer schnellen Schrittes nach und erinnerte sich an alle Interventionen von Zauberern, die in den Chroniken beschrieben werden. Nicht immer hatten die Magier richtig gehandelt. Raghost Goldbart zum Beispiel, eine Autorität in allen Fragen der Ehre, hätte wahrscheinlich gut daran getan, das Wort, das er dem Baron Comorrho an dessen Sterbebett gab, nicht zu halten. Natürlich stand dem Sohn des Barons der Thron zu – aber welche Freude bringt ein junger Herrscher, dessen Lieblingsbeschäftigung darin besteht, nachts Heuballen anzuzünden, lachend um sie herumzurennen und eigens eingeladene Bäuerinnen zu erhaschen? Oder man denke an die herzensgute Zauberin Cecilia Nonforju, die für die Waise Glania eintrat, die von den Bewohnern der Stadt Ticklam so schändlich behandelt worden war. Gewiss, die Städter hatten sich nicht anständig benommen, als sie Glania die Bezahlung von Überstunden vorenthielten und sie unmittelbar nach der Herbstmesse, bei der sie sich gewaltig ins Zeug gelegt hatte, fortjagten. Aber was sollte man mit achthundertzweiunddreißig hungrigen Elstern (Trix faszinierte die Frage, warum Cecilia im Zorn immer ausrief: »Ihr gierigen Elstern!« Aber wahrscheinlich könnte nicht einmal die Zauberin selbst auf sie antworten.) anstelle von Städtern anfangen? Dass Cecilia am nächsten Tag alles bereute und die Elstern zurück in Menschen verwandeln wollte, half leider auch nichts mehr, denn inzwischen waren fast alle Vögel davongeflogen, wobei sie in den Schnäbeln Schmuck und Münzen davongetragen hatten.

Es gab aber auch positive Beispiele!

So überzeugte eine Delegation von Zauberern Marvis den Unbarmherzigen davon, die Steuern nicht anzuheben. Und der junge Magier Kevin Dequenne setzte geschickt die einfachsten Zauber ein, um einen Volksaufstand niederzuschlagen und gleichzeitig den strengen Herrscher milde zu stimmen. Und der ruhmreiche …

»Trix«, riss Radion den Jungen aus seinen Überlegungen, denn inzwischen hatten sie den Palast fast erreicht. »Deinem Schweigen entnehme ich, dass dir der Ernst der Lage bewusst ist.«

»Ja, Herr Sauerampfer.«

»Wenn der Regent ein geheimes Bündnis mit den Vitamanten eingegangen ist, darf er uns nicht am Leben lassen. Seine Zauberer werden sich also bereithalten, uns zu töten.«

»Aber Ihr seid stärker als sie, Lehrer!«, rief Trix. »Oder?«

»Natürlich bin ich das«, bestätigte Sauerampfer. »Ich

könnte mich vermutlich durch Teleportation an einen sicheren Ort retten. Aber was wird aus dir? Schließlich kann ich dich nicht mitnehmen. Deshalb sieh zu, dass du dich deines letzten Kampfes nicht zu schämen brauchst. Bitte nicht um Gnade, weine nicht und protestiere nicht. Vielleicht bringen dir deine Feinde dann Respekt entgegen und kerkern dich bloß ein. Es ist nämlich nicht üblich, Zauberlehrlinge umzubringen.«

»Vielleicht sollte ich Euch dann besser gar nicht begleiten?«, sagte Trix.

»Du hast Ideen!« Sauerampfer hob die Stimme. »Ich brauche doch einen Fanaticus!«

»Einen Fanaticus?«

»Ja. Jemanden, der hört, wie ich ... äh ... den Zauber ausspreche. Und begeistert ist. Das ist die unterste Ausbildungsstufe.«

»Könnte ich nicht irgendeinen anderen Titel haben?«, fragte Trix.

»Nein. Zum Souffllöticus reicht es noch nicht, vom Initiaticus ganz zu schweigen.«

»Und was ist ein Souffllöticus? Oder ein Initiaticus?«

»Ein Souffllöticus ist jemand, der dem Magier die nötigen Wörter vorsagt, wenn dieser ins Stocken gerät und nicht das richtige Wort findet. Und ein Initiaticus ist ein derart flinker Souffllöticus, dass er das nötige Wort bereits zur Hand hat, bevor der Magier überhaupt stockt.«

»Also das ...!« Angesichts der Perspektiven, die sich ihm da auftaten, vergaß Trix sogar, Angst zu haben. Gut, er befand sich noch auf der untersten Stufe – aber welch Zukunft lag vor ihm!

Den Fürstenpalast betraten Sauerampfer und Trix durch

das Regenbogentor, das von einigen Spitzfindigen auch Dropstor genannt wurde. Es war so breit, dass eine Kutsche bequem hindurchpasste. Oben wölbte sich ein Bogen aus buntem Glas, das lustige bunte Schatten warf. Dieses Schloss hatte der erste Fürst Dillon gebaut, jener Süßschnabel, dem die Welt Aphorismen wie »Im Zucker liegt die Kraft«, »Halva hat noch niemandem geschadet« und »Trink Sirup und iss Sorbet, dann tut dir nie was weh« verdankte. Der Fürst verfügte über solide magische Fähigkeiten und beherrschte die hohe Kunst der Intrige (auf die kein Machthaber verzichten kann) aus dem Effeff. Doch angeblich bedeuteten ihm diese Fähigkeiten längst nicht so viel wie das von ihm entwickelte Rezept für Tomatenmarmelade und die Kunst, heiße Brötchen mit Eiscremefüllung zu backen.

So seltsam es auch klingt, aber der Ururgroßvater von Fürstin Tiana war bei aller Liebe zum Süßen – sie ging so weit, dass er selbst Fleisch in Honig schmorte – sein Lebtag lang ein magerer und hagerer Mann geblieben. Seine Höflinge jedoch, die ihren Herrn in allem nachzuahmen hatten, zeichneten sich durch eine zuvor nie da gewesene Taillenbreite und Kurzatmigkeit aus. Bis heute verleitet die starke Magie (oder, wie manche es nennen, der der Stadt eingeprägte Geist des Fürsten) die Bevölkerung zum Verzehr von Süßigkeiten. Darunter leiden vor allem diejenigen, die bei Hofe leben, seien es nun Adlige oder einfaches Volk. Wer einen stärkeren Willen hat, kämpft gegen die Versuchung, wer einen nicht so starken Willen hat, begibt sich regelmäßig zu Fuß auf Pilgerreisen oder, wenn es der Geldbeutel erlaubt, in das modische Hungerlazarett von Julwatch an der Grenze nach Samarschan. In Julwatch werden diese Menschen gegen eine stattliche Summe eingesperrt, zum

Frühstück bekommen sie einen halben Apfel, zum Mittag einen Teller dünner Kohlsuppe und zum Abendbrot eine halbe Mohrrübe plus zwei Stangen Sellerie. Kurz und gut, sie essen genau das, was auch der ärmste und faulste Bauer isst. Nur dass dem Bauern morgens niemand einen Einlauf macht.

Trotzdem konnten sich die Menschen bei Hofe nicht gegen eine gewisse Rundlichkeit wehren. Sämtliche Palastwachen am Tor waren breitschultrig und dickwangig, ihre Bäuche allerdings wurden von dicken Stahlpanzern verborgen.

»Der Zauberer Radion Sauerampfer und sein Schüler Trix Solier«, teilte Sauerampfer mit, als er und Trix durchs Tor gingen. »Zum Regenten Hass, in einer Staatsangelegenheit, die keinen Aufschub duldet!«

Zwei Wachleute blieben beim Tor, zwei begleiteten die beiden Zauberer schweigend. Der von hohen Mauern gesäumte Hof des Schlosses hatte fast die Größe einer kleinen Stadt. Es gab mehrere Tempel, die Hütten der Dienstboten und die Kasernen der Soldaten entlang der Palastmauer, ja sogar einen kleinen Markt gab es, auf dem allerlei Krimskrams verkauft wurde. Eine rotgesichtige Köchin trug über der Schulter ein Bündel toter, aber noch nicht gerupfter Hühner, ein Küchenjunge schleppte ein erbärmlich quiekendes Ferkel. Ihnen kamen zwei kräftige Männer in brauner Kleidung und mit einem riesigen Holzkübel entgegen, die der Gilde der Latrinenreiniger angehörten und ihr Erscheinen, genau wie die Vorschriften es verlangten, mit klimpernden Glöckchen an den Hüten ankündigten; weit aussagekräftiger in diesem Zusammenhang war allerdings der Geruch. Man traf hier hauptsächlich Dienstboten, vereinzelt aber auch Aristokraten, die vorgaben, von dem Wirrwarr um sie herum nicht das Geringste mitzubekommen.

»Was will man machen?«, sagte Sauerampfer. »Je mehr Adel es gibt, desto mehr gemeines Volk ist nötig. Das ist ein Naturgesetz.«

Trix fielen die Diener ein, die ständig in ihrem Schloss herumgewuselt waren, und er nickte.

»Genau deshalb ertrage ich auch keine menschlichen Diener«, fuhr Sauerampfer fort. »Wirklich frei kann ein Mensch nur sein, wenn er sich nicht mit Dienern umgibt.«

Nun fielen Trix die Tage ein, die er mit Putzen, Bödenschrubben, Essensvorbereitungen, Silberstiftanspitzen und Wäschewaschen zugebracht hatte. Er seufzte. Es waren drei sehr lange Tage gewesen!

Die Wachposten brachten sie zum Haupteingang des Palastes, wo die fürstliche Garde (meist Männer, die unter den Barbaren im Norden und in den Bergen rekrutiert wurden) sie in Empfang nahm. Sauerampfer wiederholte sein Verslein, einer der Gardisten entfernte sich und kam eine Minute später mit dem Zeremonienmeister zurück, den Sauerampfer sogleich in ein lebhaftes Gespräch verwickelte. Trix trippelte derweil ängstlich von einem Fuß auf den anderen und schielte immer wieder zu einer Furcht einflößenden Streitaxt, die am Gürtel des Barbaren hing. Schließlich rang er sich dazu durch, den Blick zu heben, und bemerkte, dass der junge Barbar voller Scheu auf das Buch in seiner, Trix', Hand sah.

Sofort nahm Trix eine würdevolle Haltung an und fasste das treue Eipott fester.

»Komm!«, rief Sauerampfer. »Der Regent empfängt uns im Schlossgarten.«

Sie folgten dem Zeremonienmeister durch zahllose prachtvolle Säle. An den Wänden hingen riesige Bilder, zum Teil Schlachtengemälde, meist jedoch Szenen ausgelassener Gelage. Selbst bei der im ganzen Königreich berühmten *Schlacht bei den Hohlen Hügeln*, welche die halbe Wand einnahm, wurde der Blick nicht durch die kühn gegen Monster kämpfenden Ritter gefesselt, sondern durch den Großfürsten Dillon, der gerade vor seinem Zelt frühstückte und nebenher seinen blutüberströmten Ordonnanzen Befehle erteilte. Wie man dabei erfuhr, aß Dillon an jenem Morgen, da sich das Schicksal des Fürstentums entschied, süße Eierkuchen mit Quark, Honig und grünes Pistazienhalva, dazu trank er Met.

Schließlich hielt ihnen der Zeremonienmeister mit einer Verbeugung eine hohe Glastür auf und sagte: »Regent Hass erwartet Euch an den Beeten mit den weißen Rosen, Herr Radion Sauerampfer.«

Nunmehr ohne weitere Begleitung betraten Sauerampfer und Trix den Garten.

»Wie reizend«, sagte Sauerampfer giftig, als er seinen Blick über die duftenden Beete und blühenden Bäume schweifen ließ. »Die Flachkirsche und die Berghagebutte blühen zur selben Zeit ... Aber die Vergissmeinnicht welken! Und wie!«

Trix sah sich ebenfalls neugierig um. Der Garten war auf allen Seiten von den Palastmauern umgeben. In den offenen Fenstern waren Menschen zu sehen, aus einem drangen die Töne eines Cembalos heran, das beliebte Lied *Ich will zu meinem Schatzilein und packen ihn am Bärtilein*, in einem Saal quälte jemand eine Geige die litt, aber nicht kapitulierte. Eine junge Dienerin sah sich ängstlich um, bevor sie aus dem zweiten Stock einen Zuber mit schmutzigem Wasser auf ein

Krokusbeet kippte, ein Alter harkte den Kies auf den Wegen glatt und drohte ihr wütend mit dem Finger. Kurz und gut, der Hof lebte sein eigenes, friedliches und alltägliches Leben, als sei die junge Fürstin nie davongerannt und als drohe dem König kein Verrat.

»Komm!«, drängte Sauerampfer. »Wenn mich mein Gedächtnis nicht trügt, liegen die Rosen in der Mitte des Gartens an einem Teich.«

Und das Gedächtnis trog Radion nicht. An einem kleinen Zierteich, in dem Lotos blühte und an dessen Rand bunte Karpfen in Erwartung ihres Futters herumschwammen, fanden sie den Regenten Hass.

Aufgrund der Erinnerungen aus Kindertagen hatte Trix einen wenn auch nicht mehr jungen, so doch mächtigen, groß gewachsenen und mageren Mann erwartet. Doch wie sich nun zeigte, war Hass nicht größer als Trix und stolzer Besitzer eines gewaltigen Bauchs. Und die majestätische Erscheinung? Nun, Hass stand in einem alten, dreckigen Mantel vor ihnen, an den Füßen schmutzige Stiefel, an den Händen mindestens zwei Nummern zu große derbe Fäustlinge.

»Herr Regent Elnor Hass.« Eine wirkliche Begrüßung brachte Sauerampfer nicht zustande. Als er leicht mit dem Stock auf den Boden stampfte, rankte aus der Erde sofort eine Winde, die versuchte, sich um den Stock zu schlingen.

»Ah!«, rief Hass erfreut und drehte sich dem Zauberer zu. »Radickerchen! Liebster Herr Sauerampfer!«

»Elnor, lasst die höflichen Floskeln«, knurrte Sauerampfer.

»Von mir aus.« Der Regent kicherte. »Aber ich freue mich wirklich, dich zu sehen, mein gelehrtes Frätzchen. Radicky, was ist mit diesen Rosen? Warum kümmern die so vor sich hin?«

Sauerampfer warf einen kurzen Blick auf das Beet. »Ihr sollt nicht mit Mist düngen, wie oft habe ich Euch das schon gesagt. Damit verbrennt Ihr die Wurzeln! Nehmt lieber den Dung aus dem Abort bei Hofe.«

»Aber der stinkt!«, jammerte der Regent.

»Es ist nicht der schlechteste Geruch«, entgegnete Sauerampfer. »Man denke nur daran, wie Verrat und Hochverrat riechen.«

Hass schnitt eine Grimasse. Als sein Blick zum ersten Mal auf Trix fiel, zog er die Brauen zusammen. »Ja, ja, ja … ja, ja, ja … der junge Mann … bist du nicht vor vier Jahren hier bei Hofe zu Besuch gewesen … zusammen mit … oh, mein Gedächtnis, mein Gedächtnis!«

»Zusammen mit meinem Vater, dem Co-Herzog Rett Solier«, sagte Trix.

»Trix!«, rief der Regent. »Mein armer Junge!«

Trix fand sich unversehens in einer festen Umarmung des Regenten wieder und wurde sogar eines Kusses auf die Stirn für würdig befunden. Kurz darauf hielt der Regent Trix auf Armeslänge von sich. »In der Tat!«, sagte er. »Die Nase des Vaters, die Augen der Mutter … und die Ohren der Großmutter. Armer Junge! Verrat, sagst du? Sicher, was der Co-Herzog Gris getan hat, ist empörend. Als Verrat kann man sein Verhalten aber leider nicht bezeichnen. Schließlich hat er überzeugende Beweise vorgelegt, dass dein Vater gegen ihn intrigiert hat. Und als alleiniger Herrscher hat er bereits seinen Eid auf die Krone erneuert. In einer solchen Situation empfiehlt der König seinen Aristokraten, ihre Probleme untereinander zu klären.«

»Hass«, setzte Sauerampfer an. Doch der hörte gar nicht hin.

»Was also kann ich tun? Ich bin ein armer Alter, nicht einmal Fürst …« Tränen traten dem Regenten in die Augen. »Was kann ich tun? Nun? Sag es mir, mein Junge!«

In der Stimme des Regenten lag plötzlich ein solcher Befehlston, dass Trix erschauderte und murmelte: »Ich weiß es nicht.«

»Wer soll es dann wissen? Wer? Gut, ich werde alles tun, was ich kann. Wenn du willst, nenne ich dir einen Baron, der dich formal adoptiert. Oder nein, dafür bist du schon zu alt. Ich weiß! Ich weiß, was wir machen, mein Junge! Du kommst in meine Garde und ich selbst werde dich zum Ritter schlagen!«

»Elnor …«, sagte Sauerampfer, aber der Regent achtete nicht auf ihn.

»Du übst dich im Schwertkampf, lernst, mit der Armbrust zu schießen, zu tanzen, kurz und gut, alles, was ein adliger Jüngling wissen muss. Dann forderst du Gris heraus. Und ich achte darauf, dass es ein ehrliches Duell wird.« Der Regent blickte mit einem Mal finster drein. »Néin, du wirst ihn nicht bezwingen! Oh! Ich weiß! Ich weiß, was wir machen! Ich schicke dich nach Samarschan, auf die Assassinen-Schule *Verborgene Natter*. Der Lehrer Aabeze schuldet mir noch etwas … Dort wirst du lernen, den Dolch zu führen, Gift zu mischen, zu tanzen, kurz und gut, alles, was ein grausamer und erbarmungsloser Mörder wissen muss. Dann vergiftest du das ganze Geschlecht der Gris. Ich würde dir Muhjodstaub empfehlen, das ist wirklich lustig. Du gibst ihn einer Kuh zu fressen, ihr schadet das überhaupt nicht, aber danach ist ihre Milch vergiftet! Alle Gris trinken vor dem Schlafengehen eine Tasse warmer Milch, das weiß ich genau. Das ist so eine dämliche Familientradition bei denen. Sie werden die Milch trinken – und nie wieder aufwachen! Darauf machst du deine Rechte am Herzogtum geltend!« Der Regent lachte fröhlich und rieb sich die Hände. »Und ich werde dich unterstützen, mein kleiner Freund!«

»Regent!«, brüllte Sauerampfer.

Hass sah Radion an. Plötzlich strahlte er. »Wo habe ich nur meinen Kopf!«, wandte er sich wieder an Trix. »Du hast ja schon alles eingefädelt. Du bist der Schüler des großen Sauerampfer! Gut gemacht, mein Junge! Lerne die Magie, verwandle die Schurken in Asche und besteige deinen Thron! Ich werde dir, wie bereits gesagt …«

»Regent Elnor Hass, es geht hier um einen anderen Verrat und Hochverrat!«, schrie Sauerampfer.

»Ach ja?« Die Miene des Regenten verfinsterte sich. »Und wer ist der Verräter?«

Sauerampfer zögerte. Trix wusste nur zu gut, warum. Selbst wenn keine Palastwachen zu sehen waren, gab es genügend Büsche, Fenster … und der Umhang des Zauberers bot wenig Schutz gegen einen Armbrustbolzen.

»Gestern Nacht ist in meinem Haus …«, setzte Sauerampfer an.

»Übrigens«, bemerkte Hass sofort, »mir sind Klagen über dich zu Ohren gekommen. Du bezahlst weder die Grundsteuer noch die Abgabe für die Mühen unserer ruhmreichen Wache. Aber fahr fort, fahr fort.«

»In meinem Haus«, fuhr Sauerampfer mit eisiger Stimme fort, »wo dieser brave junge Mann alles für meine Ankunft vorbereit hat, ist gestern Nacht ein junges Mädchen aufgetaucht, das aus dem Palast fortgerannt ist.«

»Die Fürstin Tiana!«, rief der Regent. »Also hast du sie über Nacht aufgenommen, Junge?« Er kicherte und drohte Trix mit dem Finger. »Ich bin froh, dass du dich so verhalten hast, wie es sich für einen adligen Jüngling aus guter Familie ziemt. Ich stehe in deiner Schuld, Trix.«

»Dann gibst du also zu, dass die Fürstin aus dem Palast weggelaufen ist und die Nacht unter dem Schutz meines Schülers verbracht hat?«, fragte Sauerampfer irritiert.

»Aber natürlich!«

»Und was sagst du dazu … dass die Fürstin weggelaufen ist, weil sie dein Gespräch mit dem Abgesandten der Vitamanten belauscht hat?«

»Da ging es darum, dass sie Evykait heiraten soll«, bestätigte der Regent. »Im Übrigen: Was heißt hier weggerannt! Mit Tellern hat sie mich beworfen! Siehst du das Veilchen hier?« Der Regent rieb sich heftig eine Stelle unter seinem Auge. »Ich habe es gepudert! Aber du machst dir keine Vorstellung, wie weh es tut! Eine Urne hat sie auch noch zerschlagen, mit der Asche des großen Ritters Andronas, und die Asche ist prompt in einer Lache Honigwein gelandet, sodass wir Andronas, verzeiht die Vertraulichkeit, nur als Brei in eine neue Urne verfrachten konnten! Und das ihm, der nie einen Tropfen Met angerührt hat. Jetzt zerbreche ich mir unablässig den Kopf, ob er mir das nicht übel nimmt.«

»Also«, Sauerampfer atmete tief durch, »du gibst zu, dass du Tiana Evykait zur Frau geben willst.« Der Regent nickte. »Und du selbst hast ein Auge auf den Fürstenthron geworfen.« Der Regent senkte den Blick. »Gibst du das zu?«

»Ja«, antwortete der Regent.

»Elnor Hass, es ist meine Pflicht, dem König von deinem Verrat Mitteilung zu machen!«, verkündete Sauerampfer.

»Von welchem Verrat?«, fragte Hass neugierig.

Schweres Schweigen senkte sich herab. Obwohl Trix sich nicht gern mit Staatsangelegenheiten befasste, begriff er genau: Sauerampfer war in einer Sackgasse gelandet.

»Also … du willst den Vitamanten die Fürstin geben, die mit dem König verwandt ist und unter seinem Schutz steht … und wenn der König – möge seinen Tagen kein Ende beschieden sein! – stirbt, ohne einen direkten Erben zu hinterlassen …«

Bei diesen Worten begriff Trix voller Traurigkeit, dass sich Sauerampfer keineswegs um Tiana sorgte, die diesem alten und bösen Vitamanten zur Frau gegeben werden sollte, sondern einzig und allein um den Staat – dessen Wohlergehen rein zufällig Tianas Freiheit verlangte.

»So ist es, so ist es, mein weiser Freund«, bestätigte Hass. »Aber wer wäre ich, mich dem Willen meines Königs zu widersetzen? Ich habe natürlich nicht mit Eurem Kommen gerechnet … doch wie der Zufall es will, habe ich den letzten Brief bei mir, den Seine Majestät König Marcel der Lustige mir gesandt hat …«

Unter seinem Mantel zog er ein kleines Etui aus Elfenbein hervor, öffnete den Deckel, holte ein Pergament heraus und reichte es Sauerampfer. Selbst aus der Entfernung konnte Trix sehen, dass das Siegel darauf ein edles purpurrotes Licht abgab. Damit stand außer Frage, dass der König höchstselbst und kraft seines majestätischen Willens diesen Brief verfasst hatte.

»›Dem Hochgeborenen Elnor Marcel Hass‹.« Radion stockte. »Du bist mit Marcel verwandt?«

»Ja«, bestätigte der Regent.

»In welcher Linie?«

»Über meinen Großonkel«, antwortete der Regent bescheiden. »Der Urururgroßvater des Königs war der Schwager des Cousins meiner Tante ...«

»Schon gut.« Der Zauberer winkte ab. »Damit kannst du nicht einmal formal Rechte auf den Königsthron geltend machen, oder?«

»Richtig.«

»So, so.« Sauerampfer überflog den Brief. »Steuern ... Zölle ... Seine Majestät beliebt es, die wichtigsten Dinge erst am Ende zu erwähnen ... Aha. ›Statt den Hofdamen in den Hintern zu kneifen oder zu fressen wie ein Schwein ...‹« Der Zauberer verstummte.

»Lies weiter«, verlangte der Regent. »Marcel und ich, wir machen immer diese Späße, unter Verwandten geht das. Und Trix ist ein kluger Junge, er wird es verstehen.«

»›... solltest du alter Zausel lieber meinen Befehl ausführen! Der Abgesandte Evykaits, der Ritter und Magier Gavar, wird demnächst bei dir eintreffen. Empfang ihn mit allen Ehren, geh ihm aber nicht zu sehr um den Bart. Sprich mit der jungen Fürstin, mach ihr die Bedeutung des geplanten Schritts klar, die Notwendigkeit, friedliche Handelsbeziehungen mit den Kristallenen Inseln aufzubauen, und die Verantwortung des Herrschers für das Wohlergehen des Staats. Schließlich wird der stinkende Tattergreis Evykait früher oder später den Löffel abgeben, die Fürstin ist noch jung, sie kann ohne Weiteres darauf warten. Schicke sie mit Gavar los, händige ihr eine anständige Mitgift aus und gib ihr zwei, drei Dienerinnen von der dummen und hässlichen, aber treuen Sorte mit. Vergiss auch nicht, mir Honig von euren Imkern zu schicken, zwei, drei Fässer, aber keinen Kastanienhonig, der ist bitter, sondern Linden- oder Löwenzahnhonig. Geschrieben von meiner eigenen Hand, ist mein Wille treffend und klar ausgedrückt, dein König und Herrscher Marcel der Lustige.‹«

Der Zauberer rollte das Pergament langsam wieder ein und gab es dem Regenten zurück.

»Den Honig habe ich schon abgeschickt«, sagte der Regent, während er den Brief wieder wegsteckte. »Vier Fässer.«

»Aha«, brummte Sauerampfer.

»Und Tiana auch«, ließ der Regent beiläufig fallen.

»Was?«

»Ich habe Tiana abgeschickt. Zu den Kristallenen Inseln. In Begleitung des Ritters und Magiers Gavar. Aber nicht in einem Fass. Ich habe ganz offen mit ihr geredet, wie ein zärtlicher und liebender Vormund. Und sie hat alles verstanden und zugegeben, dass ihre nächtliche Flucht ... äh ... nicht ganz passend für eine Fürstin war.«

»Hass, was geht hier vor?«, fragte Sauerampfer leise. »Seine Majestät überlässt den Vitamanten die mögliche Thronerbin?«

»Das Mädchen tut mir aufrichtig leid. Aber ... es gibt Gerüchte ...« Er verstummte. »Dass Ihre Majestät die Königin Gliana, die in der letzten Zeit tüchtig zugelegt hat, schon im nächsten Monat offiziell bekannt geben wird ...«

»Diese Neuigkeit freut mich ebenso wie jeden treuen Untertan«, sagte Sauerampfer. »Aber darauf zu hoffen ...«

»Es ist der Wille des Königs«, stellte Hass klar.

»Die Vitamanten ...«

»... könnten erneut bei uns einfallen. Richtig – aber genau das brauchen wir in der nächsten Zeit nicht zu befürchten. Vielleicht sogar nie wieder. Womöglich gelingt es uns ja, eine friedliche Koexistenz aufzubauen?«

»Mit Wesen, die die Toten aus den Gräbern holen?«, ereiferte sich Sauerampfer.

»Sachte, sachte!« Hass gestikulierte wild. »Erstens wollen die Toten auch leben. Zweitens wollen alle länger leben. Oder etwa nicht? Und drittens ist es der Wille des Königs.«

»Und die Fürstin ist bereits ...«

»Sie segelt bereits zu den Kristallenen Inseln und wird, sofern alles gut geht, in einer Woche dort ankommen.«

»Gestattet, dass wir uns zurückziehen, Regent«, sagte Sauerampfer.

»Aber sicher«, murmelte Hass und machte mit der Hand ein Zeichen, worauf es in den Gebüschen leise raschelte. »Es hat mich gefreut, dass wir über diese komplizierte Situation gesprochen und uns der Weisheit des Königs gebeugt haben. Und vergiss nicht, die Grundsteuer zu bezahlen, Radion!«

Während Sauerampfer mit dem enttäuschten Trix (Hass hatte ihn am Ende gar nicht mehr beachtet) zum Ausgang des Gartens ging, widmete sich der Regent wieder den Rosenbüschen. Trix sagte kein Wort. Er konnte den Grund seiner Traurigkeit nicht ganz verstehen, schließlich hatte es doch gar keine Verschwörung gegeben, außerdem stimmte Tiana, wollte er dem Regenten glauben (und Trix hatte den Eindruck, dass Hass nie log, zumindest nicht offen), der Heirat mit dem Vitamanten nun anscheinend zu.

Trotzdem wurde er immer trauriger.

»Ich verstehe das nicht«, brummte Sauerampfer, als sie erneut durch das Regenbogentor gegangen waren.

»Was versteht Ihr nicht, Herr Lehrer?«, fragte Trix.

»Der Brief war von der Hand des Königs geschrieben, es war sein Stil. Das Siegel war auch echt. Also lügt der Regent nicht. Der König will wirklich ein Bündnis mit den Vitamanten eingehen. Aber König Marcel der Lustige hätte niemals und um keinen Preis der Welt einem solchen Bündnis zugestimmt!«

»Warum nicht?« Trix wollte sich die Redseligkeit seines Lehrers zunutze machen.

»Du weißt nicht, was die Vitamanten sind, mein Junge«, antwortete Sauerampfer nachdenklich. »Vielleicht ist es an der Zeit, dich über verschiedene Dinge ins Bild zu setzen.«

Trix nickte heftig.

»Die Magie gestattet es uns, über tote und lebende Materie zu gebieten«, begann Radion. Dieses »uns« ließ Trix vor Stolz die Brust schwellen. »Wir können einen Stoff in einen anderen verwandeln ... mit den Beschränkungen, die du bereits kennst. Und wir können aus dem Idealen etwas Lebendes schaffen.«

»Aus dem Idealen?«, fragte Trix.

»Ja. Zum Beispiel deine dumme und nutzlose Fee. Was meinst du, woher sie kommt?«

»Von daher, woher auch Eure schlauen und nützlichen Minotauren kommen«, antwortete Trix, nachdem er kurz nachgedacht hatte. »Ich habe sie mir ausgedacht und ihr befohlen, sich zu zeigen.«

»Richtig. Die alten Weisen haben es wie folgt ausgedrückt: Der Verstand schafft die Idee, das Wort die Sache. Wenn etwas überzeugend ausgedacht ist, ist es schon so gut wie vorhanden!«

»Aber als ich Euch gesagt habe, ich hätte bereits alle Reagenzgläser und Kolben ausgespült, obwohl ich mich gerade erst an die Arbeit machen wollte«, hielt Trix dagegen, »da habt Ihr mir ordentlich die Leviten gelesen.«

»Weil es da um das tägliche Leben ging!« Sauerampfer verzog das Gesicht. »Die reale Welt ist langweilig, primitiv und für uns Zauberer einfach nicht geschaffen. Zum Teufel mit ihr! In der Magie ist jedoch alles anders. Sobald du dir hier etwas ausdenkst, wartet dieses Ausgedachte in seiner eigenen, in seiner idealen Welt bereits auf seine Materialisierung. Du musst also nur noch einen Körper aus Worten schaffen. Es gibt viele glücklose Zauberer, mein junger Fanaticus, die sich die erstaunlichsten Dinge ausdenken können, aber nie die passenden Worte finden, um diese Dinge aus der idealen Welt in die reale zu überführen. Noch größer ist allerdings die Zahl der Zauberer, die auf fremde Ideen zurückgreifen. Sie bringen es durchaus fertig, den millionenfach beschriebenen Feuerregen in der realen Welt auf die Köpfe ihrer Feinde niederprasseln zu lassen – aber etwas Neues darfst du von denen nicht erwarten!«

»Es kommt also darauf an, sich etwas auszudenken *und* es zu materialisieren?«, fragte Trix.

»Richtig!«

»Und Ihr, Herr Sauerampfer, könnt das?«

»Ich vermag das eine so gut wie das andere«, antwortete Radion stolz. »Deshalb bin ich auch ein großer Zauberer. Wenn du dich anstrengst, wirst du ebenfalls ein großer Zauberer, du verfügst über die nötige Fantasie und Redegabe.«

»Ich habe Fantasie?«, hakte Trix freudig nach.

»Daran habe ich nicht den geringsten Zweifel … nachdem du diese Fee herbeigezaubert hast.«

Wenn in der ruhmreichen Stadt Dillon das Kind mit dem stolzesten Gesichtsausdruck hätte gekürt werden sollen, hätte Trix vermutlich alle Chancen gehabt, aus diesem Wettbewerb als Sieger hervorzugehen.

»Aber ich wollte dir von den Vitamanten erzählen«, kam

Sauerampfer auf ihr Thema zurück. »Den Vitamanten reicht es nicht, über Naturgewalten und Materie zu gebieten und lebende Wesen aus der idealen Welt in unsere zu rufen. Sie verlangen auch noch nach Unsterblichkeit und haben deshalb angefangen, die Natur des Lebens und des Todes zu erforschen.«

»Wozu das?«, wollte Trix wissen.

Sauerampfer seufzte und sah ihn mit einem Anflug von Neid an. »Wenn du älter bist, wirst du es verstehen. Jedenfalls haben die Vitamanten mit ihrem Wunsch nach ewigem Leben das Grundgesetz der Magie verletzt, das lautet: Verlange nicht nach Unsterblichkeit!«

»Und warum nicht?«, fragte Trix erstaunt.

»Weil es verboten ist!«

»Aber warum?«

»Alle Zauberer, die die Magie des Lebens erforschen und nach Unsterblichkeit gieren, werden zu grausamen Tyrannen. Sie behaupten, sie wollen nur Gutes und Wohlergehen für alle und brächten der Welt ewiges Leben, ja, sie ließen sogar die Toten wiederauferstehen … Aber dahinter stecken nur Bosheit und Niedertracht. Junge Männer sterben im Krieg, erstehen auf, werden Soldaten und sterben wieder … durch ein Schwert oder ein Zauberfeuer …«

»Aber warum?«

»Willst du das wirklich wissen?«

»Ja!«

»Ich auch«, sagte Radion seufzend. »Aber von außen kann man es nicht begreifen, mein Junge. Wir, die guten und lichten Magier, haben alles unternommen, was uns möglich war, um zu verstehen, was in den Köpfen der Vitamanten vorgeht und sie zu solchen Ungeheuern macht. Wir haben

Spione ausgeschickt. Wir haben versucht, junge Adepten zu bestechen. Wir haben Vitamanten gefangen und sie der schlimmsten Folter unterzogen. Nichts davon hat etwas genützt. Nicht einmal das Studium des Vitamantentums hat uns weitergebracht. Am Ende sind nur die Weisesten von uns zum Feind übergelaufen! Klaus der Mitleidige, der gütigste Magier, den du dir überhaupt nur vorstellen kannst, zum Beispiel. Einmal ist eine junge Schülerin auf seinem Arm eingeschlafen, weil die Übungen sie so erschöpft hatten. Da hat Klaus sich den Arm abgehackt, bloß um sie nicht zu wecken. Er hat sich dann mithilfe der Magie einen neuen wachsen lassen.«

»Bestimmt hat sie aus voller Kehle geschrien, als sie aufgewacht ist!«, sagte Trix begeistert.

»Und selbst Klaus hat versagt, als das Magierkapitel ihm Bücher der Vitamanten zum Studium überließ. Bereits nach einer Woche hat er die Ritter, die ihn bewachen sollten, in steinerne Standbilder verwandelt, eine Hafentaverne bis auf die Grundfesten niedergebrannt und zwei Schiffe versenkt, um anschließend zu den Kristallenen Inseln zu fliehen. Die Taverne war übrigens eine elende Spelunke, das Bier war da immer verwässert. Jedenfalls, mein Schüler, sind die Vitamanten verderbt und böse aufgrund der Natur ihrer Kunst. Aber woran das eigentlich liegt, wissen wir nicht.«

»Mein Vater hatte in seiner Bibliothek ein Buch über die Vitamanten«, erinnerte sich Trix. »*Der lebende Leichnam*. Aber ich durfte es nicht lesen.«

»Ach das«, winkte Radion ab. »*Der lebende Leichnam* ist schon völlig überholt. Ich würde dir empfehlen, *Die Lebenden und die Toten* zu lesen, da hast du mehr davon. Oder *Die toten Seelen*, ein Standardwerk, das Klaus der Mitleidige geschrieben hat. Leider hat er den zweiten Band verbrannt ...«

»Jedenfalls dürfen wir Tiana nicht den Vitamanten überlassen!«, unterbrach ihn Trix. »Wenn das solche Fieslinge sind, dürfen wir das unter gar keinen Umständen!«

»Du hast doch gehört, es ist der Wille des Königs.« Der Zauberer holte aus der Tasche seines Umhangs einen Tabaksbeutel und seine Pfeife. Er sah sich um. In der Nähe stand ein eleganter Pavillon, in dem ein müder Wanderer sich ausruhen und die Aussicht auf Fluss und Stadt genießen konnte. Dem Pavillon zog Sauerampfer jedoch einen moosbewachsenen Stein vor, auf den er sich setzte. Er fing an, seine Pfeife zu stopfen. Trix sah den Zauberer befremdet an. »Du missbilligst das?«, fragte Radion.

»Schon«, gab Trix zu.

»Ich rauche auch nicht gern«, räumte Sauerampfer ein. »Aber für einen echten Zauberer gehört es irgendwie zum guten Ton. Auf einem Stein sitzen, rauchen, nachdenken, Rauchwolken ausstoßen ...«

»Kann man so besser nachdenken?«, fragte Trix.

Sauerampfer ließ seufzend einen Rauchring aufsteigen. »Ich habe dir das schon erklärt, Schüler. Die Arbeit eines Zauberers hängt sehr stark von der Meinung seiner Umgebung ab. Welchen Respekt bringt man denn schon einem Zauberer entgegen, der auf einer kleinen Bank in einem Pavillon sitzt und auf den Fluss schaut? Aber ein Zauberer, der sich müde auf einem Stein am Wegesrand niederlässt, sodass die Schöße seines Umhangs im Staub liegen, ein Zauberer, der nachdenklich seine Pfeife schmaucht und versponnene Figuren aus aromatischem Rauch in die Luft aufsteigen lässt, das ist ein schönes Bild. Das lässt niemanden kalt.«

»Was unternehmen wir also wegen Tiana?«, drängelte Trix.

Sauerampfer stieß einen weiteren Rauchring aus. »Selbst wenn irgendein Spion jetzt versuchen würde, das Gespräch des weisen Zauberers mit seinem bekümmerten Schüler zu belauschen, würde er keinen Laut vernehmen«, sagte er. »Eine unsichtbare Mauer der Stille umgibt den Magier und seinen Schüler, eine Mauer, hinter der sie ruhig miteinander sprechen können, ohne fürchten zu müssen, gehört zu werden ... weil sich ihr Gespräch um sehr ernste und gefährliche Dinge dreht, die den Zorn der Mächtigen dieser Welt auf sie lenken könnten.«

Trix spürte, wie die Geräusche um sie herum verstummten, die ihm bisher gar nicht aufgefallen waren. Es erstarben das Zirpen der Zikaden, das Rascheln der Blätter, das Quietschen der Räder der schwer beladenen Karren, die langsam den Berg zum Palast hochfuhren. Der frische Wind erreichte die beiden zwar noch, nun aber lautlos.

»Also, Trix«, begann Sauerampfer, »ich darf mich nicht über den Befehl des Königs hinwegsetzen. Aber ich kann einfach nicht glauben, dass Marcel freiwillig einem Bündnis mit den Vitamanten zugestimmt hat. Er hat gegen sie gekämpft und fürchtet weder Tod noch einen neuen Krieg, ich vertraue ihm.«

»Dann ist vielleicht der Brief ...«

»Der Brief ist echt. Also, was heißt das?«

Trix zuckte schweigend die Achseln.

»Marcel muss irgendeine Intrige ausgeheckt haben«, erklärte Sauerampfer. »Er lullt die Vitamanten ein ... lockt sie in eine Falle ... macht ihnen vor, er wolle Frieden ...«

»Aber Tiana!«

»Dass der König die Fürstin opfert, wäre ihm ohne Weiteres zuzutrauen«, entgegnete der Zauberer. »Werden nicht immer wieder Ehen zwischen zwei Geschlechtern allein um eines großen Ziels willen geschlossen?«

»Aber sie ist doch noch ein Kind!«, sagte Trix errötend.

»Und Evykait ist alles andere als das. Glaube mir, nach Jahrhunderten, in denen er sich mit Magie beschäftigt hat, sind ... äh ... Liebesspiele das Letzte, wonach er sich sehnt. Die Fürstin wird als seine Frau gelten. Aber sie wird in einem anderen Schloss leben. Evykait wird um seiner Sicherheit willen nicht eine Minute allein mit Tiana bleiben, schließlich könnte es ja sein, dass sie ihn vergiften, ihm im Schlaf die Kehle durchschneiden oder ihn mit einem schrecklichen Zauber belegen soll. Die beiden werden nach allen Regeln der Kunst Hochzeit feiern, aber dann wird Evykait deine kleine Freundin auf eine winzige Insel schicken. Dort wird sie in einem hohen Turm sitzen, einen Teppich weben und auf die tosende graue See hinausblicken. Abends hört sie bloß das traurige Geschrei der Möwen, nicht etwa die widerliche Stimme des Vitamanten, der sie ins Schlafgemach ruft. Mit der Zeit wird sie sich vielleicht in einen ansehnlichen Ritter verlieben, der zu ihrem Schutz abgestellt ist, und sich mit ihm trösten.«

Trix senkte den Kopf und schniefte unwillkürlich.

»Falls nun aber ein listiger junger Zauberer ... vielleicht sogar ein Zauberlehrling ... der dem König nicht durch einen Schwur verpflichtet ist und mit der Fürstin mitleidet ... falls der ihr nun helfen wollte ...« Radion zwinkerte Trix zu. »Dann hätte der König sein Versprechen gehalten und die Fürstin zu Evykait geschickt. Sollte Tiana jedoch unterwegs entführt werden ...«

»Ja?« Trix erschauderte. »Aber an Bord ist doch Gavar! Ein Ritter und Magier! Und die Soldaten der Vitamanten.«

»Sicher, allein kann dieser ruhmreiche Jüngling nichts ausrichten«, fuhr Sauerampfer fort. »Falls er nun aber auf die Idee kommen sollte, sich an einen kühnen Ritter zu wenden, der die Vitamanten hasst, von Natur aus gegen Magie immun ist und jederzeit für die Schwachen eintritt, müsste der Jüngling ja nur noch Wind in das Segel ihres Schiffs bringen, damit sie die Vitamanten einholen.«

»Welches Schiff?«

»Also … das weiß ich nicht. Ein kleines und schnelles Schiff. Und wenn dieses Schiff dann das von Gavar einholt … gib mir mal dein Eipott, ich schreibe dir einen guten Zauber auf, mit dem du Wind herbeirufen kannst. Und dann …« Sauerampfer blickte verträumt zum Himmel hinauf. »Ich persönlich würde die Mittel der Natur wählen. Eine elastische Weinrebe, die aus der Erde wächst und sich zart um den Hals des Feindes windet … Gierige Krabben, die blitzschnell aus dem Wasser springen und dem Widerling das weiche Gewebe am Körper abknabbern … Feuer, Schwefel oder Nadeln aus gefrorenem Quecksilber … Auf gar keinen Fall darfst du dich aber auf einen offenen Kampf mit den Vitamanten einlassen! Du bist noch jung.«

Er schrieb rasch etwas mit einem eleganten Silberstift in Trix' In-einer-Hand-Buch. Mit gerunzelter Stirn las er es noch einmal durch. Dann überlegte er weiter. »Genau. Das machen wir … besser gesagt du. Schlaf. Tiefer, fester Schlaf, die Wonne eines müden Organismus! Gegen den es keinen Schutz und kein Schild gibt! Auf dem feindlichen Schiff werden alle einschlafen und erst nach drei Tagen wieder aufwachen.« Radion schrieb erneut etwas in das Büchlein.

»Warum ausgerechnet drei Tage?«, hakte Trix nach. Er war unbedingt für einen längeren Schlaf, mindestens eine Woche, vielleicht sogar einen Monat.

»Weil es mit der Drei immer gut klappt. Auch die Sieben und die Zwölf würden gehen, aber wenn ein Mensch eine Woche schläft, würde das seinen Tod bedeuten. Drei Tage. Das reicht für eure Rückkehr.«

»Und dann?«

»Über das Dann habe ich mir noch keine Gedanken gemacht«, gab Sauerampfer zu. »Und das sollte ich auch nicht!«

»Hm«, brummte Trix zweifelnd.

»Und ich darf Tiana auf gar keinen Fall sehen! Deshalb werde ich dir keine Befehle erteilen. Alles, was du machen willst, musst du aus freien Stücken tun, ohne Zwang oder Druck.«

»Aber was soll ich machen, wenn alles klappt?«, rief Trix. »Dann komme ich mit Tiana zurück ... und die Vitamanten werden Zeter und Mordio schreien, dass jemand ihnen die Braut gestohlen hat! Hass wird befehlen, die Fürstin zu suchen! Das wird er bestimmt! Wo sollen wir uns da verstecken?«

Sauerampfer dachte nach. Nach einer Weile strahlte er. »Du musst sie verzaubern. Verwandel sie ... nein, nein, ich will gar nicht wissen, in was! In einen Hund, in einen Vogel, in eine Greisin, in einen Jungen! Diesen Zauber musst du selbst schaffen! Du kommst zu mir zurück, und dann sollen sie Tiana ruhig suchen, bis sie umfallen. Sobald wir wissen, was eigentlich gespielt wird, entzaubern wir das Mädchen wieder.«

»In eine Greisin?« Trix ließ sich den Vorschlag durch den

Kopf gehen. »Dann bringt sie mich um! Und bei einem Jungen erst recht!«

»Nein, nein, erzähl's mir nicht!« Sauerampfer fuchtelte mit den Händen. »Ich will es gar nicht wissen. Das wird ganz allein dein Plan sein.« Er gab Trix das Eipott zurück, klopfte seine Pfeife aus und sagte: »Natürlich kannst du es auch sein lassen. Ich versichere dir, dass Tiana keine reale Gefahr droht. Es ist eine typische Ehe unter Adligen. Die Liebesehen in diesen Kreisen kannst du an einer Hand abzählen.«

»Meine Eltern haben sich lieb gehabt!«, widersprach Trix.

»Du sprichst vom Co-Herzog Rett Solier und der Co-Herzogin Remy Solier, geborene Baroness Remy Wenikfro, die nur über ein erbärmliches Lehen verfügte? Sie war fünfzehn Jahre alt, als sie ihm zur Frau gegeben wurde. Ihre Mitgift bestand in einem umstrittenen Platanenwald und dem Recht, die Hüter-Schlucht unentgeltlich zu überqueren. Nach dem Tod des alten Wenikfro fiel dann das ganze Lehen dem Co-Herzogtum zu. Von diesen beiden sprichst du doch, oder?«

Trix ließ den Kopf hängen.

»Natürlich haben sie sich geliebt«, tröstete der Zauberer ihn. »Aber die Ehe haben ihre Eltern für sie gestiftet, und zwar aus Berechnung. Das kommt vor. Ich würde sogar vermuten, dass Tiana …«

»Werde ich es schaffen, Herr Sauerampfer?«, unterbrach ihn Trix.

»Du hast alle Chancen. Nimm es als Prüfung, um vom Fanaticus zum Souffloticus aufzusteigen. Vom Schwierigkeitsgrad wäre es genau richtig.«

»Werden denn viele Fanaticusse Souffloticusse?«

»Ungefähr jeder dritte.«

»Und Soufflöticusse Initiaticusse?«

»Jeder siebente«, antwortete der Zauberer lächelnd.

»Verstehe.« Trix runzelte die Stirn. »Wahrscheinlich wird dann jeder zwölfte Initiaticus Zauberer?«

»Die Magie hat etwas übrig für schöne Zahlen«, bestätigte Sauerampfer. »Und, Schüler, wie entscheidest du dich?«

Trix seufzte tief. »Herr Sauerampfer!«, sagte er. »Erlaubt mir, einen Urlaub von zwei Wo… von zwölf Tagen zu nehmen, den ich für eine Ehrensache benötige!«

»Zwölf Tage, das ist viel«, antwortete der weise Sauerampfer. »Dir würden auch drei … na gut, sieben Tage reichen. Sieben Tage Urlaub. Ab jetzt!«

»Vielen Dank«, sagte Trix. Insgeheim war ihm zum Heulen zumute, dennoch sah er den Magier tapfer an.

»Den ruhmreichen Ritter dürftest du in der *Schuppe und Kralle* finden«, sagte Sauerampfer. »Sprich mit ihm ab, was und wie ihr weiter vorgeht. Und … nimm das. Du wirst es brauchen.«

Trix empfing aus den Händen des Magiers einen schweren Lederbeutel. Ungläubig schaute er hinein: Dort schimmerten Goldstücke.

»Herr Sauerampfer …«

»Nimm sie nur!«, nuschelte der Zauberer. »Ich hatte während des Symposiums Glück beim Kartenspiel. Viel Erfolg, Trix.« Er stand vom Stein auf, reckte sich und sagte laut: »Und nachdem er den tapferen Jüngling mit diesen schlichten Worten auf die Reise geschickt hatte, löste sich der weise Zauberer Radion Sauerampfer allein durch seine Willenskraft in Luft auf, um sogleich im Studierzimmer seines bescheidenen Heims am Rande von Dillon zu erscheinen …«

Die letzten Worte kamen bereits aus dem Nichts.

Prompt stürzte auch die Mauer der Stille ein, und das Zirpen der Zikaden, das Schimpfen der Wachen auf den Mauern des Fürstenpalasts und das laute Geschrei der Kinder, die sich in einem Viertel weiter unten prügelten, drangen wieder zu Trix durch.

Irgendwie kam er sich dadurch noch kleiner und verlassener vor – auch wenn sein Lehrer ihn gerade eben vom Jungen zum Jüngling befördert hatte.

Wie sich zeigte, brachte es nicht nur Freude mit sich, erwachsen zu werden.

5. Kapitel

Als Trix die legendäre, wenn auch etwas heruntergekommene Schenke *Schuppe und Kralle* betrat, stellte er erstaunt fest, dass sich dort kaum etwas verändert hatte.

Nach wie vor klirrten Rüstungen in allen Tonlagen. Als er genauer hinsah, fiel ihm zudem ein bemerkenswertes Detail auf: Die meisten Ritter trugen zwar Kettenhemden oder Harnisch, hatten aber die Kettenhosen oder Beinschienen abgenommen und unter die Bänke geschoben. Eine weise Voraussicht angesichts der Mengen von Bier, die sie tranken und die sie zu regelmäßigen Besuchen auf dem Hinterhof zwangen. Die dreckverkrusteten wollenen Beinkleider oder – bei einfacheren Rittern – die zerrissenen Unterhosen verliehen der Atmosphäre jedoch weder Noblesse noch Wohlgeruch.

Im Zentrum der allgemeinen Heiterkeit stand wie beim letzten Mal der herrliche Sir Glamor. Der rot gelockte Ritter hatte einen runden Tisch erklommen, hielt einen Bierkrug hoch und sang aus vollem Hals:

»Bier her, Bier her, mir ist's nicht genug!

Bier her, Bier her, mir ist's nicht genug!

Bier im vollen Krug!

Davon krieg ich nie genug!«

Seine Tischgenossen, nicht ganz so ruhmreiche Ritter, hatten sich bei den Schultern gefasst und schunkelten und trampelten um den Tisch herum. Sobald das Wort »Bier« fiel, stampften die Ritter drohend mit den Fuß auf und riefen: »Einen ganzen Krug!«

Leicht bestürzt über diese Ausgelassenheit zwängte sich Trix auf der Suche nach seinem kurzzeitigen Herrn, dem ruhmreichen Ritter Paclus, durch die Tische hindurch. Letztes Mal war sein Auftauchen in der Schenke völlig unbemerkt geblieben, drückten sich doch um die Ritter stets mehr als genug Jungen herum, die von den funkelnden Waffen angezogen wurden und davon träumten, bei einem Ritter in Dienst zu treten – oder schlicht und ergreifend einen von ihnen bestehlen wollten. Diesmal jedoch trug Trix den Umhang eines Zauberers, einen Stab (unterm Arm, damit er ihn niemandem auf den Fuß rammte) und einen Samtbeutel am Gürtel, in dem sein Buch mit Zaubersprüchen lag. Damit fiel er auf. Einige Gäste hatten einen Blick voller Ironie für ihn übrig, andere, meist ältere Ritter, die bereits Magier im Kampf erlebt hatten, einen voller Respekt. Ein Ritter schlug ihm kameradschaftlich auf den Rücken, ein anderer hielt ihm mit zitternder Hand einen noch nicht geleerten Bierkrug hin, was unter Rittern als heiliges Zeichen der Freundschaft und Achtung gilt. Als Trix allerdings vorbeigegangen war, hielt dieser, mit noch glückseligerem Lächeln auf den Lippen, den Krug einem Hund hin, der unterm Tisch an einem Knochen nagte.

Schließlich entdeckte Trix die knapp über dem Tisch aufragende Glatze von Sir Paclus. Der üppige Bart des Ritters lag wie eine Serviette auf dem Tisch. Von beiden Seiten umarmten ihn lustig plappernde Kellnerinnen. Die eine wickelte seinen Bart um den kleinen Finger, sodass sich die Haarpracht ringelte, die andere flüsterte ihm etwas ins Ohr.

Paclus strahlte, seine Augen funkelten. Er schien sich zwischen den beiden einfach nicht entscheiden zu können.

»Sir Paclus?« Trix blieb vor dem Ritter stehen.

Dessen Blick wurde warm. »Trix!«, schrie er, wobei er sogar Glamors Gesang übertönte. »Du kleiner Taugenichts, nun bist du schon fast ein richtiger Zauberer!« Paclus schob eine der Kellnerinnen zur Seite und deutete auf den Platz neben sich. Trix setzte sich, wenn auch etwas verlegen.

»Gefällt sie dir?«, erkundigte sich Paclus und blickte auf die Kellnerin, die weggerutscht war. »Sie heißt ... na, das ist unwichtig. Soll ich sie dir vorstellen?«

Die Kellnerin hatte zunächst einen Schmollmund gemacht, betrachtete Trix jetzt aber neugierig. Den schauderte es. Eine Greisin von dreißig Jahren kennenzulernen lag nun wahrlich nicht in seinen Absichten.

»Sir Paclus ... wir müssen miteinander reden!«

»Husch, husch, weg mit euch!«, befahl Paclus den Kellnerinnen. »Der junge Zauberer und ich, wir müssen ein ernstes Gespräch führen!«

»Ein Zauberer! Ja und?!«, höhnte die andere Kellnerin und ließ von seinem Bart ab. »Mein kleiner Bruder ist auch Zauberlehrling ... schon im zehnten Jahr.«

Trotzdem zogen die beiden kichernd ab.

»Was gibt es, mein Sohn?«, fragte Paclus mit recht nüchterner Stimme. »Wenn du von der Magie enttäuscht bist, musst du mich nicht lange bitten: Ich bin jederzeit bereit, dich zurückzunehmen. Meine alten Knappen wollten aus irgendeinem Grund nicht zu mir zurück. Und neue ... wollen einfach nicht auftauchen.«

»Nein, vielen Dank«, antwortete Trix. »Ich habe mich bereits an die Zauberei gewöhnt.«

»Schade!«, sagte Paclus noch nüchterner. »Trotzdem bin ich ganz Ohr!«

Mit einem Blick versicherte sich Trix, dass niemand ihr Gespräch hörte. Sir Glamor brüllte nach wie vor:

»Bier her, Bier her, mir ist's nicht genug!

Bier her, Bier her, mir ist's nicht genug!

Bier im vollen Krug!

Davon krieg ich nie genug!«

Seine Saufkumpane hämmerten mit den Schwertern auf den Fußboden und schrien: »Einen ganzen Kübel!«

Der Schankwirt war bereits mit vier Kannen zu dem Tisch unterwegs.

»Herr Ritter«, begann Trix, »ich habe da eine Geschichte gehört ...«

»Gib mir die Kurzfassung«, bat Paclus.

»Die Vitamanten haben mit Erlaubnis des Regenten und des Königs höchstselbst die Fürstin Tiana auf die Kristallenen Inseln entführt, damit sie die Frau von Evykait wird!«

Paclus tastete auf dem Tisch herum, fand unter diversen leeren Krügen einen noch vollen, stürzte ihn hinunter, rülpste und stand auf. »Komm, mein Junge, schnuppern wir ein bisschen frische Luft!«

In einer Küstenstadt gibt es keinen romantischeren, lustigeren und dreckigeren Ort als den Hafen.

Trix und Paclus befanden sich auf der gepflasterten Uferpromenade und betrachteten die Schiffe.

»Die nützen uns nichts«, brummte Paclus. »Das sind Lastkähne, die sind langsam, mit denen verschiffst du nur Möhren ... Das da ist schnell und schön, aber teuer. Das können wir uns nicht leisten. Die weiter hinten kommen aus

Samarschan, mit denen will ich mich lieber nicht einlassen … die verraten dich, sobald du ihnen den Rücken zukehrst.«

»Und das da?« Trix zeigte auf ein elegantes Schiff, an dessen Deck die Hebel von Katapulten aufragten.

»Das ist eine königliche Kriegsfregatte, die *Friedensmacher*«, schnaubte Paclus. »Willst du etwa ein königliches Schiff mieten, um dem Befehl des Königs zuwiderzuhandeln?«

»Fürchtet Ihr Euch eigentlich nicht, Euch dem König zu widersetzen?«, fragte Trix verlegen.

»Ich? Nein, mein Freund. Ich habe nicht dem König, sondern dem toten Fürsten einen Eid geleistet. Wenn seine Tochter jetzt in der Patsche sitzt, treib ich ein Schiff auf und rette sie!« Paclus grunzte und sagte mit fester Stimme: »Uns bleibt nur eins! Wir müssen in die Hafenbar!«

»Um dort nach einem Kapitän zu suchen, der Arbeit braucht?«, vermutete Trix.

»Also erst mal, weil ich noch ein Bier trinken will, um mir das Hirn durchzuspülen«, antwortete Paclus. »Allerdings ist das ein guter Vorschlag, mein Junge! Wo sollten wir denn sonst arbeitslose Seeleute finden, wenn nicht in der Hafenbar?«

Wenn die ritterliche Schenke *Schuppe und Kralle* ein lauter Ort war, an dem Metall rasselte, Bierkrüge klirrten und gegrölt wurde, dann war die Hafenbar *Anker und Bugspriet* das genaue Gegenteil. An kleinen Tischen saßen – zumeist allein – trübselige Männer in Matrosenkluft (gelbe Overalls aus steifem Stoff, mit Innentaschen und Schnüren am Kragen). Sie tranken kein Bier und auch keinen Wein, sondern steifen Rum aus kleinen Gläsern. Da fast alle Pfeife rauchten, hingen Wolken dicken bläulichen Rauchs in der Luft.

Nachdem sich Sir Paclus die Seeleute genau angesehen hatte, steuerte er auf den Tresen zu. Hinter ihm stand offenbar der Schankwirt höchstselbst, ein baumlanger, älterer Seemann mit gutmütigem Gesicht. Auf einer Stange hinter ihm saß ein ausgestopfter Papagei, der völlig verstaubt und verrußt war.

»Bier!«, forderte Paclus. »Bier für mich und meinen jungen Freund!«

»Bier, Bier …«, murmelte der Seemann versonnen. »Ich habe gehört, dass Landratten etwas trinken, das so heißt … Ein Rum tut's nicht?«

»Bier!«, wiederholte Paclus.

»Kommt sofort, Herr Ritter. Irgendwo hatte ich da noch ein Fässchen …«

Der Wirt drehte sich humpelnd um. Voller Mitleid sah Trix, dass dem Mann ein Bein fehlte. An seiner Stelle saß da ein glatt gehobelter Holzstumpf.

»Das hab ich im Kampf für meinen geliebten König Marcel verloren!«, sagte der Schankwirt, als habe er Trix' Blick gespürt. »Ruhm dem König!«

»Ruhm …«, knurrte Paclus.

Der Schankwirt kehrte mit einem kleinen Fässchen zurück, aus dem er zwei große Krüge abfüllte. Trix nahm genüsslich einen Schluck. Das Bier war leicht süß und schmeckte. Paclus trank ebenfalls, grunzte zufrieden und warf ein paar Kupferlinge auf den Tresen.

»Kann ich den edlen Herren vielleicht sonst noch helfen?«, fragte der Wirt. »Ein tapferer Ritter und ein junger Zauberer … Sucht Ihr womöglich eine Mannschaft, um auf Abenteuersuche zu gehen? Vielleicht gar auf Schatzsuche?«

»Hä?«, brummte Paclus.

»Ich habe das ruhige Landleben seit Langem satt«, vertraute der Schankwirt ihnen an. »Ich will zur See! Zu fernen unbewohnten Inseln! Ich verstehe etwas von Seefahrt! Im Kampf bin ich äußerst wertvoll! Außerdem koche ich nicht schlecht! Ja, Ihr könntet mich als Koch anheuern …«

»Wir suchen keinen Schatz«, sagte Paclus, nachdem er den Krug geleert und sich den Bart abgewischt hatte. »Uns ruft eine Ehrenpflicht, die uns erhebliche Probleme bereitet und Entbehrungen abverlangt, aber keinen materiellen Vorteil bringt.«

»Schade«, bedauerte der Schankwirt. »Trotzdem dürft Ihr mich um Rat fragen.«

»Woher diese Güte?«, bohrte Paclus ungläubig nach.

»Euer junger Freund«, sagte der Wirt, der sich nun leicht zu Paclus vorgebeugt hatte, »erinnert mich an einen tapferen Jüngling, mit dem ich auf einer einsamen Insel weit weg von hier die erstaunlichsten Abenteuer erlebt habe. In dieser Geschichte gab es alles: Edelmut und Verrat, Großherzigkeit und Niedertracht, eine Schatzsuche und einen Kampf gegen Piraten … Eine Sache so recht nach meinem Herzen! Sie hätte aufgeschrieben gehört, damit sie anderen eine Lehre ist. Seitdem weiß ich, wie wichtig es ist, der heranwachsenden Generation zu helfen, ihr moralischen Halt und ethische Orientierung zu geben. In Erinnerung an meinen kleinen Freund, dem ich das Seemannshandwerk beigebracht und den ich sogar vor blutrünstigen Piraten gerettet habe, bin ich bereit, Euch zu helfen.«

»Das ändert die Sache natürlich«, erwiderte Paclus, der ihm seinen Krug zum Nachfüllen hinhielt. »Dann könnt Ihr uns vielleicht einen Rat geben. Wir brauchen ein kleines schnelles Schiff und eine gute Mannschaft. Für ein paar

Tage. Die Reise wird gefährlich und bringt nichts ein. Die Mannschaft muss unbedingt zuverlässig sein. Niemand darf je ein Wort darüber verlieren, was er erlebt hat!«

»Schwierige Sache!«, sagte der Schankwirt. »Seeleute, die keine Geheimnisse ausplaudern? Sind mir nicht bekannt. Man könnte ihnen natürlich die Zunge abschneiden oder sie einfach über Bord werfen, wenn das Schiff wieder im Hafen einläuft ...« Er verstummte und lächelte. »Das war ein Scherz, edler Ritter! Nur der Scherz eines guten alten Schiffskochs! Am einfachsten wäre es, Ihr würdet ein Schiff ohne Mannschaft nehmen. Im Hafen liegt ein prächtiger Schoner, dessen Kapitän sich dem Suff hingegeben hat und dem die Mannschaft längst davongelaufen ist. Das Schiff ist nicht sehr groß, aber wendig. Gegen ein bescheidenes Entgelt sorge ich dafür, dass der Kapitän Euch das Schiff für ein oder zwei Wochen überlässt. Aber um eine Mannschaft müsst Ihr Euch selbst kümmern! Der Bagage, die sich in meiner Schenke die Hosen durchsitzt, ist nicht zu trauen!«

Paclus sah Trix an. »Kennst du jemanden, der dafür infrage käme?«

Trix schüttelte den Kopf – bis ihm eine wahnwitzige Idee kam. »Muss die Mannschaft groß sein?«

»Fünf, sechs Mann, wenn sich niemand vor der Arbeit drückt«, antwortete der Wirt.

»Paclus«, sagte Trix, von der eigenen Entschlossenheit mitgerissen, »es gibt da jemanden ... in gewisser Weise ist er ein Kapitän ...«

Paclus warf eine weitere Münze auf den Tresen. »Kümmer dich um das Schiff, guter Mann«, verlangte er. »Wir kommen am Abend wieder. Gehen wir, Trix.«

Der Ritter und der Zauberlehrling verließen die Schenke,

begleitet von den sehnsüchtigen Blicken der Seeleute und dem neugierigen Blick des Wirts.

»Wie heißt dein Kapitän?«, fragte Paclus.

»Bambura«, antwortete Trix. »Kapitän Bambura, der Schrecken der Kristallenen Inseln.«

Die Idee, die sich da in Trix' Kopf eingenistet hatte, war eigentlich gar nicht für ihn oder Bamburas Truppe bestimmt. Nein, sie wartete in jener idealen Welt, in der alles bereitliegt, was sich fantasievolle Köpfe je ausgedacht haben, auf ein paar andere Schauspieler. Im Übrigen amüsiert Schauspieler nichts so sehr wie der Versuch, ihre Bühnenrollen im echten Leben zu spielen. (Was passiert, wenn die Rebellen tatsächlich rebellieren, die Kämpfer kämpfen, die Erfinder erfinden?) Doch sei es wegen des Biers, sei es wegen der Angst um Tiana – jedenfalls schaffte Trix es, diese Idee am Schlafittchen zu packen und Paclus davon zu überzeugen.

Warum aber billigte Paclus die Idee? Lag es an dem vielen Bier, das er in der *Schuppe und Kralle* getrunken hatte? Oder daran, dass er – wie alle Ritter und Zwerge – nicht das Geringste von der Seefahrt verstand?

Als Trix und Paclus zum Theater kamen, strömte die Menge gerade auseinander. Kinder lärmten in allen Tonlagen, Kinderfrauen und Gouvernanten versuchten, ihre Schutzbefohlenen in die richtige Richtung zu lenken. Überall standen leere Fruchteis-Gläser und kleine Körbe mit karamellisierten Walnüssen oder türkischem Honig herum.

»Mehr!«, schrie ein kleiner Junge aus vollem Hals. »Ich will noch mehr von Bambura und Albi!«

Das Gewusel gefiel Trix gar nicht. Offenbar war das Stück in Dillon sehr populär. Doch bei aller Liebe zur Schauspielkunst – ein leerer Saal und hungrige Schauspieler, die bereit waren, für ein paar Goldstücke als Matrosen anzuheuern, wären Trix jetzt viel lieber gewesen.

Am Ausgang stand der Barbar aus dem Norden, der Trix gleich wiedererkannte und ihm zunickte. Wer einmal einen Fuß in die Welt des Theaters gesetzt hatte, gehörte offenbar für immer dazu.

Den Ritter Paclus beäugte der Barbar dagegen voller Misstrauen, obendrein legte er prompt die Hand an den Streithammer.

Der Ritter reckte im Gegenzug stolz den Kopf, sodass sein Bart nach oben aufragte, und fasste seinerseits nach dem Schwert.

Einen ausgedehnten Moment lang sahen die beiden einander schweigend an.

Dann zog der Barbar den Hammer aus dem Gehänge und streckte Paclus den Griff entgegen. Trix dachte schon, der Barbar böte dem Ritter die Waffe an, damit dieser sie begutachte. Doch weit gefehlt! Mit seinem langen dreckigen Fingernagel markierte der Barbar den Griff des Hammers, als wolle er ein handtellergroßes Stück abmessen.

Paclus schnaubte, holte sein Schwert heraus und zeigte die Einkerbung an seinem Griff.

Der Barbar hielt den Hammer gegen das Schwert und verglich die beiden Abschnitte. Der des Ritters war länger.

»Hm«, brummte der Barbar. Dann hielt er dem Ritter erneut den Griff des Streithammers hin. Daraufhin hielt der Ritter dem Barbaren den Schwertknauf hin. Sie legten die Waffen aneinander und verglichen sie aufmerksam.

Der Schwertgriff war dicker.

Nun wurde der Barbar nervös. Er legte sich den Hammer

in die Hand und stieß ihn drei Mal hoch in die Luft. Und nach kurzem Zögern sogar ein viertes Mal.

Paclus lachte. Munter salutierte er in besagter Weise mit seinem Schwert sechs Mal hintereinander.

»Das kann nicht sein!«, schrie der Barbar.

»Das ist, wenn ich nicht in Form bin«, gab sich Paclus bescheiden.

»Unmöglich!«

»Zwergenblut!«, gestand der Ritter mit gedämpfter Stimme.

In den Blick des Barbaren schlich sich Respekt. »Tritt ein, ruhmreicher Mann«, sagte er und verneigte sich.

Trix und Paclus betraten das Theater. »Was war das?«, fragte Trix, der vor Neugier platzte. »Ein Barbarenbrauch?«

»Ja«, antwortete Paclus. »Die Barbaren sind ein sehr hitziges und stolzes Volk. Wenn sie jedes Mal einen Streit mit der Waffe austragen würden, wäre schon bald keiner mehr von ihnen übrig. Deshalb existiert seit Langem der Brauch, die Waffen zu vergleichen. Ich habe die Überlegenheit meiner Waffe bewiesen – und damit meine über ihn.«

»Ihr seid also stärker als dieser Schrank!«, rief Trix begeistert.

»Die Barbaren sind ein sehr hitziges, stolzes und argloses Volk«, antwortete Paclus nebulös. »Also ... wo steckt dein Kapitän Bambura?«

Sie durchquerten den Zuschauersaal, wo zwei wackere alte Frauen den dreckigen Boden mit dreckigen Scheuerlappen, die sie in regelmäßigen Abständen in Eimer mit dreckigem Wasser tauchten, bearbeiteten. Solche alten Frauen leben in allen Welten zu allen Zeiten. Einige Magier vermuten sogar, es handle sich bei ihnen nicht um Menschen, sondern um Sauberkeitsfeen, eine besondere Spezies von Wesen, die schon alt und mit Lappen und Eimer in der Hand auf die Welt kommen. Ihr besonderes Merkmal sind geheime Sätze und Bräuche, an denen sie einander erkennen.

»Kommt ja jenner und henner ...«, sagte die eine Alte, als Trix an ihr vorbeiging, und fuhr ihm mit dem Lappen über die Stiefel.

»Kommt und prompt ...«, erwiderte die andere. »Hat er nichts Besseres zu tun, oder was? Kommt und prompt saut er alles ein.«

Leider wusste Trix nicht, dass die Antwort auf diesen geheimnisvollen Gruß darin bestand, zweimal auf dem linken Bein zu hüpfen und zu rufen: »Wo kömmt man denn da hin? Jenner latscht überall rein, henner immer geradenwegs durchs Nasse!« Hätte er das gewusst, dann ... ja, dann hätten sich die beiden Alten sofort in wunderschöne Feen verwandelt, ihn in die Arme geschlossen und ihm jeden Wunsch erfüllt. Zum Beispiel den, zum Schiff der Vitamanten zu fliegen, mit Schrubbern alle lebenden Toten zu erschlagen und Tiana nach Dillon zu bringen. Dann ... ja, dann wäre unsere Geschichte ganz anders ausgegangen!

All das wusste Trix jedoch nicht, sodass er sich schuldbewusst an den beiden brabbelnden Alten vorbeizwängte. Ihm folgte mit stolz vorgerecktem Bart der Ritter, den auszuschimpfen die Feen sich nicht trauten, hatten sie die althergebrachte Feindschaft zu den Zwergen doch nicht vergessen.

Sie fanden den kühnen Kapitän Bambura in seiner Garderobe. Er und Krakritur aßen Hühnchen. Ihnen leistete ein kleiner dicker Mann in fortgeschrittenem Alter Gesellschaft.

»Trix«, sagte Bambura erstaunt und leckte sich die Finger ab. »Du bist ja unter die Zauberer gegangen!«

»Willst du Huhn?«, fragte Krakritur unerschüttert. »Und wen bringst du da mit?«

Unter dem Tisch bellte Albi, empört darüber, dass sich die Zahl der Esser so erhöht hatte.

»Das ist mein Freund, der kühne Ritter Paclus«, sagte Trix, um dann noch hinzuzufügen: »Und damit ihr es gleich wisst, er ist kein Zwerg!«

Stille trat ein. Paclus funkelte Trix an und legte die Hand aufs Schwert.

»Setzt Euch, werter Ritter«, entschärfte Bambura die Situation. »Wir haben schon von Euch gehört.«

»Und von Eurer Familie«, ergänzte Krakritur.

»Moment mal!«, rief der Dicke. »Sind das nicht Eure Großeltern gewesen, über die wir die Operette *Wenn die Großmama der Großpapa wäre oder Die Zwergenlagune* geschrieben haben?«

Grabesstille trat ein. Trix wollte die Schauspieler schon zur Flucht antreiben. Da er aber Paclus' Kampfgeist kannte, wusste er, dass das nichts ändern, sondern nur zu einer umso heftigeren Prügelei führen würde.

Da nahm Paclus plötzlich die Hand vom Schwert. »Das hat Eure Truppe gemacht?«, fragte er. »Meine Großmutter findet es herrlich. Sie sagt, sie habe geweint bei der Vorstellung. Bei der Szene, als mein Großvater ihr hilft, einen Schmiedeofen aus Muscheln zu bauen …«

»Ja, das waren wir!« Der Dicke fasste Paclus' Hand und schüttelte sie heftig. »Ich erinnere mich noch an sie, die liebe Alte! Als einmal ein Herr unsere Vorstellung kritisierte, hat sie ihn zum Fenster rausgeschmissen. Wie geht es ihr?«

»Wie schon?« Paclus zuckte mit den Achseln. »Sie schmiedet immer noch … Ich weiß noch, ihr hat vor allem die Schauspielerin gefallen, die sie gespielt hat …«

»Das war ich«, sagte der Dicke stolz. »Darf ich mich vorstellen? Maichel, Theaterdirektor und im Nebenberuf Schauspieler.«

»Sowie Kartenverkäufer, Koch und die schreckliche Geräuschkulisse …«, flüsterte Krakritur.

»Aber wie konntet Ihr meine Großmama spielen?«, empörte sich Paclus.

»Damals war ich jünger und hübscher«, sagte Maichel rasch. »Und ich hatte einen wunderbaren Bart.«

»Der war auch wirklich nicht angeklebt?«, fragte der Ritter misstrauisch.

»Bestimmt nicht! Das wäre eine Beleidigung gewesen, die mir Eure Großmama nie verziehen hätte!«

Da brach Paclus in Gelächter aus und donnerte dem Direktor die Hand auf die Schulter. »Was für ein … Schauspieler! Außerdem kennt Ihr uns … die Zwergenbräuche!«

»Ein Schauspieler muss sich in die Figur einfühlen, die er darstellt«, erklärte Maichel, während er seine Schulter rieb. »Sonst misslingt die Darbietung … und am Ende würde noch jemand den Schauspieler deswegen ermorden.«

»Oh!« Paclus setzte sich auf einen freien Hocker, nachdem er sich zuvor von dessen Stabilität überzeugt hatte. Der Hocker knirschte, hielt ihn jedoch aus. »Das trifft sich gut. Die Sache ist die, mein lieber Maichel, dass ich Euch bitten möchte, uns fünf oder sechs Personen auszuleihen, die in dem Stück *Albi und Bambura auf den Kristallenen Inseln* mitwirken. Natürlich würdet Ihr dafür ausreichend belohnt werden.«

Daraufhin lachten alle schallend los.

»Stimmt was nicht?«, fragte Paclus.

»Das, hochverehrter Ritter«, antwortete Maichel, »ist rein rechnerisch leider unmöglich.«

»Rein rechnerisch?«

»Ja. Bei dem Stück spielen nämlich insgesamt nur vier Personen mit. Bambura, Krakritur, unser wackerer Freund Hort aus dem Norden und ich.«

Der kleine weiße Hund unter dem Tisch knurrte wütend.

»Tut mir leid, Albi.« Maichel vollführte eine Verbeugung. »Vier Personen und ein Hund.«

»Aber in dem Stück gibt es eine Schiffsmannschaft, Wilde, Vitamanten …«, sagte Paclus ungläubig – und lief hellrot an.

Maichel war so klug, darüber hinwegzugehen, dass der Ritter ein Spiel für Kinder ausgesprochen gut kannte.

»Sicher! Aber wir können uns keine große Truppe leisten. Wisst Ihr, wie teuer es ist, ein Theater in einer großen Stadt zu mieten? Deshalb sind wir nur zu viert und jeder spielt mehrere Rollen. Dann gibt es noch Statisten, da stellen wir für einen oder zwei Abende Städter ein.«

»Gestatten: Kapitän Bambura, Häuptling der Wilden, das Monster im Bärenpelz mit Hirschgeweih, die Frau des Kapitän Bambura und der junge Vitamant!«, ratterte Bambura stolz herunter.

»Zweiter Offizier von Bambura, Sohn des Häuptlings der Wilden, Gebieter der Vitamanten, Hafenwache und Matrose oben auf dem Mast!«, erklärte Krakritur.

»Erster Offizier, zweiter Matrose, Mann über Bord, lebende Leiche, der Jäger bei den Wilden und die Alte im Zelt«, sagte Maichel und verbeugte sich.

»Und unser guter Hort spielt alle anderen Matrosen, Wilden und Vitamanten, dann noch den Minotaurus, der den Kriegstanz aufführt, und den Sonnengott«, erklärte Bambura lächelnd.

»Theater – das ist Betrug«, sagte Paclus traurig.

»Nein, das dürft Ihr nicht sagen!« Maichel fuchtelte mit den Händen. »Theater – das ist ein Traum! Illusion! Das ist, wenn alle Beteiligten, Schauspieler und Zuschauer, auf den Zauber vertrauen! Was stört Euch daran, edler Ritter? Wir führen Euch auch zu viert jedes Stück auf!«

»Könnt Ihr auch ein Schiff steuern?«, fragte Paclus. »Im echten Leben? Oder ist das ... die Illusion des Vertrauens und der gemeinsame Traum aller Beteiligten?«

»Also, ich habe mir von Seeleuten, die ich kenne, Rat geholt.« Maichel dachte nach. »Jetzt kann ich Seemannsknoten knüpfen.«

»Und ich bin als kleiner Junge auf dem Schiff von meinem Pap...«, Bambura hüstelte, »auf einem Schiff gefahren. Ich durfte sogar mal das Ruder übernehmen.«

»Und ich habe ein Jahr lang als Schiffsjunge auf einer Handelsgaleere gedient«, sagte Krakritur. »Eigentlich hätte ich dreieinhalb Jahre mit ihnen mitfahren sollen, aber nach dem Sieg bei der Schwarzen Anfurt wurden alle unter siebzehn vorzeitig entlassen.«

»Wir brauchen eine Mannschaft für einen kleinen Schoner.« Paclus knallte verärgert die Faust auf den Tisch. Geschickt fing er dabei ein Stück Huhn auf, das durch den Schlag in die Luft katapultiert worden war, riss einen Flügel ab und biss hinein. »Selbst wenn Ihr Knoten knüpfen könnt, seid Ihr noch keine Seeleute! Wir haben nur unsere Zeit verschwendet, als wir Euch aufgesucht haben!«

»Moment mal!«, empörte sich Maichel. »Ja, wir sind

Schauspieler! Aber ein echter Schauspieler vollbringt auch im Leben das, was er auf der Bühne zeigt.«

Krakritur schnaubte.

»Ohne einen Kapitän können wir nicht in See stechen.« Paclus schüttelte den Kopf. »Ich meine einen, der weiß, was das Hauptsegel und was der Bugspriet ist!«

»Bei einem Einmaster ist das Hauptsegel das schräge untere Segel«, erklang es da hinter Trix. »Bei einem Zweimaster sitzt es am höheren Mast. Und der Bugspriet ist der Spriet, an dem der Klüver und die Fockstage befestigt werden.«

Alle drehten sich zur Tür um. Der Barbar Hort zog den Kopf ein, um nicht gegen den Türrahmen zu stoßen, und kam herein. »Hort ist Kapitän«, sagte er. »Hort ist neun Jahre auf Wikingerschiffen gefahren, Hort war drei Jahre Kapitän auf einer Samarschaner Kriegsgaleere, Hort hat ein Jahr als Erster Offizier bei der königlichen Flotte gedient, dann aber den Kapitän verprügelt, weshalb er über Bord geschmissen wurde. Hort schwamm zwei Tage und erreichte das Ufer. Seitdem fährt Hort nicht mehr zur See. Aber Hort ist Kapitän.«

»Warum hast du das nie erzählt?«, fragte Maichel.

»Es ist eines Mannes unwürdig, sich zu brüsten«, antwortete er.

»Dann ist es entschieden!« Paclus erhob sich. »Packt Eure Sachen, alle vier!«

Albi kläffte empört.

»Das gilt auch für dich!« Paclus sah den Hund streng an. »Packt Eure Sachen und ab an Bord!«

»Halt!«, rief Maichel. »Wir haben noch nicht eingewilligt!«

»Nicht?«, fragte der Ritter verwundert.

»Ich gehe mit dem kühnen Ritter«, teilte Hort mit. »Die Sagas werden berichten, wie wir Seite an Seite kämpften!«

»Wohin fahren wir und was müssen wir machen?«, wollte Bambura wissen.

»Wir werden ein Schiff der Vitamanten verfolgen«, sagte Paclus.

Krakritur sprang auf. Seine Kiefern mahlten. »Die Vitamanten haben mein Heimatdorf niedergebrannt! Sie haben meine ganze Familie ermordet! Ich komme mit!«

»Wir müssen die Fürstin Tiana retten, die von den Vitamanten entführt wurde«, fuhr Paclus fort.

»Meine Großcousine Tiana?«, rief Bambura. »Ein kleines Mädchen ist in Gefahr? Ich komme mit!«

»Ich kann Euch«, Paclus schaute in seinen Beutel und bewegte die Lippen, »sieben ... nein, sogar acht Goldstücke geben.«

»Zehn! Und es gilt!«, verlangte Maichel. »Und die Hälfte aller Schätze!«

Es dämmerte bereits, als sich die vier Schauspieler, Trix, Paclus und der einbeinige Schankwirt am Pier neben einem kleinen Zweimaster trafen. Etwas abseits stand ein Karren mit Vorräten für eine Woche: Essen, Wasser und Lampenöl.

»Da ist sie, die schöne *Tintenfisch*!«, rief der Schankwirt und zeigte auf den Schoner.

»Nicht gerade groß«, murmelte Paclus.

»Dafür schnell!«

»Und wenig Segel ...«

»Dafür sicher bei jedem Sturm!«

»Und alles vom Holzwurm zerfressen!«, sagte Hort.

Der Wirt beäugte den Barbaren misstrauisch. »Man sieht doch auf einen Blick, dass das ein tüchtiges Schiff ist!«, blaffte er.

Unter Missachtung der Gangway sprang der Barbar an Deck und inspizierte die nächsten Minuten das Schiff, tastete das Steuerruder ab, stieg hinunter in den Laderaum – von wo er mit nassen Füßen wieder hochkam – und schaute in die Kajüte. Schließlich drehte er sich zum Pier um und rief: »Das war mal ein schöner Stagsegelschoner!«

»Meine Rede!«, erwiderte der Schankwirt.

»Aber jetzt ist es nur noch ein Bretterhaufen. Das Ding hält sich vielleicht noch ein, zwei Wochen auf Wasser. Falls kein Sturm aufzieht, denn dann geht es sofort unter. Die Takelage ist durchgefault, die Segel sind gestopft.«

»Dann kommt es nicht infrage?«, brachte Trix entsetzt heraus.

»Doch«, entgegnete der Barbar. »Aber es wird es nicht lange machen. Eine Woche, wie gesagt. Was verlangst du dafür?«

Der Wirt schaute den Schoner an. »Hundert Goldstücke.«

»Du kriegst zwanzig«, sagte der Barbar. »Wenn du diesen Brettersarg beseitigen lassen wolltest, müsstest du noch draufzahlen, der Pott taugt ja nicht mal als Brennholz.«

Der Schankwirt reckte die Hände zum Himmel. »Kühner Ritter, das ist nicht Euer Ernst! Dies ist ein ruhmreiches Schiff! Fünfzig!«

»Zwanzig«, wiederholte Hort.

»Barbaren feilschen nicht«, mischte sich Maichel ein. »Wenn man anfängt, mit ihnen zu feilschen, holen sie bloß ihren Hammer heraus und …«

»Aus Respekt gegenüber dieser tapferen Gemeinschaft erkläre ich mich einverstanden!«, verkündete der Wirt schnell. »Meine Großzügigkeit wird mich noch in den Ruin treiben! Und Ihr geht wirklich nicht auf Schatzsuche?«

Da eine Antwort ausblieb, entfernte sich der Schankwirt vom Pier. Den kamen gerade zwei kleine Gestalten hinunter, die Trix genauer hinsehen ließen. Nicht ohne Grund.

»Trix!« Ian winkte und fiel in Trab. Ihm folgte eine noch kleinere Figur.

»Wer ist das?«, fragte Paclus.

»Mein ... mein Knappe«, antwortete Trix verlegen.

»Haben Zauberlehrlinge jetzt schon Knappen?«, wunderte sich der Ritter.

Ian hatte sie bereits erreicht und blickte die Versammelten ängstlich an.

»Was machst du hier?«, fragte Trix. »Warum bist du nicht bei Sauerampfer? Hat er dir gesagt, wo ich bin?«

»Nein.« Ian schüttelte den Kopf. »Er hat nur gesagt, dass du Urlaub genommen hast. Und dass ich in seinem Haus auf dich warten oder dich suchen kann, wenn ich will. Und Hallenberry hat gesagt, dass er dich suchen will. Dann haben wir noch Annette gefragt ...«

»Nicht auch das noch!«, flüsterte Trix.

Annette saß auf Hallenberrys Schulter, baumelte mit den Beinen und sah Trix beleidigt an. Als sie seinen Blick auffing, machte sie einen Schmollmund und wandte sich ab.

»Nachdem sie ein bisschen gezaubert hat, wusste sie, dass du am Pier bist!«, berichtete Ian. »Und Hallenberry bin ich einfach nicht losgeworden. Er hat gesagt, er würde mitkommen, seine Schwester retten.«

»Wollt ihr etwa mit uns in See stechen?«, fragte Trix entsetzt.

»Klaro!«, meldete sich Hallenberry zu Wort.

Tief in seinem Herzen freute sich Trix jedoch. Auf einer gefährlichen Reise ist letztlich jede Hilfe willkommen. Selbst die von einem feigen Knappen niederer Herkunft und einem kleinen Bastard ... Aber was würden die anderen dazu sagen? Wie sah das denn aus, wenn ein Zauberlehrling Kinder in Gefahr brachte?

»Paclus?«, wandte er sich an den Ritter.

»Das musst du entscheiden«, sagte der Ritter. »Es sind deine Leute. Aber ein paar Hände mehr können nie schaden.«

»Was soll Hallenberry uns schon für eine Hilfe sein?«

»Wenn er Tianas Bruder ist«, erwiderte der Ritter, »und sei es ihr Stiefbruder, bekommt unsere Reise durch ihn eine gewisse Legitimation.«

»Richtig!«, bestätigte Maichel. »Weil wir dann eine Art Familienpflicht erfüllen!«

»Wenn ein Mann bereit ist, für die Ehre seiner Schwester einzutreten«, stellte Hort kategorisch fest, »spielt es keine Rolle, wie alt er ist, dann ist er bereits ein Mann. Komm her, Kleiner!«

Hallenberry trat ängstlich an Hort heran.

»Nimm den!« Der Barbar hatte in seinen Taschen gekramt und einen winzigen Hammer herausgezogen. »Bei uns bekommen alle Kinder einen solchen Streithammer, wenn sie zum ersten Mal in den Krieg ziehen.«

»Wahnsinn!«, brachte Hallenberry begeistert heraus. »Aus Meteoritenstahl! Und der Griff aus Zypresse! Die Dinger kosten zehn Goldstücke! Gebraucht!«

Maichel sah Hallenberry respektvoll an.

»Im Notfall musst du unter den Beinen der Feinde durchschlüpfen und ihnen damit aufs Knie hauen«, erklärte Hort. »Oder den gefallenen Feinden oben auf den Schädel hämmern, damit sie nie wieder aufstehen.«

»Das ist nicht nötig!«, mischte sich Trix erschrocken ein. »Wir schaffen das ohne Kampf!«

»Man muss auf alles vorbereitet sein«, hielt Hort dagegen. »Außerdem kannst du mit dem Hammer Nüsse knacken.«

»Wenn Ihr meint«, gab Trix klein bei. »Trotzdem bin ich mir sicher, dass ein Kampf nicht nötig sein wird.«

»Mein Volk hat ein Lied«, sagte Krakritur. »Ich kann es nicht in eurer Sprache singen, aber der Sinn ist folgender, hört zu! Wenn du dich auf eine Reise machst, ist es mit einem Freund lustiger. Dann bist du nicht allein. Die brüllenden Schneestürme verlieren ihren Schrecken, die glühende Hitze jagt dir keine Angst ein, der Regenguss stört dich nicht. Mit Freunden handelst und denkst du besser. Allein auf einen Bären loszugehen ist lebensgefährlich, aber zusammen mit Freunden kannst du dich von verschiedenen Seiten anschleichen, und ihr könnt den Bären besiegen, falls ihm nicht ein anderer Bär zu Hilfe kommt. Damit sich die Weisheit dieses Liedes fest in deinem Kopf einnistet, musst du es lange singen und jedes Wort mehrmals wiederholen.«

»Unser Volk hat auch solche Lieder«, sagte Hort. »Selbst die Sänger im heißen Samarschan kennen ähnliche.«

»Und was ist mit dir?«, wandte sich Trix an Annette.

»Mit mir?« Die Stimme der Fee klang, als würde sie gleich in Tränen ausbrechen. »Ich mache, was du sagst, mein Liebster. Wenn du willst, dass ich hierbleibe, werde ich an diesem Pier auf dich warten ... solange meine Kräfte reichen, solange der garstige Wind mir nicht die Flügel bricht und mich ins eisige Wasser reißt.«

Trix streckte schweigend den Arm aus und Annette setzte sich auf seinen Handteller.

Natürlich hatte Trix all die Erzählungen über die heldenhaften Kinder gelesen, die während des Kriegs gegen die Vitamanten den Erwachsenen geholfen hatten. Sie hatten die Stärke und die Marschrichtung der feindlichen Truppen ausspioniert; sie hatten das Korn in Brand gesteckt, damit der Feind keine Nahrung mehr hatte; sie hatten Brunnen und Tränken vergiftet; sie hatten die Vitamanten mit Aufforderungen zugeschrien, sich zu ergeben, und von den lebenden Leichen verlangt, zu bereuen und sich freiwillig in ihren Gräbern einzubuddeln.

Nur eine Sache störte Trix. Alle Erzählungen über diese heldenhaften Kinder endeten damit, dass die Vitamanten sie gefangen nahmen, schlimmster Folter unterzogen und töteten.

Aber er wollte unbedingt glauben, dass eine Geschichte auch anders enden kann.

Eine sanfte Abendbrise trug die *Tintenfisch* aufs Meer hinaus. Die geschmeidigen Rücken der Delfine schimmerten im Dämmerlicht, fliegende Fische jagten übers Wasser, die Luft roch nach Salz, das durchscheinende Flusswasser wurde dunkler, nahm ein tiefes Blau an. Die Möwen zogen träge über den Schoner dahin und schrien sich mit ihren seltsamen Stimmen traurig etwas zu: »Tekeli-li! Tekeli-li!«

»Hisst das Hauptsegel!«, befahl Hort.

Zu Trix' Verblüffung brauchten sich die Schauspieler nur kurz zu beraten, um dann eines der Seile zu ziehen.

»Hisst die Stagsegel! Zuuu-gleich!«

Nun half auch Paclus den Schauspielern.

»Trimmt die Licken, Fischkinder! Am Baum!«

Hallenberry begeisterte das Geschehen derart, dass er sogar den Finger in den Mund steckte. Sobald Hort das sah, schrie er: »Schiffsjunge! Finger aus dem Mund! Ab in die Kombüse! Du hilfst Ian beim Kartoffelschälen!«

Trix unterdrückte tapfer den Wunsch, Hallenberry zu folgen – und sich vor dem barschen Kapitän in Sicherheit zu bringen. Schließlich war er kein Rotzbengel, sondern ein junger Magier ...

»Schläfst du, Zauberer?«, wandte sich Hort an ihn. »Wo bleibt dein Wind? Ich halte den Kurs, bläh du die Segel!«

Trix sah ängstlich zu den alten grauen Segeln über ihm hoch. Die schlecht gespannten Taue und Schnüre hingen durch, die Flicken auf dem Hauptsegel knatterten im Wind ...

»Eipott«, murmelte er, um das Buch mit Zaubersprüchen zu öffnen.

Da ... das war die Feuerwand ... mit dem hier rief er Sauerampfer um Hilfe ... ein wunderbarer Zauber, wenn auch die Worte etwas beschämend waren: »Oh großer Zauberer, hörst du deinen saumseligen Schüler ...«

Aber da. Da war der Windzauber.

Trix hustete, um die Aufmerksamkeit der Mannschaft auf sich zu ziehen. Schließlich hing für einen Magier alles davon ab, dass man ihm zuhörte und glaubte. »Die erste schüchterne Windbö streicht über den Boden, drückt das Gras nach unten und reißt die Blätter von den Bäumen. Die Sonne scheint hell und in ihrem Licht ...« Trix verstummte. Hatte Sauerampfer etwa vergessen, dass Tageszeiten die Angewohnheit haben, sich zu verändern? Oder dass sich ein Schiff auf dem Wasser bewegt, nicht auf dem Land?

Dieser Zauber passte bestens zu dem Berg, auf dem Sauerampfer gesessen hatte, als er ihn gewirkt hatte. Aber überhaupt nicht zum Meer!

»Ich schieb dir hundert Anker in den Ausschnitt!«, herrschte Hort ihn an. »Kannst du jetzt den Wind herbeizaubern oder nicht? Kannst du überhaupt zaubern?«

Sofort tauchte Annette aus Trix' Tasche auf und sah ihn besorgt an.

Trix hustete noch einmal. Nachdem er den Text überflogen hatte, ließ er die Hand mit dem Buch sinken. »Wer fliegt dort geschwind nur knapp überm Meer? Es ist der Sturmvogel, der alte Späher. Er sieht die Möwen, wohl überm Wasser, die Angst vorm Sturm macht sie immer blasser«, begann er mit voller Stimme. Irgendwie kam es ihm vor, als verfehle er die Sache um Haaresbreite, als müsste er nur etwas andere Worte wählen – und schon würde der Ozean erbeben, die Berge mit salzigen Wellen überspülen …

»Trix!«, rief Paclus, der sich voller Panik umsah. Am Himmel war aus dem Nichts ein Sturmvogel aufgetaucht, der wie verrückt auf und nieder sauste, da er offenbar nicht die geringste Ahnung hatte, was er da eigentlich tat. Die Möwen schrien und kackten die ganze Zeit. Von allen Seiten krochen schwere, bleigraue Wolken heran. »Trix, keinen Sturm! Sondern Wind! Nur Wind von achtern!«

»Und hörst, Sturmvogel, du nicht, wie Donner an düsterm Ort durch Wolken bricht?«

Es donnerte fürchterlich. Ein blauer Blitz schlug neben dem Schoner (steuerbord) ein. Das Wasser zischte, Dampfwolken stiegen auf.

Trix schüttelte den Kopf, denn er begriff nicht recht, was hier vorging. »Wind! Wehe, wehe manche Strecke, dass der

Schoner übers Wasser schieße!«, fuhr er fort. »Denn der Wind ist mächtig und treibt die Wolken rasch über den Himmel. Und als er auf einen kleinen Zweimaster trifft, hebt der Wind ihn mit seiner zarten, aber auch starken Hand an und jagt ihn vorwärts. Immer weiter! Dem Schiff der gemeinen Vitamanten hinterher, die die Fürstin Tiana entführt haben! Dem Schiff der Vitamanten hinterher – aber mit zweifacher, mit dreifacher Geschwindigkeit!«

Etwas klatschte gegen das Achterdeck. Die Segel blähten sich knatternd. Jedes erbärmliche Toppsegel, jedes noch so kleine Flopsegel wölbte sich im Wind. Der Schoner flog beinahe über das Wasser. Ihm auf den Fersen folgten ein wilder Sturm, Donner und Blitze.

»Das reicht, Zauberer!«, rief Hort. »Sonst halten die Segel nicht!«

Trix blickte sich nach dem wolkenverhangenen und von Blitzen zerrissenen Himmel hinter ihnen um – und beschloss umgehend, von nun an nur noch nach vorn zu schauen.

»Du bist wirklich ein geborener Zauberer!«, lobte ihn Paclus. Er stieß Trix freundschaftlich die Faust in die Seite. »Lass mal vierzig Jahre vergehen, vielleicht sogar nur dreißig, dann werde ich ruhig und gelassen in einem echten Kampf an deiner Seite stehen!«

Trix war sich nicht sicher, ob das ein Kompliment war. Aber er sagte lieber nichts, sondern schrie Hort zu: »Womit kann ich sonst noch dienen, Käpt'n?«

Hort sah sich das Deck an, über das die Gischt hinwegfegte, den klaren Horizont vor ihnen und den grollenden Sturm hinter ihnen. »Geh in die Kombüse und hilf den anderen beim Kartoffelschälen!«, sagte er. »Die frische Luft regt den Appetit an!«

Vielleicht hätte es Trix getröstet, wenn er gehört hätte, was Hort sagte, als er in der Kombüse verschwunden war. »Er ist zu stark für so simple Aufgaben wie ein kleines Lüftchen. Zu stark und zu jung. Besser, er wartet noch ein bisschen mit seiner Zauberei.«

Aber das hörte Trix schon nicht mehr, denn er war bereits in der schmuddeligen Kombüse, wo Hallenberry beim Schein einer Öllampe Kartoffeln schälte. Ian half ihm tatkräftig, indem er Geschichten erzählte: »Ich weiß noch, wie ich in der Küche vom Waisenheim Dienst hatte. Wir mussten fünf Eimer Kartoffeln schälen, aber es gab nur ein Messer und das war auch noch stumpf.«

Bei Trix' Auftauchen sprang Ian hoch und täuschte Geschäftigkeit vor: Er sammelte die Kartoffelschalen auf, füllte Wasser in einen Topf, heizte den Herd an – all das gleichzeitig, versteht sich.

Trix schimpfte ihn jedoch für seine Faulheit nicht aus, sondern setzte sich still in eine Ecke, holte das Eipott heraus und las aufmerksam jenen Zauberspruch durch, mit dem der Feind in tiefen Schlaf versetzt werden sollte. Der schien in Ordnung. In ihm tauchte sowohl das Meer wie auch ein Schiff auf. Hier hatte Sauerampfer anscheinend alles richtig gemacht.

Damit blieb nur eine Frage offen: In wen (oder in was) sollte er Tiana verwandeln?

»Ian, wenn du dich eine Zeit lang in jemanden verwandeln müsstest, wer wolltest du dann sein?«, fragte er.

»König«, antwortete Ian. »Und den Magier, der mich verwandelt hätte, würde ich auf der Stelle töten.«

»Und wenn es ein Tier wäre, in welches dann?«

»In einen Drachen!«

»Hallenberry, was würdest du werden wollen?«, fragte Trix.

»Eine Kröte«, sagte der Junge. »Klaro, eine Kröte!«

»Warum?«, wollte Trix verwundert wissen.

»Die springt so lustig. Außerdem kann sie im Wasser leben und an Land. Ist doch toll, klaro!«

Trix winkte ab und versank tief in seine Grübeleien.

An dieser Stelle wollen wir ihn ein Weilchen in Ruhe lassen. Schließlich ist es keine leichte Aufgabe, sich eine Verwandlung auszudenken, die einem selbst ein sehr verwöhntes Mädchen nicht übel nimmt.

Der Schoner schoss unterdessen auf den Flügeln des Sturms dahin, dem Schiff der Vitamanten hinterher.

DRITTER TEIL

TRIX SUCHT GERECHTIGKEIT

1. Kapitel

Am frühen Morgen, als die Sonne gerade durch die Wolken brach, kam Paclus in die Mannschaftskajüte hinunter und schüttelte die Hängematte, in der Trix schlief. »Steh auf, Zauberer! Die Vitamanten sind in Sicht!«

Trix war sofort hellwach. »Schon?«, fragte er, während er aus der Hängematte stieg. »So schnell?«

»Du hast einen guten Wind heraufbeschworen«, sagte Paclus, der bereits wieder auf dem Weg nach oben war. »In spätestens einer Stunde haben wir sie eingeholt. Weck alle, wasch dich und komm nach oben an Deck!«

Die Nacht über hatten der muskelbepackte Barbar und der kampfgestählte Ritter das Schiff gelenkt. Alle anderen schnarchten noch selig in den Hängematten.

Trix ging die Schauspieler wecken.

Maichel wachte sofort auf. »Wir fliehen? Wohin?«, rief er verwirrt. Krakritur schlug die Augen auf, noch bevor Trix ihn an der Schulter berührt hatte, sah den Jungen streng an, nickte und sprang auf, fast als hätte er gar nicht geschlafen. Bambura dagegen musste Trix schütteln und tüchtig in der Hängematte schaukeln. »Noch ein bisschen«, brummte er. »Lass mich gehen, Bruder! ... Nur noch diesen Traum zu Ende!« Offenbar träumte der Schauspieler etwas aus seiner Kindheit.

Als Trix zu Ian kam, setzte dieser sich in der Hängematte

auf und sagte: »Ich bin schon wach!«, nur um dann wieder im Sitzen einzuschlafen, kaum dass Trix sich umgedreht hatte. Es blieb Trix nichts anderes übrig, als ihm einen Eimer Wasser über den Kopf zu schütten.

Der kleine Hallenberry schlief so süß und selig, dass Trix es nicht übers Herz brachte, ihn zu wecken. Deshalb befahl er Ian, das zu erledigen, während er selbst in die Kombüse ging.

Nachdem er die Reste der gekochten Kartoffeln und des steinharten, geräucherten Elchfleischs zum Frühstück gegessen hatte, lief Trix rasch zum Bug, um bei all dem Wasser um ihn herum sein ganz persönliches Wässerchen abzuschlagen. Danach begab er sich zu Hort und Paclus auf die Brücke.

»Wo sind die Vitamanten?«, fragte Trix, den es im frischen Wind fröstelte. Hinter ihnen tobte immer noch der Sturm.

»Da!« Paclus streckte die Hand aus.

Entsetzt stellte Trix fest, dass das Schiff der Vitamanten viel näher war, als er gedacht hatte. In fünf Minuten würden sie zu ihm aufschließen. Es war ebenfalls ein Zweimaster, eine Brigg, etwas größer als die *Tintenfisch*.

»Du musst den Wind anhalten, wenn wir uns nähern«, sagte Paclus. »Und sie sofort in Schlaf versenken!«

»Gut«, sagte Trix, während er nervös über das Eipott strich. »Der Zauber ist gut, Sauerampfer hat sich alle Mühe gegeben. Als ich ihn gelesen habe, wäre ich beinahe selbst eingeschlafen.«

»Und der Wind?«

»Der Wind ...« Trix schluckte. »Da werde ich mir etwas einfallen lassen. Ihn anzuhalten ist bestimmt viel einfacher.«

»Ich weiß nicht.« Paclus schüttelte zweifelnd den Kopf.

»Ich habe mal erlebt, wie Sauerampfer einen Feuersturm aufhalten wollte, den er selbst heraufbeschworen hatte …«

»Du solltest jetzt langsam anfangen«, sagte Hort. Er zog ein paar Beeren Bergkaffee aus der Tasche, steckte sich zwei in den Mund und zerkaute sie. Er hielt auch Paclus einige hin, der sie mit dankbarem Nicken annahm. »Sonst eröffnen die Vitamanten nämlich mit ihren Katapulten das Feuer!«

»Haben sie uns denn schon bemerkt?«, fragte Trix.

»Ob sie uns bemerkt haben?« Hort lachte. »Mein Junge, es ist schwierig, ein Schiff zu übersehen, das auf den Flügeln eines Sturms hinter dir herrast, mit einer Geschwindigkeit, wie die Natur sie nie zulassen würde. Ein Schiff, das von Blitzen und Windhosen begleitet wird! Ein Schiff, das …«

»Schon verstanden.« Trix sah sich um. Die Mannschaft war inzwischen heraufgekommen. Sogar Ian und Hallenberry waren da, beide übrigens nass – womit die Frage geklärt wäre, wie Ian Hallenberry geweckt hatte. Sie wirkten verängstigt. Trix konzentrierte sich und fing an: »Und still ruht die See. Keine Dünung, keine Wellen – nichts gibt es mehr. Der Wind legt sich. Seine Böen stören nicht länger den tiefen Schlaf des Wassers. Die graublauen Wolken lösen sich auf, das Donnergrollen verstummt, die Blitze erlöschen. Auf dem spiegelglatten Meer liegen reglos zwei Schiffe.«

Er verstummte.

»Hm!« Hort sah sich nachdenklich um. »War vielleicht etwas abrupt.«

Ein riesiger schwarzer Sturmvogel knallte aufs Deck der *Tintenfisch*. Der Vogel riss den Schnabel auf, keuchte und glotzte die Menschen verwirrt an. Schließlich krächzte er tadelnd und stakste nach achtern, wobei er Trix fest im Auge behielt.

»Die ganze Nacht ist der Ärmste durch den Sturm geflogen«, sagte Paclus. »Wurde hochgeschleudert und wieder nach unten gedrückt, bis er fast die Wellen berührte. Und wie er geschrien hat! Hat selbst mir das Herz zerrissen!«

»Auf dem Schiff der Vitamanten richtet man gerade die Katapulte aus«, bemerkte Hort beiläufig. »Und dem Rauch nach zu urteilen, wollen sie Pfeile mit heißem Teer abschießen.«

Trix schlug rasch das Eipott auf und las den Zauber vor: »Schlaf! Oh du süßer Schlaf, der du die Lider niederdrückst, der du die Freude des müden Körpers und der erschöpften Seele bist! Schwer ist das Handwerk des Seemanns, kurz der Augenblick der Erholung. Wie wohltuend ist es da, sich auf dem warmen Deck auszustrecken und die Wange auf die Hand zu betten, während das Meer – wie eine liebevolle Mutter die Wiege – zärtlich das Schiff der Vitamanten schaukelt. Schlaf, süßer Schlaf, kommt zu jeder lebenden Seele, nur nicht zu jener der Fürstin Tiana. Er nimmt Kummer und Leid, Müdigkeit und Trauer von ihnen. Und auf dem Schiff der Vitamanten sinken sie in tiefen Schlaf: So schläft das Kind auf der nach Milch riechenden Brust der Mutter; so schlafen Verliebte, die auf den Atem des anderen lauschen; so schläft der müde Maurer, nachdem er die Kelle weggelegt hat; so schläft der fleißige Scholar, dem der Kopf auf eine Schriftrolle sackt. Und ihr Schlaf wird genau drei Tage dauern, keine Minute länger, keine Minute weniger. Sie schlafen schon ... schlafen ... schlafen ...«

Trix verstummte. Paclus und Hort spähten zum Schiff der Vitamanten hinüber. Irgendwann nickte Paclus zufrieden. »An den Katapulten ist alles ruhig! Anscheinend hast du sie in den Schlaf geschickt, Trix! Guter Junge! Ein guter Zauber. Mit Worten für Auge, Ohr, Hand und Nase!«

»Für die Nase?«, fragte Trix erstaunt.

»Das über die Muttermilch ...«

»Die riecht?«, fragte Trix. »Ich habe das nur gesagt, weil es da stand ... Überhaupt ist das Sauerampfers Zauber.«

»Trotzdem gute Arbeit. Und jetzt zaubere uns ein bisschen Wind. Aber nur einen ganz leichten. Damit wir an ihr Schiff herankommen.«

Während Trix einen einfachen Zauber wirkte (in seinem Kopf schwirrten die Worte »Der Wind hat mir ein Lied erzählt ...«), holte Paclus einen Diamanten heraus und fing an, sein Schwert zu schärfen.

»Sie schlafen alle«, bemerkte Hort. »Wirklich ein guter Zauber.«

»Weißt du«, erwiderte der Ritter, »ich habe oft Seite an Seite mit Magiern gekämpft. Dabei ist mir eins klar geworden: Wie gut ein Zauber auch sein mag, irgendetwas übersieht der Zauberer immer.« Nach kurzem Nachdenken fügte er noch hinzu: »Vor allem mein lieber Freund Radion Sauerampfer.«

Der Barbar ließ sich die Worte durch den Kopf gehen, holte ein Samttuch heraus und polierte seinen Streithammer.

Die sanften Böen des herbeigezauberten Windes trugen die *Tintenfisch* zum Schiff der Vitamanten, bis beide Bord an Bord lagen. Nun ließ sich auch der Name des Schiffs der Vitamanten lesen: *Abdecker*.

Der Wind legte sich. Die Takelage quietschte. Der Sturmvogel, der inzwischen aufs Hauptsegel geklettert war, stieß einen kehligen Laut aus, verstummte jedoch sogleich, als sei er über sich selbst erschrocken. Mit der Rüstung rasselnd trat Paclus an die Reling und sah misstrauisch zu dem feindlichen Schiff hinüber, das mit reglosen Körpern übersät war. Die Mannschaft der Vitamanten schlief.

»Nun schlafen sie wirklich wie Tote«, sagte der Ritter und lachte. »Helft mir rüber! Mit der Rüstung sollte ich besser nicht ins Wasser fallen!«

»Rostet die dann?«, fragte Hallenberry.

Der Ritter sah ihn von oben herab an. »Schlimmer noch, mein Junge! Sie sinkt!«

Sie legten eine breite Brücke hinüber zum feindlichen Schiff – zum Glück befanden sich die Relings fast auf einer Höhe – und der Ritter begab sich kühn an Bord der *Abdecker*. Ihm folgten der Barbar mit dem Hammer im Anschlag, Krakritur mit einem langen Bergdolch und der tapfere Kapitän Bambura in leichtem Kettenhemd und mit einem Anderthalbhänder. Als Letzter kam Trix, der mit einer Hand fest das Eipott gepackt hielt, mit der anderen den Zauberstab. Der Stab war ihm nun, da er in Dillon wie durch ein Wunder den Stockkampf erlernt hatte, sogar noch nützlicher als das Buch mit Zaubersprüchen. Auf Trix' Schulter saß schweigsam und angespannt die Fee Annette.

»Die anderen sollen drüben bleiben«, befahl der Ritter.

»Nein, Hallenberry soll mit mir mitkommen!«, verlangte Trix.

Dieser erbleichte, folgte Trix dann aber, seinen kleinen Hammer fest in der Hand.

»Achte auf alles, was ich sage!«, forderte Trix ihn auf. »Ganz genau! Das ist ein sehr mächtiger Zauber, und es wird nur zu deinem Vorteil sein, ihn zu hören.«

»Ach ja«, sagte Paclus, »der Zauberer hat recht. Hör ihm genau zu, mein Freund!«

Auf der Brigg war alles ruhig und still. Nur in den Kesseln kochte das schwarze Pech, mit dem die Vitamanten sie hatten befeuern wollen. Auf dem Schanzdeck gackerten aufgeregt Hühner in Käfigen.

»Da hätten wir schon mal den ersten Fehler!«, stellte Paclus amüsiert fest. »Bei Tieren wirkt der Zauber nicht!«

Sicherheitshalber trat er mit seinem Eisenschuh gegen einen der Seeleute. Aber der schlief wirklich.

»Selbst wenn die hier ein paar Kampfirbisse haben, wird uns das nicht aufhalten«, drohte Krakritur. »Was ist? Suchen wir das Mädchen?«

Trix nickte. Etwas beunruhigte ihn. Etwas an dem Zauber von Sauerampfer. Eine kleine Ungenauigkeit. Schlaf, süßer Schlaf kommt … »Halt!«, rief er. »Wir haben einen Fehler gemacht!«

Doch da erklang schon lautes Gelächter – und aus der Tür zum Achterdeck trat der Ritter und Magier Gavar. Seine schwarze Rüstung funkelte Furcht einflößend in der Sonne, in einer Hand hielt der Vitamant locker einen Zweihänder, in der anderen einen Zauberstab. »Nur ist es jetzt schon zu spät, du arroganter Junge!«, brüllte er. »Viel zu spät! Meine treuen Diener! Vorwärts!«

Brüllend stürmten hinter Gavar Zombies mit aufgedunsenen blauen Gesichtern, geschwollenen Armen und Beinen, toten Augen und gebleckten Zahnstummeln hervor. Sie trugen Panzer aus verfaultem, zerrissenem Leder und stumpfe, verrostete Schwerter.

»Der Schlafzauber wirkt nur bei lebenden Menschen!«, höhnte der Vitamant. »Das ist mal wieder typisch Sauerampfer!«

»Deine tote Brut kann uns nicht schrecken!«, schrie Paclus und hackte mit einem kräftigen Schlag den auf ihn zueilenden Zombie in zwei Teile. Die obere klammerte sich mit den Händen an die Reling und hangelte sich wild schreiend weiter auf Paclus zu, die untere stapfte blindlings zwischen den Männern hindurch und versuchte, den Gegner zu treten.

»Aber du müsstest doch auch schlafen!«, rief Trix.

So komisch das auch klingt, Gavar reagierte darauf. Er schob das Visier des Helms hoch und starrte Trix mit weißen, trüben Augen an.

Ich werde nie wieder gekochte Eier essen, dachte Trix, der gegen eine Ohnmacht ankämpfte.

»Ja, wenn ich ein lebendiges Wesen wäre«, sagte der Vitamant. »Aber ich bin schon lange tot. Und das ist allein Sauerampfers Schuld!«

Bei jedem Wort rieselte aus dem Mund des Vitamanten Staub.

»Das ist ein Lich! Ein Totenzauberer!«, schrie Hort. Sogar der furchtlose Barbar war, wie Trix fassungslos bemerkte, kreideweiß vor Angst. »Wir werden alle sterben!«

»Zaubere was, Trix!«, brüllte Paclus, während er den nächsten Zombie spaltete. »Bist du ein Magier oder Hunderotz?«

Die klaren Worte des Ritters gaben Trix Mut. »Das Blut der tapferen Vorfahren brodelt in den Adern des Ritters!«, rief er. »Das Schwert liegt leicht wie eine Feder in seinen Händen, doch mit einer einzigen Berührung zerhackt er das tote Fleisch! Und ...«, fügte Trix in einem Anflug von Inspiration hinzu, »so groß sind die Tapferkeit des Ritters und sein Hass auf die Vitamanten, dass die Zombies durch ihn den endgültigen Tod sterben und sich in Lachen ekelhaften Schleims verwandeln!«

Der Zombie, dem Paclus zuletzt den Arm abgehauen hatte, sah Trix verstimmt an – und zerfloss zu einer stinkenden Lache.

»Du bist stark, Junge«, sagte Gavar wütend. »Wenn ich euch alle umgebracht habe, werde ich dich wieder zum Leben erwecken! Du wirst mein Sklave!« Der Vitamant verengte die Augen zu Schlitzen und sagte: »Ein schrecklicher Zauber verwandelt die toten Krieger in ekelhaften Schleim, aber selbst der kriecht noch auf den Feind zu, um ihn mit ätzenden Spritzern zu verbrennen und mit Dämpfen zu vergiften!«

Die Schleimlachen, in die sich die Zombies unter Paclus' und Horts Schlägen verwandelt hatten, erzitterten und setzten sich zischend in Bewegung. Hort, den ein Tropfen des Gifts im Gesicht traf, jaulte vor Schmerz.

»Aber die helle Sonne scheint am Himmel!«, schrie Trix. »Und ihre lebensspendenden Strahlen verbrennen die widerliche Substanz, verwandeln sie in harmlose graue Asche, die niemandem mehr Unheil bringen kann, was auch immer der gemeine Lich sagt!«

»Pah!«, rief Gavar, als er sah, wie die Reihen seiner toten Ritter dahinschmolzen und der giftige Schleim sich in Staub verwandelte. »Der mächtige Lich fürchtet die überheblichen Worte des jungen Magiers nicht! Er runzelt die Stirn und spricht den schrecklichsten aller ihm bekannten Zauber, der ein nie gesehenes Untier vom Grund des Meeres heraufruft, das bereits in vorgeschichtlicher Zeit vermoderte! Wach auf, verdammte Kreatur dieser Erde! Dein empörter Geist kocht, du bist bereit, ins letzte Gefecht zu ziehen!«

Das Schiff fing an zu schwanken, das Wasser brodelte. Etwas Großes und Schreckliches bereitete sich vor, an die

Oberfläche zu gelangen: In der Tiefe ließ sich bereits eine Silhouette erahnen, die an eine gigantische Krake erinnerte.

Trix zitterte. Sollte er jetzt ein noch größeres Monster herbeizaubern? Einen Wal? Oder einen überdimensionalen weißen Killerhai?

»Liebster!«, hauchte ihm Annette ins Ohr. »Messe dich nicht in Gigantomanie mit ihm! Glaube mir, auf Größe allein kommt es nicht an!«

»Nicht?«, fragte Trix erstaunt zurück.

»Natürlich nicht! Ein großer Bär rennt vor einem Schwarm kleiner Bienen davon!«

»Aber ja!« Trix' Gesicht hellte sich auf. Und mit volltönender Stimme sagte er: »Doch ehe das tote Monster aus seinem jahrhundertelangen Schlaf erwacht und aus dem Wasser schießt, werfen sich ihm Tausende und Abertausende von Meeresbewohnern entgegen! Winzige Krebse reißen ihm einzelne Stückchen aus dem toten Fleisch, kleine Fische fressen es, giftige Quallen stechen das Monster mit ihren Tentakeln. Und das Ungeheuer gelangt nicht ans Sonnenlicht, sondern zerfällt in Einzelteile und stirbt erneut, diesmal für immer!«

Das Wasser brodelte. Fischschwärme brachten das Schiff mit ihren Flossenschlägen zum Schaukeln. Im Nu färbten eine braune Brühe und das grüne Blut des Monsters das Wasser. Ein Fangarm so lang wie das Schiff schwamm vorbei – und wurde auf der Stelle von bunten Fischen verschlungen. Gavar rannte zur Reling und schaute verzweifelt in die Tiefe. Dann drehte er sich zu Trix um. All seine toten Diener waren geschlagen, Paclus und Hort traten mit hoch erhobenen Waffen vor.

»Nun gut«, presste der Lich heraus. »Wo die Magie versagt, entscheiden ein ehrliches Schwert und gemeine Finten allen Streit!« Er reckte sein langes schwarzes Schwert in die Höhe und fügte hämisch hinzu: »Und natürlich die gute alte Feuerkugel! Eine einfache und todbringende Waffe der Zauberer, die die Menschen mit magischer Flamme verbrennt!«

Gavar fuchtelte mit der Hand und schleuderte einen Feuerklumpen gegen Trix, den er in seiner Hand entflammt hatte.

Trix erschrak derart, dass er sogar vergaß, sich wegzuducken.

Es war Paclus, der ihn rettete. Der kühne Ritter stellte sich der Feuerkugel in den Weg – die sich in seinen Panzer bohrte.

Trix kreischte entsetzt auf. Auf der *Tintenfisch* schrien Ian und Maichel, die mit großen Augen den Kampf verfolgten.

Paclus stand reglos da und beobachtete, wie das Feuer seinen Brustpanzer schwärzte. Sein Bart qualmte ein wenig.

»Warum fällst du nicht um?«, fragte Gavar irritiert.

»Tja, da hilft kein Drumherumgerede. Zumindest sich selbst gegenüber sollte man ehrlich sein«, sagte Paclus leise. »Wahrscheinlich bin ich nicht ganz ein Mensch … Wahrscheinlich überwiegt der Zwergenanteil.« Er schüttelte den glimmenden Bart und stieß den alten Schlachtruf der Zwerge aus: »Zieht ihm die Hacke über den Schädel!«

»Zieht ihm den Hammer über den …« Der Schlachtruf des Barbaren ging im Freudengeschrei der Mannschaft unter.

Dann begann der Kampf. Gavars schwarzes Schwert wehrte mit unvorstellbarer Leichtigkeit die Schläge des Barbaren und des Ritters ab. Aus der zweiten Reihe hielt Krakritur mit geschickten Schlägen seines Dolchs den Totenzauberer in Schach, während Bambura dem Vitamanten mit seinem Schwert und beleidigenden Schreien einheizte.

Nach und nach drängten die Lebenden den Untoten an die Reling. Plötzlich jedoch setzte Gavar einem tief schlafenden Seemann, über den er beinahe gestolpert wäre, das Schwert an die Brust und schrie: »Werft die Waffen weg, oder er ist tot!«

Paclus und Hort blieben stehen und sahen sich verständnislos an. »Ja, und?«, fragte Paclus.

»Er will uns einen Schreck einjagen«, sagte Hort und fuchtelte erneut mit dem Streithammer herum.

Gavar stieß den schlafenden Körper mit einem Fluch weg und stürzte sich wieder in den Kampf. Der Vitamant focht so meisterlich, dass die Angreifer auch ordentlich etwas abkriegten. Hort wurde an der Schulter und am Bein verwundet, der Panzer von Paclus völlig zerbeult. Dennoch ließen sie nicht nach und drängten den Feind weiter gegen die Reling.

Gavar tobte. Mit einem Sprung katapultierte er sich auf die Reling, wo er mit dem Schwert fuchtelte und brüllte: »Wenn ihr je einen zornigen Vitamanten sehen wolltet, habt ihr euer Ziel erreicht! Aber jetzt werde ich euch zeigen, was echte Magie ist!«

»Warum spielt er sich so auf?«, fragte Annette erstaunt.

»Das ist ein unerlässliches Element der Zauberei«, antwortete Trix, der vor Angst mit den Zähnen klapperte. »Damit ein Zauber funktioniert, muss man an ihn glauben … sowohl der Zauberer selbst wie auch die Zuhörer.«

Paclus und Hort standen entsetzt und reglos vor dem Vitamanten. Dieser bleckte die Zähne zu einem fürchterlichen Grinsen. »Ich habe mir einen derart grauenvollen Zauber ausgedacht, dass selbst mein toter Körper vor Schreck zittert!«, kündigte er an. »Hört! Die Grundlage der Materie, die tot ist seit Anbeginn der Welt …«

»Das will ich gar nicht hören!«, schrie Hallenberry mit dünner Stimme. »Echt nicht!« Und er schleuderte seinen kleinen Hammer gegen den Vitamanten.

Der flog in gefährlicher Nähe an Horts Kopf vorbei und traf den Vitamanten an der Brust. Gavar, der mit dieser Wendung nicht gerechnet hatte, hielt sein Schwert gerade weit nach vorn. Als ihn der Hammer traf, verlor er das Gleichgewicht und fiel zwischen die beiden Schiffe. Der Hammer prallte an der Rüstung ab und flog dem Barbaren direkt vor die Füße.

Nach einem lauten *Blubb* trat Stille ein.

Alle stürzten zur Reling und sahen zu, wie der glänzende schwarze Panzer langsam in die Tiefe sank.

»Stirbt er jetzt?«, fragte Hallenberry mit zitternder Stimme. Weil er so klein war, musste er hüpfen, um einen Blick ins Meer werfen zu können.

»Wie soll der denn sterben?«, beruhigte ihn Trix. »Der ist doch schon lange tot!«

»Er braucht nicht zu atmen und aufs Essen kann er auch verzichten!«, bestätigte Paclus.

»Bis zum Ufer sind es fünfhundert Meilen«, sagte Hort. »Wenn wir von einer Geschwindigkeit von fünf Meilen pro Stunde ausgehen …«

»Vier Tage«, soufflierte Trix, der nicht ohne Grund stolz auf seine Rechenkünste war.

»Hier gibt es zehn Meter dicken Schlamm«, sagte Bambura schadenfroh. »Und er trägt eine schwere Rüstung. Er kann von Glück sagen, wenn er pro Tag fünf Meilen schafft.«

»Fischfutter«, bemerkte Paclus und spuckte über die Reling.

»Habe ich was falsch gemacht?«, fragte Hallenberry, der kurz davor war loszuweinen. »Hätte ich ihm mit dem Hammer gegen die Beine hauen müssen?«

Hort setzte ihn sich mühelos auf die Schulter. »Du?«, sagte er. »Du hast uns alle gerettet! Du bist ein heroischer Ritter! Wahrscheinlich fließt in dir das Blut von Barbaren!«

Sofort war Hallenberrys Traurigkeit wie weggeblasen. Stolz sah er Trix an.

»Aber zuerst hat Trix uns gerettet!«, stellte Annette klar. »Obendrein mehrmals!«

»Stimmt«, gab Hort zu. »Wir alle haben in diesem Kampf gezeigt, was in uns steckt! Wir alle sind Helden!«

»Ich habe Trix vorgesagt, wie er das Monster besiegen kann«, rief die Fee.

»Du bist auch eine Heldin«, sagte Hort. »Aber jetzt sollten wir die Fürstin suchen und dann nach Hause fahren.«

Trix nickte. Beschämt gestand er sich ein, dass er das Ziel ihrer Expedition völlig vergessen hatte.

»Wie ist dir dein erstes magisches Duell bekommen?«, fragte Paclus, der vorsichtig seinen angekokelten Bart betastete.

»Also ... wenn ich ehrlich sein soll«, sagte Trix, »dann hat es mich sehr daran erinnert, wie Ihr und Hort Eure Waffen verglichen habt.«

Da sie nicht sicher sein konnten, dass wirklich alle toten Krieger der Vitamanten im Kampf gestorben waren, begab sich Trix in Begleitung von Paclus und Krakritur in die Kajüte. Hort hatte bedauernd eingesehen, dass er bei seiner

Größe dort unten mehr Schaden als Nutzen bringen würde. Zusammen mit Bambura fing er an, die schlafenden Matrosen in den Frachtraum zu schleppen, damit sie die nächsten drei Tage nicht der heißen Sonne ausgesetzt waren, denn dann würden sie womöglich bis auf die Knochen verbrennen.

Als Erster ging Paclus hinunter, der bedrohlich knurrte und das Schwert bereithielt. Ihm folgte Trix, der nach einiger Mühe an seinem Stab ein Zauberfeuer entzünden konnte, das ihnen Licht gab. Krakritur bildete die Rückendeckung.

Die Kajüten auf dem Schiff der Vitamanten sahen überhaupt nicht furchterregend aus, was Trix leicht enttäuschte (und zugleich erleichterte). Nur ein leerer, halbdunkler Raum mit Bänken an den Wänden wirkte etwas gespenstisch. Dort hatte Gavar wahrscheinlich seine Kampfzombies untergebracht. Alle anderen Kajüten waren ganz normal, mit kleinen runden Bullaugen, am Boden verankerten Möbeln und dreckigen Teppichen. Es roch auch nicht nach Toten, sondern nach Feuchtigkeit, ungewaschenen Körpern, Wanzenpulver, verbranntem Öl und Aromen, also nach dem üblichen Duftgemenge auf einem Schiff.

In der Kapitänskajüte fanden sie den Kapitän, den der Schlaf überrascht hatte, als er gerade seine Rüstung anlegte. Merkwürdigerweise hatten ihm dabei zwei junge, wenn auch ziemlich hässliche Frauen in ausgesprochen legerer Kleidung geholfen, die nun natürlich ebenfalls ihr Nickerchen hielten.

In der Kombüse fanden sie einen Küchenjungen in Trix' Alter, der beim Kartoffelschälen eingeschlafen war, und einen dicken alten Koch, den der Schlaf mit einer Flasche Wein in der Hand erwischt hatte. Paclus krächzte verärgert, als er den verschütteten Wein sah, zog die Flasche aus den selbst im Schlaf kräftig zupackenden Fingern und nahm einen kleinen Schluck. Er gurgelte damit und spuckte den Wein dann in einen Topf, in dem Suppe kochte. »Nordtschmaltz, Vorgebirge, Auslese des vorletzten Jahres«, konstatierte er. »Trauben von Rail und Pfeil. Herbes Bouquet mit Beigeschmack von Lavendel und Muskat sowie von Sandelholz und Zeder im Abgang. Interessant. Die leben nicht schlecht, die Vitamanten, wenn der Koch einen solchen Wein schlürft ...«

Trix starrte den Ritter mit vor Verwunderung offenem Mund an.

»Es gab da in meinem Leben ... äh ... eine Episode«, stammelte Paclus, »da habe ich als Sommelier gearbeitet. Sollte ich mich dessen schämen?«

Trix und Krakritur schüttelten den Kopf.

»Mein Vater hat guten Wein auch sehr gemocht«, sagte Trix und wurde traurig. »Nur hat er ihn nicht wieder ausgespuckt. Und er hat auch nicht von Beigeschmack und Abgang geredet, sondern davon, ob er schmeckt oder nicht.«

»Sei nicht traurig«, tröstete ihn Paclus. »Dein ruhmreicher Vater sieht voller Stolz vom Himmel auf dich herunter. Oder aus den Höhlen tief unter den Bergen zu dir herauf, wie die Zwerge sagen. Weiter!«

Nachdem sie fünf Minuten lang weitere Kajüten durchkämmt hatten, geriet Trix allmählich in Panik. Er hatte nur noch einen Gedanken: Was, wenn Gavar die Fürstin mithilfe von Teleportationsmagie zu den Kristallenen Inseln geschickt hatte? Oder sie unterwegs verzaubert hatte, sodass die arme Tiana jetzt als geschnitzte Statuette oder als Baumwollballen im Frachtraum lag. Oder wenn er etwas geahnt und sie ins Meer geworfen hatte. Bei einem Vitamanten musste man doch mit allem rechnen!

»Wenn sie hier auch nicht ist«, sagte Paclus, als er zur letzten Tür ging, »dann haben wir irgendetwas übersehen.«

»Was ist denn hier?«, fragte Trix, als er das große Schloss sah.

»Das Gefängnis. Für die Seeleute, die sich etwas haben zuschulden kommen lassen, oder für Gefangene.« Paclus zielte und spaltete das Schloss mit seinem Schwert. »Also eigentlich genau der richtige Ort für eine gefangene Fürstin.«

Trix lugte an dem Ritter vorbei ins Gefängnis, eine kleine enge Zelle ohne Fenster. An der Decke hing eine trübe Lampe, auf dem Boden stand ein Nachttopf.

Keine Tiana. Hier war überhaupt niemand.

»Irgendetwas haben wir übersehen«, brummte Paclus niedergeschlagen. »Weiter, Zauberer!«

»Wo sollen wir denn noch suchen?«, fragte Trix, der am Boden zerstört war. »Was sollen wir denn jetzt machen?«

»Die Schatzkammer plündern«, antwortete Paclus.

»Genau«, unterstützte ihn Krakritur. »Gold, Silber, Waffen!«

»Ja, gehen wir, mein Liebling«, forderte ihn auch Annette auf. Und mit falscher Stimme fügte sie hinzu: »Es tut mir so leid, dass wir deine Freundin nicht gefunden haben!«

Von Traurigkeit überwältigt, widersprach Trix nicht einmal. Unter anderen Umständen hätte er auch gar nichts gegen leichte Beute einzuwenden gehabt. Wenn sein Vater von einem Kriegszug nach Hause gekommen war – was nicht oft vorkam, Solier zeichnete sich nicht durch besonderen Kampfeseifer aus –, war ihm der kleine Trix immer als Erster entgegengerannt. Sein Vater hatte gelacht und ihn hochgehoben, um ihn vor sich aufs Pferd zu setzen. »Hast du mir was mitgebracht, Papa?«, hatte Trix gefragt.

»Etwas zum Spielen«, hatte sein Vater geantwortet und ihm einen schönen kleinen Säbel gegeben.

»Von wem ist das, Papa?«, hatte Trix wissen wollen.

»Vom Hasen!«, hatte sein Vater lachend geantwortet.

»Und ist der Hase jetzt nicht traurig?«

»Aber überhaupt nicht!«

Trix seufzte niedergeschlagen und trottete Paclus hinterher.

Die Schatzkammer lag zwischen der Kapitänskajüte und der Waffenkammer. Paclus und Krakritur inspizierten zunächst in der Waffenkammer die Schwerter, Säbel und Piken, die in Ständern an der Wand untergebracht waren.

Trix ging derweil schon zur Schatzkammer und betrachtete das Schloss an der Tür. Er hüstelte. »Der Kummer verleiht dem jungen Magier solche Kräfte, dass er ohne Mühe das Schloss zusammen mit der Verankerung herausreißt«, sagte er möglichst selbstbewusst.

»Herrlich!«, rief Annette, die auf seiner Schulter saß, und applaudierte.

Trix zog am Schloss. Der Zauber durfte nun wahrlich nicht als sein bester gelten. Trotzdem löste sich ein Scharnier samt der krummen Nägel aus dem Holz. Trix öffnete die Tür – und stöhnte auf.

In der Schatzkammer fanden sich weder Säcke mit Gold noch Juwelen, noch Würste und Schinken. Eine helle Lampe brannte, auf dem Boden lag ein bunter Teppich aus Samarschan, an der Wand stand ein Bett. Auf dem Bett saß die Fürstin Tiana, in einem prachtvollen langen Kleid aus rosafarbenem Brokat, die Haare mit einem weißen Band zusammengebunden und mit einem Stickrahmen in den Händen. Ihr Blick war ängstlich auf die Tür gerichtet.

»Tiana!«, rief Trix.

Das Gesicht des Mädchens leuchtete auf. Sie warf den Stickrahmen fort (sie stickte einen Henker, der jemandem den Kopf abschlug, was wohl hinreichend Aufschluss über ihre Gedanken geben dürfte) und sprang auf, wobei sie mit dem Bein geschickt den Nachttopf unters Bett schob. »Trix!«, rief sie.

In seiner Freude umarmte Trix Tiana sogar. Einige Sekunden standen sie schweigend da, fest aneinandergeschmiegt.

»Eigentlich solltest du auf die Knie fallen und sagen …«, verlangte Annette. Ihre Stimme und das Surren ihrer Flügel erstarben derart abrupt, dass jemand die Fee mit der Faust gefangen haben musste. »Was für eine rührende Begegnung«, bemerkte Krakritur. »Lasst euch nicht stören!«

Trix und Tiana liefen rot an und wichen auseinander. Paclus und Krakritur sahen sie gerührt an.

»Stil hat er ja, der alte Gavar«, befand Paclus. »Die Fürstin in der Schatzkammer einzusperren, das ist symbolträchtig!«

»Wo ist er?«, fragte Tiana bleich. »Gavar, meine ich.«

»Auf dem Meeresboden«, antwortete Trix stolz. »Wir sind gekommen, um dich zu retten. Das sind meine Freunde, der edle Ritter Paclus und … der edle Bergbewohner Krakritur.«

Paclus und Krakritur neigten das Haupt. Paclus schien sogar auf die Knie gehen zu wollen, aber Tiana winkte ab.

»Lass mich frei!«, rief es erstickt aus Krakriturs Faust. »Sofort!« Der Bergbewohner öffnete die Faust, die Fee flatterte auf, bedachte alle mit einem beleidigten Blick und flog davon.

»Dieser verfluchte Vitamant!« Tränen traten in Tianas Augen. »Dieser gemeine Gavar! Er ... er hat mich gezwungen ... er hat mir ...«

»Fürstin, es ist nicht nötig, darüber zu reden«, sagte Krakritur.

»Oh doch!« Tiana stampfte mit dem Fuß auf. »Ich werde freiheraus alles sagen! Er hat mich gezwungen, diese Zelle allein aufzuräumen! Er hat mir meine Dienerinnen weggenommen!«

Paclus und Krakritur sahen sich an.

»Unerhört!«, sagte Krakritur. »Einfach jenseits von Gut und Böse.«

»Und wo sind die Dienerinnen?«, fragte Trix, der in der letzten Zeit durchaus Respekt vor körperlicher Arbeit entwickelt hatte – und vor allen, die sie verrichteten.

»Er hat sie dem Kapitän gegeben!«, sagte Tiana traurig. »Und stellt Euch bloß einmal vor ... sie haben gelacht! Sie haben mit dem Kapitän Wein getrunken und gelacht, das habe ich selbst gehört!«

»In Anbetracht der äußeren Erscheinung dieser Damen«, murmelte Paclus, »ist das verzeihlich. Nur auf einem Schiff voller Zombies und ungehobelter Matrosen konnten sie etwas weibliches Glück finden!«

»Wir müssen hier weg, Tiana«, sagte Trix, der diese delikate Angelegenheit nicht vertiefen wollte. »Ich habe treue Leute gefunden, aber trotzdem muss ich dich heimlich retten. Das musst du verstehen. Schließlich war es der König selbst, der befohlen hat, dich den Vitamanten zu geben.«

Tiana nickte und ihre Augen wurden abermals feucht. »Ich weiß. Diese verdammte Diplomatie! Ich hasse die Politik!«

»Ich muss dich tarnen, Tiana«, fuhr Trix fort. »Mein Leh… ein Zauberer hat mir dringend dazu geraten. Ich muss dich verwandeln. In jemanden oder etwas. Damit dich niemand sieht, wenn wir wieder an Land sind. Es wird nicht für lange sein, keine Sorge! Nur ein paar Tage, vielleicht eine Woche.«

»In jemanden oder etwas?«, fragte Tiana neugierig.

»Ja. In einen Jungen zum Beispiel. Oder in eine Großmutter. Oder in ein Eichhörnchen. Oder … oder in einen wertvollen Ring …« Trix seufzte. »Nein, in einen Ring, das geht nicht. Mit Metall klappt es nicht. Es muss etwas Lebendiges oder Hölzernes sein … oder Porzellan …«

»Porzellan?«

»Zum Beispiel eine Vase«, sagte Trix. »Oder … besser nicht, die geht womöglich kaputt. Also, wer möchtest du sein? Oder was?«

»Auf gar keinen Fall eine Großmutter!«, antwortete Tiana bestimmt. »Und ein Junge auch nicht! Und kein Eichhörnchen! Muss das wirklich sein?«

Trix nickte traurig. Er wollte ja auch nicht, dass Tiana sich in jemanden oder etwas verwandelte. Aber nicht auf Sauerampfer zu hören, das traute er sich nicht.

»Wie groß kann der Gegenstand denn sein?«, wollte Paclus wissen. »Ich habe gehört, dass man etwas Leichtes nicht in etwas Schweres verwandeln kann. Kann ein Zauberer dann einen Fettwanst in eine kleine aparte Echse verwandeln?«

»Wie das genau vor sich geht, weiß ich nicht«, gab Trix zu. »Anscheinend verflüchtigt sich alles, was überflüssig ist. Es wird dann später aus der Umgebung zurückgeholt … Tiana?«

Das Mädchen sah ihn nachdenklich an. »Weißt du«, sagte

sie tapfer, »verwandel mich in ein Musikinstrument! In eine Pfeife oder Flöte. Ich mag Musik. Und du wirst dann keine Probleme haben, mich zu tragen.«

Trix stellte sich vor, wie er Tiana, die Flöte, an seine Lippen setzte, um eine leise zarte Melodie zu spielen. Vor Aufregung fing er an zu zittern.

»Ich werde es versuchen«, sagte er. »Moment ... damit ich keinen Fehler mache ... Eipott!« Er öffnete sein treues Buch mit Zaubersprüchen, holte einen Stift heraus und überlegte kurz, bevor er anfing zu schreiben:

Der junge Zauberer sprach die Worte des Zauberspruchs und das ~~schöne, betörende~~ wunderbare Mädchen verwandelte sich. Was vertreibt dem Magier die Einsamkeit? Was kann sprechen, auch wenn es keine menschliche Stimme besitzt? Was ist der beste Freund in besinnlicher Stunde, was unterhält und gibt Anlass zum Nachdenken, was erlaubt es, alle Gefühle auszudrücken, die ein Mensch empfinden kann, was erlaubt es, eine andere Seele zu verstehen? Anstelle der ~~kleinen jungen~~ zarten Schönheit sah er die Schöpfung eines Meisters vor sich, geschaffen aus wohlriechendem Sandelholz ...

Trix hielt inne. Was gehört sonst noch zu einer Flöte? Die für einen edlen Jüngling unumgänglichen Musikstunden lagen schon weit zurück, sodass er inzwischen vieles erfolgreich vergessen hatte. Aber wenn er sich nicht täuschte, saßen auf neuen Flöten Kappen aus Kupfer. Das schied also aus. Auf den alten saßen jedoch Kappen aus Knochen und Leder. Bestens!

... aus wohlriechendem Sandelholz, wertvollem Elfenbein und zartem Kalbsleder.

»Hmm«, sagte Paclus, der ihm über die Schulter guckte, die

Lippen bewegte und den Text las. »Weißt du, Trix, ich bin natürlich kein Zauberer … und ich erkenne ja auch den Stil von Sauerampfer …«

»Stimmt etwas nicht?«, fragte Trix gekränkt.

»Also …« Paclus machte einen Rückzieher. »Du wirst schon wissen, was du tust.«

Trix las den Spruch noch einmal durch und war zufrieden. »Bist du bereit, Tiana?«, fragte er.

»Ja, Trix«, antwortete sie tapfer. »Ich bin bereit.«

»Der junge Zauberer sprach die Worte des Zauberspruchs und das wunderbare Mädchen verwandelte sich. Was vertreibt dem Magier die Einsamkeit? Was kann sprechen, auch wenn es keine menschliche Stimme besitzt? Was ist der beste Freund in besinnlicher Stunde, was unterhält und gibt Anlass zum Nachdenken, was erlaubt es, alle Gefühle auszudrücken, die ein Mensch empfinden kann, was erlaubt es, eine andere Seele zu verstehen? Anstelle der zarten Schönheit sah er die Schöpfung eines Meisters vor sich, geschaffen aus wohlriechendem Sandelholz, wertvollem Elfenbein und zartem Kalbsleder.«

Tiana hüllte sich in funkelndes rosafarbenes Licht. Ein zarter Geruch hing in der Luft. Dann verblasste das Leuchten – und das rosafarbene Kleid aus Brokat fiel zu Boden. Auf ihm lag etwas. Trix beugte sich darüber – und schrie verblüfft auf.

»Halb so wild.« Paclus legte ihm die Hand auf die Schulter. »Ich habe schon wiederholt erlebt, dass allzu blumige Zaubersprüche nicht zum Ziel führen. Aber du hast sehr schöne Worte gefunden …«

»Du hast bloß nicht einmal gesagt, dass sich Tiana in eine Flöte verwandeln soll«, mischte sich Krakritur ein.

»Du hättest es schlichter ausdrücken sollen«, sagte Paclus. »Präziser. Ich bin ja nur ein einfacher Mann … aber ich hatte gleich den Eindruck, dass du nicht von einer Flöte sprichst.«

»Und ich habe am Anfang gedacht, es geht um eine Kriegstrommel«, gab Krakritur zu. »Aber die werden nicht aus Sandelholz gemacht.«

»Aber eigentlich ist die Variante doch gar nicht schlecht, oder?«, munterte Paclus Trix auf, dem es die Sprache verschlagen hatte. »Und alles stimmt. Es unterhält dich, es gibt Gefühle wieder und vertreibt die Einsamkeit. Und es kann sprechen, auch wenn es keine menschliche Stimme hat. Es ist nicht sehr groß. Also im Grunde hat alles wunderbar geklappt.«

Vorsichtig nahm Trix ein kleines, in helles Leder gebundenes Buch in die Hand, auf dem in Buchstaben aus Elfenbein TIANA stand. Mit einem Seufzer schlug er die erste Seite auf und las:

Die Fürstin Tiana erblickte das Licht der Welt um halb vier Uhr in der Früh, was ihrer Mutter recht ungelegen kam, hatte diese doch bis Mitternacht auf einem Ball getanzt. Die Hebamme rieb das Kind mit einem sauberen Tuch ab, hielt es unter eine Lampe, sah genau hin und sagte: »Verzeiht, Eure Durchlaucht, aber das ist ein Mädchen!« Der Fürst Dillon, der an der Tür zum Schlafgemach mit seinen Trinkgenossen gewartet hatte, hörte diese Worte und stieß einen schweren Klagelaut aus.

Trix wurde rot und klappte das Buch zu. Behutsam steckte er es sich unter den Umhang und drückte es mit dem Ellbogen gegen die Seite. Es war schwer und warm.

»Ende gut, alles gut«, sagte Paclus gelassen. »Hilfst du uns, die Schätze wegzutragen?«

»Nein ... ich schicke euch besser jemanden«, sagte Trix und senkte verlegen den Blick. »Ich ... ich gehe nach oben. Ich bitte jemanden runterzukommen.«

»Schick Maichel!«, bat Krakritur. »Er weiß am besten, was sich lohnt und was nicht.«

An Deck der *Abdecker* war es ruhig und still. Ein paar der schnarchenden Seeleute lagen immer noch im Kreis ums Hauptsegel. Hallenberry strich um sie herum und blickte blutrünstig und mit dem Hammer in der Hand auf die reglosen Feinde. »Klaro!«, rief er aufgeregt, sobald er Trix sah. »Du hast Tiana gefunden?«

»Ja«, antwortete Trix. »Es ist alles in Ordnung.«

»Und in wen hast du sie verwandelt?«

»Das ist ein Geheimnis«, sagte Trix. »Warum rennst du hier rum?«

»Wo die hier so schön liegen, da ...« Hallenberry breitete die Arme aus.

»Wag es ja nicht!«, drohte ihm Trix mit dem Finger.

»Klaro«, sagte Hallenberry traurig und versteckte den Hammer hinterm Rücken. Er ging an die Reling und war sofort wieder frohgemut, als er ein paar schlecht eingeschlagene Nägel entdeckte. Begeistert machte er sich daran, sie zu versenken.

Trix ging zur Mannschaft, schickte Maichel nach unten und begab sich selbst wieder auf die *Tintenfisch* und dort in die Kapitänskajüte. Nach kurzer Überlegung schob er den Riegel vor, wischte den Tisch mit dem Ärmel sauber und legte das Buch *Tiana* darauf. Mit dem Finger fuhr er über den Einband – und zog entsetzt die Hand weg. Rasch ging er zur Waschschüssel, wusch sich die Hände und kehrte an den Tisch zurück. Vorsichtig schlug er das Buch irgendwo am Anfang auf.

Tiana rannte über eine Wiese, was mit ihren kurzen Beinen in dem hohen Gras nicht einfach war. Sie sah eine prachtvolle Kamille, schnupperte daran und pflückte sie. Dann rannte sie weiter. Sie sah eine zweite wunderbare Kamille, schnupperte daran und pflückte sie. Sie sah sich um. Ihre Mutter und die Hofdamen waren weit weg, mindestens zehn Schritt. Tiana rannte zurück. Sie sah eine weitere herrliche Kamille, schnupperte daran ...

Für alle Fälle warf Trix noch einen Blick auf die nächste Seite, seufzte und blätterte zwanzig Seiten vor. Wenigstens schien das Buch Tianas Leben nicht Minute für Minute nachzuerzählen – dann wäre es ja ein dickes Ding gewesen! –, sondern nur die wichtigsten Ereignisse. Trix war bloß mit der Auswahl nicht immer einverstanden.

Diese gemeine, gemeine, gemeine Kinderfrau! Ich bin die Fürstin – und musste in der Ecke stehen! Wenn ich groß bin, werde ich die Kinderfrau in einen Turm stecken, da soll sie ruhig weinen!

»Lies noch ein bisschen weiter, liebe, liebe Kinderfrau!«, flehte Tiana. »Ich möchte wissen, ob der Prinz die schöne Prinzessin rettet oder ob der Drache ihn frisst!«

Dieser ungeschickte Junge hatte Tiana auf Anhieb gefallen. Obwohl er so frech war, sie überhaupt nicht zu beachten, sondern lieber mit den Knappen im Hof spielte oder sich in der Bibliothek verkroch. Trotzdem ging Tiana immer zu ihm, klimperte mit den Wimpern wie die erwachsenen Hofdamen und sagte: »Mir ist langweilig, edler Jüngling, unterhaltet mich!« Der Junge setzte sofort eine schmerzliche und entrüstete Miene auf, fing aber immerhin an, ihr eine Geschichte zu erzählen (auch wenn er dabei traurig zum Fenster hinaussah) oder brav mit den schönen Puppen Tianas zu spielen. Das hatte er davon, dieser eingebildete Co-Herzog!

Trix wurde rot. Das war ja über ihn! Über seinen Besuch in Dillon! Tiana erinnerte sich an ihn und er hatte ihr sogar gefallen! Wer hätte das gedacht? Er strich sich über die Haare und wischte sich die feuchten Hände am Umhang ab. Dann schlug er die letzte Seite auf.

Tiana hatte entsetzliche Angst, ließ sich das aber nicht anmerken. »Verwandel mich in ein Musikinstrument! In eine Pfeife oder Flöte«, sagte sie, und mit stockendem Herzen stellte sie sich vor, wie dieser lustige, in sie verliebte Junge die Flöte mit seinen vollen Lippen berühren würde. Aber dann kam alles ganz anders! Dem Jungen missglückte der Zauberspruch, und er verwandelte sie nicht in eine Flöte, sondern in ein Buch. In ein magisches Buch, das ihr ganzes Leben beschrieb! Er drückte das Buch an seine Brust, gegen sein wild hämmerndes Herz, eilte auf sein Schiff und machte sich daran, es zu lesen. Und es kam ihm überhaupt nicht in den Sinn, dass das ein sehr unschönes Verhalten ist, dass es sogar schlimmer ist, als die Fürstin mit Gewalt einem Vitamanten zur Frau zu geben! Vor allem fürchtete Tiana, dass Trix die Seite 206 oder die Seite 308 lesen könnte ...

Trix schlug das Buch zu. Sein Herz hämmerte wirklich wie wild. »Ich werde sie nicht lesen«, versprach er. Und sofort verspürte er den heftigen Wunsch, ausgerechnet diese beiden Seiten zu lesen!

Jemand klopfte sanft an die Tür. Trix fuhr zusammen, versteckte das Buch unterm Umhang und öffnete die Tür. Es war Ian.

»Warum schließt du dich ein?«, fragte er.

»Äh ... also ...«

»Und warum in der Kapitänskajüte?«

»Hort holt noch die Schätze und hier ist es hell und der Tisch groß.«

Ian setzte sich an den Tisch und sah Trix an. »Und? Habt ihr Tiana gefunden?«

»Hm.«

»Und in was hast du sie verwandelt?«

»Das geht dich nichts an!«

Ian schnappte ein.

»In ein Buch«, sagte Trix einlenkend, verriet aber nicht, dass es nur durch Zufall so gekommen war. »In ein Buch mit dem Titel *Tiana*. Da drin ist ihr ganzes Leben beschrieben!«

»Echt?«, fragte Ian begeistert. »Zeigst du es mir mal?«

Trix legte das Buch auf den Tisch. »Aber rühr es nicht an!«, sagte er.

»Gut.« Ian starrte das Buch an. »Gibt es Bilder?«

»Nein.«

»Schade.«

»Du, hör mal, Ian«, hielt Trix es nicht mehr aus. »Ich habe es durchgeblättert ... ein bisschen nur ... und dabei ...«

Er erzählte Ian kurz, was er in dem Buch gelesen hatte.

»Und was stand auf den beiden Seiten?«, wollte Ian wissen.

»Die habe ich natürlich nicht gelesen!«

»Blödmann!«

»Das wäre unschön! Sie hat doch gesagt, dass sie das nicht will!«

»Was hat sie gesagt? Sie will es nicht oder sie hat Angst?«

»Also … sie hat Angst.«

»Das ist ein großer Unterschied«, belehrte ihn Ian. »Wenn eine Frau sagt, dass sie nicht will, heißt es, sie hat Angst. Aber wenn sie sagt, sie hat Angst …«

»Heißt es, sie will nicht?«

»Nein! Im Gegenteil! Wenn eine Frau sagt, sie hat Angst, heißt es, sie will es!«

Trix dachte nach. »Bist du sicher?«

»Absolut!«, sagte Ian. »Das hab ich von meinem Papa gehört. Und der war nicht doof. Er hat immer nur ungekochtes Wasser getrunken, er hat gesagt, das ist gesünder.«

»Wenn eine Frau sagt, sie möchte etwas nicht, heißt es, sie hat Angst davor, aber wenn sie sagt, dass sie Angst davor hat, heißt es, sie möchte es«, wiederholte Trix. »Irgendwie komisch. Aber überzeugend.«

»Mannomann! Du tanzt ja völlig nach ihrer Pfeife!«, grinste Ian. »Du bist in sie verliebt, stimmt's? Willst du sie heiraten?«

»Hör auf damit!«, rief Trix. »Ich erfülle nur meine Pflicht als Ritter!«

»Quatsch«, entgegnete Ian. »Sieht doch jeder, dass du in sie verknallt bist. Warum auch nicht? Sie ist Waise, du bist Waise. Ihr seid beide adlig. Außerdem hast du ihretwegen schon eine Heldentat vollbracht!«

»Stimmt, in den Chroniken wird danach immer geheiratet«, gab Trix zu. »Normalerweise heißt es: Kaum hatte unser Held den Drachen besiegt, da begab er sich in die Gemächer der wunderschönen Dame. Danach war er als Mann von Ehre verpflichtet, sie zu heiraten …«

»Siehst du!«, rief Ian. »Also lies schon!«

Trix zögerte. »Wir sollten lieber auf Nummer sicher gehen«, sagte er schließlich. »Und eine Frau fragen.«

»Wo willst du denn jetzt eine Frau hernehmen? Die beiden hässlichen Hofdamen sehen nicht mal wie Frauen aus, außerdem schlafen sie wie die Murmeltiere.«

»Und die Fee? Die ist schließlich kein Junge. Wo ist Annette?«

»Vorhin saß sie bei Bambura auf der Schulter und hat auf dich geschimpft. Sie ist auch verliebt«, bemerkte Ian etwas unzusammenhängend.

Trix runzelte die Stirn. »Annette!«, rief er laut. »Annette, Fee, dein Gebieter ruft dich!«

Leise Flügelschläge waren zu hören und durch das offene Bullauge kam die Fee hereingeflogen. »Du brauchst nicht so zu schreien!«, fuhr sie ihn an.

»Annette, willst du, dass ich dich küsse?«, fragte Trix.

Die Fee schwirrte in der Luft auf und ab. Sie wurde rot wie Mohn. »Ich habe Angst, dass …«, sagte sie leise.

»Also willst du es«, sagte Trix nachdenklich. »Und willst du, dass ich mich mit Tiana anfreunde?«

»Nein!«

»Also hast du Angst«, folgerte Trix. »Scheint also zu stimmen. Annette, meine Liebe, flieg bitte zu Paclus. Sie sollen sich beeilen. Wir müssen zurückkehren.«

»Für dich tu ich doch alles!«, flötete die Fee und flog aus der Kajüte.

»Siehst du!«, sagte Ian stolz. »Ich habe dir doch gesagt, mein Papa war nicht doof, nur …«

»Nur hat er das Wasser vorm Trinken nicht abgekocht«, sagte Trix. »Gut! Schweig jetzt!«

Vorsichtig schlug er das Buch auf der Seite 206 auf und fing an zu lesen:

Den ganzen Tag über, vom frühen Morgen bis zum späten Abend, saß die Fürstin an ihrer Stickerei. Sie stickte siebenundvierzig Margeriten, vier Lilien und drei Vergissmeinnicht. Die Vergissmeinnicht waren am schwierigsten ...

»Was ist das denn für Unsinn?!«, rief Trix, als er die Seite zu Ende gelesen hatte. »Sie sitzt da und stickt!«

»Was?«

»Blumen!«

Er las noch die Seite davor und die danach, stieß aber weder auf etwas Interessantes noch auf etwas über ihn. Auf der Seite 207 wusch sich die Fürstin zwar und ging ins Bett, aber das war so knapp und keusch beschrieben, dass es niemanden in Verlegenheit bringen konnte. Nun schlug Trix noch die Seite 308 auf. Hier wartete eine lange und langweilige Beschreibung eines Hofballs auf ihn. Tiana konnte nicht einmal tanzen, weil sie sich das Bein verrenkt hatte, als sie auf einen Nussbaum geklettert war, weshalb sie nur auf einem Stuhl saß und mit dem Fächer wedelte.

»So ein Mist!«, sagte Trix enttäuscht. »Sie sitzt bei einem Ball nur rum und wedelt wie blöde mit dem Fächer!«

»Mädchen darf man nicht glauben!«, meinte Ian.

Trix seufzte und schlug das Buch auf der letzten Seite auf. Da war neuer Text hinzugekommen!

Wenn Trix sich diese Seiten nicht angesehen hätte, wäre Tiana natürlich beleidigt gewesen. Denn wenn Trix wirklich in sie verliebt ist, würde ihn nichts davon ab-

halten, mehr über die schöne Fürstin zu erfahren. Aber wenn Trix ernsthaft mit dem Gedanken spielen sollte, das ganze Buch zu lesen und über Tiana einfach alles zu erfahren, dann wäre das ein großer Fehler! Es schmeichelt jeder Frau, wenn ein Mann versucht, möglichst viel über sie zu erfahren. Aber keiner Frau gefällt es, wenn ein Mann alles über sie weiß!

»Ganz schön kompliziert«, sagte Trix nachdenklich, als er das Buch zur Seite legte. »Zaubern ist viel leichter.«

»Du findest sie anstrengend?«, fragte Ian. »Das macht nichts. Hauptsache, sie ist adlig, dann wird sie dich nicht schlagen.«

Seufzend steckte Trix das Buch weg und ging an Deck, wo Paclus und Krakritur die Beute, die sie auf der *Abdecker* gemacht hatten, gerade ehrlich unter allen aufteilten.

2. Kapitel

Am Abend des dritten Tages nach der Seeschlacht fuhr die tief im Wasser liegende *Tintenfisch* in den Hafen von Dillon ein.

Da im Laderaum Wasser stand, hatte Hort Trix um einen leichten Wind gebeten, den er nach einigen Anläufen auch herbeigezaubert hatte.

Inzwischen wusste die ganze Mannschaft, dass Trix die Fürstin in ein Buch verwandelt hatte – was diesem gar nicht gefiel. Ob Ian etwas verraten hatte? Ob Krakritur das Geheimnis preisgegeben hatte oder Paclus nach einem Bier etwas herausgerutscht war? Jedenfalls verhielten sich die anderen, sobald sie Trix mit dem Buch sahen, sehr höflich. Viel hätte nicht gefehlt und sie hätten sich auch noch verbeugt. Hallenberry hatte übrigens als Letzter von dem neuen Äußeren Tianas erfahren, Trix selbst hatte es ihm erzählt. Der Kleine reagierte erstaunlich gelassen, seufzte nur und sagte: »Aber eine Kröte wäre interessanter gewesen, klaro.«

Die Schauspieler wollten Dillon übrigens rasch verlassen und auf Tournee gehen. Trix vermutete, dass sie möglichst weit weg vom Hafen sein wollten, falls die Vitamanten doch noch auftauchten. Trix sollte es recht sein, denn dann würden sie wenigstens nichts über Tiana ausplaudern. Bei Paclus machte er sich darüber keine Gedanken, schließlich war die Rettung Tianas für den Ritter bloß ein weiteres Abenteuer in seinem an Abenteuern reichen Leben. Trix ging davon aus, dass sich Paclus in einer Woche kaum noch an ihr kleines Geplänkel mit Gavar erinnern würde.

Am Pier erwartete sie bereits der einbeinige Schankwirt. Allmählich beschlich Trix der Verdacht, dass der Mann durchaus nicht so harmlos war, wie er vorgab. Woher wusste er so genau über ihre Rückkehr Bescheid?

»Ihr seid zurück!«, rief der Schankwirt verblüfft, sobald Paclus an Land kam. »Da soll mir doch die Gallenblase platzen, Ihr seid wahrhaftig zurück! Dieser Trog ist nicht abgeso... Dieses solide Schiff wird noch vielen kühnen Seeleuten Dienste leisten!«

Paclus, der als Stärkster häufiger als die anderen das Wasser aus dem Laderaum hatte pumpen müssen, sah den Mann schweigend und finster an. Der Wirt schätzte die Situation völlig richtig ein – und zog ab.

Schwer beladen, wie die kühne Mannschaft von Bord ging, zog sie natürlich die gierigen Blicke des Hafengesocks auf sich. Sie begab sich zur nächsten anständigen Schenke, wo sie einen Tisch in einem Nebenraum in Beschlag nahm. Alle bestellten Bier, für Hallenberry gab es einen kleinen Krug mit Birnenwein.

»Es war mir ein Vergnügen, mit Euch zu segeln«, ergriff Hort das Wort, »und mich an meine Jugend zu erinnern.«

Darauf tranken alle.

»Seite an Seite mit Euch zu kämpfen war mir ein unbeschreiblicher Genuss«, erwiderte Paclus den Toast.

Abermals prosteten sich alle zu und sahen Trix an.

»In Eurer Gegenwart zu zaubern war eine wahre Wonne«, sagte Trix, was ihm anerkennende Blicke eintrug.

Als auch die Schauspieler ihre Toasts ausgebracht hatten,

richteten sich alle Blicke auf Ian. Der brauchte einige Minuten des Stirnrunzelns, um sich etwas auszudenken. »Für Euch Kartoffeln zu schälen und Grütze zu kochen war der Höhepunkt meines bisherigen Lebens!«, ratterte er schließlich herunter.

Auch er wurde von allen eines lobenden Nickens für würdig befunden.

»Das Deck zu schrubben, über das Ihr gegangen seid, war herrlich!«, fiepte Hallenberry. »Klaro. Aber die Kartoffeln zu schälen, das hat mir nicht so gut gefallen …«

Hort zerzauste ihm lächelnd den Kopf. »Du hast dich gut geschlagen. Sag mal, möchtest du dich nicht unserer Truppe anschließen?«

»Ich soll das Theater sauber machen?«, fragte Hallenberry.

»Nein, wir wollen dich als Schauspieler haben. Du gefällst mir, kleiner tapferer Ritter. Du wirst mein Stiefbruder!«

Hallenberry ließ sich die verlockende Perspektive durch den Kopf gehen. »Nein, danke«, sagte er dann. »Ich kann meine Schwester nicht im Stich lassen! Ich bleibe bei Trix.«

Als Trix sich vorstellte, was Sauerampfer dazu sagen würde, seufzte er nur, widersprach aber nicht.

»Neben Euch herzufliegen war feenhaft!«, rief da Annette, die auf der Lehne eines freien Stuhls saß.

Paclus hielt ihr schweigend einen vollen Krug hin und Annette trank einen Tropfen Bier.

»Wir haben ein großes und gutes Werk vollbracht«, sagte Paclus feierlich und stand auf. »Vielleicht werden über uns eines Tages Balladen und Legenden verfasst werden. Aber jetzt heißt es schweigen! Die Vitamanten haben einen langen Arm!«

Alle nickten wissend.

»Gehen wir«, sagte Paclus zu Trix. »Ich bring dich zu Sauerampfer.«

Obwohl Trix inzwischen kampferprobt war, nahm er den Vorschlag des Ritters dankbar an. Natürlich nicht wegen der Vitamanten. Nein, eine Stadt bei Nacht hält einfach viele unangenehme und völlig unmagische Überraschungen bereit: gierige Räuber, betrunkene Raufbolde, Bettler aus Samarschan.

Um den kräftigen Ritter, der zwei Jünglinge und einen Jungen begleitete, machten natürlich alle einen großen Bogen. So erreichten sie das Haus von Sauerampfer ohne jeden Zwischenfall. In den Fenstern brannte Licht, das leise Spiel einer Laute war zu hören. Durch den Garten flanierte das fliegende Wachlicht.

»Oh«, sagte Paclus mit leichtem Neid in der Stimme. »Radion hat Gäste … Gut, ich warte, bis ihr die Tür hinter euch geschlossen habt, dann gehe ich meines Weges.«

»Und wohin, Sir Ritter?«, wollte Ian wissen.

»Mangelt es in Dillon etwa an Gasthöfen?«

»Also das kommt gar nicht infrage!« Ian zupfte den Ritter am Ärmel. »Sauerampfer ist Euer Freund, da könnt und müsst Ihr bei ihm übernachten!«

Trix behagte das gar nicht. Sicher, Paclus war Sauerampfers Freund – aber seit wann durfte Ian, selbst bei Sauerampfer nur Gast, einfach jemanden einladen?!

»Was meinst du?«, fragte Paclus Trix voller Hoffnung.

»Er wird es Euch verübeln, wenn Ihr nicht mit reinkommt«, antwortete Trix rasch.

Das Wachlicht flog aufmerksam um sie herum, blieb jedoch nicht stehen. Trix ging zur Tür und klopfte an. Ins

Spiel der Laute fiel jetzt eine angenehme Stimme ein. Als Trix gegen die Tür drückte, ging sie auf.

Ihnen bot sich ein ebenso erstaunlicher wie befremdlicher Anblick: In der Diele stand ein älterer Mann, seinem Gesicht nach zu urteilen, aus dem einfachen Volk, seiner prächtigen Kleidung nach zu urteilen, ein reicher Kerl, vielleicht ein Kaufmann oder ein Gildemeister. Unterm Arm hielt er eine kleine Truhe. Auf einem Stuhl saß eine Greisin mit irrem Gesichtsausdruck, die einen samtenen Geldbeutel fest in der Hand hielt. Hinter ihr stand ein schon nicht mehr junger Lakai. Der Kaufmann und die Greisin maßen einander mit angewiderten Blicken. An der Tür zum Wohnzimmer hatte ein nervöser Jüngling von elegantem Äußeren Stellung bezogen. Er trug ein spitzenbesetztes Batisthemd und Hosen mit Aufschlägen und hielt ebenfalls etwas in der Hand.

»Kommt ja nicht auf die Idee, Euch vorzudrängeln«, blaffte der Kaufmann Trix an, als dieser sich an ihm vorbeiquetschte. »Ich warte schon seit Mittag!«

Prompt kroch Annette aus Trix' Tasche. »Du Bocksbengel!«, rief sie zornig. »Auf die Knie, oder ich verwandle dich in einen verfaulten Holzklotz! Du hast den Zauberlehrling Radion Sauerampfers vor dir, den großen Magier Trix Solier!«

»Das hättet Ihr doch gleich sagen können, dass Ihr ein Magier seid«, erwiderte der Mann, den die Drohung jedoch nicht sonderlich beeindruckt hatte. »Dann geht nur durch, ist ja Euer gutes Recht. Dafür hättet Ihr einen ehrlichen Kunsttischler nicht zu erschrecken brauchen! Unsere Gilde ist in der Stadt schließlich geschätzt, ohne uns hätten die edlen Herren keine Wiegen für ihre Kinder, keine Tische zum Essen, keine letzten Ruhestätten!«

Die Greisin sagte keinen Ton, warf Trix aber einen derart bösen Blick zu, dass der Junge sich von ihr abwandte. In Begleitung seiner Eskorte ging er ins Wohnzimmer, wo er weitere Besucher vorfand, die unterschiedlicher nicht hätten sein können: einen dunkelhäutigen jungen Mann mit unstetem Blick, der etwas in seinem Ausschnitt versteckte; ein junges Mädchen, das sich an seine Mutter presste und tränenverschleierte Augen hatte; einen mürrischen Alten, der den dunkelhäutigen Mann misstrauisch beäugte; einen auf jugendliches Äußeres bedachten Musikanten, der recht angenehm auf der Laute spielte und dazu eine alte Ballade sang; und schließlich einen Greis, um den sich drei kräftige Männer aufgebaut hatten, ihrer verblüffenden Ähnlichkeit nach wohl Drillinge.

»Radion will sich wohl etwas dazuverdienen«, murmelte Paclus, während er sich umsah. »Kommt Dillon ja nur zugute.«

In diesem Moment öffnete sich die Tür zum Hinterzimmer und ein aufgelöster Mann mittleren Alters kam heraus. Ihm folgte Sauerampfer. »Ihr werdet sehen«, erklärte der Magier gerade, »dass die Wirkung lange anhält, im Unterschied zur Wurzel der Waschdistel oder der Muskatsalbe. Der Nächste!« Da sah er Trix – und auf seinem Gesicht zeichnete sich aufrichtige Freude ab. »Du bist zurück! Oh! Und Paclus!«

Der Magier und der Ritter umarmten sich, Trix wurde mit einem anerkennenden Schlag auf die Schulter bedacht, Annette mit einem Nicken, Ian und Hallenberry mit einem flüchtigen Blick.

»Für heute ist die Sprechstunde beendet!«, verkündete Sauerampfer feierlich. »Mein Schüler ist zurückgekehrt, den ich … äh … in die Grauen Berge schickte, damit er mir von dort starke Elixiere besorgt. Kommt morgen wieder!«

Die Anwesenden sahen Trix höchst unzufrieden an, trotteten aber klaglos hinaus. Der Kunsttischler versuchte dagegen, ins Zimmer zu schlüpfen, Sauerampfer funkelte ihn jedoch derart böse an, dass auch er sich zurückzog.

Nur der Alte mit den drei Söhnen blieb sitzen.

»Großväterchen! He!«, sagte Sauerampfer laut. »Morgen ist wieder Sprechstunde, geht nach Hause!«

»Ich bin nicht taub!«, antwortete der Alte mit Fistelstimme. »Ich kann nicht nach Hause, Zauberer. Da sterbe ich.«

»Ihr seid kräftig, Ihr werdet noch lange leben«, beruhigte ihn der Zauberer. »Kommt morgen wieder!«

»Ich sterbe heute Nacht, wenn Ihr mich nicht anhört«, beharrte der Alte. »Die bringen mich um.« Er zeigte auf die drei jungen Männer. »Die wollen nicht länger auf ihr Erbe warten. Die ersticken mich heute Nacht mit dem Kopfkissen!«

»Papa, was redet Ihr da! Ihr habt uns doch befohlen, alle Kopfkissen wegzuschmeißen!«, empörte sich einer der Söhne.

»Nur deswegen bin ich noch am Leben! Wenn ihr mich nicht mit dem Kopfkissen erstickt, versetzt ihr mir den Wein halt mit Schierling, euch Bande kenne ich doch!«

Die drei Söhne sahen sich nachdenklich und irgendwie interessiert an.

»Gut«, gab Sauerampfer auf. »Aus Respekt vor dem Alter. Was wollt Ihr, Großväterchen?«

Der Greis hüstelte und sagte: »Ich habe drei Söhne. Der älteste ist klug, der mittlere stark und der jüngste gut. Ich spüre, dass mein Tod nah ist. Und deshalb habe ich entschieden, meinen Besitz aufzuteilen. Der älteste bekommt die Mühle, er versteht was von Mühlsteinen. Der mittlere erhält den Esel, dann kann er als Lastenträger im Hafen arbeiten. Und der jüngste erhält meinen geliebten Kater, denn er ist so brav, dass er das Tier nicht aus dem Haus jagt.«

»Ich sehe nicht, wo das Problem sein soll«, sagte Sauerampfer.

»Ich kann sie nicht unterscheiden!«, jammerte der Greis. »Es sind Drillinge, deshalb ist ihre Mutter auch bei der Geburt gestorben! Ich habe sie schon gefragt, wer der Älteste ist, aber jeder von ihnen hat mir gesagt, er sei es!«

Die Brüder senkten den Blick.

»Ein überraschender Zug!«, sagte Sauerampfer. »Und ein kluger!«

»Papachen«, bat einer der Brüder, »warum wollt Ihr Euer Hab und Gut teilen? Erlaubt, alles zu verkaufen!«

»Samt dem stinkenden Kater!«, bemerkte ein anderer.

»Und das Geld teilen wir gerecht unter uns auf«, flehte der dritte. »Was sollen wir, leibliche Drillingsbrüder, uns streiten?«

»Dann verkauft halt alles und teilt es, wenn Ihr Euren Vater beerdigt habt«, schlug Paclus vor.

»Und wenn der Älteste, also ich, wenn ich es mir also nach dem Tod unseres Vaters doch anders überlege und nicht teilen will?«, fragte einer der Brüder.

»Ich, der Älteste, bin sehr klug, aber alle Klugen sind gierig«, bemerkte der zweite.

»Für mich, den ältesten Sohn, ist der Wille unseres Vaters heilig«, erklärte der dritte.

»Was für eine Bande!«, sagte Sauerampfer lachend.

»Höchst einfallsreich! Trix, zeig deine Meisterschaft! Wie können wir dem Alten von der Mühle helfen?«

Trix dachte nach. »Großväterchen, haben Eure Söhne nicht etwas, wodurch sie zu unterscheiden sind? Ein Muttermal zum Beispiel.«

»Einem hab ich als Kind mal eins mit dem Gürtel übergezogen, davon hat er den Abdruck der Schnalle an der linken Arschbacke zurückbehalten«, antwortete der Alte. »Einer ist mit dem kleinen Finger unter den Mühlstein geraten und hat da keinen Nagel mehr. Und der dritte hat eine Narbe am Bein, von einem Fass, das er fallen gelassen hat, als er mal den Karren ablud. Aber wer was hat, daran erinnere ich mich nicht mehr!«

»Das reicht nicht«, sagte Sauerampfer. »Mit Logik kommen wir hier nicht weiter.«

»Vielleicht sollten wir einen Zauber wirken, der das Gedächtnis verbessert?«, schlug Trix vor.

»Lieber nicht«, sagte Sauerampfer. »Einen Menschen in seinem Alter könnte selbst die leichteste Magie umbringen.«

»Dann einen Wahrheitszauber!«, rief Trix. »Damit die Brüder zugeben, wer wer ist!«

»Darüber würden wir uns beim Regenten beschweren!«, warnte einer der drei.

»Es ist verboten, eine solche Magie bei ehrlichen Leuten anzuwenden!«, ergänzte der zweite.

»Und aus edlen Motiven zu verheimlichen, wer du bist, das ist kein Verbrechen!«, sagte der dritte.

Trix dachte nach. Sauerampfer sah ihn lächelnd an.

»Gut«, sagte Trix. »Wer hat den Schnallenabdruck am Hintern?«

Der Bruder links außen hob die Hand.

»Wer hat keinen Nagel am kleinen Finger?«

Der mittlere Bruder streckte seine Hand vor und zeigte seinen Finger.

»Und wer am Bein eine Narbe?«

Der Bruder rechts außen nickte.

»Das reicht doch«, behauptete Trix nun. »Der gute Bruder kann sich nicht einen so heftigen väterlichen Zorn zugezogen haben, dass er deshalb Gürtelspuren für sein ganzes Leben davonträgt. Also ist der links entweder der starke oder der kluge. Der kluge Bruder steckt den Finger nicht unter den Mühlstein. Also ist der in der Mitte entweder der starke oder der gute. Der starke Bruder hätte das Fass nicht fallen lassen. Also ist der rechts entweder der kluge oder der gute.«

»Ich habe nicht den Eindruck, dass uns das weiterbringt.« Paclus kratzte sich die Nasenwurzel.

»Aber natürlich tut es das!«, entgegnete Trix. »Nehmen wir einmal an, der linke sei der starke. Dann ist der in der Mitte der gute und der rechts der kluge. Stimmt's?«

»Und wenn der linke der kluge ist?«, fragte Paclus.

»Dann ist der in der Mitte der starke und der rechts der gute.«

»Damit gibt es zwei Varianten, die gleich wahrscheinlich sind! Sauerampfer hat recht, Logik hilft uns hier nicht weiter!«

»Aber wir wissen doch ganz genau, dass der in der Mitte nicht der kluge und nicht der älteste Sohn ist!«, verkündete Trix stolz. »Er bekommt die Mühle bestimmt nicht!«

Dem mittleren Sohn klappte der Unterkiefer runter. Er sah seine Brüder an, die jedoch den Blick von ihm abwandten.

»Und der Rest ist kein Problem!«, fuhr Trix fort. »Ich glaube, der kluge Bruder hätte bestimmt nicht etwas so Schlimmes getan, dass er dafür den Gürtel zu kosten gekriegt hätte. Also ist der links der starke! Der in der Mitte ist nicht der starke und nicht der kluge, sondern der gute, das zeigt auch sein Unfall. In seiner Herzensgüte wollte er in der Mühle helfen, obwohl es ihm an Geschick und Kraft fehlte! Und der kluge Bruder ist natürlich der rechts, der nicht imstande ist, etwas auf- oder abzuladen. Damit hätten wir's! Der starke kriegt den Esel, der gute die Katze, der kluge die Mühle!«

Der Alte kratzte sich den Nacken.

Als Erster brach der Bruder rechts außen das Schweigen. »Ich soll nicht in der Lage sein, tüchtig zu arbeiten?«, brüllte er. »Ich? Immer wenn es was zu schleppen oder abzuladen gab, musste ich ran! Nur deshalb hab ich mich verwundet!«

»Ich bin nicht klug? Mein Finger ist mir unter den Mühlstein geraten, weil ich unfähig und ungeschickt bin? Ich war damals fünf Jahre alt, nur deshalb habe ich mir den Finger eingeklemmt!«, giftete der Bruder in der Mitte.

»Und ich habe nur wegen meiner Herzensgüte den Arsch versohlt bekommen!«, polterte der Bruder links außen. »Die beiden anderen haben ständig Unfug gemacht und mich dann angefleht: ›Bruderherz, nimm du die Schuld auf dich! Papa liebt dich, er wird dich nicht doll schlagen!‹«

Trix sah den Zauberer stolz an. Der nickte anerkennend. Dann zwinkerte Trix dem verwirrten Paclus zu und sagte: »Logik hilft in menschlichen Beziehungen nie weiter. Man kann alle Tatsachen beliebig drehen und wenden. Nein, man muss die Streithälse aus der Reserve locken, sie dazu bringen, auf eine ungerechte Auslegung der Fakten zu reagieren.«

»Aus ihm wird wirklich mal ein guter Zauberer«, sagte Sauerampfer. »Was ist, Großvater, Ihr habt Mehl mitgebracht? Möge dein starker Sohn es in die Vorratskammer bringen. Und damit Schluss für heute, die Sprechstunde ist vorbei!«

Als der Alte mit seinen Söhnen abzog, strich sich Radion mit zufriedenem Gesichtsausdruck über seinen Arbeitsumhang und sagte: »Ein gelungener Abend. Drei Goldstücke, sechs Silberlinge. Eine Gans, Mehl, ein Korb mit Eiern, ein Stapel frischer Tücher, Stiefel, Samt für einen neuen Umhang, zwei tote Hühner ... he, Junge ... wie heißt du noch mal?«

»Ian, Eure Weisheit!«

Der überraschende Titel brachte Radion leicht aus dem Konzept, trotzdem ging er nicht weiter darauf ein. »Junge Ian, geh in die Küche, rupf die Hühner und backe sie mit Kräutern! Kannst du das?«

»Natürlich!« Ian wollte unbedingt seine Nützlichkeit unter Beweis stellen. »Hallenberry, hör auf, dir in der Nase zu bohren! Wir kochen jetzt!«

»Klaro!«

»Dieser Knirps soll sich vorher die Hände waschen! Mit Seife!«, rief der Zauberer ihnen hinterher. Er seufzte schwer, ließ sich in den Sessel plumpsen und murmelte: »Ich hatte wirklich gehofft, diese Kinder würden unterwegs verloren gehen.«

»Sauerampfer, das darfst du nicht sagen! Das sind Kinder!«, tadelte Paclus ihn und setzte sich neben ihn.

»Wenn es Erwachsene wären, hätte ich sie schon längst in einen Küchengegenstand verwandelt!«, konterte Sauerampfer. »Übrigens ... wie war die Reise?«

»Ein voller Erfolg!« Trix strahlte. »Die Für…«

»Pst, bist du wohl still!« Sauerampfer fuchtelte mit den Armen. »Mich interessieren weder deine Verwandten noch deine amourösen Abenteuer oder die Beschwernisse der Reise. Du hattest Urlaub – wunderbar.«

Trix seufzte.

»Ist jemand ums Leben gekommen?«

»Absolut niemand«, sagte Paclus nach kurzer Überlegung. »Die Toten können ja schließlich nicht zum zweiten Mal sterben, oder?«

»Nein!« Sauerampfer schüttelte den Kopf. »Sie können nur ewige Ruhe finden. Und das ist eine ganz andere Sache. Ich war derweil gezwungen, der Bevölkerung vor Ort kleine Dienste zu erweisen. Ihr versteht schon …« Er verstummte. »Man möchte ja schließlich was zu beißen haben!«

»Die alte Achtung vor der Magie findet man heute nicht mehr … genauso wenig wie die vor der Kunst des Schwertkampfs«, sagte Paclus und nickte wissend. »Stell dir vor, wir mussten unsere Heldentat in einer schrecklichen Schenke feiern! Mit Bier! Dort gab es nicht einmal edlen Wein!«

»Trix, zum Büfett!«, befahl Sauerampfer.

Trix holte eine bauchige Flasche (offenbar hatte Sauerampfer vorhin nicht alle Gaben der dankbaren Bürger aufgezählt) und drei Kelche aus dem Schrank. Sauerampfer entkorkte die Flasche und goss allen drei Wein ein. »Setz dich!«, befahl er Trix.

Trix zog einen Stuhl heran und setzte sich zu den beiden.

»Also, mein junger Schüler …« Der Zauberer schnupperte am Kelch und nickte zufrieden. »Also, mein junger Schüler, ich freue mich, dir mitteilen zu dürfen, dass du vom einfachen Fanaticus zum Soufflöticus aufgestiegen bist!«

»Bravo!«, sagte Paclus und nahm einen Schluck vom Wein.

»Von nun an darfst du mir bei der Zauberei helfen, ohne Erlaubnis eigene Zauber wirken und brauchst dich vor anderen Zauberern nicht mehr zu verbeugen, sondern kannst sie mit einem Kopfnicken begrüßen! Du wirst spüren, wie dein Buch mit Zaubersprüchen wächst …«

Trix spürte in der Tat, wie sich am Gürtel etwas rührte. Sein Eipott wurde deutlich größer.

»Und deinen Schülerzauberstab darfst du jetzt in einen richtigen Zauberstab verwandeln.«

»Wie?«, fragte Trix begeistert.

»Was *wie*? Durch einen Zauber!«

»Aber wie soll der Stock sein?«

»Ach ja, du hast ja keine Ahnung von den Rängen«, sagte Sauerampfer. »Also, der Stab eines Fanaticus sieht genauso aus wie der eines Zauberers, auch wenn er im Grunde bloß ein Stock ist.«

»Ist mir auch schon aufgefallen«, bemerkte Trix etwas missmutig.

»Der Stab des Soufflöticus kommt der Sache schon näher! Du kannst ihn so zurechtzaubern, dass er bei Bedarf ein grauenvolles purpurrotes Licht oder ein zauberisches grünes Licht abgibt. Oder Funken ausstößt, wenn du ihn auf die Erde stampfst oder ihn gegen deinen Feind stößt. Oder so, dass er bei Gefahr, wenn du vor lauter Angst schweißfeuchte Hände hast, bedrohlich brüllt und schrecklich stöhnt. Allerdings musst du dich für eine der drei Varianten entscheiden!«

»Verstehe.« Trix dachte nach. »Und der Stock des Initiaticus?«

»Der kann zugleich leuchten, Funken ausstoßen und Geräusche machen!«

»Und der Stab von einem richtigen Zauberer?«

»Dem sind nur durch deine Fantasie Grenzen gesetzt«, sagte Sauerampfer. »Ich zum Beispiel mag es, wenn aus dem Stab Blumen sprießen, sobald ich mit ihm aufstampfe. Und wenn ich Angst habe, fliegen aus dem Stock Raben heraus und kreisen mit wütendem Gekrächze über mir.«

»Aber was *kann* der Zauberstab?«, fragte Trix leise, obwohl er die Antwort bereits wusste.

»Er beeindruckt die Umwelt«, antwortete Sauerampfer genauso leise. »Du musst verstehen, mein Freund, dass die Arbeit eines Zauberers zu neunzig Prozent Arbeit am Zuschauer ist!«

Trix nickte.

»Genau deshalb kannst du mit einem raffinierten Zauberstab stärkere Zauber wirken! Und nun leere deinen Kelch, mein ruhmreicher Soufflöticus!«

Trix seufzte und leerte in einem Zug seinen Kelch. Der Wein war dick, süß und stark, weitaus stärker als der, den er immer in seinem Elternhaus getrunken hatte. Ihm wurde sofort schwindlig.

»Er hat sich im Kampf sehr gut gehalten«, sagte Paclus gerade. »Von Anfang an.«

»Ich will davon nichts hören!«, rief Sauerampfer aufgebracht. »Nichts! Das ist mein gutes Recht!«

»Und wenn ich eine Geschichte erzähle, die mir mal sonst wann passiert ist?«, fragte Paclus. »Eines schönen Tages nämlich kam ein junger Magier zu mir …«

»Das ist eine Idee!«, rief Sauerampfer begeistert. »Aber ohne Namen!«

Ian und Hallenberry trugen feierlich die Brathähnchen aus der Küche herein. Vom Anblick des Essens gnädig gestimmt, reichte Sauerampfer Ian ein Bein und einen Flügel, Hallenberry ein Bein und schickte sie zum Essen in die Küche. Gekicher und Klappern von Geschirr, das immer wieder zu hören war, deuteten darauf hin, dass die beiden sich dort wahrlich nicht langweilten.

»Da sahen wir das Schiff der Vita… des Feindes!«, erzählte Paclus weiter.

Annette, die die letzte Stunde mürrisch durchs Zimmer geflogen war, näherte sich im Sturzflug Trix' Ohr und flüsterte: »Ich fliege etwas Essen holen, mein Liebling.«

»Wo?«

»Es gibt hier am Stadtrand ein kleines Feld«, antwortete sie vage. »Lass mir ein Stück von der Torte übrig, ja?«

»Von welcher Torte?«

»Von der, die der Konditor Sauerampfer für … für ein Elixier gebracht hat.« Annette zog es heute vor, sich in Rätseln auszudrücken. »Bis dann, mein Lieber!«

Die Fee flog davon, und Trix, der auf Bitte des Zauberers aus dem Büfett eine zweite Flasche Wein holte, hörte gebannt weiter der Geschichte von seinen Heldentaten zu. Obwohl er kaum noch Wein trank, döste er bald ein und hätte beinahe Annettes Rückkehr verschlafen.

»Ich küsse euch alle!«, rief die Fee aus, als sie durch das offene Oberlicht hereinflog. Mit fröhlichem Lachen führte sie einen Tanz über dem Tisch auf.

Sauerampfer und Paclus, die gerade die Frage erörterten, ob der gemeine Vitamant am Meeresboden bis zu den Kristallenen Inseln gelangen könnte, verstummten und sahen Annette neugierig an.

»Warum so trübselig?«, fragte die Fee, während sie den Magier und den Ritter mit glitzerndem Silberstaub bestreute. »Warum freut ihr euch nicht mit mir? Ich will Spaß! Ich will feiern!«

»Sag mal, Annette, könntest du nicht auf unsere Größe wachsen?«, fragte Paclus und strich sich über den Bart.

Sauerampfer, der ihr diese Frage auch schon gestellt hatte, lächelte skeptisch. Doch die Fee beendete zu seiner Überraschung ihren Tanz in der Luft. »Sicher«, antwortete sie. »Aber dafür musst du mich küssen!«

»Jederzeit!«, erwiderte der Ritter prompt.

Annette ging tiefer und landete auf der Hand, die der Ritter ihr hinhielt. Sauerampfer schnaubte zweifelnd. Der Ritter hustete, führte Annette behutsam an seine Lippen und schmatzte ihr einen unbeholfenen Kuss aufs Köpfchen.

»Ha, ha, ha!«, kreischte Annette und schoss zur Decke hoch. »So ein großer Junge und glaubt noch an Märchen! Ich bin eine Blumenfee! Blumen sind klein! Ich kann nicht wachsen! Ha, ha, ha! Was guckst du so finster, Sir Ritter? Lass das! Jedes Mal, wenn du so finster guckst, stirbt eine Fee!«

»Wenn du nicht aufhörst zu lachen, dann stirbt eine mir bekannte Fee gleich mit Sicherheit!«, brüllte der puterrot angelaufene Ritter.

Die Fee kicherte verächtlich, flog aber lieber weg. Sauerampfer ging derweil ins Hinterzimmer und kehrte lächelnd mit einer großen Schokoladentorte zurück. »Annette, leiste uns doch Gesellschaft! Es ist zwar schade, dass du nur von geringer Größe bist, aber …«

Er brauchte die Fee nicht lange zu überreden. Trix, der erneut eingeschlummert war, schlug die Augen wieder auf –

und stellte fest, dass die Hälfte der Torte bereits gegessen war.

»Was heißt das?«, rief er. »Wie kannst du in einer Sekunde eine derartige Riesenportion verschlingen?«

Sauerampfer, Paclus und Annette starrten ihn verständnislos an. Nun bemerkte Trix, dass die Stimmen von Ian und Hallenberry nicht mehr aus der Küche herüberklangen, sich unter dem Tisch fünf leere Weinflaschen angesammelt hatten und der Magier – wie aus dem Nichts! – eine dampfende Pfeife in der Hand hielt.

»Du hast eine ganze Stunde geschlafen, mein junger Schüler«, sagte Sauerampfer sanft. »Geh ins Bett! Du kannst meins nehmen, ich werde heute im Studierzimmer schlafen.«

»Falls wir überhaupt schlafen!«, sagte Paclus munter.

Da Trix die Augen zufielen, zierte er sich nicht lange. Er trottete ins Schlafzimmer des Magiers. Das Bett sah nicht so aus, als hätte Sauerampfer in der letzten Woche darin geschlafen. Er zog bloß die Stiefel und die Jacke aus und legte sich hin. Das Buch *Tiana*, das er selbst während des Nickerchens bei Tisch unterm Hemd versteckt hatte, schob er unters Kopfkissen. Am Ende konnte er der Versuchung aber nicht widerstehen, holte es noch einmal hervor und betrachtete den Einband. Vorsichtig fuhr er mit dem Finger über die Buchstaben: T, I, A, N, A. Anschließend legte er es neben das Kopfkissen aufs Bett und schlief ein.

Kurz darauf weckte ihn Annette mit einem zärtlichen Lied wieder:

»Schlaf, mein Augenstern, schlaf ein!
Im Schloss erlischt des Feuers Schein.
Die Feen im Garten hört man kaum,

Die Posten träumen manchen Traum.
Der Mond am Himmel strahlt und prangt,
Kein Monster heut' zu dir gelangt.
Schlaf, mein Augenstern, schlaf ein!«

Dieses Wiegenlied genoss einen zweifelhaften Ruf, obwohl es im Königreich beliebter war als jedes andere. Es hieß, blutsaugerische Elfen und anderes gemeines Zaubervolk hätten es unter den Menschen verbreitet, um in nächtlicher Stille über schlafende Kinder herzufallen. Doch die Elfen und andere zweifelhafte Wesen waren längst tief in die Wälder verjagt worden, während das Wiegenlied über Restmagie verfügte und alle Kinder hervorragend zum Schlafen brachte. Warum sollte man sich das nicht zunutze machen? Deshalb war Trix in seiner Kindheit immer mit diesem Lied eingeschlafen …

»Im Schloss legt alles sich zur Ruh,
Das Haus, das deckt nun Schwärze zu.
Es gibt nicht eine Tür, die quietscht,
Auch vom Gespenst dir nichts geschieht.
Und hört man draußen einen Schrei,
Dann ist uns das ganz einerlei.
Schlaf, mein Augenstern, schlaf ein!«

Während Annette sang, zupfte sie die Bettdecke an allen Ecken über Trix zurecht. Das wäre zwar nicht nötig gewesen, schließlich war es warm – aber Zärtlichkeit mag jeder.

»Wie lebt mein Kindlein süß und froh,
Hat viel Spielzeug und Naschwerk sowieso,

Musst, mein Liebling, nicht schlagen die Kinderfrau,
Denn sonst weint sie Rotz und Tau.
Kriegst auch so jeden Wunsch erfüllt,
Damit gar nicht erst der Kamm dir schwillt.
Schlaf, mein Augenstern, schlaf ein!«

Bei den seit Kindertagen vertrauten Klängen schlief Trix sofort wieder ein. Plötzlich verstummte Annette jedoch, kniff Trix heftig in die Wange und schrie ihm empört ins Ohr: »Ja, schämst du dich denn gar nicht!«

»Was ist?« Trix setzte sich erschrocken im Bett auf und zog sich die Decke bis hoch zum Kinn.

»Du hast dir ein junges Mädchen ins Bett geholt!« Annette zeigte anklagend auf das Buch.

»Aber das ist ein Buch!«, empörte sich Trix.

»Ja und?«

»Es liegt doch bloß neben mir! In allen Balladen ...« Trix konnte sich erst an keine Geschichte erinnern, doch dann fielen ihm die Zeilen aus den Abenteuern des Baron Wolke wieder ein. »Als der ruhmvolle Gray die schöne Assol aus den Klauen der Räuber gerettet hatte, legte er sich zur Nacht neben sie ...«

Annette verzog das Gesicht. »Das wird so gesagt?«, fragte sie.

»Ja. Er legte sich neben sie und sein Schwert Oxogon legte er zwischen sich und Assol ...«

»Siehst du!« Annette klapperte mit den Flügeln. »Die einzige Situation, in der ein edler Jüngling zusammen mit einer Dame in einem Bett liegen darf, ist, wenn zwischen ihnen ein scharfes Schwert liegt!«

Nach kurzer Überlegung kam Trix zu dem Schluss, dass

Annette recht hatte: Wenn sich in den Balladen der Held zu seiner Dame legte, folgte darauf entweder sofort die Hochzeit oder aber sie fanden sich zu dritt im Bett wieder: er, sein Schwert und seine Dame.

»Ich habe aber kein Schwert«, sagte er. »Ob vielleicht auch der Zauberstab geht?«

»Pack das Mädchen in den Nachttisch!«, verlangte Annette und stampfte in der Luft mit dem Fuß auf. »Benimm dich gefälligst anständig!«

Verlegen brachte Trix das Buch im Nachttisch unter, aus dem er zuvor vertrockneten Zwieback, eine alte Tabakspfeife, einen leeren, geschliffenen Flakon mit der Aufschrift *Duftwasser Nr. 4* und einen abgenutzten Silberstift geholt hatte, offenbar Habseligkeiten Sauerampfers.

Als er sich wieder hinlegte, bemerkte er Annette, die sich neben ihm auf dem Bett niedergelassen hatte und ihn mit zärtlichem Blick ansah.

»Was ist?«, fragte Trix.

»Nichts. Ich will schlafen!«

»Aber nicht hier! Als edler Jüngling«, Trix packte die Fee behutsam mit zwei Fingern bei der Taille, »bin ich verpflichtet, dich in den Nachttisch zu packen!«

»Undankbarer Kerl!«, keifte die Fee, als sie sich aus seinen Fingern befreite. »Gut, gut, sperr mich in eine Schachtel, stopf mich in eine Flasche, fessel mich mit grobem Faden …« Sie verstummte kurz, bevor sie mit überraschender Begeisterung ausrief: »Fessel mich! Ja, fessel mich mit grobem Faden, mein strenger Gebieter!«

»Ich bin in der Tat dein Gebieter!«, erwiderte Trix streng. »Und du bist mein Familiar! Ein magischer Diener! Deshalb befehle ich dir jetzt, den Mund zu halten und zu schlafen –

aber nicht in meinem Bett. Und überhaupt: Lass mich in Ruhe!«

Er setzte die Fee auf dem Nachttisch ab, legte den Kopf aufs Kissen und schlief sofort ein.

Am Morgen weckte Trix ein irgendwie unangenehmes Gefühl. Er schlug die Augen auf und sah, dass Annette auf der Flasche *Duftwasser Nr. 4* saß, den Kopf in die Hände stützte und ihn verträumt ansah.

»Was ist?«, flüsterte Trix.

Annette zuckte die Schultern und baumelte kokett mit den Beinen.

Trix seufzte und setzte sich im Bett auf. Durchs Fenster fiel heller Sonnenschein. Es war Zeit aufzustehen.

»Wir müssen miteinander reden, Annette«, sagte Trix.

Die Fee verkrampfte sich sofort, genau wie jeder Mensch, der diese Worte hört.

Das ist wirklich eine erstaunliche Sache! Fast alle Menschen (und auch die meisten Nicht-Menschen) reden für ihr Leben gern. Der Soldat erzählt von seinen Heldentaten im Feld. Die junge Frau spricht mit ihren Freundinnen über ihren Liebsten. Der gemeine Schwarze Herrscher verstrickt den besiegten Gegner in ein langes Gespräch, als wolle er ihm Zeit geben, Kraft zu sammeln und doch noch zu siegen.

Aber wozu weit ausschweifen! Nehmen wir nur einmal dich, mein werter Leser. Ja, ja, genau dich! An dich wende ich mich! Wenn du jung bist, geh einmal zu deiner Mutter und sage ihr: »Mama, wir müssen miteinander reden!« Dann wirst du sehen, wie sie bleich wird und die Arme sinken lässt! Und wenn du nicht mehr so jung bist und schon selbst Kinder hast, dann rufe einmal deinen Sohn und sage ihm: »Sohn, wir müssen miteinander reden!« Was für Gefühle sich da in seinem Gesicht widerspiegeln! Unter Tränen wird er prompt alle Geheimnisse preisgeben: wer die Marmelade gegessen hat, wer mit den Streichhölzern gespielt hat, wer im Internet gesurft ist und das Virus eingefangen hat. Dabei sollte es doch nur um jene harmlose Beschäftigung gehen, die den Mensch vom Tier unterscheidet. Ums Reden!

Doch auch die Fee Annette rechnete gleich mit dem Schlimmsten. »Ja?«, hauchte sie.

»Annette, du bist die beste Fee auf der Welt«, begann Trix. »Ich habe dich selbst herbeigerufen. Und ich freue mich, dass du mich lieb hast und dir solche Sorgen um mich machst.«

»Aber ...«, sagte die Fee traurig.

»Aber du bist eine Fee. Ein kleines Wunderding aus Licht, Magie und Blütenstaub.«

»Und wenn ich doch wachse?«, fragte die Fee. »So groß werde wie du?«

»Darum geht es gar nicht«, erwiderte Trix. »Überhaupt nicht. Du bist eine Fee. Du bist ein Zauberwesen. Und ich bin ein Mensch.«

»Gut, ich bin ein Zauberwesen«, flüsterte die Fee. »Aber warum bin ich deswegen schlechter?«

»Du bist nicht schlechter.« Trix seufzte. »Wie soll ich das erklären? Wenn ich auf einer einsamen Insel wäre mit einer Zwergenfrau ...«

Annette legte den Kopf auf die Seite und ließ die Augen fröhlich aufblitzen.

»Nein, nein, das ist kein gutes Beispiel!«, rief Trix, der sich gerade an Paclus' Geschichte erinnerte. »Zwerge und Elfen sind irgendwie ja auch Menschen. Der Unterschied zu ihnen ist nicht ganz so groß. Aber Minotauren, Sphinxe, Greifen, Feen, Hausgeister ...«

»Wir sind doch auch Lebewesen«, sagte Annette. »Nur ein bisschen anders. Aber wir denken! Träumen! Wir haben Angst und wir haben Spaß. Wir sind gut oder böse ...«

»Aber ihr seid Zauberwesen. Feen und Menschen können Freunde sein. Sie können einander lieb haben. Aber ... nicht so wie ein Menschenjunge und Menschenmädchen.«

»Ich weiß«, sagte Annette. Sie rutschte vom Flakon und setzte sich auf Sauerampfers alte Pfeife. »Ich verstehe das ganz hervorragend. Aber du hast mich nun mal genauso geschaffen, Trix. Du hast nicht näher festgelegt, auf welche Art ich dich lieben soll. Hättest du gesagt: Lieb mich wie einen Bruder! Oder: Liebe mich, als seist du ein treuer Hund, wäre es einfacher für mich gewesen.«

»Tut mir leid«, sagte Trix. »Daran habe ich nicht gedacht. Ich bin ... ein ziemlich unerfahrener Magier.«

Annette schwieg und mied Trix' Blick. »Ich hatte gehofft, dass ich schnell eingehe«, murmelte sie. »In ein, zwei Tagen. Das ist bei uns Blumenfeen eigentlich so. Aber mit mir ist dir ein solides Werk geglückt. Wahrscheinlich werde ich viele Monate leben. Oder sogar Jahre.«

Trix schwieg. Es wäre dumm gewesen, sich dafür zu entschuldigen.

»Ich muss mich irgendwie an die Situation gewöhnen«, sagte Annette. »Liebst du sie sehr, diese Tiana?«

»Ich weiß nicht«, antwortete Trix und sein Herz fing an zu hämmern. »Ich ... ich war noch nie verliebt.«

Annette seufzte »Also ja«, sagte sie. »Wenn du sagst, ich weiß nicht, heißt das: ja.«

Eine Weile lang schwiegen sie beide.

»Soll ich dich umzaubern?«, fragte Trix schließlich. »So, dass du mich nicht mehr liebst?«

»Nein!« Annette stieg in die Luft auf. »Untersteh dich! Erstens würde ich mich dann an dir rächen wollen und mir allerlei Gemeinheiten ausdenken! Und zweitens ... zweitens: untersteh dich! Ich will nicht umgezaubert werden.«

Darauf schwiegen sie erneut.

»Trix und Tiana«, sagte Annette finster. »Trix und Annette ... Trix und Tiana ... Trix und Annette ... Trix und Annette klingt wirklich nicht sonderlich gut. Hört sich an wie eine Krankheit.«

Trix schnaubte.

»Dafür klingt Trix und Tiana wie der Name von einem heißen Land im Süden, wo alle mit Lanzen und ohne Hosen herumlaufen!«, fügte Annette rachsüchtig hinzu.

Trix schwieg.

»Also gut«, sagte Annette traurig. »Wenn du sie so liebst, dann muss ich sie eben auch lieben. Und auf sie aufpassen«, fügte sie angewidert hinzu. »Aber merk dir eins: Das Buch nimmst du nie wieder mit ins Bett!«

»Gut«, willigte Trix ein.

»Wenn du es küssen willst – nicht öfter als einmal pro Tag und nur unter meiner Aufsicht!«

»Darf ich über den Einband streichen?«

Annette dachte nach. »Ja, ich glaube, das geht. Aber nicht über den Buchrücken. Und nicht über das Vorsatzblatt.«

»Darf ich es lesen?«

»Die letzte Seite. Und dafür wirst du mir noch dankbar sein!«

Trix nickte.

»Und damit«, sagte die Fee mit aufgesetzter Munterkeit, »sollten wir das Thema beenden. Wir sind jetzt Freunde ... fürs ganze Leben. Liebt euch ... meinen Segen habt ihr.«

»Ich weiß nicht mal, ob Tiana mich überhaupt liebt!«

»Also so blöd ist sie nun auch wieder nicht!«, sagte die Fee. »Geh dich waschen! Sauerampfer hat heute Nacht überhaupt nicht geschlafen. Er hat Ian schon geweckt, damit er Frühstück macht. Wasch dich also. Wir wollen nie wieder über dieses Thema sprechen ... Wenn du willst ... nähe ich dir einen Beutel ... für dieses Buch. Damit du es nicht schmutzig machst, wenn du es nur unterm Hemd trägst. Und damit du es dir um den Hals hängen kannst.« Annette schwieg, bevor sie giftig hinzufügte: »Was du für Angewohnheiten hast!«

»Und woraus würdest du den Beutel machen?«, fragte Trix.

»Aus Blütenblättern von Rosen. Als Faden nehme ich einen Sonnenstrahl, als Nadel die Feder eines Phönix«, versprach Annette mit honigsüßer Stimme. »Meine Güte, du Dummkopf, ich mache ihn aus den Sachen, die ich finde! Dein Lehrer hortet schließlich alles Mögliche, da wird sich bestimmt ein Stück Seide finden ... oder etwas altes Sackleinen.«

Trix nickte dankbar.

Wie sich an diesem Vormittag zeigte, verkraften Magier eine durchzechte Nacht weitaus besser als Ritter. Radion Sauerampfer war munter und aufgeräumt, thronte im Sessel und half Ian in der Küche mit anfeuernden Zurufen, das Frühstück zuzubereiten.

Sir Paclus dagegen schnarchte noch friedlich unter einer alten Pferdedecke auf dem Fußboden. Gegen Morgen, als der Ritter sich bereits nicht mehr auf den Beinen hatte halten können, hatte er versucht, einen Gobelin (der einen Sonnenaufgang zeigte) von der Wand zu reißen, um sich in ihn einzumummeln, war jedoch vom Hausherrn davon abgehalten worden und hatte sich folglich mit einer von Pferdeschweiß durchtränkten Decke begnügen müssen.

Dazu muss man wissen, dass das Leben eines Ritters klar geregelt ist. Morgens steht er auf, trinkt ausgiebig von der salzigen Gurken- oder Kohllake, mittags duelliert er sich mit Monstern und anderen Rittern, und abends steht entweder eine Schlacht gegen Feinde oder ein Kampf gegen Bier und Wein auf dem Programm. Nachts wartet dann tiefer und gesunder Schlaf auf ihn. Ein maßloses Gelage bringt daher bei einem Ritter alles durcheinander.

Ganz anders die Magier, die keinen klaren Tagesablauf kennen. Wenn ein Magier morgens die Augen aufschlägt, steckt er voller genialer Ideen. Zeilen mächtiger Zauber wirbeln ihm im Kopf herum. Hastig frühstückt er, spitzt eine Feder und setzt sich an den Schreibtisch (oder, wenn er unterwegs ist, mit seinem In-einer-Hand-Buch auf einen verfaulten Baumstamm). Es naht der feierliche Augenblick. Gleich würden die Zauberzeilen aufs Pergament gebannt!

»Mein Lieber, kannst du nicht kurz bei unserem Kind bleiben, während ich die Rüben für die Suppe putze?«, fragt ihn da seine Frau (falls er eine hat). Der Magier spielt mit dem Kind, denn nur der Schwarze Herrscher traut sich, seiner Frau zu widersprechen (weshalb der Magier beschließt, irgendwann selbst zum Schwarzen Herrscher zu werden, seine Frau in einen Pirol zu verwandeln und Richtung Schloss Schreckenstein aufzubrechen).

Schließlich sind die Rüben geputzt, sodass sich der Magier wieder übers Pergament setzen kann. Die erste Zeile des Zauberspruchs hat er bereits im Kopf, die Feder in die

Tinte getaucht. Da blinkt auf dem Tisch die Kristallkugel auf. Ein Kollege möchte ein wenig über Magie plaudern und sich obendrein über seine Kopfschmerzen beklagen, die ihn seit dem gestrigen Symposium plagen.

Kaum ist das Gespräch beendet, greift der Magier erneut nach der Feder – und schaut nachdenklich auf die Kristallkugel. Was wohl in der Welt so vor sich geht? Wie steht eigentlich der Königliche Goldtaler heute zum Samarschaner Silberdenar? Und wie ist die Schlacht zwischen einem großen und zwei kleinen Fürstentümern in den Grauen Bergen ausgegangen? Und ob das neue Oberhaupt des Kongresses der Vitamanten schon gewählt worden ist? Außerdem könnte er sich natürlich den kleinen Spaß erlauben, durch die Kristallkugel die Dilloner Frauen beim Bade zu beobachten. Rein zur Inspiration, versteht sich!

Dann ist auch das erledigt und der Magier langt abermals nach der Feder. Da ruft ihn seine Frau zur Suppe. Nach dem Essen muss sich der Magier ausruhen, denn ein voller Bauch zaubert nicht gern. Irgendwann kreuzt der Herold aus der Stadt auf und bittet ihn um ein paar Auskünfte. An welchem Zauber arbeitet der verehrte Zauberer denn gerade? Und welches war sein allererster Zauber? Ist es heutzutage schwer, Magier zu werden? Angeblich klappt das ja nur über Beziehungen. Stimmt es, dass bei einigen Magiern die Schüler die Zauber wirken? Welchen Kollegen schätzt er? Und welchen nicht? Zahlt sich die Zauberei aus?

Nachdem der Herold wieder gegangen ist, stiert der Magier mit stumpfem Blick in die Kristallkugel. All die wunderbaren Worte sind wie weggeblasen. Der Herold muss sie mitgenommen haben. Oder sie sind ihm während der Plauderei mit seinen Kollegen abhandengekommen.

So verstreicht der Tag.

Falls der Magier Junggeselle ist, stören ihn statt der Frau und des Kindes ein dummer Lehrling oder ein Abenteurer, der ihm ein Artefakt stehlen will, das er nie besessen hat. Falls der Magier unterwegs ist, stören ihn Ameisen, die unter seiner Umhang kriechen, dumme Fragen des Ritters in seiner Begleitung oder dämliche Possen eines mitreisenden Diebs.

Kurz und gut, erst tief in der Nacht kommt der Magier dazu, seine Zauber zu wirken. Sie sind dann nicht mehr ganz so schön wie die, die der Morgen verheißen hatte – aber immerhin.

So passen sich Magier hervorragend an jeden Tagesablauf an. Es ist ihnen nämlich völlig einerlei, ob sie morgens, mittags, abends oder nachts nicht arbeiten.

»Guten Morgen, Herr Sauerampfer«, sagte Trix höflich. »Soll ich Ian in der Küche helfen?«

»Ein Soufflöticus braucht sich nicht ums Essen zu kümmern«, antwortete Sauerampfer. »Soll Ian das machen. Wenn wir ihn schon am Hals haben, kann er auch für seinen Unterhalt arbeiten.«

Innerlich freute Trix sich über diese Worte: Hatte sich Sauerampfer also doch dazu durchgerungen, Ian zu behalten. Er ließ sich jedoch nichts anmerken, sondern nickte nur.

»Welche Pläne haben wir heute, Herr Sauerampfer?«

»Sehr schlichte. Wir frühstücken und du packst.«

Trix sah Sauerampfer entgeistert an.

»Wir fahren in die Hauptstadt, du dummer Junge! Zu König Marcel!«

»Warum?«, fragte Trix. Die Hauptstadt – das bedeutete eine lange Reise. Und der König – dass es um etwas Ernstes ging! Sie würden durch drei Fürstentümer, freie Baronate und königliche Gebiete kommen, denn unter der Herrschaft des alten Geschlechts der Marcelen blühte und gedieh das Land. Im Vergleich zu den Besitztümern des Königs war selbst Dillon klein und bescheiden, vom Co-Herzogtum Solier und Gris ganz zu schweigen.

»Wir werden uns damit befassen, womit sich ein Zauberer befassen sollte«, entgegnete Sauerampfer streng. »Wir werden Fragen stellen. Und Antworten suchen. Frühstücke gut, junger Soufflöticus, denn wir werden nicht so bald zu Mittag essen.«

Seufzend setzte sich Trix an den Tisch.

3. Kapitel

Glaubt man all den Liedern, die über Wege und Straßen geschrieben wurden, gibt es nichts Langweiligeres als eine Reise.

Hart und trist ist das Los eines Winterreisenden. Kalte Winde wehen, aus einem bleigrauen Himmel fällt Schnee auf die gefrorene Erde. Ein Schritt vor die Tür – und schon tobt ein Schneesturm oder ein Unwetter los. Die Pferde verlieren ihre Hufeisen und kauen freudlos das kalte Heu, der zitternde Reisende versucht vergeblich, sich mit einem starken Schnaps oder an einem kümmerlichen Lagerfeuer aufzuwärmen. Das Brot ist steinhart gefroren, mit der Wurst kann man einen hungrigen Bären erschlagen – nur dass keine Bären unterwegs sind, schlafen sie doch längst in ihren Höhlen. Zu allem Überfluss verirrst du dich auch noch bei der geringsten Unaufmerksamkeit, und dann ist es aus, dann endest du als Eismumie zwischen den Schneewehen!

Doch auch im Frühjahr ist das Reisen kein Vergnügen. Wenn sich die Erde, vom Eise befreit, in glitschigen Brei verwandelt, Unmengen kleiner stechender Insekten auftauchen, nachts liebestolle Wölfe heulen und der ganze Mist, der sich über den Winter unterm Schnee gesammelt hatte, wieder offen zutage liegt. Einmal ungekochtes Wasser getrunken – und deine Reise geht von Gebüsch zu Gebüsch! Die Sonne scheint hell am Himmel, der Himmel ist blau, doch all das ist Lug und Trug, denn sobald du den durchgeschwitzten dicken Umhang ablegst, darfst du deine treueste Begleiterin im Frühling willkommen heißen: die Erkältung.

Im Sommer ist es auch nicht viel besser. Fürchterliche Hitze schlägt auf dich ein, aber sobald du dich auszieht, fallen Bremsen und Fliegen über dich her, die die kleinen Mücken abgelöst haben. Bei jedem Schritt wirbelt Staub auf, du niest und schniefst, das Gras ist vertrocknet, in den Bergen schmilzt das Eis, die Flüsse treten über die Ufer. Räuber kommen gewöhnlich im Sommer auf die Idee, einem Reisenden aufzulauern und ihm einen Pfeil in den Rücken zu jagen. Außerdem verbreiten Zieselmäuse die Pest, Mücken Malaria und Vögel die Grippe.

Doch erst der Herbst! Der Himmel grollt und ertränkt die Welt in Regen, bis sie ein einziger Sumpf ist. Beim Anblick der bleigrauen Decke über dir, der nackten entlaubten Bäume um dich herum und des stinkenden Moders unter dir möchtest du dich am liebsten aufhängen. Ein Lagerfeuer zu entfachen ist eine wahre Heldentat, die eigene Kleidung trocken zu kriegen ein Wunder. Selbst der Jugend tun abends Arme und Beine weh, knirschen die Gelenke und knackt der Rücken. Kein noch so zuverlässiges Behältnis bewahrt dein Essen davor, sich in einen Brei aus Brot, Fleisch und zerstampftem Gemüse zu verwandeln, die Stiefel geben bei jedem Schritt schmatzende Geräusche von sich, und es ist das reinste Kinderspiel, auszurutschen und hinzufallen, sich den Fuß zu verstauchen oder das Bein zu brechen.

Nein, es gibt nur eine Jahreszeit, in der das Reisen nicht ganz so ekelhaft ist. Und genau sie wählen erfahrene und kluge Reisende für lange Fahrten.

Die Rede ist vom Altweibersommer. Die kurze Woche

(wenn man viel Glück hat: zwei) zwischen Sommer und Herbst. Die Sonne scheint noch, brennt aber nicht mehr, der Wind bringt Erfrischung und vertreibt die Mücken, dringt aber nicht bis zu den Knochen durch, die Bäume kleiden sich in königliches Purpur und Gold, die Blätter sind noch nicht abgefallen. Das Obst ist reif, aber noch nicht verfault, die satten Tiere interessieren sich nicht für Reisende, die Räuber bereiten ihre Höhlen für den Winter vor, die Bauern sind angetrunken und gastfreundlich.

Deshalb war es überhaupt nicht erstaunlich, dass der große Zauberer Radion Sauerampfer zusammen mit seinem Schüler Trix Solier, dem Knappen Ian und dem amtslosen Jungen Hallenberry, genannt Klaro, im Altweibersommer aufbrach, um sich von Dillon in die Hauptstadt des Königreichs zu begeben.

Im Unterschied zu allen anderen Städten hieß die Hauptstadt bloß Hauptstadt. Gut, wenn man tüchtig in den Chroniken grub, stieß man darauf, dass vor Jahrhunderten an der Stelle der heutigen Hauptstadt das Dorf Moderöd gelegen hatte. Später, nach dem Angriff der Feinde aus Samarschan, stand dort fünfzig Jahre lang die Grenzfestung Torro-oder-Nichttorro. Als Marcel der Vernünftige, der Urururururgroßvater des heutigen Königs, zu einem großen Befreiungskrieg aufbrach, mit dem er das bisherige Gebiet verdreifachte (manche behaupten sogar: vervierfachte), entstand an der Stelle der Festung wieder ein Dorf, das schlicht und ergreifend Stinkende Brandstätte genannt wurde. Und Marcel der Überraschende, der Urururgroßvater des heutigen Königs, befahl gleich zu Beginn seiner Regierungszeit, die alte Hauptstadt niederzubrennen, weil sie eine Quelle der Fäulnis, Ansteckung und Unzucht war (sogar übel gesinnte

Chronisten geben zu, dass diese Einschätzung nicht von der Hand zu weisen war), trommelte den ganzen Hof zusammen, verband sich die Augen und schoss aus einem Abstand von dreißig Schritt mit Pfeil und Bogen auf die Karte des Königreichs. Der erste Pfeil ging ins Auge, und zwar in das des Kriegsministers, der zweite in das des Schatzmeisters, und erst der dritte traf die Karte, genau an der Stelle, wo das Dorf Stinkende Brandstätte lag. (Aufgrund der beiden ersten Schüsse behaupten etliche Geschichtsschreiber, von einer »Zufallsentscheidung« oder dem »Finger Gottes« könne keine Rede sein. Sie beharren vielmehr darauf, Marcel habe eine ruhige Hand und Adleraugen. Dafür spräche auch, dass das große Turnier der Bogenschützen im Königreich seit dieser Zeit unter der Schirmherrschaft der Königsfamilie steht und »Der Finger Marcels« heißt.) Das Dorf Stinkende Brandstätte wurde daraufhin dem Erdboden gleichgemacht und an seiner Stelle die neue Hauptstadt des Königreichs aufgebaut. Da dies einige Zeit dauerte, schaffte Marcel der Überraschende es nicht mehr, seiner Hauptstadt einen Namen zu geben. Sein Sohn, Marcel der Unentschlossene, herrschte dann rund ein halbes Jahrhundert, ohne sich dazu durchringen zu können, das bereits für seinen Vater vorbereitete Pergament *Zur Namensgebung der Hauptstadt* auszufüllen. Der Sohn Marcels des Unentschlossenen, König Marcel der Sparsame, verlangte zu wissen, wie viel die Namensgebung kosten würde, und ordnete danach an, die Tinte vom Pergament zu kratzen und es zur Wiederverwendung in die Schreibstube zurückzusenden.

Das ist der Grund, warum Sauerampfer und seine drei minderjährigen Gefährten in eine namenlose Stadt fuhren. Und natürlich wäre Sauerampfer kein Zauberer, hätte er sich zu dieser Frage nicht von seinem Elfenbeinturm aus eine ganz eigene Meinung gebildet. »Ein Name ist nicht zu unterschätzen«, erklärte er gerade, der auf einem Pferd edlen Bluts saß, dessen sich auch ein Aristokrat nicht geschämt hätte. Trix, Ian und Hallenberry saßen im Wagen, vor den die alte graue Stute gespannt war, und wurden ordentlich durchgeschüttelt. »Er ist nicht nur Bezeichnung, sondern auch ein Symbol, er öffnet den Weg zum gesuchten Objekt. Hast du das verstanden?«

Trix nickte unsicher.

»Nehmen wir einmal an, ich wollte dich in eine Kröte verwandeln«, fuhr Sauerampfer fort. Da Trix dieses Beispiel nicht sonderlich gefiel, verzog er das Gesicht. Dafür merkte Hallenberry sofort auf. »Würde ich deinen Namen nicht kennen, müsste ich dich erst umständlich beschreiben: ein großer und magerer Junge mit schwarzem Haar, aufstehendem Mund, naiven Augen und so weiter und so fort. Da ich aber deinen Namen kenne, kann ich einfach sagen: ›Der Junge namens Trix, der neben mir steht, wurde plötzlich grün und verwandelte sich in eine Kröte!‹«

Trix blickte erschrocken auf seine Hände und betastete sein Gesicht. »Es hat nicht geklappt«, stellte er fest.

»Natürlich nicht!«, rief Sauerampfer. »Der Zauberspruch ist so einfach, der ist seit Langem abgenutzt. Schon beim dritten Mal wurde das Objekt des Zauberspruchs nur noch grün, beim vierten Mal hat es bloß gequakt, beim fünften Mal ist gar nichts mehr passiert. Es ist sehr gut, dass Zaubersprüche sich durch den Gebrauch abnutzen, sonst könnte ja jeder Mensch einen Zauber wirken!«

»Wäre das denn so schlecht?«, fragte Ian.

»Selbstverständlich!«, antwortete Sauerampfer. »Man

darf die Magie nur klugen und besonnenen Menschen anvertrauen. Wo kämen wir denn sonst hin? Eine Frau streitet sich mit ihrem Mann und *batz!* – verwandelt sie ihn in einen stinkenden Ziegenbock. Oder der Mann verwandelt sie in eine dumme Henne. Ein Nachbar schreit den anderen an und der wird zu einem Haufen Dünger. Das ganze Menschengeschlecht würde sich gegenseitig ausrotten! Gut. Wo waren wir stehen geblieben? Ach ja, der Name ist für einen Magier eine große Hilfe. Stell dir vor, es ist Krieg, und der Feind will unsere Hauptstadt zerstören, indem er Massenvernichtungsmagie einsetzt. Er zieht die besten Zauberer zusammen und die denken sich einen schrecklichen Zauber aus. Aber wie sollen sie ihn formulieren? Wenn man nicht sagen kann: ›Ein Feuerregen geht vom trüben Himmel auf die Stadt sowieso nieder‹?«

»Man könnte doch auch sagen: ›Ein Feuerregen geht vom trüben Himmel auf die Hauptstadt nieder‹«, schlug Trix vor.

»Auf welche? Auf deine eigene? Magie ist wie Wasser. Sie sucht immer den direkten Weg. Wenn es heißt ›auf die Hauptstadt‹, dann schlägt sie auf deine Hauptstadt ein.«

»Man könnte sagen: ›Ein Feuerregen geht vom trüben Himmel auf die Hauptstadt des verfluchten Königreichs nieder, in dem der fürchterliche Tyrann Marcel der Lustige herrscht, und versengt die prachtvollen Paläste ebenso wie die erbärmlichen Hütten, zerstört die Steinwände …‹«

»He! Hör sofort auf!« Sauerampfer sah Trix streng an. »Sei etwas vorsichtiger, Trix! Du bist immerhin ein Zauberer. Das hätte gerade noch gefehlt, dass wir unsere eigene Hauptstadt abbrennen!«

»Also hätte es funktioniert?«, fragte Trix. »Es ginge auch ohne Namen?«

»Im Prinzip schon«, gab Sauerampfer widerwillig zu. »Aber es ist schwieriger und dauert länger. Und je wortreicher der Zauberspruch, desto schlechter wirkt er auf andere und desto schlechter klappt er. Ein guter Zauber muss knapp sein! Klar! Überraschend! Er muss verblüffen und begeistern!«

»Aber ich habe die Hauptstadt doch jetzt nicht niedergebrannt?«, fragte Trix.

»Nein, natürlich nicht. Was meinst du denn, wozu wir Zauberer eigentlich da sind? Über jeder großen Stadt des Königreichs ist ein ABS errichtet, Anti-Breitbandzauber-Schutzwall. Zum Beispiel von der Art: ›Sobald der von einem Zauberer geschickte Feuerregen vom Himmel niedergeht, bildet sich über der Stadt dichter magischer Nebel, der die Flammen mühelos löscht, sodass das Feuer die Erde nicht erreicht.‹ Klar?«

»Ist ja nicht so schwer«, murmelte Trix. »Aber woran man da alles denken muss! Feuer, Wasser, Steine, Monster …«

»Eben«, sagte Sauerampfer. »Deshalb wirken Zauberer Tag und Nacht neue ABS, um neuen Gefahren neue Schutzmaßnahmen entgegenzusetzen. Es ist ein ewiger Wettstreit von Schwert und Schild, Überfall und Verteidigung.«

»Trotzdem kann man nicht alle Gefahren voraussehen«, hielt Trix dagegen. »Also? Warum haben uns unsere Feinde noch nicht vernichtet?«

»Weil auch wir über Massenvernichtungsmagie verfügen«, antwortete Sauerampfer. »Die Zauberer, die sie ausüben, leisten eine gefährliche und verantwortungsvolle Arbeit. In geheimen Anlagen denken sie sich rund um die Uhr neue Angriffszauber aus. Sollte der Feind seine Massenvernichtungsmagie einsetzen, würden sie zum Gegenschlag ausholen. Das ist die sogenannte Doktrin der gegenseitigen magischen Abschreckung.«

»Aber man darf schon Magie einsetzen, nur eben keine Massenvernichtsmagie, klaro?«, mischte sich Hallenberry ins Gespräch.

»Das ja«, antwortete Sauerampfer.

»Man darf den Feind also mit einer Feuerkugel beschießen oder auf seine Truppen einen Steinregen prasseln lassen?«

»Ja.«

»Und wie entscheidet man, was man noch darf und was schon verboten ist?«

»Das hängt von der Situation ab«, sagte Sauerampfer. »Gegen einen kleinen Staat, in dem es kaum Magier gibt, kann man sich fast alles herausnehmen. Aber gegen Samarschan oder die Kristallenen Inseln – da sollte man sich die Sache gut überlegen.«

»Klaro. Das heißt, wenn sich jemand wehren kann, muss man höflich sein?«, schlussfolgerte Hallenberry.

»Äh ... im Grunde ja.« Radion wurde etwas mulmig zumute.

»Alles wie im richtigen Leben«, bemerkte Hallenberry. »Herr Zauberer, ist unsere Hauptstadt schön?«

»Sehr schön, sagt man«, erwiderte Radion. »Mit hohen, schneeweißen Türmen, Palästen aus rotem Marmor und grünem Malachit auf den Hügeln und kleinen Seen mit kristallklarem Wasser um die Stadt herum. Und an einem Steilhang erhebt sich das Königsschloss Ewige Hochburg, der wohl schönste, sicherste und prachtvollste Bau der Welt!«

»Klasse!«, flüsterte Hallenberry und steckte sich vor Aufregung den Finger in den Mund.

»Könnten wir denn nicht direkt dorthin?«, fragte Trix.

»Mit Teleportation, meine ich. Genau wie Ihr, als Ihr vom Turm in Euer Haus in Dillon …«

»Da gibt es zwei Hindernisse«, erklärte Sauerampfer freundlich. »Erstens den ABS, der es fast unmöglich macht, die Hauptstadt mit Teleportation zu erreichen. Du ahnst, warum?«

»Damit der Feind nicht auf magischem Weg einfällt!«, antwortete Trix.

»Richtig. Und zweitens kann ein Magier per Teleportation nur an Orte gelangen, die er gut kennt. Und ich bin noch nie in der Hauptstadt gewesen.«

Hallenberry zog den Finger aus dem Mund und dachte nach. »Herr Zauberer«, sagte er schließlich. »Sagt, kann man einem kleinen Jungen Magie beibringen? Mir zum Beispiel …«

»Nichts ist unmöglich«, erwiderte Sauerampfer großherzig. »Der große Magier Elnor der Schnelle fing mit fünfeinhalb Jahren an zu zaubern. Mit sechs Jahren verwandelte er seine böse Stiefmutter in eine gute Kinderfrau, mit zehn Jahren wurde er Berater von Marcel dem Vernünftigen und mit siebzehn Jahren stand er dem Magierkapitel vor. Allerdings hatte er mit zwanzig Jahren genug von der Magie und zog sich in ein Kloster zurück.«

»Klaro. Und wenn der Junge noch nicht gut schreiben und lesen kann?«, fuhr Hallenberry fort. »Also … ein paar Wörter kann er schon, aber nicht alle.«

»Auch das ist möglich«, antwortete Sauerampfer, der sich zunehmend für die Problematik begeisterte. »Der alte Magier Helmer war zum Beispiel blind, aber er hat eine Reihe nützlicher Zaubersprüche für Reisende ersonnen, für eheliche Treue und für die Belagerung einer Stadt. In den alten

Zeiten stand es ja generell schlecht ums Lesen und Schreiben. Einige konnten es, andere zauberten. Aber dass jemand beides beherrsche, das kam selten vor.«

»Klaro«, sagte Hallenberry nachdenklich. »Klaro ...«

Sauerampfer beugte sich zu Trix. »Die Kraft der Magie«, sagte er leise, »ist derart stark, dass selbst die untalentiertesten und unfähigsten Menschen, die nie im Leben daran gedacht haben, sich mit Zauberei zu beschäftigen, in der Gegenwart großer Zauberer von Liebe zur Magie erfasst werden und versuchen, unbeholfene Zauber zu wirken. Natürlich zeigt der Kleine keinerlei magische Veranlagung ... aber soll er's probieren. Das ist sehr anrührend.«

»Ihr seid ein Lehrer, wie er im Buche steht«, sagte Trix, von Sauerampfers Güte ergriffen. »Ihr solltet auf einer Zauberakademie unterrichten.«

»Oh nein!«, entgegnete Sauerampfer entsetzt. »Ich bin gegen diesen neumodischen Kram. Massenausbildung – wie soll das funktionieren? Hier werden schließlich keine Münzen geprägt und keine Ziegelsteine hergestellt. Ein Zauberer muss die Magie selbstständig durchdringen, wenn auch unter der Anleitung seines Lehrers. Und das klappt nicht in einer Klasse voller Dummköpfe. Hast du auch nur von einem berühmten Zauberer gehört, der in einer Akademie gelernt hat?«

»Nein.«

»Ich auch nicht! Dabei gibt es mehr als genug Zauberer, die eine Schule besucht haben! Sie ziehen durchs Königreich, wedeln mit ihren Abschlussurkunden und verlangen von den dummen Baronen und Herzögen eine Stelle bei Hofe. Dabei machen sie der Magie nichts als Schande! Echte, talentierte Zauberer lassen sie natürlich nicht auf ihre

Akademie, oh nein! Wie könnten sie auch? Dann käme ihre Unfähigkeit ja sofort an den Tag! Sie finden immer etwas, an dem sie sich festbeißen können: Der eine Zauberer macht Fehler beim Schreiben, gebraucht Ausdrücke aus dem einfachen Volk in seinen Zaubersprüchen, und zu ihnen kämen ja schließlich Söhne von Kaufleuten, Sprösslinge von Aristokraten, exaltierte kleine Hexen ...«

Sauerampfer war derart in Fahrt, dass er noch eine halbe Stunde über die Akademie und die verwerflichen Methoden der Massenausbildung herzog. Trix konnte sich des Verdachts nicht erwehren, dass Radion vor langer Zeit selbst von der Akademie abgelehnt worden war, äußerte diesen jedoch nicht.

Die ersten drei Tage reisten die Gefährten noch durch das Fürstentum Dillon, das für seine guten Straßen berühmt ist. An Flüssen und Schluchten gab es stets Brücken oder Fähren, selbst in den entlegensten Winkeln fand man noch eine Schenke, und manchmal begegneten einem berittene Wachposten, die alles in der Umgegend im Auge behielten. Bereits am zweiten Tag (und wahrscheinlich eben wegen dieser Posten) war Sauerampfer auf den alten Königsweg eingebogen, auch wenn der etwas länger war.

Unsere Reisenden hatten nachts sogar ein Dach über dem Kopf. In der ersten Nacht schliefen sie in einer Schenke, in der zweiten in einer Scheune (Sauerampfer dankte dem Bauern mit einem einfachen Zauber, der den Milchertrag erhöhte), in der dritten in einer verlassenen Hütte der Wachposten.

Die ganze Zeit über lag Trix die Frage auf der Zunge, warum Radion Sauerampfer eigentlich in die Hauptstadt fuhr, denn allem Anschein nach war er doch bisher nicht über

Dillon und die Schwarze Anfurt hinausgekommen. Doch Sauerampfer gab seine Beweggründe nicht preis. Inzwischen schien er sogar seine zusammengewürfelte Begleitung ins Herz geschlossen zu haben: Trix gab er unablässig Ratschläge aus seinem reichen Erfahrungsschatz, Ian kommandierte er fröhlich herum, und Hallenberry, der nach dem Gespräch über Zauberei nachdenklich war und ständig etwas vor sich hin murmelte, zog er in freundlicher Weise auf.

Am meisten genoss Annette die Reise. Zu beiden Seiten der Straße zogen sich Felder und Wiesen dahin, überall blühten Astern und Chrysanthemen. Früh am Morgen flog die kleine Fee aufs Feld zum Frühstück, von dem sie völlig normal zurückkehren konnte, aber oft auch kichernd und allerlei verworrene Geschichten erzählend. Sauerampfer äußerte in diesem Zusammenhang einmal, sie müssten sich keine Sorgen machen, denn die »vegetative Phase« werde bald enden. Trix verstand das nicht ganz, vertraute aber dem überzeugten Ton des Magiers. Die Fee hatte übrigens tatsächlich einen Beutel für Trix genäht, wenn auch nicht aus Seide, denn die hatten sie nirgends gefunden, aber aus sehr schönem orangefarbenen Samt. Nun trug Trix das Buch um den Hals, unterm Hemd – und machte sich gleich weniger Sorgen um die Sicherheit der Fürstin.

Am vierten Tag erreichten die Gefährten die Grenze. Dahinter begann das Land eines königlichen Ritters. Es war eine alte Tradition im Hause der Marcels, scheidende Ritter für besondere Verdienste gegenüber der Krone mit einer Landparzelle auszuzeichnen, in der Regel ein Gebiet, das dem Königreich während der Dienstzeit des Ritters zugefallen war. Die Parzellen waren recht groß, damit der Ritter seinen Lebensabend ohne Not verbringen konnte, indem er von den Bauern Tribut eintrieb, einen Zins für die Nutzung der Brücken und Wege verlangte, Weideland und Erzminen verpachtete. Nach dem Tod des Ritters fiel das Land an den König zurück oder wurde, was häufiger vorkam, einem anderen alten Ritter überlassen. Trix erinnerte sich, dass an den Grenzen des Co-Herzogtums ebenfalls drei Besitzungen von Königsrittern lagen, alte, geschwollen daherredende Schwatznasen, die keinen Feiertag ausließen und nichts lieber taten, als sich über den gegenwärtigen Verfall der Moral zu beklagen.

Der Inschrift auf dem verwitterten Grenzmal entnahmen sie, dass sie ins Land des Königsritters Aradan kamen. Unter dem Namen war ein Wappen dargestellt: eine von rechts nach links weisende Lanze auf hellgrünem Grund, an deren einem Ende ein – nein, kein von ihr durchbohrter Mann – ein wilder Kater baumelte, der sich mit den Tatzen am Schaft festhielt.

»Aradan!«, sagte Sauerampfer nachdenklich. »Wer hätte das gedacht! Der alte Giran Aradan lebt noch!« Der Magier freute sich offensichtlich. Er rieb sich die Hände, drehte sich zu Trix um und erklärte: »Wir haben gemeinsam gegen die Vitamanten gekämpft. Damals war ich natürlich noch jung und eigentlich habe ich mehr mit Paclus verkehrt. Aber Sir Aradan hat die Einheit zum Schutz der Magier befehligt. Sie hatten einen Ring um uns gebildet und den Angriff der Zombies zurückgeschlagen. Ein kühner Ritter! Damals war er bestimmt schon siebzig und schlohweiß. Rufus Schwarzbraue und ich haben ihm mit Magie etliche neue Zähne gegeben und ein paar Zipperlein geheilt, da hatte uns der Alte drum gebeten. Hmm.« Sauerampfer dachte nach und schüttelte den Kopf. »Anscheinend sind wir dabei etwas übers

Ziel hinausgeschossen. Oder unter seinen Ahnen muss es Nicht-Menschen geben. Denn Aradan müsste jetzt über hundert Jahre alt sein. Hmm. Ich habe nicht gewusst, dass mein alter Freund hier wohnt. Heute Abend erwartet uns ein herrliches Essen und Schlaf auf weichen Daunen!«

Der aufgekratzte Sauerampfer steckte mit seiner Freude auch die Jungen an. Selbst dass direkt hinter der Grenze die Straße schlecht, eng und uneben wurde, störte niemanden.

»Die Königsritter sind arm«, erklärte Sauerampfer, als wolle er sich für seinen Freund entschuldigen. »Wenn du eine Mine auf dem Besitz hast, eine Brücke oder ein kleines Dorf mit Handwerkern, besteht kein Grund zur Klage. Aber wenn es ist wie hier, wo es nur Hügel und ein Waldstück gibt ...«

»Aber da vorn kommt ein Dorf«, bemerkte Trix.

»Kann man von Bauern etwa viel Zins eintreiben?«, entgegnete Sauerampfer. »Das Besitztum ist nicht groß, der Boden karg, der Weg nicht die Hauptstraße. Ich fürchte, der alte Ritter schwimmt nicht gerade in Talern.«

So schien es in der Tat. Als sie das Dorf durchquerten, betrachtete Trix voller Mitleid die windschiefen Häuser, die zerlumpten Bauern, die ihnen ängstliche Blicke hinterherschickten, die zerlumpten Bäuerinnen, die ihnen nachdenkliche Blicke hinterherschickten, die schmutzigen, barfüßigen Kinder (die kleineren liefen sogar nur im Hemd herum!), die ihnen dumme Rufe hinterherschickten und um eine Münze bettelten, und die Hofhunde, die ihnen das übliche Gebell hinterherschickten. Trotzdem stellte sich das Dorf als überraschend groß heraus, es gab gut hundert Höfe, und auch die Herde, die gerade von der Weide zurückkehrte, wirkte recht stattlich.

Sauerampfer ritt zu einem Bauern, der noch den verständigsten Eindruck machte, und erkundigte sich bei ihm, wo der alte Ritter Aradan lebte. Auf die Frage reagierte der Bauer ziemlich nervös, zeigte aber immerhin auf einen schmalen Pfad, der in den Wald hineinführte. »Auf dem Berg gleich hinterm Wald liegt das Haus des Herrn«, antwortete er, ohne Sauerampfer dabei anzusehen. »Ist nicht weit, ein halbes Stündchen vielleicht. Bei uns im Dorf könnten so edle Herren wie Ihr sowieso nicht schlafen, wir haben kein anständiges Bett oder Essen anzubieten. Sag ich ganz offen. Bin im Übrigen der Dorfälteste, Wisper ist der Name ...«

Der Zauberer sah nachdenklich zu dem Pfad hinüber. Der wirkte, als sei er schon seit Wochen nicht benutzt worden. »Sag, guter Mann«, wandte er sich wieder an den Bauern, ohne ihn einer namentlichen Anrede zu würdigen. »Wann habt ihr dem Herrn das letzte Mal seinen Zins zukommen lassen?«

Der Dorfälteste wurde noch nervöser und gestand, es sei vor sehr langer Zeit gewesen. Dann schnauzte er ein paar andere Männer an, worauf sich bereits fünf Minuten später aufgeregt schnatternde Hühner mit zusammengebundenen Beinen, ein großer Korb Eier, ein Sack mit frischem Brot, hausgemachte Wurst, ein kleiner Beutel mit Kupferlingen und ein paar Kannen Milch auf dem Wagen fanden. Sauerampfer verlangte noch Quark und Fleisch, was ihm widerspruchslos gebracht wurde.

»Seltsam«, sagte Sauerampfer, während er das Pferd auf den schmalen Pfad lenkte.

»Was denn?«, fragte Trix schüchtern. Es dämmerte bereits, und er wollte nicht gern in den dunklen Wald reiten, selbst wenn es bis zum Ritter nur ein halbes Stündchen war.

»Erstens, dass die Bauern ihrem Herrn nicht die Abgaben bringen«, antwortete Sauerampfer. »Zweitens: Warum sind diese Menschen so dreckig, obwohl das Dorf nicht schlecht dasteht? Du hast es ja selbst erlebt, sie haben uns die Sachen ohne jede Widerrede ausgehändigt. In jedem Hof gibt es Kühe, Hühner und Schweine. Die Leute sind nicht arm. Aber warum ist dann alles so verwahrlost? Der Weg wird kaum benutzt, die Häuser müssen ausgebessert werden, die Menschen lassen sich gehen. Wenn Aradan ein derart faules Völkchen abgekriegt hat, warum nimmt er sie nicht härter an die Kandare? Warum lässt er den Ältesten nicht verprügeln, warum hetzt er den Bauern nicht die Wache auf den Hals?«

Sauerampfer schwieg eine Weile, zügelte schließlich das Pferd und packte die Reisetasche aus. »Zieh deinen Paradeumhang an und hol deinen Stab heraus«, befahl er Trix. »Selbst wenn Aradan an Altersschwachsinn leiden oder in Armut gefallen sein sollte, müssen wir ihm den gebotenen Respekt erweisen. Mit allem Drum und Dran.«

Obwohl Trix das ungute Gefühl beschlich, es käme gar nicht auf die gute Kleidung an, sagte er kein Wort, sondern legte gehorsam den feierlichen Umhang an. Annette, die bisher auf seiner Schulter gesessen hatte, schlüpfte leise in die Tasche des Umhangs. Danach wechselten sie kein Wort mehr, während sie durch den Wald ritten.

Der Dorfälteste hatte ihnen die Wahrheit gesagt. In weniger als einer Stunde hatten sie den Wald hinter sich gelassen und erblickten das Anwesen von Giran Aradan. Es wäre untertrieben, von einem Haus, und übertrieben, von einem Schloss zu sprechen. Es war einfach ein großer Bau mit einem nicht sehr tiefen Graben (bei einer Belagerung dürfte er kaum etwas nutzen) und zwei kleinen Türmen an den Flügeln. Nur in zwei Fenstern schimmerte schwaches Licht. Der Park war verlassen, das Tor stand offen. Der Teich, in dem früher einmal wahrscheinlich Buntkarpfen gezüchtet worden waren, war verschlammt, Froschgequake klang herüber.

»Verfall und Verödung«, murmelte Sauerampfer.

»Vielleicht ist er längst tot?«, fragte Ian schüchtern.

»Nein«, entgegnete Sauerampfer. »Der König schickt den ausgeschiedenen Rittern zweimal im Jahr einen Kurier mit Geschenken. Um sich zu überzeugen, dass sie noch leben.«

Sie ritten in den Park, der Zauberer sah sich um und wies Ian auf ein einzeln stehendes Gebäude hin. »Da drüben ist der Pferdestall. Bring die Pferde für die Nacht dorthin.«

»Und wenn wir hier nicht aufgenommen werden?«, fragte Ian. »Vielleicht sollten wir besser nicht voreilig handeln?«

Sauerampfer sah zu dem dunklen nächtlichen Wald zurück, in den Himmel hinauf, wo bereits die ersten Sterne funkelten, und verkündete: »Wir werden schon aufgenommen. Die Gegend gefällt mir nicht, da schlafen wir auf keinen Fall unter freiem Himmel.«

Der Türklopfer war abgerissen und lag auf der Schwelle. Sauerampfer hob ihn wortlos auf und hämmerte damit gegen die Tür.

Lange Zeit blieb alles still. Dann hörten Trix und er endlich schlurfende Geräusche, und die Tür wurde einen Spalt geöffnet, wobei eine dicke Kette jeden Besucher daran hinderte, diesen Spalt zu vergrößern. Ein älterer Mann mit einem Schwert in der einen und einer Laterne in der anderen Hand beäugte Sauerampfer. Das bärtige Gesicht des Mannes war streng und unfreundlich.

Sauerampfer schwieg.

»Was willst du?«, fragte der Mann unhöflich.

»Den Huf vom Gnu«, parierte Sauerampfer. »Lebt hier der ruhmvolle Königsritter Giran Aradan?«

»Ja«, antwortete der Mann, machte aber keine Anstalten, die Kette abzunehmen.

»Sag Giran, dass ein alter Kampfgefährte gekommen ist, um ihn zu besuchen.«

Der Mann kniff die Augen zusammen und hob die Laterne höher, um Sauerampfers Gesicht zu mustern. Plötzlich schnellten seine Brauen nach oben, während ihm der Unterkiefer nach unten klappte. »Herr Radion … Sauerteig?«

»Radion Sauerampfer!«, korrigierte ihn der Zauberer gekränkt. Daraufhin nahm der Mann die schwere Kette ab und öffnete die Tür ganz.

»Herr Zauberer! Herr Sauertei… Sauerampfer! Erkennt Ihr mich denn nicht? Die Schwarze Anfurt! Die Vitamanten haben ihre Zombies auf uns gejagt, ich habe mich gegen drei zur Wehr gesetzt und schon gedacht, mein Ende sei nahe … Und dann habt Ihr … das bemerkt, Euch erbarmt und einen Feuerring um mich entflammt!«

»Kann das denn wahr sein?!« Sauerampfer kniff die Augen zusammen. »Tamin?«

»Thymin, Herr Zauberer. Hazar Thymin, der Knappe des Ritters Aradan.«

»Thymin!« Sauerampfer schloss den Mann in die Arme. »Damals warst du ja noch ein ganz junger Spund!«

»Die Zeit, Herr Zauberer«, sagte der Mann seufzend. »Die Zeit verschont keinen. Heute ist mein Enkel bereits Knappe, achtzehn Jahre ist er jetzt, wie ich damals … Aber Ihr habt Euch überhaupt nicht verändert!«

»Das ist Magie«, antwortete der Zauberer verlegen. »Wir altern langsam.«

»Ich weiß, Herr Zauberer.« Hazar Thymin wischte sich die Tränen aus den Augenwinkeln. »Vierzig Jahre sind vergangen und Ihr seid ganz der Alte. Ach! Wie ich mich freue, Euch zu sehen. Kommt rein, kommt nur!« Er trat zurück. »Und der Junge soll auch reinkommen. Euer Sohn?«

»Mein Schüler.«

»Auch nicht schlecht. Was hat Euch in unser abgeschiedenes Fleckchen verschlagen?«

Sauerampfer und Trix kamen in einen großen dunklen Raum. Ein riesiger Lüster unter der Decke beleuchtete Spinnweben und Staub, der Boden hätte dringend einen Besen und einen feuchten Lappen vertragen, die meisten Möbel waren mit grauen, verschlissenen Laken überdeckt.

»Wir leben hier sehr bescheiden«, sagte Thymin. »Meine Frau und ich, mehr Diener gibt es nicht. Unser Sohn und unsere Tochter sind schon vor langer Zeit nach Dillon gegangen. Unsere Enkel sehe ich nur selten.«

»Ihr lebt zu dritt hier?«, vergewisserte sich Sauerampfer.

»Zu viert. Meine Frau und ich, Herr Aradan und sein Sohn, Kodar.«

»Aradan hat einen Sohn?«, wunderte sich Sauerampfer. »Ich weiß noch genau, wie er sich immer beklagt hat, dass er keine Kinder ... hmm.«

»Damals hatte er noch keinen«, gab Thymin bereitwillig Auskunft. »Aber nachdem Ihr ihn bei der Schwarzen Anfurt behandelt habt, war es, als sei er in einen Jungbrunnen gefallen. Er hat ein zweites Mal geheiratet, er war ja schon Witwer ... Und vor fünfzehn Jahren hat er dann seinen Erben bekommen.«

»Er hat einen Sohn gezeugt?« Sauerampfer sah Thymin zweifelnd an.

»Ich schwöre es!«, rief der einstige Knappe hitzig. »Hier sind nie fremde Männer aufgetaucht, es gab nur Herrn Aradan und mich. Es ist Aradans Sohn, glaubt mir! Er ist ihm wie aus dem Gesicht geschnitten! Die Frau des Herrn Aradan ist leider bei der Geburt gestorben, die Arme. Er hat sie so geliebt! Und sie hat ihn auch so geliebt!«

»Und ich habe immer gedacht, wir hätten ihm nur ein paar Zähne zurückgegeben«, sagte Sauerampfer nachdenklich. »Wenn ich mich bloß an den Zauber von damals erinnern könnte! Mit dem würde ich mir eine goldene Nase verdienen! Gut, Thymin! Bring uns zu Aradan!«

Mit einem Mal wurde Thymin verlegen. »Der Herr Ritter hat sich bereits schlafen gelegt. Wollt Ihr nicht bis morgen früh warten? Das Alter …«

»Wie du meinst«, erwiderte Sauerampfer. »Kannst du meinen Dienern im Stall mit den Pferden helfen?«

»Pferde?«, fragte Thymin.

»Ja, Pferde! Tiere auf vier Beinen, mit einem Schwanz und großen Zähnen, die zum Reiten und für den Transport genutzt werden!« Sauerampfer stampfte verärgert mit seinem Stab auf, worauf eine Funkengarbe über den Boden schoss. »Und hilf ihnen, die Lebensmittel ins Haus zu bringen. Wir haben auf dem Weg hierher ein ernstes Wörtchen mit euren Bauern geredet und den Zins eingetrieben … Warum lasst ihr ihnen derart die Zügel schießen?«

»Wenn Ihr bitte nicht mit dem Stab aufstampfen würdet, Herr Magier«, bat Thymin, der ängstlich auf den Boden starrte. »Hier ist überall Staub, nachher geht noch was in Flammen auf … Natürlich helfe ich Euren Dienern. Geht

Ihr nur nach oben, einfach die Treppe hinauf, meine Frau wird Euch im Speisezimmer ein Essen servieren …«

Als Thymin hinausgegangen war, sah Sauerampfer Trix finster an und sagte: »Hier stimmt was nicht, Schüler. Hier geht etwas nicht mit rechten Dingen zu.«

Da war Trix ganz seiner Meinung.

Der erste Stock war sauberer und wohnlicher als das Erdgeschoss. Eine geschäftige, ältere Frau deckte den Tisch für sie (Trix kam es vor, als stamme die Hälfte des Essens aus den Beständen, die sie mitgebracht hatten), Thymin zündete die Kerzen im Lüster an, stellte in die dunklen Ecken Kandelaber und entfachte ein Feuer in dem riesigen Kamin. Sofort wurde es behaglich. Ian und Hallenberry machten es sich auf den alten Teppichen in einer Ecke bequem und versuchten, sich möglichst unauffällig zu verhalten.

Thymin brachte den Erben Aradans herein, einen blassen, stillen Jüngling etwa in Trix' Alter. Mit gesenktem Blick gab er Sauerampfer und Trix die Hand, bat sie, sich wie zu Hause zu fühlen, und fügte einige Sätze an, die eher vom Kopf als vom Herzen kamen: über die unverbrüchliche Treue alter Kriegsgefährten, dass er »von Papa schon viel über Euch gehört« habe und über die Bescheidenheit des Empfangs, die durch Armut, nicht durch Geiz zu erklären sei.

Sauerampfer klopfte dem Jungen auf die Schulter, äußerte sich in genauso abgegriffenen Worten über die in Schlachten gefestigte Freundschaft, die Ähnlichkeit zwischen Kodar und seinem Vater – »diesen unerschrockenen Blick kenne ich doch, diese entschlossenen Lippen!« – sowie darüber, dass ein prachtvoller Empfang längst nicht so viel wert sei wie echte Gastfreundschaft.

Nach Ansicht von Trix konnte man den Blick des jungen

Mannes, der unverwandt zu Boden gerichtet war, keinesfalls unerschrocken nennen, und seine Lippen waren nicht entschlossener als zwei schlaffe Quarkwürste. Doch wie sollte das bei einem Jungen, der sein Leben mit einem uralten Vater und Dienern, die auch schon in die Jahre gekommen waren, in der tiefsten Provinz zubrachte, auch anders sein? Als Trix schließlich versuchte, ein Gespräch mit ihm anzufangen, antwortete Kodar nur einsilbig, bei Witzen lächelte er an der falschen Stelle, manchmal kriegte er eine Frage einfach nicht mit – als sei er in Gedanken ganz woanders.

So verlief das Abendessen in gedrückter Stimmung, selbst die Flasche alten und offenbar guten Weins aus dem ritterlichen Keller brachte keine Freude. Nach dem Essen beeilte sich Thymin, den Gästen ihr Nachtlager zu richten. Er geleitete Sauerampfer und Trix ins Gästezimmer, dort gab es ein großes Himmelbett und ein schmales Bett in einem Alkoven, anscheinend für ein Kind. Ian und Hallenberry brachte Thymin ins Zimmer für Diener, das offenbar seit Jahren leer stand.

Nachdem Sauerampfer die Tür abgeschlossen hatte, inspizierte er schweigend das Zimmer. Er interessierte sich besonders für die Verriegelung der Fenster, kontrollierte alle Schränke und guckte sogar unters Bett. Obwohl er nichts Gefährlicheres als einen alten Nachttopf entdeckte, war er immer noch nicht beruhigt.

»Zieh dich nicht aus, wenn du dich hinlegst«, befahl er Trix. »Und versuch, nicht einzuschlafen!«

»Wird denn noch etwas passieren?«, fragte Trix.

»Selbstverständlich«, antwortete Sauerampfer, während er seine Pfeife stopfte. Er setzte sich aufs Bett und löschte die Kerzen im Kandelaber. Der schwache rote Widerschein des glimmenden Tabaks vermochte gegen die Dunkelheit natürlich nichts auszurichten. »Du musst wissen, Schüler, alles in der Welt unterliegt den Gesetzen von Logik und Schönheit. Wir sind in ein Dorf mit seltsamen Bewohnern gelangt, in der Abendstunde durch einen dunklen Wald geritten und haben einen alten Knappen getroffen, der sich um klare Antworten drückt. Damit ist die Sache entschieden.«

»Es gibt hier also ein schreckliches Geheimnis?«, fragte Trix.

»Ein Geheimnis?« Sauerampfer seufzte. »Das ja. Schrecklich? Teilweise. Eher traurig, mein kleiner Freund. Kennst du die Geschichte vom Ritter Augusto?«

»Nein«, gab Trix zu.

»Sie trug sich vor langer Zeit zu, zuzeiten meines Großvaters. Damals wütete die Rote Pest im Königreich. Wer sie sich einfing, kriegte erst am ganzen Körper blaue Flecken, dann trat übel riechender grüner Schweiß aus, schließlich starb er.«

»Warum hieß sie dann Rote Pest?«, wollte Trix wissen.

»Wegen der einzigen Medizin, die es gegen sie gab. Man musste drei Tage hintereinander menschliches Blut trinken. Manchmal wurden auf diese Weise Kinder in großen Familien gerettet: Da opferten alle einen Teil des eigenen Bluts und die Krankheit zog sich zurück. Es existierte aber noch ein anderer Weg, um an viel Blut zu kommen, für Menschen, die nicht zahllose Verwandte an der Hand hatten.«

»Iih!«, flüsterte Trix, der spürte, wie ihn kalter Schweiß überzog.

»Der Ritter Augusto war einer von denen, die unter Einsatz des eigenen Lebens gegen die Pest kämpften. Er verlangte Quarantäne für alle Erkrankten und verfolgte die

Schurken, die Unschuldige töteten, um sich selbst zu retten. Er war ein tapferer Ritter, aber die Pest schonte ihn nicht.«

»Verstehe«, sagte Trix.

»Nein, das tust du nicht. Alle Ritter aus der Schar Augustos wollten ihm Blut spenden. Aber Augusto lehnte ab. Er sagte, er wolle ein Beispiel dafür geben, wie man sein Schicksal erhobenen Hauptes annehme. Er wollte durch seine wundersame Rettung niemanden in Versuchung führen.«

»Er ist gestorben?«, fragte Trix.

»Selbstverständlich. Aber Balladen und Überlieferungen werden nicht über diejenigen verfasst, die ein gewöhnliches Leben führten, sondern über diejenigen, die etwas Erstaunliches vollbracht haben. Etwas Seltenes. Ein Mann kann noch so gerecht sein, solange ihn selbst kein Unglück trifft. Trifft es ihn aber, kann er genauso böse werden wie diejenigen, gegen die er zuvor gekämpft hat.« Sauerampfer seufzte, erhob sich und legte die Pfeife ab. Als er leicht mit dem Stab aufstampfte, glomm am Griff ein fahles blaues Licht auf. »Komm, Trix, es ist an der Zeit.«

Trix folgte Sauerampfer durch die dunklen Gänge. Sie kamen vom Mittelteil in den linken Flügel. Langsam und vorsichtig stiegen sie eine Wendeltreppe hinauf, bis sie eine schwere Eichentür erreichten. Durch den Spalt unter der Tür fiel schwaches Licht.

Hier blieb Sauerampfer stehen, fasste Trix bei der Schulter und zeigte ihm den eisenbeschlagenen Riegel, mit dem die Tür von außen verschlossen wurde. Er war zurückgeschoben.

»… er kommt«, klang eine schwache Stimme an ihr Ohr. »Glaub mir!«

»Erlaubt, Euch von hier wegzubringen, Sir Giran!« Das war Thymin. »Im Wald gibt es eine Hütte der Wachposten, dort könnt Ihr ein oder zwei Tage bleiben und abwarten.«

»Mein treuer Diener«, erwiderte Giran, »wenn du wüsstest, wie mir alle Warterei zum Halse raushängt.«

»Sir Giran …«

»Keine Widerworte! Ich erinnere mich an Radion Sauerampfer. Damals war er noch ein junger Magier. Ich habe seine Augen gesehen, als wir gegen die Vitamanten kämpften. Deshalb weiß ich, dass er kommt. Ich nehme sogar an, er steht bereits vor der Tür. Kommt rein, Herr Zauberer!«

Sauerampfer hüstelte und stieß die Tür auf. Auch Trix betrat ängstlich das runde Zimmer in der Turmspitze.

Vor den Fenstern saßen dicke Eisengitter. Die Einrichtung war asketisch: ein solides Bett, ein kleiner Tisch, ein Stuhl. Auf dem Tisch lag ein abgenagtes Huhn. Ein abgenagtes *rohes* Huhn. Im Bett lag unter einer mit dunklen Flecken überzogenen Decke ein alter Mann mit grünlichem, reglosem Gesicht, in dem fiebrig die Augen funkelten. Neben ihm auf dem Stuhl saß Thymin.

»Ihr findet keinen Schlaf, Herr Zauberer?«, fragte Thymin.

»Wie du, treuer Diener«, antwortete Sauerampfer. »Wie du, kühner Ritter Giran Aradan. Ich danke dir, dass ich hereinkommen durfte. Dein Verstand ist also noch genauso wach wie früher … als du noch ein Lebewesen warst.«

»Vielen Dank für die guten Worte«, antwortete der grünliche Greis. »Aber wenn ich ehrlich sein soll, fordere ich dich bereits seit über einer Stunde auf hereinzukommen. Alle zehn, fünfzehn Minuten. Ich war mir sicher, dass du kommst, aber ich wusste nicht, wann.«

»Wie ist das geschehen, Giran?«, fragte Sauerampfer.

»Wie oder warum?«

»Zuerst wie, dann warum.«

»Ich lag im Sterben«, antwortete der Ritter unverblümt. »Das Alter wollte mich dahinraffen. Das war vor fünfzehn Jahren. Und genau in jener Nacht, als ich bereit war, diese Welt zu verlassen, klopfte ein Vitamant an meine Tür.«

»Ein Vitamant? Bei uns im Königreich? Vor fünfzehn Jahren?« Sauerampfer war nicht nur erstaunt, er war fassungslos.

»Er war in Begleitung der königlichen Garde, mein Freund.« Giran seufzte. »Er kam in geheimer Mission von den Kristallenen Inseln und war auf dem Weg zu König Marcel, um mit ihm zu verhandeln. Die übliche Sache. Der Krieg war lange vorbei, allmählich musste man Kontakte aufbauen, nach gemeinsamen Interessen suchen …«

»Du bist ja ein richtiger Politiker geworden«, murmelte Sauerampfer.

»Der Vitamant und die Gardisten baten um Unterkunft für den Tag. Sie reisten geheim, nur nachts. Ich dachte, es sei nicht verwerflich, wenn ich vor meinem Tod mit meinem alten Feind spreche … Was der König tut, kann für seine Diener nicht verkehrt sein. Und dann hat Gavar …«

»Gavar?«, rief Sauerampfer. »Gavar Villaroy? Der Ritter und Magier?«

»Genau der«, antwortete der Alte. »Ich erinnerte mich, mit ihm das Schwert gekreuzt zu haben. Aber in der letzten Stunde spielte das keine Rolle mehr. Gavar hörte sich meine Geschichte an und bot mir … seine Dienste an.«

»Er bot dir an, ein Zombie zu werden?«

»Kein Zombie!«, brauste der Alte auf. »Ich war zu dem

Zeitpunkt ja noch gar nicht tot. Er schlug mir vor, ein Lich zu werden, ein lebender Toter, der dem Tod ein Schnippchen schlägt und zu einer wandelnden Leiche wird. Der seinen Verstand und seine Gefühle behält!«

»Ich dachte immer, nur ein Zauberer könne zum Lich werden«, bemerkte Sauerampfer.

»Nein, nicht unbedingt. Ein Vitamant wie ich wird Halblich genannt. Wir können immer noch nicht zaubern, sind aber untot.«

»Welche Veränderungen hast du nach deiner Verwandlung durchgemacht?«, fragte Sauerampfer. »Du musst entschuldigen, alter Schlachtgefährte, dass ich dich so ausquetsche. Aber ich habe nicht oft das Glück, mit einem Untoten zu reden.«

»Keine Sorge, ich verstehe das«, beruhigte ihn Giran. »Es hat sich viel verändert. Die alten Wunden schmerzen nicht mehr. Ich muss nicht unbedingt atmen ... falls ich mich nicht unterhalte. Ich bekam die Kraft und die Schnelligkeit meiner Jugend zurück.«

»Das werde ich im Hinterkopf behalten«, sagte Sauerampfer und legte sich den Stock einsatzbereit in die Hand. »Welche psychischen Veränderungen hat es gegeben?«

»Ich will rohes Fleisch essen«, antwortete Giran seufzend. »Ehrlich gesagt nicht nur rohes, sondern lebendes.«

»Menschen?«, hakte Sauerampfer nach.

»Nicht unbedingt«, antwortete der Greis nach kurzem Nachdenken. »Das bedeutet für mich keinen Unterschied. Trotzdem aß ich nie Menschen, das musst du mir glauben!«

»Nicht ein einziges Mal!«, bestätigte Thymin. »Selbst als Räuber bei uns eingefallen sind und Herr Aradan ihnen allen den Kopf abgeschlagen hat ... selbst da hat er keinen von ihnen gegessen. ›Bring die weg‹, hat er gesagt, ›ich will die nicht mehr sehen! Und bring mir ein lebendes Huhn! Aber rasch!‹«

»Das heißt, du kannst dich beherrschen«, sagte Sauerampfer. »Gut. Da schlägt die ritterliche Erziehung durch.«

»Ja, mein Freund«, sagte Aradan. »Wenn ich vorher nicht so lange so gerecht gelebt hätte, hätte ich diese nichtsnutzigen Bauern vermutlich längst verschmaust …«

»Warum lässt du ihnen eigentlich so viel durchgehen?«, fragte Sauerampfer. »Sie sind faul, respektieren ihren Herrn nicht …«

»Das kommt alles nur daher, dass ich nicht mehr aus dem Haus gehe«, erwiderte Aradan. »Man sieht mir doch auf den ersten Blick an, dass ich eine lebende Leiche bin. Ich glaube, sie wittern etwas. Ahnen etwas. Sie zahlen nur noch selten Abgaben und scheinen bereit, jederzeit von hier zu fliehen.«

»Warum hast du das gemacht, Aradan?«, fragte Sauerampfer. »Ist es wirklich besser, fünfzehn Jahre lang hinter verschlossenen Türen an rohen Hühnern zu nagen, als ehrenvoll zu sterben?«

»Ich hatte gerade einen Sohn bekommen, Sauerampfer! Auf meine alten Tage hat mir meine Frau einen Sohn geboren! Und sie selbst ist bei der Geburt gestorben!«

»Das habe ich gehört. Mein Beileid.«

»Sag du mir: Hätte ich den Jungen ohne Obhut zurücklassen sollen?«, fragte Aradan. »Ich habe nie in meinem Leben etwas zurückgelegt oder gespart. Meine alte Rüstung und ein zerkratztes Schwert – das war alles, was ich hatte. Ich lebte von den Gaben des Königs und dem, was ich den Bauern abnahm. Wäre ich gestorben, hätte der Kleine mutterseelenallein dagestanden. Gewiss, Thymin hätte ihn nicht im Stich gelassen und ihn aufgezogen. Aber ich konnte es nicht! Ich konnte es einfach nicht, Sauerampfer!«

»Das war es also«, sagte der Zauberer verwirrt und guckte Trix an. »Verstehe …«

»Deshalb bin ich ein Lich geworden. Um meinem Sohn ein Dach über dem Kopf zu geben, ein Stück Brot …«

»Ich verstehe es ja«, sagte Sauerampfer. »Ich … ich habe keine eigenen Kinder, aber ich verstehe es.«

»Dann verurteilst du mich nicht?«, fragte Aradan.

»Nein. Aber inzwischen ist dein Sohn herangewachsen. Gib ihn einem Ritter, es wird jedem zur Ehre gereichen, den Sprössling des legendären Aradan zum Knappen zu nehmen!«

»Selbst wenn ich das täte, würde es nichts ändern. Ich schaffe es nämlich nicht, meinem Leben ein Ende zu setzen«, bekannte der Alte und senkte den Blick. »Anfangs war es meine feste Absicht. Aber nun, da ich ein Untoter bin, bringe ich es nicht mehr fertig. Einmal habe ich einen Scheiterhaufen im Hof aufgerichtet, um mich zu verbrennen. Aber in letzter Minute habe ich den Pfahl, an den ich angebunden war, aus der Erde gerissen und bin weggerannt. Dann wollte ich mich in einen Abgrund stürzen … und konnte es nicht. Wer dem Tod einmal davongelaufen ist, will ihm nie wieder begegnen.«

Sauerampfer nickte.

»Was ist, Zauberer?«, sagte der Ritter. »Hilfst du mir?«

»Ja«, sagte Sauerampfer.

»Aber denk daran: Ich werde mich wehren«, warnte ihn Aradan. »Dieser Drang ist stärker als ich!«

»Ruhmreicher Ritter Giran Aradan«, verkündete Sauerampfer feierlich. »Du hast König wie Königreich viele Jahre lang gedient. Du zeigtest beispiellose Treue und vorbildlichen Mut. Du trägst keine Schuld daran, dass du nicht sterben willst. Um deines Sohnes willen, um des zukünftigen Ritters willen, hast du dir diese schwere Bürde aufgeladen ...«

Der Alte fing an, sich krampfhaft auf dem Bett hin und her zu winden. Zunächst schob Trix das auf den Zauber. Dann aber flog die Decke weg, und es zeigte sich, dass die Arme und die Beine des Halblichs mit dicken Schnüren ans Bett gefesselt waren. Als sich der knochige Körper des Alten erneut bäumte, knirschten die Seile. Schließlich barst das Bett. Thymin schlug die Hände vors Gesicht und wandte sich ab.

»Möge dein gequälter Körper nun Ruhe finden, möge deine gepeinigte Seele dem Fluch entkommen, möge dein halb totes, halb lebendes Fleisch zerfallen ... Asche zu Asche! Friede der Welt! Die Lebenden oben auf der Erde! Die Toten unten unter der Erde!«

»Aaaah!«, brüllte der Halblich und riss mit einem letzten Ruck die Seile an den Armen und ein Seil an den Beinen durch. Er sprang auf und stürzte sich auf Sauerampfer, das Bett am letzten Seil hinter sich herschleifend.

»Möge dein toter Körper wieder Zersetzung und Vermoderung anheimfallen!«, rief Sauerampfer, der inzwischen leicht nervös wurde. »Der Zerfall ist stärker als die Synthese! Von sich aus vermag das Wesen Giran Aradan nichts mehr auszurichten. Von nun an bedarf es für Bewegung und Entwicklung einer äußeren Quelle!«

Der Halblich, der grüner und grüner wurde, streckte die dürren Hände nach Sauerampfer aus. Aus den Fingern wuchsen lange, krumme Krallen. Und zwar rasant.

Da wischte sich der Knappe Thymin die Tränen ab, stand

auf, zog das Schwert aus der Scheide, machte einen Schritt und schlug seinem ehemaligen Herrn mit einem einzigen Hieb den Kopf ab.

»Die höhere Form jener materiellen Existenz, die uns als Giran Aradan bekannt war, stellt ihr Dasein ein …«, murmelte Sauerampfer. Anscheinend konnte er nicht ohne Weiteres auf die neue Situation umschalten.

»Als Herr Aradan noch ein Mensch war, hat er immer gesagt, gegen einen Lich gebe es nichts Besseres als ein scharfes Schwert«, erklärte Thymin, während er das Schwert an den langen Unterhosen des Alten abwischte. »Man muss zuschlagen, hat er gesagt, solange der Zauberer seinen Spruch nuschelt, denn die Untoten haben keine Fantasie und sind deshalb gegen jeden Zauber gefeit.«

»Sicher, zweifellos«, sagte Sauerampfer mit einem Blick auf Trix. »Du bist mir … eine Hilfe gewesen, Thymin.«

Der Knappe steckte das Schwert zurück in die Scheide und sah den Zauberer an. »Was sollen wir dem König schreiben?«

»Dass … dass …« Sauerampfer setzte sich und sah traurig auf die Gebeine des Halblichs, der langsam zu grauer Asche zerfiel. So seltsam das auch klingen mag, es war kein ekelhafter Anblick, das Ganze hatte eher eine eigene, traurige Schönheit. »Wir werden schreiben: dass sein ruhmreicher Ritter Giran Aradan nach einem langen und würdigen Leben in die andere Welt eingegangen ist. Und dass es sein letzter Wunsch war, sein junger Sohn, der davon träumt, in die Fußstapfen des Vaters zu treten, möge nicht ohne Schutz und Fürsorge bleiben.«

»Danke, Herr Zauberer«, sagte Thymin. »Ich habe mir große Sorgen um das Schicksal des Jungen gemacht.«

»Wie sollte es auch anders sein?«, entgegnete Sauerampfer.

Die beiden Männer sahen einander an. Als Erster senkte Thymin den Blick.

»Sicher, ich habe mich um Aradans Gesundheit gekümmert«, sagte Sauerampfer. »Er hat neue kräftige Zähne gekriegt, die bis heute nicht ausgefallen sind. Aber dass er mit über hundert Jahren Vater wurde ... tut mir leid, Thymin, das glaube ich dir einfach nicht.«

»Aber Herr Aradan hat es geglaubt«, sagte Thymin. »Und meine Frau auch.«

»Umso besser«, sagte Sauerampfer. »Auf diese Weise stirbt das ruhmreiche Geschlecht der Aradans nicht aus, deine Frau nimmt dir nichts übel und die tote Frau Aradans hatte in dieser Ödnis wenigstens etwas Spaß. Vergessen wir die Geschichte also, Thymin. Außerdem müssen wir schlafen, morgen früh fahren wir weiter.«

»Geht nur zu Bett«, sagte Thymin. »Ich hole Handfeger und Kehrschaufel und mache hier sauber.«

4. Kapitel

Früh am nächsten Morgen brachen unsere Reisenden auf. Kodar, der mit den Tränen kämpfte, erklärte ihnen, sein Väterchen sei in der Nacht gestorben, das Wiedersehen mit dem alten Freund sei ihm also nicht mehr vergönnt gewesen. Sauerampfer und Trix sprachen ihm ihr Beileid aus. Ian und Hallenberry verstanden von alldem kein Wort, doch Trix wollte sie aus irgendeinem Grund nicht in die abenteuerliche Geschichte der letzten Nacht einweihen.

Nachdem sie das Dorf hinter sich gelassen hatten – wie immer wussten die Bewohner natürlich schon, was geschehen war –, gelangten sie wieder auf eine ordentliche Straße. Nach einem Blick auf eine Karte erklärte Sauerampfer, sie durchquerten jetzt die Ländereien des Barons Ismund. Als Trix scharf nachdachte, erinnerte er sich, dass die Vorfahren des Barons Adlige aus Samarschan waren, die nach dem verlorenen Krieg lieber zu Gefolgsleuten König Marcels des Vernünftigen geworden waren, statt voller Schmach in den glutheißen Gebieten ihrer Heimat hocken zu bleiben. Ian, der sehr stolz auf seine Ausbildung im Waisenhaus war, wusste zu berichten, dass das Baronat für seine Rennpferde, Hunderennen, Hahnenkämpfe, Kampffische, Glücksspiele und Gladiatorenkämpfe (aber nicht auf Leben und Tod, denn aus Liebe zu seiner zweiten Frau hatte Marcel der Überraschende es allen Gladiatoren verboten, sich gegenseitig in der Arena umzubringen) berühmt war. Sauerampfer konnte ergänzen, dass die Magie im Reich Ismunds nur schwach entwickelt war und es keine namhaften Zauberer hervorgebracht hatte. Hallenberry wollte wissen, ob die Untertanen des Barons noch die berühmte Samarschaner Halva herstellten oder ob sie das inzwischen verlernt hatten.

Im Baronat lebten zwar etliche Samarschaner, diese unterschieden sich heute jedoch kaum noch von anderen Bürgern des Königreichs. Das bodenlange Gewand war Hemd und Hosen gewichen, die Frauen versteckten ihren Mund nicht mehr unter einem festen Verband (die Samarschaner meinten, eine anständige Frau dürfe ihren Mund keinem Fremden zeigen; wahrscheinlich sorgten die Männer auf diese Weise aber nur dafür, dass ihre Frauen allen Feierlichkeiten fernblieben und nicht in Gegenwart Dritter an ihnen herumnörgelten). Man hielt Hühner, obwohl die Samarschaner sie früher als schmutzige Tiere verachtet hatten, denn Hühner fraßen Würmer, und Würmer fraßen Tote, weshalb derjenige, der ein Huhn aß, seine eigenen Vorfahren verspeiste. Das Einzige, was die Herkunft dieser Leute verriet, waren die etwas dunklere Haut und die leicht schrägen Augen.

Da es genügend Dörfer gab, konnten unsere Reisenden drei Nächte hintereinander in Schenken schlafen. Am vierten Tag jedoch, als sie in der Ferne schon die Türme Gibeas, der Hauptstadt des Baronats, sahen, erlebten sie eine schlimme Überraschung.

Zunächst fing es an zu regnen, ein hässlicher Herbstregen, der sich für den allzu langen Altweibersommer rächte. Die Straßen weichten im Nu auf. Der edle Hengst des Zauberers stellte sich unvermutet als Trampeltier heraus: Er rutschte aus und fiel hin, sodass Sauerampfer in einer Pfütze landete.

Nachdem Radion das dumme Pferd gewaltig ausgeschimpft hatte, redete er wieder beruhigend auf den Hengst ein und untersuchte sein Bein. Die Diagnose stimmte ihn nicht gerade heiter.

»Das braucht einen Monat«, sagte er, während er das geschwollene Bein des Tiers verband. »Veterinärmagie ist nicht meine Stärke. Das Pferd hinkt. Wenn wir in der Stadt sind, müssen wir es verkaufen.« Sauerampfer zog einen mageren Beutel aus seiner Tasche, schaute hinein und fügte traurig hinzu: »Und ein neues kaufen. Auch wenn es nur zu einer Schindmähre reichen wird.«

Nun, da der Hengst lahmte, musste Sauerampfer den Rest des Weges zu Fuß zurücklegen. Am Stadttor erkundigte er sich nach der Adresse des nächsten Pferdehändlers sowie des nächsten Schlachters. Das Pferd schnaubte erschrocken.

Zum Glück des Tiers nannte der Pferdehändler selbst nach einem Blick auf das verletzte Bein noch einen guten Preis. Damit entfiel der Besuch beim Schlachter. Sauerampfer verkaufte auch noch den Wagen samt Stute, was ihn wieder heiterer stimmte und die nächste Schenke ansteuern ließ. Nachdem er gegessen und eine Flasche Wein getrunken hatte, war der Zauberer ein rundum zufriedener Mann. Für Trix, Ian und Hallenberry hatte er ein Zimmer gemietet, er selbst brach auf, um das »berühmte Nachtleben Gibeas« kennenzulernen.

Trix sollte es recht sein. Die drei Jungen waren so müde, dass sie auf der Stelle ins Bett fielen. Hallenberry schlief sofort ein, Ian zog immerhin vorher die Stiefel aus. Annette sah kurz zum Fenster in den immer stärker werdenden Regen hinaus und kroch dann in die Tasche von Trix' Umhang.

Auch Trix blieb nicht mehr lange wach. Im Licht der einzigen Kerze betrachtete er noch das Buch *Tiana* und kämpfte gegen die Versuchung an, es zu öffnen und zu lesen. Schließlich schob er es unters Kopfkissen, blies die Kerze aus und schlief ein.

Am Morgen fanden sie Radion Sauerampfer im Zimmer vor, obwohl Trix sich genau erinnerte, vor dem Schlafengehen die Tür verriegelt zu haben. Der Zauberer war mürrisch und einsilbig, anscheinend hatte die Bekanntschaft mit dem Nachtleben der Stadt ihm keine rechte Freude gebracht.

»In einer guten Kutsche brauchen wir bis zur Hauptstadt weniger als eine Woche«, erklärte er, ohne sich an jemand Bestimmten zu wenden. »Zu Fuß drei Wochen. Wenn es schneit, noch länger.«

»Hier schneit es nicht oft«, sagte Ian. »Und was sind schon drei Wochen …«

»Zauberer gehen nicht zu Fuß!«, entgegnete Sauerampfer stolz. »Und drei Wochen … für dich mag das nichts sein, aber für mich, der ich nicht mehr jung bin, ist das ein beachtlicher Zeitraum!«

Da Trix wusste, wie viel Sauerampfer gestern für das Pferd und den Wagen erhalten hatte, erkundigte er sich schüchtern: »Reicht unser Geld denn nicht, um eine Kutsche zu mieten?«

»Jetzt nicht mehr«, knurrte der Zauberer.

»Dann müssen wir wohl etwas verdienen«, schlug Trix vor.

»Merk dir eins, mein Junge: Mehr als alles andere auf der Welt … das heißt natürlich, gleich nach dem Zufußgehen … mögen Zauberer es nicht … zu arbeiten!« Das letzte Wort spie Sauerampfer voller Verachtung aus. »Wir Magier lieben es, uns Zaubersprüche auszudenken. Den Wettstreit untereinander! Sogar den Kampf! Aber arbeiten …« Er verstummte kurz, um dann fortzufahren: »Aber uns bleibt wohl nichts anderes übrig. Allerdings habe ich nicht die Absicht, Händlern zu helfen, sich eine goldene Nase zu verdienen. Wasch dich und bring die Umhänge in Ordnung, wir gehen zu einer Audienz zum Baron!«

»Mein Umhang ist sauber!«, prahlte Trix.

»Aber meiner nicht!«, fuhr ihn Sauerampfer an. »Und bitte in der Küche um ein Stück Fett, das wickelst du in einen Lappen ein und bringst meine Stiefel auf Hochglanz. Halt, Trix, jetzt fällt mir etwas ein! Kennst du Baron Ismund vielleicht? Oder kannte dein Vater ihn?«

»Ich glaube nicht«, sagte Trix.

»Er soll ein seltsamer Mann sein, dieser Ismund«, erklärte Sauerampfer. »Das Volk liebt ihn. Aber alle versichern, dass sich der Baron auf nichts besser versteht als aufs Glücksspiel. Gut, mach dich jetzt an die Arbeit!«

Trix brauchte nicht lange, um den Umhang des Zauberers zu säubern und die Schuhe mit Speck zu polieren. Sauerampfer wusch sich derweil in einem Zuber und rieb sich mit südlichen Duftwässern ein (wahrscheinlich als Tribut an die Samarschaner Wurzeln des Barons). Ian und Hallenberry sollten sich in ihrer Abwesenheit anständig benehmen, einsame Orte meiden (Sauerampfer deutete an, im nahen Samarschan würden minderjährige, hellhäutige Sklaven sehr geschätzt) und zum Abend in die Schenke zurückkehren. Mehr als alle anderen erschreckte diese Warnung Annette. Sie wollte von Trix wissen, ob sie gebraucht werde, und bot von sich aus an, ein Auge auf die Jungen zu haben.

»Eine Blumenseele«, bemerkte Sauerampfer, als er und

Trix die Schenke verließen. »Immer am Schimpfen – aber am Ende macht sie sich doch Sorgen. Magische Wesen tragen eben nicht immer nur das Böse in sich.«

»Glaubt Ihr, dass uns der Baron hilft, Herr Zauberer?«, fragte Trix.

»Was meinst du denn? Was hätte dein Vater gemacht, wenn ein ... äh ... ein bekannter und respektierter Zauberer zu ihm gekommen wäre, der um eine Kutsche gebeten hätte, weil er in einer wichtigen Angelegenheit zum König in die Hauptstadt muss?«

»Das hätte von seiner Laune abgehangen«, antwortete Trix ehrlich. »Abends und angeheitert hätte er sie ihm vielleicht gegeben. Aber morgens und grummelig – da hätte er den Zauberer weggejagt. Oder ihm irgendein Lügenmärchen aufgetischt.«

»Ismund trinkt keinen Tropfen«, sagte Sauerampfer.

»Dann hängt noch viel von den Hofmagiern ab«, fuhr Trix fort. »Die halten sich ja alle für die Größten. Wenn mein Vater irgendeinem anderen Zauberer etwas gegeben hätte, wäre unser Hofmagier sauer gewesen und hätte auch etwas gewollt.«

»Verstehe«, brummte Sauerampfer.

»Obwohl mein Vater eigentlich gut ... war.« Trix verstummte und wandte den Blick ab.

Eine Zeit lang liefen sie schweigend weiter, bis der Zauberer schließlich seine Hand auf Trix' Schulter legte: »Schäme dich deiner Tränen nicht, mein Schüler. Es ist gut, dass du deine Eltern liebst! Aber wir alle sterben, früher oder später.«

»Bis auf die Vitamanten«, sagte Trix, der sich seiner Schwäche doch schämte.

»Hättest du lieber einen Vater wie Ritter Aradan gehabt?«, fragte Sauerampfer. »Und er war ja noch nicht mal ein wiederbelebter Toter, sondern ein Lich. Außerdem entgeht am Ende eh niemand dem Tod!«

»Was kommt eigentlich nach dem Tod?«, fragte Trix.

»Darüber gibt es unterschiedliche Auffassungen«, antwortete Sauerampfer bereitwillig. »Einige Wissenschaftler behaupten, der Tod sei das allumfassende Nichts. Was für ein Unsinn! In den Sagas der Barbaren heißt es, kühne Krieger bekämen nach dem Tod ein Schloss, jede Menge schöner Frauen, einen Haufen Diener, ein persönliches Schlachtfeld sowie eine unbegrenzte Zahl von Feinden. Wenn du mich fragst, ist das ebenso ermüdend wie langweilig. Die Samarschaner Mystiker glauben daran, dass nach dem Tod die Höchste Gottheit alle Sünden sammelt und an deine Füße hängt, während sie aus den guten Taten ein Seil knüpft. An diesem Seil musst du dann aus der Schlucht der Leiden auf den Berg der Wonnen klettern. Dabei darf die Höchste Gottheit dich anpusten. Ich erinnere mich leider nicht mehr, in welchen Fällen von unten und in welchen von oben ...«

Trix, der sich in Fragen der Theologie nicht sonderlich gut auskannte, war so fasziniert von dem Thema, dass die eines Zauberers unwürdigen Tränen von selbst auf seinen Wangen trockneten.

»Unsere Priester glauben, früher hätten siebzehn Götter und Göttinnen die Welt beherrscht, die aber alle nur unterschiedliche Aspekte der Persönlichkeit jener Höchsten Gottheit darstellten. Mach dir mal klar, wie komplex und vielseitig diese sein muss! Es gab einen Gott des Krieges, einen der Medizin, des Wetters und so weiter und so fort. Irgendwann langweilte es die Höchste Gottheit aber, sich von außen mit den Kleinigkeiten der Menschen zu befassen, und sie beschloss, selbst die Gestalt eines Menschen anzunehmen, ein Leben voller Schmerzen und Entbehrungen zu durchleben und auf diese Weise das Menschengeschlecht und die ganze Welt zum Besseren zu verändern.«

»Hat das geklappt?«

»Auch darüber ist man sich nicht ganz einig«, antwortete Sauerampfer seufzend. »Die Orthodoxen glauben, ja. Deshalb würden die Menschen nach dem Tod jetzt auch in eine schöne neue Welt kommen. Die Häretiker dagegen behaupten, dass die Höchste Gottheit nach dieser Erfahrung dermaßen von den Menschen enttäuscht war, dass sie die Welt für immer verlassen und sich der Selbsterkenntnis verschrieben habe. Ihrer Ansicht nach schweben alle Menschen nach dem Tod als unsichtbare Geister um die Höchste Gottheit herum und warten darauf, dass sie mal Zeit für sie habe. Die Medizinmänner in den Bergen sind wiederum davon überzeugt, dass die Gottheit schlafe und unsere Welt ihr Albtraum sei. Nach dem Tod würden die Menschen neu geboren, ohne sich an etwas aus ihrem vergangenen Leben zu erinnern. Gute Menschen werden klug, schön und reich wiedergeboren, schlechte als monsterhafte arme Dummköpfe. Deshalb töten die Bergmenschen normalerweise gleich alle Missgeburten, verkaufen die Armen als Sklaven und verspotten die Dummen, weil diese Menschen in ihrem letzten Leben schlimme Fehler begangen haben.«

»Und wer hat nun recht?«, fragte Trix.

»Wer soll das wissen?« Sauerampfer zuckte mit den Achseln. »Ein paarmal haben große Zauberer versucht, sich mithilfe der Magie mit der Höchsten Gottheit in Verbindung zu setzen und zu erfahren, worin der Sinn des Lebens besteht und was nach dem Tod auf uns wartet. Die Erste Vollversammlung der Zauberer hat zum Beispiel mit vereinten Kräften einen derart kräftigen Fragezauber zustande gebracht, dass sie sogar eine Antwort bekamen.«

»Welche?«

»Ein Geranientopf am Fenster ist mit greller Flamme explodiert und hat drei Tage und drei Nächte gebrannt. Vom Himmel fiel eine Mohrrübe mitten auf den Tisch, um den die Zauberer saßen. Und alle verheirateten Magier bekamen grüne Haare.«

»Und was heißt das?«

»Fünf Zauberer haben den Verstand verloren, als sie versuchten, diese Frage zu beantworten. Die anderen haben daraufhin hübsch die Finger von der Sache gelassen, die Geranie mit einem Eimer Wasser gelöscht, die Mohrrübe gegessen und die Haare gefärbt. Es übersteigt die Kräfte von uns Menschen, zu begreifen, wie und was jene Gottheit denkt, Trix! ... Oh, wir sind da.«

Der Palast von Ismund hatte nichts von einem Samarschaner Schloss, es war ein strenger Bau mit Säulen am Eingang und einem gewaltigen Giebeldreieck darüber. Vermutlich unterstrich der Baron damit, dass er trotz fremder Herkunft treu zum Königreich hielt.

Das Tor in den Palast stand offen, die Wache ließ den Zauberer und seinen Schüler passieren, ohne eine einzige Frage zu stellen. Dafür wurde Sauerampfer im Palast sofort von einem älteren, Autorität ausstrahlenden Mann hinter einem großen Schreibtisch angesprochen. Er war recht ungewöhnlich gekleidet, trug Lackschuhe, gerade geschnittene Hosen und einen Gehrock unbequemen Schnitts, beides schwarz, und ein weißes Hemd. Um den Hals hatte er sich – was auch immer das sollte – ein knallrotes Band gebunden, das fast bis zum Bauchnabel hinunterhing. Noch bevor Sauerampfer etwas sagen konnte, stellte er klar: »Ich bin der Unterzeremonienmeister des Barons.« Daraufhin reichte er Sauerampfer ein Pergament. »Wer um eine Audienz ersucht, muss diesen Antrag ausfüllen.«

»Ich bin Zauberer!«

»Sehr schön! Dann könnt Ihr mehr oder weniger fehlerfrei schreiben.«

»Und was wäre, wenn ich überhaupt nicht lesen und schreiben könnte?«, fragte Sauerampfer.

»Dann müsstet Ihr Euch einen Schreiber mieten. Sie sitzen auf der Bank da drüben und warten auf Kundschaft.«

»Und wenn ich kein Geld hätte, um einen Schreiber zu bezahlen?«

»Wollt Ihr damit andeuten«, erwiderte der Unterzeremonienmeister in giftigem Ton, »ein ungebildeter und armer Mann dürfe dem Baron die Zeit stehlen?«

»Verstehe«, sagte der Zauberer mürrisch und schnappte sich das Pergament.

»Dann bekomme ich von Euch einen Silberling für den Antrag«, teilte der Unterzeremonienmeister mit.

Sauerampfer grunzte, zahlte aber anstandslos.

»Ich habe schon davon gehört«, sagte er zu Trix. »Das nennt sich Schreibtischmacht.«

»Schreibtischmacht?«

»Genau. Da werden alle Anliegen entschieden, indem Papiere ausgefüllt werden, die eine besondere Spezies von Menschen durchsieht: die Beamten. Das ist natürlich die reinste Idiotie, ich könnte dem Kerl all das mit Worten fünf Mal schneller erklären. Aber ich wollte schon lange einmal sehen, wie dieses System funktioniert. Gute Güte! Vierunddreißig Fragen!«

Sauerampfer setzte sich an einen abseitsstehenden freien Tisch, sah verächtlich auf die alte, stumpfe Feder, die neben einem Tintenfass mit eingetrockneter Tinte lag, und entnahm einem wildledernen Etui einen wunderschönen Silberstift.

»Mal sehen: Antrag auf Inanspruchnahme einer Audienz. Name und Beiname: Radion Sauerampfer. Frühere Namen und Beinamen, falls vorhanden. Hm. Hatte ich nie. Alter: Na, sagen wir mal … Geschlecht … Machen die sich über mich lustig? Männlich! Früheres Geschlecht, falls vorhanden …« Er sah Trix verblüfft an. »Ich will doch hoffen, dass diese Fragen irgendeinen Sinn haben!« Während er den Antrag weiter ausfüllte, brabbelte er immer wieder vor sich hin: »Name des Vaters. Name der Mutter. Verwandte in Samarschan oder auf den Kristallenen Inseln. Zustand bei der Geburt: Mensch oder ein anderes Wesen. Geplante Attentate gegen Königreich und König. Geplante Attentate gegen den Baron. Wie fürchterlich penibel! Ausfall des ersten Milchzahns im Alter von …« Diese Frage ließ Sauerampfer innehalten. »Bestimmt müssen die auch das wissen«, sagte er. »Aber wozu? Allerdings erinnere ich mich absolut nicht daran! Wann sind deine Milchzähne ausgefallen?«

»Ich weiß es auch nicht mehr«, sagte Trix. »Wir müssten Hallenberry danach fragen.«

»Egal, wir schreiben einfach, mit fünf Jahren«, entschied der Zauberer. »Ich glaube, das müsste in etwa stimmen … In welchem Alter hörte das nächtliche … Nein, die machen sich wirklich über uns lustig!«

Die übrigen Fragen beantwortete Sauerampfer meist

schweigend, nur hin und wieder las er noch eine verärgert vor. Bei der letzten Frage – Ziel des Besuchs – trug er das schöne Wort »Audienz« ein und begab sich anschließend zum Unterzeremonienmeister.

»Ihr hättet den Antrag mit Tinte ausfüllen müssen«, klärte der Beamte ihn auf, ohne auf das Papier zu sehen.

»Warum habt Ihr das nicht gleich gesagt?«, blaffte Sauerampfer. »Oder als Ihr gesehen habt, dass ich mit einem Silberstift schreibe?«

»Ich bin nicht verpflichtet, darauf zu achten, womit Ihr schreibt!«, giftete der Unterzeremonienmeister. »Und auch nicht, allen alles zu erklären. Hättet Ihr gefragt, hätte ich geantwortet!«

»Gut«, sagte Sauerampfer und schnappte sich das Pergament. »Das Wort ist das Arbeitsmittel des Magiers, und belanglos ist, womit es geschrieben ist, mit Silberstift, Tinte oder Herzblut! Das Wort trägt in sich den Sinn, der sich nicht durch die Form ändert. So unterwerfen sich die Worte dem Willen des mächtigen Magiers und verändern auf diesem Pergament ihre äußere Form, verwandeln sich aus Silberstiftstrichen in Tintenlinien, aus der allerbesten Tinte, die es auf der Welt gibt, gewonnen aus einem Tiefseetintenfisch und ausgewählten Alaunen.«

Der Beamte spähte mit einem Anflug von Neugier auf das Pergament. Die Zeilen schienen jetzt mit Tinte geschrieben.

»Ein Zauberer also«, murmelte er. »So, so. Und Ziel des Besuchs ist eine Audienz? Das klingt irgendwie seltsam.«

»Warum?«, fragte Sauerampfer.

»Weil ... im Antrag gefragt wird, was das Ziel der Audienz ist, und Ihr antwortet, eine Audienz!«

»Habe ich damit gelogen?«

»Das ist doch wohl keine Antwort!«

»Warum nicht? Wenn ich ›Audienz?‹ geschrieben hätte, mit einem Fragezeichen, dann wäre es keine Antwort gewesen, sondern eine Frage. Wenn ich ›Audienz …‹ geschrieben hätte, mit drei Pünktchen, dann wäre es keine Antwort gewesen, sondern eine Überlegung, was das Ziel des Besuchs sein könnte. Aber ich habe ›Audienz‹ geschrieben. Und einen Punkt gesetzt. Und damit eine Antwort gegeben!«

Im Blick des Beamten spiegelte sich ein Anflug von Respekt wider. »Ihr wollt nicht zufällig in den Staatsdienst eintreten?«, fragte er. »Der Baron beabsichtigt, die Praxis der Schreibtischmacht in großem Maßstab im Baronat einzuführen, später sogar im ganzen Königreich. Ich kann Euch versichern, Ihr hättet hier eine Zukunft!«

»Meine Zukunft ist die Magie!«, antwortete Sauerampfer.

»Gewiss doch.« Der Beamte lächelte süffisant. »Denkt trotzdem einmal darüber nach, Ihr seid wie geschaffen für die Schreibtischmacht. Die Vergütung ist übrigens nicht schlecht, darüber hinaus zahlt Ihr in Schenken nur den halben Preis und bekommt in drei Jahren ein Haus aus der Staatskasse. Sobald Ihr weit genug aufgestiegen seid, habt Ihr das Recht auf eine Dienstkutsche mit Glöckchen.«

»Mit Glöckchen?«

»Gewiss doch! Wenn das Glöckchen klingelt, müssen Euch alle Platz machen. Ich versichere Euch, Ihr würdet Eure Entscheidung nicht bereuen!«

»Ich werde darüber nachdenken«, sagte Sauerampfer giftig.

»Tut das. Und schiebt die Sache nicht auf die lange Bank!«, empfahl der Beamte. »Ihr müsst die Treppe hinauf, dort zeigt Ihr dem Wachposten dieses Schriftstück hier, dann wird man Euch in den Thronsaal vorlassen. Die Audienz beginnt in zehn Minuten.«

Den von Radion ausgefüllten Antrag ließ der Beamte unbesehen in einem Fach seines Schreibtischs verschwinden.

»Und wozu habe ich dann den Antrag ausgefüllt?«, fragte Sauerampfer.

»Der wird zu seiner Zeit geprüft, keine Sorge«, versicherte der Mann lächelnd. »Beeilt Euch jetzt!«

Nachdenklich und ernst stieg Sauerampfer die Treppe hoch. Erst als die Wache ihn in den Thronsaal führte, wurde der Zauberer wieder munter.

Der Thronsaal war wirklich beeindruckend! Er war weiträumig und rund, der elegante Thron von einer Größe, wie es sich für einen Baron ziemt. Vor dem Herrscherstuhl stand eine niedrige Bank, auf dem Boden lag ein prachtvoll gemusterter Teppich, die Kuppeldecke war mit bunten Bildern ausgemalt: mit Pferden, die leichtfüßig durch eine Arena stürmten, mit Kampfhunden, die sich gegenseitig in den Nacken bissen, mit graubärtigen Männern, die sich über schwer zu durchschauende Spiele beugten, und mit Gladiatoren, die mit funkelnden Schwertern um sich schlugen.

»Scheint zu stimmen, was über ihn behauptet wird«, murmelte Sauerampfer, den Kopf in den Nacken gelegt. »Ein Glücksspieler ...«

»Ist das schlecht?«, fragte Trix.

»Was? Nein, nein. Das ist nicht schlecht. Alle Zauberer lieben das Glücksspiel ...«

Eine der in den Saal führenden Türen wurde aufgerissen und der Herold verkündete feierlich: »Seine Hochwohlgeboren, der edle Baron Ismund, fürsorglicher Schutzherr seines Volkes und treuer Diener der Krone!«

Sauerampfer und Trix verbeugten sich. Schmerzlich schoss Trix der Gedanke durch den Kopf, dass sich eigentlich der Baron Ismund vor ihm, dem Co-Herzog, hätte verbeugen müssen. Er schob den Gedanken jedoch beiseite und führte die Verbeugung sogar etwas tiefer aus, als die Etikette es verlangte.

»Gäste! Wunderbar! Wie ich mich über Gäste freue! Vor allem über Reisende! Vor allem über Zauberer!«, rief der Baron. »So richtet Euch doch auf, richtet Euch auf! Lassen wir die Zeremonien der Vergangenheit, seien wir modern!«

Der Baron war recht klein, füllig und hatte ein frisch rasiertes Gesicht, verschmitzte Augen und ein breites Lächeln, mit dem er gesunde weiße Zähne entblößte. Er war leger angezogen, mit einem gewissen Samarschaner Touch, der sich in weiten Pluderhosen und einem lockeren Hemd darüber zeigte. Vielleicht liebte er aber auch nur weite Kleidung – wie die meisten Dicken.

»Radion Sauerampfer«, stellte sich der Zauberer vor. »Mein Schüler Trix Solier.«

»Solier?«, hakte der Baron nach. »Womöglich ein Verwandter des seligen Co-Herzogs?«

»Sein Sohn«, antwortete der Zauberer.

»Wie furchtbar!«, rief der Baron aus. »Der Thronerbe ist gezwungen, durch die Lande zu streifen und seinen Lebensunterhalt mit Magie zu verdienen! Ist der Zauberer auch gut zu dir, mein Junge?«

Trix nickte.

»Wunderbar«, sagte der Baron. »Was führt Euch zu mir, Herr Sauerampfer?«

»Wir wollen zu Seiner Majestät dem König«, erklärte der Zauberer feierlich.

»Vermutlich, um Gerechtigkeit zu fordern?«, fragte der Baron. »Sehr vernünftig, das kann ich nur gutheißen!« Er rieb sich die Hände und setzte sich auf die Kante des Throns. Nach kurzem Schweigen wollte er wissen: »Aber was führt Euch da zu mir?«

»Die betrüblichen Umstände der Reise«, sagte Sauerampfer. Sofort setzte der Baron eine traurige Miene auf. »Mein Pferd hat sich das Bein gebrochen.«

»Ein Albtraum!«, rief der Baron aus. »Wie leid mir das tut, dass sich Euer Pferd das Bein gebrochen hat!«

»Genauer gesagt nicht gebrochen, sondern verletzt«, präzisierte Sauerampfer. »Dennoch musste ich es verkaufen. Doch der Weg in die Hauptstadt ist lang ...«

»Ihr wollt Geld«, folgerte der Baron seufzend. »Geld ...« Er erhob sich und lief vor dem Thron auf und ab. »Oh, glaubt nicht, wir hätten kein Geld. Wir haben es, sogar mehr als genug. Und dem berühmten Zauberer Sauerkohl ...«

»Sauerampfer!«, platzte der Zauberer heraus.

»Oh, verzeiht!« Der Baron winkte ab. »Botanik war nie meine Stärke. Einem Zauberer zu helfen ist jedenfalls die Pflicht eines jeden Staatsmannes. Schließlich geht Ihr stets bereitwillig auf unsere bescheidenen Bitten ein, tragt gemeinsam mit uns die Last der Staatsangelegenheiten, obendrein völlig selbstlos ...«

Sauerampfer trippelte unbehaglich von einem Fuß auf den anderen.

»Schweigt, schweigt!«, rief der Baron aus. »Auf Komplimente bin ich nicht erpicht, das sind nur leere Worte. Ihr müsst verstehen, worum es geht, mein Freund! Es wäre nicht richtig, wenn der Baron sein Geld einfach so hergeben würde. Während die Kinder in den Elendsvierteln hungern, während Handwerksmeister in jämmerlichen Hütten hausen, während die Goldstickerinnen um ein neues Geburtshaus flehen. Was werden sie über ihren Baron sagen, wenn dieser sein Geld mir nichts, dir nichts an Fremde gibt?«

»Ich würde mich glücklich schätzen, Euer Hochwohlgeboren meine … unsere Dienste anzubieten«, presste Sauerampfer hervor.

»Was genau meint Ihr?«, wollte der Baron wissen. »Gold? Unsterblichkeit? Die Wettervorhersage?«

»Das sind Bereiche, in denen die Magie nichts auszurichten vermag«, nuschelte Sauerampfer.

»Wohl wahr! Ihr Magier liebt es, Feuerkugeln zu schleudern, Städte in Asche zu verwandeln und Monster herbeizurufen«, sagte der Baron. »Gut. In dem Fall schlage ich vor, wir spielen um die Hilfe. Soll der Zufall entscheiden!«

»Schach?«, fragte Sauerampfer voller Hoffnung. »Oder Karten?«

»Oh nein!« Der Baron winkte ab und zeigte auf drei Türen, die aus dem Saal herausführten. »Das ist mein Lieblingsspiel«, sagte er. »Hinter diesen Türen … he, Herold, kümmert Euch darum! Hinter zwei Türen hat eine Ziege zu stehen, hinter der dritten eine Kutsche. Gut, keine richtige Kutsche, sondern ein Rad. Bringt das Rad, geschwind! Ihr zeigt auf eine der Türen. Wenn dahinter eine Ziege steht, müsst Ihr ein Jahr bei mir bleiben und mir dienen. Wenn dahinter eine Kutsche ist …«

»Genauer ein Rad«, fiel ihm Sauerampfer ins Wort.

»Kluge Anmerkung!«, lobte der Baron. »Wenn dahinter ein Rad ist, überlasse ich Euch meine private goldene Kutsche samt Garde und Koch mit Lebensmittelvorräten. Ja, ich gebe Euch sogar Wein mit!«

»Ich fürchte, Herr Baron, auf diese Bedingungen ...«, setzte Sauerampfer an.

»Meine Güte verwirrt Euch!«, rief der Baron. »Aber natürlich würdet Ihr es nie wagen, mich durch eine Ablehnung zu beleidigen!«

Daraufhin sagte Sauerampfer kein Wort. Der Baron zerfloss in einem strahlenden Lächeln.

Trix schluckte, denn seine Kehle war auf einmal ganz trocken, und trat vor. »Euer Hochwohlgeboren!«

»Nenn mich einfach ›mein Baron‹«, sagte Ismund. »Du und ich, wir sind doch beide von Adel.«

»Mein Baron, überlasst mir die Wahl«, bat Trix. »Für Herrn Sauerampfer ist das eine allzu leichte Probe, es wäre nicht fair von unserer Seite, wenn er die Wahl übernähme.«

Sauerampfer riss die Augen auf, sagte jedoch kein Wort.

»Von mir aus«, willigte der Baron sofort ein. »Aber bedenke eins, junger Mann: keine Magie! Meine Zauberer werden den Verlauf des Spiels genau verfolgen. Ehrlich gesagt beobachten sie uns schon geraume Zeit durch geheime Öffnungen in den Wänden und der Decke.«

»Keine Magie«, versprach Trix. »Aber ich schlage vor, die Bedingungen leicht abzuändern.«

»Wie?«, fragte der Baron neugierig.

»Der blinde Zufall soll unser Spiel nicht entscheiden. Lasst mich zehnmal ... nein, neunmal, damit wir ein Unentschieden von vornherein ausschließen, wählen. Wenn ich öfter eine Ziege erwische, dienen wir Euch ein Jahr. Wenn öfter das Rad kommt, kriegen wir die Kutsche.«

»Mit neun Versuchen?« Der Baron brach in schallendes Gelächter aus. »Zu gern, mein Junge!«

Sauerampfer drehte sich Trix zu, drückte ihn an sich, rang

sich ein Lächeln ab und flüsterte ihm ins Ohr: »Du hast den Verstand verloren! Unsere Chancen, zu gewinnen, stehen ohnehin nur eins zu drei! Bei neun Versuchen verlieren wir garantiert! Das ist elementare Mathematik!«

»Dankt mir nicht, mein Lehrer!«, sagte Trix laut und befreite sich aus den kräftigen Armen Sauerampfers. »Und noch ein Vorschlag, Herr Ismund. Wenn ich mir eine Tür ausgesucht habe, bleiben noch zwei Türen übrig, stimmt's?«

»Ja.«

»Könnte nicht eine dieser beiden Türen geöffnet werden? Und zwar eine, hinter der eine Ziege ist. Danach darf ich noch einmal überlegen und meine Wahl unter Umständen ändern.«

»Was soll das bringen?«, fragte Ismund.

Trix antwortete nicht.

»Also …« Der Baron dachte nach. »Du führst doch was im Schilde … Genau bedacht … Ha, du bist mir ein Schlauberger! Wenn du eine von drei Türen wählst, stehen deine Chancen eins zu drei. Aber wenn ich eine Tür öffne, hinter der eine Ziege steht, dann stehen deine Chancen eins zu zwei. Das heißt, unsere Chancen sind gleich. Du bist wahrlich ein Junge der Zahl!« Er lachte.

Trix schwieg bescheiden.

»Gut«, sagte der Baron, »ich nehme deinen Vorschlag an. Diese Kenntnisse der Arithmetik gehören belohnt. Aber vielleicht sollen wir uns nicht mehr Mühe machen als nötig. Warum nehmen wir nicht gleich nur zwei Türen? Eine Ziege und eine Kutsche.«

»Machen wir uns ruhig ein bisschen Mühe«, erwiderte Trix.

»Das gefällt mir«, sagte der Baron. »Ein echter Spieler

strebt nicht nach schnellem Gewinn! Im Spiel wie in der Liebe ist schließlich nicht das Tempo entscheidend!«

Der Herold trat an den Baron heran und flüsterte ihm etwas zu.

»Man hat ein Rad abmontiert und hergebracht.« Der Baron rieb sich die Hände. »Wohlan! Fangen wir an!«

»Du hast trotzdem den Verstand verloren«, raunte Sauerampfer. »Unsere Chancen stehen eins zu zwei. Wir gehen besser zu Fuß.«

»Vertraut mir, Herr Zauberer!«, flüsterte Trix.

Sauerampfer seufzte.

»Nun denn! Die Bedingungen sind klar!«, sagte Ismund fröhlich. »Alles ist absolut ehrlich! Keine fiesen Tricks! Pan oder Pleite, Goldkutsche oder Geiß! Ach, ich liebe solche Spiele! Wähle!«

»Die!« Trix zeigte auf die linke Tür.

»Herrlich!«, sagte der Baron. »Mal sehen …«

Er ging zu den Türen, schaute hinter jede von ihnen und öffnete die mittlere. »Lässt du die Tür oder wechselst du?«, fragte er.

»Ich wechsle«, sagte Trix. »Die rechte!«

Der Baron öffnete die rechte Tür. Dahinter lag das Rad. »Glück gehabt!«, sagte er. »Doch hättest du dein Glück nicht herausfordern und es bei einem Spiel belassen sollen. He, tauscht die Plätze!«

Hinter den geschlossenen Türen war ein Rumoren zu hören.

»Welche Tür nimmst du?«

»Wieder die linke«, sagte Trix.

Und wieder schaute der Baron hinter alle Türen, um dann die rechte zu öffnen.

»Wechsel auf die mittlere«, sagte Trix.

Dahinter lag das Rad.

»Du hast Glück«, sagte der Baron.

Nachdem der Baron zum dritten Mal verloren hatte, dachte er kurz nach. »Du liest in meinem Gesicht«, sagte er. »Ich habe schon von geschickten Physiognomikern gehört!«

»Dann verbindet mir die Augen, mein Baron!«, schlug Trix vor.

Der Baron verband Trix eigenhändig die Augen, danach begann das Spiel von Neuem.

»Wechsel«, antwortete Trix ein ums andere Mal. »Wechsel. Und noch mal. Und auch diesmal!«

Als es sechs zu drei für Trix stand, rief der Baron den Herold. »Bring Wein«, befahl er. »Uns stehen lange und schwierige Spiele bevor.«

»Aber wir haben doch schon neun …«, setzte Trix an.

»Bin ich dir entgegengekommen?«, ereiferte sich der Baron. »Eben! Also komm du auch mir jetzt entgegen! Wir starten eine Serie von hundert Versuchen.«

Hinter einer der Türen stieß jemand einen schweren Seufzer aus.

»Schon verstanden! Gras für die Ziegen! Die Peitsche für die Diener!«, brüllte der Baron. »Nein, tauscht die Diener aus! Und sorgt nach jedem zehnten Versuch für neue!«

Nach weiteren zwanzig Versuchen rief Ismund seine Zauberer und befahl ihnen, Sauerampfer und Trix genau im Auge zu behalten. (Nebenbei bemerkt: Der Unglauben auf Sauerampfers Gesicht war völlig echt.)

»Und wieder Wechsel!«, rief Trix zum hundertsten Mal aus.

»Siebenundsechzig Mal das Rad, dreiunddreißig Mal die Ziege«, verkündete Radion Sauerampfer das Ergebnis. »Wir haben gewonnen, Euer Hochwohlgeboren!«

Ismund versank in tiefe Grübeleien. »Das kann nicht sein«, sagte er schließlich. »Und trotzdem ist es geschehen. Gut. Wie? Ich habe ein Spiel vorgeschlagen, wobei ich eine Chance von drei zu eins auf den Sieg hatte. Das verstehe ich. Der Junge …«

»Nennt mich einfach ›junger Soufflöticus‹«, sagte Trix.

»Der junge Soufflöticus«, griff Ismund die Anrede auf, »hat einen anderen Ablauf vorgeschlagen. Nachdem er eine Tür gewählt hatte, öffnete ich eine der beiden anderen. Und zwar unbedingt eine mit einer Ziege dahinter. Er selbst erhält die Möglichkeit, seine Wahl zu ändern. Damit hat der junge Soufflöticus für Chancengleichheit gesorgt. Er musste sich nun zwischen einer Tür mit Ziege dahinter und einer mit Kutsche dahinter entscheiden! Stimmt's?«

Trix zuckte bloß die Achseln.

»Aber dann hätte die Kutsche fünfzig Mal kommen müssen!«, rief der Baron. »Und die Ziege auch! Die Chancen standen eins zu eins! Aber irgendwie hast du es geschafft, dass sie zwei zu eins für dich standen!«

Trix senkte den Blick.

»Du hast nicht gezaubert?«, fragte der Baron hoffnungsvoll. »Gib es zu, ja! Wenn du gezaubert hast, verzeihe ich alles. Dann gebe ich Euch eine Kutsche und lasse Euch ziehen. Ich packe sogar noch hundert Goldstücke drauf!«

»Sag, dass du gezaubert hast«, riet ihm Sauerampfer.

»Es gehört sich nicht zu lügen«, erwiderte Trix. »Nein, Zauberei war nicht im Spiel.«

»Das widerspricht jeder Arithmetik!« Der Baron reckte

die Arme zum Himmel, genauer zur Decke. »Das kann nicht sein!«

»Mäh, mäh«, blökte eine müde Ziege.

Plötzlich riss Ismund die Augen auf und schlug sich gegen die Stirn. »Dass ich darauf nicht gleich gekommen bin! Bringt die Ziegen weg! Bereitet die Kutsche vor! Der Koch soll Reiseproviant zusammenstellen und sich für die Abfahrt in die Hauptstadt bereithalten!«

»Worauf seid Ihr nicht gleich gekommen?«, fragte Trix erstaunt.

»Du bist einfach ein Glückskind!«, antwortete der Baron strahlend. »Du bist vermutlich unter einem Glücksstern geboren. Oder in einer Nacht, als über die Scheibe des Vollmonds der Schweif eines Kometen wanderte! Anders kann es nicht sein! Ich habe von solchen wie dir gehört. Ihr habt immer Glück! Wie kommt es denn, dass du den Putsch überlebt hast? Und nicht durch Erzminen kriechst, sondern Zauberschüler bist? Eben! Du bist ein geborener Glückspilz! Ein Schoßkind des Glücks, oder wie immer man euch nennt!«

Trix breitete die Arme aus.

»Du hast mich schön für meine Selbstsicherheit bestraft«, sagte der Baron in völlig aufgeräumter Stimmung. »Was für ein Schelm du bist! Aber ich möchte nicht mit dir tauschen. Das raubt dir doch jedes Vergnügen beim Glücksspiel! Nimm das! Das ist von mir für dich! Das brauchst du Sauerkraut nicht zu geben!« In Trix' Hand wanderten fünf Goldstücke. »Aber von heute an ist dir jede Form von Spiel in meinem Baronat verboten!« Ismund drohte ihm mit dem Finger. »Keine Karten, keine Brettspiele! Nichts! Kommt am Abend wieder, dann steht die Kutsche bereit!«

Kaum hatten Trix und Sauerampfer den Palast des Barons verlassen, als der Zauberer Trix bei der Schulter packte und in eine Gasse lenkte.

»Bitte!« Trix kramte beflissen in seiner Tasche nach den Münzen.

»Die gehören dir, du hast sie ehrlich verdient«, sagte der Zauberer. »Aber du hättest mich beinahe ins Grab gebracht! Ich glaube nicht an Glückspilze oder Schoßkinder des Glücks! Gib zu, dass du irgendwelche Taschenspielertricks angewandt hast!«

»Hab ich nicht!« Trix war sogar ein wenig beleidigt. »Das ist pure Arithmetik!«

»Nimm zur Kenntnis, dass ich ebenfalls ein Mann der Zahl bin«, sagte Sauerampfer. »Hinter einer Tür ist eine Ziege, hinter der anderen eine Kutsche. Die Chancen stehen eins zu eins.«

»Tun sie nicht!«, rief Trix. »Sowohl der Baron wie auch Ihr vergesst die dritte Tür! Die, die er geöffnet hat!«

»Was hat die damit zu tun?«, wunderte sich Sauerampfer. »Die ist längst aus dem Spiel! Wir wählen nur noch zwischen zwei Türen.«

»Nein, zwischen dreien!«, blieb Trix stur. »Wir haben zwei Türen, von denen eine offen ist. Was hinter der anderen ist, wissen wir nicht. Wir haben aber auch noch die dritte Tür, die ich ausgewählt habe und wo wir auch nicht wissen, was dahinter ist. Wenn ich also die Tür wechsel, stehen unsere Chancen zwei zu eins! So ist das!«

»Mach mich nicht wuschig!«, polterte Sauerampfer. »Ich bin kein Idiot! Was hat die offene Tür damit zu tun, wenn hinter der eh eine Ziege ist! Es bleiben noch zwei Türen! Hinter einer ist eine Ziege, hinter der anderen eine Kutsche.

Du wählst zwischen diesen beiden. Die Chancen stehen eins zu eins!«

»Nein, man muss die offene Tür mitzählen. Das hat mir einer von Papas Dienern erzählt. Dabei ging es natürlich nicht um Türen. Er hat da immer ein Spiel mit Fingerhüten gemacht. Drei Fingerhüte, unter einem ist eine Kugel.«

»Sicher, Hütchen-Kügelchen, das ist ein altes und wenig geachtetes Spiel aus Samarschan«, sagte Sauerampfer. »Bei dem kommt es einzig und allein auf Fingerfertigkeit an.«

»Das tut es nicht! Sondern auf Mathematik! Jemand zeigt auf einen Fingerhut. Der Hütchenspieler hebt eines der beiden anderen Hütchen hoch. Wenn da die Kugel ist, hat er gewonnen! Wenn da nichts ist, fragt er, ob der andere seine Wahl ändern will. Niemand ändert sie, denn alle denken, dass es keinen Unterschied gibt. Aber den gibt es!«

»Aber das kann nicht sein! Zwei Türen …«

»Nicht zwei, drei!« Trix geriet so in Fahrt, dass er Sauerampfer anschrie. Zum Glück achtete dieser im Eifer des Gefechts nicht darauf. »Drei! Und hinter einer ist die Kugel!«

»Welche Kugel?«

»Das Kügelchen! Nein! Die Kugel ist unter dem Fingerhut und hinter der Tür ist der Karren!«

»Die Kutsche!«

»Von mir aus!«

»Nein, nicht die Kutsche, sondern das Rad!«, korrigierte sich Sauerampfer. »Du bringst mich aus dem Konzept!«

»Ob Kutsche oder Rad, ist doch egal!«

»Genau! Warum hast du also gewonnen?«

»Weil ich von drei Türen zwei ausgewählt habe und der dumme Baron nur eine! Deshalb hatte ich die besseren Chancen!«

»Warum?«, jammerte Sauerampfer. »Du wählst doch nur aus zwei Türen! Die dritte ist ja schon offen! Hinter einer Tür ist ein Rad, hinter der anderen eine Ziege. Sie verändern ihren Platz nicht, nachdem du deine Wahl getroffen hast. Du weißt nicht, wo was ist. Die Chancen stehen eins zu eins! Aber du hast in zwei von drei Fällen gewonnen! Warum?«

»Wegen der Arithmetik!«

Sauerampfer wandte sich ab und stapfte Richtung Schenke davon. Trix folgte ihm bedrückt. Er hatte ehrlich versucht, Sauerampfer zu erklären, was des Pudels Kern war, aber der hatte ihn einfach nicht verstanden. Ein Mann des Wortes war eben nicht immer auch einer der Zahl.

Als sie zu ihrem Quartier zurückkamen, schnappte sich Sauerampfer wortlos drei tönerne Bierkrüge vom Tresen, bestellte zwei Flaschen Bier und eine Flasche starken Schnaps. Im Zimmer goss er in alle drei Krüge etwas ein und schob sie mit geschlossenen Augen auf dem Tisch hin und her. Dann wies er mit listigem Grinsen auf einen der Krüge.

»Ich glaube, hier ist Schnaps drin!«, sagte er. »Trix, nimm einen der Krüge mit Bier weg!«

Trix schnupperte an allen Krügen und nahm einen weg.

»Ein einfaches und klares Experiment«, erklärte Sauerampfer. »Du behauptest also, wenn ich meine Wahl ändere, kriege ich Schnaps?«

»Die Chancen dafür stehen doppelt so gut«, sagte Trix.

Sauerampfer trank einen Schluck aus dem neu gewählten Krug. Er runzelte die Stirn und befahl, das Experiment zu wiederholen. Erst nach dem zehnten Versuch gab er sich geschlagen.

»Starken Schnaps und Bier in diesem Verhältnis zu mischen schadet der Gesundheit«, sagte er. »Deine Prognose stimmt! Aber ich verstehe nicht, warum. Weck mich in zwei Stunden«, sagte er, stand auf und ging zu Bett. »Oder besser in drei. Schließlich haben wir es hier mit einem schrecklichen Geheimnis zu tun, das den Verstand völlig benebelt.«

»Das ist nur Arithmetik«, sagte Trix stur. Aber Sauerampfer hörte ihn schon nicht mehr. Sieben ordentliche Schluck Schnaps und drei Schluck Bier verlangten das Ihrige: Der erschöpfte und erschütterte Zauberer war fest eingeschlafen.

Trix nahm sich einen der nicht geleerten Bierkrüge und setzte sich ans Fenster.

5. Kapitel

Mochte Baron Ismund auch seine Schwächen haben – sein Wort hielt er. Am Abend desselben Tages war die riesige Kutsche des Barons, von vier Pferden gezogen, auf dem Weg in die Hauptstadt. Fünf berittene Gardisten mit finsterer Miene eskortierten sie, auf dem Bock saß ein Kutscher und auch den Koch hatte der Baron nicht vergessen. Die in zwei Bereiche unterteilte Kutsche – einen für die Herren, einen für die Diener – bewegte sich zwar nicht sehr schnell vorwärts, dafür aber ausgesprochen sanft. Sauerampfer und Trix hatten sich im Herrenabteil eingerichtet, in dem zwei nicht sehr breite Sofas und ein Tisch standen. Hinter einer Trennwand saßen im bescheideneren Bereich der Koch, Ian, Hallenberry und Annette. Durch eine schmale Tür konnte man während der Fahrt von einem Teil in den anderen gelangen.

Die Kutsche verfügte zudem über einen kleinen Ofen, der die beiden Teile der Kutsche heizt (und weil das Abzugsrohr unterm Kutschbock verlief, obendrein auch den Kutscher wärmte). Selbst nach gründlicher Inspektion fand Sauerampfer nichts an ihr auszusetzen. »Das ist viel besser, als zu Fuß zu gehen. Gut, dass du den Baron reingelegt hast …«

»Aber ich habe …«

»Ich weiß schon, deine Arithmetik.« Sauerampfer verzog

das Gesicht. »Du hast mich überzeugt. Verstanden, wie der Hase läuft, habe ich aber immer noch nicht.«

»Das ist doch ganz einfach«, sagte Trix. »Ihr braucht Euch nur vorzustellen, nicht der Baron habe eine Tür geöffnet, sondern ich. Stellt Euch vor, dass ich am Anfang auf die Tür gezeigt habe, die ich unter keinen Umständen öffnen wollte. Und dann habe ich die beiden anderen aufgemacht! Deshalb sind die Chancen zwei zu eins!«

»Ah …«, sagte Sauerampfer und schlug sich gegen die Stirn. »Dass ich das nicht gleich …«

Trix, der nun endlich das unangenehme Gefühl loswurde, ein Falschspieler zu sein, lächelte erleichtert.

»Großartig«, sagte Sauerampfer. »Da hast du ihn herrlich angeschmiert! Und damit hast du, mein Schüler, auch den nächsten großen Schritt auf dem Weg zum Zauberer gemacht.«

»Welchen?«, fragte Trix erstaunt.

»Als du dein Interesse an der Magie bekundet hast und auch die entsprechenden Anlagen gezeigt hast, habe ich dich zu meinem Fanaticus gemacht. Als du ganz allein eine schwierige Aufgabe gemeistert und deine Zauberei ganz vortrefflich eingesetzt hast, bist du zum Sufflöticus aufgestiegen. Und nun, da du begriffen hast, dass Magie nicht immer weiterhilft, sondern dass ein Zauberer manchmal auch allein mit seinem Verstand siegen muss, erreichst du die dritte und höchste Stufe deiner Ausbildung. Von heute an bist du Initiaticus!«

Fassungslos angesichts der schnellen Karriere sprang Trix in die Luft – und hätte sich beinah den Kopf an der flachen Decke der Kutsche gestoßen.

»Dein Eipott wird weiter wachsen, dein Stab fast so sein

wie der eines Zauberers. Außerdem erhältst du das Recht, andere noch vor mir anzusprechen und deinen Anteil an der Entlohnung zu verlangen, die wir für unsere Dienste erhalten. Der ist natürlich noch nicht sehr hoch, versteht sich.« Sauerampfer hüstelte. »Schließlich denke ich weiterhin für uns beide.«

»Herr Lehrer ... wie wird ein Initiaticus denn ein richtiger Zauberer?«, fragte Trix.

»Das sage ich dir, wenn du ein richtiger Zauberer bist.« Sauerampfer dachte kurz nach und fügte dann hinzu: »Falls du es je wirst.«

Trix setzte sich wieder und strich über sein Eipott. »Eigentlich ist das doch schon das zweite Mal, dass ich eine Aufgabe löse, ohne Magie einzusetzen!«, bemerkte er nachdenklich. »Das erste Mal war mit dem Müller und seinen drei Söhnen.«

»Ist mir klar«, erwiderte Sauerampfer. »Aber damals warst du kein Soufflöticus. Und dass ein Fanaticus eine Stufe überspringt und sofort Initiaticus wird, das ginge nun wirklich zu weit. Und überhaupt«, sagte er, während er sich auf dem Sofa ausstreckte, »schadet es nie, sich davon zu überzeugen, dass ein Schüler wirklich etwas gelernt hat. Ein Mal – das könnte ja Zufall gewesen sein!«

Er gähnte und schlief ein.

Trix saß auf seinem Sofa und dachte nach. Sauerampfer fing schon bald an zu schnarchen. Ungeachtet des Geschüttels, gegen das nicht einmal eine gute Federung etwas auszurichten vermochte, schien er fest entschlossen, bis zum Morgen durchzuschlafen. Trix dagegen wollte überhaupt noch nicht schlafen. Hinter der dünnen Trennwand waren die ausgelassenen Stimmen von Ian und dem Koch zu hören. Der Koch war ein junger Mann, der sich über die Fahrt in die Hauptstadt, obendrein in solch außergewöhnlicher Gemeinschaft, offenkundig freute. Geschirr klapperte und schon bald erfüllte der leckere Geruch von über Kohlen gebratenem Huhn den Raum. Der Kutscher stimmte ein trauriges Lied über die Straße, den Staub, den Nebel, die Kälte, die Sorgen, das Steppenunkraut, kreisende Raben, von Räubern erschlagene Kollegen und über die Mutter, die ihren Sohn zu Hause erwartete, an. Das Lied war derart schwermütig, dass Trix am liebsten losgeweint hätte.

Wenn er jetzt die Tür öffnen, den Zauberer allein schnarchen lassen und sich zu den Dienern gesellen würde, mit ihnen eine Hühnerkeule essen, sich mit Ian unterhalten würde ... Aber war ein solches Verhalten eines Initiaticus würdig – der noch dazu kurz davor stand, ein Zauberer, ein großer und wichtiger Mann zu werden?

Die Tür knarrte und Hallenberry steckte seinen Kopf durch. »Klaro, du schläfst nicht«, stellte er fest. »Kommst du rüber und isst mit uns Hühnchen? Ist echt lecker!«

Der Form halber dachte Trix zwei Sekunden darüber nach. Na gut, eine. Dann sprang er auf, blies die Flamme in der Laterne aus, damit Sauerampfer wirklich durchschlief, und begab sich ins Dienstbotenabteil.

»Unsere Verehrung dem Herrn Zauberlehrling!«, begrüßte ihn der Koch und reichte ihm ein gebratenes, fetttriefendes Hühnerbein. So jung, wie er war, musste er vor Kurzem noch Vorschäler gewesen sein. (Oder wie hieß das bei denen? Ein Kochlehrling hatte doch bestimmt auch verschiedene Stufen zu erklimmen.)

Trix griff nach der Keule und nagte an ihr. »Lecker«, nuschelte er. »Ich bin Trix.«

»Und ich Domac. Hier ist Wein aus den Kellern des Barons für den Herrn Trix!« Der Koch reichte ihm einen Kelch. »Der Baron selbst trinkt nicht, aber sein Wein ist gut. Angeblich soll man zu Geflügel ja Weißwein reichen. Aber das ist Quatsch! Zu Geflügel, das auf Kohlen gebraten wurde, gibt es nichts Besseres als Rotwein!«

Trix trank mit Genuss von dem Wein. Ian saß ebenfalls mit einem Pokal Wein und einem Stück Huhn da, nur Hallenberry war noch zu jung für Wein.

»Wie kommt ihr hier zurecht?«, erkundigte sich Trix, der ganz als besorgter Herr auftreten wollte (doch das Fett, das ihm über die Hand rann, und das leckere Fleisch in seinem Mund vermasselten seinen Auftritt). »Ist es nicht zu eng?«

Hallenberry, dem der Mund ja selten stillstand, ergriff nur zu gern die Gelegenheit und zeigte Trix, wie ihr Raum eingerichtet war: drei schmale Betten übereinander, mit robusten Riemen, damit man nicht herausfiel, wenn die Kutsche holperte; ein Schrank mit Vorräten; ein kleiner Ofen. Inzwischen machte sich der Koch schon daran, die nächste Portion Huhn zuzubereiten. Der Rauch zog durch ein kleines Fenster über dem Ofen ab.

Irgendwann wurde Hallenberry müde, sodass Domac an das bisherige Gespräch anknüpfen konnte. »Eigentlich wollte ich nie Koch werden. Ich war in der Gilde der Radmacher. Mein Vater baut Kutschräder, für diese hat er sie übrigens auch gemacht. Und Räder für Uhren. Für den Turm des Fürstenpalasts in Dillon hat er zum Beispiel die Zahnräder angefertigt. Und für Schlösser stellt er ganz kleine Rädchen her. Alles, was rund ist und sich dreht, das ist unsere Profession. Früher hat unsere Gilde übrigens auch die Knöpfe gemacht! Aber dann haben uns die Schneider das Patent abgekauft, nachdem sie vor dem fürstlichen Gericht bewiesen haben, dass Knöpfe zwar rund sind, sich aber nicht drehen, sondern nur baumeln. Seitdem stellen sie die Knöpfe her. Die Dinger solltet ihr mal sehen! Quadratische, dreieckige und längliche Stücke! Das sind doch keine Knöpfe, das ist Schrott!«

»Wie interessant!«, sagte Trix begeistert. Im Co-Herzogtum gab es natürlich auch eine Gilde von Radmachern, aber er hatte sich nie eingehender mit den Feinheiten ihrer Arbeit befasst.

»Hochinteressant«, bestätigte der Koch. »Und im Übrigen sehr philosophisch. Schließlich ist das Rad ein Kreis, und der Kreis ist das Symbol der Ewigkeit, und die Ewigkeit ist das Universum. Wenn du also ein Rad machst, arbeitest du für die Ewigkeit!«

Er gestikulierte so schwungvoll, dass ein Hühnerbein in den Kohlen landete. Rasch angelte er es wieder heraus.

»Das hätte ich nie gedacht«, gab Trix zu. »Und warum bist du dann Koch geworden?«

»Sie haben mich rausgeschmissen«, gestand Domac. »Wegen meiner Projekte. Die würden die Gilde in Verruf bringen.«

»Und was waren das für Projekte? Ein quadratisches Rad?«, scherzte Trix.

»Quatsch!«, empörte sich Domac. »Ich esse gern, vor allem auf Kohlen gebratenes Huhn.«

Trix sah den hoch aufgeschossenen, dürren Mann zweifelnd an, sagte aber kein Wort.

»Worauf kommt es bei Huhn auf Kohlen denn an?«, fragte Domac. »Natürlich darauf, dass es von allen Seiten gleichmäßig braun wird und nicht verkohlt. Da habe ich mir was ausgedacht, zwei Räder, die auf einer Achse sitzen. Die Räder haben Spieße, auf die steckst du die Hühner. Dann setzt du das Ding auf ein Gestell und stellst es auf den Ofen, drehst den Hebel an der Achse – und schon ist das Fleisch fertig. Schnell und gleichmäßig!«

»Und das hat nicht funktioniert?«, fragte Trix.

»Doch, bestens«, erwiderte Domac. »Aber die Leute aus der Gilde waren sauer und haben gesagt, dass es eine unwürdige Anwendung der großen Idee des Rads ist. Daraufhin haben sie mich zur Kochgilde geschickt. Die haben sich am Anfang auch gefreut. Aber dann haben sie Angst gekriegt. Mit dem Ding kann schließlich jeder Dummkopf schnell und lecker ein Huhn zubereiten. Das würde etliche Köche an den Bettelstab bringen! Deshalb … haben sie mir befohlen, es auf die alte Art zu machen.«

Er hielt Trix ein weiteres Stück Huhn hin, leicht angebrannt, aber lecker.

»Und recht hatten sie, junger Mann«, sagte Sauerampfer, der in der Tür erschienen war. »Absolut recht.« Der Zauberer besah sich aufmerksam die Szenerie, raffte seinen Umhang hoch und wechselte in den Dienstbotenbereich über. Er setzte sich auf den Hocker, den Hallenberry rasch freigegeben hatte, und fuhr fort: »Ich will die Jugend ja nicht von ihrem Vergnügen abhalten, aber es hat einfach zu verlockend gerochen …«

Domac servierte ihm eilig Huhn und Wein.

»Danke«, sagte Sauerampfer. »Was ist denn an Huhn auszusetzen, das nicht auf so einem raffinierten Räderwerk zubereitet wird?«

»Gar nichts«, antwortete Domac. »Aber man könnte es halt in kurzer Zeit in großer Zahl zubereiten!«

»Typisch Jugend«, entgegnete Sauerampfer. »Alles muss immer ruck, zuck gehen! Aber mach dir doch mal klar, was dann geschehen würde! Überall in der Stadt würden Händler stehen, jeder mit einem kleinen Ofen und deinem Wunderrad, um Huhn auf Kohlen zu verkaufen!«

»Was wäre daran schlecht?«, fragte Domac verwundert. »Wenn die Menschen schnell zu ihrem Essen kämen?«

»Weil ein Essen seine Zeit braucht«, sagte Sauerampfer, während er an seinem Hühnerbein nagte. »Es lädt förmlich dazu ein, sich an einen Tisch zu setzen, sich zu unterhalten, zu genießen und Wein und Bier zu trinken. Nach einem langen und schmackhaften Essen mit all seinen interessanten Gesprächen erhebt sich der Mensch klüger und friedvoller. Aber wenn sich dein Wunderrad durchsetzt? Du führst die ganze Zeit das Wort *schnell* im Munde. Das ist ein gefährliches Wort! Hast du vielleicht noch mehr solcher Erfindungen in petto?«

»Ein paar Kleinigkeiten«, gab Domac zu. »Zum Beispiel den Wellenofen.«

»Was ist das?«

»Das ist ein Eisenkasten mit einer kleinen Tür, in den mit einem Blasebalg heiße Luft aus dem Ofen gepumpt wird. Die breitet sich in Wellen in dem Kasten aus und wärmt das Essen in null Komma nichts auf. Wenn du Zeit hast, bereitest du etwas vor, ein Brötchen zum Beispiel, das du aufschneidest, und dann ein Hackkotelett und eine Scheibe Käse hineinlegst. Wenn du Hunger hast, kommt das Ganze einfach für eine Minute in den Wellenofen und wird aufgewärmt!«

»Pfui Teufel!«, schrie Sauerampfer. »Sicher, man muss das Brötchen und das Hackkotelett aufwärmen – wer würde so was schon kalt essen?! Aber schmecken kann das nicht! Außerdem ist es schlecht für den Magen.«

»Stimmt, es ist nicht gerade lecker«, räumte Domac ein. »Aber mit viel Senf oder Tomatensoße ist es gar nicht mehr so schlecht.«

»Was hast du dir noch ausgedacht?«, setzte Sauerampfer das Verhör fort.

»Ein Glas ... aus dem man im Gehen trinken kann. Es hat einen Deckel, da steckt man einen Strohhalm rein. Man geht, trinkt und plempert nicht.«

»Das mag auf Reisen ganz nützlich sein«, sagte Sauerampfer schon friedlicher, wobei er verspritzten Wein vom Ärmel seines Umhangs wischte. Der Reiseumhang war zum Glück so fettig, dass der Wein keine Chance hatte, in den Stoff zu dringen, sondern in Tropfen auf ihm liegen blieb. »Oder für Symposien. Du läufst durch den Raum, trinkst Wein durch den Strohhalm ... Hmm. Interessant. Was noch?«

»Die Schnelle Kartoffel.«

»Was ist das?«

»Dafür werden Kartoffeln in dünne Streifen geschnitten und in kochendes Fett geworfen. Eine Minute später kann man sie schon essen!«

»Der reinste Albtraum!«, stöhnte Sauerampfer. »Weißt du, was mit einem Land passiert, das sich so ernährt? Die Menschen werden anfangen, im Gehen zu essen, und sich den Magen ruinieren. Schon bald kriegen sie Verdauungsprobleme, werden fett und behäbig, ihr Charakter verdirbt, die Zähne kannst du nach einer Weile vergessen, die Moral sinkt. Wenn man erst mal im Gehen isst, will man auch alles andere schnell erledigen. Du bekämst eine Gesellschaft, in der sich die Menschen nicht mehr die Zeit zum Nachdenken nähmen. Stattdessen würden schnelle und unkluge Entscheidungen als Heldentaten gelten. Junger Mann! Hör auf den Rat eines alten Zauberers! Vergiss diese gefährlichen Ideen! Deine Lehrmeister hatten völlig recht, sie dir zu verbieten.«

»Trotzdem werden es früher oder später alle so machen«, behauptete Domac. »Das ist der Fortschritt und den kann man nicht aufhalten.«

»Besser später!«, polterte Sauerampfer. »Besser nicht mehr zu unseren Lebzeiten!«

»Außerdem würde ich gern eine Garküche aufmachen. Wenn ich etwas Geld zusammenhab«, sagte Domac. »Sie soll *Schnelles Essen* heißen! Wenn sie gut läuft, eine zweite. Später noch eine. Da würde es die Schnelle Kartoffel geben, das Brötchen mit Hackkotelett und süßen Saft im Glas. Wenn man viel Honig dazutut, sind Kinder verrückt danach!«

»Klaro, mir schmeckt süßer Saft!«, verkündete Hallenberry. Annette, die es sich auf seiner Schulter bequem gemacht hatte, kicherte leise, was ihr einen finsteren Blick des Zauberers eintrug.

»Das Emblem deiner Garküchen müsste ein Hintern sein!«, giftete Sauerampfer. »Mit einem solchen Essen ruinierst du dir unweigerlich die Verdauung!«

»Ein Hintern!«, rief Hallenberry. »Klaro! Gefällt mir auch!«

»Die Kinder würden Geschenke kriegen«, fuhr Domac fort. »Ich dachte an Puppen. *Die Zehn großen Magier*, zum Beispiel.«

»Und wozu das?«, fragte Sauerampfer.

»Die Kinder würden natürlich alle zehn Figuren haben wollen. Deshalb würde ich dafür sorgen, dass es in einer

Garküche viele Figuren von neun Magiern gibt, die zehnte aber selten ist. Hinter der wären dann alle her. In einer anderen Garküche würde es von dieser zehnten Figur mehr als genug geben, da würde eine andere fehlen. So würden die Kinder immer und immer wieder ins *Schnelle Essen* kommen. Und auch die Erwachsenen mitbringen.«

»Ja!«, sagte Hallenberry begeistert. »Ja, genau!«

»Du bist ein Monster!«, rief Sauerampfer. »Das ... das ist unerhört!«

»Wieso ein Monster?«, fragte Domac beleidigt. »Hallenberry würde ich alle zehn Figuren schenken. Und für Waisenhäuser würde ich spenden. Ich bin ein guter Mann!«

Sauerampfer verengte die Augen zu Schlitzen. In dem Moment war Trix überzeugt davon, dass der erfindungsreiche Domac die Hauptstadt nicht erreichen würde. Oder er würde sie erreichen – aber in Gestalt irgendeines nützlichen Gegenstands oder im Körper eines possierlichen Tiers.

Annette musste den gleichen Gedanken gehabt haben, denn sie schlug entsetzt die Hände vor die Augen.

»Und die Zauberer, die Vorbild für die Figuren stehen«, fuhr Domac fort, der von alldem nichts ahnte, »würde ich am Gewinn beteiligen. Ihr Anteil wäre natürlich nicht sehr hoch, aber da ich einen enormen Umsatz mache ...«

»Was würdest du dir denn die Zustimmung eines Zauberers kosten lassen?«, fragte Sauerampfer.

»Ich denke, jede Garküche könnte hundert zahlen.«

»Hundert was?«

»Goldtaler natürlich«, erwiderte Domac beleidigt.

»Die zehn Magier würden hundert Goldtaler bekommen?«, fragte Sauerampfer.

»Ja. Natürlich nicht zusammen. Sondern jeder von ihnen.

Aber fünf Magier dürften ruhig schon tot sein, denen müsste ich nichts zahlen. Die übrigen fünf kriegen jeder hundert.« Domac goss dem Zauberer, der zur Salzsäule erstarrt war, Wein nach. »Übrigens solltet Ihr, Herr Sauerampfer, unbedingt einer dieser fünf sein. Vielleicht könntet Ihr mir sogar die anderen Kandidaten nennen? In dem Fall würde ich Euren Anteil aufgrund Eurer Beratertätigkeit natürlich erhöhen.«

»Das klingt …« Sauerampfer hüstelte. »Das klingt interessant. Aber ich bin kategorisch gegen das Haupt der Akademie der Zauberer, Herrn Homr. Der wird völlig überschätzt.«

»Dann scheidet er aus«, entschied Domac.

Daraufhin brach Sauerampfer in lautes Gelächter aus, beugte sich vor und schlug Domac auf die Schulter. »In dieser Idee steckt das Korn für eine reiche Ernte!«

»Also, bei Korn bin ich noch nicht dahintergekommen, wie es schnell zuzubereiten ist«, sagte Domac.

»Ich rede schon nicht mehr vom Korn, ich rede bereits vom Schnellen Brötchen!«

»Schnelle Kartoffel.«

»Von mir aus auch Schnelle Kartoffel. Und die Figuren! Ohne die geht es gar nicht! Mach sie aus Ton. Wenn du ein paar arme Teufel aus Samarschan anheuerst, malen sie dir die Dinger auch noch an.«

»Könnte eine Figur nicht auch aus einzelnen Teilen bestehen«, mischte sich da Hallenberry ein. »Zum Beispiel der Zauberer für sich und der Stab extra. Das Kind steckt dann den Stab selbst in … in die eine Hand oder die andere … oder setzt ihm den Hut auf.«

»Genial!«, sagte Sauerampfer. »Das gehört belohnt!« Er

steckte Hallenberry eine kleine Münze zu, worauf dieser vor Stolz bis über beide Ohren strahlte.

»Außerdem könnte der Magier gleichzeitig eine Pfeife sein«, fuhr Hallenberry fort. »Auf der man ein Lied spielt.«

Der Zauberer und der Koch wechselten einen beredten Blick.

»Das ist ... recht verwegen«, sagte Domac.

»Das entscheiden wir später«, sagte Sauerampfer.

Trix, der dem interessanten Gespräch zwar voller Neugierde lauschte, merkte, dass er langsam einschlief. Er ging wieder hinüber, legte sich auf die Liege und schnallte sich mit dem Riemen an. Die Kutsche fuhr munter über den Steppenweg. Der Kutscher sang wieder etwas über den Weg und darüber, wie er die Pferde ausspannt und tränkt. Trix fing noch vereinzelte Gesprächsfetzen auf: »Wer es sehr eilig hat, dem packe ich das Essen in ein Körbchen!« – »Du kannst das Brötchen mit einem Hackkotelett machen, aber auch mit einem Stück Fisch.« – »Und Küchlein! Unbedingt Küchlein!«

Dann schloss er die Augen und schlief friedlich ein.

Die Reise in die Hauptstadt verlief dank der Großzügigkeit des Barons schnell und angenehm. Die Kutsche mit der zuverlässigen Garde Ismunds durchquerte das Baronat, wobei sie am Besitztum des Erbprinzen vorbeikamen (da es im Moment keinen Erbprinzen gab, wurden die Ländereien von königlichen Vogten verwaltet und boten keinen allzu erfreulichen Anblick). Sauerampfer verfasste neue Zaubersprüche (in diesen Stunden schickte er Trix zu den Dienern, da ihn echte Inspiration ja nur in Einsamkeit ereilte) und erörterte mit Domac die Zukunft ihrer *Schnelles Essen*-Garküchen; längst war er vom Berater für Zaubererfiguren zum gleichberechtigten Geschäftspartner aufgestiegen.

Nach fünf Tagen erreichten sie an einem regnerischen, kalten Abend, als jeder einzelne Regentropfen sich schon fragte, ob er sich nicht besser in Schnee verwandeln solle, das Süd-West-Tor der Hauptstadt (im Volksmund hieß es Staubiges Tor, denn im Sommer machte der Süd-West-Wind die Stadtmauern häufig mit den Ausläufern der Wüstenstürme bekannt, jener letzten Rache Samarschans für die Wegnahme einiger Gebiete).

Vor dem Haupttor hatte sich eine lange Schlange von Karren und Kutschen gebildet. Fußgänger gelangten durch ein Seitentor, wo sie kurz, aber eindringlich von der königlichen Wache befragt wurden, in die Stadt. Die Kutschen musterten die Posten dagegen aufmerksam, auch die Fracht auf den Karren inspizierten sie, sodass die Schlange nur langsam schmolz.

»Suchen sie Räuber?«, fragte Trix mit einem Blick auf die Wache.

»Soweit ich weiß, ist die Kontrolle aller Besucher eine übliche Praxis in der Hauptstadt«, antwortete Sauerampfer. Der Zauberer trug seinen Paradeumhang, kämmte sich den Bart, polierte mit einem wildledernen Tuch die Spitze seines Stabs – kurz und gut, er putzte sich heraus, als wolle er sofort bei König Marcel vorsprechen. Obendrein kaute er Zimtstückchen, verzog das Gesicht und spuckte sie zum Fenster hinaus. Das Gewürz sollte den Geruch von ihrem Mittagessen, Schweinefleisch mit Knoblauch sowie dunkles Bier, vertreiben. Man hätte meinen können, er wolle nicht nur unverzüglich zum König, sondern diesen auch nach Samarschaner Brauch zur Begrüßung küssen.

Ohne ein Wort zu sagen, brachte auch Trix sich in Ordnung: Er schnäuzte sich, pulte mit dem Fingernagel einen Eigelbfleck vom Ärmel, nahm sich eine Zimtstange und fing ebenfalls an zu kauen, obwohl es nicht schmeckte.

Schließlich war die Reihe an ihnen. Der Offizier der Wache, ein kräftiger Mann mit Schnauzbart und Narbe im Gesicht, in einer schweren Stahlrüstung und mit einem Schwert am Gürtel, näherte sich der Kutsche und betrachtete interessiert das Wappen. »Die Kutsche des Barons Ismund«, sagte er laut. »So, so. Wer kommt in die Hauptstadt?«

»Der große Zauberer Radion Sauerampfer mit seinem Schüler«, antwortete Sauerampfer hochnäsig zum Fenster hinaus. »In einer dringenden Angelegenheit.«

Der Name des Zauberers machte in der Tat Eindruck – wenn auch einen völlig anderen als erwartet. Der Offizier hob den Arm und sofort eilte ein Dutzend Wachposten herbei. Ohne weiter auf die anderen Besucher zu achten, umzingelten sie die Kutsche und drängten die fünf Gardisten Ismunds ab.

»Radion Sauerampfer, befindet sich in Eurer Begleitung Euer Schüler Trix Solier?«, fragte der Offizier.

Aus irgendeinem Grund freute sich Trix überhaupt nicht, dass der Offizier seinen Namen kannte.

»Ja«, antwortete Sauerampfer, nun ohne jede Herablassung. »Was soll das denn bedeut...«

»Im Namen des Königs Marcel!«, brüllte der Offizier. »Ihr, der Zauberer Radion Sauerampfer, und Ihr, der Zauberlehrling Trix Solier, seid auf Befehl des Königs verhaftet! Ihr habt zu schweigen, ohne Aufforderung dürft Ihr kein Wort sagen! Eure magischen Bücher dürft Ihr nicht anfassen! Rührt Euch nicht von der Stelle!«

Mehrere Soldaten richteten ihre Hellebarden auf die Kutsche. Der Kutscher auf dem Bock fluchte genüsslich, denn für sich sah er keine Gefahr – dafür aber umso mehr Gesprächsstoff! Ismunds Gardisten schienen völlig verunsichert, von ihnen war keine Hilfe zu erwarten.

»Die Einheit für Sondereinsätze soll herkommen!«, befahl der Offizier. »Rasch!«

Im Inneren der Kutsche fasste Trix sich panisch an die Brust und tastete nach dem Beutel mit dem Buch. Annette witterte Gefahr und schlüpfte in seine Tasche. Hallenberry steckte den Finger in den Mund.

Und Ian ...

Ian saß kurz mit offenem Mund da, dann packte er Trix beim Ärmel. »Zieh den Umhang aus!«, flüsterte er. »Schnell!«

»Was hast du vor?«, fragte Trix.

»Du Blödmann! Die kerkern dich ein!«

Daraufhin zog Trix wortlos den Umhang aus und Ians Jacke an.

»Den Stock und das Buch!«

»Du kannst den Stock haben«, sagte Trix. »Mehr nicht!«

Sauerampfer hörte anscheinend das Gepolter und Geflüster in seinem Rücken, blieb jedoch reglos wie ein steinernes Standbild sitzen.

Trix versteckte das Eipott unter der Jacke, knöpfte sie zu und schielte zu Domac hinüber, der durch die offene Tür das hektische Umkleiden beobachtete. »Ich bin Ian, der Diener!«, erklärte Trix. »Kapiert?«

»Ich kenne Euch doch überhaupt nicht!«, entgegnete Domac und schloss die Tür. »Und das Ganze geht mich auch gar nichts an!«

Während der Offizier auf die Sondereinheit wartete, wurde er sichtlich nervös. Dann waren jedoch ein Stampfen und das Platschen von Pfützen zu hören. Fünf weitere Soldaten trafen ein, die sich glichen wie ein Ei dem anderen: die dummen Gesichter von Bauern aus der tiefsten Provinz, wo man sogar die eigene Schwester heiratete, mit seltsamen Helmen, die bis über die Ohren reichten. So, wie sie lärmten, schienen sie nicht das Geringste zu hören. Und so, wie sie guckten, auch nicht das Geringste zu verstehen.

Der Offizier zeigte auf die Kutsche und befahl: »Sauerampfer und Solier! Steigt unverzüglich aus! Nehmt die Stöcke hoch! Stampft nicht mit ihnen auf den Boden! Sagt kein Wort!«

Der Zauberer öffnete den Schlag und stieg widerwillig in den Regen hinaus. Ihm folgte Ian, der noch einmal einen ängstlichen, aber auch stolzen Blick auf Trix warf.

»Sauerampfer?« Der Offizier wies mit dem Finger auf den Zauberer.

Sauerampfer nickte.

»Knebelt ihm den Mund!«, befahl der Offizier. »Und fesselt ihm die Hände! Solier?«

Ian nickte.

»Fesselt auch ihm Mund und Hände!«

»Wieso muss der Junge gefesselt werden?«, fragte der Kutscher da plötzlich. »Das ist doch nicht schön …«

»Das ist kein Junge, sondern ein gefährlicher Staatsfeind!« Das Gesicht des Offiziers lief puterrot an. »Sag du mir nicht, was ich zu tun habe!«

Nachdem der Kutscher diese überraschende Kühnheit an den Tag gelegt hatte, zog er es nun vor, sich nicht weiter ins Geschehen einzumischen.

»Wer ist da noch drin?«, Der Offizier spähte in die Kutsche.

»Die Diener«, jammerte Hallenberry. »Klaro. Ich bin ein Küchenjunge und das ist Ian, er hält den Herren Zauberern die Kleidung sauber und bedient bei Tisch …«

»Rechte Herrenallüren haben diese Provinzsprücheklopfer!«, schnaubte der Offizier. »Für euch habe ich keinen Befehl …« Er zögerte, entschied dann aber, er habe für heute sein Soll an verhafteten Kindern erfüllt. »Macht, dass ihr wegkommt, solange ihr noch könnt. Und sucht euch in Zukunft bessere Herren!«

Trix schnappte sich mit einer Hand den kleinen Beutel mit seinen Siebensachen, mit der anderen Hallenberry. Die beiden Jungen sprangen aus der Kutsche. Im hellen Licht der Laternen sahen sie, wie Sauerampfer, der mit stolz durchgedrücktem Rücken und in den Nacken gelegtem Kopf dastand, ein fester Knebel vor den Mund gebunden wurde. Ian wartete widerstandslos, bis die Reihe an ihm war.

»Dürfen wir in die Stadt gehen?«, fragte Trix. »Schließlich müssen wir uns neue Herren suchen …«

»Geht nur, ihr Nichtsnutze«, sagte der Offizier. Er sah Trix etwas skeptisch an, aber genau da nieste Ian so laut, dass er alle Aufmerksamkeit auf sich zog. »Still!«, herrschte er ihn an. »Kein Sterbenswörtchen!«

Ian nieste noch einmal.

»Gesundheit!«, sagte der Offizier diesmal völlig automatisch.

»Danke«, antwortete Ian.

»Du sollst kein Wort sagen!«, schrie der Offizier nun wieder. Offenbar hatte er schon einmal mit angesehen, wie auf ein einziges Wort eines Magiers hin alle Feinde tot umfielen und die Stadtmauern niederbrannten. »Der Mund! Knebelt ihn gefälligst!«

Trix, der Hallenberrys Hand fest drückte, eilte zum Tor. Niemand hielt sie auf.

Die fünf Goldstücke Ismunds, die Sauerampfer Trix großzügig überlassen hatte, wollte er lieber sparen. Deshalb machten er und Hallenberry in einer dunklen, stinkenden Gasse gleich rechts hinterm Stadttor halt. (Man sollte nie in der Dunkelheit durch das Süd-West-Tor in die Hauptstadt kommen, die Gefahr, sonst wo reinzutreten, ist einfach zu groß.) Zu dieser späten Stunde war das Geschäft eines Gerbers, vor dem sie standen, natürlich längst geschlossen. Aber Trix hatte es ohnehin auf das über die Jahre grün angelaufene Kupferdach abgesehen.

»Für den Reichen bedeutet ein Kupferling nicht mehr als ein Sandkorn für die See«, sagte Trix und streckte die Hand aus. »Aber für den Armen ist er ein Vermögen. Er sichert ihm Nahrung und einen warmen Schlafplatz. Was bedeutet es dann aber, wenn nicht eine Münze, sondern eine ganze Handvoll magisch geschaffener Münzen, die von den echten nicht zu unterscheiden sind, in deine Hand fällt? Das bedeutet, dass du ein reicher Mann bist!«

Kurz darauf klimperten Münzen in Trix' Hand, während das Kupferdach nun leicht durchhing. Einige Münzen landeten im Straßendreck. Hallenberry machte sich sofort auf die Suche nach ihnen.

»Wühl nicht im Dreck!«, hielt Trix ihn zurück. »Notfalls zaubere ich noch mehr.«

»Du solltest aber doch vorsichtiger mit deiner Zauberei sein«, sagte Annette, die aus der Tasche auftauchte. »Wenn ein Zauberer Kupferlinge zaubert, ist das kein geringeres Verbrechen als Hochverrat!«

»Ich werde es nicht mehr machen«, versprach Trix wenig überzeugend. »Komm, Klaro!«

Fünf Minuten später (Trix achtete darauf, weder die belebtesten noch die dunkelsten Gassen zu nehmen) kamen sie zur ersten Schenke. Die wirkte jedoch völlig heruntergekommen, aus dem Innern drangen Schreie und Geräusche einer Prügelei, vor dem Eingang drückten sich finstere Gestalten herum. Trix packte Hallenberrys Hand fester und ging weiter, von missgünstigen Blicken verfolgt.

Die nächste Schenke lag in einer breiteren und freundlicheren Straße. Hier versteckten sich die Menschen nicht im Schatten. Alles sah recht ungefährlich aus – wenn da nicht die grell bemalten Frauen gewesen wären, die ganze Herden bildeten und sich mit kreischenden Stimmen unterhielten. Sie grapschten sofort nach Trix und flüsterten ihm mit heißem Atem etwas ins Ohr. Annette in seiner Tasche wurde unruhig – und Trix begriff, dass er den Ort besser verließ, bevor die Fee die Geduld verlor.

Ihr Weg brachte sie endlich in eine breite Straße, die steingepflastert und fast ohne Pfützen war. Überall brannten Laternen, flanierten ordentlich gekleidete Menschen. Die Schenke, auf die Trix' Blick fiel, schien sogar fast zu gut: Vor dem Eingang wartete eine alte, aber saubere Kutsche auf jemanden, ein buntes Schild verkündete *Zu den drei lustigen Raben*. Da es mit einer goldenen Krone verziert war, mussten hier schon Menschen edlen Bluts übernachtet haben. Da Trix jedoch keine Kraft mehr hatte, weiter durch den Regen zu ziehen, strich er sich die Haare glatt, setzte eine ernste Miene auf und betrat die Schenke.

Die Unterkunft rechtfertigte den ersten Eindruck vollauf. Es gab karierte Tischdecken, etliche Besucher aßen mit Gabeln, und alle ließen sich nur zu gepflegten Flüchen hinreißen, noch dazu in gedämpftem Ton.

»Was wünscht …« An Trix trat ein Kellner heran. Das war eine seltene Tätigkeit für einen Mann, aber angeblich kam es in der Hauptstadt öfter vor. Er sah Trix aufmerksam an. Von seinen Lippen verschwand erst das Wort »Knabe«, dann der »Junge« und schließlich auch der »Jüngling«, um einem kühnen »der junge Herr?« Platz zu machen.

»Ein Zimmer«, sagte Trix. »Für meinen Bruder und mich.« Er zog Hallenberry an sich, der sich verängstigt hinter ihm versteckte. »Wir sind mit unserem Vater in die Hauptstadt gekommen. Er ist ein Fischhändler aus dem Baronat Galans. Aber er ist gleich weggegangen …« An dieser Stelle erlaubte Trix es sich, kurz zu zögern und einen Hauch von Verachtung in seine Stimme zu legen. »… geschäftlich. Mein Bruder und ich sollen uns hier ein Zimmer nehmen.«

»Verstehe«, sagte der Kellner. »Ja, ja, die Hauptstadt bietet … allerlei Geschäftsmöglichkeiten. Für einen ehrenwerten Händler. Geht zu Loya!«

Loya war eine in die Jahre gekommene Frau, die hinter dem Tresen Bier ausschenkte. Trix wiederholte seine Geschichte, die beim zweiten Mal schon flüssiger klang, und in die Augen der Frau schlich sich sogar ein Hauch von Mitleid: »Hast du denn Geld, Händlerssohn? Wir sind ein gutes Haus.«

»Ja«, sagte Trix. »Wie viel kostet ein Zimmer?«

»Zehn Kupferlinge pro Tag, im Voraus.«

Trix holte die schweren Kupferlinge aus seiner Tasche

und zählte zehn Münzen ab. »Ich zahle drei Tage im Voraus. Geht das?«

»Braucht dein Vater so lange Zeit für seine Geschäfte?«, fragte die Frau amüsiert.

»Drei Tage mindestens«, erwiderte Trix in vertraulichem Flüsterton.

»Für das Geld kriegt ihr auch was zu essen«, entschied Loya großherzig. »Frühstück und Abendbrot und mittags Tee mit Küchlein.«

Die Münzen wanderten vom Tresen in Loyas Hände und von dort zu einem finsteren Mann, der die Frau hinterm Tresen ablöste. Loya führte Trix und Hallenberry eine knarzende Treppe hinauf in den zweiten Stock. Bei den vielen Türen, die es in dem langen Gang gab, konnte an der Größe der Zimmer in den *Drei lustigen Raben* kein Zweifel aufkommen. Immerhin war es hier hell (es brannten zwei Kerzen), sauber und sogar ruhig, nur hinter einer Tür erklang ein gewaltiges Schnarchen.

»Der Ritter Agramor, er schläft sich vor dem Turnier aus«, erklärte Loya. »Zu uns kommen die unterschiedlichsten Gäste, manchmal sogar Barone. Ach ja, Jungs, mein Vater hat das auch immer gemocht, in die Hauptstadt zu kommen und dann drei Tage zu verschwinden, um seinen Geschäften nachzugehen ... danach hat er von meiner Mutter immer eins mit der Bratpfanne übergezogen bekommen ... Hier ist euer Zimmer.« Sie gab Trix den Schlüssel und warnte ihn gleich: »Wenn du den verlierst, musst du das Schloss auswechseln. Das kostet zehn Kupferlinge. Also pass auf ihn auf!«

»Das werde ich«, versprach Trix.

»Wenn ihr Hunger habt, kommt runter, dann mache ich

euch was«, sagte sie. Dann drückte sie Trix die Kerze in die Hand, zerzauste Hallenberry mit mütterlicher Sorge das Haar (der machte sofort ein niedliches Gesicht) und verschwand.

Trix öffnete die Tür, er und Hallenberry huschten ins Zimmer und schlossen hinter sich ab, erst mit dem Schlüssel, dann legten sie auch noch die Riegel vor, als wollten sie sich vor der Hauptstadt verbergen, die sie so unfreundlich empfangen hatte. Da schlug Hallenberry plötzlich die Hände vors Gesicht und fing an zu heulen.

»Was ist denn?«, fragte Trix.

»Der Zauberer tut mir so leid! Sauerampfer!«

»Mir auch«, sagte Trix, während er sich im Zimmer umsah. Es war klein, hatte aber ein Fenster, das zur Straße hinausging, zwei Betten, saubere Nachttöpfe und einen kleinen Tisch, auf dem eine Tonvase mit kleinen gelben Blumen stand. Annette kroch aus Trix' Tasche, sah Hallenberry voller Mitgefühl an, schnupperte und flatterte auf die Blumen.

»Wenigstens Abendessen«, murmelte sie, als sie den Blütenstaub schlürfte.

»Man wird sie töten«, sagte Hallenberry. »Erst hängen, dann köpfen und in kochendes Öl schmeißen!«

»Warum so kompliziert?«, fragte Trix erstaunt.

Während Hallenberry nachdachte, hörte er sogar auf zu weinen. »Zur Abschreckung«, behauptete er schließlich mit fester Stimme. »Klaro. Um andere Feinde abzuschrecken!«

Trix seufzte, zog Ians Jacke aus, hängte sie an einen Nagel neben der Tür und sagte: »Das ist doch dummes Zeug! Sauerampfer ist ein großer Magier, er wird einen Ausweg finden. Aber Ian … Damit hätte ich nicht gerechnet!«

»Womit?«, fragte Annette.

»Lässt sich für mich einkerkern!«, rief Trix. »Was für ein Edelmut bei einem Jüngling niederen Standes! Genauso verhält sich ein treuer Knappe! Wie ... wie Kimian, der sich für Atreju ausgegeben hat!«

»Schöner Edelmut!«, höhnte Annette und leuchtete vor Entrüstung auf. »Der Junge träumt davon, ein echter Co-Herzog zu werden. Wenn auch nur für einen kurzen Augenblick. Wenn auch im Gefängnis. Wenn auch nur, bevor ihm der Kopf abgehackt und er ins Öl geschmissen wird.«

»Was soll der Unsinn?«, fragte Trix verärgert. »Was redest du da – er will Co-Herzog sein?«

Hallenberry und Annette stimmten ein fröhliches Gelächter an.

»Klaro, glaubst du das auch?«, fragte Trix.

»Natürlich!«, antwortete der Junge. »Ian ... ist so. Er liebt dich, klaro. Und er hat immer gesagt, dass er dir dankbar ist. Aber noch lieber würde er selbst ein Aristokrat sein. Und jetzt kann er gleich beides: seine Dankbarkeit zeigen und sich seinen Traum erfüllen!«

Trix legte sich aufs Bett (die Matratze war hart und schlecht gestopft, aber nach dem Gerüttel in der Kutsche störte ihn das nicht). »Soll das heißen«, murmelte er, »dass eine gute Tat nicht immer auf edle Motive zurückgehen muss? Sondern auch auf niedere ...«

»Klaro«, sagte Hallenberry. »Also, ich habe mal gelogen, dass ich alle kandierten Früchte aufgefuttert habe, obwohl das meine Schwester gewesen war. Klaro, ich wurde ausgepeitscht! Aber dafür hat mir Tiana einen ganzen Monat lang Süßigkeiten gebracht ... klaro ... danach hat sie aber wieder damit aufgehört.«

»Wahrscheinlich geht auch eine schlechte Tat nicht immer auf niedere Gründe zurück, sondern manchmal auch auf edle«, dachte Trix weiter laut nach.

»Klaro«, sagte Hallenberry wieder. »Tiana liebt Süßigkeiten, trotzdem habe ich ihr alles weggegessen. Und warum? Nur weil sie sich beklagt hat, dass sie zu dick wird!«

»Wenn du dich so gut auskennst«, sagte Trix, »dann kannst du mir vielleicht sagen, warum Sauerampfer und Ian verhaftet wurden ... ich meine, Sauerampfer und ich.«

Aber auf diese Frage wussten weder der für sein Alter so kluge Hallenberry noch die Fee Annette eine Antwort.

VIERTER TEIL

TRIX SUCHT SICH

1. Kapitel

In der Nacht träumte Trix nur Unsinn. Mal von dem gemeinen Vitamanten Gavar, der über den Grund des Meeres lief, mit seinem rostigen Schwert Haie vertrieb und Trix mit der Faust drohte. Mal vom guten Zauberer Sauerampfer, der hoch oben in einem Turm eingesperrt war und dort in bitterster Einsamkeit lebte. Oder von seinem treuen Knappen Ian, der geköpft wurde und dessen Kopf dann in siedendem Öl gekocht wurde, worauf der Kopf schrie und unanständig fluchte.

Doch den Traum, der ihm den größten Schrecken einjagte, hatte er gegen Morgen. Er handelte von Tiana. Genau wie Lady Codiva hatte sie nichts an, weshalb sie sich mit einem riesigen Buch mit dem Titel *Tiana* bedeckte. Hinter dem Buch ragten jedoch ihre nackten Arme und Beine hervor, was für Trix mehr als genug war, um selbst im Traum zu erröten.

»Wie lange soll ich noch ein Buch bleiben!«, schrie Tiana. »Los, befrei mich, du Dummkopf! Auf der Stelle!«

Weil sie dabei mit den Armen fuchtelte, kippte das Buch auch noch um. Trix kniff erschrocken die Augen so fest zusammen, dass er davon aufwachte – und konnte selbst dann nicht gleich die Augen aufschlagen, sondern musste die Lider mit den Fingern auseinanderziehen.

Durchs Fenster fiel bereits graues winterliches Tageslicht,

im Zimmer war es sehr kalt. Im Nachbarbett schlief Hallenberry, zusammengerollt und nicht nur mit der Decke, sondern auch noch mit Ians Jacke zugedeckt. Aus dem geschlossenen Blütenkopf einer Ringelblume lugte ein nackter Fuß Annettes heraus, was Trix sofort an seinen Traum erinnerte und ihn ein zweites Mal rot anlaufen ließ.

Er tastete unter dem Kopfkissen nach dem Buch und schlug die letzte Seite auf. Sein Herz rutschte ihm in die Hosen, als er in großen Buchstaben las:

WIE LANGE SOLL ICH NOCH EIN BUCH BLEIBEN?! LOS, BEFREI MICH, DU DUMMKOPF! AUF DER STELLE!

»Steh auf, Hallenberry!«, rief Trix. »Annette, wach auf!«

Ein paar Minuten später hatte er Hallenberry wachgerüttelt und Annette aus der Blume gekippt.

»Tiana ist sauer!«, klagte Trix ihnen sein Leid. »Sie sagt, dass ich ein Dummkopf bin, und verlangt, dass ich sie aus dem Buch lasse.«

»Das hättest du schon längst tun sollen!«, sagte Annette und gähnte. »Welchem Mädchen würde es nicht langweilig, wenn es im Beutel um den Hals eines Jungen baumelte?«

»Darauf hast du also gehofft!«, rief Trix beleidigt. »Das hast du mit Absicht gemacht, ja? Damit Tiana auf mich wütend wird?«

Annette wurde verlegen. »Nein! Wie kommst du denn darauf? Daran habe ich überhaupt nicht gedacht ...«

Trix warf der Fee einen vernichtenden Blick zu und sah Hallenberry an, der inzwischen immerhin schon auf dem Bett saß, wenn auch noch in die Decke gehüllt.

»Was meinst du?«, fragte Trix. »Sollen wir sie zurückverwandeln?«

»Klaro. Aber vielleicht doch erst später.«

»Warum das?«, wollte Trix wissen. »Dann wird sie nur noch wütender.«

»Ich habe mal eine Geschichte von einem Dschinn gehört. Der steckte in einer Flasche und wurde ins Meer geworfen. Am Anfang hat der Dschinn gesagt, dass er demjenigen, der ihn befreit, einen Wunsch erfüllt. Ein Jahr später hat er gesagt, er erfüllt ihm drei Wünsche. Dann ist er böse geworden und hat gesagt, er bringt denjenigen um, der ihn befreit. Wieder später hat er gesagt, er erschlägt seinen Befreier und dessen gesamte Verwandtschaft und zerstört außerdem die ganze Stadt … Aber nach hundert Jahren hat er sich so gelangweilt, dass er versprochen hat, seinem Befreier ewig zu dienen.«

»Ich kann doch nicht hundert Jahre warten!«, sagte Trix entrüstet. »Dann würde mich Tiana garantiert umbringen. Wie ist die Geschichte denn ausgegangen?«

»Na, wie schon?« Hallenberry kratzte sich den Knöchel, bibberte vor Kälte und zog sich seine Schuhe an. »Einmal ist ein Junge baden gegangen, hat die Flasche gefunden und den Dschinn herausgelassen.«

»Und hat der ihm dann für immer gedient?«

»Nein, er hat den Jungen und seine Verwandten erschlagen und die Stadt zerstört. Denn Dschinns sind gemein und halten nie ein Versprechen. Das ist … eine lehrreiche Geschichte. Sie zeigt, dass Kinder nicht jede Flasche und jeden Krug öffnen dürfen, ohne vorher zu fragen.«

»Wir müssen Tiana aus dem Buch lassen«, entschied Trix. »Uns bleibt gar nichts anderes übrig.«

Er legte das Buch auf den Boden und dachte angestrengt über den Zauber nach. Plötzlich lief er wieder rot an.

»Du glühst ja heute ständig«, bemerkte Annette. »Hast du dich erkältet, mein Liebling?«

»Tiana!«, rief Trix entsetzt. »Sie ... sie ist ... also ... als ich sie in ein Buch ...«

»Ja?«, fragte Annette.

»Also ... die Schuhe sind durch die Luft geflogen ... und auch das Haarband ... und äh ... das Kleid.«

»Sie ist nackt?«, brachte Annette die Sache auf den Punkt und fing schallend an zu lachen. »Ja, mein Herr, da wäre es jetzt nicht gerade klug, sie zurückzuverwandeln. Das könnte falsch verstanden werden.«

»Aber was soll ich dann machen?«

»Zaubere ihr Kleidung«, riet die Fee. »Ein Kleid, Pantys, was ein Mädchen halt so braucht.«

»Ein Zauberer muss eine genaue Vorstellung von dem haben, was er zaubert«, sagte Trix verlegen. »Aber gut. Ich werde es versuchen. Also ...« Er hüstelte. »So wie der wertvolle Edelstein eine würdige Fassung braucht, so braucht auch die schöne junge Fürstin Kleidung. Und die Kleidung unterwirft sich dem Willen des Magiers und erscheint unverzüglich. Ein Kleid ... äh ... aus rosafarbenem Samt ... eine Art Sack mit Löchern ... unten mit einem großen Loch für ... für die Beine ... oben mit einem kleineren für den Kopf ... und auch Ärmel ... ein Ärmel ist so etwas wie eine Röhre aus Samt, in die der Arm gesteckt wird ... und an den Enden Spitze ... und um das Loch für den Kopf auch ... und alles reich bestickt ...«

»Ups!«, fiepte Hallenberry und zog die Füße aufs Bett.

»Oho«, sagte Annette, die über dem Kleid schwebte, das jetzt auf dem Boden lag. »Meine Güte! Hast du eigentlich schon jemals ein Kleid gesehen?«

»Natürlich!«, rief Trix. »Was denkst du denn?«

»Im Großen und Ganzen hast du ja recht«, fuhr die Fee nach kurzer Überlegung fort. »Ein Kleid ist ein Sack mit Löchern für Beine, Arme und Kopf!« Sie kicherte, beruhigte sich jedoch gleich wieder. »Und natürlich mit Spitze! Ohne Spitze, das wäre ja undenkbar! Aber das hier! Das ist ein Samtsack für Kartoffeln! Noch dazu einer mit Löchern! Und mit Spitze!«

»Ich bin schließlich kein Schneider«, sagte Trix leicht trotzig. »Aber für den Zauber musste ich sagen, wie ein Kleid gemacht ist. Hmm … Soll ich es kleiner machen? Und die Ärmel enger?«

Die Fee sah zweifelnd auf das am Boden liegende Stück rosafarbenen Samts. »Nein. Ich glaube nicht, dass das etwas bringt. Und wenn ich mir vorstelle, wie du andere Stücke der weiblichen Garderobe beschreibst … wird es wohl besser sein, wir kaufen ein Kleid.«

»Wie das?« Trix riss die Augen auf. »Soll ich etwa zum Schneider gehen und ein Mädchenkleid bestellen?«

»Die Pantys nicht zu vergessen!«, kicherte die Fee. »Stimmt, das wäre ein merkwürdiger Auftrag. Weißt du was, kauf einfach Sachen für einen Jungen!«

»Aber ich habe Tiana versprochen, sie nicht in einen Jungen zu verwandeln!«, entgegnete Trix.

»Das tust du ja auch nicht! Du kaufst nur Jungensachen. Sie hat sich doch selbst als Junge verkleidet, als sie aus dem Palast geflohen ist, nicht wahr? Glaub mir, in der Hauptstadt wird es für sie ungefährlicher sein, wenn sie wie ein Junge aussieht.«

»Könnte sein«, murmelte Trix. »Gut, ich suche einen Schneider!«

Der Schneider war überraschend schnell gefunden, nämlich direkt gegenüber der Schenke. Ein großes Schild über der Tür verkündete: OSEF SCHMOLL, *Schneidermeister*. Darunter hing noch ein kleineres Schild: *Mitglied der Schneidergilde mit Recht auf Schnitt und Naht*. Und darunter hing ein ganz kleines Schild mit dem völlig unverständlichen Hinweis: *Vorgefertigte Kleidung für Damen und Herren*.

Als Trix beklommen durch die Tür trat, bimmelte ein Glöckchen. Er sah sich im Laden um.

Der Raum erinnerte kaum an eine Schneiderwerkstatt. An den Wänden standen zahllose Kleiderständer voller Hosen, Hemden, Jacketts, Kaftane, Wämser, Jacken, Umhänge, Schals, Kleider, Strümpfe, Socken und Tücher. Hier und da waren auch Schirme und Hüte zu erkennen.

Trix betrachtete mit offenem Mund die Unmengen von Kleidern. Er meinte, in den Umkleideräumlichkeiten eines Bades gelandet zu sein, in das hundert Menschen beiderlei Geschlechts und unterschiedlichen Alters gekommen waren, um sich zu waschen.

»Was wünschen der junge Herr?«

Der Schneider war so überraschend aufgetaucht, dass Trix ihn nicht gleich unter all der Kleidung entdeckte.

»Osef Schmoll, zu Euren Diensten«, stellte sich der Schneider höflich vor. Er war klein, dick, glatzköpfig, mit einer großen Nase und großen Ohren. Am Revers seiner Weste funkelte das Zeichen seiner Gilde, eine goldene Nadel. Trix erinnerte sich, dass das ursprüngliche Emblem der Gilde eine Schere war. Dann waren die Schneider aber dahintergekommen, dass eine goldene Nadel weit billiger war als eine goldene Schere.

»Was ist das?«, fragte Trix und zeigte auf die Unmengen von Kleidung.

»Das?« Schmolls Blick folgte Trix' Finger. »Das, junger Herr, ist ein Kaftan. Ein sehr anständiger Kaftan, der aber wohl nicht zu Euch passen dürfte, junger Herr.«

»Ich meinte das ganz allgemein ...« Trix breitete die Arme aus. »All die vielen Kleider ... Wem gehören die?«

»Kauft sie, dann gehören sie Euch.« Schmoll lächelte freundlich.

»Aber für wen habt Ihr sie genäht?«

»Ah!«, sagte Schmoll. »Jetzt verstehe ich! Der junge Herr kommt vermutlich aus der Provinz?«

»Also ...äh«, stammelte Trix und wurde rot. Nein, heute war wirklich nicht sein Tag. Ständig lief er rot an! »Im Grunde ja.«

»In der Provinz, junger Herr«, Schmoll trat an Trix heran und fasste ihn freundlich beim Ellbogen, »wo Ihr das Glück hattet, geboren zu werden, plätschert das Leben langsam und gleichmäßig dahin. Was macht ein Mann da, wenn er neue Hosen haben möchte? Er kauft ein Stück Stoff und geht zum Schneider. Der Schneider nimmt Maß, schneidet das Tuch zu, behält einen ordentlichen Teil Stoff für sich ein und näht ein Beinkleid oder, wie es heute heißt, Hosen, die er einige Wochen später dem Kunden aushändigt. Damit sind alle glücklich und zufrieden. Aber bei uns, in der Hauptstadt, verläuft die Zeit anders. Hier will niemand warten! Die Leute kommen her und wollen sofort mit neuem Beinkleid wieder abziehen. Pardon, das war der alte Ausdruck: mit neuen Hosen. Deshalb wurde die vorgefertigte Kleidung entwickelt.«

»Und was ist das?«, fragte Trix.

»In den Hinterzimmern«, erklärte Schmoll liebenswürdig, »sind erfahrene Meister sowie für geringes Geld angeheuerte Samarschaner Tag und Nacht damit beschäftigt, zuzuschneiden und zu nähen. Beinkleider, pardon, Hosen, Gehröcke, Pantys. Die Sachen werden hier aufgehängt, die Menschen kommen und kaufen.«

»Aber die Menschen sind doch alle anders!«, rief Trix erstaunt aus. »Der eine ist größer, der andere kleiner! Einer hat krumme Beine, einer einen kurzen Hals …«

»Ja und?«, erwiderte Schmoll. »Wenn man sich näher damit beschäftigt, stellt man rasch fest, dass die Menschen so unterschiedlich nun auch wieder nicht sind. Alle haben zwei Arme und zwei Beine. Wir machen Beinkleider … schon wieder!« Schmoll winkte ab. »Gut, gelte ich halt als altmodisch. Es bleibt bei Beinkleid! Also Beinkleider in verschiedenen Größen. Und auch Hemden. Wenn ein Beinkleid zu groß ist, nimmt man einen Gürtel. Wenn es zu lang ist, heißt es schnipp, schnapp und umgenäht!« Er lächelte triumphierend und machte mit den Fingern eine Schere nach.

»Die Menschen wählen also unter vorgefertigter …«, sagte Trix nachdenklich. »Aber es ist das Schicksal armer Menschen, die alte Kleidung des Adels aufzutragen.«

»In der Provinz, ja«, sagte der Schneider. »Aber hier wird kaum Kleidung maßgeschneidert.«

»Nun … vielleicht trifft sich das ja ganz gut«, meinte Trix. »Die Sache ist die, dass ich … Das heißt, nicht ich, ein Freund von mir … der genauso groß ist wie ich und auch ungefähr so dick … der braucht dringend ein Paar Hosen, ein Hemd, ein Wams … Strümpfe und Schuhe.« Trix verstummte, als er dem arroganten, gleichzeitig aber neugierigen Blick des Schneiders begegnete.

»Euer Freund also«, sagte Schmoll schließlich, nachdem sie sich eine Weile schweigend angesehen hatten. »Ein Verwandter von mir, Herr Pharm vom Fliederfarbenen Boulevard, ist Apotheker. Er erzählt mir häufig von jungen Männern, die ihn um eine spezielle Mixtur *für einen Freund* bitten, der an einer unangenehmen Krankheit leidet. Und ein anderer Verwandter von mir, der Advokat Herr Schmock, berät einen jungen Herrn ebenfalls gern, falls *ein Freund von ihm* einmal in Schwierigkeiten gerät. Aber dass jemand Hosen und ein Hemd *für einen Freund* kaufen möchte ...« Schmoll breitete die Arme aus. »Junger Herr! Ihr braucht Euch dessen doch nicht zu schämen. Glaubt mir, in der Hauptstadt ist es durchaus üblich, zwei Paar Beinkleider zu haben ... pardon, ich meine natürlich Hosen.«

Trix wurde erneut rot, seufzte und beschloss, nicht auf das Thema einzugehen. »Richtig«, sagte er deshalb, »ich bin es, der Hosen braucht, ein Hemd, ein Wams, Strümpfe ...«

»Kurz und gut, eine vollständige Garderobe«, schlussfolgerte Schmoll und musterte ihn eingehend. »Also ... Schulterumfang ... Brustumfang ...«

»In der Brust kann es ruhig locker sitzen«, platzte Trix heraus. »Ich ... ich arbeite gerade viel, da werde ich Muskeln bekommen, ganz unglaubliche Muskeln!«

»Sehr umsichtig«, lobte Schmoll. »Und die Muskeln wachsen nur im Brustbereich?«

»Hmm.« Trix freute sich, dass er inzwischen einfach nicht mehr röter werden konnte.

»Dann schlage ich vor ...«, murmelte Schmoll und ging zu einem der Kleiderständer.

Schon im nächsten Moment lagen vor Trix auf dem Tisch: hellbeigefarbene Hosen mit einem Gürtel »aus echtem Büffelleder«, ein bordeauxrotes Hemd aus fein geripptem Stoff mit zwei Brusttaschen, ein beigefarbenes Wams mit Verzierungen aus bordeauxrotem Samt und »aufgesetzten Taschen, die neueste Mode«, Strümpfe (einfach nur Strümpfe) sowie Lederschuhe mit einem kleinen Riemen und Schnallen.

»Sind die Hosen nicht zu hell?«, fragte Trix.

»Sie werden leicht schmutzig«, gab Schmoll zu. »Aber die Farbe ist der letzte Schrei.«

»Gut«, sagte Trix.

»Und dazu dieser wunderbare runde Hut. Den gebe ich Euch gratis«, fuhr Schmoll fort. »Er passt herrlich zu allem anderen. Was ist mit Pantys?«

»Was?«, japste Trix und wurde tatsächlich noch röter. »Was für Pantys? Sehe ich aus wie ein Mädchen?«

»Schimpft doch nicht so, junger Herr«, bat Schmoll. »In der Provinz tragen kühne Männer ihr Beinkleid natürlich auf dem nackten Körper. Aber bei uns in der Hauptstadt trägt selbst der Schmied Pantys unter seinen Lederhosen! Seht her!« Er lockerte seinen Gürtel ein wenig und bewies, dass auch er Pantys unter seinen Hosen trug. »Das ist ausgesprochen bequem, müsst Ihr wissen. Komfortabel. Hygienisch. Natürlich sollte man sie jede Woche waschen … Wir nähen sie aus dem besten Batist, mit Außennaht.«

»Und so was tragen Männer?« Trix konnte es nicht glauben.

»Selbst König Marcel!«, antwortete der Schneider triumphierend. »Ehrlich gesagt geht die Mode sogar auf Seine Majestät zurück. Ihr wisst, wie das ist: Erst erzählt eine der Hofdamen ihrem Mann davon, dann eine zweite dem ihren, und eine Woche später trägt die ganze Stadt Pantys! Was habe ich damals verdient!« Schmoll sah wehmütig an die

Decke. »Es gibt halblange, bis kurz übers Knie, und lange bis zu den Knöcheln. Es gibt weiße … aber das ist natürlich recht verspielt, es gibt sie aber auch in anderen Farben oder gemustert. Ich persönlich würde Euch zu diesem praktischen Paar aus schwarzem Satin raten …«

»Gebt mir zwei«, sagte Trix.

Fünf Minuten später hatte Trix bezahlt (der Preis kam ihm zu hoch vor, aber da er mit herbeigezauberten Kupferlingen bezahlte, sagte er nichts) und die Schneiderwerkstatt mit Paketen und Rollen beladen verlassen. Ihm schwirrte der Kopf, während er die Neuigkeiten aus dem Hauptstadtleben verdaute. Hatte man je dergleichen gehört! Männer in Pantys! Wenn das so weiterging, würden die Frauen am Ende noch Hosen tragen! Und nicht, um sich wie Tiana der Verfolgung zu entziehen, sondern einfach so! Unerhört!

Auf der Straße waren inzwischen mehr Menschen. Kutschen polterten über das Kopfsteinpflaster, Reiter jagten irgendwohin, Fußgänger waren unterwegs. Trix hatte den Eindruck, die Hälfte der Hauptstädter habe gar nichts zu tun und schlendere einfach so durch die Stadt, betrachte die Auslagen der Geschäfte und begrüße sich gegenseitig.

Zurück im Zimmer (auf dem Weg dorthin hatte er Loya versprochen, rasch zum Frühstück wieder herunterzukommen), packte Trix alles aus und legte die Kleider auf den Fußboden.

»Das kommt der Sache schon näher«, sagte Annette. »Aber wozu zwei Paar Pantys?«

»In der Hauptstadt tragen sogar Männer Pantys«, antwortete Trix. »Du bist wirklich eine Provinzpomeranze.«

»Ja, ich bin eine Provinzfee!«, blaffte Annette. »Und ich bin stolz darauf! Ich jage wenigstens keiner Mode nach!«

»Jetzt entzauber schon endlich meine Schwester!«, jammerte Hallenberry. »Ihr habt lange genug gestritten!«

»Gut. Aber geh derweil raus«, befahl Trix.

»Wieso das denn?«

»Du musst vor der Tür Wache schieben, damit niemand reinkommt!«, sagte Trix.

Die Bedeutung seiner Mission ließ Hallenberry sofort die Brust schwellen und er ging hinaus.

»Also ... ich setze mich mit dem Rücken zum Buch«, verkündete Trix. »Und dann entzaubere ich Tiana.«

»Genehmigt«, sagte Annette. »Fang an!«

Trix setzte sich mit dem Rücken zum Buch aufs Bett, holte tief Luft und sagte: »Die Fürstin, die in ein Buch verwandelt ist, unterwirft sich dem Willen des Magiers und nimmt wieder ihre alte Gestalt an. Das schöne Mädchen findet sich unversehens gesund und munter mitten im Zimmer wieder ... und hegt nicht den geringsten Groll gegen den jungen Magier!«

»Wie raffiniert!«, begeisterte sich Annette.

»Oh«, sagte da jemand.

»Er guckt nicht hin«, beruhigte Annette diesen Jemand. »Zieh die Sachen an! Wir haben beschlossen, dich als Jungen zu verkleiden.«

Trix saß starr da und lauschte unwillkürlich darauf, wie hinter ihm Stoff knisterte.

»Der Gürtel kommt hier durch«, sagte die Fee. »Warte, ich mach das.«

»Danke.«

»Hier ist es ein bisschen weit ... aber das geht schon ... da wächst ja noch was rein ... Dreh dich um! Das hier stecken wir in die Hosen ...«

Mehr tot als lebendig harrte Trix der Dinge, die da kommen sollten. Den Satz, dass Tiana ihm nichts übel nehmen würde, hatte er sich erst im letzten Moment ausgedacht. Jetzt wusste er selbst nicht mehr, ob das richtig war.

»Gar nicht schlecht«, urteilte die Fee. »Ein hübscher junger Mann aus guter Familie. Die Kleidung könnte besser sitzen … aber hier rennen ja alle so komisch rum.«

»Die Schuhe sind zu groß.«

»Macht nichts, besser als zu klein. Reiß von dem Samtsack da den Spitzenbesatz ab und leg ihn dir in den Schuh.«

»Was ist das denn für ein schreckliches Ding?«, fragte Tiana erstaunt. »Sieht aus, als hätte es eine Trollin getragen. Eine wahnsinnige Trollin!«

»Das ist die hiesige Variante des Kartoffelsacks«, erklärte Annette giftig. »Die sind hier so verdreht in der Hauptstadt, die kriegen noch nicht mal einen Sack richtig hin.«

»Trix!«, rief Tiana.

Trix drehte sich um und zog ängstlich den Kopf ein.

Vor ihm stand Tiana in Jungenkleidern. So wie sie ihn ansah, schien sie nicht wirklich sauer auf ihn.

»Du hättest übrigens nicht zaubern müssen, dass ich nicht böse auf dich bin!«, sagte Tiana.

Trix dachte kurz nach und beschloss, lieber zu schweigen und schuldbewusst zu Boden zu blicken.

»Ich war nämlich überhaupt nicht wütend auf dich!«, fuhr Tiana fort. »Für diesen Zauber aber …«

»Tut mir leid, ich werde es nie wieder machen!«, brachte Trix jenen Zaubersatz heraus, der schon seit Jahrhunderten die kleinen Männer vorm Zorn ihrer Mütter schützt und die großen vor dem ihrer Frauen. Natürlich hat er durch die beständige Wiederholung bereits einiges von seiner Kraft eingebüßt, aus irgendeinem Grund funktioniert er aber immer noch.

Tiana sah ihn unverwandt an. »Wie sehe ich aus?«, fragte sie schließlich.

»Wunderbar!«, rief Trix. »Ohne Hosen wäre es natürlich besser ... ich meine, im Kleid wäre es noch besser! Aber so ist es auch gut!«

Tiana blickte Annette an.

»Man kann nicht meckern«, bestätigte sie.

In diesem Moment ging die Tür auf und Hallenberry schaute herein: »Wie lange dauert das denn ...? Tiana!«

Als er auf seine Schwester zustürmte und sie umarmte, verspürte Trix eine leichte Eifersucht – und er hätte nicht einmal sagen können, weshalb: weil der kleine Hallenberry Tiana einfach umarmen und küssen durfte oder weil er und Tiana Bruder und Schwester waren und sich so gernhatten? Obwohl: Wollte er Tiana denn zur Schwester haben? Lieber nicht!

»Wo ist dein Knappe?«, fragte Tiana, während sie Hallenberry über den Kopf strich. »Und all die Menschen, die mich vor den Vitamanten gerettet haben?«

»Weißt du das denn nicht?«, fragte Trix erstaunt. »Du warst doch die ganze Zeit bei mir.«

»Ich war ein Buch!«, empörte sich Tiana.

»Und hast geschwiegen wie eins mit sieben Siegeln!«, bemerkte Hallenberry kichernd, wofür er eine sanfte Ohrfeige verpasst bekam.

»Ich war ein Buch!«, wiederholte Tiana. »Und ein Buch lebt nur, wenn es gelesen wird!«

»Du hast doch selbst gesagt, ich soll dich nicht weiterlesen«, verteidigte sich Trix.

»Ja und?«, sagte Tiana achselzuckend. »Du hättest dich wenigstens überzeugen können, dass ich es mir nicht anders überlegt habe. Also, wo sind die andern alle? Und wo sind wir?«

Sie ging zu dem winzigen Fenster hinüber und blickte auf die Straße hinaus. »Oh!«, rief sie. »Das ist ein Viertel von Kaufleuten, oder? Aber wieso ist es hier so flach?«

»Tiana, wir sind nicht mehr in Dillon«, teilte Trix ihr mit. »Und wir sind allein, unsere Freunde sind nicht mehr bei uns. Setz dich, ich erzähl dir alles.«

Mittags klang Glockengeläut durch die Hauptstadt, das die Stunden verkündete. Erst schlugen natürlich die sechs Uhren im höchsten Turm des Schlosses, dem Uhrenturm, zwölf Uhr. Die Zifferblätter wiesen in alle sechs Himmelsrichtungen. Die Sache war die, dass Marcel der Überraschende einst entschieden hatte, vier Himmelsrichtungen seien für ein so großes Königreich zu wenig. Deshalb hatte er noch zwei weitere eingeführt: Sost (zwischen Süd und Ost) und Werd (unschwer zu erraten: zwischen West und Nord). Warum er nicht auch noch Nost und Süst eingeführt hatte, wusste niemand. Ebenso wenig wie irgendjemand wusste, warum dem König die guten alten Bezeichnungen Süd-Ost und Nord-West nicht mehr gefielen, auf die Seeleute und Reisende seit Urzeiten zurückgriffen. Und erst recht wusste niemand, warum sich der König dann von einem Tag auf den anderen nicht mehr für seine Idee begeisterte, die seinen Worten zufolge doch einen ungeheuren Fortschritt für die Schifffahrt bedeutete. So blieben die sechs Uhren im Turm des Königsschlosses das einzige Resultat dieser topografischen Reform.

Kaum hatten die Uhren, die unverdrossen in alle sechs Himmelsrichtungen wiesen, Mittag geschlagen, fingen die anderen Uhren der Hauptstadt an. Möglicherweise war das zeitlich nicht ganz präzise, dafür aber sehr untertänig.

Begleitet von diesem vielstimmigen Geläut (*Bam, bam, bam!* von der Gilde der Schmiede, *Kling, kling, kling!* vom Turm der Goldschmiede, *Dong, dong, dong!* vom grauen Sitz der Wache und noch viele andere Töne), kamen vom Süd-West-Tor her drei Jungen zum Platz des Königsschlosses. Zwei ältere und ein kleiner. Sie trugen gute Kleidung, und ein Blick reichte, um zu wissen, dass es sich nicht um Bettler handelte. Sie wirkten gebildet, möglicherweise gehörten sie dem niederen Adel an. Der Wachposten, der an der Ecke Schlossplatz / Straße der Königlichen Heiler stand, warf nur einen flüchtigen Blick auf sie und wandte sich wieder ab. Das waren ordentliche Kinder, die konnte er durchlassen.

Die drei konnten nur von Glück sagen, dass der Mann ihr Gespräch nicht gehört hatte.

»Wir können doch nicht das Schloss von König Marcel stürmen!«, sagte einer der Jungen, ein sehr hübscher, der ein wenig an ein Mädchen erinnerte.

»Warum nicht?«, fragte sein Altersgenosse. Seine Gesichtszüge waren markanter, er würde demnächst den Gebrauch mit Rasierklinge und Pinsel erlernen müssen.

»Weil es das Königsschloss ist!«, fuhr ihn der erste Junge an.

»Ja und?«, wunderte sich der zweite. (Aufmerksame Leser werden ahnen, dass der erste Junge in der Tat ein Mädchen war, die Fürstin Tiana, während es sich bei dem zweiten um den Co-Herzog Trix handelte.) »Wir erheben uns doch nicht gegen den König, wir wollen nur Sauerampfer und Ian retten!«

»Weil es das Königsschloss ist und deshalb wie ein Königsschloss bewacht wird!«, blaffte Tiana. »Glaubst du etwa, jeder x-beliebige Zauberer könnte da einfach reinspazieren? Hier ist alles magisch geschützt!«

»Ich könnte mir etwas einfallen lassen«, beharrte Trix. »Uns verzaubern. Dann schleichen wir uns ein …«

»Klaro!«, sagte der kleine Junge. »Und werden mit Sicherheit zum Tode verurteilt! Aber nicht als Räuber, sondern als Spione!« (Wir wollen die Leser nicht länger mit der Frage quälen: Der dritte Junge war natürlich Hallenberry.)

»Vielleicht sind sie ja auch gar nicht im Schloss«, sagte Trix zögernd. »Vielleicht sind sie in den Verliesen der Wache. Angeblich gibt es unter dem Hauptgebäude der Wache ein Gefängnis mit zwanzig unterirdischen Stockwerken! Da werden alle gefährlichen Staatsfeinde mit Ketten an die Mauern geschmiedet und festgehalten. Sie kriegen Eisenmasken, damit niemand ihr Gesicht sieht, und Fäustlinge aus Eisen, damit niemand ihre Handlinien wiedererkennt.«

»Klaro«, flüsterte Hallenberry. »Das habe ich auch gehört. Und bei Aufständen werden da die Rebellen erschossen. Sie werden an die Wand gestellt und dann schießt eine Einheit Bogenschützen auf sie. Und die Leichen werden nachts mit Karren rausgeschafft und in den Fluss geworfen!«

»Nein, im Wald vergraben«, korrigierte ihn Trix.

»Nein, in den Fluss geschmissen!«, blieb Hallenberry stur.

»Hört auf!«, verlangte Tiana. »Alle verhafteten Zauberer werden in den königlichen Verliesen gefangen gehalten, das habe ich von Hass gehört. Erstens sind die sicher. Und zweitens tötet niemand so schnell einen Zauberer, schließlich kann man sie jederzeit brauchen. Sauerampfer und Ian sind im Schloss.«

Die drei starrten schweigend auf das Königsschloss, als könnten sie mit ihrem Blick die hohen Mauern, das Kopfsteinpflaster und die Steingewölbe der Kellerverliese durchbohren und Sauerampfer und Ian entdecken.

»Wir müssen erst einmal herausfinden, warum sie überhaupt verhaftet wurden«, fuhr Tiana fort. »Hass wusste nicht, dass Ihr mich gerettet habt, stimmt's? Also müssen ihm die Vitamanten davon erzählt haben!«

»Die Vitamanten haben alle geschlafen«, sagte Trix. »Bis auf Gavar. Vielleicht schafft er es früher oder später ja tatsächlich zu den Kristallenen Inseln, aber bis dahin hat er noch einen langen Weg vor sich!«

»Dann scheiden die Vitamanten also aus!«, schlussfolgerte Tiana. »Aber wer war es dann? Warum wird ein verdienter Zauberer, ein Veteran der Schlacht bei der Schwarzen Anfurt, vor dem Tor der Hauptstadt verhaftet wie irgendein Räuber?«

Trix zuckte die Achseln.

»Ich weiß nicht«, gestand Hallenberry.

»Ich hätte vielleicht eine Erklärung«, sagte Tiana. »Allerdings ist sie etwas gewagt ... ich muss noch darüber nachdenken ... und etwas herauskriegen.«

Eine Weile schlenderten sie über den Platz. Eigentlich gab es kaum etwas zu sehen: eine hohe Mauer mit Wächtern, die auf ihr patrouillierten, Kopfsteinpflaster, der Uhrenturm und die Spitzen der Kuppeln. Trotzdem kamen immer viele Menschen auf dem Platz zusammen. Einige wollten die

Schlossmauer besichtigen, einige sich vor den Denkmälern der Helden und Könige an der Mauer verneigen, einige hofften, einen Blick auf die Equipage des Königs – ja womöglich auf ihn selbst, wie er aus der Kutsche heraus das hauptstädtische Volk musterte – zu erhaschen. Überall wuselten Händler herum, die Andenken verkauften: kolorierte Stiche, die das Schloss oder den König zeigten, Aquarelle mit Ansichten der Hauptstadt, hölzerne Figuren, die berühmte Gardisten des Königs in ihren Paradeuniformen darstellten, Börsen und Taschen von den Börsen- und Taschenhoflieferanten, winzige Porzellanteller mit einer Darstellung des Uhrenturms (auf dem Boden gab es ein Stück Harz, mit dem der Teller am Büfett befestigt werden konnte) und Stofftiere in Form des Hofvogels (Taube), des Hofsäugers (Waschbär) und des Hofinsekts (Biene). An den vorgesehenen Orten hatten sich die für den Platz zugelassenen königlichen Bettler aufgebaut: Alte, die ihre Extremitäten im Kampf verloren hatten, bucklige Greisinnen, die von ihren hartherzigen Kindern verstoßen worden waren, alleinstehende Mütter, die Geld für die Erziehung ihrer illegitimen Kinder brauchten; kleine Kinder mit großen Augen, die Essen und ein Heim erflehten. Trix wusste genau, was die Hofbettler verdienten und welche Steuern sie zahlten. Doch selbst er war vom Anblick eines jungen Mädchens, das Almosen für den Kauf eines Samarschaner Heilelixiers sammelte und dabei all ihre Leiden aufzählte, so gerührt, dass er ihm ein paar Kupferlinge zusteckte.

Dann gab es noch junge Männer, die über den Platz flitzten. Immer wieder wurden sie von jemandem herangerufen, der ihnen ein paar Münzen in die Hand drückte. Die Männer fingen daraufhin an, etwas zu erzählen, das Trix aber nicht verstand. Anfangs hatte er diese Jünglinge ohnehin für Taschendiebe gehalten. Allerdings verbargen sie sich nie, sondern schrien immer wieder laut, außerdem trugen sie knallgelbe Hüte mit Bommeln, die in der Menge sofort auffielen. Irgendwann stand einer von ihnen ganz in Trix' Nähe, und da endlich verstand er, was sie riefen: »Gerüchte! Gerüchte des Tages! Allerneueste Gerüchte!«

Sofort winkte Tiana einen Jungen herbei. Der sah die drei zweifelnd an, kam aber trotzdem zu ihnen und erklärte arrogant: »Königlicher Gerüchtedienst. Die Minute ein Kupferling. Alles aus dem Leben bei Hofe, Geheimnisse, Intrigen, Sensationen. Alles, was Ihr schon immer wissen wolltet, Euch aber nie zu fragen getraut habt. Wohin fließen unsere Steuern? Woran ist der Kriegsminister erkrankt? Stimmt es, dass die Königin Samarschaner Wurzeln hat? Was kostet das Volk der Unterhalt des Kutschparks Seiner Majestät?«

»Soll das heißen, der König hat einen speziellen Dienst, der Gerüchte über ihn selbst in die Welt setzt?«, fragte Trix.

»Sehr richtig«, bestätigte der Junge und zog die Nase hoch. »Warum auch nicht? Gerüchte gibt es immer, auch ohne unseren Dienst. So aber kann die Krone noch an ihnen verdienen. Und Ihr könnt entscheiden, was Ihr hören wollt. Damit wird – auch das nicht unwichtig – allen vor Augen geführt, dass unser König keine Angst vor Gerüchten hat. Was ist jetzt? Wollt Ihr sie hören? Geld im Voraus!«

»Jedes x-beliebige Gerücht?«, fragte Tiana.

»Bestellen könnt Ihr es. Weil Ihr aber noch minderjährig seid, darf ich Euch gewisse Gerüchte nicht erzählen. Das versteht Ihr doch, oder? Zum Beispiel das über die Hofdame Seiner Majestät und den Alchimieminister oder das über den Anführer der Wache und …«

»Du bist doch jünger als ich!«, empörte sich Trix, obwohl er sich überhaupt nicht für pikante Hofgeheimnisse interessierte.

»Ja und?! Ich bin im Grunde gar kein Mann, sondern eine Person im Dienst Seiner Majestät. Ich habe kein Alter.«

»Putz dir erst mal die Nase, Person Seiner Majestät«, sagte Tiana amüsiert. »Hier, ein Kupferling.« Sie sah Trix an. Der begriff nur mit einiger Verzögerung, dass er dem Gerüchtehändler die Münze geben musste, denn die Fürstin hatte wie jedes hochstehende Individuum natürlich kein Geld dabei.

»Dann lass mal hören!« Trix gab dem Jungen einen Kupferling.

»Was denn?«, fragte der Junge, der die Münze rasch wegsteckte. »Ich habe schließlich Geschichten für zehn Goldstücke im Angebot.«

Trix und Tiana sahen sich an.

Es war zu riskant, direkt danach zu fragen, was sie eigentlich interessierte, noch dazu einen professionellen Gerüchtehändler. Anderseits war es zu teuer, ihn nach sonst was zu fragen.

»Ich würde gern …«, setzte Tiana an, »ich würde gern etwas über Zauberer hören.«

»Aber ich würde lieber etwas über Räuber hören!«, spann Trix den Faden weiter und zwinkerte Hallenberry zu.

Der Junge sah ihn bloß erstaunt an und sagte: »So ein Quatsch! Besser, er erzählt uns was über die Verhaftung von Sauerampfer und seinem Schüler!«

»Die drei Geschichten kann man prompt zu einer zusammenfassen!«, erklärte der Gerüchtehändler. »Passt auf: Gestern Abend, etwa gegen acht Uhr, wurde am Staubigen Tor unserer ruhmreichen Hauptstadt ein gefährlicher Verbrecher verhaftet, bei dem es sich um keinen Geringeren handelte als Radion Sauerampfer, den Meister der Magie! Zusammen mit ihm wurde auch sein Gehilfe verhaftet, der Soufflöticus Trix Solier!«

»Initiaticus!«, sagte Trix beleidigt. Das überhörte der Gerüchtehändler zum Glück und ratterte weiter: »Laut dem königlichen Erlass sind der junge Solier und der von ihm angeheuerte Radion Sauerampfer schuldig, ein Attentat auf unseren geliebten König Marcel den Lustigen sowie auf seinen treuen Vasallen, den Herzog Sator Gris, geplant zu haben!«

Trix klappte der Unterkiefer runter. Tiana zeigte sich angesichts dieser Wendung der Ereignisse gefasster. »Und auf welcher Grundlage glaubt der König ... woher hat der König von dem geplanten Attentat erfahren?«

Der Gerüchtehändler schielte zur Turmuhr und ratterte weiter: »Nach heroischer Überwindung aller Schwierigkeiten einer Reise ist der Herzog Sator Gris vor drei Tagen an der Spitze eines Zuges mit den Steuergeldern der letzten beiden Jahre und in Begleitung seines Erben, des hochwohlgeborenen Derrick Gris, in der Hauptstadt eingetroffen und hat den König in Kenntnis gesetzt.«

»Und was wird jetzt mit Sauerampfer und ... und Solier?«, wollte Trix wissen.

Ohne den Blick von der Turmuhr zu lösen, verkündete der Junge: »Wie aus gut unterrichteten Quellen verlautete, tritt das Gericht über die beiden Schurken morgen zusammen, unmittelbar nach dem Empfang einer Delegation aus der Gilde der Alchimisten, die eine Bitte nach der Herstellung von Neujahrsfeuerwerkskörpern mit erhöhter Buntheit und Lautstärke vorträgt, die unser weiser König selbstverständlich zurückweist, was die hartschädligen Alchimisten jedoch kaum bekümmert. Folglich wird das Gericht …«

Der Minutenzeiger auf der Uhr zitterte und rückte einen Strich vor.

»Eure Zeit ist abgelaufen«, erklärte der Gerüchtehändler.

»Für einen weiteren …« Die kleine Faust Tianas und die recht große Trix' rückten seiner Nase auf die Pelle.

»Ich kau dir die Ohren ab«, knurrte Trix. Woher er diesen Ausdruck hatte, wusste er selbst nicht, aber die Drohung wirkte.

»Folglich wird das Gericht nach Ansicht anonym bleibender Quellen Sauerampfer lebenslänglich in die Kasematten für schuldig gewordene Zauberer stecken oder in den nächsten Krieg schicken. Und der gemeine Trix Solier, der neben allem anderen an der Entführung und dem Mord an der minderjährigen und wehrlosen Fürstin Tiana Dillon schuldig ist, wird bei lebendigem Leibe in Öl gekocht, und zwar angesichts seines hochwohlgeborenen Standes in Olivenöl erster Güteklasse.« Nach dem letzten Wort holte der Junge tief Luft und sah Trix und Tiana beleidigt an. »Was soll das! Mir mit der Faust zu drohen! Dabei seht Ihr doch ganz manierlich aus! Und damit Ihr es nur wisst: Mir bleibt von zwei Kupferlingen nur einer!«

Daraufhin holte Trix noch einen Kupferling heraus und gab ihn dem Jungen, der sich nun, völlig zufrieden mit diesem Ausgang, entfernte. Trix und Tiana sahen sich an.

»Entführung und Mord?«, rief Trix empört.

»Minderjährig und wehrlos?«, rief Tiana und ihre Augen funkelten wütend.

»Und warum kam über mich nichts in den Gerüchten?«, wollte Hallenberry wissen.

In der Nähe des Königsschlosses fanden die drei eine Teestube, eine Einrichtung, die sich in der Hauptstadt großer Beliebtheit erfreute und ziemlich teuer war. Dafür konnten sie dort sitzen, alles besprechen und sich bei einer Tasse Tee die kalten Hände aufwärmen.

Früher hatte Trix nur selten Tee getrunken, denn seine Eltern hielten dieses Getränk für eine Art Medizin. Sauerampfer trank jedoch regelmäßig Tee und bei ihm hatte sich Trix daran gewöhnt. Nach Ansicht des Zauberers musste guter Tee allerdings schwarz, stark und süß sein.

In der Teestube vertrat man eine andere Meinung. Bei dem Tee, der ihnen in einer großen Porzellankanne gebracht wurde, handelte es sich um gefärbtes Wasser (leicht gelblich). Da es irgendwie nach Rosen und Minze roch, kroch Annette aus Trix' Tasche heraus und schnupperte. Vom Geschmack her erinnerte der Tee ebenfalls an heißes Wasser mit Rosen und Minze, aber nicht an ein belebendes Getränk.

Immerhin war er heiß, und das war die Hauptsache.

»Hab ich's mir doch gedacht!«, sagte Tiana, die ihre Tasse mit beiden Händen umfasst hielt. »Bei der ganzen Sache geht es gar nicht um mich.«

»Nicht um dich!«, entgegnete Trix. »Um wen denn sonst? Entführung und Attentat ...«

»Das haben sie nur dazugetan, damit es schlimmer klingt«, sagte Tiana. »Aber wissen tun sie gar nichts! Vielleicht wissen noch nicht mal die Vitamanten, wohin ich geflohen bin und wer das Schiff überfallen hat.«

Trix kam es so vor, als wolle Tiana eher sich selbst als ihn überzeugen. Der Gedanke, alle Welt wisse schon von ihrer Rettung, jagte ihr vermutlich Angst ein. Trotzdem versuchte er nicht, sie vom Gegenteil zu überzeugen.

»Was ich nicht verstehe, ist, warum Gris in die Hauptstadt gekommen ist und mich angeschwärzt hat«, sagte er. »Erst lässt er mich laufen. Angeblich wegen Derrick, damit er sich vor mir fürchtet und nicht über die Stränge schlägt. Und dann schwärzt er mich an.«

»Pah!«, schnaubte Tiana. »Er war sich bestimmt sicher, dass du von der Bildfläche verschwindest. Zum Beispiel als minderjähriger Herumtreiber in irgendeinem Steinbruch landest. Oder bei einem Bauern schuftest. Oder bei einem kleinen Baron unterkriechst, der dich durchfüttert, weil er sich etwas davon verspricht. Aber du wirst Zauberer! Damit sieht die Sache völlig anders aus! Damit droht ihm nämlich akute Gefahr! Du könntest ja eine Armee von Monstern zusammenzaubern und gegen das Herzogtum ziehen! Oder dich in seine Schlafgemächer zaubern und Sator, Derrick und allen Verrätern die Kehle durchschneiden. Oder …«

»Oder einen Feuerregen auf seinen Palast niederprasseln lassen«, sagte Trix verzückt. »Hm, vielleicht hast du recht. Aber der König wird mich nicht töten lassen, ohne mich vorher anzuhören. Dann werde ich ihm erklären, dass ich völlig unschuldig bin und Sator selbst hinter allem steckt! Marcel wird ihn in den Kerker werfen und mir mein Herzogtum zurückgeben …«

Tiana und Hallenberry sahen sich an.

»Immer edel und kühn«, sagte Hallenberry, »so ist er!«

»Warum sollte Marcel Gris einkerkern?«, fragte Tiana. »Weshalb? Damit das Herzogtum aufblüht und viele Steuern zahlt? Damit der Herzog ihm im Kriegsfall eine gute Armee schickt? Sag doch mal selbst, wer das Herzogtum besser regiert: du oder Sator?«

»Sator«, gab Trix zu.

»Und wer ist der bessere Kriegsherr?«

»Sator. Obwohl meine Vorfahren Krieger waren und seine Kaufleute!«

»Warum also sollte der König gegen Gris vorgehen? Er ist gekommen, hat seinen Treueid geleistet, die Steuern für zwei Jahre bezahlt ... Was braucht der König noch?«

»Gerechtigkeit!«, sagte Trix hitzig.

»Und du willst Co-Herzog sein?«, konterte Tiana. »Bei Aristokraten heißt Gerechtigkeit Effizienz.«

»Aber nicht in den Chroniken!«, widersprach Trix.

»Die Chroniken werden später geschrieben. Und diejenigen, die sie schreiben, vergessen garantiert nicht, Effizienz Gerechtigkeit zu nennen.«

»Aber was sollen wir dann machen?«, fragte Trix. »Verrat mir das mal, wo du doch so klug bist!«

»Ganz einfach«, sagte Tiana. »Ihre Waffe ist die Lüge, also muss unsere Waffe ...«

»Die Wahrheit sein!«, rief Trix.

»Quatsch! Also muss unsere Waffe eine noch größere Lüge sein!«

Hallenberry sah Tiana begeistert an. »Klaro!«

»Und was für eine Lüge?«, fragte Trix zweifelnd.

»Ist das denn so schwer? Die, dass der Co-Herzog Gris sich mit den Vitamanten eingelassen hat und sie ins Gebiet des Co-Herzogtums einmarschieren lässt. Nur deshalb hat er auch den Putsch angezettelt. Und der einzige Grund, warum er in die Hauptstadt gekommen ist, ist der, dass er den König hinterhältig töten und damit das Königreich enthaupten will!«

»Ah ...«, brachte Hallenberry nur heraus, goss sich schnell Tee ein und trank ihn in einem Zug aus.

»Und wie überzeugen wir den König davon?«, wollte Trix wissen. Tianas Vorschlag rief bei ihm letztlich keine Einwände hervor. Er hatte etwas … Verlockendes. Sicher, er war unehrenhaft, aber das machte ihn nur umso verlockender.

»Das musst du dir ausdenken«, sagte Tiana. »Ich bin Fürstin und damit völlig unfähig, mich um Details zu kümmern. Wir müssen uns Beweise ausdenken, die Gris belasten, dann zu Marcel vordringen und ihn davon überzeugen, dass diese Beweise echt sind. Dann muss er Sauerampfer und Ian freilassen, Gris in den Kerker stecken, dir dein Herzogtum zurückgeben und mich vor den Vitamanten beschützen … und dann werden wir als gute Nachbarn regieren …«

Eine Zeit lang sahen sich Trix und Tiana schweigend an.

Dann wurden sie beide rot.

»Klaro«, sagte Hallenberry, während er an einem Keks knabberte. »Und dann werdet ihr heiraten und es gibt ein großes Fürstentum.«

»Hallenberry!«, riefen Trix und Tiana einstimmig.

»Ja was denn?«, sagte Hallenberry. »Irgendjemand musste das doch jetzt sagen, oder?«

2. Kapitel

Für einen Menschen, der sich bestens – nun gut, vielleicht nicht bestens, aber doch einigermaßen – in Magie auskennt, ist es schwierig, jemandem etwas von der Sache zu erklären, der davon so gar keinen Schimmer hat.

»Du kannst nicht einfach eine Mütze aufsetzen und bist unsichtbar«, sagte Trix. »Oder dich in einen Umhang hüllen. Oder ein Hemd anziehen. Oder Hosen …«

»Warum nicht?«, fragte Tiana. »In den Chroniken heißt es doch …«

»Ja, in den Chroniken!«, erwiderte Trix seufzend. »Jeder Zauberer hat schon einmal versucht, etwas zu schaffen, das du nur anzuziehen brauchst – und schon bist du unsichtbar. Nimm nur die Mütze. Die hat erst einer gehabt, dann ein Zweiter und ein Dritter … Dadurch hat sich der Zauber abgenutzt und klappt nicht mehr. Dann kam der magische Umhang. Dann die Hosen. Inzwischen hat seit über hundert Jahren kein Zauberer mehr etwas geschaffen, das dich unsichtbar macht. Alles ist schon einmal da gewesen.«

»Und wenn wir einen Zauberring machen?«, fragte Tiana.

»Gab es auch schon, genau wie Broschen und Ohrringe. Sauerampfer hat mir davon erzählt. Er wollte sich nämlich selbst mal unsichtbar machen, aber es hat nicht geklappt.«

Tiana seufzte. Sie waren in ihr Quartier zurückgekehrt, um ihr weiteres Vorgehen zu erörtern. Schon bald waren sie auf das entscheidende Hindernis gestoßen: Wie sollten sie unbemerkt erst zu Sator Gris und dann zum König vordringen?

»Wir könnten uns mit Zaubercreme einschmieren«, schlug Tiana vor.

»Gab's auch schon«, sagte Trix. »Außerdem wäre es ziemlich kalt, wenn wir bei diesem Wetter nackt herumrennen müssten. Und bei Regen wird die Creme abgespült. Und Schnee bleibt kleben, dann wird der Unsichtbare sichtbar.«

Tiana seufzte erneut.

»Nein, wir müssen ohne Magie zu den beiden vordringen«, sagte Trix. »Zuerst zu Gris, um ihm die Beweise unterzuschieben, dann ...«

»Wir müssen noch herauskriegen, wo er abgestiegen ist!«

»Das bereitet uns ausnahmsweise kein Problem«, beruhigte Trix sie. »Wir ... also, das Co-Herzogtum hat hier in der Hauptstadt eine Repräsentanz, in der Straße der Wunderlichen Wurmkurenden Würdenträger. Das ist eine große zweistöckige Villa mit Mansarde, da übernachten die Kaufleute und die Co-Herzöge immer, wenn sie hierherkommen.«

»Gut. Aber wie kommst du da rein?«

Diesmal seufzte Trix.

»Das schafft nur ein Assassine«, überlegte Tiana laut.

»Ha! Du bist doch ein Zauberer! Zaubere, dass du ein Assassine bist!«

»Ich habe einmal gezaubert, dass ich gut mit einem Stock kämpfen kann«, sagte Trix, nachdem er über diese Sache nachgedacht hatte. »Das war, noch bevor ich Sauerampfer begegnet bin. Und es hat geklappt, Hallenberry ist mein Zeuge. Aber kämpfen konnte ich schon, das hatte ich gelernt. Ich hatte nur das meiste vergessen. Das hat mir der Zauber wieder in Erinnerung gebracht. Aber Assassinen bringt man alle möglichen Tricks bei, wie man Wände hochkraxelt, wie man mit dem Schatten verschmilzt ... Ich weiß nicht, ob das klappt.«

»Heißt das, ein Zauber funktioniert nur, wenn ein Mensch bereits etwas kann?«, fragte Tiana erstaunt.

»Ja«, gab Trix zu. »Wenn du überhaupt nicht zeichnen kannst, macht der Zauber keine Malerin aus dir. Wenn du stärker werden willst, musst du wenigstens Muskeln haben.«

»Aber du hast doch Verstecken gespielt!«, mischte sich Hallenberry da ein. Er saß auf dem Bett und sprach leise mit Annette, hörte dabei aber offenbar ihrem Gespräch zu. »Und auf Bäume bist du auch geklettert! Versuch es! Ich glaube an dich!«

Trix sah in seine großen, unschuldigen, naiven, vertrauensvollen, anrührenden ... kurz und gut, in seine Kinderaugen und nickte. »Gut, ich versuche es.«

Eine Zeit lang lief er im Zimmer auf und ab, von der Tür zum Fenster, fünf Schritt hin, fünf Schritt zurück. Dann holte er tief Luft und deklamierte: »Weit weg von hier, in der heißen Samarschaner Wüste, inmitten schwarzer Felsen, die vom Wind abgeschliffen und von der Sonne zum Glühen gebracht worden sind, liegt die weltberühmte Schule der Assassinen *Verborgene Natter*. Sie wird von einem uralten Greis geleitet, dem Lehrer Aabeze, von dem es heißt, kein Mensch auf der Welt könne ihn in einem ehrlichen Duell besiegen. Hilflose kleine Babys werden in seine Schule gebracht, damit sie die geheimen Künste der Assassinen erlernen. Sie werden in den Wiegen hin und her geschaukelt, bis sie gegen die Wand knallen, auf dass sie lernen, sich bei einem

Schlag in die richtige Position zu bringen. Sie werden an Armen und Beinen gefesselt, gedreht und gezerrt, auf dass sie biegsam und geschmeidig werden. Sie haben den Sand von einer Wanderdüne in eine andere und wieder zurück zu tragen, auf dass sie Ausdauer lernen. Sie müssen Hunger und Durst leiden, auf dass sie lernen, beides zu ertragen.«

Hallenberry schluchzte auf und schlug die Hände vors Gesicht. Das spornte Trix an und er fuhr fort: »Sie lernen, nur einmal in der Minute Luft zu holen, damit sie sich nicht durch ihre Atmung verraten. Sie lernen, jede Waffe zu führen, vom vergifteten Dolch bis hin zur Deichsel eines Karrens. Mit fünf Jahren sperrt man sie in ein Zimmer, in dem ein erwachsener Kämpfer auf sie wartet, und sie müssen ihn töten oder sterben selbst. Mit zehn Jahren werden sie in zwei Gruppen aufgeteilt und die eine muss die andere vernichten. Mit zwölf Jahren werden die wenigen, die überlebt haben, als erfahrene Mörder und Spione aus der Schule entlassen. Erbarmungslose Tyrannen, blutdürstige Räuber und Steuereintreiber nehmen sie gegen enormes Geld in Dienst. Mit achtzehn Jahren kehren diejenigen, die noch am Leben sind, in die Schule zurück, um weitere unglückliche Kinder auszubilden.«

Hallenberry fing nun an zu weinen und wollte sich die Ohren zuhalten, aber Annette umfasste seine Finger und zog erst eine, dann die andere Hand mit aller Kraft von den Ohren weg.

»Und jetzt«, verkündete Trix feierlich, »wird der junge Zauberer Trix Solier mithilfe dieses mächtigen Zaubers all das beherrschen, was die Assassinen können und wissen.« Er dachte kurz nach und fügte dann schnell hinzu: »Ohne dabei jedoch seinen edlen Charakter zu verändern!«

»Höchst umsichtig!«, lobte ihn Annette, die zu Tiana flog, um sich ihr Taschentuch zu holen und es Hallenberry zu bringen. Der heulte aus vollem Hals.

»Warum weinst du denn?«, fragte Trix.

»Die Kinder tun mir so leid!«, sagte Hallenberry. »Müssen sie wirklich alle sterben?«

»Ich weiß nicht«, gab Trix zu. »Das habe ich nur gesagt, damit es schrecklicher ist. Aber warum sollten sie die Kinder umbringen, aus denen keine Assassinen werden? Kinder sind doch auch Menschen. Bestimmt schickt ihr Lehrer Aabeze sie zur Arbeit auf die Rauschkrautfelder, in die Salzstollen oder Steinbrüche. Damit sie ihm viel Geld bringen.«

»Klaro, das macht er bestimmt«, sagte Hallenberry froh und wischte die Tränen weg. »Danke. Und ... bist du jetzt ein Assassine?«

Trix zuckte nur mit den Achseln.

»Wir müssen es ausprobieren«, schlug Annette vor. »Vielleicht bringst du jemanden um?«

»Auf gar keinen Fall!«, rief Trix entsetzt.

»Warum soll er gleich jemanden umbringen?«, sagte Tiana. »Wenn du jetzt ein Assassine bist, Trix, dann musst du dich in diesem Zimmer verstecken können. So, dass wir dich nicht sehen!«

Trix ließ zweifelnd den Blick durch das kleine Zimmer schweifen.

»Unterm Bett!«, sagte Hallenberry begeistert. »Wenn Papa mir Prügel angedroht hat, habe ich mich immer unterm Bett versteckt!« Daraufhin wurde er sofort wieder traurig und erklärte: »Das hat mir ... natürlich nicht immer geholfen, klaro.«

»Und ich habe mich im Schrank versteckt«, sagte Tiana. »Wenn ich traurig war. Aber im Palast gibt es viele Schränke …«

Inzwischen ging Trix kurz entschlossen zur Tür, schmiegte sich dort gegen die Wand, schlich lautlos an ihr entlang und verschmolz mit den verputzten Steinen. Er drehte den Kopf weg und sah Tiana und Hallenberry nur noch verstohlen aus den Augenwinkeln heraus an.

Wozu er das machte, hätte er nicht zu sagen gewusst. Aber er spürte, dass es sein musste.

»Oh!«, rief Tiana plötzlich. »Wo ist Trix denn?«

Hallenberry sprang so heftig aufs Bett, dass er mit einem Fuß durch den alten Strohsack stieß und in verfaulten Halmen versank. »Trix!«, rief er. »Trix, wo steckst du?« Ohne auf eine Antwort zu warten, beugte er sich vor und spähte unters Bett. Anschließend plumpste er auf den Boden und kroch unter das Bett, auf dem Tiana saß. »Hier ist er nicht!«, rief er.

»Dann komm da wieder vor!«, befahl Tiana, die sich bang umsah.

»Nein! Ich habe Angst! Nachher haben ihn Monster gefressen!«

»Was denn für Monster?«, fragte Tiana erschrocken.

»Keine Ahnung! Hungrige! Unsichtbare!«

Tiana zog die Füße aufs Bett und sagte empört: »Warum habt ihr auch ein Zimmer ohne Schrank? Trix! Wo bist du? Komm raus!«

Trix, der mit diesem überwältigenden Erfolg nicht gerechnet hatte, gab sich nicht gleich zu erkennen. Doch da flog Annette zu ihm. »Komm schon raus!«, flüsterte sie ihm ins Ohr. »Ich sehe dich!«

Trix löste sich von der Wand und sah Tiana an.

»Oh«, staunte sie. »Ich habe … Ich habe sogar genau in deine Richtung geschaut! Und dich nicht gesehen!«

»Ich schon«, brüstete sich Annette. »Die Assassinen haben gelernt, den Blick der Menschen abzulenken, aber gegen Zauberwesen sind sie machtlos.«

Hallenberry lugte unterm Bett hervor, überzeugte sich, dass es Trix war, und krabbelte wieder vor.

»In der Repräsentanz sind keine Zauberwesen«, sagte Trix. »Nehme ich jedenfalls an.«

»Ich komme mit dir mit, mein Liebling«, versprach Annette. »Glaub mir, notfalls finden zwei Zauberwesen immer eine gemeinsame Sprache.«

»Aber erst müssen wir entscheiden, was Trix Sator unterschiebt«, brachte Tiana ihnen in Erinnerung. »Wir brauchen Beweise für den Verrat!«

»Was könnte das sein?«, fragte Hallenberry.

»Also«, sagte Tiana nachdenklich, »als Erstes natürlich Gold. Reales von den Kristallenen Inseln! Wenn bei Gris eine Truhe mit Goldreales gefunden wird, ist das ein eindeutiger Beweis für seinen Verrat! Kannst du die zaubern?«

»Nein.« Trix schüttelte den Kopf. »Gold kann man nur aus anderem Gold zaubern.«

»Dann ist es doch kein Problem!« Tiana strahlte. »Gris hat doch die Steuergelder dabei, oder? Du musst sie nur finden und die Königlichen Taler in die Reales der Vitamanten umzaubern! Du weißt, wie der Real der Vitamanten aussieht?«

Trix kratzte sich die Nasenspitze. »Einen habe ich mal gesehen. Er ist klein, rund …«

»Wir gehen runter und fragen den Wirt, ob er Reales hat«,

entschied Tiana. »Die Menschen bezahlen ja mit allem Möglichen, zum Beispiel mit Barbarenmark und Bergkronen. Wenn er einen hat, guck ihn dir genau an. Das Wichtigste ist dann, dass du bei Gris die Truhe mit dem Gold findest. Gut, aber wir brauchen noch mehr.«

»Einen Brief von Evykait!«, schlug Trix vor.

»Einen Brief können wir nicht fälschen, wegen des magischen Siegels«, entgegnete Tiana. »Außerdem schreiben Verschwörer keine Briefe, sondern verständigen sich nur mit Boten. Aber irgendeinen Gegenstand ...«

»Einen Ring«, sagte Trix. »Einen Ring mit dem geheimen Zeichen Evykaits, damit alle Vitamanten sich dem Ringträger unterwerfen!«

»Weißt du, wie so ein Ring aussieht?«, fragte Tiana.

»Nein.« Trix grinste. »Das weiß ich nicht. Aber auch sonst niemand! Er muss also nur so aussehen, als ob er den Vitamanten gehören *könnte*!«

In Tianas Blick schlich sich Respekt. »Ja!«, sagte sie begeistert. »Also dazu brauchen wir erst mal einen Ring ...«

Trix holte den Beutel heraus, den Gris ihm damals gegeben hatte, und schüttete seinen Inhalt auf den Tisch: Der einfache schmale Goldring mit den beiden Rubinen, der leicht verbogene und verkratzte Silberlöffel mit dem halb abgegriffenen Wappen der Soliers ...

»Das geht«, entschied er. »Was haben die Vitamanten für Symbole?«

»Eine weiße Taube für den Frieden, ein Ei für die Wiedergeburt, ein offenes Buch für die Weisheit, einen Kreis für die Ewigkeit«, zählte Tiana auf, »eine Sanduhr ...«

»Genug!«, unterbrach Trix sie. »Das wird ja kein Schmuckstück!«

Er raffte den Familienschatz der Soliers in einer Faust zusammen, seufzte und sagte: »Aus Gold und Silber, aus den wertvollen Rubinen entsteht in der Hand des Zauberers der schreckliche Ring der Vitamanten. Ein runder Silberring mit einer goldenen Platte in Form eines offenen Buches, in das eine auf Eiern sitzende Taube mit fürchterlichen roten Augen aus Rubinen kunstvoll eingraviert ist.«

»Hat es geklappt?«, wollte Tiana wissen.

Trix öffnete die Faust und alle drei sahen sich den Ring aufmerksam an.

»Die Taube ist irgendwie ziemlich aufgeplustert«, stellte Tiana fest. »Und die Augen stieren.«

»Sie sitzt ja schließlich auf Eiern«, versuchte Trix sich zu rechtfertigen.

»Ja und?«

»Sie brütet.« Trix zuckte die Schultern. »Da sind alle Kräfte angespannt.«

»Und sie wirkt irgendwie traurig«, fuhr die Fürstin unsicher fort.

»Es ist ein Männchen«, sagte Trix. »Die Taubenfrau ist zu einer Freundin zu Besuch geflogen. Deshalb muss er auf den Eiern sitzen. Er brütet und ist traurig …«

»Und warum hat er rote Augen?«

»Er hat nachts schlecht geschlafen«, erklärte Trix. »Er hat über das Leben nachgedacht, über die Taubenfrau, über die Eier …«

»Machst du dich auch nicht über mich lustig?«, fragte Tiana.

»Ich?« Trix sah sie mit so ehrlichen und klaren Augen an, dass sie sich ihrer Frage schämte. »Bestimmt nicht! Ich stell mir das einfach so vor, mit diesem Täuberich.«

»Na gut«, sagte Tiana unsicher. »Der Ring hilft uns schon mal. Aber wir brauchen noch was. Was ganz Schreckliches und Gemeines.«

»Die Waffe, mit der Gris Marcel ermorden will!«, rief Hallenberry. »Einen Dolch!«

»Gift!«, widersprach Tiana.

»Einen Strick!«, leistete auch Annette ihren Beitrag.

»Hört auf!«, rief Trix. »Das ist doch Quatsch! Wodurch würden sich denn ein Dolch, Gift oder ein Strick der Vitamanten von einem normalen vergifteten Dolch oder einem normalen Strick unterscheiden, den der Co-Herzog mitgebracht hat? Wir brauchen etwas Besonderes, etwas Außergewöhnliches!«

»Etwas Mieses und Fieses!«, begeisterte sich Hallenberry.

»Damit Marcel sofort alle Kontakte zu den Vitamanten abbricht«, ergänzte Tiana.

»Und Sator Gris zum Tode verurteilt«, sagte Trix.

»Vielleicht eine magische Puppe, wie bei den Wilden«, schlug Annette vor.

»Eine Puppe?«, fragte Trix verständnislos.

»Die Wilden auf den südlichen Inseln machen Puppen, in die stecken sie die Haare von dem Menschen, dem sie etwas Böses wollen. Dann zaubern sie der Puppe allerlei ekelhafte Dinge an, und die kriegt der Mensch, dem die Haare gehören.«

»Wenn wir die Haare von jemandem haben, können wir ihm auch ohne Puppe etwas anzaubern«, erwiderte Trix. *»Mögen dem Besitzer dieser Haare Finger und Zehen vertrocknen!* Zum Beispiel. Wozu sollten wir da erst eine Puppe machen?«

»Damit auf den ersten Blick klar ist, worum es geht. Den

Wilden hilft die Puppe übrigens, sich zu konzentrieren, denn sie haben nur schwache Zauberer und wenig Fantasie. Wenn bei Sator eine Puppe gefunden wird, die den König darstellt ...«

»Und eine Schere, um die Haare des Königs abzuschneiden!«, schlug Tiana vor.

»Versuchen wir es«, entschied Trix. »Der König ist natürlich gegen Zauberei geschützt. Trotzdem wird er nicht gern hören, dass man versucht, ihm etwas anzuzaubern.«

Nach langen Streitereien entschieden sie sich dann dafür, die Puppe aus Porzellan zu machen, schließlich sollte sie ja den König darstellen. Hallenberry wurde hinunter in den Schankraum geschickt, wo er eine Tasse und einen Teller stibitzte (er versicherte, beide seien leer gewesen, leckte sich dabei aber die Lippen).

Erst dann fiel Trix auf, dass er nur eine vage Vorstellung hatte, wie Marcel aussah. Auf Münzen gab es Marcels Profil, aber das zeigte den König immer in jungen Jahren, noch dazu, wie in der Numismatik üblich, recht schmeichelhaft. Deshalb musste Trix zum Schloss gehen, einen kolorierten Stich mit der Darstellung des Königs kaufen und auch noch einmal den Gerüchtehändler anheuern, damit der ihm mitteilte, wo der Künstler von der Wahrheit abwich. Im Grunde nur bei Kleinigkeiten: Vom Bauch hatte er etwas weggenommen, bei der Größe etwas dazugegeben und Marcels beginnende Glatze durch eine wallende Mähne ersetzt.

Nach etlichen Versuchen hatte Trix gegen Abend eine Porzellanpuppe zustande gebracht, die dem König in der Tat sehr ähnelte. Der Kopf der Puppe hatte ein paar Löcher für die königlichen Haare.

An der Kleidung für den König scheiterte Trix jedoch

völlig. Hosen, Hemd und Umhang misslangen ebenso wie das Kleid für Tiana. Deshalb musste er in ein Geschäft laufen und Nadel, Faden und Schere kaufen, sodass Tiana mit Annettes Hilfe aus den Resten des magisch geschaffenen Kleides (auch als »Samtsack für Kartoffeln« bekannt) Sachen für die Marcel-Puppe machen konnte.

»Als Kind habe ich meine Puppen immer gern angezogen«, sagte Tiana, die gekonnt Hosen für den König nähte. »Alle Mädchen lernen das, damit sie Geschmack und Fantasie entwickeln. Später kriegen sie das Tanzen und die Kochkunst beigebracht. Und was lernt ein Junge?«

»Wir spielen mit Soldaten … also, wir haben damit gespielt«, korrigierte sich Trix. »Damit erlernen wir die Kunst der Kriegsführung. Und Tanzen lernen wir natürlich auch. Und Kartenspiele.«

»Wozu das denn?«

»Damit wir in hoher Gesellschaft angemessen auftreten. Diejenigen, die niederen Standes sind, musst du besiegen. Wenn jemand höheren Standes ist, musst du ihn gewinnen lassen, und zwar so, dass er es nicht merkt. Aber mit Gleichgestellten kannst du einfach drauflosspielen.«

Tiana schnitt den letzten Faden ab und zog der Marcel-Puppe die Hosen an. Anschließend legte sie dem König den Umhang über die Schultern. Sie war hochzufrieden mit dem Ergebnis.

»Jetzt geht's«, befand Trix.

Schweigend betrachteten sie die auf dem Tisch stehende Puppe. Marcel sah wirklich sehr lustig aus – und sehr böse. (Übrigens: Je lustiger er war, desto böser war er auch.)

»Jetzt schleiche ich mich bei Gris ein«, kündigte Trix an. »Aber wie kommen wir zum König? Wenn er morgen die

Alchimisten empfängt und danach schon das Gericht zusammentritt ...«

»Wir müssen zusammen mit den Alchimisten zu ihm gehen«, sagte Tiana. »Mach dir darüber keine Sorgen. Darum kümmere ich mich.«

»Du?«, rief Trix.

»Du?«, fragte auch Annette.

»Klaro, sie!«, sagte Hallenberry fröhlich. »Du hast ja wohl was anderes zu tun!«

»Ich biete ihnen ein Geheimnis des Fürstentums Dillon an«, erklärte Tiana beiläufig. »Das Geheimnis des Feuerwerks *Knisternde Wolke*. Die können nämlich nur unsere Alchimisten machen.«

»Und du glaubst, die Hauptstadtgilde ist darauf erpicht?«, fragte Trix zweifelnd.

»Ganz bestimmt! Bei uns in Dillon sitzen schon fünf Spione der Hauptstadtalchimisten deswegen im Gefängnis.«

»Wenn du nur nicht selbst im Gildegefängnis landest, weil du ihnen das Geheimnis verraten hast«, gab Trix besorgt zu bedenken.

»Wie soll ich es ihnen denn verraten?«, fragte Tiana erstaunt. »Als ob ich wüsste, wie die Alchimisten die *Knisternde Wolke* machen!«

»Aber ...«, brachte Trix nur heraus.

»Ich werde es ihnen versprechen. Ich werde sagen, dass ich und mein Freund, das heißt du, jeder die Hälfte des Geheimnisses für dieses Feuerwerk haben. Und wir werden es der hauptstädtischen Gilde überlassen, wenn sie uns aufnehmen ... und uns der Delegation zuteilen, die bei König Marcel vorspricht. Als Zeichen ihrer seriösen Absichten.«

»Und wenn sie dahinterkommen, dass du sie getäuscht

hast?«, fragte Trix entsetzt. »Das sind Alchimisten! Die sind noch schlimmer als … die werden dich nicht in Ruhe lassen.«

»Wenn wir Marcel nicht überzeugen«, antwortete Tiana gelassen, »werden wir noch ganz andere Probleme kriegen. Und wenn wir ihn überzeugen, werde ich aus Dankbarkeit unseren Alchimisten befehlen, das Geheimnis preiszugeben. So einfach ist das.«

»Und … so logisch«, gab Trix zu.

Traurig blickte er zum Fenster hinaus. Draußen war es schon ganz dunkel.

An diesem Abend fiel in der Hauptstadt der erste Schnee. Ein feiner Schnee, überraschend früh, der sofort schmolz, kaum dass er den Straßendreck berührte. Die Hausfrauen eilten vom Markt nach Hause, schimpften auf das Wetter, an dem, wie sie ganz genau wussten, natürlich mal wieder die Magier schuld waren, die mit ihrem unverantwortlichen Zaubern sogar die Jahreszeiten verhunzt hatten. Die Kinder machten dagegen begeistert Schneebälle, die allerdings eher an Dreckbälle erinnerten. Die Fuhrleute erhöhten vorsorglich den Preis pro Fahrt, was sie mit dem größeren Risiko für die Pferde und dem gestiegenen Haferpreis (schließlich stand eine Missernte unweigerlich bevor) begründeten. Die Männer waren ganz zufrieden, hatten sie doch jetzt einen guten Grund, auf dem Weg nach Hause in eine Kneipe einzukehren und sich mit dem einen oder anderen Gläschen Schnaps oder einem Becher heißen Weins mit Gewürzen aufzuwärmen.

Wenn es an diesem Abend in der Nähe der Straße der Wunderlichen Wurmkurenden Würdenträger einen aufmerksamen und nur auf das Pflaster schauenden (auf der Suche nach einer Münze?) Menschen gegeben hätte, wären ihm womöglich die kleinen Fußspuren aufgefallen, die wie aus dem Nichts im Schnee auftauchten. Dieser Beobachter hätte vielleicht vermutet, da gehe eine Zauberin durch die Straße, die sich unter einem unsichtbar machenden Umhang verbarg, der wie durch ein Wunder aus alten Zeiten gerettet worden war. Oder ein sehr kleiner Mann. Und wenn es in der Straße ein magisches Wesen gegeben hätte, dann hätte es einen Jungen beobachten können, den aus irgendeinem Grund niemand sonst bemerkte, weshalb er allen Entgegenkommenden scharf ausweichen musste.

Aber es gab weder menschliche Beobachter noch aufmerksame Zauberwesen in der Straße. Auf dem Weg zur Repräsentanz der Co-Herzöge Gris und Solier kam Trix auch an der Residenz des Fürsten Dillon und an etlichen anderen Vertretungen von Baronen vorbei (größtenteils dunkle und leere Bauten, nur hier und da hatte sich mal ein Wachposten den Ofen angezündet). Selbst an der Repräsentanz Samarschans lief er vorbei (da kein Samarschaner sich je einer Wurmkur unterzogen hatte, wies die offizielle Adresse die Nebenstraße aus). Schließlich ragte vor Trix das vertraute (wenn auch nur aufgrund von Beschreibungen im Register der Besitztümer des Co-Herzogs) zweistöckige Haus mit Mansarde auf. Das Schild über dem Eingang war bereits umgeschrieben, das Wappen und der Name Solier übermalt. Bisher hatte es allerdings noch niemand gewagt, im Wappen der Gris die zweite Hälfte des halbierten Throns dazuzumalen, denn dafür war die Erlaubnis des Königs nötig. So zeigte es nach wie vor nur einen halben Thron und einen Beutel voller Gold. Das übermalte Wappen der Soliers hatte die andere Hälfte des Throns und ein Schwert gezeigt, schließlich waren die ersten Soliers einst große Krieger, während die Gris nur reiche Kaufleute waren.

Trix presste die Lippen fest aufeinander. Er war ein Zauberer. Und jetzt auch ein bisschen ein Assassine. Er war stärker als jeder Krieger und jeder Kaufmann. Er würde sich rächen ... grausam rächen!

Grausam und unehrenhaft.

Indem er dem Feind gefälschte Beweise unterschob.

Konnten seine ruhmvollen Vorfahren ein solches Verhalten billigen?

Trix runzelte die Stirn, während er die Familienüberlieferungen durchging, sich vor allem jene Teile in Erinnerung rief, über die sich die Chroniken nur vage äußerten.

Ja, es gab keinen Zweifel.

Seine Vorfahren würden es billigen. Wenn sie Trix jetzt beobachten könnten – aus jener wundervollen Welt nach dem Tod oder aus einem wiedergeborenen Körper –, dann würden sie Beifall klatschen und »Bravo!« rufen.

Die Chroniken erwähnten nicht einen Baron, Herzog oder König, der auf jede List und Tücke verzichtet hätte, um seinen Feind zu schlagen. Dagegen gab es mehr als einen, der vom Feind geschlagen wurde, weil er es nicht geschafft hatte, ihn zu überlisten. Die Chroniken erwähnten diese Unglücklichen aber nicht gern.

Trix seufzte. Nein, er durfte nicht verlieren. Auf gar keinen Fall! Dann blieben seine Eltern ungerächt. Dann müsste Tiana den alten Vitamanten heiraten. Dann würde Sauerampfer im Kerker vermodern, Ian zum Tode verurteilt, Hallenberry zu einem Dasein als Landstreicher verdammt und Annette vor Kummer sterben.

»Hast du Angst vor dem, was du tun musst?«, fragte Annette, die auf Trix' rechter Schulter saß.

»Warum bin ich nur so ein Jammerlappen?«, fragte Trix zurück. »Warum gefällt mir der Plan nicht?«

»Du bist überhaupt kein Jammerlappen«, widersprach Annette sanft. »Oder vielleicht bist du es auch – aber darum geht es gar nicht! Du bist halt ein ehrlicher und guter Jüngling, der keine Tricks mag. Und jetzt musst du ...«

»Ich weiß schon. Lassen wir das«, sagte Trix finster. »Sind im Haus irgendwelche magischen Wesen?«

»Bin ich dein Spürhund?«, fragte Annette ungehalten. »Keine Ahnung! Wir haben ja noch niemanden gesehen. Sobald wir drin sind, weiß ich mehr.«

Trix sah sich aufmerksam um. Vor dem Eingang war der Schnee weggefegt, fast alle Fenster leuchteten hell, jemand spielte auf einem Cembalo. Offenbar waren viele Menschen im Haus. Ob Gris einen Empfang gab?

Ihm sollte das nur recht sein. Dann brauchte er sich nicht durch die Dunkelheit zu stehlen, sondern konnte als gespenstischer Schatten an den ausgelassenen Feinden vorbeihuschen.

Und sein schreckliches Werk verrichten!

»Gut! Wenn man Böses nur mit Bösem vergelten kann – ich bin bereit!«, sagte Trix entschlossen.

Im nächsten Moment musste er wegspringen und sich gegen die Hauswand pressen, um sich vor einer heranfahrenden Kutsche in Sicherheit zu bringen. Weder der Kutscher noch die Pferde hatten ihn bemerkt.

Trix beobachtete, wie die Gäste aus der Kutsche stiegen. Gesprächsfetzen entnahm er, dass er den ersten Königlichen Bettmeister vor sich hatte, einen Mann, der in der Hierarchie bei Hofe recht weit oben rangierte. Gris musste bei Marcel gut angeschrieben sein!

Ein Diener in seiner Begleitung eilte voraus und betätigte den schweren Türklopfer. Ein Empfangsmeister öffnete ihnen, der eine prachtvolle Perücke und eine feierliche gelbe Livree trug. Als der Bettmeister, ein magerer Mann in mittleren Jahren, und seine Frau, genauso mager und nicht sehr groß, sowie seine Tochter, ein pickliges Mädchen von etwa fünfzehn Jahren, zum Haus gingen, folgte Trix ihnen lautlos, wobei er mit leicht gesenktem Kopf zur Seite blickte.

Wie groß die Meisterschaft der Assassinen auch sein mag, aber ein erfahrener Diener ist fast ein Zauberwesen. Der Empfangsmeister wurde nervös und drehte den Kopf von einer Seite zur anderen, als versuche er etwas zu entdecken, das nicht hierhergehörte. »Äh ... äh ... Ihr seid zu ...?«, stotterte er.

Trix' Herz hämmerte wie wild, aber er ging weiter.

»Was?«, fragte der Bettmeister herrisch.

»Äh ...« Der Empfangsmeister sah sich um. »Äh ... Ihr seid zu viert?«

»Zu dritt«, fuhr ihn der Bettmeister an. »Der Diener bleibt bei der Kutsche.«

Nachdem der Empfangsmeister noch einmal durch Trix hindurchgesehen hatte, beruhigte er sich wieder. »Ja. Verstehe. Wenn der Herr bitte eintreten will!«

Der Königliche Bettmeister schüttelte ungehalten den Kopf und betrat im Gefolge seiner Familie das Haus. Trix huschte ihnen nach – und schlüpfte sofort seitlich weg.

Der weitläufige Eingangssaal war hell erleuchtet. Diener nahmen den Gästen die Umhänge ab und brachten sie in die Garderobe. Eine breite Treppe führte hinauf in den ersten Stock, vor ihr saß eine Harfenistin, die leise die Saiten anschlug und damit das Cembalo im ersten Stock begleitete. Kaum hatte der Bettmeister abgelegt, da wandte sich ein Kellner mit einem Tablett an ihn, um ihm verschiedene Getränke anzubieten. (Gris setzte offenbar alles daran, bei seinen Gästen den bestmöglichen Eindruck zu machen.)

»Lalik!«, ermahnte die Frau des Bettmeisters ihren Mann.

»Ein Begrüßungstrunk muss sein!«, antwortete dieser und nahm sich den größten Pokal.

»Lalik!«

Trix überließ die neu angekommenen Gäste sich selbst und der Lösung ihres Trinkproblems und folgte einem Diener, der mit einem Tablett voller winziger belegter Brote aus der Küchentür herauskam und sich in den ersten Stock hinaufbegab. Soweit Trix wusste, lagen im Parterre die Schlafzimmer der Diener, Küchen, die Vorratskammern und andere Räume, die nicht der Erwähnung wert waren. Der erste Stock war den Empfangssälen vorbehalten, erst im zweiten Stock fanden sich die persönlichen Räume der Co-Herzöge und ihrer Familien. Dorthin begab er sich jetzt, wobei er aus den Augenwinkeln den Diener beobachtete, der die Brote in den großen Saal voller unbekannter Menschen trug.

Vor dem Treppenabsatz hoch in den zweiten Stock erwartete Trix die erste Prüfung. Dort stand ein Wachposten, ein guter alter Bekannter von Trix …

Sid Kang!

Der Hauptmann der Wache von Co-Herzog Gris! Der Verschwörer, Putschist und Eidbrecher!

Trix gab sich alle Mühe, Sid nicht ins Gesicht zu sehen. Langsam ging er die Treppe hinauf. Da Sid Kang sich langweilte, hatte er sich übers Geländer gelehnt und schaute hinunter in den Eingangssaal. Plötzlich verkrampfte er sich, richtete sich kerzengerade auf und legte die Hand auf den Schwertknauf.

Trix hielt den Atem an, ging aber weiter.

»Ist hier jemand?«, fragte Sid leise. »Na? Ich wittere dich!«

Vor Angst bekam Trix schweißige Hände. Sid Kang war ein alter, erfahrener Soldat, der sogar einfache Zauber beherrschte. Vielleicht hatte er sogar einen, mit dem er ...

»Der Adlerblick des erfahrenen Kriegers durchdringt leicht jeden Schleier des Geheimnisses!«, deklamierte Sid.

Trix hätte beinahe laut losgelacht, seine Angst war wie weggeblasen. Dieser Unsinn sollte Sid erlauben, etwas Unsichtbares zu sehen? Gut, wenn Sid es mit einem Jungen zu tun gehabt hätte, der sich vor Angst in die Hosen machte und nichts von Magie verstand, hätte der Zauber vielleicht geklappt. Der hätte vielleicht daran geglaubt. Aber wie sollte Trix, der schon fast selbst ein Zauberer war, an einen solchen Spruch glauben?! Er, der einen Sturm heraufbeschworen, gegen die Vitamanten gekämpft und ein lebendes Mädchen in ein Buch und zurück verwandelt hatte! Was sollte ihm dieser Amateurzauber anhaben, den Sid vielleicht von einem unerfahrenen Provinzzauberer geschenkt bekommen oder gar selbst zusammengebastelt hatte!

Sid Kang spähte eine Zeit lang aufmerksam umher, dann beruhigte er sich wieder und lehnte sich abermals übers Geländer. Trix stand so dicht vor ihm, dass er ihn hätte berühren können. Oder ihm so heftig in den verlängerten Rücken hätte treten können, dass der Verräter mit rasselndem Kettenhemd einen ganzen Treppenabsatz nach unten geflogen wäre.

»Konzentrier dich!«, ermahnte ihn Annette.

Daraufhin wandte sich Trix bedauernd von Sid ab und stieg weiter die Treppe hoch. Er fragte sich, ob ein Wachposten nicht stutzig werden würde, wenn plötzlich ganz von selbst die Tür zu den privaten Räumlichkeiten der beiden Co-Herzöge aufging. Doch er hatte Glück: Die Tür stand halb offen. Er schlüpfte hinein und sah sich um.

Der zweite Stock des Hauses war in zwei identische Bereiche unterteilt. Rechts lagen die Räume von Gris, links die ehemaligen Gemächer Soliers.

Hier wartete die nächste Überraschung: Der Eingang zur Hälfte der Soliers wurde bewacht – und zwar nicht von Soldaten: Auf einem Stuhl saß mit übereinandergeschlagenen Beinen ein Minotaurus! Als er Trix sah, riss er seine Stieraugen auf und sprang hoch, wobei sich zeigte, dass er kaum größer als Trix war. Es war ein seltsamer Minotaurus: klein, mager, unproportioniert, mit kümmerlichen Hörnern und schütterem grauen Fell. Die Hellebarde in seinen Händen wirkte viel zu groß für ihn.

»Wre ... wer du?«, stammelte der Minotaurus kaum hörbar. »Wie ... konnst du her?« Er wich zurück und versuchte, sich hinter einem Stuhl zu verstecken.

Die Fee auf Trix' Schulter erhob sich und flog zu ihm. Aufmerksam sah sie den Minotaurus an und fragte: »Wie alt bist du?«

»Pfümpf ... fümpf ... fümf ...«, antwortete der Minotaurus mit fiepsiger Stimme und zeigte auch noch drei Mal hintereinander mit gespreizten Fingern, wie alt er war.

Trix ahnte, was hier geschehen war. Ein unerfahrener oder ängstlicher Zauberer musste statt eines ausgewachsenen Minotaurus einen Minotaurusjungen herbeigerufen haben. Der würde aus einem Zweikampf gegen einen Menschen natürlich immer noch als Sieger hervorgehen, ganz zu schweigen davon, dass jeder Soldat oder Dieb allein bei seinem Anblick panisch abhauen würde. Aber echte Wildheit und Bosheit besaß dieser junge Minotaurus nicht.

»Du weißt, wen du vor dir hast?«, fragte Annette.

Der Minotaurus starrte Trix voller Panik an. Er nickte.

Ohne Frage hatte der Sieg über den Minotaurus am Rande des Kampfes zwischen Paclus und Sauerampfer Trix einen gewissen Ruf bei diesen wilden Kreaturen eingebracht!

»Ich musst aufpessen! Ich darf niemand durchlessen!«, jammerte der Minotaurus. »Schlegt mich nicht! Ich musst hir stehen!«

»Annette, wir müssen da lang, nach links«, sagte Trix leise. »Das hier sind nur die ehemaligen Räume der Soliers.«

»Gleich«, erwiderte die Fee und wandte sich noch einmal dem Minotaurus zu, dem sie mit ihrer kleinen Faust drohte. »Hör mir gut zu! Du hast niemanden gesehen und niemanden gehört, kapiert, du Hornvieh?«

Der Minotaurus nickte.

»Andernfalls endest du als Kotelett«, zischte die Fee.

Der Minotaurus brachte mit jeder Faser seines Körpers zum Ausdruck, dass er dieses Schicksal nicht erleiden wollte. Annette flog zu Trix zurück. »Komm«, sagte sie zufrieden. »Von dem haben wir nichts zu befürchten, der kann nur Kühe erschrecken!«

Trix nickte und sie gingen in die Hälfte der Gris. Hier war es feucht und staubig, wie in jedem Raum, der lange leer gestanden hatte. Immerhin hatte man die Truhen, Reisetaschen und Schachteln schon hereingebracht. Trix fand rasch das Schlafzimmer von Sator und versuchte, das Türschloss mit einem Zauber zu knacken. Doch leider klappte weder der erste noch der zweite oder dritte Zauber.

»Lass mich mal ran«, sagte Annette und flog zu dem kleinen Schloss. Sie schlüpfte bis zur Taille ins Loch, sodass nur noch ihre winzigen Beinchen herausguckten (Trix drehte sich diskret weg) und fuhrwerkte herum. Etwas knirschte, knarzte und einmal fluchte die Fee halblaut. »Jetzt hätte ich mir doch beinahe die Finger eingeklemmt!«

Schließlich gab das Schloss nach und die Tür öffnete sich.

»Was würdest du nur ohne mich machen, mein Liebster?«, sagte Annette stolz, nachdem sie wieder aus dem Schlüsselloch herausgekrochen war.

Das Bett war nicht gemacht, im offenen Kleiderschrank hingen die Sachen bunt durcheinander. Anscheinend waren sämtliche Diener für den Empfang gebraucht worden und hatten sich nicht um die Zimmer ihrer Herrschaften kümmern können. Trix durchsuchte geschwind den Raum, schaute auch unters Bett und in den Schrank und klopfte an verschiedenen Stellen sogar die Wand ab.

Keine Spur einer Truhe mit Geld oder eines Geheimverstecks!

»Kannst du dir einen Zauber für die Goldsuche ausdenken?«, fragte Annette.

Trix brach in schallendes Gelächter aus. Alle Zauber zur Suche von Gold, Silber und Edelsteinen waren längst ausgedacht und seit vielen Jahren abgenutzt. Genau wie die Zauber, mit denen man unsichtbar wurde oder fremde Schlösser knackte. (Wer will, kann daraus einige traurige Schlüsse über die menschliche Natur ziehen.)

»Sehen wir uns mal im Schlafzimmer der Co-Herzogin um«, schlug Trix vor.

Plötzlich hörte er, wie eine Tür klapperte. Jemand kam in die Hälfte der Gris.

Hatte der Minotaurus seine Feigheit nur vorgetäuscht und doch Alarm geschlagen? Oder Sid Kang Verdacht geschöpft?

Trix presste das Ohr gegen die Tür und lauschte.

»Wie oft soll ich dir noch sagen, dass du die Dienerinnen nicht in den Hintern kneifen sollst, wenn wir Besuch haben!«, erklang es. »Das gehört sich nicht!«

Sator Gris!

»Aber du kneifst sie doch selbst ständig, Papa!«, antwortete eine widerliche, sich überschlagende Stimme.

Derrick Gris! Sein Cousin! Trix ballte die Fäuste.

»Ich, mein Sohn, mache das charmant und galant«, belehrte ihn Sator. »Während du es plump und tumb machst. So kann sich vielleicht ein kleiner Baron benehmen, aber nicht ein zukünftiger ... hm.«

»Herzog«, soufflierte Derrick.

»Genau. Ein Herzog. Wie gefallen dir übrigens die hauptstädtischen Lackaffen?«

Derrick lachte.

»Ganz deiner Meinung«, gab Sator zu. »*Könntet Ihr mir nicht hundert Goldstücke auf unbestimmte Zeit leihen ...?* Schämen sollten sie sich! Das Königreich ertrinkt noch in Korruption! Aber gut, dann wollen wir dem verehrten Bettmeister mal ein paar Königstaler *vorschießen* ...«

Derrick kicherte dämlich.

Trix hörte, wie die Tür nebenan klapperte. Kurz darauf klimperte hinter der dünnen Wand etwas. Er und Annette sahen sich an. Damit war alles klar. Sator Gris bewahrte das Geld im Zimmer seines Sohnes auf.

Nach ein paar Minuten verließen die beiden das Zimmer wieder. Trix wartete, bis die Schritte verhallt waren, dann ging er zum Schrank.

»Was hast du vor?«, fragte Annette. »Da ist das Geld nicht!«

»Und der Ring mit der Taube?«, entgegnete Trix. »Und die Puppe des Königs?«

Den Ring steckte er nach kurzer Überlegung in eine geheime Innentasche des Reisewamses von Sator Gris. Der Co-Herzog dürfte es wohl kaum anziehen, wenn er sich zum Empfang beim König begab, die Geheimpolizei würde den Ring problemlos finden.

Die Puppe versteckte Trix mit einem gemeinen Grinsen im Abtrittserker neben dem Schlafzimmer, am Boden eines Korbs, in dem zurechtgeschnittene Stücke weichen Stoffs lagen. Wenn man sie fand, hatte Marcel doppelten Grund, in die Luft zu gehen.

Erst nachdem all das erledigt war, ging Trix ins Nebenzimmer. Annette half ihm abermals mit dem Schloss. Die schwere Truhe mit den Steuergeldern fanden sie ohne Mühe unter Derricks Bett. Trix stemmte sich mit den Füßen gegen das Bett und zog sie mit aller Kraft hervor.

Die eigentlichen Schwierigkeiten standen ihnen aber erst noch bevor. Das Schloss der Truhe war viel kleiner als das Türschloss, da konnte nicht einmal Annette hineinkriechen.

»Was jetzt?«, fragte Trix verzweifelt.

»Warum willst du die Kiste unbedingt öffnen?«, fragte Annette zurück. »Du hast die Truhe. In der Truhe sind die Münzen. Fang an!«

»Du hast recht!« Trix fasste neuen Mut. »In der alten Eichentruhe werden schon viele Jahre die Steuergelder der

Familie Gris durch die Lande gebracht. Das kräftige Holz und das kunstvolle Schloss schützen Gold und Silber gut. Doch können auch sie die Magie nicht aufhalten, die durch den Deckel dringt und die ehrlichen Königstaler in widerliche Vitamantenreales verwandelt, die das stolze Profil des Königs Marcel in die böse Fratze des Zauberers Evykait umformt!«

Etwas klirrte und ganz kurz leuchtete die Truhe in einem gelb-rosafarbenen Licht auf.

»Puh!« Annette erzitterte. »Hat es geklappt?«

»Ich glaube schon«, sagte Trix und schob die Truhe ächzend unters Bett zurück. »Wenn Sator bloß heute nicht noch einmal Geld holt!«

»Das wird er kaum«, beruhigte ihn Annette. »Bei den vielen Gästen!«

Als sie Derricks Zimmer wieder verließen, spielte Trix mit dem Gedanken, an der Wand irgendein geheimnisvolles, schreckliches Zeichen zu hinterlassen. Oder irgendwas Fieses anzustellen. Zum Beispiel alle Knöpfe von der guten Kleidung abzuschneiden.

Doch Generationen seiner Vorfahren blickten vom Himmel (oder von anderen Orten) streng auf den jungen Solier hinunter, sodass dieser wieder Vernunft annahm. Das war nicht die Zeit für kleine Fisimatenten! Das war die Zeit für einen großen Coup!

»Gehen wir, Annette«, sagte Trix.

Der Minotaurus am Eingang zur Solier-Hälfte tat so, als sähe er Trix nicht. Sid Kang wurde abermals nervös. Trix ging rasch vorbei, konnte sich dann jedoch nicht beherrschen und spähte in den großen Empfangssaal.

Der Abend hatte seinen Höhepunkt erreicht. Die Gäste

schlenderten durch den Raum, mit Weinpokalen und kleinen Tellern in der Hand, bildeten Gruppen und unterhielten sich fröhlich, drängten sich um die Wasserpfeifen, in denen Roséwein blubberte und aromatischer Apfeltabak glomm. Auf einer kleinen Bühne traten ein Illusionist und ein Jongleur auf, ein Ensemble aus Cembalo, Geige und Flöte spielte leise eine Melodie, die unten von der Harfe aufgenommen wurde. In den Lüstern und Kandelabern brannten Kerzen.

Die Kinder, die mit zum Empfang genommen worden waren, um die feine Gesellschaft kennenzulernen, saßen brav vor einem großen Kamin, grillten im Feuer auf Stangen aufgespießte Würstchen und Äpfel und lauschten einer älteren Dame mit gütigem Gesicht. Trix kannte sie sogar, es war eine alte Märchenerzählerin, deren Geschichten auch er in seiner Kindheit gehört hatte.

Ohne den Putsch wäre ich jetzt vielleicht auch hier, dachte Trix. Aber dann wäre alles ganz anders. Vielleicht wären sie ja alle zusammen zu Marcel gefahren. Beide Familien hätten eine Audienz beim König bekommen, den Herbstlichen Festball besucht und wären dann gemeinsam und in ausgelassener Stimmung ins Co-Herzogtum zurückgefahren.

Trix hob den Blick – und sah direkt in die Augen seines Cousins, der mit einem Pokal Rotwein in der Hand zwischen den Gästen herumstolzierte. Derrick riss die Augen auf, erbleichte und ließ den Pokal fallen.

Trix sah rasch woandershin und tauchte seitlich weg.

Eine Dame in prachtvollem rosafarbenen Kleid wurde mit Wein bespritzt. Sie starrte Derrick missbilligend an. Wie aus dem Nichts tauchte Sator auf, entschuldigte sich mit einem freundlichen Lächeln bei der Dame und zog Derrick fort, direkt in Trix' Richtung.

»Bist du zu dumm, einen Pokal zu halten?«, fragte Sator giftig. »Was ist los?«

»Ich … ich …« Derrick sah sich um und richtete dann den Blick flehentlich auf Gris. »Ich habe … ich glaube, ich habe …«

»Was?«

»Ich glaube, dass hier, genau an dieser Stelle, mein Cousin gestanden hat …«

»Welcher Cousin?«

»Trix! Er hat hier gestanden und mich traurig angesehen!«

»Was faselst du da?« Sator sah sich um. »Wie sollte er hierherkommen, er ist gefangen genommen worden, sitzt im Kerker und wird morgen zum Tod verurteilt! Hier sind überall Wachposten!«

»Und auf seiner Schulter saß ein winziges schönes Mädchen in durchscheinenden Gewändern, das mit den Beinen baumelte und mir schöne Augen gemacht hat«, sagte Derrick.

»Aber sicher«, entgegnete Sator. »Anscheinend ist es für dich noch zu früh, Bälle mit derart vielen jungen Damen zu besuchen! Abmarsch in dein Zimmer! Gieß dir einen Eimer kaltes Wasser über den Kopf und leg dich schlafen! Aber im blanken Bett, ohne Matratze! Und lass die Hände auf der Decke, klar?«

Der gedemütigte Derrick sah sich ein letztes Mal ängstlich um und ging nach oben. Sator seufzte und murmelte etwas, das Trix gleichzeitig empörte und mit Stolz erfüllte.

»Warum? Warum muss ich so einen Nichtsnutz haben, während Solier einen kühnen und klugen Jungen hat? Womit habe ich diese Strafe verdient?«

Schließlich gesellte sich Sator wieder zu seinen Gästen,

während Trix, den Blick fest auf den Boden gerichtet, sich an der Wand entlang zur Treppe drückte, ins Erdgeschoss huschte und abwartete, bis der Empfangsmeister in die Küche ging, um hinaus auf die Straße zu springen und die Tür hinter sich zu schließen.

»Pass besser auf«, ermahnte ihn die Fee. »Du bist nicht unsichtbar! Und sämtliche Fähigkeiten eines Assassinen sind wie weggeblasen, sobald du jemandem direkt in die Augen schaust.«

»Ich bin in Gedanken gewesen«, gab Trix zu. »Tut mir leid. Ich habe an meine Mutter gedacht ... und an meinen Vater. Daran, dass wir alle gemeinsam hier sein könnten.«

Annette seufzte und strich Trix übers Ohrläppchen. »Das verstehe ich ja. Gehen wir nach Hause, mein Lieber, du musst schlafen.«

»Haben Feen Eltern?«, fragte Trix.

»Natürlich«, antwortete die Fee. »Sie legen ... sie legen die kleine Fee in einer Knospe ab und drei Tage später schlüpft eine wunderschöne ausgewachsene Fee heraus.«

»Dann hast du sie nie gesehen?«, wollte Trix wissen.

»Nein«, antwortete die Fee. »Aber das ist bei uns so.«

»Sei nicht traurig deshalb«, sagte Trix.

»Bin ich auch nicht. Die Zwerge geben ihre minderjährigen Kinder zum Beispiel zur Arbeit in die Erzminen weg. Die Drachen jagen ihre Brut aus dem Nest, sobald die Kleinen fliegen können. Dafür sind die Minotauren sehr fürsorgliche Eltern.«

»Bei uns Menschen ist alles vermischt«, sagte Trix. »Da gibt es jede nur denkbare Variante.«

»So seid ihr eben, ihr Menschen«, erwiderte die Fee. »Mit jedem Zauberwesen finde ich auf Anhieb eine gemeinsame

Sprache, weil ich weiß, wer es ist und wie es sich verhält. Aber ihr Menschen seid unberechenbar ...« Sie verstummte, strampelte mit den Beinen in der Luft, lachte und fügte hinzu: »Deshalb gefallt ihr mir!«

Trix lächelte und sagte: »Lass uns auf dem Weg nach Hause noch in einem Blumenladen vorbeigehen. Wir kaufen Tiana einen Strauß ...«

»Aber zuerst krieg ich den Blütenstaub!«, rief die Fee begeistert.

3. Kapitel

Als Trix in die Schenke zurückkam, schlief Tiana schon. Der treue Hallenberry, der gähnend bei einem Kerzenstummel gegen den Schlaf angekämpft hatte, öffnete ihm die Tür. »Tiana hat es geschafft, dass wir morgen in die Delegation aufgenommen werden, klaro«, murmelte er. »Und jetzt will ich schlafen.«

»Willst du denn gar nicht wissen, ob alles geklappt hat?«, fragte Trix eingeschnappt.

»Wie hätte es denn nicht klappen können?«, wunderte sich Hallenberry und ging zu dem Bett, in dem Tiana schlief. »Du bist doch ein Zauberer!« Er blies die Kerze aus und hatte offenbar die Absicht, zu seiner Schwester ins Bett zu kriechen.

»He!«, rief Trix. »Lass sie schlafen! Komm zu mir!«

»Trittst du mich auch nicht im Schlaf?«, fragte Hallenberry.

»Nein«, antwortete Trix und stellte den Orchideenstrauß für Tiana in ein Wasserglas.

»Ich dich schon, klaro«, sagte Hallenberry genüsslich. »Wenn ich nicht rausfalle …«

So müde, wie Trix war, fragte er sich, ob er überhaupt bemerken würde, wenn Hallenberry ihn trat. Abgesehen davon fiel der Kleine in der Nacht von selbst aus dem schmalen Bett und setzte seinen Schlaf auf dem Boden fort. Trix bekam vage mit, wie die gute Annette schimpfend durchs Zimmer flog und über Hallenberry (der weiterschlief) eine Decke zurechtzupfte. Dann wurde es sehr schnell Tag, Hallenberry wachte auf, beklagte sich über die Kälte, über Trix, der ihn aus dem Bett geworfen hätte, und über eine Kakerlake, die über seine Hand krabbelte. Davon wachte Tiana auf und tröstete ihn.

Und dann hieß es für alle: aufstehen. Keiner von ihnen wollte frühstücken. Erst berichtete Trix, was er am gestrigen Abend erlebt hatte, dann Tiana: Dem wachhabenden Alchimisten seien die Gesichtszüge entglitten, sobald er die Worte *Knisternde Wolke* gehört habe, und schon ein paar Minuten später hatte sie vor einem der Gildemeister gestanden. Ihm hatte Tiana erzählt, sie sei zusammen mit einem Freund aus der Gilde der Alchimisten Dillons geflohen und jeder von ihnen kenne die Hälfte des Geheimnisses für das Feuerwerk. Nach kurzem Geplänkel waren sie übereingekommen, die beiden in die Delegation aufzunehmen. Sofort nach dem Empfang beim König müssten sie die Hauptstadtalchimisten dann in das Geheimnis einweihen.

»Haben sie denn nicht gemerkt, dass du ein Mädchen bist?«, fragte Trix.

»Die Alchimisten?« Tiana lachte. »Du kennst sie nicht. Ich hätte im Rock zu ihnen gehen können, mit langem Haar und einem Fächer in der Hand – wenn sie nur etwas über die *Knisternde Wolke* erfahren würden.«

»Verstehe«, sagte Trix. »Wo treffen wir sie?«

»Auf dem Schlossplatz. Sie haben vorgeschlagen, dass wir zu ihnen ins Gildehaus kommen. Aber da gibt es tiefe Verliese und sie haben ihre eigenen Folterknechte … da wollte ich sie lieber nicht in Versuchung führen.«

Trix nickte ernsthaft. Fast alle größeren Gilden hatten Wachposten, ein Gefängnis und Folterknechte. Als schlimmste Wache der Stadt galt in Dillon zum Beispiel die der Konditorengilde. In ihren Verliesen sollten etliche Spione schmachten, die versucht hatten, das Geheimnis der nichtklebenden Marmelade oder der Pinienkerne mit Schokoladenfüllung herauszubekommen. In der Hauptstadt waren die Gilden am einflussreichsten, die rund um Festlichkeiten eine Rolle spielten: die Gilde der Schneider, die Gilde der Friseure, die Gilde der Sänger und Tänzer, die Gilde der Schauspieler und die Gilde der Artisten. Vermutlich hatte die Gilde der Alchimisten, die für Feuerwerke, bunte Farben und Papierschlangen verantwortlich war (die Herstellung von Konfetti war in den Händen der Gilde der Radmacher verblieben, schließlich war Konfetti rund und drehte sich, wenn es fiel), auch einen gewissen Einfluss.

»Gut gemacht«, sagte Trix. »Wollen wir dann los?«

»Klaro!«, rief Hallenberry begeistert.

Trix und Tiana sahen ihn verwundert an.

»Was ist?« Hallenberry erstarrte. »Soll ich etwa hierbleiben?«

»Klaro«, sagte Tiana.

»Mach dich nicht lustig über mich!« Hallenberry war kurz davor, in Tränen auszubrechen. »Das ist nicht euer Ernst!«

»Doch«, sagte Trix. »Es wäre viel zu gefährlich! Außerdem können wir dich nicht für einen Alchimistenschüler ausgeben, so kleine Jungen werden nicht als Gesellen genommen.«

Auf Hallenberrys Gesicht legte sich ein Schatten unkindlichen Ernstes. »Verstehe«, sagte er. »Ihr habt mich nie für voll genommen. Ich war nur der lustige Gefährte für die Helden, ein kleiner Knirps mit der komischen Angewohnheit, bei jeder passenden und unpassenden Gelegenheit ›klaro‹ zu sagen. Und jetzt störe ich euch bei euren Abenteuern! Also werft ihr mich einfach über Bord! Ich kann ja noch froh sein, dass ihr mich damals nicht zu den Schauspielern gegeben habt oder als Knappe zu Paclus! Aber ich habe gespürt, dass mein Schicksal in jenen Augenblicken an einem seidenen Faden hing!«

Trix und Tiana sahen sich verlegen an.

»Hallenberry«, sagte Tiana zärtlich und umarmte den Jungen. »Du bist mein einziger Verwandter, du bist mein kleiner Bruder, und mir ist völlig egal, dass du nur mein Stiefbruder bist! Du hast mir geholfen, aus dem Palast zu fliehen, und gegen die Vitamanten gekämpft! Aber jetzt können wir dich nicht mitnehmen! Es gibt keine Möglichkeit, Ehrenwort!« Sie seufzte und breitete die Arme aus. »Versteh doch, es existiert da eine Kraft, der wir uns beugen müssen! Die Logik der Handlung! Nach dieser Logik darfst du nicht mitkommen. Wenn wir dich doch mitnehmen würden, würden uns alle auslachen!«

»Verstehe«, sagte Hallenberry und senkte traurig den Blick.

»Deshalb musst du hier in der Schenke bleiben. Deshalb werden wir dir sagen, dass du … äh … etwas bewachen musst. Zum Beispiel die Reste dieses Sacks. Und deshalb wirst du ein braver Junge sein und hier auf uns warten, ja?«

»Würde es vielleicht zur Logik der Handlung passen, wenn ich eine Minute warte, mich dann aus der Schenke schleiche und euch heimlich folge?«, erkundigte sich Hallenberry.

»Ja.« Tiana nickte. »Aber ins Schloss würdest du doch nicht reinkommen. Du würdest wie ein Blödmann davor im Regen stehen und auf uns warten.«

»Das wäre allerdings ein sehr rührendes Bild!«, sagte Trix. »Ein kleiner Junge im strömenden Regen vor dem riesigen Königsschloss, wie er auf seine Schwester und seinen älteren Freund wartet. Die wollen und wollen nicht kommen. Irgendwann dämmert es, die Leute gehen nach Hause, und nur die kleine schmächtige Figur …«

»Du entwirfst da ein völlig falsches Bild«, unterbrach ihn Tiana. »Es würden nämlich seine Stiefel durchweichen, er würde sich erkälten und sterben! Auf diese Logik können wir getrost verzichten!« Sie schüttelte den Kopf und wandte sich wieder an Hallenberry: »Mach, was wir sagen, sonst schließen wir dich ein! Aus dem Fenster würdest du nicht springen, denn du hast Höhenangst! Außerdem wärst du nicht so dumm!«

Damit war das Thema erledigt. Hallenberry setzte sich traurig ans Fenster, ohne sich auch nur von seiner Schwester und Trix zu verabschieden.

Auch Annette musste bei ihm bleiben. Wie jedes andere Zauberwesen wäre die Fee im Schloss sofort entdeckt worden.

»Keine Sorge«, sagte Tiana, als sie die Treppe hinuntergingen. »Erst ist er sauer, aber nachher verzeiht er uns.«

»Und wenn wir getötet werden«, bemerkte Trix, »bleibt er wenigstens am Leben.«

»Aber ja!«, rief Tiana. »Daran hatte ich gar nicht gedacht!«

Trix und Tiana waren zu früh. Von Regen – geschweige denn: strömendem Regen – konnte keine Rede sein, auch der gestrige Schnee war vollständig geschmolzen. Es war kalt und tiefe graue Wolken hingen über der Stadt – doch die Entwicklung des Wetters hätte besser zum Frühling gepasst.

»Wenn alles gut geht«, sagte Trix, »müssen wir die Hauptstadt einmal im Frühling besuchen. Dann soll es hier sehr schön sein.«

Tiana hatte jedoch offenbar keine Lust, solche Pläne zu schmieden. Vermutlich begriff sie erst jetzt, auf was sie sich eingelassen hatten. Eine Weile drückten sie sich vor dem Tor herum, dann kauften sie bei einem Straßenhändler je ein Glas heißen Wein mit Kräutern, sahen sich bei den Händlern die kolorierten Stiche an (ausgerechnet heute schienen vor allem finstere Sujets im Angebot: *Der Tod der Verschwörer; Marcel wirft den verräterischen Baron ins Gefängnis; Blick auf das Zentrale Gefängnis an einem verregneten Abend*). Schließlich schlugen die Glocken ein Viertel vor elf Uhr und die Delegation der Alchimistengilde erschien auf dem Schlossplatz.

Wie es das Protokoll verlangte, kamen sie zu Fuß und ohne Kopfbedeckung. Immer wieder reckten sie die Arme zum Himmel und priesen den König. An der Spitze des Zuges trugen die drei ältesten Alchimisten jeweils ein Symbol ihres Berufsstandes: der erste einen Beutel mit einem explosiven Pulver (auf dem Beutel stand in großen Buchstaben geschrieben: *Nachbildung. Geht nicht in die Luft!*), der zweite eine Rakete an einem Stab und der dritte eine Glasflasche mit purpurroter Farbe. Die Gesellen (einige hatten nicht mehr alle fünf Finger, andere trugen eine Binde vor einem Auge) warfen Böller nach allen Seiten.

Sicher, das Geknalle kündigte die Alchimisten an – mehr noch aber tat das der Geruch, dieser ätzende, widerliche Gestank nach Chemikalien, mit denen sie in ihren Werkstätten hantierten. In dieser Hinsicht konnten es nur die Latrinenreiniger mit den Alchimisten aufnehmen, deren Gilde das einmalige Recht besaß, dass der König sie nicht im Thronsaal empfing, sondern vor dem Schloss an der frischen Luft.

Tiana fasste Trix bei der Hand und zog ihn mit sich zu den Alchimisten. Der Alte mit dem Beutel voll explosiven Pulvers sah erst Tiana, dann Trix verstohlen an und wies einen jüngeren Alchimisten hinter ihm mit einem Nicken auf die beiden hin. Der knuffte einen ganz jungen Alchimisten, der jedoch schon völlig kahl war, dafür aber beachtliche bunte Flecken auf dem Kopf hatte. Der buntscheckige Alchimist winkte Tiana und Trix heran und bedeutete ihnen, sich hinter den Gesellen, die nur wenig älter waren als sie selbst, einzureihen.

Tiana schob sich direkt hinter den buntscheckigen Alchimisten, Trix blieb an ihrer rechten Seite. Jemand drückte Trix ein kleines Fass mit silbrigem Pulver in die Hand und Tiana eine Knatter am Stock, die sie drehen sollte. Was die Knatter mit den Alchimisten zu tun hatte, war Trix schleierhaft.

Je näher die Delegation der Schlossmauer kam, desto mehr lärmte sie. Die Böller explodierten, die bengalischen Feuer loderten, Knallerbsen sprangen übers Pflaster, Feuerschmetterlinge stiegen in die Luft. Die Gesellen schenkten den Frauen auf dem Platz Fässchen mit bunten Farben, den Männern Fläschchen mit Tinte, den Kindern Buntstifte. Kurz und gut, die Alchimisten taten alles, um die Herzen der Städter zu gewinnen.

Vor dem Tor zum Schlossgelände blieb die Delegation stehen. Der Königliche Majordomus ging den Alchimisten feierlich entgegen. Dabei folgte er einer alten Tradition, blickte stur auf den Boden und tat so, als sehe er niemanden. Er trug ein altmodisches Wams mit funkelnden Knöpfen, hatte einen prachtvollen Hut auf und hielt in der rechten Hand einen mit Schnitzereien verzierten Stock aus glänzendem Ebenholz.

»Die Untertanen wollen zu ihrem König!«, verkündete der Alchimist mit der Rakete am Stock mit schnarrender Stimme.

Der Majordomus ging am Tor entlang und tat so, als höre er nichts.

»Die Untertanen wollen zu ihrem König!«, wiederholte die ganze Delegation im Chor.

Abermals reagierte der Majordomus nicht.

Die drei ältesten Alchimisten hoben die Arme – und daraufhin rief die Delegation mit Verstärkung von den Schaulustigen auf dem Platz: »Die Untertanen wollen zu ihrem König!«

Hätten die Zuschauer die Delegation nicht unterstützt, wäre diese es nicht wert gewesen, zum König vorgelassen zu werden und seine Zeit zu stehlen. Aber natürlich unterstützte die Menge die Delegation immer. Schließlich bestand sie zur Hälfte aus den Frauen, Kindern und Angehörigen der Gildemitglieder.

Auf den dritten Ruf reagierte der Majordomus. Er hob den Kopf, sah die Alchimisten mit gespielter Verwunderung an und sagte: »Eins, zwei …«

»Drei, vier!«, antworteten die Alchimisten im Chor.

Der Majordomus schüttelte den Kopf, als habe er sich jetzt verzählt. »Eins, zwei …«, fing er noch einmal an.

»Drei, vier!«, antworteten die Alchimisten abermals.

»Wer da?«, fragte der Majordomus streng.
»Die Klügsten!«, antwortete einer der drei Ältesten.
»Die Kühnsten!«, rief der zweite.
»Die Geschicktesten!«, endete der dritte.
»Eins, zwei …«, fing der Majordomus wieder an, die Mitglieder der Delegation zu zählen.
»Wir sind nicht zu zählen!«, antworteten die Alchimisten.
»Drei, vier!«, fuhr der Majordomus unbeirrt fort.
»Wir haben Zeit!«, versicherten die Alchimisten.
Der Majordomus gebot ihnen mit theatralischer Geste zu schweigen. »Adlerauge und Elefantenbein, zum König lässt man Euch heut ein!«, skandierte er.
Die Alchimisten stampften auf der Stelle und riefen: »Eins, zwei, drei, vier! Drei, vier, eins, zwei!«
Unwillkürlich schloss sich auch Trix dem Rhythmus an. Das Tor wurde langsam und feierlich geöffnet, der Zug der Alchimisten marschierte dem Majordomus hinterher aufs Schlossgelände.
»Eins, zwei, drei, vier!«, schrien die Alchimisten aus voller Kehle. Sobald die Delegation hinterm Tor verschwunden war, wurde es wieder geschlossen. Die Alchimisten blieben vor dem Schloss stehen. Der Majordomus drehte sich zu ihnen um, ging zu den drei ältesten Alchimisten und begrüßte sie per Handschlag. Er lächelte, fragte sie etwas und erhielt eine Antwort. Der Rest der Delegation wartete geduldig. Der bunte Alchimist kratzte sich die Flecken auf seinem Glatzkopf. Der blaue Fleck juckte offenbar am stärksten. Irgendwann wurden die jüngsten Gesellen des Stehens müde und fingen an, sich zu balgen, bis sie von den älteren Gesellen ein paar Ohrfeigen bekamen.
Schließlich beendete der Majordomus das Gespräch mit

den drei Ältesten und wandte sich der ganzen Delegation zu: »Verehrte Meister! Eine Minute Aufmerksamkeit! Seine Majestät ist heute in guter Stimmung aufgewacht. Am Vorabend hat er beim Kartenspiel zwei Goldtaler vom Finanzminister gewonnen, in der Nacht einen angenehmen Traum gehabt. Auch der Morgen verlief bestens. Seine Majestät hat sich erlaubt, heute plissierte Beinkleider zu tragen, ein weißes Leinenhemd und, solange Seine Majestät nicht empfängt, ein Barett mit Falkenfeder. Er hat befohlen, ihm den kurzen, lilafarbenen Umhang mit Hermelinbesatz umzulegen. Alle Vorzeichen deuten auf eine wohlwollende und freundliche Stimmung. Ihr habt gute Chancen, zu bekommen, was Ihr wollt!«

Die Alchimisten brachen in aufgeregtes Gemurmel aus.

»Zudem beabsichtigt Seine Majestät einige gemeine Verschwörer aufs Strengste zu bestrafen, nachdem er Euch empfangen hat«, fuhr der Majordomus fort. »Das bedeutet stets eine zügige und positive Entscheidung der Routineangelegenheiten. Jetzt bitte ich Euch, mir zu folgen! Im Schloss darf nicht gelärmt und nichts angefasst werden, auf Stühle und Sofas dürft Ihr Euch nicht setzen, auf den Boden weder spucken noch schnäuzen. Am Eingang erhalten alle große Filzpantoffeln, die über die Schuhe zu ziehen sind, damit das Parkett nicht beschmutzt oder zerkratzt wird. Und für die Jugend: Die Säle werden von versteckten Wachposten beobachtet. Sollte jemand etwas mitgehen lassen, wird er streng bestraft.«

Sofort verstummten die Gesellen. Die Alchimisten drängten zum Eingang, an dem Bedienstete schmutzige Pantoffeln von schier unglaublicher Größe verteilten. Natürlich gab es einen kleinen Stau, doch bereits fünf Minuten später folgten alle in übergestreiften Pantoffeln dem Majordomus durch die Gänge.

Wenn Trix bisher recht gelassen gewesen war, wurde er jetzt mit jedem Schritt nervöser.

König Marcel war gerecht, ganz ohne jede Frage.

Aber König Marcel war ein König, wie er sein musste. Und das bedeutete, dass er das Wohl des Staates über die Gerechtigkeit stellte.

Und wenn das Wohl des Staates es verlangte, dass nicht Solier und Gris zusammen herrschten, sondern Gris allein, war Marcel damit einverstanden. Wenn das Wohl des Staates es verlangte, Tiana dem Vitamanten zur Frau zu geben, tat Marcel das. Wenn das Wohl des Staates es verlangte, Sauerampfer und Ian (als Trix) zum Tode zu verurteilen, gab es für Marcel kein Zögern.

Einmal hatte Trix in den Chroniken alles über die Taten der großen Könige (womit natürlich vor allem Marcel der Vernünftige gemeint war) nachgelesen. Er war begeistert gewesen, dass Marcel der Vernünftige um des Wohls des Staates willen alte Freunde verbannt, einen Vertrag über ewige Freundschaft gebrochen, die Steuern in seiner Geburtsstadt angehoben, Verbrechern verziehen und viele andere Dinge gemacht hatte, die überhaupt nichts mit Gerechtigkeit zu tun hatten, es dem Staat aber erlaubten, groß und reich zu werden. *Wer Unkraut jätet, zieht auch Setzlinge heraus!*, hatte er gesagt. *Freunde hat nicht das Königreich, Freunde hat nur der König. Die Macht steht nicht für die Gerechtigkeit, sondern auf ihr. Man erinnert sich nicht an das, was abgerissen wurde, sondern an das, was aufgebaut wurde.* Diese und ähnliche Aphorismen Marcels hatten nie Trix' Widerspruch herausgefordert.

Aber nun, unter all diesen Alchimisten – für die der heutige Tag keine größere Enttäuschung bringen konnte als die, dass der König das Verbot zur Herstellung von besonders lauten Feuerwerkskörpern nicht aufhob –, begriff Trix mit einem Mal, dass all diese weisen Worte, die vermutlich auch Marcel der Lustige kannte, sich bestens gegen ihn und Tiana verwenden ließen.

Und das gefiel ihm überhaupt nicht.

»Wird schon alles gut werden«, flüsterte ihm Tiana ins Ohr. Doch ihre Stimme klang, als beunruhigten sie die gleichen Gedanken.

Trix seufzte, nickte und lenkte sich mit den Bildern ab, die an den Wänden der Räume hingen, durch die sie kamen.

Es gab lustige Alltagsszenerien wie im Palast von Dillon (Gelage, Feiertage, Bälle) und Stillleben oder Schlachtengemälde. Warum auch immer, aber Landschaften überwogen. Die funkelnden Berge der Kristallenen Inseln, die heißen Wüsten Samarschans, die Schluchten und Täler der Grauen Berge, das klare blaue Wasser und die weißen Sandstrände der südlichen Inseln, grüne Wiesen und dichte Wälder an Orten, die nicht genauer bestimmt waren.

Wie gern würde er all das einmal sehen! Sich mit den gewitzten Samarschaner Weisen unterhalten, im warmen Meer baden oder Berge erklimmen. Aber dafür musste er Marcel überzeugen, dass Gris ein Verräter war!

Schließlich erreichten sie den Thronsaal, einen sehr langen Raum mit hoher Gewölbedecke, die von weißen Marmorsäulen getragen wurde. Sie blieben davor stehen. Der Majordomus wies der Delegation Plätze im Saal zu, auf dass sie sich ja nicht mit den Höflingen mischte, die den König erwarteten. Dann zeigte er den Alchimisten noch, wie sie sich zu verbeugen hatten (da die Gildemeister in dieser Beziehung dem Hochadel gleichgestellt waren, brauchten sie sich nur auf ein Knie niederzulassen, alle Übrigen auf beide), wie sie wieder aufzustehen und wie sie den König anzusehen hatten, falls er einen von ihnen etwas fragte (treu und freundlich, aber nicht kriecherisch).

Danach verschwand der Majordomus durch die Tür, die in die königlichen Gemächer führte, und die Warterei begann.

Trix verging fast vor Ungeduld. Gleichzeitig wünschte er sich, Marcel möge nie erscheinen. Er sah sich die Höflinge an. Einige kamen ihm vage bekannt vor. Doch selbst wenn er einen von ihnen kennen sollte – Hilfe konnte er von ihm nicht erwarten. Irgendwann kehrte der Majordomus zurück und stampfte dreimal mit seinem Stock auf den Boden. Stille trat ein. Kurz darauf flog die Tür auf und König Marcel betrat den Thronsaal.

Die Höflinge verbeugten sich oder ließen sich auf ein Knie nieder, je nach Stand und eingeräumten Rechten. Einer blieb sogar stolz erhobenen Hauptes stehen – für den Bruchteil einer Sekunde, damit alle von seinem Privileg erfuhren; dann verneigte auch er sich, schließlich galt es, die Sonderrechte mit Verstand zu nutzen.

Trix ließ sich auf beide Knie nieder, obwohl er sich als Co-Herzog nur tief hätte verneigen müssen, und betrachtete Marcel verstohlen.

Der König beeindruckte ihn wirklich. Er war in mittleren Jahren, korpulent, aber stattlich; die Haare wurden von dem schmalen Reif der Alltagskrone gebändigt und fielen ihm in edlen Locken auf die Schultern. Auf dem ernsten Gesicht lag ein angedeutetes Lächeln, das jederzeit zu einem offenen werden konnte. Diesem Lächeln verdankte er seinen Beinamen. Während er ruhig und selbstbewusst zum Thron schritt, gestattete er einem Höfling mit herrschaftlicher Geste, sich zu erheben, und flüsterte ihm beiläufig etwas zu. Alles in allem war Marcel der Lustige eben ein rundum würdevoller König.

»Seine Majestät König Marcel!«, verkündete der Herold feierlich, der links neben dem Thron stand.

Der König nahm auf dem recht bescheidenen Thron aus poliertem Holz vom weißen Baum Platz. (Einige Dutzend großer schwarzer Brillanten, die im Holz geheimnisvoll funkelten, verhinderten, dass der Thron allzu schlicht wirkte.) Um den Thron herum tauchten förmlich aus dem Nichts Gardisten auf, junge Männer mit undurchdringlichen Gesichtern in leichten Rüstungen aus grauem Leder, die sie nicht in den Bewegungen einschränkten. Der König ließ den Blick über die Anwesenden schweifen und sagte: »Guten Tag, meine Teuren!«

Die Höflinge richteten sich geräuschvoll auf.

»Und auch Ihr, meine nicht weniger teuren … und weit stärker riechenden Untertanen!«, fügte der König hinzu.

Die Alchimisten erhoben sich, die Höflinge kicherten verhalten.

»Wie viel haben wir der Gilde in diesem Jahr für Feuerwerke, Farben, Düfte, Wanzenpulver, Medizin gegen Erkältungen und Gift für den Geheimdienst bezahlt?«, wollte der König wissen.

»Siebentausenddreihundertundsechs Goldtaler!«, antwortete der Majordomus sofort.

»Dann seid Ihr meine wahren Teuren«, bemerkte der König. »Ich höre die verehrten Gildemeister an!«

»Eure Majestät!« Der Alte mit der Glasflasche trat vor. »Der vom Volk so geliebte Feiertag des neuen Jahres rückt näher!«

»Das ist mir doch tatsächlich nicht ganz unbekannt«, bemerkte der König.

»Und Euer Volk, Sire«, fuhr der Alchimist fort, »hat den vergnüglichen Brauch, diesen Tag mit Knallerbsen, einem Feuerwerk und Raketen zu feiern. Doch seit mehr als neun Jahren gilt das Verbot ...«

»Schon verstanden.« Der König gähnte. »Hört meine Entscheidung! Das zeitweilige Verbot für besonders laute und bunte Feuerwerke wird aufgehoben ...«

»Was?« Der Alchimist war derart überrumpelt, dass er den König unterbrach. Marcel nahm es jedoch nicht übel und lächelte nur. »Das Verbot wird aufgehoben. Mehr noch, ich beabsichtige, in vier Monaten ein großes Fest auszurichten ... zu dem Eure Gilde sich aufs Beste vorzubereiten hat. Es werden viele Feuerwerke benötigt!«

Der ganze Saal schwieg ergriffen.

»Zum neuen Jahr wird es allerdings kein Feuerwerk in der Hauptstadt geben«, erklärte der König. »Damit die Königin nicht vor der Zeit niederkommt, wenn sie sich bei all Euren Explosionen und Knallereien erschreckt.«

»Oh, Sire!«, brachte der Alchimist heraus.

Marcel erhob sich. »Freut Euch!«, sagte er feierlich. »Die Königin erwartet einen Thronerben!«

Obwohl es für die Höflinge ganz offenbar keine Neuigkeit war, begrüßten auch sie die offizielle Verlautbarung des Königs mit dem nötigen Jubel. Die Alchimisten brauchten dagegen eine Weile, um die Worte des Königs zu verdauen. Zu Neujahr kein Feuerwerk – was für eine Enttäuschung!

Wenn danach allerdings mit einem noch größeren Fest zu rechnen war ...

Nun fingen auch die Alchimisten an zu jubeln.

»Wir wären glücklich, Sire, wenn ...«, setzte ein Gildemeister an.

»... Ihr das Feuerwerk kostenlos ausrichten dürft, als Geschenk für den Thronerben«, führte Marcel den Satz zu Ende. »Weiß ich doch. Und ich erlaube es.«

Daraufhin klang der Jubel der Alchimisten etwas gedämpfter.

»Und jetzt«, sagte Marcel, »wo wir die Bitte der Gilde der Alchimisten erfüllt haben, wollen wir Urteile fällen und strafen.«

»Mein Herrscher!«, rief Tiana da. Sie stieß die fassungslosen Alchimisten zur Seite und drängelte sich nach vorn. Trix folgte ihr mit weichen Knien.

Wenn vorhin ergriffenes Schweigen geherrscht hatte, breitete sich jetzt Grabesstille aus. In ihrer Angst schienen die Anwesenden sogar den Atem anzuhalten. Mit einem Mal zerriss ein schmatzendes Geräusch die Stille – und aus dem Mund eines der drei Gildemeister flog sein künstliches Gebiss und schlug polternd auf dem Boden auf. Rasch hielt sich der Mann beide Hände vor den Mund.

Marcel musterte Tiana neugierig und hob die rechte Hand, worauf die Gardisten, die bereits auf die beiden Kinder zueilten, stehen blieben. »Mal was anderes«, sagte er. »Erklär mir doch bitte, mein Junge, was dich auf den Gedanken gebracht hat, du dürftest deinen König unterbrechen!«

»Eure Majestät«, sagte Tiana und neigte den Kopf. »Das Recht, den König zu unterbrechen, wurde meiner Familie von Eurem ruhmreichen Vorfahr gewährt!«

»Ach ja?!« Das Interesse des Königs war geweckt. Er sah den Herold an, der einen Schritt auf ihn zutrat und ihm etwas zuflüsterte. »Diesen Fall gab es nur einmal«, wandte sich der König wieder an Tiana. »Sprich! Wer hat wem unter welchen Umständen dieses Recht eingeräumt?«

»Der große König Marcel der Vernünftige hat es dem ersten Fürsten von Dillon eingeräumt, nachdem dieser den König unterbrochen hatte, als er einen Toast mit einem Pokal vergifteten Weins ausbringen wollte. Marcel der Vernünftige hat damals gesagt: ›Von heute an habt ihr, du und deine Nachkommen, für alle Zeit das Recht, den König zu unterbrechen, wenn seine Worte übereilt oder unvernünftig sind!‹«

»Das Geschlecht der Dillonen hat keine männlichen Nachkommen mehr«, hielt der König dagegen.

»Ich bin auch nicht männlich, mein Herrscher«, erwiderte Tiana. »Falls es dafür eines Beweises bedarf ...«

»Es ist nicht nötig, die aufopferungsvolle Tat der Fürstin Codiva zu wiederholen!«, sagte Marcel rasch. »Du willst also behaupten ... du seist die Fürstin Tiana!«

Tiana vollführte einen Knicks, was in der Männerkleidung recht komisch wirkte.

»Und du willst weiter behaupten ... Fürstin ... dass meine Worte übereilt und unvernünftig waren?«

»Ja, mein Herrscher!«, sagte Tiana tapfer.

Der König ließ seinen Blick zu Trix weiterwandern. »Und du, Jüngling ...« Plötzlich stockte er und sah Trix misstrauisch an. »Oder bist du auch eine junge Dame?«

»Ich bin Trix Solier, der Erbe des Co-Herzogs Rett Solier, der von dem Verräter Sator Gris heimtückisch ermordet wurde!«, rief Trix, bevor er hinzufügte: »Sire!«

Es mag seltsam klingen, aber: Der König amüsierte sich. »Herrlich!«, sagte er. »Nie im Leben hätte ich geglaubt, dass der heutige Tag derart viele Überraschungen für mich bereithalten würde! Wie seid ihr in die Gilde der Alchimisten gekommen?«

»Durch Betrug, Sire«, gab Tiana zu. »Diese guten Menschen trifft keine Schuld, sie wussten nicht, wer wir sind.«

»Gut, dann wollen wir die Bühne mal räumen«, erklärte der König, während er es sich auf dem Thron gemütlich machte. »He, Alchimisten, raus mit Euch! Die Höflinge ebenfalls! Mir einen Pokal mit Stachelbeersaft! Und die Familie Gris soll herkommen! Und Sauerampfer mit seinem Schüler aus dem Kerker auch! Halt! Wer ist das – wenn du Trix bist?«

»Mein treuer Knappe Ian«, antwortete Trix. »Er hat sich für mich ausgegeben, um mich vor Verleumdung und Gefängnis zu bewahren, Sire.«

»Was das Gefängnis angeht, da hast du recht, was die Verleumdung angeht – das wird sich noch zeigen«, erwiderte Marcel lächelnd. »Also, Sauerampfer und der falsche Trix sollen sich waschen, etwas essen und zur Hand sein, aber noch nicht in den Saal gebracht werden!«

Die Alchimisten warfen einen letzten entsetzten Blick auf Trix und Tiana, bevor sie aus dem Saal getrieben wurden. Sie ließen ihre Gefäße und Böller fallen und die Filzpantoffeln rutschten ihnen von den Füßen. Die Höflinge, die den Ernst der Lage sofort begriffen hatten, brauchte man dagegen nicht lange zu bitten; sie zogen sich sofort im Rückwärtsgang und in gebeugter Haltung zurück.

»Ihr könnt diese blöden Pantoffeln ausziehen«, gestattete Marcel ihnen, als ihm der Pokal mit Saft gebracht wurde.

»Als Aristokraten habt Ihr das Recht, das Parkett zu zerkratzen.«

»Eure Majestät«, mischte sich da der Majordomus ein, »noch ist doch gar nicht bewiesen, dass sie diejenigen sind, für die sie sich ausgeben.«

»Ja und?« Der König zuckte die Achseln. »Wenn sie mich getäuscht haben, haben wir nur einen Grund mehr, sie zu köpfen.«

»Eure Majestät, erlaubt mir, Euch alles zu erzählen!«, bat Trix. Im Saal waren nur noch er, Tiana, der König, der Majordomus und der Herold. Und natürlich die Gardisten. Ihre Zahl hatte sogar zugenommen, es waren jetzt mindestens zwanzig Mann, darunter auch einige Zauberer, die ihre Bücher mit Zaubersprüchen im Anschlag hielten.

»Warte!«, verlangte der König. »Es ist unschön, jemanden in Abwesenheit des Verrats zu beschuldigen. Gris ist gleich da, dann kannst du alles erzählen.« Dann wandte er sich wieder Tiana zu. »Und was hast du mir zu sagen, Fürstin Tiana? Ich hatte doch befohlen, dass du in einer wichtigen diplomatischen Mission zu den Kristallenen Inseln aufbrichst. Was also hast du hier verloren?«

»In einer wichtigen diplomatischen Mission?«, fragte Tiana zurück. »Versteht Ihr darunter etwa die Ehe mit dem Vitamanten Evykait?«

Im Gesicht des Königs zuckte nicht ein Muskel. »Ja, mein Kind. Offen gesagt genau das. Dem Königreich drohen zahlreiche Gefahren und in dieser Situation brauchen wir einen sicheren Frieden mit den Kristallenen Inseln. Die Vitamanten haben verlangt, den Friedensvertrag durch eine Ehe zu besiegeln, wie es seit Anbeginn der Zeiten üblich ist. Du bist das einzige Mädchen, das ausreichend hochwohlgeboren ist, um Evykaits Eitelkeit zu genügen. Außerdem bist du aus dem Kindesalter heraus und noch nicht durch eine Ehe gebunden.«

»Und obendrein eine Waise, die niemand beschützt, Sire«, sagte Tiana verwegen.

»Ja, mein Kind«, erwiderte Marcel gelassen. »Auch damit hast du recht. Ich habe einige Stunden über einer Liste mit den Namen hochwohlgeborener Mädchen gebrütet und keine Alternative gefunden. Es gab Mädchen, die mit Freude einer Ehe mit dem Oberhaupt der Vitamanten zugestimmt hätten, aber sie waren von zu niedrigem Stand. Es gab ein paar junge Frauen, bei denen ich mir den Zorn der Eltern zugezogen hätte, wenn ich sie zu Evykait geschickt hätte. Du warst die beste Wahl. Und ich war überzeugt, dass die Fürstin von Dillon mich verstehen wird. Also, warum bist du hier und nicht auf den Kristallenen Inseln?«

»Dieser edle Jüngling hat mich gerettet!«, sagte Tiana und zeigte auf Trix.

»Allein?«, wollte Marcel wissen.

»Völlig allein, Sire!«, sagte Trix kühn.

»Bemerkenswert.« Marcel schüttelte den Kopf. »Wozu habe ich eigentlich eine Armee, wenn ein einzelner Junge imstande ist, ein ganzes Schiff voller Vitamanten und mit Gavar an Bord zu entern? Übrigens, wo ist Gavar?«

»Ich nehme an, er läuft über den Meeresboden zu den Kristallenen Inseln«, sagte Trix. »Falls er nicht inzwischen von einem Hai gefressen wurde.«

In den Augen des Königs spiegelten sich Zweifel und Respekt zugleich wider. »Ein Hai? Den wird er eher selbst gefressen haben! Gut, lassen wir das. Warum hast du dich gegen mich aufgelehnt und Tiana nicht fahren lassen?«

»Wenn ich darauf antworte, verstoße ich gegen Euren Befehl, Sire«, sagte Trix. »Dass ich einen Adligen nicht in Abwesenheit des Verrats beschuldigen soll, Sire.«

»Ich habe ja nicht damit gerechnet, dass wir so lange auf den verehrten Gris warten müssen!«

Die nächsten Minuten schwiegen sie. Marcel trank in kleinen Schlucken seinen Saft und sah immer wieder Trix und Tiana an. Die Gardisten, der Majordomus und der Herold warteten einfach. Plötzlich hörte Trix hinter sich das Scharren von Füßen und das Rascheln von Stoff, traute sich jedoch nicht, sich umzudrehen. Irgendwann rempelte ihn dann jemand recht unfeierlich an und nuschelte: »Beiseite, edler Herr!«

Trix machte Platz und drehte sich um. Vor sich hatte er eine ältere Frau mit einer birnenähnlichen Figur, die mit einem Lappen das Parkett traktierte. Nachdem sie den Dreck mehr oder weniger gleichmäßig verteilt hatte, schob sie Trix den Lappen hin und verlangte: »Die Sohlen abgewischt, edler Herr!«

Marcel schielte zum Majordomus und fragte flüsternd: »Kann man das nicht zu einer anderen Zeit machen?«

»Das ist so Tradition, Sire«, erklärte der Majordomus. »Nach Abzug des einfachen Volks ist sofort der Boden zu wischen.«

»Aber das ist doch absurd«, sagte Marcel. »Warum muss ich mir diese ... diese alte Schrecksch...«

Die Frau schielte finster zum König hinüber.

»... diese energische ... Dame ansehen?«, brummte der König. »Die obendrein ebenfalls aus dem einfachen Volk ist!«

»Oh, nein, das ist die älteste Hofdame.«

»Absurd«, stieß der König aus.

Die älteste Hofdame wrang den Lappen über ihrem Blecheimer aus und entfernte sich. »Kommt ja jenner und henner«, knurrte sie.

»Oh nein, mein Herrscher, das ist nicht absurd«, sagte der Majordomus. »Das ist schlimmer. Das ist Tradition.«

Marcel sah Trix an und sagte: »Hast du etwa geglaubt, Jüngling, ein König habe es leicht?«

»Nein, Sire«, antwortete Trix.

Die Antwort brachte Trix einen wohlwollenden Blick des Königs ein. »Mal ganz ehrlich!«, sagte er. »Hast du die Vitamanten wirklich allein besiegt?«

»Verzeiht, Sire, aber darauf kann ich nicht ganz ehrlich antworten«, gestand Trix.

»Du gefällst mir«, sagte Marcel nach kurzem Schweigen. »Schade, dass ich dich zum Tod verurteilen muss. Weißt du was«, gab der König einem Anflug von Inspiration nach, »ich werde dich nicht köpfen! Keine Angst! Selbst wenn ich offiziell sage, ich köpfe dich, werde ich dir insgeheim einen Empfehlungsbrief und etwas Geld geben. Dann kannst du unter fremdem Namen bei einem reichen Kaufmann unterkommen.«

In dem Moment glaubte Trix, er würde den Verstand verlieren. Hatte er all das auf sich genommen, die Zauberei erlernt, sich in die Fürstin verliebt – nur um am Ende wieder da zu landen, wo er unmittelbar nach dem Putsch gestanden hatte?

Zum Glück betraten – genauer gesagt: stürmten – jetzt zwei keuchende Menschen den Thronsaal. Auf einen Wink Marcels bauten sich Sator und Derrick Gris neben Trix und Tiana auf.

»Ihr habt befohlen, umgehend zu kommen, Sire.« Sator Gris verbeugte sich tief. Da er dabei jedoch den Kopf zurückbog und Trix anstarrte, verlor er das Gleichgewicht und schlug in voller Länge auf dem Boden auf.

»Übertreibt nicht, Sator!« Marcel verzog das Gesicht. »So braucht Ihr nicht vor mir zu katzbuckeln, das mag ich nicht.«

»Sire! Das ist Trix Solier, Sire!«, rief Sator, während er aufstand.

»Danke«, erwiderte der König, »damit habt Ihr seine Identität bestätigt. Wir hatten noch Restzweifel.«

»Aber … er sollte doch verhaftet sein … in Ketten liegen … geknebelt! Sire, das ist ein gefährlicher Zauberer!«

»Willst du deinem König etwa sagen, was er zu tun hat?«, fragte Marcel mit erhobener Stimme.

Darauf sagte Sator kein Wort. Derrick starrte Trix nur wortlos an.

»Und jetzt rede, Trix Solier!«, befahl Marcel.

»Mein Herrscher!« Trix blickte dem König direkt in die Augen. »Ja, ich habe der Fürstin Tiana bei der Flucht geholfen. Aber ich habe das nur getan, weil ich von einem gemeinen Verrat und einer Verschwörung gegen König und Krone erfahren habe!«

»Das wird ja immer besser!«, sagte Marcel. »Nun höre ich schon zum zweiten Mal von Verrat, diesmal sogar von dem Menschen, der selbst des Verrats angeklagt ist. Weiter!«

»Eure Majestät!«, fuhr Trix fort. »Ich weiß, dass der Co-Herzog Sator Gris geheime Verhandlungen mit den Vitamanten geführt hat. Er hat seinen Mitherrscher Rett Solier beseitigt, der Euch treu ergeben war. Nun soll die Armee der Vitamanten am Westufer des Co-Herzogs aufziehen. Das ist aber nur der erste Schritt, Ziel ist die Eroberung des gesamten Königreichs. Gris hat Eure Wachsamkeit mit dem Friedensvertrag abgelenkt. Außerdem sollte die unvorteilhafte Ehe von Evykait und Tiana seinem Vorgehen einen legalen Anstrich geben. Aber die Vitamanten wollen mit Gewalt alle Macht im Königreich an sich reißen!«

»Das willst du wissen?«, rief Sator.

»Meine Wachsamkeit abgelenkt?«, brüllte Marcel.

»Unvorteilhaft?«, fragte Tiana beleidigt.

»Sicher«, antwortete Trix ihr leise. »Evykait kann dir doch nicht das Wasser reichen!«

Der Herold hinterm Thron nickte Trix aufmunternd zu und zeigte ihm den erhobenen Daumen.

Marcel erhob sich. Sein Gesicht war puterrot vor Zorn, seine Hände zu Fäusten geballt. »Das ist eine schreckliche Anklage, Co-Herzog Solier!«, donnerte er. »Und wenn sie sich als zutreffend herausstellen sollte …«

»Das ist eine fürchterliche Verleumdung!«, stöhnte Sator. »Ich bin unschuldig! Das ist Verleumdung, nichts anderes!«

»Welchen Beweis hast du für deine Worte?«, wollte Marcel wissen.

»Mein Herrscher, wenn Ihr die Gemächer der Gris' durchsuchen lasst und die Diener befragt, kommt die Wahrheit ans Licht!«, versicherte Trix.

»Den Minister der Geheimkanzlei zu mir!«, brüllte Marcel.

Hinter dem Thron trat gemächlich ein kleiner, magerer Höfling mit gelangweiltem Gesicht hervor, den zuvor niemand bemerkt hatte.

»Die Untersuchungsrichter sind bereits in die Repräsentanz der Co-Herzöge Solier und Gris geschickt, Sire«, teilte er leise mit. »Die Zauberer der Kanzlei sind per Teleportation ins Co-Herzogtum aufgebrochen und führen dort eine Untersuchung bei Hofe durch.«

»Wie lange wird das dauern?«, fragte Marcel.

»Die Untersuchungsrichter brauchen eine Stunde, Eure Majestät«, antwortete der Minister der Geheimkanzlei. »Die Zauberer werden gegen Abend wieder hier sein.«

»Hervorragend«, befand der König. »Dann ... mein Mittagessen. Hierher! Und dass mir keiner die Leute aus den Augen lässt!« Er zögerte kurz, bevor er sanfter hinzufügte: »Das Mittagessen für zwei Personen und für die Fürstin Tiana einen Stuhl. Die andern können stehen!«

Sator, dessen Gesicht inzwischen rot und weiß gefleckt war, blickte Trix hasserfüllt an. Derrick war kurz davor, in Tränen auszubrechen.

Trix fühlte sich auch nicht gerade wohl.

Gewiss, er hatte sein Ziel erreicht. Marcel der Lustige hatte sich für die fiktive Verschwörung interessiert.

Aber was, wenn der Minister der Geheimkanzlei ihren Betrug aufdeckte?

Darüber wollte er lieber nicht nachdenken.

4. Kapitel

Die Stunde, die der Minister der Geheimkanzlei veranschlagt hatte, zog sich unerträglich in die Länge. Da sowohl die beiden Gris wie auch Trix stehen mussten, trippelten sie inzwischen von einem ertaubten Fuß auf den anderen, feindselig von den Gardisten beäugt.

Tiana hatte es da besser. Ihr hatte man einen weichen Stuhl vor den Thron gestellt. Auf die Armlehnen des Throns war ein kleinerer Tisch gesetzt worden (anscheinend nahm Marcel gern und regelmäßig am Arbeitsplatz etwas zu sich), Diener legten eine Tischdecke auf und brachten Besteck, eine Flasche Wein und das Essen. Trix stieg ein verführerischer Geruch in die Nase. Seine Majestät Marcel der Lustige und Ihre Durchlaucht Tiana speisten Salat vom in Öl gebratenen Tintenfisch an Paprika und Basilikum, kalte Kürbissuppe und im Teigmantel gebackenes Rebhuhn. Die ganze Zeit unterhielten sich die beiden. Irgendwann begriff Trix, dass sie über ihn sprachen. Tiana bat etwas, Marcel hörte ihr aufmerksam zu, schüttelte aber den Kopf.

Anscheinend durfte er bis zur abschließenden Klärung des Falls nicht auf Essen oder wenigstens einen Stuhl hoffen.

»Was bin ich nur für ein Dummkopf!«, zischte Sator in Trix' Richtung, nachdem er sich überzeugt hatte, dass der König ihn nicht beobachtete. »Warum habe ich dich nicht töten lassen?«

»Das habe ich dir von Anfang an gesagt, Papa«, brachte Derrick heraus.

Trix zog es vor zu schweigen. Sator schimpfte noch eine Weile im Flüsterton, dann verstummte er.

Tiana und Marcel waren bei süßem Eis mit heißer Schokoladensoße angelangt.

Trix fing an, die Gardisten zu mustern, die sich jedoch alle glichen wie ein Ei dem anderen. Daraufhin besah er sich die Hofzauberer. Gut, das waren nicht der Leiter der Akademie, Magister Homr, oder die großen Kampfmagier Ser und Mrina – aber eben doch echte Hofzauberer.

Der erste Magier gefiel Trix gar nicht. Er war groß gewachsen, glatzköpfig und irgendwie viel zu geschäftig: Ständig blätterte er in seinem Zauberbuch, lächelte bei bestimmten Sprüchen und rieb sich hämisch die Hände. Anscheinend lechzte er förmlich danach, einen Zauber zu wirken.

Der zweite Magier war alt, dick, grauhaarig und rotwangig und sah sehr friedlich aus. Er stand da, beide Hände auf seinen Stab gestützt, den Kopf auf die Hände gelegt, und sah Trix neugierig und ohne jede Bosheit an.

Der dritte Zauberer war noch blutjung, hatte ein ehrliches, schlichtes Gesicht, vor Begeisterung leuchtende Augen und ein gütiges Lächeln. Als Trix seinem Blick begegnete, nickte der junge Zauberer freundlich, als wolle er sagen: Ich weiß, dass du ein Kollege bist. Keine Angst, wenn ich dich umbringen muss, werde ich es sehr schnell machen und so, dass es nicht wehtut.

Trix seufzte und versuchte, an etwas Schönes zu denken. Zum Beispiel an eine Stelle als Hofzauberer, die Marcel ihm anbieten würde, wenn ihre Intrige Erfolg hatte.

»Eure Majestät.« Der Minister der Geheimkanzlei tauchte erneut förmlich aus dem Nichts auf. »Die Durchsuchungen und Verhöre in der Repräsentanz der Co-Herzöge sind abgeschlossen.«

»Und?«, fragte der König freundlich, denn nach dem Essen befand er sich in bester Stimmung.

»Es sind sehr viele unterschiedliche«, der Minister hielt kurz inne, »und in sich widersprüchliche Ergebnisse festzuhalten. Gestattet mir, Euch die materiellen Beweise vorzulegen, damit ich anhand konkreter Beispiele fortfahren kann.«

»Nur zu«, forderte ihn der König auf. »He! Den Tisch weg! Aber den Stuhl für die Fürstin lasst hier!«

In den Saal wurden Sators Truhe mit den Steuergeldern und die Puppe, die den König darstellte, gebracht. Beides wurde zwischen dem Thron und den Verdächtigen aufgebaut (Tianas Stuhl stand jetzt neben dem Thron), sodass alle sie sehen konnten.

»Also«, fing der Minister der Geheimkanzlei an, »nachdem wir den Hauptmann der Wache Sid Kang hatten überzeugen können, uns ins Haus zu lassen … das war gar nicht leicht, er ist ein Meister im Schwertkampf und versteht ein wenig von Magie …«

»Was für ein treuer Mann!«, bemerkte der König. »Lebt er noch?«

»Ja«, antwortete der Minister. »Er lebt noch und ist bereits wieder in der Lage zu sprechen.«

Sator Gris knurrte leise.

»Wir haben das Gebäude sorgfältig durchsucht«, berichtete der Minister. »Als Erstes entdeckten wir im Schlafgemach von Derrick Gris diese Truhe. Sie war zur Hälfte mit Goldreales von den Kristallenen Inseln gefüllt.« Der Minister hob den Deckel.

»Betrug!«, schrie Sator Gris. »Eure Majestät, das ist Betrug! Das Gold hat man uns untergeschoben!«

Der König blickte Sator finster an, worauf dieser verstummte.

»Das Ganze kam mir komisch vor«, setzte der Minister seinen Bericht fort. »Warum soll ein Verräter dieses Gold in die Hauptstadt bringen, wenn ihn das den Kopf kosten kann? Deshalb hat der diensthabende Zauberer den Befehl erhalten, einen Betrugszauber über dem Gold zu wirken. Es hat mich nicht erstaunt, dass sich die Reales daraufhin in ehrliche Taler Seiner Majestät verwandelten.«

»Also das ist doch …« Der finstere Blick des Königs wanderte zu Trix – dem das Herz in die Schuhe sackte.

»Aber!«, sagte der Minister. »Ich habe den Zauberer sicherheitshalber angewiesen, den Betrugszauber noch einmal zu wirken. Daraufhin verwandelten sich die Taler wieder in Reales zurück! Ein dritter Zauber hat jedoch nichts mehr geändert.«

»Und das heißt?«, fragte der König.

»Das heißt, Eure Majestät, dass in der Truhe Reales von den Kristallenen Inseln waren, die magisch in Königstaler umgewandelt worden waren und dann noch einmal bezaubert wurden, damit sie wie Reales aussahen!«

»Aber wozu?«, fragte der König.

»Genau das verstehe ich nicht«, gab der Minister zu. »Vielleicht haben die Vitamanten Sator Gris tatsächlich Gold gegeben und zur Tarnung wurde es in Königstaler umgewandelt. Aber wer hat diesem Gold danach das Aussehen von Reales gegeben?«

»Ein Vitamant, der es ihm nicht gönnte?«, schlug der König vor.

»Aber warum sollte der einen zweiten falschen Zauber wirken, wenn es viel einfacher gewesen wäre, die ursprüngliche Magie aufzuheben?«

»Eure Majestät …«, setzte Sator mit gepresster Stimme an.

»Schweig!«, verlangte der König. »Du wirst schon noch das Wort erhalten, versprochen! Was noch?«

Der Minister hob die Puppe, die den König darstellte, vom Boden auf. »Dann war da noch diese Puppe, die Eure Majestät karikiert!«

Der König nahm sie an sich, betrachtete sie und schien zufrieden. »Die ist doch gar nicht schlecht! Sogar besser als die schmeichlerischen Darstellungen Unserer Hofkünstler. Ich bin etwas dicker als sonst, aber voller Kraft und Muskeln. Auch all meine Falten sind da. Die sehe ich ja schließlich auch, wenn ich in den Spiegel blicke. Ich bin halt nicht mehr so jung wie auf den offiziellen Porträts. Das Gesicht ist lustig, aber man spürt auch den Geist, die Schläue und den unbeugsamen Willen. Das Lächeln ist das eines mächtigen Herrschers, nicht das eines Clowns aus einem Affentheater. Mir gefällt das Ding! Nur eine Frage, mein lieber Slug: Haben sich die Gerüchte über meine Glatze wirklich schon außerhalb der Schlossmauern verbreitet?«

»Eure Majestät«, erwiderte der Minister, »über Euer kleines Haarproblem hat niemand Kenntnis. Und ich bitte Eure Majestät untertänigst, meinen Namen nicht in Gegenwart Dritter auszusprechen, schließlich bin ich der Minister der Geheimkanzlei …«

»Bitte, Slug! Es sind nur treue Gefolgsleute und widerwärtige Verräter anwesend! Die Ersten werden niemandem etwas sagen, die Zweiten – erst recht nicht!« Der König brach in Gelächter aus. »Aber wenn niemand von der Glatze weiß – warum habe ich dann eine?«

»Ich wage zu behaupten«, sagte der Minister, »dass die vorliegende Puppe mit dem Ziel angefertigt wurde, Eurer Majestät durch Analogiemagie zu schaden. In die Löcher könnten die Verschwörer ein paar Haare stecken, die sie Euch gestohlen haben ...«

»Wenn es da etwas zu stehlen gäbe«, hielt der König dagegen.

»Wenn ich mir das einmal ansehen darf, Sire!« Der alte, grauhaarige Zauberer nahm seinen Stab in die rechte Hand, kam näher und sah sich die Puppe aufmerksam an. Er schüttelte den Kopf. »Eure Majestät, mit dieser Puppe kann man die schädliche Analogiemagie nicht gegen Euch einsetzen. Sie ist mit Liebe und Respekt angefertigt, an ihr blieben die bösen Zauber nicht haften.«

»Was hat es dann damit auf sich?«, empörte sich der König. »Wer soll das bloß verstehen?«

»Es gibt da noch etwas«, ergriff der Minister der Geheimkanzlei wieder das Wort. »Die vorliegende Puppe wurde von uns in der persönlichen Toilette des Co-Herzogs Sator Gris entdeckt, in einem Korb mit Stofffetzen, mit denen man sich ...«

»Bitte! Es ist eine Dame anwesend!«, fiel ihm der König ins Wort. »Wir haben Euch schon verstanden! Das ist tatsächlich etwas ... beleidigend.«

»Der vorliegende Fund brachte uns dazu, das Klosett genauer zu untersuchen«, berichtete der Minister weiter. »Dabei entdeckte einer unserer unerschrockensten Mitarbeiter tief unten im Eimer drei weitere Puppen. Ich hatte nicht die Kühnheit, diese Stücke hier bei Hofe vorzulegen. Aber ich kann Euch versichern, dass es höchst beleidigende Darstellungen Eurer Majestät waren, deren Kleidung aus Stofffetzen bestand, die offenbar von einem Batisttuch Eurer Majestät stammen. Ich möchte Eure Majestät an dieser Stelle daran erinnern, dass …«

»Dass ich vor drei Tagen so großzügig gewesen war, dem Co-Herzog Gris ein Taschentuch direkt aus meiner Tasche zu schenken!«, unterbrach ihn der König und stand auf. »Das habe ich nicht vergessen!«

Sator schwankte und fiel auf die Knie. Er öffnete und schloss den Mund, als wolle er etwas sagen, brachte aber keinen Ton heraus.

»Und das Letzte«, fuhr der Minister fort. »In der Reisekleidung von Gris wurden zwei Ringe gefunden.«

»Zwei?«, rief Tiana – doch zum Glück achtete niemand auf sie.

»Der erste Ring«, der Minister zog ihn aus der Tasche, »kombiniert in erstaunlich geschmackloser Weise allgemein bekannte Symbole der Vitamanten. Wie Ihr seht, ist es ein runder Ring, auf den eine Platte mit einem aufgeschlagenen Buch gelötet ist, das eine Taube zeigt, die auf Eiern sitzt …«

»Die?«, fragte der König.

»Die am Boden liegen.«

Der König nahm den Ring an sich und betrachtete ihn.

»In ihm ist keine Magie«, sagte der Minister. »Was er soll, vermag ich nicht zu sagen. Vielleicht soll er die Macht der Vitamanten symbolisieren, aber an ein solches Symbol würde ja wohl höchstens ein Kind glauben.«

»Trotzdem hat er was«, urteilte der König. »Als Erkennungszeichen taugt er natürlich rein gar nichts, aber eine gewisse künstlerische Begabung des Goldschmieds steht für mich außer Frage. Seht Euch doch nur einmal diese bösen Rubinaugen an! Und diese klaren, sparsamen Linien, die gleichzeitig die Bosheit und Dummheit dieses Vogels wiedergeben! Übrigens ist das keine Taube, sondern ein Täuberich! Keine Ahnung, warum, aber ich weiß sicher, dass es ein Männchen ist!«

»Zweifellos, Eure Majestät«, entgegnete der Minister geduldig. »Die künstlerischen Aspekte des Rings habe ich bisher außer Acht gelassen. Der zweite Ring jedoch ...« Er holte den zweiten Ring heraus, der aus silbergrauem Metall gefertigt war, und zeigte ihn dem König. »Verzeiht mir, dass ich ihn Euch nicht gebe«, sagte der Minister, »aber dieser magische Ring trägt das persönliche Wappen Evykaits, ein horizontal gestrecktes Achteck, das Zeichen der Ewigkeit. Das mit ihm ausgeführte Siegel hat magische Kraft und lässt sich weder fälschen noch zerstören. Gerüchten zufolge überlässt Evykait solche Ringe nur seinen treuesten Vasallen. Es ist das erste Exemplar, das mir je in die Hände gefallen ist. Da wir seine Eigenschaften noch nicht umfassend erforscht haben, würde ich Eurer Majestät nicht empfehlen, das Risiko einzugehen ...«

Marcel nickte. Er sah Trix an und winkte ihn mit dem Finger zu sich. »Setz dich vor den Thron, *Herzog* Solier«, sagte der König zärtlich. »Von heute an erhältst du das Recht, in meiner Anwesenheit ...« Er verstummte. »He! Herold! Was haben wir noch an einmaligen Privilegien im Angebot?«

»Sich in Anwesenheit des Königs zu betrinken«, fing der Herold an aufzuzählen. »Auf dem Pferd in den Thronsaal zu reiten. Öffentlich Lieder zu singen, obwohl man weder Gehör noch Stimme hat.«

»Das erste ist noch zu früh für ihn«, entschied der König.

»Das zweite ist nicht nötig, das dritte erlaubt sich ohnehin die Hälfte der Barden ... Weißt du was, Trix? Du erhältst das einmalige Recht, nicht nur in meiner Anwesenheit zu sitzen, sondern auch mit dem Rücken zu mir zu sitzen!«

Trix dachte an Ian und nickte. »Ich danke Euch, Sire.«

»Und jetzt zu dir, Gris. Was hast du zu den Beschuldigungen zu sagen?«, fragte der König.

Sator hielt den Kopf gesenkt und schwieg. Trix wäre vor Scham am liebsten im Boden versunken. Sicher, Sator war ein mieser Verräter, aber hier wurden ihm Dinge vorgeworfen, die er nicht begangen hatte.

»Nichts?«, bohrte der König nach.

»Ich bin schuldig. Aber nur ich allein!«, gestand der ehemalige Co-Herzog Sator Gris. »Niemand sonst wusste von dem Verrat. Alle dachten, es sei ein normaler Putsch ... dass ich nur den Co-Herzog Solier stürzen wollte. Aber eine solche Intrige hätte ich mir nie ausgedacht! Das war Gavar! Er hat mich verleitet, indem er mir ewiges Leben, Reichtum und Macht versprochen hat ...«

Trix klappte der Unterkiefer herunter. Sator Gris redete immer schneller und schneller, fast als erleichterte ihn das: »Die Truppen der Vitamanten sollten zu Beginn des Frühlings eintreffen. Ich sollte ihnen Zutritt zu den Friedhöfen gewähren, damit sie die Toten aus den Gräbern holen könnten. Außerdem sollte ich meine Vasallen überzeugen, zu Evykait überzulaufen. Die Vitamanten wollten Eure Majestät und den zukünftigen Thronerben vergiften. Dann wäre Tiana, die bis dahin mit Evykait verheiratet sein sollte, die gesetzmäßige Thronerbin ...«

»Das reicht«, sagte der König. »Das ist mehr als genug für fünf oder sechs Todesurteile.«

Und Sator Gris sagte kein Wort mehr.

»Ich habe meine Zweifel, was deinen Sohn angeht. Er soll nicht über die Verschwörung im Bilde gewesen sein?«, sagte Marcel. »Genau wie deine engsten Berater ...«

»An allem bin nur ich schuld«, beharrte Sator.

»Immerhin fehlt es dir nicht an Edelmut«, befand der König, um dann mit voller Stimme zu verkünden: »Ich respektiere kühne Feinde. Wenn du nicht meinen treuen Vasallen, den grundguten Co-Herzog Rett Solier, seine Frau und seine treuen Diener umgebracht hättest ...«

Trix traten Tränen in die Augen. Genau! Wenn doch der gemeine Sator Gris seine Eltern nur nicht ermordet hätte, um seine niederträchtigen Ziele zu erreichen! Wenn er überhaupt niemanden ermordet hätte! Wenn er einfach alle eingekerkert hätte! Wenn das doch wahr wäre!

Schmerz und Traurigkeit loderten so stark in Trix, dass ihm schwindlig wurde. Die Stimme des Königs drang nur noch wie durch Watte an sein Ohr: »... Co-Herzog Rett Solier, seine Frau und seine treuen Diener umgebracht hättest ...«

Trix wischte sich mit dem Ärmel die Tränen ab und sah den König an.

»Eure Majestät!«, unterbrach der Minister der Geheimkanzlei Marcel.

Der König gebot ihm jedoch mit einer Geste Schweigen. »... dann würde ich in meiner grenzenlosen Güte dein nichtsnutziges Leben schonen. Ich würde dich in die Samarschaner Wüste schicken, auf dass du den Rest deines Lebens in Armut verbringst, schwer arbeitest und dich nach dem sehnst, was du verloren hast.«

»Eure Majestät!«, sagte der Minister lauter.

»Aber ich kann nur den Verrat verzeihen, der an mir begangen wurde!«, verkündete der König feierlich. »Niemals jedoch den heimtückischen Mord an meinen Untertanen!«

Sator Gris hob langsam den Kopf. »Ist das das Wort des Königs, Sire?«, fragte er.

»Eure Majestät, ich bitte Euch, mir …«, fuhr der Minister der Geheimkanzlei dazwischen.

»Ja, das ist das Wort des Königs!«, erklärte Marcel unumstößlich.

»Dann muss ich mich nur mit der Verbannung in die Wüste abfinden«, sagte Sator Gris. Seine Lippen verzogen sich zu einem triumphierenden Lächeln.

»Was heißt das?«, fragte der König den Minister der Geheimkanzlei.

»Ich habe versucht, Euch das zu erklären, Sire«, antwortete dieser. »Die Sache ist die, dass in jenem Teil des Hauses, der dem Co-Herzog Solier gehört, ein Gefängnis eingerichtet wurde. Wir haben die Wache verhaftet und …«

Der Minister gab dem Posten an der Tür zum Thronsaal ein Zeichen. Der Mann öffnete die Tür, sagte etwas und in den Thronsaal kamen …

»Mama!«, rief Trix, sprang auf und stieß dabei den Stuhl um. »Papa!« Er stürmte auf seine Eltern zu, blieb dann abrupt stehen und sah zum König zurück. Marcel der Lustige war zwar verwirrt, nickte Trix aber billigend zu.

»Mein Sohn!«, sagte die Co-Herzogin Solier, die die Augen zusammenkniff, weil sie kurzsichtig war. Sie lief Trix relativ schnell entgegen, um durch ihren forschen Schritt ihre tiefe mütterliche Liebe zum Ausdruck zu bringen, aber wiederum nur so schnell, wie es sich für eine adlige Dame ziemte. »Meine Güte, wie du dich verändert hast!«

»Mama, du lebst!« In seiner Aufregung machte Trix etwas, das er in den letzten zwei, drei Jahren niemals getan hatte, weil er geglaubt hatte, aus dem Alter raus zu sein: Er umarmte Remy Solier und grub sein Gesicht in ihre Schulter.

»Wie groß du geworden bist! Und wie kräftig und männlich, mein kleiner Liebling!«, rief die Co-Herzogin. Tief in seiner Seele wusste Trix, dass seine Mutter nicht das sagte, was sie meinte, sondern das, was eine hochwohlgeborene Dame in einer solchen Situation wohl sagen musste. Trotzdem gefiel es ihm.

»Mein Sohn«, sagte der Co-Herzog Rett Solier knapp und legte ihm die schwere Hand auf die Schulter. »Ich dachte, du …«

Mehr sagte der Co-Herzog nicht. Trotzdem schwoll Trix' Herz vor Freude. Rett Solier ging zum Thron und ließ sich auf ein Knie nieder.

»Steht auf, Herzog«, sagte Marcel. »Ich freue mich, dass Ihr am Leben seid.«

»Die Freude ist ganz meinerseits, Eure Majestät«, antwortete der Herzog. Dann sah er Sator an.

»Ich war wohl etwas voreilig«, räumte Marcel ein. »Ich war mir sicher, dass Ihr tot seid, und sagte, dass ich den Hochverrat verzeihen würde. Da Ihr am Leben seid, wird der Schurke also mit der Verbannung davonkommen.«

»Euer Wille geschehe, Sire«, sagte Solier und neigte den Kopf.

»Und es ist ganz bestimmt niemand tot?«, bohrte Marcel voller Hoffnung nach. »Es ist die Pflicht des Königs, den Tod selbst des geringsten seiner Untertanen hart zu bestrafen. Was ist mit Dienern? Die Gerüchte behaupten …«

»Sie waren zusammen mit uns eingesperrt«, berichtete der Herzog.
»Es ist also niemand gestorben?«, fragte Marcel noch einmal. »Überhaupt niemand?«
Rett Solier schüttelte den Kopf.
»Bringt den ehemaligen Co-Herzog Gris und seinen Sohn weg«, befahl Marcel. »Ich werde später entscheiden, was ich mit ihnen mache.«
»Das Wort des Königs!«, erinnerte ihn Sator, als er aus dem Saal geführt wurde. »Das Wort des Königs gilt!«
»Lang lebe der König!«, bestärkte ihn Derrick.
Daraufhin bekam er eine Ohrfeige und schwieg.

Spät am Abend desselben Tages gab Marcel der Lustige ein kleines Festessen in geschlossener Gesellschaft. An ihm nahmen teil: Seine Majestät Marcel der Lustige, Ihre Majestät die Königin Gliana, die Fürstin Tiana Dillon, der Herzog und die Herzogin Solier (die Tradition der Co-Herzöge gehörte nun endgültig der Vergangenheit an) und ihr Thronerbe Trix, der selbstständige Magier Radion Sauerampfer, Trix' Diener, der Chevalier des Ruders Ian (man hatte ihm ein ritterliches Wams angezogen, auf das mit einer Schnelligkeit, die gelobt gehört, sein Wappen gestickt worden war: ein silbernes Ruder auf blauem Grund), und der Stiefbruder der Fürstin, Hallenberry (Marcel zeichnete ihn aus, indem er ihm zärtlich über den Kopf strich). Ferner waren anwesend der Majordomus und der Herold, offenbar damit sie nicht vor der Zeit Details der heutigen Ereignisse ausplauderten.
Wahrscheinlich steckte irgendwo auch noch der Minister der Geheimkanzlei. Und selbstverständlich waren Diener und Gardisten anwesend. Aber wer zählte sie je mit?

Trix, der sich im königlichen Bad gewaschen und sich anschließend neue Kleider angezogen hatte, war nicht ganz wohl in seiner Haut. Das wurde noch dadurch gesteigert, dass die Herzogin Remy Solier die ganze Zeit über versuchte, ihren geliebten Sohn mit einem Löffel zu füttern, und sich empörte, als er nach einem Pokal mit Wein griff. Glücklicherweise wurde sie schon bald durch ein Gespräch mit Ihrer Majestät abgelenkt, das mit dem interessanten Zustand begann, in dem sich die Königin befand, und von dort fließend zu den Kleidern überging, die diesen Zustand am besten verbargen.

Tiana saß rechts neben Marcel, was einer Entschuldigung gleichkam, denn offiziell entschuldigte sich der König nie. Auf ihrem Kopf funkelte ein schmales Saphirdiadem, ein weiteres Zeichen der königlichen Güte. Trix versuchte in einem fort, Tianas Blick zu erhaschen, doch sie ging ganz in dem Gespräch mit Marcel auf.

Radion Sauerampfer trug seinen Paradeumhang und stocherte im Salat herum. Obwohl er aus dem Kerker entlassen und alle Anschuldigungen fallen gelassen worden waren, wirkte der Zauberer irgendwie bedrückt. Aber weshalb?

Trix seufzte.

»Meine Damen, meine Herren!« Marcel beendete endlich die Unterhaltung mit Tiana und ließ seinen Blick über die Anwesenden schweifen. »Das, was ich jetzt sage, sollte innerhalb der Mauern dieses Schlosses bleiben. Das Volk braucht nur zu wissen, dass die Familie Gris ihren Adelstitel verloren hat und für den heimtückischen Verrat am Geschlecht der Soliers in die Verbannung geschickt wurde.«

Rett Solier nickte zustimmend.

»Wenn etwas über die geheimen Pläne der Vitamanten

und über die wahre Tiefe des Verrats verlauten würde, würde sich im Volk Panik ausbreiten. Dann dürfte ein Krieg gegen die Kristallenen Inseln in gefährliche Nähe rücken«, erklärte der König. »Abgesehen davon gibt es auch so schon genug Gründe, die Gris zu verbannen. Eine Ehe zwischen Fürstin Tiana und Evykait liegt auch nicht länger im Interesse des Staates – aber auch darüber brauchen wir kein Wort zu verlieren. Der gute Regent Hass soll so lange seines Amtes walten, bis die Fürstin volljährig ist ... oder heiratet.« Marcel lächelte. »Doch obwohl wir über die Ereignisse den Schleier des Geheimnisses breiten müssen, bestehe ich darauf, einige der Anwesenden auszuzeichnen und die Verräter zu bestrafen. Herzogin?«

»Ja, Sire?«, sagte Remy.

»Es gibt Gerüchte, dass Ihr in bester Tradition versucht haben sollt, Eurem Leben ein Ende zu setzen. Dabei sollt Ihr alle Gesetze des Hohen Todes beachtet haben. Stimmt das?«

»Nicht ganz ...«, antwortete die Herzogin. »Ich wollte es, das ja! Ich habe mich mit Lampenöl übergossen, aber kein Schwefelholz gefunden. Ich wollte mir einen Dolch in die Brust rammen, aber es gab keine Dolche mehr, nur noch ein Tafelmesser, und das war stumpf, außerdem aus Silber, deshalb ist es jetzt völlig verboten. Aber ich bin aus dem Fenster gesprungen, Sire! Mein Schlafgemach liegt jedoch im ersten Stock und genau unterm Fenster ist ein Teich ...«

»Verstehe«, sagte Marcel. »Herzogin, als Zeichen meines Respekts gegenüber Euren Absichten erlasse ich für das Herzogtum die Steuern auf Lampenöl, Silber und ...«, Marcel dachte nach, »und Häuser, die mehr als ein Stockwerk hoch sind.«

»Eine solche Steuer gibt es nicht, Sire«, merkte der Majordomus leise an.

»Dann müssen wir sie einführen«, entgegnete der König ebenso leise.

»Ich danke Euch, Eure Majestät«, rief die Herzogin.

»Nun zu Euch, Herzog!« Der König lächelte. »Bei Euch ist die Sache ganz einfach. Ihr werdet der alleinige Herrscher beider Länder. Ich hoffe, diese Auszeichnung für Eure Treue freut Euch.«

»Ich danke Euch, Eure Majestät«, sagte Rett Solier.

»Freilich bekümmert mich die Tatsache, dass Ihr die Verschwörung überhaupt nicht bemerkt habt.« Das Lächeln des Königs verschwand aus seinem Gesicht. »Deshalb werde ich eine königliche Garnison ins Herzogtum entsenden, für deren Unterhalt Ihr aufzukommen habt. Dafür braucht Ihr mir nicht zu danken!«

»Das werde ich nicht, Sire«, sagte Rett Solier verwirrt.

»Jetzt zu Euch, Meister Sauerampfer.« Der König wandte sich dem Zauberer zu. »Ich bin Euch zu Dank verpflichtet, dass Ihr dem jungen Solier geholfen habt, die Verschwörung aufzudecken und die Fürstin zu retten. Da Zauberer Menschen sind, die sich rein gar nichts aus weltlichen Gütern machen, werde ich Euch nicht beleidigen, indem ich Euch Geld anbiete.«

»Ihr könntet mich nie durch irgendetwas beleidigen, mein König!«, rief Sauerampfer.

»Deshalb verleihe ich Euch den Titel Hofzauberer Allererster Leistungsklasse«, fuhr Marcel fort. »Damit dürftet Ihr Euch in Zukunft wohl nicht mehr vor Kundschaft retten können.«

Sauerampfer neigte den Kopf. Trix hätte ihm gern in die

Augen gesehen, doch der Zauberer vermied es, in seine Richtung zu blicken. Ob er ihm etwas verübelte?

»Was dich angeht, mein junger Ritter«, wandte sich der König an Ian, »bestätige ich den dir verliehenen Adelstitel. Ich werde dich in der Ritterschule anmelden lassen, wo man dich im Schwertkampf, Reiten und dergleichen ausbildet. Natürlich nur, falls dein Herr es erlaubt.«

Ian sah Trix an. Der nickte.

»Ich danke Euch für diese Ehre, Eure Majestät!«, sagte Ian. Es war nicht ganz klar, ob ihn die Aussicht, wieder in die Schule zu gehen, wirklich freute, aber er war klug genug, darüber kein Wort zu verlieren.

»Unser kleiner Freund hier«, sagte der König mit einem Blick auf Hallenberry, »kann bestimmt auf jede Auszeichnung verzichten. Denn ein treu liebendes Herz ist wohl der größte Schatz, klaro?«

»Klaro«, versicherte Hallenberry enttäuscht.

»Trotzdem soll er nicht leer ausgehen«, fuhr der König lächelnd und an alle gewandt fort. »Es wäre unklug, ihm ein Besitztum zu überlassen, denn er kann noch nicht frei über Geld verfügen. Aber es würde ihm nicht schaden, eine anständige Erziehung zu erhalten. Das darf aber nicht am Hof von Dillon geschehen. Wenn seine Herkunft bekannt würde, wäre Intrigen aller Art Tür und Tor geöffnet. An meinem Hof würde er in der Menge edler Sprösslinge kleiner Adelsleute untergehen. Sagt, Herzogin, wollt Ihr den Jungen nicht unter Eure Obhut nehmen?«

Remy Solier sah den verwirrten Hallenberry an. Sie runzelte leicht die Stirn. Dann richtete sie den Blick auf Trix.

Und da schien sie zum ersten Mal zu begreifen, dass ihr Sohn schon lange groß war.

»Aber natürlich, Sire!«, sagte sie. »Das arme Kind braucht die Wärme einer Familie und die Zärtlichkeit einer Mutter!« Trix nickte Hallenberry mitleidig zu, musste sich aber eingestehen, dass er erleichtert war. Endlich hatte seine Mutter ein neues Ziel für ihre Fürsorge gefunden!

»Und jetzt zu Trix Solier«, sagte der König. »Der junge Initiaticus mit dem großen magischen Talent. Und, wie mir scheint, auch mit einer gewissen künstlerischen Begabung. Aber du willst dich vermutlich nicht mit der Herstellung von Skulpturen und Ringen beschäftigen?«

Trix schüttelte verlegen den Kopf.

»Du bist von edlem Stand und ein zukünftiger Herzog. Falls dich eine glückliche Ehe nicht zu etwas noch Höherem macht«, bemerkte der König grinsend. »Außerdem darfst du schon mit dem Rücken zu mir sitzen. Mir ist wirklich schleierhaft, wie ich dir für die Aufdeckung der Verschwörung danken soll. Vielleicht hast du selbst einen Vorschlag?«

»Sire!« Trix erhob sich. »Mir haben viele gute Menschen geholfen. Könnte ihnen nicht gedankt werden?«

Der König nickte.

»Da wäre zum einen Euer treuer Ritter, Sir Paclus«, sagte Trix. »Er ist ein kühner, erfahrener und magieresistenter Ritter, der nirgendwo fest in Diensten steht. Wenn Ihr ihm den Befehl für die Garnison übertragen wolltet, die Ihr ins Herzogtum entsendet ...«

»Dafür müsste er wenigstens Baron sein«, bemerkte der König. »Und ein Baron, der zu einem Viertel ein Zwerg ist, das hat es noch nie gegeben!«

»Eben«, sagte Trix traurig.

Der König breitete die Arme aus. »Eben! Dann werde ich *eben* dem Baron Paclus diesen Posten geben!«

»Obendrein wird das unsere Beziehungen zu den Zwergen verbessern«, erklärte der Minister der Geheimkanzlei, der seinen Kopf wie aus dem Nichts zwischen Tiana und Marcel schob. »Als Zeichen des Goodwill, Sire.«
Der König drehte sich um – doch da war schon kein Minister mehr.
»Ein Zeichen des Goodwill?«, wiederholte der König. »Hm. Gefällt mir.«
»Dann sind da weiter die fahrenden Schauspieler«, meldete Trix seinen zweiten Wunsch an. »Die Truppe des Herrn Maichel.«
»Ich liebe das Theater«, sagte der König. »Sie sollen bei Hofe auftreten. Wenn der König sie erst mal gelobt hat, lädt sie sicher der gesamte Adel auf seine Schlösser ein.«
Trix nickte dankbar. Ihm schoss der Gedanke durch den Kopf, dass Marcel der Lustige auch gut und gern Marcel der Effiziente genannt werden könnte, denn er bewies ein erstaunliches Geschick dabei, Menschen auszuzeichnen, ohne dass es ihn auch nur einen Kupferling kostete.
»Und drittens?«
»Das ist alles«, sagte Trix. »Ein Drittes gibt es nicht.«
»Kommt gar nicht infrage!«, polterte der König. »Es gibt immer drei Bitten. Das ist Tradition. Drei Prüfungen, drei Aufgaben, drei Bitten. Also los!«
Trix dachte nach. »Der Sohn Eures kürzlich verstorbenen Ritters, der junge Kodar Aradan, träumt davon, Eurer Majestät zu dienen …«
»Oh, hat Unser langlebiger Untertan am Ende also doch noch diese Welt verlassen?«, rief der König. »Ich habe schon daran gedacht, ein paar Alchimisten und Heiler zu ihm zu schicken, damit sie die wunderwirkenden Eigenschaften der

Gegend dort studieren. Da gibt es doch bestimmt Heilquellen oder Kräuter, die das Leben verlängern ... Gut. Wenn der junge Mann dienen will, soll er dienen.«

»Das war's, Eure Majestät«, sagte Trix erleichtert.

»Willst du denn gar nichts für dich?«, fragte der König.

»Vielleicht einen Platz in der Akademie für Zauberei?«

»Bei Herrn Sauerampfer bin ich besser aufgehoben«, sagte Trix verlegen.

Da erhob sich Radion Sauerampfer und sah den König an. »Sire!«

»Sprich!«, forderte der König ihn auf.

»Trix Solier muss nicht länger ausgebildet werden«, sagte Sauerampfer. »Hiermit erkläre ich offiziell, dass dieser Jüngling die letzte Prüfung bestanden hat und vom Initiaticus zum Zauberer aufgerückt ist.«

»Und worin hat diese Prüfung bestanden?«, erkundigte sich der König.

»Wenn ein Mensch eine Veranlagung und ein Interesse für die Magie zeigt, wird er Fanaticus«, holte Sauerampfer aus. »Wenn er einen Zauber zur Lösung einer Aufgabe einsetzen kann, steigt er in den Rang des Soufflöticus auf. Wenn er versteht, dass er zuweilen auf Magie verzichten und eine Aufgabe mit dem Verstand lösen muss, wird er Initiaticus. Der letzte Schritt, mit dem ein Schüler zum Zauberer wird, ist die schwierigste. Dafür muss der Schüler ...«

»Ich weiß!«, rief der König. »Er muss seinen Lehrer übertreffen! Er muss ihn in einem Duell besiegen oder, wie in deinem Fall, vor einem Unglück bewahren!«

Sauerampfer runzelte die Stirn. »Das wäre eine sehr schöne Variante, Sire«, sagte er. »Nur dass dann kein Zauberer einen Schüler nehmen würde. Wer wollte denn schon von seinem

Schüler getötet oder überflügelt werden? Nein, Sire. Der Initiaticus wird zum Zauberer, wenn er ein kompliziertes Problem löst, indem er gleichzeitig Magie und seinen Kopf gebraucht. Indem er beide Kräfte gemeinsam, gleichberechtigt und gleichgewichtig zur Anwendung bringt. Ich glaube, dass Trix diese Aufgabe hervorragend bewältigt hat.«

»Das ist zu einfach«, murrte der König. »Aber das müsst ihr Zauberer ja selbst wissen. Siehst du, Trix, nun kommst du doch noch zu deiner Auszeichnung!«

Mit diesen Worten zog sich der König mit einiger Anstrengung einen Ring vom Finger und hielt ihn Trix hin.

»Ist das ein Zauberring?«, fragte Trix.

»Nein, natürlich nicht. Aber in ihm ist ein solider und lupenreiner Smaragd von exzellentem Schliff verarbeitet. Er ist ein paar Hundert Goldstücke wert.«

»Dann werde ich ihn nicht am Finger tragen, sondern an einer Kette um den Hals«, entschied Trix, der den für ihn viel zu großen Ring in den Fingern hin und her drehte.

»Wenn du älter bist, wirst du verstehen, dass zweihundert Goldtaler manchmal mehr wert sind als ein Zauberring«, sagte der König.

»Ja, Sire«, erwiderte Trix.

Nun sah der König alle Gäste mit zufriedener Miene an.

»Wie ich solche Momente liebe!«, sagte er. »Der Böse ist bestraft, der Gute hat gesiegt. Der gute und weise König hat seine treuen Diener ausgezeichnet und die Schurken eingekerkert! Was meinst du, Trix, sollten sie vielleicht versuchen, klammheimlich aus dem Verlies zu fliehen – und dann ein paar Pfeile in den Rücken bekommen? Das wäre doch nur gerecht, oder?«

Trix blickte dem König fest in die Augen. Er erinnerte

sich, wie Sid Kang ihn aus dem Palast herausgeführt hatte und er selbst Angst gehabt hatte, von einem heimtückischen Pfeil aus dem Dunkel getroffen zu werden.«Nein, Eure Majestät. Genauer gesagt ja, Eure Majestät. Es wäre gerecht, aber es wäre nicht gut. Und in der Welt gibt es schon so viel Gerechtigkeit, dass für das Gute fast kein Platz mehr da ist!«

Der König sah ihn nachdenklich an. »Sagt, Herzog, wie habt Ihr es geschafft, dass er so wird?«

Trix' Vater wurde verlegen und zuckte die Schultern. »Wir haben gar nichts Besonderes angestellt. Er hat in seiner eigenen kleinen Welt gelebt, Brei bekommen, Märchen gehört, später hat er gern Chroniken gelesen ...«

»Etwas Besonderes mit ihm angestellt habt Ihr also nicht«, sagte der König nachdenklich. »Scheint mir eine gute Methode zu sein ...«

Trix sah den König nach wie vor an.

»Gut. Morgen wird die Familie Gris zur Grenze nach Samarschan gebracht und mit Tritten aus dem Königreich gejagt«, kündigte Marcel an. »Obwohl dein Beispiel gezeigt hat, dass es nicht die beste Politik ist.«

Trix nickte dankbar.

»Und jetzt genug mit diesem Geschwätz«, befahl der König. »Sonst wird der Rehbraten noch kalt und der Wein verflüchtigt sich. Diese Neigung hat er sowieso. Versucht den Rosé, der ist aus meiner Lieblingstraube.«

Damit glitt das königliche Festmahl in jene Phase über, in der keine Auszeichnungen mehr verteilt wurden, sondern Teller (für mehrere Gänge), und die reichlich Anlass zum Lob der hervorragenden Hofköche gab.

Trix hatte es schon lange nicht mehr so gut geschmeckt. Bei ihm zu Hause waren die Speisen selbst bei den prachtvollsten Empfängen, die seine Eltern ausrichteten, schlichter.

Etwas beunruhigte ihn jedoch: Weder Tiana noch Sauerampfer würdigten ihn eines Blickes. Obwohl er sich überhaupt nicht erklären konnte, was dahintersteckte, fühlte er sich schuldig. Doch quer über den Tisch konnte er die beiden natürlich nicht darauf ansprechen. Trix musste warten, bis Marcel die Tafel aufhob.

Während Marcel seinen Vater umarmte, ihn »Mein lieber Herzog!« nannte und alle anderen nur Augen für den König hatten, ging er zur Fürstin.

»Tiana«, sagte er leise. »Bist du böse auf mich?«

Tiana, der das lange Abendkleid hervorragend stand, sah ihn fragend an.

»Weil … du überhaupt nicht mit mir geredet hast«, murmelte Trix. »Und mich nicht mal angeguckt hast …«

»Dummkopf«, antwortete sie leise. »Wir sind hier bei Hofe, vergiss das nicht! Da darf ein anständiges Mädchen doch nicht einfach einen hübschen Jüngling ansehen …«

Trix' Wangen loderten.

»Kommt zu uns nach Dillon, das ist meine offizielle Einladung«, sagte Tiana. Dann schaute sie sich rasch um und gab Trix einen Kuss etwas rechts neben die Oberlippe.

Trix war wie vom Donner gerührt. Als er wieder zu sich gekommen war, hatte Tiana den Saal längst am Arm Ihrer Majestät der Königin verlassen.

Nun, da Trix glücklich und beruhigt war, hielt er nach Sauerampfer Ausschau. Von ihm hoffte er selbstverständlich nicht auf einen Kuss – aber auf ein paar freundliche Worte, denn die würden seine gute Laune vollends wiederherstellen.

Doch Sauerampfer machte sich bereits aus dem Staub. Gerade leuchtete sein Paradeumhang noch einmal auf, als er durch die Tür entschwand.

Ich werde morgen mit ihm sprechen, dachte Trix. Im nächsten Moment schloss ihn die Herzogin in die Arme und wollte wissen, ob er sich erkältet hatte, und falls nicht, warum seine Wangen es dann farblich mit jeder Tomate aufnehmen konnten.

Am nächsten Morgen hatte Radion Sauerampfer das Königsschloss jedoch bereits verlassen. Der Hofzauberer Allererster Leistungsklasse hatte sich per Teleportation in unbekannte Richtung davongemacht.

5. Kapitel

An einem klaren Wintermorgen, eine Woche bevor das Jahr zu Ende ging, betrachtete Trix Solier, der einzige und rechtmäßige Thronerbe des Herzogs Rett Solier, skeptisch sein Spiegelbild. Mit einiger Fantasie konnte der schwarzhaarige Junge im Spiegel Jüngling genannt werden. Als junger Mann ging er jedoch auf keinen Fall durch.

Trix streckte seinem Spiegelbild die Zunge heraus und lächelte.

Hätte er einmal darüber nachgedacht, was das Entscheidende gewesen war, das er im letzten halben Jahr gelernt hatte, wäre er zu einem überraschenden Schluss gekommen. Das Entscheidende war nämlich nicht die Zauberei und auch nicht die Fähigkeit, Kartoffeln zu schälen und Kaffee für einen nörglerischen Zauberer zu kochen. Nein, das Entscheidende war die Einsicht, dass es auf das Innere, nicht auf das Äußere eines Menschen ankommt. Das galt für Zauberer ebenso wie für Ritter, Vitamanten und Diener. Und auch für ihn, Trix, selbst.

Doch machen wir uns keine falschen Hoffnungen: Trix dachte nicht darüber nach. Trotzdem hatte er ein Lächeln für sein Spiegelbild übrig und verzichtete sogar darauf, sein Gesicht nach den ersten Bartstoppeln abzusuchen.

Gut, er verzichtete weitgehend darauf.

Trix pfiff eine Melodie vor sich hin (das Schicksal hatte

Erbarmen mit den Hofbarden: Sie liefen dem pfeifenden Thronerben nicht über den Weg) und ging ins Erdgeschoss des Schlosses hinunter. Die wenigen Lakaien und Dienerinnen, die ihm begegneten, verbeugten sich tief und sahen zu, dass sie sich verzogen. Der Herzog hatte einen Großteil der alten Dienerschaft nach einem gründlichen Verhör fortgejagt und stattdessen neue Bedienstete eingestellt, kräftige junge Frauen vom Lande (sie konnten vortrefflich mit Rechen und Schaufel umgehen, erstarrten aber beim Anblick von feinem Porzellan) und kräftige junge Männer vom Lande (sie trugen ihre Livreen mit großer Wichtigkeit, waren aber außerstande, sich zu merken, wer wie hieß, vor wem sie sich wie verbeugen mussten und dass es unhöflich war, einfach »Hä?« zu sagen, wenn sie etwas nicht verstanden).

Dergleichen hielten Trix und sein Vater aber für ein vorübergehendes Problem. Und sie beide hegten nicht den geringsten Zweifel, dass diese ungeschliffenen Lakaien bei Gefahr alles daransetzen würden, ihren Gönner zu verteidigen, und nicht fliehen oder auf die Gnade des Feindes hoffen würden.

Vor dem Thronsaal eilten bereits allerlei Leute hin und her, sein Vater musste also schon dort sein. Trix ging jedoch nicht zu ihm, sondern bog in einen schmalen Gang ein, der zur Kellertreppe führte. Die Wachposten ließen den Thronerben ohne jede Frage durch und standen stramm, als Trix penibel eine Fackel aussuchte und sie im Kamin anzündete.

Unten im Keller stand ein weiterer Posten Wache, direkt vor dem Trakt mit den Gefängniszellen. Bei diesem Posten handelte es sich um einen ziemlich kümmerlichen Minotaurus. Nach der Verbannung von Gris und seiner Familie war er demjenigen überlassen worden, den er bisher bewacht hatte: Solier. Er musste noch ein halbes Jahr bei ihm abdienen. Kaum sah er Trix, klammerte er sich fester an seine Hellebarde.

»Du passt hier auf?«, fragte Trix freundlich.

»Jee!«, brüllte der Minotaurus. Es klang nicht sehr laut, aber sehr kriegerisch.

»Sachte, sachte«, dämpfte ihn Trix.

Die Zellen waren leer – alle bis auf die eine, in der einst Trix gesessen hatte. Er trat ans Gitter heran und überzeugte sich, dass es sicher mit einem neuen, funkelnden Schloss verschlossen war. Die Wachzauber hatte er selbst gewirkt. Anschließend richtete er den Blick auf den Gefangenen.

Sid Kang, der gemeine Verräter, starrte finster zurück. Der ehemalige Hauptmann der Wache hatte einen Bart bekommen, denn ein Barbier durfte nur einmal im halben Jahr zu den Gefangenen. Er war auch ein bisschen dünner und blasser geworden. Aber sein Blick war nach wie vor stolz.

»Weinst du?«, fragte Trix. »Nein? Gut.«

»Sich über einen besiegten Feind lustig zu machen ist eines Adligen unwürdig«, erwiderte Sid.

»Genauso wie es eines edlen Ritters unwürdig ist, seinen Herrn zu verraten«, bemerkte Trix.

Sid Kang wurde unter weitaus erträglicheren Bedingungen festgehalten als Trix damals. Auf dem Boden der Zelle lag ein alter, aber dicker Teppich. Er musste nicht auf faulem Stroh schlafen, sondern hatte ein Bett mit einer warmen Wolldecke. Auf dem Tisch brannte eine kleine Lampe. Sogar das Essen auf dem Holzteller sah recht appetitlich aus.

»Mein Herr ist Sator Gris«, sagte Sid Kang. »Sicher, formal habe ich beiden Co-Herzögen einen Eid geleistet, aber gehorchen musste ich nur den Befehlen von Gris.«

»Das ist auch der einzige Grund, warum du nicht zum Tode verurteilt worden bist«, erwiderte Trix.

»Ich weiß. Aber du bist sicher nicht hergekommen, um mit mir über die Vorteile zu diskutieren, die ein Diener zweier Herren hat. Also, was willst du?«

»Was hast du dir davon versprochen?«, fragte Trix. »Außer Freiheit, meine ich.«

Sid Kang trat dicht ans Gitter und sah Trix in die Augen. »Du schlägst mir ein Geschäft vor, junger Solier? Ein paar Antworten ... gegen einen guten Preis?«

»Richtig«, sagte Trix. »Also antworte!«

»Ich habe bereits auf alle Fragen in der Geheimkanzlei des Königs geantwortet.« Sid verzog schmerzlich das Gesicht. »Die wissen, wie sie ihre Antworten bekommen!«

»Nein, nicht auf alle«, sagte Trix. »Denn sie wussten nicht, was sie fragen mussten. Also, was ist dein Preis?«

»Du schließt ein unvorteilhaftes Geschäft ab«, warnte ihn der ehemalige Hauptmann. »Aber gut, das ist dein Problem. Ich kann um alles bitten?«

»Ja«, sagte Trix. »In vernünftigem Maß, versteht sich.«

»Mir fehlt die Sonne«, sagte Sid. »Ich würde gern einen kurzen Spaziergang pro Tag machen. Unter Aufsicht, versteht sich. Von mir aus sogar im Innenhof des Palasts.«

»In Ordnung«, erwiderte Trix.

»Und ich würde gern meine Frau und meine Kinder sehen. Wenigstens manchmal. Einmal im Monat.«

»Einmal in zwei Monaten«, entschied Trix, der sich lieber nicht allzu großzügig zeigen wollte.

»Das ist alles, worum ich bitte.«

»Du musst um drei Dinge bitten«, erklärte Trix, der sich an Marcels Worte erinnerte. »Also weiter.«

»Wenn es denn sein muss!« Sid seufzte – und eine Dampfwolke stieg auf. »Hier ist es kalt und feucht, junger Solier. Selbst im Sommer. Ich weiß, dass hinter jeder Zelle ein Ofen steht. Den soll man jeden Tag heizen, sonst gehe ich hier früher oder später ein.«

»Gut«, erwiderte Trix. »Deine Bitten sagen mir, dass du deine Flucht planst, dass deine Frau jemandem eine Nachricht zukommen lassen soll, dass du dir aber auch nicht sicher bist, dass es mit der Flucht bald klappt. Trotzdem werde ich deine drei Bitten erfüllen. Ich werde ihnen sogar noch eine hinzufügen: Ich werde darum bitten, deine Wache zu verdoppeln.«

Sid Kang grinste breit. »Wenn dein Vater genauso gewitzt wäre wie du, mein Junge, dann hätte ich bei diesem Putsch nie mitgemacht. Wir sind uns also einig. Frag!«

»Warum hat Gris sich an die Vitamanten verkauft?«

Sid brach in lautes Gelächter aus. »Das ist eine einfache Frage und die Antwort kennst du. Weil sie ihm viel Gold versprochen haben, einen Posten als Vogt und ewiges Leben. Die Geschichte ist genauso alt wie die Welt.«

»Warum hat der Putsch so leicht geklappt? Warum sind unsere Untertanen Gris gefolgt?«

»Weil dein Vater ein guter Mensch, aber ein schlechter Herrscher ist.« Sid Kang wurde ernst. »Seit etlichen Jahren entscheidet Gris alle wichtigen Fragen. Deinem Vater genügt es voll und ganz, als nomineller Herrscher auf dem Halben Thron zu sitzen. Aber die Macht, mein Junge, ist wie Feuer. Man muss es so schüren, dass es einen nicht verbrennt, dass die Wärme auch für andere reicht und dass es nicht erlischt. Dein Vater hatte Angst, sich und andere zu verbrennen … und er hat das Feuer ausgehen lassen.«

»Das werde ich mir merken«, sagte Trix. »Aber Sator Gris hatte keine Angst, sich oder andere zu verbrennen. Warum hat er also das Leben meiner Eltern geschont?«

»Endlich kommst du zur Sache!«, stieß Sid aus.

Trix nickte.

»Ich habe dich ja gewarnt, du machst ein unvorteilhaftes Geschäft«, sagte Sid. »Die Antwort auf diese Frage kenne ich nicht. Als Sator mit mir den Plan für den Umsturz durchgesprochen hat, hieß es, wir würden deine Eltern umbringen. Du solltest gefangen genommen werden. Dein Vater sollte im Thronsaal ermordet, deine Mutter in ihrem Schlafgemach eingesperrt werden, um ihr die Möglichkeit zum Hohen Tod zu geben. Wenn sie sich dazu nicht hätte durchringen können ... hätte man ein bisschen nachgeholfen. Wir haben das alles hundert Mal durchgekaut ...«

Er verstummte.

»Aber dann?«, fragte Trix.

»Aber dann kam alles anders. Wir haben sowohl den Co-Herzog wie auch die Co-Herzogin lebend gefangen genommen. Vielleicht hatte Gris Angst, ihre Ermordung zu befehlen, denn dann wäre es kein Sturz der Machthaber mehr gewesen, sondern eine Hinrichtung. Vielleicht hatte er sich aber auch im letzten Moment etwas besonders Gemeines für sie ausgedacht ...« Sid breitete die Arme aus. »Ich glaube immer noch, dass es ein Fehler war, obwohl dieser Fehler uns allen das Leben gerettet hat.«

Trix nickte und ging nachdenklich zur Treppe. Sid Kang sah ihm wortlos nach.

Der nächste Ort, den Trix aufsuchte, war der Wintergarten, ein großer Raum mit einem Glasdach, in dem sogar im Winter Blumen blühten und Bäume (in Fässern) grüne

Blätter trugen. Dort fand er seine Mutter im Kreis ihrer Hofdamen. Die älteste von ihnen las mit ausdrucksvoller Stimme etwas vor: »›… am späten Abend. Da rief die erste Lady: ›Oh, wenn ich doch Königin wäre! Dann würde ich ein großes Fest veranstalten mit einem üppigen Festmahl für alle, sowohl für die hochwohlgeborenen Menschen wie auch für die schändliche Dienerschaft.‹ Daraufhin sagte die zweite Lady: ›Und wenn ich Königin wäre, dann würde ich die Manufakturen und die Gilde der Weber unterstützen, denn die maschinelle Herstellung von Tuch ist wesentlich einfacher. Und der Stoffhandel bringt dem Königreich gute Gewinne ein.‹ Schließlich sagte die dritte Lady: ›Wenn ich Königin wäre, würde ich dem König einen kräftigen Sohn schenken.‹ Der König, der die Angewohnheit hatte, sich abends unter den Fenstern der heiratsfähigen Frauen zu verstecken, sie zu beobachten und zu belauschen, ließ sich das Gehörte durch den Kopf gehen und sagte: ›Die Leidenschaft für Feiern und Gelage ist ruinös für einen Staat und gehört sich nicht für eine Dame von hohem Stand. Einen kräftigen Erben kann mir jede gesunde und wohlgenährte Frau im gebärfähigen Alter schenken. Doch die Worte der zweiten Lady freuen mein Herz, denn aus ihnen höre ich die Sorge um das Wohlergehen des Landes und einen Verstand heraus, der einer Königin würdig ist!‹ Mit diesen Worten ging er zu den Ladys …«

In diesem Augenblick bemerkte die Hofdame Trix und verstummte ehrfürchtig. Die Herzogin drehte den Kopf und lächelte ihren Sohn zärtlich an. Von der kleinen Bank zu ihren Füßen sprang Hallenberry auf. Er trug samtene Hosen und ein spitzenbesetztes Hemd, beides kam Trix vage bekannt vor. »Trix ist da!«, rief er fröhlich.

»Ein gut erzogener Junge sollte einen anderen Jungen nicht so laut begrüßen!«, ermahnte ihn die Herzogin. »Selbst wenn sie Freunde sind und miteinander spielen wollen. Möchtest du mit Hallenberry spielen, Trix?«

»Nein, ich bin nur kurz vorbeigekommen«, murmelte Trix verlegen. »Ich wollte nur meiner Mama einen Kuss geben und mich nach ihrer Gesundheit erkundigen.«

Die Hofdamen wechselten vielsagende Blicke. Die Zeiten, in denen Trix hereingestürmt war, um seiner Mutter einen Kuss zu geben, waren vor fünf Jahren zu Ende gegangen. Die Herzogin selbst schöpfte zum Glück keinen Verdacht. Sie gab Trix einen zärtlichen Kuss auf die Stirn, hielt ihm die Wange zum Gegenkuss hin und fragte: »Willst du unsere lehrreiche Geschichte mit zu Ende hören?«

»Nein, ich will noch zu Vater, Mama.«

»Nun gut«, sagte die Herzogin und drückte Hallenberry wieder auf die Bank. »Richte ihm ... äh ... einen Gruß von mir aus. Einen herzlichen Gruß.«

»Mach ich, Mama«, sagte Trix, der Hallenberry einen mitleidigen Blick zuwarf.

Beim Verlassen des Wintergartens ging Trix noch zu dem Blumenbeet, in dem er Annette entdeckt hatte. »Ich bin nur mal kurz vorbeigekommen«, teilte er der Fee mit.

Annette sah ihn an, runzelte die Stirn, flatterte hoch und setzte sich auf Trix' Schulter.

»Was ist?«, fragte Trix.

»Nichts«, antwortete sie. »Hast du vergessen, dass ich dein Familiar und ein Zauberwesen bin?«

»Nein«, sagte Trix, »das habe ich nicht vergessen.«

»Na, siehst du! Ich kann in dir lesen wie in einem offenen Buch«, sagte Annette.

»Wir haben Winter und es ist viel zu kalt für dich ...«
Die Fee schnaubte, Trix gab nach. Zusammen gingen sie in den Thronsaal, wo Trix sich vor seinem Vater verbeugte, ihm den Gruß von der Herzogin ausrichtete und sich einige kluge väterliche Ermahnungen anhörte. Die wichtigste war die, einen Schal um den Hals zu wickeln, wenn er zu dieser Jahreszeit den Palast verließ. Trix versprach es. Dann überredete er seinen Vater, die Haftbedingungen für Sid Kang zu erleichtern, aber gleichzeitig die Wache zu verdoppeln.

Eine halbe Stunde später hatte Trix, warm gekleidet und mit einem Schal um den Hals, eine ruhige und starke Fuchsstute gesattelt und ritt die Straße hinunter, die zum ehemaligen Palast von Sator Gris führte, in dem nun die königliche Garnison untergebracht war.

Den Baron Paclus fand Trix im Schlosshof. Die Hände in die Seiten gestemmt, beobachtete der Ritter die jungen Kürassiere, die mit Piken auf Strohpuppen einstachen.

»Die Spitze höher! Höher!«, schrie Paclus. »Auf den Kopf! Und dann rein mit der Pike, raus mit der Pike!«

Als der Ritter Trix sah, freute er sich sehr. Er übergab den Befehl einem alten erfahrenen Kürassier und eilte dem Jungen entgegen.

»Ich bin nur kurz vorbeigekommen, Paclus«, sagte Trix, der vom Pferd absaß und den Ritter umarmte. »Also ... um dir ... Guten Tag zu sagen.«

Paclus musterte Trix eingehend und zog ihn zur Seite. »Was heckst du jetzt schon wieder aus?«, fragte er ganz direkt. »Willst du dich über mich lustig machen? Du bist nicht gekommen, um mir Guten Tag zu sagen – sondern um mir Auf Wiedersehen zu sagen!«

Trix blickte verlegen zu Boden.

»Hab ich also recht«, stellte der Baron fest. »Weiß der Herzog Bescheid?«

»Er würde mich nie gehen lassen«, gestand Trix.

»Und was wird er sagen, wenn er hört, dass du verschwunden bist?«

»Ihr müsst es ihm erklären«, bat Trix. »Er respektiert Euch. Ich kann nicht länger hier im Schloss hocken! Hier gibt es nichts, was ich tun kann!«

Paclus strich sich über den Bart. »Annette!«, rief er.

Die Fee kroch unter dem Schal hervor. Sie trug eine winzige Strickmütze auf dem Kopf, die sie sich bei irgendeiner Puppe ausgeliehen hatte, die im ungenutzten Schlafgemach der weiblichen Thronfolgerinnen vor sich hin staubte.

»Pass auf ihn auf!«, befahl Paclus. »Verstanden?«

Annette nickte und zog sich ins Warme zurück.

»Schaffst du es bis zum Einbruch der Dunkelheit zu Baron Galan?«

»Niemals.« Trix schüttelte den Kopf. »Aber auf halbem Weg liegt ein ziemlich großes Dorf, dort werde ich in einer Schenke übernachten. Und Galan … vielleicht werde ich gar nicht bei ihm vorsprechen. Er gefällt mir nicht!«

»Hast du Geld?«, fragte Paclus sachlich.

»Ja.«

»Egal!« Der Baron knüpfte einen schmalen Beutel von seinem Gürtel. »Das meiste ist Silber … Aber Geld ist Geld.«

»Danke, Sir Paclus«, sagte Trix. Er hatte wirklich Geld dabei, durfte den Ritter aber nicht beleidigen, indem er das Geld zurückwies.

Paclus nickte, schlug Trix mit seiner schweren, behandschuhten Hand auf die Schulter und stapfte zurück zu seinen Kürassieren. Auf halbem Weg drehte er sich noch einmal um und rief: »Richte einen Gruß aus!«

»Mach ich!«, versprach Trix und saß wieder auf.

Eine Reise im Winter ist kein Zuckerschlecken, selbst dann nicht, wenn du ein gutes Pferd und Geld im Beutel hast. Selbst dann nicht, wenn die Wege passierbar sind und durch ungefährliche Gegenden führen. Selbst dann nicht, wenn du ein echter Zauberer bist – denn davon hast du nicht viel, es sei denn, du verstehst dich auf Teleportationsmagie.

Und die beherrschte Trix nicht. Deshalb erreichte er den Turm des Zauberers Radion Sauerampfer in der Nähe des Städtchens Bossgard erst am Mittag des letzten Tages des alten Jahres.

Je näher er dem Turm kam, desto weniger winterlich wirkte die Gegend. Sicher, es war auch hier kalt. Aber es gab kaum noch graue Wolken, dafür aber einen klaren blauen Himmel und eine strahlend gelbe Sonne. Obwohl irgendwann kein Schnee mehr am Boden lag, wirbelte er noch durch die Luft, bis auch das aufhörte. Das erstaunte Pferd lief wieder über Gras, erst gelbes und vertrocknetes, dann grünes und saftiges. Hundert Meter vorm Turm weigerte sich das Tier strikt weiterzugehen, bevor es etwas gegessen hatte.

Trix saß ab, band die Zügel an einen Baum, um den herum es genug Gras gab, und ging zu Fuß zum Turm.

Am Eingang stand sein alter Bekannter, der graue Minotaurus Xeno. Zu Trix' Verblüffung schien er sich zu freuen, als er ihn sah.

»Sei grü… dnk«, röchelte er, als Trix näher kam.

»Guten Tag, Xeno«, erwiderte Trix. »Wofür willst du mir danken?«

»Zane … Zone … Zon …«

»Für deinen Sohn?«, erriet Trix. »Wieso … Ach so! Doch nicht dafür!«

Wie entschieden wurde, welche Arbeit Zauberwesen bei dem Zauberer, der sie gerufen hatte, zu verrichten hatten, wusste Trix nicht. Aber offenbar musste es da Familientraditionen geben: Xeno und sein Sohn, beide arbeiteten sie als Wächter.

»Ist dein Herr zu Hause?«, fragte Trix. Xeno nickte energisch. Trix seufzte und nahm allen Mut zusammen. Wenigstens war Annette bei ihm …

»Mein Lieber, ich werde wohl erst noch eine Kleinigkeit zu mir nehmen«, sagte die Fee, die unter dem Schal hervorgekrochen kam und über die blühende Wiese flog. Einmal mehr argwöhnte Trix, dass sie seine Gedanken las – aber mit einem Familiar zu streiten brachte natürlich rein gar nichts. Er schickte ihr einen kläglichen Blick hinterher und ging zum Turm.

Obwohl der Aufzug immer noch knarzte und gefährlich schaukelte, brachte er Trix unversehrt nach oben. Trix zog die warme Felljacke aus, klopfte den Dreck von den Stiefeln, strich sich über die Haare, nahm allen Mut zusammen und begab sich in Sauerampfers Studierzimmer.

Der Zauberer arbeitete an einem Zauberspruch.

Er saß an seinem Schreibtisch, kaute an der Feder und beobachtete die verschwommenen Bilder, die sich in der Kristallkugel drehten. Dann schrieb er einige Worte auf ein Pergament, trank etwas Kaffee aus seinem Becher und drehte die Pfeife in der Hand hin und her, als spiele er mit dem Gedanken, sie zu stopfen, überlegte es sich dann aber und schrieb wieder etwas.

Trix wartete geduldig.

»Ich kann es nicht haben, wenn jemand hinter mir steht, während ich versuche zu arbeiten!«, blaffte der Zauberer und schleuderte die Feder auf den Tisch. »Was willst du?«

Er weigerte sich stur, sich zu Trix umzudrehen.

»Lehrer, ich brauche eine Antwort«, murmelte Trix.

»Was für eine Antwort? Du bist selbst ein Zauberer! Du hast mich überflügelt! Wende dich an die Akademie, wenn du Antworten brauchst!«, polterte Sauerampfer.

»Lehrer … ich bin eine ganze Woche geritten …«, jammerte Trix. »Zweimal wurde ich überfallen. Einmal sind Wölfe hinter mir her gewesen … In der Schenke bin ich vergiftet worden und mein Magen hat fürchterlich wehgetan. Außerdem …«

»Seh ich aus wie ein Heiler?« Jetzt drehte sich Sauerampfer doch um. »Oder ein Tröster schwacher Zaubererseelen? Wölfe, Räuber, dein Bauch … Hast du es bis hierher geschafft? Eben!«

Trix wartete geduldig.

»Was willst du?«, fragte Sauerampfer nach einer Ewigkeit.

»Warum habt Ihr mich verstoßen, Lehrer?«

»Ich? Dich verstoßen?« Sauerampfer gestikulierte wild. »Hat man so was schon gehört! Ich habe dich nicht fortgejagt! Ich habe deine Überlegenheit ehrlich anerkannt, als mir klar geworden ist, was du vollbracht hast.«

»Aber ich verstehe nicht, was ich getan habe!«, rief Trix.

»Wirklich nicht?«, fragte Sauerampfer zweifelnd.

Trix nickte.

Sauerampfers Gesicht wurde weicher. »Du bist eben doch ein Taugenichts, der auf der langen Leitung steht«, urteilte er. »Du ahnst es noch nicht mal? Nicht im Geringsten?«

»Es gibt da eine Sache, die mir keine Ruhe lässt«, gab Trix zu. »Ich verstehe nicht, warum Sator Gris meine Eltern am Leben gelassen hat. Das passt gar nicht zu ihm.«

Sauerampfer stand auf, trat auf Trix zu und sah ihn aufmerksam an. »Gewissermaßen ... hat er sie auch nicht am Leben gelassen«, sagte er.

»Habe ich sie dann ... wiederbelebt?«, fragte Trix entsetzt. »Sind sie jetzt Lichs?«

»Wie können sie denn Lichs sein, du Dummerjan?«, ereiferte sich Sauerampfer. »Nein, mit ihnen ist alles in Ordnung. Jetzt pass mal auf! Was ist Magie?«

»Die Kunst, mit Worten die Welt zu ändern.«

»Und was kann Magie?«

»Alles, was nicht dem gesunden Menschenverstand widerspricht«, sagte Trix. »Man kann Eisen nicht in Gold verwandeln. Man kann den Himmel nicht rot machen und die Sonne nicht grün, zum Beispiel.«

»Die Magie kann noch etwas, das darüber hinausgeht«, sagte Sauerampfer leise. »Weit hinaus, mein Junge. Die Magie basiert auf Glauben und Wünschen. Je stärker dein Glaube ist, desto mehr erreichst du, je heißer dein Wunsch ist, dass etwas so und so ist, desto weiter unterwirft sich die Welt dem Willen des Magiers. Wäre es möglich gewesen, dass Gris bei diesem Umsturz niemanden tötet?«

»Schon«, sagte Trix. »Wenn auch nicht sehr wahrscheinlich.«

»Aber du wolltest das?«, fragte Sauerampfer.

»Unbedingt! Mehr als alles andere auf der Welt!«

»Da haben wir's.« Sauerampfer seufzte. »Dein Wunsch und dein Glaube waren so stark, dass unsere Wirklichkeit vor beidem kapituliert hat. Als Marcel gesagt hat, dass er

Sator Gris nicht zum Tode verurteilen würde, wenn dieser deine Eltern am Leben gelassen hätte ... was hast du da gedacht?«

»Ich habe mir gewünscht, dass es wahr wäre«, flüsterte Trix. »Aber das habe ich nur gedacht! Ich habe kein Wort gesagt! Ich habe nicht gezaubert!«

»Wodurch unterscheidet sich denn das Wort, das laut ausgesprochen wird, von dem, das du nur denkst?«, entgegnete Sauerampfer. »Doch nur dadurch, dass das gesprochene Wort naive Menschen hören, die jedes Wort eines Zauberers glauben und die Welt damit zwingen, sich zu verändern. Das, was du denkst, hörst nur du. Und einen winzigen Augenblick hast du fest daran geglaubt. Du hast deine Eltern nie tot gesehen. Du wolltest glauben, dass sie noch am Leben sind. Und du hast es geglaubt. Und die Welt hat sich geändert.«

»Aber ... dann waren sie also doch tot!«, sagte Trix entsetzt.

»Nein. Beruhige dich, *da* waren sie es eben schon nie gewesen.«

»Aber wenn Gris sie getötet hätte?«

»*Da* hatte er sie eben schon nicht mehr getötet. Alles hatte sich verändert, verstehst du? Du hast die Welt verändert. Du hast nicht einfach ein paar Zaubertricks vorgeführt, du hast ein echtes Wunder vollbracht. Nur die größten Zauberer ...« Sauerampfer runzelte die Stirn und ließ seiner zänkischen Ader freien Lauf: »... oder nur die gutgläubigsten und naivsten schaffen das.«

»Ich kann die Welt ändern ...«, flüsterte Trix. »Wenn das nichts ist! Und dass Gris sich mit den Vitamanten eingelassen hat, geht das auch auf mich zurück?«

»Nein. Ich habe die Berichte der Geheimkanzlei über dein Gespräch mit dem König genau studiert. Das hat Gris schon vorher zugegeben.«

»Kann ich dann auch den Krieg gegen die Vitamanten ungeschehen machen? Oder den Verrat von Gris?«, fragte Trix aufgeregt.

»Hörst du mir eigentlich nie zu, Schüler?« Sauerampfer war so in Fahrt, dass er Trix sogar wieder Schüler nannte. »Wenn du weißt, dass etwas passiert ist, änderst du nichts mehr daran! Denn du würdest nie glauben, dass es nicht passiert ist! Nur wenn eine Situation noch offen ist, ist ein Wunder möglich. Stell dir vor, ich nehme diesen Kasten und stecke da … na, sagen wir mal, eine Katze dazu. Und dann stelle ich ein Fläschchen mit Gift hinein. Das Fläschchen kann zerbrechen, die Katze kann sterben. Aber das Fläschchen kann auch ganz bleiben, die Katze kann überleben. Also antworte: Lebt die Katze oder ist sie tot?«

»Ohne nachzusehen? Oder zu hören, ob sie miaut?«

»Genau! Es ist ein Gedankenexperiment! Stell dir vor, der Kasten ist verschlossen, der Katze der Mund verbunden … Also, lebt sie oder nicht?«

»Ich weiß es nicht«, sagte Trix. »Vielleicht lebt sie, vielleicht ist sie tot.«

»Völlig richtig. Das ist eine Katze, bei der offen ist, ob sie lebt oder tot ist. Nur in solchen Situationen ist Magie imstande, ein echtes Wunder zu vollbringen, sofern der Zauberer unbedingt an dieses Wunder glaubt.«

»Das heißt, ich könnte in diesen Situationen …« Trix schwindelte angesichts der Möglichkeiten, die sich ihm hier auftaten. »Wenn mir zum Beispiel eine Frau erzählt, dass ihr Kind sich im Wald verlaufen hat. Dann kann ich ihr sagen, es ist gesund und munter und gerade auf dem Weg nach Hause!«

»Nein, Trix.« Sauerampfer seufzte. »Solche Dinge gelingen einem Zauberer nur einmal im Leben. Wenn du gewusst hättest, dass es möglich ist, hätte es vermutlich nicht geklappt. Denn dafür ist eine bestimmte Einfalt nötig.«

»Es ist doch wirklich zu schade, dass ich nicht den geringsten Schimmer von Magie habe«, jammerte Trix.

Sauerampfer schnaubte und sah ihn fragend an.

»Ich kann keine Teleportation«, sagte Trix.

»Da brauchst du dir nur genau vorzustellen, woraus Materie besteht und wie sich die sehr kleinen Teilchen bewegen«, erwiderte Sauerampfer amüsiert.

»Ich kann nicht heilen …«

»Dafür musst du etwas von Anatomie verstehen.«

Damit galt es für Trix, sich den Kopf zu zerbrechen, was er noch nicht konnte, denn er musste – musste es unbedingt! – noch einen dritten Grund zur Klage finden!

»Und ich habe nicht die geringste Ahnung von Zauberwesen! Selbst meine Fee gehorcht mir nicht …«

»Das Verhalten magischer Wesen ist sehr schwer zu verstehen«, brummte Sauerampfer. »Hör auf mit dem Schauspiel! Ein Schüler hat einfach nicht besser zu sein als sein Lehrer!«

»Aber ich bin doch nicht besser! Das war Zufall!«

»Abgesehen davon bist du noch Erbe des Herzogthrons!«

»Und vielleicht auch noch …« Trix wurde rot und unterbrach sich. »Papa wird schon ohne mich zurechtkommen!«

»Deine Eltern werden sich Sorgen machen und dich vermissen!«

»Ich schreibe ihnen einen Brief. Und vermissen werden

sie mich bestimmt nicht, Papa hat immer zu tun und Mama hat jetzt Hallenberry. Er ist klein, sie wird an ihm mehr Freude haben als an mir ...«

»Hm. Das Magierkapitel gibt heute Abend einen feierlichen Empfang. Da sollte ein großer Zauberer nicht ohne Schüler erscheinen ... Also muss ich dir bis dahin noch die Teleportation beibringen ... Falls dein dummer Kopf imstande ist, das zu lernen ...« Sauerampfer sah auf die Uhr, die in der Ecke seines Studierzimmers stand. Der eine Zeiger (es war eine alte Uhr, um solche Nebensächlichkeiten wie Minuten scherte sie sich nicht) rückte auf die Zwei zu. »Zeit hätten wir ja noch«, räumte er ein. »Ich nehme sogar an, du schaffst es noch, vorher die Küche zu putzen. Und mach mir einen Kaffee. Und dazu ein paar belegte Brote, eins mit Schinken und eins mit Ei. Falls wir keinen Schinken mehr haben, dann mit Käse.«

»Wird erledigt, Lehrer!«, erwiderte Trix begeistert.

»Und glaub ja nicht, du könntest dich in Zukunft um diese Aufgaben drücken und dich nur noch mit reiner Magie beschäftigen!«, fuhr Sauerampfer fort. »Uns stehen schlimme Zeiten bevor! Die Vitamanten werden ihre Pläne nicht aufgeben. Sie bringen einfachen Menschen weiterhin Magie bei. Unter uns Zauberern kommt es zum Zwist, die Liga der Ominösen Lückenfüller gewinnt an Kraft. In Samarschan ist der Kult des Mineralisierten Propheten aufgekommen, der schnell Anhänger gewinnt. Die Bergbewohner haben in ihren Stollen etwas Merkwürdiges ausgegraben. Die Zwerge kriegen bald einen neuen König – und ein Kandidat ist dämlicher als der andere! Im Königreich erleben wir eine Stagnation ... du weißt, was eine Stagnation ist? Also, kurz gesagt, es brechen harte Zeiten an!«

»Klasse!«, sagte Trix begeistert, als er sich diese Aussichten durch den Kopf gehen ließ.

Sauerampfer ignorierte diesen Gefühlsausbruch und ging zurück an den Tisch, raffte den Umhang und setzte sich hin. »Und wisch auch den Boden im Turm ... Ich hatte keine Zeit, mich um diese Kleinigkeiten zu kümmern.«

Es war durchaus keine Kleinigkeit, alles in Ordnung zu bringen, wie Trix feststellen durfte.

Dafür saß er, als es dämmerte, vor Sauerampfer, der ihm die Grundlagen der Teleportation erklärte.

»Jeder Körper besteht aus winzigen Teilen. Aus absolut winzigen!«

»So klein wie ein Sandkorn?«, fragte Trix.

»Pah! Millionen Mal kleiner! Kannst du dir das vorstellen?«

»Nein«, gab Trix zu.

»Warum nicht?«

»Eine Million – wie viel soll das denn sein?«

Sauerampfer verschlug es kurzfristig die Sprache. So viel also zum Jungen der Zahl! Gottergeben schnappte er sich ein Stück Kreide vom Tisch und ging zur Schiefertafel, die an der Wand seines Studierzimmers hing.

ENDE

Sergej Lukianenko
Das Schlangenschwert
Roman
Aus dem Russischen von Ines Worms
Gulliver (74085), 640 Seiten

Der junge Tikki heuert auf einem Raumtransporter an und kann so seinem verstrahlten Heimatplaneten entkommen. Zunächst scheint alles besser – doch dann wird Tikki in einen Staatsstreich der undurchsichtigen Inna Snow verwickelt: Durch Manipulation der menschlichen Gehirne will sie die Macht an sich reißen. Tikki flüchtet und trifft dabei auf die Sternenritter, die größten Gegner Snows. Sie stellen Tikki eine gefährliche Aufgabe: Er soll Inna Snow ausspionieren. Hilfe erwarten kann er dabei nur von seinem Schlangenschwert: einer mächtigen Waffe, die sich ihren Träger selbst aussucht – für immer.

»Ein vielschichtiger Titel, der jugendliche und erwachsene Leser begeistert.« *Stuttgarter Zeitung*

CORINE-Preis 2007: Bestes Jugendbuch

www.beltz.de
Beltz & Gelberg, Postfach 10 01 54, 69441 Weinheim

Sergej Lukianenko
Der Herr der Finsternis
Roman
Aus dem Russischen von Christiane Pöhlmann
Gulliver (74204), 408 Seiten

Düster ist die Welt geworden, seit gewissenlose Händler den Menschen das Sonnenlicht genommen haben. Nur wer die fliegenden Diener der Dunkelheit besiegt, kann die Welt vor der totalen Finsternis retten. Ausgerechnet der junge Danka ist dazu auserwählt worden. Zusammen mit der Sonnenkatze und dem Flügelträger Len macht er sich auf, seinen größten Gegner zu finden: den Herrn der Finsternis. Doch hinter dessen Macht verbirgt sich eine schreckliche Wahrheit.

»Düster und kraftvoll – Lukianenko ist der neue Star der phantastischen Literatur!« *Frankfurter Rundschau*

»Sie kennen Sergej Lukianenko nicht? Dann sollten Sie ihn kennenlernen!« *New York Times*

www.beltz.de
Beltz & Gelberg, Postfach 10 01 54, 69441 Weinheim